ADEL

PUERTA DE ESTAÑO

LABERINTOS D

E DE LA ANTIGUA MURALLA 6

14

DE PELTRE

12

8

CALLE BLOQUEADA

RIO

PUERTA DE CINC

2

A N N E R E L

DISTRITO INDUSTRIAL

PUENTE DEL SUR

AS GRIETAS

PUERTA
DE LATÓN

PUERTA DE LATÓN

PUERTA DE COBRE

2006

EL POZO DE LA ASCENSIÓN

NACIDOS DE LA BRUMA (MISTBORN) · II

BRANDON SANDERSON

Edición revisada por Ángel Lorenzo y Tamara Tonetti
de *Cosmere.es*, con la colaboración de Manu Viciano

Traducción de Rafael Marín Trechera
Galeradas revisadas por Antonio Torrubia

NOVA

Papel certificado por el Forest Stewardship Council®

Penguin
Random House
Grupo Editorial

Título original: *The Well of Ascension (Mistborn 2)*

Primera edición revisada: septiembre de 2016
Decimoprimera reimpresión: mayo de 2022

Copyright © 2007, Dragonsteel Entertainment, LLC
© 2009, 2016, Penguin Random House Grupo Editorial, S. A. U.
Travessera de Gràcia, 47-49. 08021 Barcelona
© 2009, Rafael Marín Trechera, por la traducción

Penguin Random House Grupo Editorial apoya la protección del *copyright*.

El *copyright* estimula la creatividad, defiende la diversidad en el ámbito de las ideas y el conocimiento,
promueve la libre expresión y favorece una cultura viva. Gracias por comprar una edición autorizada
de este libro y por respetar las leyes del *copyright* al no reproducir, escanear ni distribuir ninguna
parte de esta obra por ningún medio sin permiso. Al hacerlo está respaldando a los autores
y permitiendo que PRHGE continúe publicando libros para todos los lectores.
Diríjase a CEDRO (Centro Español de Derechos Reprográficos, http://www.cedro.org)
si necesita fotocopiar o escanear algún fragmento de esta obra.

Printed in Spain – Impreso en España

ISBN: 978-84-666-5890-4
Depósito legal: B-26.524-2017

Impreso en EGEDSA
Sabadell (Barcelona)

BS 5 8 9 0 B

Para Phyllis Call,
quien puede que nunca comprenda mis libros de fantasía,
pero me enseñó más sobre la vida
(y, por tanto, sobre la escritura)
de lo que se imagina.
(¡Gracias, abuela!)

Agradecimientos

Antes que nada, como siempre, mi excelente agente, Joshua Bilmes, y mi editor, Moshe Feder, se merecen todos los halagos por sus esfuerzos. Para este libro en concreto hicieron falta varios borradores meticulosos, y ellos estuvieron a la altura de la tarea. Tienen mi agradecimiento, igual que sus ayudantes, Steve Mancino (un excelente agente por derecho propio) y Denis Wong.

Hay otras personas en Tor merecedoras de mi agradecimiento. Larry Yoder (el mejor jefe de ventas de la nación) hizo un trabajo maravilloso vendiendo el libro. Irene Gallo, la directora artística de Tor, es un genio a la hora de unir libros y artistas. Y, hablando de artistas, creo que el sorprendente Jon Foster hizo un trabajo estupendo con la portada original de este libro. Pueden ver más trabajos suyos en jonfoster.com. Isaac Stewart, un buen amigo mío y colega escritor, dibujó el mapa y los símbolos de los encabezados de cada capítulo. Búsquenlo en nethermore.com. Shawn Boyles es el artista oficial de Mistborn Llama y un gran tipo, además. Busquen más información en mi web. Por último, me gustaría dar las gracias al departamento de publicidad de Tor (en especial a Dot Lin), que ha promovido de maravilla mis libros y además ha cuidado de mí. ¡Muchísimas gracias a todos vosotros!

Otra ronda de agradecimientos va destinada a mis lectores alfa. Estos incansables amigos aportan valiosos comentarios a mis novelas en sus primeras etapas y se encargan de los problemas, erratas e inconsistencias antes de que yo los resuelva. Sin seguir ningún criterio para su ordenación, estos amigos son: Ben Olson, Krista Olsen, Nathan Goodrich, Ethan Skarstedt, Eric J. Ehlers, Jillena O'Brien, C. Lee Player, Kimball Larsen, Bryce Cundick, Janci Patterson, Heather Kirby, Sally Taylor, The Almighty Pronoun, Bradley Reneer, Holly Venable, Jimmy, Alan Layton, Janette Layton, Kaylynn ZoBell, Rick Stranger, Nate Hatfield, Daniel A. Wells, Stacy Whitman, Sarah Bylund y Benjamin R. Olsen.

Mi agradecimiento especial a la gente de Provo Waldenbooks por su apoyo. Sterling, Robin, Ashley y el terrible dúo de Steve «Librero», Diamond y Ryan McBride (quienes también fueron lectores alfa). También debo dar las gracias a mi hermano, Jordan, por su trabajo en mi página web (con Jeff Creer). Jordo es el encargado oficial de que «Brandon mantenga la cabeza bien alta» cumpliendo su solemne deber de burlarse de mí y de mis libros.

Mi madre, mi padre y mis hermanas son siempre una ayuda maravillosa. Si he olvidado algún lector alfa, ¡lo siento! Te mencionaré dos veces la próxima vez. Fíjate, Peter Ahlstrom, no me olvido de ti: decidí ponerte el último para hacerte sudar un poco.

Por último, mi agradecimiento a mi maravillosa esposa, con quien me casé durante el proceso de corrección de este libro. ¡Emily, te quiero!

Prefacio

El Pozo de la Ascensión fue uno de los libros más difíciles de mi carrera. De hecho, el único más complicado de escribir que me viene a la mente fue la novela final de La Rueda del Tiempo, y buena parte de la dificultad que entrañaba aquel libro se debía a las expectativas.

Si saltaras hacia atrás en el tiempo hasta 2005, cuando yo estaba escribiendo *El Pozo de la Ascensión*, encontrarías en mí a un escritor a grandes rasgos novato, pero con una confianza que tal vez resultara desmedida. Como ya he mencionado en muchas ocasiones, escribí más de una docena de novelas antes de publicar la primera, y esa trayectoria provocó en mí una extraña mezcla de ingenuidad y veteranía.

Había pasado años experimentando con mi estilo personal y estaba bastante satisfecho con él. Me había enfrentado al rechazo y había dedicado mucho tiempo a aprender a escribir, en una época en la que no sabía si terminaría siendo algo más que una afición. Había aceptado el hecho de que quizá pasara toda la vida sin publicar nada, pero yo seguía adelante. Y lo paradójico fue que esa aceptación me había proporcionado confianza en mí mismo. Sabía que me encantaba escribir. No existía mala reseña ni fracaso comercial que pudiera provocarme una crisis más grave que las que ya había superado.

Al mismo tiempo, existían cosas que sencillamente no había hecho nunca, o que había hecho muy pocas veces... y la primera de esa lista eran las secuelas: con catorce libros en mi haber, solo había escrito una segunda parte. Casi todas mis novelas habían transcurrido en mundos nuevos, con sistemas de magia nuevos y personajes nuevos. Era en lo que más práctica tenía y, sin embargo, quería hacer ciertas cosas con mi narrativa que requerían una serie de libros.

Emprendí *El Pozo de la Ascensión* con el optimismo que me caracteriza, y entonces descubrí por las malas lo difícil que puede ser profundizar más en unos personajes que ya existían. La primera novela apenas me dio problemas, pero este libro se desmoronaba hacia el final y tenía serios problemas de ritmo a lo largo de toda su extensión. Pero, como tiende a suceder en la vida, cuanto mayor es el reto, más crecimiento aporta. Arreglar esta novela entre un borrador y el siguiente fue uno de los desafíos que más me hicieron desarrollarme como escritor.

Tal vez lo más irónico de todo sea que *El Pozo de la Ascensión* era la historia que yo quería contar desde un principio. Había estado tentado de saltarme el relato de la caída del lord Legislador, porque temía estar pisando de nuevo un camino demasiado trillado. Todo el mundo escribía novelas sobre derrocar imperios, pero pocas veces había visto la historia de unos revolucionarios obligados a convertirse en políticos. ¿Qué sucede después de hacer caer un gobierno? Construir siempre es más arduo que derribar.

Este es el libro en el que de verdad tuve tiempo de ahondar en las motivaciones de los personajes y obligarlos a enfrentarse a algunas cuestiones difíciles. ¿Dónde está la línea que separa la seguridad y la libertad? ¿Qué haces cuando tus ideales te fallan? ¿Qué haces cuando pasas de ser un forajido a defender la ley?

Estoy orgullosísimo de esta novela. Me demostró que puedo reparar algo que está roto y que el sufrimiento de los borradores y las revisiones puede engendrar unos resultados verdaderamente excepcionales. Confirmó mis aspiraciones y me permitió demostrarme a mí mismo que era capaz de escribir personajes y temas, no solo de establecer unos sistemas de magia y unas ambientaciones extravagantes.

En *El Imperio Final*, para Kelsier en cierto modo era fácil hablar de esperanza. Este es el libro que nos recuerda que esa esperanza y esos ideales elevados a veces tienen un precio.

PRIMERA PARTE

HEREDERA DEL SUPERVIVIENTE

Escribo estas palabras en acero, pues todo lo que no esté grabado en metal es indigno de confianza.

1

El ejército se arrastraba como una mancha oscura contra el horizonte.

El rey Elend Venture se alzaba inmóvil sobre las murallas de la ciudad de Luthadel, contemplando las tropas enemigas. A su alrededor, la ceniza caía en copos gruesos y perezosos. No era la ceniza blanca ardiente que solía verse entre las brasas mortecinas: era una ceniza más profunda, más negra. Los Montes de Ceniza habían estado muy activos de un tiempo a esta parte.

Elend notaba el polvo ceniciento en la ropa y el rostro, pero lo ignoró. En la distancia, el sol rojo sangre empezaba a ponerse. Recortaba al ejército que había venido a quitarle su reino.

—¿Cuántos son? —preguntó Elend en voz baja.

—Creemos que cincuenta mil —dijo Ham, apoyado contra el parapeto, con los musculosos brazos cruzados sobre la piedra. Como todo lo demás en la ciudad, la muralla estaba ennegrecida por incontables años de lluvia de ceniza.

—Cincuenta mil soldados... —dijo Elend, y guardó silencio. A pesar de todos los hombres que habían reclutado, Elend apenas disponía de veinte mil soldados a sus órdenes... y eran campesinos con menos de un año de instrucción. Mantener incluso ese pequeño número estaba menguando sus recursos. De haber podido encontrar el atium del lord Legislador, tal vez las cosas hubieran sido distintas. En aquellos momentos, el reino de Elend corría un serio peligro de caer en la bancarrota.

—¿Qué te parece? —preguntó Elend.

—No lo sé, El —respondió con tranquilidad Ham—. Kelsier era siempre el que tenía la visión.

—Pero tú le ayudabas a idear los planes —dijo Elend—. Tú y los demás erais su banda. Fuisteis vosotros quienes elaborasteis la estrategia para derrocar el imperio, los que lo conseguisteis.

Ham guardó silencio y Elend creyó saber lo que estaba pensando: *Kelsier era la clave de todo. Era él quien organizaba, él quien convertía cualquier idea descabellada en un plan factible. Era el líder. El genio.*

Y había muerto un año antes, el mismo día en que el pueblo (como parte de su plan secreto) se había alzado enfurecido para derrocar al dios emperador. En el caos resultante, Elend se había hecho con el trono. Ahora cada vez parecía más claro que iba a perder todo lo que Kelsier y su grupo habían conseguido tras tantos duros esfuerzos. Iba a quitárselo un tirano que podía ser aún peor que el lord Legislador. Un matón sibilino y artero de la «nobleza». El hombre que dirigía su ejército hacia Luthadel.

El padre propio de Elend, Straff Venture.

—¿Hay alguna posibilidad de que puedas... hablar con él para convencerlo de que no ataque? —preguntó Ham.

—Tal vez —respondió Elend, vacilante—. Suponiendo que la Asamblea no se limite a entregar la ciudad.

—¿Va a hacerlo?

—No lo sé, la verdad. Temo que lo haga. Ese ejército los ha asustado, Ham. —*Y con razón*, pensó—. De todas formas, tengo una propuesta para la reunión que se celebrará dentro de dos días. Intentaré convencerlos de que no se precipiten. Dockson ha regresado hoy, ¿no?

Ham asintió.

—Justo antes de que iniciara su avance el ejército.

—Creo que deberíamos convocar una reunión de la banda —dijo Elend—. A ver si se nos ocurre un modo de salir de esta.

—Todavía andamos escasos de gente —dijo Ham, frotándose la barbilla—. Fantasma no volverá hasta dentro de una semana y solo el lord Legislador sabe dónde ha ido Brisa. Hace meses que no recibimos ningún mensaje suyo.

Elend suspiró, sacudiendo la cabeza.

—No se me ocurre nada más, Ham.

Se dio la vuelta para contemplar de nuevo el paisaje ceniciento. El ejército estaba encendiendo hogueras y el sol se ponía. Pronto aparecerían las brumas.

Tengo que volver al palacio y trabajar en esa propuesta, pensó Elend.

—¿Adónde ha ido Vin? —preguntó Ham, volviéndose hacia Elend.

Elend se detuvo.

—¿Sabes? —dijo—. No estoy seguro.

Vin aterrizó con suavidad en el húmedo empedrado viendo cómo las brumas empezaban a formarse a su alrededor. Adquirían consistencia cuando oscurecía, creciendo como marañas de enredaderas transparentes, retorciéndose y enroscándose.

La gran ciudad de Luthadel estaba silenciosa. Incluso un año después de la muerte del lord Legislador y del alzamiento del nuevo Gobierno libre de Elend, la gente corriente se quedaba en casa de noche. Temía las brumas, una tradición mucho más arraigada que las leyes del lord Legislador.

Vin avanzó en silencio, poniendo los cinco sentidos. En su interior, como siempre, quemó estaño y peltre. El estaño agudizaba sus sentidos y le permitía ver de noche. El peltre fortalecía su cuerpo y moverse le costaba menos. Además del cobre (que tenía el poder de ocultar el uso de la alomancia a quienes quemaban bronce) eran los metales a los que casi siempre recurría.

Algunos la llamaban paranoica. Ella se consideraba preparada. Fuera como fuese, la costumbre le había salvado la vida en numerosas ocasiones.

Se acercó a una esquina silenciosa y se detuvo para asomarse. Nunca había comprendido del todo cómo quemaba metales; lo había hecho desde que tenía uso de razón, usando la alomancia por instinto antes de que Kelsier la entrenara. En realidad, le daba igual. No era como Elend; no necesitaba una explicación lógica para todo. A Vin le bastaba saber que cuando tragaba trocitos de metal podía extraerles su poder.

Poder que apreciaba, pues bien sabía lo que era carecer de él. Ni siquiera en esos momentos ella era lo que alguien tendría en mente al pensar en un guerrero. De constitución delgada y poco más de metro y medio de estatura, con el cabello oscuro y la piel pálida, sabía que su aspecto era casi frágil. Ya no tenía el aspecto desnutrido de su infancia en la calle, pero desde luego tampoco era una persona a la que nadie fuese a encontrar intimidante.

Eso le gustaba. Le daba cierta ventaja... y necesitaba toda la ventaja posible.

También le gustaba la noche. Durante el día, Luthadel estaba repleta de gente y, a pesar de su tamaño, se le antojaba opresiva. Pero de noche las brumas caían como una densa cortina. Humedecían, suavizaban, ocultaban. Las enormes fortalezas se convertían en montañas oscuras y las abarrotadas viviendas se fundían como la mercancía rechazada de un buhonero.

Vin se agazapó junto a su edificio, todavía observando el cruce. Con cuidado, buscó en su interior y quemó acero, uno de los metales que había ingerido. Unas líneas azules transparentes brotaron a su alrededor de inmediato. Visibles solo para sus ojos, apuntaban desde su pecho a fuentes cercanas de metal: todo tipo de metal, sin importar su clase. El grosor de las líneas era proporcional al tamaño de las piezas metálicas que encontraban, desde aldabas de bronce hasta burdos clavos de hierro que sujetaban las tablas.

La muchacha esperó en silencio. Ninguna línea se movió. Quemar acero era una forma fácil de saber si alguien andaba cerca. Si llevaba metal encima, dejaría una estela de líneas móviles azules. Ese, sin embargo, no era el fin principal del acero. Vin se sacó con cuidado de la faltriquera una de las muchas monedas que guardaba dentro para que la tela amortiguara el tintineo. Como todos los pedazos de metal, una línea azul surgía del centro de la moneda y llegaba hasta el pecho de Vin.

Lanzó la moneda, luego agarró mentalmente la línea y, quemando acero, empujó la moneda, que voló trazando un arco en la bruma por el empujón. Cayó al suelo en el centro de la calle.

Las brumas continuaban girando. Eran densas y misteriosas, incluso para Vin. Más densas que la simple niebla y más constantes que ningún fenómeno meteorológico normal, giraban y fluían creando corrientes a su alrededor. Los ojos de Vin podían atravesarlas: el estaño agudizaba su visión. La noche le parecía más ligera, las brumas menos densas. Sin embargo, seguían allí.

Una sombra se movió en la plaza, respondiendo a su moneda, que había empujado hasta allí como señal. Vin avanzó y reconoció a OreSeur, el kandra. Llevaba un cuerpo diferente al de hacía un año, cuando se había hecho pasar por lord Renoux. Sin embargo, su cuerpo lampiño e indescriptible se había vuelto familiar para Vin.

OreSeur se reunió con ella.

—¿Encontraste lo que estabas buscando, ama? —preguntó, respetuoso... y, sin embargo, también con cierta hostilidad. Como siempre.

Vin negó con la cabeza y contempló la oscuridad en derredor.

—A lo mejor estaba equivocada —dijo—. Tal vez no me seguían.

Reconocerlo la entristeció. Esperaba enfrentarse de nuevo con el Vigilante esa noche. Seguía sin saber quién era. La primera noche, lo había confundido con un asesino. Sin embargo, parecía poco interesado en Elend... y mucho en Vin.

—Deberíamos volver a la muralla —decidió Vin, incorporándose—. Elend se estará preguntando dónde me he metido.

OreSeur asintió. En ese momento, un estallido de monedas atravesó las brumas, volando hacia Vin.

He empezado a preguntarme si soy el único hombre cuerdo que queda. ¿Es que los demás no se dan cuenta? Llevan tanto tiempo esperando la llegada de su héroe (el que se menciona en las profecías de Terris) que se apresuran a sacar conclusiones, convencidos de que cada historia y cada leyenda se refiere a este único hombre.

2

Vin reaccionó de inmediato, apartándose de un salto. Se movió a una velocidad increíble, la capa ondeó mientras resbalaba por el empedrado húmedo. Las monedas golpearon el suelo tras ella, arrancando lascas de piedra y dejando rastros en la bruma tras rebotar.

—¡Vete, OreSeur! —exclamó Vin, aunque él huía ya hacia un callejón cercano.

Vin giró y se agazapó, las manos y los pies sobre las frías piedras, los metales alománticos ardiendo en su estómago. Quemó acero y vio cómo las líneas azules traslúcidas aparecían a su alrededor. Esperó, tensa, a que...

Otro grupo de monedas salió disparado de las oscuras brumas, cada una dejando tras de sí una línea azul. Vin quemó de inmediato acero y empujó las monedas, desviándolas en la oscuridad.

La noche quedó de nuevo en calma.

La calle en la que estaba era ancha para ser de Luthadel, aunque con casas a ambos lados. Las brumas se arremolinaban lánguidas, difuminando los extremos de la calle.

Un grupo de ocho hombres apareció entre la bruma y se acercó. Vin sonrió. Tenía razón: alguien la estaba siguiendo. Ninguno de esos hombres, sin embargo, era el Vigilante. No tenían su sólida gracia, no transmitían esa sensación de poder. Aquellos hombres eran más burdos. Asesinos.

Tenía lógica. Si ella hubiese acabado de llegar con un ejército para conquistar Luthadel, lo primero que hubiera hecho habría sido enviar a un grupo de alománticos para matar a Elend.

Sintió una súbita presión en el costado y maldijo cuando algo hizo que perdiera el equilibrio y sintió que le arrancaban la faltriquera de la cintura. Soltó la correa, dejando que el alomántico enemigo le arrebatara las monedas. Los asesinos tenían al menos a un lanzamonedas, un brumoso con el poder de quemar acero y empujar metales. De hecho, dos de los asesinos tenían líneas azules que apuntaban a sus propias bolsas. Vin pensó en devolverles el favor y arrancarles sus bolsas de un tirón, pero vaciló. No hacía falta que enseñara sus cartas todavía. Podría necesitar esas monedas.

Sin monedas propias, no podía atacar desde lejos. Sin embargo, si ese equipo era bueno, atacar desde lejos hubiera sido absurdo: sus lanzamonedas y atraedores estarían preparados para ocuparse de las monedas que les lanzara. Huir tampoco era una opción. Esos hombres no estaban allí solo por ella: si huía, continuarían hacia su verdadero objetivo.

Nadie envía asesinos a matar a guardaespaldas. Los asesinos matan a hombres importantes. Hombres como Elend Venture, rey del Dominio Central. El hombre al que ella amaba.

Vin quemó peltre y su cuerpo se tensó, alerta, peligroso. *Cuatro violentos delante*, pensó, viendo avanzar a los hombres. Los que quemaban peltre poseerían una fuerza inhumana, capaces de sobrevivir a un castigo físico brutal. Muy peligrosos en las distancias cortas. *Y el que lleva el escudo de madera es un atraedor.*

Hizo un quiebro hacia delante, de modo que los violentos que se acercaban dieran un salto atrás. Ocho brumosos contra una nacida de la bruma era para ellos un equilibrio aceptable... pero solo si tenían cuidado. Los dos lanzamonedas se situaron a los dos lados de la calle, para poder empujar contra ella desde ambas direcciones. El último hombre, que esperaba impertérrito junto al atraedor, tenía que ser un ahumador: de escasa relevancia en una pelea, su propósito era esconder a su equipo de alománticos enemigos.

Ocho brumosos. Kelsier lo habría conseguido: había matado a un inquisidor. Ella no era Kelsier. Todavía tenía que decidir si eso era bueno o malo.

Vin tomó aire, deseando tener un poco de atium que gastar, y quemó hierro. Eso le permitió tirar de una moneda cercana, una de las que le habían lanzado igual que el acero le habría permitido empujarla.

La alcanzó, la dejó caer, y luego saltó como si fuera a empujar la moneda y se lanzó al aire.

Uno de los lanzamonedas, sin embargo, se anticipó y empujó contra la moneda, apartándola. Como la alomancia solo permitía que una persona tirara o empujara contra su cuerpo, Vin se quedó sin un anclaje decente. Empujar contra la moneda solo la hubiese lanzado de lado.

Cayó al suelo.

Que piensen que me han atrapado, pensó, agazapándose en el centro de la calle. Los violentos se acercaron, un poco más confiados. *Sí. Sé lo que estáis pensando. ¿Es esta la nacida de la bruma que mató al lord Legislador? ¿Esta niña delgada? ¿Es eso posible?*

Yo me pregunto lo mismo.

El primer violento se dispuso a atacar, y Vin se puso en movimiento. Las dagas de obsidiana destellaron en la noche cuando las desenvainó, y la sangre salpicó negra en la oscuridad mientras ella se agachaba bajo el palo del violento y le abría un tajo en los muslos.

El hombre gritó. La noche dejó de ser silenciosa.

Los hombres maldijeron mientras Vin se movía entre ellos. El compañero del violento la atacó, rápido y borroso, sus músculos impelidos por el peltre. Su bastón golpeó una de las borlas de la capa de bruma de Vin cuando ella se arrojó al suelo y luego se irguió para escapar del alcance de un tercer violento.

Una lluvia de monedas voló hacia ella. Vin reaccionó y las empujó. El lanzamonedas no dejó de empujar y el empujón de Vin se enfrentó de golpe al suyo.

Empujar y tirar de metales dependía del peso. Y, con las monedas entre ambos, el peso de Vin chocó contra el peso del asesino. Ambos salieron despedidos hacia atrás. Vin escapó de un violento; el lanzamonedas cayó al suelo.

Un puñado de monedas llegó desde el otro lado. Todavía girando en el aire, Vin avivó acero para aportarse una descarga añadida de energía. Las líneas azules se entremezclaban, pero no necesitaba aislar las monedas para apartarlas.

El lanzamonedas soltó sus proyectiles en cuanto sintió el contacto de Vin. Los pedacitos de metal se perdieron en la bruma.

Vin golpeó el suelo con el hombro. Rodó, avivando peltre para aumentar su equilibrio, y se puso en pie de un salto. Al mismo tiempo, quemó hierro y tiró con fuerza de las monedas que desaparecían.

Volvieron hacia ella. En cuanto se acercaron, Vin saltó a un lado y las empujó hacia los violentos que se acercaban. Las monedas se desviaron de inmediato y trazaron bucles en las brumas hacia el atraedor, cuyo único poder alomántico como brumoso era tirar de hierro.

Lo hizo de manera eficaz, protegiendo a los violentos. Alzó el escudo y se quejó cuando las monedas lo golpearon y rebotaron.

Vin ya había vuelto a ponerse en movimiento. Corrió de frente hacia el lanzamonedas que tenía a la izquierda, el que había caído al suelo y estaba al descubierto. El hombre gritó sorprendido y el otro lanzamonedas trató de distraer a Vin, pero fue demasiado lento.

El lanzamonedas murió con una daga de obsidiana en el pecho. No era un violento: no podía quemar peltre para amplificar su cuerpo. Vin sacó la daga y le arrancó la faltriquera al hombre, que se desplomó en silencio.

Uno, pensó Vin, girando mientras el sudor volaba de su frente. Se enfrentaba a siete hombres en el callejón. Debían de esperar que intentase huir. En cambio, atacó.

Al acercarse a los violentos, saltó, y luego arrojó la bolsa que le había quitado al moribundo. El lanzamonedas restante gritó y la desvió de inmediato. Pero aun así, Vin logró algo de impulso a partir de las monedas y saltó por encima de las cabezas de los violentos.

Uno de ellos, el herido, había sido por desgracia lo bastante listo para quedarse atrás y proteger al lanzamonedas. El violento levantó su cachiporra cuando Vin aterrizó. Ella esquivó el primer ataque, alzó su daga y...

Una línea azul danzó ante su visión. Rápida. Vin reaccionó de inmediato, se retorció y empujó contra la aldaba de una puerta para apartarse del camino. Golpeó el suelo de costado y luego se aupó apoyándose en una mano. Resbaló sobre el suelo húmedo.

Una moneda cayó a su lado y rebotó en el empedrado. No había llegado a alcanzarla. De hecho, parecía ir destinada al lanzamonedas asesino restante. Debía de haberse visto obligado a apartarla.

Pero ¿quién la había disparado?

¿OreSeur?, se preguntó Vin. Pero eso era una tontería. El kandra no era alomántico y, además, no habría tomado la iniciativa. OreSeur solo acataba las órdenes expresas.

El lanzamonedas asesino parecía igual de confuso. Vin alzó la cabeza, avivando estaño, y fue recompensada con la visión de un hombre de pie en el tejado de un edificio cercano. Una silueta oscura. Ni siquiera se molestaba en ocultarse.

Es él, pensó. *El Vigilante.*

El Vigilante permaneció allí plantado, sin volver a interferir, mientras los violentos se abalanzaban contra Vin, que soltó una imprecación al ver tres bastones que se precipitaban hacia ella. Esquivó uno, giró para evitar el otro y plantó una daga en el pecho del hombre que blandía el tercero. El hombre se tambaleó hacia atrás, pero no cayó. El peltre lo mantuvo en pie.

¿Por qué se habrá entrometido el Vigilante?, pensó Vin mientras se apartaba de un salto. *¿Por qué habrá arrojado esa moneda a un lanzamonedas que podía apartarla sin ninguna dificultad?*

Su preocupación por el Vigilante casi le costó la vida cuando un violento que no había advertido la atacó de lado. Era el hombre cuyas piernas había rajado. Vin reaccionó justo a tiempo para evitar el golpe. Esto, sin embargo, la puso al alcance de los otros tres.

Todos atacaron a la vez.

Vin consiguió esquivar dos de los golpes. Uno, sin embargo, la alcanzó en el costado. El poderoso impacto la hizo resbalar por la calle hasta que chocó contra la puerta de madera de una tienda. Oyó un crujido (de la puerta, por suerte, no de sus huesos) y se desplomó, perdidas sus dagas. Una persona normal habría muerto. No obstante, su cuerpo impelido por el peltre era más resistente.

Jadeó en busca de aire, obligándose a ponerse en pie, y avivó estaño. El metal amplificó sus sentidos (incluida su capacidad de sentir dolor), y la súbita conmoción le despejó la mente. Le dolía el costado. Pero no podía detenerse. No con un violento atacándola, blandiendo su bastón para golpearla desde arriba.

Agazapada ante la puerta, Vin avivó peltre y agarró el bastón con ambas manos. Gritó, echó atrás la mano izquierda y descargó un puñetazo contra el arma que quebró la dura madera de un solo golpe. El violento vaciló, y Vin le golpeó con la mitad del bastón en los ojos. Aunque aturdido, permaneció en pie.

No puedo luchar contra los violentos, pensó Vin. *Tengo que seguir moviéndome.*

Se lanzó a un lado, ignorando el dolor. Los violentos trataron de seguirla, pero ella era más ágil, más delgada y, lo más importante, mucho más rápida. Los rodeó y se volvió para atacar al lanzamonedas, el ahumador y el atraedor. Un violento herido había vuelto para proteger a esos hombres.

Cuando Vin se acercaba, el lanzamonedas le arrojó un puñado. Vin apartó las monedas y tiró de las que el hombre llevaba en la faltriquera.

El lanzamonedas gruñó mientras la bolsa se precipitaba hacia Vin. La llevaba atada a la cintura con una correa corta y el tirón lo hizo dar un paso adelante. El violento agarró al hombre y lo mantuvo en el sitio.

Y como su anclaje no se movía, Vin fue atraída hacia él. Avivó hierro mientras volaba por los aires y alzó el puño. El lanzamonedas gritó y tiró para liberar la bolsa.

Demasiado tarde. El impulso de Vin la llevó hacia delante. Hundió el puño en la mejilla del lanzamonedas al pasar. La cabeza del hombre giró, roto el cuello. Cuando Vin aterrizó, le dio un codazo en la barbilla al sorprendido violento, arrojándolo hacia atrás. Con una patada alcanzó al caído en el cuello.

Ninguno de los dos hombres se incorporó. Ya habían muerto tres. La faltriquera cayó al suelo, se rompió y se esparcieron por el empedrado un centenar de brillantes piezas de cobre alrededor de Vin. Ella ignoró el dolor de su costado y se enfrentó al atraedor, que esperaba con el escudo en alto, sospechosamente despreocupado.

Un crujido sonó a su espalda. Vin gritó, porque su oído, aguzado por el estaño, experimentó una reacción exagerada ante el inesperado sonido. Se llevó las manos a las orejas mientras el dolor le perforaba las sienes. Se había olvidado del ahumador, que sostenía dos palos de madera, tallados para producir agudos sonidos cuando los golpeaba entre sí.

Movimientos y reacciones, acciones y consecuencias eran la esencia de la alomancia. El estaño permitía que sus ojos vieran a través de las brumas, lo que le daba ventaja sobre sus enemigos. Sin embargo, el estaño también hacía que su sentido del oído se aguzara hasta niveles extremos. El ahumador alzó de nuevo sus palos. Vin recogió un puñado de monedas del suelo y las lanzó con un grito contra el ahumador. El atraedor, como cabía esperar, tiró de ellas. Golpearon el escudo y rebotaron. Y mientras se esparcían en el aire Vin empujó con cuidado una que quedó rezagada.

El hombre bajó el escudo, ajeno a la moneda que Vin había manipulado. Vin tiró, haciendo que la moneda corriera hacia ella... y hasta la nuca del atraedor. El hombre cayó sin emitir ningún sonido.

Cuatro.

Todo quedó en silencio. Los violentos que corrían hacia ella se detuvieron, y el ahumador bajó sus palos. No tenían ya lanzamonedas ni atraedores, nadie que pudiera empujar o tirar de metal, y Vin estaba en medio de un campo de monedas. Si las usaba, incluso los violentos caerían en un abrir y cerrar de ojos. Lo único que tenía que hacer era...

Otra moneda surcó el aire, disparada desde el tejado del Vigilante. Vin maldijo, esquivándola. Sin embargo, ella no era el objetivo. Alcanzó al ahumador de pleno en la frente. El hombre cayó boca arriba, sin vida.

¿Cómo?, pensó Vin, contemplando el cadáver.

Los violentos atacaron, pero Vin se retiró frunciendo el ceño. *¿Por qué matar al ahumador? Ya no era ninguna amenaza...*

A menos...

Vin apagó su cobre, luego quemó bronce, el metal que permitía detectar si había otros alománticos cerca usando su poder. No percibía a los violentos quemando peltre. Todavía estaban siendo ahumados, oculta su alomancia.

Alguien más estaba quemando cobre.

De repente, todo cobró sentido. Tuvo sentido que el grupo se arriesgara a atacar a una nacida de la bruma. Tuvo sentido que el Vigilante hubiera disparado al lanzamonedas. Tuvo sentido que hubiera matado al ahumador.

Vin corría un grave peligro.

Solo tuvo un momento para tomar su decisión. Lo hizo por instinto, pero había crecido en la calle siendo ladrona y timadora. Las corazonadas le resultaban más naturales que la lógica.

—¡OreSeur! —gritó—. ¡Ve al palacio!

Era un código, por supuesto. Vin dio un salto atrás, ignorando por un momento a los violentos mientras su criado salía de un callejón. Sacó algo de su cinturón y se lo arrojó a Vin: un frasquito de cristal como los que usaban los alománticos para guardar sus virutas de metal. Vin tiró con rapidez del frasquito hasta tenerlo en la mano. No muy lejos, el segundo lanzamonedas (que se había quedado tirado en el suelo, como muerto) maldijo y se puso en pie.

Vin se volvió, apurando el frasquito de un rápido trago. Contenía una única perla de metal. Atium. No podía permitirse llevarlo en su propio cuerpo, pues no podía arriesgarse a que se lo arrancaran durante una pelea. Había ordenado a OreSeur que permaneciera cerca esa noche, preparado para entregarle el frasco en caso de emergencia.

El «lanzamonedas» se sacó del cinturón una daga de cristal que llevaba oculta y cargó contra Vin por delante de los violentos que se acercaban. Ella se detuvo un instante, lamentando su decisión, pero sabiéndola inevitable.

Los hombres habían ocultado entre sus filas a un nacido de la bruma. Un nacido de la bruma como Vin, una persona que podía quemar los diez metales. Un nacido de la bruma que había estado esperando el momento adecuado para atacarla, para pillarla desprevenida.

Tendría atium, y solo había un modo de combatir a alguien que tenía atium. Era el metal alomántico definitivo, que solo podía usar un nacido de la bruma, y podía decantar fácilmente el resultado de un combate. Cada perla valía una fortuna... pero ¿de qué le serviría una fortuna si moría?

Vin quemó su atium.

El mundo a su alrededor cambió. Todos los objetos que se movían (los postigos de las ventanas, la ceniza en el aire, los violentos que la atacaban, incluso los rastros de bruma) proyectaron una copia translúcida. Las réplicas se movieron adelantándose a sus originales, mostrando a Vin con exactitud lo que sucedería al instante, en el futuro.

Solo el nacido de la bruma era inmune. En vez de proyectar una única forma de atium proyectó docenas, señal de que estaba quemando atium a su vez. Se detuvo un instante. El cuerpo de Vin habría explotado con docenas de confusas sombras de atium. Ahora que podía ver el futuro, Vin sabía lo que el hombre haría. Eso, a su vez, cambiaba lo que ella iba a hacer. Y cambiaba lo que iba a hacer él. Y así sucesivamente. Como los reflejos de dos espejos frente a frente, las posibilidades continuaban hasta el infinito. Ninguno de los dos tenía ventaja.

Aunque su nacido de la bruma se quedó quieto, los tres desafortunados violentos continuaron al ataque, pues no tenían manera de saber que Vin quemaba atium. Ella se volvió, plantándose junto al cuerpo del ahumador caído. De una patada, lanzó sus palos al aire.

Llegó un violento blandiendo su bastón, cuya diáfana sombra de atium atravesó el cuerpo de Vin. Ella se contorsionó hacia un lado y notó el bastón de verdad pasar por encima de su oreja. La maniobra parecía fácil dentro del aura del atium.

Atrapó al vuelo uno de los palos y golpeó con él el cuello del violento. Giró cogiendo el otro palo y de un revés lo descargó contra el cráneo del hombre. El violento cayó de bruces, gimiendo, y Vin volvió a girar, esquivando con facilidad otros dos bastones.

Golpeó las sienes del violento herido con los palos, que se partieron con el sonido hueco de un tambor mientras el cráneo del hombre se fracturaba.

Cayó y no volvió a moverse. Vin lanzó su bastón al aire de una patada, soltó los palos rotos y lo recogió. Se dio la vuelta, haciendo girar el bastón, y se enfrentó a los dos violentos restantes a la vez. Con un fluido movimiento, descargó dos rápidos y potentes golpes contra sus rostros.

Se agachó mientras los dos hombres morían, sujetando el bastón con una mano, la otra apoyada en el empedrado humedecido por la niebla. El nacido de la bruma se detuvo, y ella pudo ver incertidumbre en sus ojos. El poder no tenía por qué implicar competencia, y sus dos mejores bazas, la sorpresa y el atium, habían quedado anuladas.

Se volvió, tirando de un grupo de monedas caídas en el suelo, y luego las disparó. No hacia Vin, sino hacia OreSeur, que todavía se encontraba en la bocacalle. Era evidente que el nacido de la bruma esperaba que la preocupación de Vin por su sirviente la distrajera y poder quizá escapar.

Se equivocaba.

Vin ignoró las monedas y se lanzó hacia delante. Mientras OreSeur gritaba de dolor (una docena de monedas le hirieron la piel), Vin arrojó su bastón contra la cabeza del nacido de la bruma. En cuanto abandonó sus dedos, su forma de atium se tornó firme y singular.

El asesino nacido de la bruma esquivó el golpe a la perfección. Sin embargo, el movimiento lo distrajo lo suficiente para permitir que ella cubriera la distancia que los separaba. Tenía que atacar con rapidez: la perla de atium que había tragado era pequeña. Se quemaría a gran velocidad. Y, cuando se agotara, quedaría indefensa. Su oponente tendría poder absoluto sobre ella. Podría...

Su aterrado adversario alzó la daga. En ese momento, se le agotó el atium.

Los instintos depredadores de Vin reaccionaron al instante y descargó un puñetazo. Él alzó un brazo para bloquear el golpe, pero ella lo vio venir y cambió la dirección de su ataque. Lo alcanzó de lleno en la cara. Entonces, con dedos diestros, Vin le arrebató la daga de cristal antes de que cayera al suelo y se hiciera añicos. Se incorporó y le rebanó el cuello a su oponente.

El hombre cayó en silencio.

Vin se levantó con la respiración entrecortada, con el grupo de asesinos muertos a su alrededor. Durante un instante, sintió un poder abrumador. Con atium era invencible. Podía esquivar cualquier golpe, matar a cualquier enemigo.

Su atium se agotó.

De repente todo pareció más oscuro. El dolor de su costado regresó a su mente, y tosió, gimiendo. Tendría moretones... y grandes. Tal vez alguna costilla rota.

Pero había vuelto a vencer. Por los pelos. ¿Qué ocurriría cuando fallara? Cuando no tuviera suficiente cuidado o careciera de la habilidad suficiente...

Elend moriría.

Vin suspiró y alzó la cabeza. *Él* estaba todavía allí, observándola desde el tejado. A pesar de la media docena de persecuciones repartidas a lo largo de varios meses, nunca había conseguido atraparlo. Algún día lo acorralaría.

Pero no esa noche. No tenía fuerzas. De hecho, le preocupaba que fuera a atacarla a ella. *Pero... me ha salvado. Habría muerto si me hubiera acercado demasiado a ese nacido de la bruma oculto. Si hubiera quemado atium aunque fuese un instante sin que yo me diera cuenta, me habría encontrado sus dagas clavadas en el pecho.*

El Vigilante permaneció allí unos instantes más, envuelto, como siempre, en jirones de bruma. Luego se dio la vuelta y se perdió de un salto en la noche. Vin lo dejó marchar; tenía que encargarse de OreSeur.

Se acercó a él trastabillando y entonces se detuvo. Su cuerpo, poco destacable y vestido con pantalones y camisa de sirviente, estaba acribillado por monedas y le manaba sangre de varias heridas.

La miró.

—¿Qué? —preguntó.

—No esperaba que sangraras.

OreSeur resopló.

—Seguro que tampoco esperabas que sintiera dolor.

Vin abrió la boca, pero no dijo nada. Lo cierto era que nunca lo había pensado. Se envaró. *¿Qué derecho tiene esta cosa a reñirme?*

A pesar de todo, OreSeur había demostrado ser útil.

—Gracias por lanzarme el frasquito —dijo ella.

—Era mi deber, ama —respondió OreSeur, gimiendo mientras arrastraba su cuerpo herido hacia un lado del callejón—. Maese Kelsier me encargó que te protegiera. Como siempre, cumplo el Contrato.

Ah, sí. El todopoderoso Contrato.

—¿Puedes andar?

—Solo con esfuerzo, ama. Las monedas me han roto varios de estos huesos. Necesitaré un cuerpo nuevo. ¿El de uno de los asesinos, tal vez?

Vin frunció el ceño. Miró a los hombres caídos y se le revolvió un poco el estómago al contemplar el horrible espectáculo de sus cadáveres. Los había matado, a ocho hombres, con la cruel eficacia que le había enseñado a tener Kelsier.

Eso es lo que soy, pensó. *Una asesina, como esos hombres.* Así tenía que ser. Alguien tenía que proteger a Elend.

Sin embargo, la idea de OreSeur comiéndose a uno de ellos, digiriendo el cadáver, dejando que sus extraños sentidos de kandra memorizaran la posición de los músculos, la piel y los órganos para poder reproducirlos, la asqueaba.

Desvió la mirada y vio el velado desprecio en los ojos de OreSeur. Ambos sabían lo que ella pensaba de que él comiera cuerpos humanos. Ambos sabían lo que él pensaba de los prejuicios de ella.

—No —dijo Vin—. No usaremos a uno de estos hombres.

—Entonces tendrás que buscarme otro cuerpo —dijo OreSeur—. Según el Contrato no puedo verme obligado a matar a nadie.

El estómago de Vin volvió a protestar. *Pensaré algo.* El cuerpo actual de OreSeur era el de un asesino, tomado después de su ejecución. A Vin le preocupaba todavía que alguien de la ciudad reconociera su rostro.

—¿Puedes volver al palacio? —preguntó Vin.

—Con tiempo —dijo OreSeur.

Vin asintió, despidiéndolo, y luego se volvió hacia los cadáveres. De algún modo sospechaba que esta noche marcaría un punto de inflexión en el destino del Dominio Central.

Los asesinos de Straff jamás sabrían el daño que habían hecho. Aquella perla de atium era la última que Vin tenía. La próxima vez que un nacido de la bruma la atacara, estaría indefensa.

Y lo más probable era que pereciese con la misma facilidad que el nacido de la bruma al que había matado esa noche.

Mis hermanos ignoran los otros hechos. No pueden relacionar las otras extrañas cosas que están teniendo lugar. Son sordos a mis objeciones, están ciegos a mis descubrimientos.

3

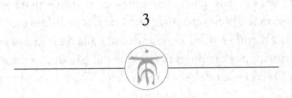

Elend soltó su pluma sobre el escritorio con un suspiro y luego se arrellanó en la silla y se frotó la frente.

Suponía que sabía tanto de teoría política como el que más. Desde luego, había leído más sobre economía, estudiado más sobre gobiernos y mantenido más debates políticos que nadie que conociera. Comprendía todas las teorías para hacer que una nación fuera estable y justa, y había tratado de ponerlas en práctica en su nuevo reino.

Lo que no había comprendido era lo increíblemente frustrante que podía llegar a ser un consejo parlamentario.

Se levantó y se dispuso a servirse una copa de vino helado. Se detuvo, no obstante, al mirar por las puertas del balcón. En la distancia, un resplandor difuso atravesaba las brumas. Las hogueras del campamento de su padre.

Dejó el vino. Estaba agotado, y el alcohol era poco probable que fuese a servirle de ayuda. *¡No puedo permitirme quedarme dormido hasta que acabe esto!*, pensó, obligándose a volver a su asiento. La Asamblea se reuniría pronto, y tenía que terminar la propuesta aquella noche.

Elend tomó el papel y observó su contenido. Su letra le parecía ininteligible incluso a él, y la página estaba llena de tachaduras y anotaciones, reflejo de su frustración. Hacía semanas que sabían que el ejército se acercaba y la Asamblea aún vacilaba sobre qué medidas tomar.

Algunos de sus miembros querían ofrecer un tratado de paz; otros pensaban que debían rendir la ciudad, sin más. Otros más consideraban que debían atacar sin tardanza. Elend temía que la facción partidaria de la rendición estuviera ganando fuerza; de ahí su propuesta. Con la moción, si se aprobaba, ganaría un poco de tiempo. Como rey, tenía derecho a parlamentar con un dictador extranjero. La propuesta prohibía que la Asamblea hiciera nada apresurado antes de que al menos hubiera podido reunirse con su padre.

Elend volvió a suspirar y soltó el papel. La Asamblea solo tenía veinticuatro miembros, pero conseguir que se pusieran de acuerdo en algo era casi más difícil que cualquiera de los problemas a los que se enfrentaban. Elend se volvió, mirando más allá de la lámpara solitaria de su escritorio, por las puertas abiertas del balcón, a contemplar las hogueras. Oyó el roce de pies en el tejado: Vin, en una de sus rondas nocturnas.

Elend sonrió con afecto, pero ni siquiera pensar en Vin le animó. *Ese grupo de asesinos con los que ha luchado esta noche. ¿Puedo usarlo de algún modo?* Tal vez si hacía público el ataque la Asamblea recordaría el desprecio de Straff por la vida humana y tendría más reparos a rendirle la ciudad. Pero... pero tal vez tuvieran miedo de que enviara a sus asesinos contra ellos y fuese más probable que se rindieran.

A veces Elend se preguntaba si el lord Legislador tenía razón. No en oprimir al pueblo, por supuesto, sino al conservar todo el poder para sí. El Imperio Final había sido estable. Había durado mil años, capeando rebeliones, manteniendo un fuerte dominio del mundo.

Pero el lord Legislador era inmortal, pensó Elend. *Es una ventaja de la que yo, desde luego, no disfrutaré nunca.*

El pueblo seguiría teniendo un rey que le proporcionara continuidad, que constituyera un símbolo de unión. Un hombre que no se corrompería por sus ansias de ser reelegido. Y también tendría una Asamblea, un consejo con verdadera autoridad legal compuesto por sus iguales, que daría voz a sus preocupaciones. Así, Elend forjaría un gobierno estable. Era una manera mejor.

Todo sonaba maravilloso en teoría. Suponiendo que sobrevivieran a los próximos meses.

Elend se frotó los ojos, luego volvió a mojar la pluma en el tintero y siguió escribiendo frases al pie del documento.

El lord Legislador estaba muerto.

Incluso al cabo de un año, a Vin todavía le resultaba a veces difícil asimilarlo. El lord Legislador lo había sido... todo. Rey y dios, legislador y autoridad suprema. Había sido eterno y absoluto, y ahora estaba muerto.

Vin lo había matado.

La verdad, por supuesto, no era tan impresionante como las historias. No había sido una fuerza heroica ni un poder místico lo que había permitido que Vin derrotara al emperador. Tan solo había deducido el truco que él había estado utilizando para ser inmortal, y afortunadamente, casi por casualidad, había explotado su debilidad. No había sido valentía ni astucia. Solo suerte.

Vin suspiró. Todavía le dolían los cardenales, pero los había tenido mucho peores. Estaba sentada en el tejado del palacio, la antigua fortaleza Venture, justo encima del balcón de Elend. Su reputación podía no ser merecida, pero había ayudado a mantener a Elend con vida. Aunque docenas de señores de la guerra se disputaban las tierras que antaño fueran el Imperio Final, ninguno de ellos había marchado hacia Luthadel.

Hasta entonces.

Había hogueras ardiendo ante la ciudad. Straff sabría pronto que sus asesinos habían fracasado. Y, entonces, ¿qué? ¿Atacaría la ciudad? Ham y Clubs sostenían que Luthadel no podría resistir un ataque decidido. Straff tenía que saberlo.

Sin embargo, por el momento Elend estaba a salvo. Vin se había vuelto bastante buena localizando y eliminando asesinos: apenas pasaba un mes sin que capturara a alguien tratando de colarse en el palacio. Muchos eran solo espías, y muy pocos alománticos. No obstante, el cuchillo de acero de un hombre normal mataría a Elend con la misma facilidad que el cuchillo de cristal de un alomántico.

No permitiría que eso ocurriera. Pasara lo que pasara, no importaba qué sacrificios fueran necesarios, Elend tenía que seguir vivo.

En un arrebato de aprensión, se acercó a la claraboya para comprobar su estado. Elend estaba sentado a su escritorio, allá abajo, escribiendo alguna nueva propuesta o edicto. El reinado lo había cambiado muy poco. A sus veintitrés años, alrededor de cuatro más que ella, Elend era un hombre que dedicaba grandes esfuerzos a su educación, pero muy pocos a su aspecto. Solo se molestaba en peinarse cuando asistía a un acto importante y se las apañaba para ir desaliñado con ropa de buen corte.

Debía de ser el mejor hombre que hubiera conocido jamás. Esforzado, decidido, listo y cariñoso. Y, por algún motivo, la amaba. En ocasiones, ese hecho le parecía a Vin aún más sorprendente que su participación en la muerte del lord Legislador.

Vin alzó la cabeza, contemplando de nuevo las luces del ejército. Luego miró hacia ambos lados. El Vigilante no había regresado. A menudo, en noches como esa, la tentaba acercándose peligrosamente a la habitación de Elend antes de desaparecer en la ciudad.

Si quisiera matar a Elend, claro está, podría haberlo hecho mientras yo combatía a los demás...

Era un pensamiento inquietante. Vin no podía vigilar a Elend en todo momento. Estaba en peligro una aterradora cantidad de veces.

Cierto, tenía otros guardaespaldas, y algunos eran incluso alománticos. Sus recursos, sin embargo, eran tan limitados como los suyos. Los asesinos de esa noche habían sido los más hábiles y peligrosos a los que se había enfrentado nunca. Se estremeció, pensando en el nacido de la bruma que se había ocultado entre ellos. No era muy bueno, pero no habría necesitado mucha habilidad para quemar atium y luego descargar un golpe directo sobre Vin en el lugar adecuado.

Las cambiantes brumas continuaban girando. La presencia del ejército susurraba una verdad inquietante: los señores de la guerra de las inmediaciones empezaban a consolidar sus dominios y tenían intenciones expansionistas. Aunque Luthadel resistiera contra Straff, vendrían otros.

En silencio, Vin cerró los ojos y quemó bronce, todavía preocupada de que el Vigilante (o algún otro alomántico) pudiera estar cerca, planeando atacar a Elend en la supuesta seguridad del intento de asesinato fallido. La mayoría de los nacidos de la bruma consideraban el bronce un metal de utilidad relativa, ya que se contrarrestaba con facilidad. Con cobre, un nacido de la bruma podía enmascarar su alomancia..., por no mencionar que podía protegerse de la manipulación emocional del cinc o el latón. La mayoría de los nacidos de la bruma consideraban una tontería no tener su cobre encendido en todo momento.

Y, sin embargo..., Vin tenía la habilidad de perforar las nubes de cobre.

Una nube de cobre no era algo visible. Era mucho más vago. Un bolsillo de aire muerto donde los alománticos podían quemar sus metales y no preocuparse de que los quemadores de bronce pudieran detectarlos. Pero Vin detectaba a los alománticos que usaban metales dentro de una nube de cobre. Todavía no estaba segura de por qué. Incluso Kelsier, el alomántico más poderoso que había conocido, no había podido perforar una nube de cobre.

Esta noche, sin embargo, no percibía nada.

Con un suspiro, abrió los ojos. Su extraño poder era confuso, pero no era exclusivo de ella. Marsh había confirmado que los inquisidores de Acero podían perforar nubes de cobre, y estaba segura de que el lord Legislador también podía hacerlo. Pero... ¿por qué ella? ¿Por qué podía hacerlo Vin, una chica que apenas había recibido dos años de formación como nacida de la bruma?

Había más. Todavía recordaba con nitidez la mañana de su lucha con el lord Legislador. Algo que no le había contado a nadie... en parte porque le hacía temer, un poco, que los rumores y leyendas sobre ella fueran ciertos. De algún modo había recurrido a las brumas, usándolas en vez de los metales para potenciar su alomancia.

Solo con ese poder, el poder de las brumas, había podido derrotar al final al lord Legislador. Le gustaba decirse que había tenido la suerte de descubrir el truco del lord Legislador, eso era todo. Pero... había sucedido algo extraño aquella noche, algo que ella había hecho. Algo que no tendría que haber podido hacer y que nunca había logrado repetir.

Vin sacudió la cabeza. Había muchas cosas que no sabía, y no solo de la alomancia. Ella y los otros líderes del frágil reino de Elend lo intentaban lo mejor que podían, pero sin Kelsier para guiarlos, Vin se sentía ciega. Los planes, los éxitos e incluso los objetivos eran como figuras oscuras dentro de la bruma, informes y confusas.

No deberías habernos dejado, Kel, pensó. *Salvaste al mundo... pero tendrías que haberlo hecho sin morir.*

Kelsier, el Superviviente de Hathsin, el hombre que había orquestado y logrado la caída del Imperio Final. Vin lo había conocido, había trabajado con él, se había entrenado a sus órdenes. Era una leyenda y un héroe. Sin embargo, también había sido un hombre. Falible. Imperfecto. Era fácil para los skaa corrientes de la ciudad adorarlo y luego culpar a Elend y los demás de la ominosa situación que Kelsier había creado.

La idea la llenó de amargura. Pensar en Kelsier solía hacerlo. Tal vez se debía a la sensación de abandono, o tal vez solo a la incómoda certeza de que Kelsier, como la propia Vin, no estaba del todo a la altura de su reputación.

Suspiró y cerró los ojos, todavía quemando bronce. El combate de aquella noche había sido un gran esfuerzo para ella, y empezaba a temer las horas que todavía pretendía pasar de guardia. Le costaría permanecer atenta cuando...

Sintió algo.

Vin abrió los ojos, avivando estaño. Se dio media vuelta y se aplastó contra el tejado para ocultar su perfil. Había alguien allí, quemando metal. Los pulsos del bronce latían sutiles, casi imperceptibles... como alguien que tocara con suma delicadeza el tambor. Una nube de cobre los sofocaba. La persona, fuera quien fuese, creía que su cobre la ocultaría.

Hasta entonces Vin no había dejado a nadie con vida que conociera su extraño poder, salvo a Elend y Marsh.

Reptó, los dedos de las manos y los pies helados por el contacto con la cubierta de cobre del tejado. Trató de determinar la dirección de los pulsos. Había algo extraño en ellos. Tenía problemas para distinguir los metales que estaba quemando su enemigo. ¿Era aquello el rápido tamborileo del peltre o era el ritmo del hierro? Los pulsos parecían confusos, como ondas en un lodo denso.

Venían de algún lugar muy cercano... Del tejado...

Justo delante de ella.

Vin se detuvo, agazapada. Las brisas de la noche creaban una muralla de bruma frente ella. ¿Dónde se había metido? Sus sentidos peleaban entre sí: su bronce le decía que tenía algo delante, pero sus ojos se negaban a verlo.

Estudió las oscuras brumas, miró hacia arriba solo para asegurarse y luego se incorporó. *Es la primera vez que mi bronce se equivoca*, pensó, frunciendo el ceño.

Entonces lo vio.

No era algo en la bruma sino de bruma. La figura se hallaba a unos cuantos pasos de distancia, fácil de confundir, pues su forma solo quedaba levemente recortada. Vin jadeó y dio un paso atrás.

La figura continuó donde estaba. No pudo distinguir gran cosa: sus rasgos eran vagos y neblinosos, recortados por los caóticos remolinos de la bruma impulsada por el viento. De no ser por la persistencia de la forma, la habría pasado por alto... como la forma de un animal que se deja entrever solo un momento en las nubes.

Pero se mantenía. Cada nuevo remolino de bruma añadía definición al fino cuerpo y la cabeza larga. Algo confuso pero persistente. Parecía que se trataba de un ser humano, pero carecía de la solidez del Vigilante. Era... extraño.

La figura dio un paso adelante.

Vin reaccionó al instante, arrojó un puñado de monedas y las empujó por el aire. Los trozos de metal surcaron la bruma, dejando rastros, y atravesaron la borrosa figura, que permaneció allí un momento antes de desvanecerse a continuación, sin más, y perderse entre los azarosos remolinos.

Elend escribió la última línea con una floritura, aunque sabía que tendría que encargar que un escriba pasara a limpio la propuesta. Con todo, se sentía orgulloso. Había elaborado un argumento que pensaba que por fin convencería a la Asamblea de que no podían rendirse sin más a Straff.

Miró sin proponérselo el fajo de papeles que tenía sobre la mesa. Encima había una carta amarilla de aspecto inocente, todavía doblada, con un sello roto de cera que parecía una mancha de sangre. La carta era breve. Elend recordó sus palabras con facilidad.

Hijo:
Confío en que hayas disfrutado cuidando de los intereses Venture en Luthadel. He asegurado el Dominio Septentrional, y en breve regresaré a nuestra fortaleza en Luthadel. Podrás entregarme entonces el control de la ciudad.

REY STRAFF VENTURE

De todos los señores de la guerra y déspotas que habían afligido el Imperio Final desde la muerte del lord Legislador, Straff era el más peligroso. Elend lo sabía bien. Su padre era un auténtico noble imperial: veía la vida como una competición entre lores para ver quién podía ganar mayor reputación. Había jugado bien su juego, convirtiendo a la Casa Venture en la más poderosa de las familias nobles antes del Colapso.

El padre de Elend no veía la muerte del lord Legislador como una tragedia o una victoria, sino como una oportunidad. El hecho de que el hijo supuestamente tonto y débil de Straff dijera ahora ser rey del Dominio Central debía de producirle un sinfín de carcajadas.

Elend sacudió la cabeza, volviendo a la propuesta.

Unas cuantas relecturas más, unos cuantos retoques y por fin podré dormir un poco. Tan solo...

Una figura embozada saltó desde la claraboya del techo y aterrizó con un suave golpe junto a él.

Elend alzó una ceja y se volvió hacia la figura agazapada.

—¿Sabes? Dejo el balcón abierto por un motivo, Vin. Podrías entrar por ahí, si quisieras.

—Lo sé —respondió Vin. Cruzó veloz la habitación, moviéndose con la antinatural agilidad de la alomancia. Miró bajo la cama, luego se acercó al armario y abrió las puertas. Dio un salto atrás con la tensión de un animal al acecho, pero al parecer no encontró nada dentro que desaprobara, pues se dispuso a asomarse a la puerta que daba al resto de las habitaciones de Elend.

Elend la observó con afecto. Había tardado algún tiempo en acostumbrarse a las particularidades de Vin. Se burlaba de ella diciéndole que era un poco paranoica: ella respondía diciendo que era cuidadosa. De cualquier manera, la mitad de las veces que visitaba sus habitaciones miraba bajo la cama y en el armario. Las otras se contenía... pero Elend la veía a menudo mirar con recelo escondites potenciales.

Vin se comportaba con mucha menos ansiedad cuando no tenía ningún motivo para preocuparse por él. Sin embargo, Elend solo estaba empezando a comprender que en ella había una persona muy compleja oculta bajo el rostro que una vez había conocido como el de Valette Renoux. Se había enamorado de su lado cortesano sin conocer a la nerviosa y furtiva nacida de la bruma que había dentro. Todavía le resultaba un poco difícil verlas como la misma persona.

Vin cerró la puerta y luego hizo una breve pausa, observándolo con sus redondos ojos castaños oscuros. Elend sonrió. A pesar de sus rarezas (o más bien a causa de ellas), amaba a esa mujer delgada de ojos decididos y temperamento tosco. No se parecía a nadie que hubiera conocido jamás: una mujer de belleza sencilla, pero honesta e inteligente.

Sin embargo, a veces le preocupaba.

—¿Vin? —preguntó, poniéndose en pie.

—¿Has visto algo extraño esta noche?

Elend se detuvo.

—¿Aparte de ti?

Ella frunció el ceño y cruzó la habitación. Elend observó sus pequeñas formas, ataviada con pantalones negros y una camisa de hombre, la capa de bruma con las borlas flotando tras ella. No llevaba puesta la capucha de la capa, como de costumbre, y andaba con una gracia suprema: con la inconsciente elegancia de una persona que quema peltre.

¡Concéntrate!, se dijo Elend. *Sí que estás cansado.*

—¿Vin? ¿Qué ocurre?

Ella miró hacia el balcón.

—Ese nacido de la bruma, el Vigilante, está otra vez en la ciudad.

—¿Estás segura?

Vin asintió.

—Me vio pelear con esos asesinos. Pero... creo que no va a venir por ti esta noche.

Elend frunció el ceño. Las puertas del balcón seguían abiertas y jirones de bruma entraban por ellas, arrastrándose por el suelo hasta evaporarse. Al otro lado de las puertas había oscuridad. Caos.

Es solo bruma, se dijo. *Vapor de agua. No hay nada que temer.*

—¿Qué te hace pensar que el nacido de la bruma no vendrá por mí?

Vin se encogió de hombros.

—Me da esa impresión.

Ella a menudo respondía de esa manera. Vin había crecido en las calles, por eso se fiaba de su instinto. Curiosamente, también lo hacía Elend. La miró, leyendo la incertidumbre en su postura. Alguna otra cosa la había inquietado esa noche. La miró a los ojos, hasta que ella apartó la mirada.

—¿Qué? —preguntó.

—He visto... algo más —dijo ella—. O me ha parecido verlo. Algo en las brumas, como una persona formada de humo. Lo he percibido también, con la alomancia. Pero ha desaparecido.

Elend frunció el ceño todavía más. Avanzó y la rodeó con sus brazos.

—Vin, te estás esforzando demasiado. No puedes seguir rondando la ciudad por la noche y luego estar despierta todo el día. Incluso los alománticos necesitan descansar.

Ella asintió en silencio. En sus brazos no parecía la poderosa guerrera que había matado al lord Legislador, sino más bien una mujer abrumada por la fatiga, una mujer superada por los acontecimientos..., una mujer que debía de sentirse igual que el propio Elend.

Lo dejó abrazarla. Al principio, notó un leve envaramiento en su postura. Era como si en parte todavía temiera ser herida..., un recuerdo primigenio, una incapacidad para aceptar que era posible ser tocado por el amor y no por la ira. Luego, no obstante, se relajó. Elend era una de las pocas personas con quienes se lo permitía. Cuando lo abrazaba, cuando lo abrazaba de verdad, se aferraba a él con una desesperación rayana en el terror. A pesar de su poder alomántico y su tozuda determinación, Vin era alarmantemente vulnerable. Parecía necesitar a Elend. Por eso él se consideraba afortunado.

Frustrado, en ocasiones. Pero afortunado. Vin y él no habían hablado sobre su propuesta matrimonial y la negativa de ella, aunque Elend a menudo pensaba en aquel encuentro.

Las mujeres son ya de por sí bastante difíciles de comprender, pensó, *y he ido a escoger a la más rara de todas*. De todas maneras, no podía quejarse. Ella lo amaba. Podía soportar sus peculiaridades.

Vin suspiró y lo miró, relajándose al fin cuando él se inclinó para besarla. El beso duró un buen rato y ella suspiró. Después, apoyó la cabeza en su hombro.

—Tenemos otro problema —dijo en voz baja—. Esta noche he usado el último resto de atium combatiendo a los asesinos.

Vin asintió.

—Bueno, sabíamos que tenía que pasar tarde o temprano. Nuestra reserva no podía durar eternamente.

—¿Reserva? —preguntó Vin—. Kelsier solo nos dejó seis perlas.

Elend suspiró y la abrazó con fuerza. Se suponía que su nuevo gobierno había heredado las reservas de atium del lord Legislador, un supuesto depósito de metal que constituía un tesoro increíble. Kelsier había contado con esa riqueza para su nuevo reino; había muerto esperando conseguirla. Solo había un problema. Nadie había encontrado ninguna reserva. Habían encontrado un poquito: el atium de los brazaletes que el lord Legislador había usado como batería ferroquímica para acumular edad. Sin embargo, había gastado esos suministros en la ciudad y contenían muy poco atium. No era el depósito esperado. Todavía, en algún lugar de la ciudad, debía haber un tesoro de atium miles de veces más grande que aquellos brazaletes.

—Tendremos que conformarnos —dijo Elend.

—Si te ataca un nacido de la bruma, no podré matarlo.

—Solo si tiene atium —dijo Elend—. Cada vez es más escaso. Dudo que los otros reyes tengan mucho.

Kelsier había destruido los Pozos de Hathsin, el único lugar de donde se podía extraer atium. Con todo, si Vin tenía que combatir a alguien que lo tuviera...

No pienses en eso, se dijo él. *Solo sigue buscando. Tal vez podamos comprar un poco. O tal vez encontremos el depósito del lord Legislador. Si es que existe...*

Vin lo miró, leyendo la preocupación en sus ojos, y él supo que había llegado a su misma conclusión. Poco podía hacerse en ese momento; Vin había actuado bien al conservar el atium el mayor tiempo posible. Con todo, cuando se apartó de él y le permitió regresar a su mesa, Elend no pudo dejar de pensar en cómo podrían haber gastado ese atium. Su pueblo necesitaría proveerse de comida para el invierno.

Pero, vendiendo el metal, pensó mientras se sentaba, *habríamos puesto el arma alomántica más peligrosa del mundo en manos de nuestros enemigos*. Era mejor que Vin lo hubiera gastado.

Cuando se puso a trabajar de nuevo, Vin asomó la cabeza por encima de su hombro, haciéndole sombra.

—¿Qué es? —preguntó.

—La propuesta para detener a la Asamblea hasta que haya ejercido mi derecho a parlamentar.

—¿Otra vez? —preguntó ella, ladeando la cabeza y entornando los ojos como si tratara de entender su letra.

—La Asamblea rechazó la última versión.

Vin frunció el ceño.

—¿Por qué no les dices que tienen que aceptarla? Eres el rey.

—Verás, eso es lo que estoy intentando demostrar con todo esto. Solo soy un hombre, Vin..., tal vez mi opinión no sea mejor que la suya. Si todos trabajamos juntos en la propuesta el resultado será mejor que si solo un hombre la hubiera hecho.

Vin sacudió la cabeza.

—Será demasiado débil. Sin garra. Deberías confiar más en ti mismo.

—No es una cuestión de confianza. Es una cuestión de hacer lo correcto. Hemos pasado mil años combatiendo al lord Legislador... Si yo hago las cosas igual que él, ¿cuál será la diferencia?

Vin se volvió y lo miró a los ojos.

—El lord Legislador era un hombre malvado. Tú eres bueno. Esa es la diferencia

Elend sonrió.

—Es fácil para ti, ¿no?

Vin asintió.

Elend se incorporó y volvió a besarla.

—Bueno, algunos tenemos que hacer las cosas un poco más complicadas, así que tenéis que seguirnos la corriente. Ahora, ten la bondad de apartarte de mi luz para que pueda volver al trabajo.

Ella bufó, pero se levantó y se colocó al otro lado de la mesa, dejando tras de sí un leve perfume. Elend frunció el ceño. ¿Cuándo se había puesto eso? Muchos de sus movimientos eran tan rápidos que los pasaba por alto.

Perfume... otra de las aparentes contradicciones de la mujer que se hacía llamar Vin. No debía usarlo cuando salía a las brumas; por lo general, se lo ponía solo para él. A Vin no le gustaba llamar la atención, pero le encantaban los perfumes... y se enfadaba con Elend si él no advertía cuándo se ponía uno nuevo. Parecía recelosa y paranoica, y, sin embargo, confiaba en sus amigos con lealtad dogmática. Salía a la oscuridad ataviada de negro y gris, tratando con todas sus fuerzas de ocultarse... pero Elend la había visto un año antes en los bailes, y parecía cómoda con vestidos y trajes de noche.

Por algún motivo, había dejado de usarlos. Ni siquiera había explicado por qué.

Elend sacudió la cabeza, regresando a su propuesta. Comparada con Vin, la política resultaba simplista. Ella apoyó los brazos sobre la mesa y lo observó trabajar, bostezando.

—Deberías descansar un poco —dijo él, mientras volvía a humedecer su pluma.

Vin vaciló, luego asintió. Se quitó la capa de bruma, se envolvió en ella y se acurrucó en la alfombra, junto a la mesa.

—No me refería a que lo hicieras aquí, Vin —dijo Elend divertido.

—Sigue habiendo un nacido de la bruma ahí fuera, en alguna parte —respondió ella con voz cansada y apagada—. No voy a dejarte solo.

Se dio la vuelta y Elend captó una breve mueca de dolor en su rostro. Se estaba protegiendo el costado izquierdo.

Por lo general, no le contaba los detalles de sus peleas. No quería preocuparlo. No servía de nada.

Elend descartó sus preocupaciones y se obligó a empezar a leer de nuevo. Casi había terminado. Un poquito más y...

Llamaron a la puerta.

Elend se volvió, frustrado, preguntándose a qué se debería esa nueva interrupción. Ham asomó la cabeza por la puerta un segundo más tarde.

—¿Ham? ¿Todavía estás despierto?

—Por desgracia —dijo Ham, entrando en la habitación.

—Mardra te va a matar por trabajar de nuevo hasta tan tarde —dijo Elend, soltando su pluma. Por mucho que se quejara de algunas cosas que hacía Vin, al menos ella compartía las costumbres nocturnas de Elend.

Ham puso los ojos en blanco en respuesta al comentario. Seguía vistiendo chaleco y pantalones como siempre. Había accedido a ser capitán de la guardia de Elend con una sola condición: no tener que llevar nunca uniforme.

Vin entreabrió un ojo cuando Ham entró en la habitación, y luego volvió a relajarse.

—Bueno, ¿a qué debo esta visita? —dijo Elend.

—Me pareció que querrías saber que hemos identificado a esos asesinos que trataron de matar a Vin.

Elend asintió.

—Hombres que conozco, lo más seguro.

La mayoría de los alománticos eran nobles, y él conocía a los del séquito de Straff.

—Lo dudo —respondió Ham—. Eran gente del oeste.

Elend frunció el ceño, y Vin alzó la cabeza.

—¿Estás seguro?

Ham asintió.

—Parece poco probable que los enviara tu padre..., a menos que haya reclutado a gente en Ciudad Fadrex. Allí suelen dominar las Casas Gardre y Conrad.

Elend se arrellanó en su asiento. Su padre tenía su sede en Urteau, hogar ancestral de la familia Venture. Fadrex estaba a medio imperio de distancia de Urteau, a varios meses de viaje. Era muy poco probable que su padre tuviera acceso a un grupo de alománticos occidentales.

—¿Has oído hablar de Ashweather Cett? —preguntó Ham.

Elend asintió.

—Es uno de los hombres, que se ha proclamado rey del Dominio Occidental. No sé mucho de él.

Vin frunció el ceño y se sentó en el suelo.

—¿Crees que los ha enviado él?

Ham asintió.

—Tienen que haber estado esperando una ocasión para colarse en la ciudad, y el tráfico ante las puertas de estos últimos días se la ha proporcionado. Eso hace que la llegada del ejército de Straff y el ataque a Vin sean una coincidencia.

Elend miró a Vin. Ella le devolvió la mirada y él notó que no estaba del todo convencida de que Straff no hubiera enviado a los asesinos. Elend, sin embargo, no era tan escéptico. Todos los tiranos de la zona habían intentado eliminarlo en un momento o en otro. ¿Por qué no Cett?

Es ese atium, pensó, lleno de frustración. No había encontrado nunca el depósito del lord Legislador, pero eso no impedía que los déspotas del imperio estuvieran convencidos de que lo tenía oculto en alguna parte.

—Bueno, al menos tu padre no envió a los asesinos —dijo Ham, siempre optimista.

Elend negó con la cabeza.

—Nuestro parentesco no se lo impediría, Ham. Créeme.

—Es tu padre —dijo Ham, preocupado.

—Ese tipo de cosas no cuentan para Straff. Si no ha enviado a sus asesinos debe de ser porque no cree que yo merezca la molestia. Pero si duramos lo suficiente, lo hará.

Ham sacudió la cabeza.

—He oído hablar de hijos que matan a sus padres para ocupar su lugar. Pero de padres que matan a sus hijos... ¿Qué dice del viejo Straff el hecho de que pueda estar dispuesto a matarte? ¿Crees que...?

—¿Ham? —lo interrumpió Elend.

—¿Sí?

—Sabes que suelo estar dispuesto a discutir, pero ahora mismo no tengo tiempo para filosofías.

—Oh, cierto. —Ham esbozó una débil sonrisa, se puso en pie y se dispuso a marcharse—. Debo regresar con Mardra, de todas formas.

Elend asintió, se frotó la frente y volvió a empuñar la pluma.

—Asegúrate de convocar al grupo para una reunión. Tenemos que organizar a nuestros aliados, Ham. A menos que se nos ocurra algo extraordinariamente astuto, el reino podría estar condenado.

Ham se volvió, sin perder la sonrisa.

—Hablas como si la situación fuera desesperada, El.

Elend lo miró.

—La Asamblea es un caos, media docena de señores de la guerra con ejércitos superiores me está respirando en el cuello, apenas pasa un mes sin que alguien intente asesinarme, y la mujer a la que amo está costándome la razón poco a poco.

Vin resopló al oír esta última observación.

—Oh, ¿eso es todo? —dijo Ham—. ¿Ves? La cosa no está tan mal. Quiero decir que podríamos estar enfrentándonos a un dios inmortal y a sus todopoderosos sacerdotes.

Elend tuvo que reírse a su pesar.

—Buenas noches, Ham —dijo, volviendo a su propuesta.

—Buenas noches, majestad.

Tal vez ellos tengan razón. Tal vez estoy loco, o celoso, o soy un simple necio. Me llamo Kwaan. Filósofo, erudito, traidor. Soy quien descubrió a Alendi y quien lo proclamó Héroe de las Eras por primera vez. Soy el que dio comienzo a todo esto.

4

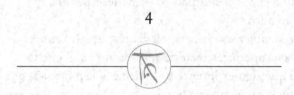

El cadáver no mostraba heridas externas. Yacía donde había caído: los otros aldeanos habían temido moverlo. Tenía los brazos y las piernas torcidos en una postura imposible y la tierra que lo rodeaba estaba removida porque se había sacudido antes de la muerte.

Sazed pasó los dedos por una de las marcas. Aunque el suelo del Dominio Oriental era, a diferencia de en el norte, mucho más barro que tierra, seguía siendo más negro que marrón. Las lluvias de ceniza caían incluso tan al sur. El suelo limpio de ceniza y fertilizado era un lujo, solo para las plantas ornamentales de los jardines de los nobles. El resto del mundo tenía que apañárselas con el suelo sin tratar.

—¿Decís que estaba solo cuando murió? —preguntó Sazed, volviéndose hacia el grupito de aldeanos que tenía detrás.

El hombre de piel correosa que encabezaba el grupo, Teur, asintió.

—Como decía, maese terrisano, estaba aquí de pie, sin nadie más. Se paró y luego cayó y se agitó en el suelo un poquito. Después... dejó de moverse.

Sazed se volvió hacia el cadáver, estudiando los músculos retorcidos, el rostro convertido en una máscara de dolor. Había traído su mentecobre médica, el brazalete de metal que adornaba su brazo derecho, y recurrió a él con la mente para extraer algunos de los libros memorizados que había almacenado en su interior. Sí, había algunas enfermedades que mataban con sacudidas y espasmos. Rara vez se llevaban a un hombre de manera tan súbita, pero sucedía a veces. De no ser por otras circunstancias, Sazed habría prestado poca atención a esa muerte.

—Por favor, repetidme de nuevo lo que habéis visto —pidió.

Teur palideció un poco. Se encontraba en una situación incómoda: su deseo natural de notoriedad le hacía querer chismorrear con su experiencia. Sin embargo, si lo hacía se ganaría la desconfianza de sus supersticiosos amigos.

—Yo solo pasaba por aquí, maese terrisano —dijo Teur—. Por el camino de allí, a unos veinte metros. Vi al viejo Jed trabajando en su campo... Era un buen trabajador, sí que lo era. Algunos de nosotros nos tomamos un descanso cuando los lores se marcharon, pero el viejo Jed continuó trabajando. Supongo que sabía que necesitaría comida para el invierno, con lores o sin ellos. —Teur calló un momento y miró a un lado—. Sé lo que dice la gente, maese terrisano, pero he visto lo que he visto. Era de día cuando pasé, pero había bruma en el valle. Me detuve, porque nunca he estado fuera en la bruma... Mi esposa puede confirmarlo. Iba a darme la vuelta, y entonces vi al viejo Jed. Estaba trabajando y no había visto la bruma. Fui a llamarlo, pero, antes de que pudiera hacerlo, él..., bueno, lo que le he contado. Lo vi allí de pie, y luego se quedó quieto. Las brumas lo envolvieron y entonces empezó a sacudirse y agitarse, como si algo muy fuerte lo estuviera sujetando y sacudiendo. Cayó. No volvió a levantarse.

Todavía arrodillado, Sazed contempló el cadáver. Al parecer, Teur tenía fama de charlatán. Sin embargo, el cadáver era una gélida confirmación de sus palabras..., por no mencionar la experiencia que Sazed había vivido unas semanas antes.

Bruma de día.

Se incorporó y se volvió hacia los aldeanos.

—Por favor, traedme una pala.

Nadie le ayudó a cavar la tumba. Fue un trabajo lento y sucio debido al calor del sur, que era fuerte a pesar de la llegada del otoño. La tierra arcillosa era difícil de remover, pero por fortuna Sazed tenía fuerza acumulada dentro de su mentepeltre y recurrió a ella en busca de ayuda.

La necesitó, pues no era lo que se dice un hombre fuerte. Alto y de miembros largos, tenía la constitución de un erudito, y todavía vestía las pintorescas túnicas de los mayordomos de Terris. También llevaba la cabeza afeitada, como correspondía al cargo que había ostentado durante sus primeros cuarenta y tantos años de vida. No llevaba muchas joyas (no quería tentar a los salteadores de caminos), pero tenía los lóbulos de las orejas alargados y perforados con numerosos agujeros para pendientes.

Recurrir a la fuerza de su mentepeltre amplió levemente sus músculos, dándole la constitución de un hombre más fuerte. Sin embargo, pese a la fuerza añadida, su ropa de mayordomo estaba manchada de sudor y tierra cuando terminó de cavar. Empujó el cadáver a la tumba y permaneció en silencio un momento. El hombre había sido un granjero esforzado.

Sazed buscó una teología apropiada entre las religiones guardadas en su mentecobre. Empezó con un índice, uno de los muchos que había creado. Cuando localizaba una religión adecuada, liberaba los recuerdos detallados de su práctica. Los escritos entraban en su mente tan frescos como cuando había terminado de memorizarlos. Se desvanecerían con el tiempo, como todos los recuerdos; sin embargo, planeaba devolverlos a la mentecobre mucho antes de que eso sucediera. Así actuaban los guardadores, siguiendo el método por el que su pueblo conservaba enormes cantidades de información.

Ese día seleccionó los recuerdos de HaDah, una religión del sur que tenía una deidad agrícola. Como la mayoría de las religiones, oprimidas durante la época del lord Legislador, la fe HaDah hacía mil años que se había extinguido.

Siguiendo los dictados de la ceremonia funeraria HaDah, Sazed se aproximó a un árbol cercano... o al menos a uno de los matorrales que pasaban por árboles en esta zona. Arrancó una rama larga (los campesinos lo observaron con curiosidad) y volvió a la tumba. Se agachó y la colocó en la tierra, en el fondo del agujero, junto a la cabeza del cadáver. Luego se incorporó y empezó a echar tierra en la fosa.

Los campesinos lo observaron con ojos apagados. *Qué deprimidos*, pensó Sazed. El Oriental era el más caótico y convulso de los cinco Dominios Interiores. Los únicos hombres del grupo eran ya mayores. El acoso de las levas había hecho bien su trabajo: los padres y maridos de aquella aldea probablemente habían muerto en algún campo de batalla que ya no importaba.

Era difícil creer que pudiera haber algo peor que la opresión del lord Legislador. Sazed se dijo que el dolor de aquella gente pasaría, que algún día conocerían la prosperidad gracias a lo que él y los demás habían hecho. Sin embargo, había visto a granjeros forzados a matarse entre sí, había visto niños morir de hambre porque algún déspota había «requisado» las reservas de comida de una aldea. Había visto a ladrones matar a sus anchas porque las tropas del lord Legislador ya no patrullaban los canales. Había visto caos, muerte, odio y desorden. Y no podía dejar de reconocer que en parte era culpa suya.

Continuó llenando la fosa. Había recibido formación como erudito y asistente doméstico; era un mayordomo terrisano, el más útil, caro y prestigioso de los sirvientes del Imperio Final. Eso ya no significaba casi nada. Nunca había cavado una tumba, pero lo hizo lo mejor que pudo, tratando de ser reverente mientras acumulaba tierra sobre el cadáver. Sorprendentemente, mediada la faena, los campesinos empezaron a ayudarle y a echar también tierra en el agujero.

Tal vez haya todavía esperanza para ellos, pensó Sazed, dejando agradecido que uno de los hombres tomara la pala y terminara el trabajo. Cuando acabaron, la punta de la rama HaDah asomaba de la cabecera de la tumba.

—¿Por qué has hecho eso? —preguntó Teur, señalando la rama.

Sazed sonrió.

—Es una ceremonia religiosa, mi buen Teur. Si quieres, hay una oración que debería acompañarla.

—¿Una oración? ¿Algo para el Ministerio de Acero?

Sazed negó con la cabeza.

—No, amigo mío. Es una oración de una época lejana, una época anterior al lord Legislador.

Los campesinos se miraron, el ceño fruncido. Teur se frotó la barbilla arrugada. Todos permanecieron en silencio mientras Sazed entonaba una breve oración HaDah. Cuando terminó, se volvió hacia los campesinos.

—Se llamaba la religión de HaDah. Algunos de vuestros antepasados tal vez la siguieron. Si alguno de vosotros lo desea, puedo enseñaros sus preceptos.

El grupo permaneció en silencio. No eran muchos, dos docenas o así, la mayoría mujeres de mediana edad y unos cuantos hombres viejos. Solo había un joven con una pierna de madera; a Sazed le sorprendió que hubiera vivido tanto tiempo en una plantación. La mayoría de los lores mataban a los inválidos para impedir que menguaran sus recursos.

—¿Cuándo va a volver el lord Legislador? —preguntó una mujer.

—No creo que vaya a hacerlo —dijo Sazed.

—¿Por qué nos ha abandonado?

—Es una época de cambios. Tal vez sea también una época para aprender otras verdades, otras costumbres.

El grupo se agitó en silencio. Sazed suspiró; esa gente asociaba la fe con el Ministerio de Acero y sus obligadores. La religión no era algo que preocupara a los skaa... excepto, tal vez, para evitarla en la medida de lo posible.

Los guardadores pasaron mil años recopilando y memorizando las religiones moribundas del mundo, pensó Sazed. *¿Quién habría pensado que ahora, desaparecido el lord Legislador, a la gente no le importaría lo suficiente para querer recuperar lo que había perdido?*

Sin embargo, le resultaba difícil pensar mal de aquella gente. Se esforzaban por sobrevivir, y su mundo, ya de por sí difícil, se había vuelto impredecible. Estaban cansados. ¿Era extraño que hablar de creencias largamente olvidadas hubiera dejado de interesarles?

—Venid —dijo Sazed, volviéndose hacia la aldea—. Hay otras cosas, cosas prácticas, que puedo enseñaros.

Y yo soy quien lo traicionó, porque ahora sé que jamás debe permitírsele que lleve a cabo su misión.

5

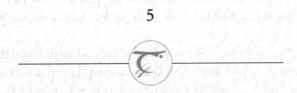

Vin podía ver los signos de ansiedad en la ciudad. Los obreros deambulaban inquietos y en los mercados se notaba la preocupación, la misma aprensión que en un roedor acorralado. Estaban asustados, pero sin saber qué hacer; condenados sin ningún sitio adonde huir.

Muchos habían dejado la ciudad durante el año anterior: nobles que huían, mercaderes que buscaban otros sitios para establecer sus negocios. Sin embargo, al mismo tiempo, la ciudad había crecido con la llegada de los skaa. Se habían enterado de la proclamación de libertad de Elend y habían acudido con optimismo... o, al menos, con tanto optimismo como podía esperarse de una población agotada, mal alimentada, repetidamente sometida.

Y así, a pesar de las predicciones de que Luthadel caería pronto, a pesar de las habladurías de que su ejército era pequeño y débil, la gente se había quedado. Trabajaba. Vivía. Como había hecho siempre. La vida de un skaa nunca había sido muy segura.

A Vin todavía le extrañaba ver el mercado tan concurrido. Recorrió la calle Kenton, vestida con sus pantalones y su camisa abotonada de costumbre, pensando en la época en que visitaba esa calle durante los días anteriores al Colapso. La calle había sido el silencioso hogar de algunas de las sastrerías más exclusivas.

Cuando Elend abolió las restricciones a los mercaderes skaa, la calle Kenton cambió. Se convirtió en un salvaje bazar de tiendas, carritos de mano y tenderetes. Para apelar a los trabajadores skaa recién empoderados (y recién asalariados), los tenderos habían cambiado sus métodos de venta. Si antes atraían a los ricos con lujosos escaparates, ahora llamaban a la gente usando voceadores, vendedores e incluso malabaristas para tratar de aumentar las ventas.

La calle estaba tan abarrotada que Vin normalmente la evitaba, y aquel día era peor que nunca. La llegada del ejército había provocado prisas de última hora por comprar y vender, pues la gente intentaba prepararse para lo que fuera a venir. Había una atmósfera ominosa en el aire. Menos actuaciones callejeras, más gritos. Elend había ordenado cerrar las ocho puertas de la ciudad, así que la huida ya no era una opción. Vin se preguntó cuánta gente lamentaría su decisión de quedarse.

Recorrió las calles con paso firme y las manos juntas para que no se le notara el nerviosismo. Ni siquiera cuando era una ladronzuela callejera en una docena de ciudades diferentes le habían gustado las multitudes. Era difícil controlar a tanta gente, concentrarse en tantas cosas a la vez. De niña, se mantenía cerca del tumulto, aventurándose de vez en cuando para conseguir una moneda caída o un pedazo ignorado de comida.

Ahora era diferente. Se obligó a caminar con la espalda recta y a no mirar al suelo ni buscar lugares donde esconderse. Estaba mejorando mucho, pero ver a la multitud le recordó lo que había sido en otros tiempos. Lo que sería siempre, al menos en parte.

Como en respuesta a sus pensamientos, un par de ladronzuelos callejeros se abrieron paso entre la multitud mientras un hombretón con delantal de panadero les gritaba. Todavía había ladrones callejeros en el nuevo mundo de Elend. De hecho, le parecía que pagar a la población skaa probablemente mejoraba la vida callejera de los ladronzuelos. Había más bolsillos donde meter mano, más gente para distraer a los dueños de las tiendas, más migajas que repartir y más manos para alimentar a los mendigos.

Era difícil reconciliar su infancia con esa vida. Para ella, un niño en la calle era alguien que aprendía a estar callado y esconderse, alguien que salía de noche a rebuscar en la basura. Solo los ladronzuelos más valientes se atrevían a cortar bolsas; la vida de los skaa había carecido de valor alguno para muchos nobles. Durante su infancia, Vin había conocido a varios ladronzuelos que habían muerto o habían perdido un miembro porque algún noble de paso en la ciudad los encontraba ofensivos.

Las leyes de Elend tal vez no hubieran eliminado la pobreza como él pretendía, pero habían mejorado la vida incluso de los ladronzuelos callejeros. Por eso, entre otras cosas, Vin lo amaba.

Todavía había algunos nobles entre la multitud, hombres a quienes Elend o las circunstancias habían persuadido de que sus fortunas estarían más seguras dentro de la ciudad que fuera de ella. Estaban desesperados, eran débiles o aventureros. Vin vio pasar a un hombre rodeado por un grupo de guardias. El hombre ni la miró: para él, la sencilla ropa de Vin era motivo suficiente para ignorarla. Vin se volvió y la tienda que había a un lado de la calle le llamó la atención, muy a su pesar.

Dentro había maniquíes en elegantes poses ataviados con vestidos majestuosos, de los que se ponían las nobles para los bailes. Vin contempló las prendas, de cintura estrecha y con faldas ostentosas y acampanadas. Casi alcanzó a imaginarse a sí misma en un baile, con música suave de fondo, las mesas cubiertas de un blanco perfecto y Elend de pie en su balcón hojeando un libro...

¿Es eso lo que soy ahora? ¿Soy una noble?

Podía argumentarse que era noble simplemente por asociación. El rey la amaba (le había pedido que se casara con él), y había sido entrenada por el Superviviente de Hathsin. En efecto, su padre había sido noble, aunque su madre hubiera sido una skaa. Mirando su reflejo en el cristal de la tienda, Vin alzó una mano y tocó el sencillo pendiente de bronce que era el único recuerdo que tenía de ella.

No era mucho. Pero claro, Vin no estaba segura de querer pensar en su madre. La mujer, después de todo, había intentado matarla. De hecho, había matado a la hermana de Vin. Solo la intervención de Reen, su hermanastro, la había salvado. Había arrancado a Vin, ensangrentada, de los brazos de una mujer que le había clavado el pendiente en la oreja apenas unos momentos antes.

Y, sin embargo, Vin todavía lo conservaba. Como una especie de recordatorio. La verdad era que no se sentía noble. En ocasiones, pensaba que tenía más en común con su madre loca que con la aristocracia del mundo de Elend. Los bailes y fiestas a los que había asistido antes del Colapso habían sido una charada. Un recuerdo parecido a un sueño. No se celebraban en el mundo de gobiernos que se tambaleaban y asesinos nocturnos. Además, la participación de Vin en los bailes, fingiendo ser Valette Renoux, había sido siempre un engaño.

Todavía seguía fingiendo. Fingía no ser la muchacha que había crecido muerta de hambre en las calles, una muchacha que había recibido más palizas que atenciones amistosas. Sin embargo, Vin se demoró ante el escaparate, retenida casi como un metal siendo atraído por aquellos hermosos vestidos.

En la tienda no había clientes: pocas personas pensaban en vestidos la víspera de una invasión, y ella tampoco debería. Además, Vin no habría podido justificar un lujo como ese. Una cosa había sido gastar el dinero de Kelsier y otra muy distinta pasar a gastarse el de Elend, que era el dinero del reino.

Vin suspiró, se volvió para apartarse de los vestidos y se sumó de nuevo al flujo de personas. *Esas cosas ya no van conmigo. Valette es inútil para Elend. Él necesita a una nacida de la bruma, no a una chica molesta con un vestido que no alcanza a llenar del todo.* Los golpes recibidos la noche anterior, ya oscuros cardenales, eran un recordatorio de cuál era su sitio. Estaba sanando bien —llevaba todo el día quemando peltre a buen ritmo—, pero aún seguiría magullada un tiempo.

Vin avivó el paso, dirigiéndose a los corrales. Mientras caminaba se dio cuenta de que alguien la seguía disimuladamente.

Bueno, tal vez «disimuladamente» era decir mucho: el hombre no hacía un buen trabajo a la hora de pasar inadvertido. Tenía la coronilla calva, pero llevaba el pelo largo. Vestía una simple saya de skaa: una única pieza manchada de ceniza.

Magnífico, pensó Vin. Aquel era otro motivo por el que evitaba el mercado, o cualquier lugar donde se congregaran los skaa.

Aceleró de nuevo, pero el hombre se apresuró también. Pronto sus torpes movimientos llamaron la atención... pero en vez de maldecirlo, la mayoría de la gente se detuvo, reverente. Pronto otros se le unieron y Vin tuvo a una pequeña multitud siguiéndola.

Una parte de ella quiso lanzar una moneda y salir volando. *Sí,* pensó Vin, desabrida. *Usa la alomancia a plena luz del día. Así no llamarás la atención.*

Con un suspiro, se volvió para enfrentarse al grupo. Ninguno de los que la seguían parecía particularmente amenazador. Los hombres llevaban pantalones y camisas sucias; las mujeres, vestidos cómodos de una sola pieza. Varios hombres llevaban sayas manchadas de ceniza.

Sacerdotes del Superviviente.

—Dama Heredera —dijo uno de ellos, aproximándose y poniéndose de rodillas.

—No me llames así —respondió Vin en voz baja.

El sacerdote la miró.

—Por favor. Necesitamos orientación. Hemos derrocado al lord Legislador. ¿Qué hacemos ahora?

Vin dio un paso atrás. ¿Kelsier había sabido lo que hacía al centrar en sí mismo la fe de los skaa y luego morir como un mártir para volver su furia en contra del Imperio Final? ¿Qué había pensado que sucedería después? ¿Había previsto la fundación de la Iglesia del Superviviente? ¿Había sabido que sustituirían al lord Legislador por el propio Kelsier como dios?

El problema era que Kelsier no había dejado a sus seguidores ninguna doctrina. Su único objetivo había sido derrocar al lord Legislador; en parte para conseguir venganza, en parte para sellar su legado, y, en parte, o eso esperaba Vin, porque quería liberar a los skaa.

Pero ¿ahora qué? Esa gente debía de sentirse igual que ella. A la deriva, sin ninguna luz que los guiara.

Vin no podía ser esa luz.

—Yo no soy Kelsier —dijo en voz baja, dando un paso atrás.

—Lo sabemos —respondió uno de los hombres—. Eres su heredera. Él murió y, esta vez, tú sobreviviste.

—Por favor —dijo una mujer, dando un paso adelante, con un niño pequeño en brazos—. Dama Heredera. Si la mano que abatió al lord Legislador pudiera tocar a mi hijo...

Vin trató de retroceder más, pero se dio cuenta de que la multitud la rodeaba. La mujer se acercó más y, Vin, finalmente, acercó una mano insegura a la frente del bebé.

—Gracias —dijo la mujer.

—Nos protegerás, ¿verdad, Dama Heredera? —preguntó una mujer joven, no mucho mayor que Elend, de rostro sucio pero ojos honrados—. Los sacerdotes dicen que detendrás al ejército que hay ahí fuera, que sus soldados no podrán entrar en la ciudad mientras tú estés aquí.

Eso fue demasiado para ella. Vin murmuró una respuesta apenas inteligible, se volvió y se abrió paso entre la muchedumbre. El grupo de creyentes, afortunadamente, no la siguió.

Cuando se detuvo respiraba con dificultad, pero no debido al cansancio. Se metió en un callejón, entre dos tiendas, y se abrazó en la oscuridad. Se había pasado toda la vida aprendiendo a pasar inadvertida, a ser silenciosa y poco importante. Ya no podía ser ninguna de esas cosas.

¿Qué esperaba la gente de ella? ¿De verdad pensaban que podría detener a un ejército sola? Esa era una lección que había aprendido muy pronto en su entrenamiento: los nacidos de la bruma no eran invencibles. Podía matar a un hombre. Diez hombres le crearían problemas. Un ejército...

Vin inspiró tratando de calmarse. Al cabo de un rato, regresó a la calle. Estaba ya cerca de su destino, una pequeña tienda abierta rodeada por cuatro corrales. El mercader esperaba a un lado. Era un hombre sucio con pelo solo en un lado de la cabeza, el derecho. Vin se quedó un instante tratando de decidir si el extraño peinado se debía a una enfermedad, a alguna herida o a algún tipo de preferencia.

El hombre se irguió cuando la vio de pie. Se cepilló, levantando una pequeña cantidad de polvo. Luego se dirigió a ella, sonriendo con los dientes que todavía le quedaban, actuando como si no hubiera oído, o no le importara, que había un ejército a las puertas de la ciudad.

—Ah, joven dama —dijo—. ¿Buscando un cachorrito? Tengo algunos chuchos que encantarían a cualquier muchacha. Espera, deja que te traiga uno. Estarás de acuerdo en que es la cosa más preciosa que has visto en tu vida.

Vin se cruzó de brazos mientras el hombre se agachaba para recoger a un cachorrillo de uno de los corrales.

—La verdad es que estaba buscando un perro lobo.

El mercader alzó la cabeza.

—¿Un perro lobo, señorita? No es animal de compañía para una muchacha como tú. Son unos brutos. Deja que te busque un perrito agradable. Son bonitos, esos chuchos..., y listos, también.

—No —dijo Vin, atrayéndolo—. Me traerás un perro lobo.

El hombre se paró a mirarla rascándose en varios lugares indignos.

—Bueno, veré qué puedo hacer...

Se marchó al corral más alejado de la calle. Vin esperó en silencio, tratando de no percibir los olores mientras el mercader gritaba a algunos de sus animales y seleccionaba el adecuado. Al cabo de un rato le trajo un perro atado con una correa. Era un perro lobo pequeño, pero tenía unos grandes ojos dulces y dóciles, y, obviamente, un temperamento agradable.

—El más pequeño de la camada —dijo el mercader—. Un buen animal para una chica joven, diría yo. Probablemente también será un cazador excelente. Estos perros lobo tienen mejor olfato que ninguna otra bestia que hayas visto.

Vin contempló el rostro jadeante del perro. Casi parecía estar sonriéndole.

—Oh, por el amor del lord Legislador —exclamó, y dejó atrás al perro y al amo camino de los corrales del fondo.

—¿Joven dama? —preguntó el mercader, siguiéndola inseguro.

Vin estudió los perros. Casi al fondo, localizó una enorme bestia negra y gris. Estaba encadenada a un poste y la miraba retadora, con un grave rugido en su garganta.

Vin señaló.

—¿Cuánto por ese de ahí atrás?

—¿Ese? —preguntó el mercader—. Buena señora, ese es una bestia. ¡Su misión iba a ser estar suelto en los terrenos de un lord para atacar a todo el que entrara! ¡Es uno de los bichos más terribles que verás jamás!

—Perfecto —dijo Vin, alcanzando su monedero.

—Buena señora, no podría venderte esa bestia. Desde luego que no. Cielos, apuesto a que pesa una vez y media lo que tú.

Vin asintió, y luego abrió la puerta del corral y entró. El mercader dejó escapar un grito, pero Vin se encaminó directamente hacia el perro, que empezó a ladrar salvajemente, babeando.

Lo siento, pensó Vin. Luego, quemando peltre, se agachó y descargó un puñetazo en la cabeza del animal.

El perro se quedó quieto, se tambaleó y cayó inconsciente al suelo. El mercader se detuvo con la boca abierta.

—Una correa —ordenó Vin.

Se la entregó. Vin la usó para atar las patas del perro lobo y, luego, quemando peltre, se cargó el animal sobre los hombros. Se resintió levemente del dolor en el costado.

Será mejor que este bicho no me manche la camisa de baba, pensó. Entregó al mercader algunas monedas y regresó al palacio.

Vin dejó caer al suelo al perro inconsciente. Los guardias la habían mirado con extrañeza a su llegada al palacio, pero ya estaba acostumbrada. Se sacudió las manos.

—¿Qué es eso? —preguntó OreSeur. Había vuelto a sus habitaciones del palacio, pero su cuerpo actual estaba claramente inservible. Había tenido que formar músculos en lugares donde los hombres normalmente no los tenían, para mantener unido el esqueleto, y mientras sanaba de todas sus heridas el cuerpo realmente no parecía natural. Todavía llevaba la ropa manchada de sangre de la noche anterior.

—Esto es tu nuevo cuerpo —dijo Vin, señalando el perro lobo.

OreSeur se quedó quieto.

—¿Eso? Ama, eso es un perro.

—Sí —dijo Vin.

—Y yo soy un hombre.

—Tú eres un kandra —dijo Vin—. Puedes imitar la carne y el músculo. ¿Qué tal el pelaje?

El kandra no parecía nada contento.

—No puedo imitarlo —dijo—, pero sí que puedo usar el pelaje de la bestia, igual que uso sus huesos. No obstante, sin duda que hay...

—No voy a matar para ti, kandra —dijo Vin—. Y aunque mate a alguien, no dejaré que tú... te lo comas. Además, esto no llamará la atención. La gente empezará a hablar si sigo sustituyendo a mis criados por hombres desconocidos. Llevo meses diciendo que pienso despedirte. Bueno, diré que lo hice por fin. A nadie se le ocurrirá pensar que mi nuevo perro es mi kandra.

Se volvió y señaló con la cabeza al animal inconsciente.

—Será muy útil. La gente presta menos atención a los perros que a los humanos y podrás escuchar sus conversaciones.

OreSeur frunció aún más el ceño.

—No haré esto voluntariamente. Tendrás que obligarme, en virtud del Contrato.

—Bien —dijo Vin—. Es una orden. ¿Cuánto tardarás?

—Un cuerpo normal cuesta solo unas horas —dijo OreSeur—. Con este puede que tarde más. Hacer que quede bien tanto pelaje será todo un reto.

—Entonces, empieza —dijo Vin, volviéndose hacia la puerta. De camino, sin embargo, vio un paquetito sobre la mesa. Frunció el ceño, se acercó y lo abrió. Había una nota dentro.

Lady Vin:
Aquí está la aleación que pediste. El aluminio es muy difícil de conseguir, pero una familia noble abandonó recientemente la ciudad y pude comprar parte de su cubertería.

No sé si esto funcionará, pero creo que merece la pena intentarlo. He mezclado el aluminio con cobre al cuatro por ciento y el resultado me parece bastante prometedor. He leído su composición: se llama duraluminio.

Tu servidor,
TERION

Vin sonrió, dejó la nota y sacó el resto del contenido de la caja: una bolsita de polvo de metal y una fina barra plateada, ambas presumiblemente de aquel «duraluminio». Terion era un maestro metalúrgico alomántico. Aunque él mismo no era alomántico, llevaba toda la vida creando aleaciones y polvos para nacidos de la bruma y brumosos.

Vin se guardó la bolsa y la barra, y luego se volvió hacia OreSeur. El kandra la miró inexpresivamente.

—¿Ha llegado esto para mí? —preguntó Vin, mirando la caja.

—Sí, ama —dijo OreSeur—. Hace unas horas.

—¿Y no me lo has dicho?

—Lo siento, ama —dijo OreSeur con voz átona—, pero no me ordenaste que te avisara si llegaban paquetes.

Vin apretó los dientes. OreSeur sabía lo ansiosamente que estaba esperando otra aleación de Terion. Todas las aleaciones de aluminio habían resultado un fracaso. Le molestaba saber que había otro metal alomántico en alguna parte, esperando ser descubierto. No quedaría satisfecha hasta encontrarlo.

OreSeur se quedó donde estaba, con una expresión anodina en el rostro, y el perro inconsciente en el suelo, a sus pies.

—Ponte a trabajar en ese cuerpo —dijo Vin, dándose la vuelta, y salió de la habitación en busca de Elend.

Vin encontró finalmente a Elend en su estudio, repasando algunos libros con una figura conocida.

—¡Dox! —dijo Vin. Él se había retirado a sus habitaciones poco después de su llegada, el día anterior, y no le había visto.

Dockson alzó la cabeza y sonrió. Fornido sin ser gordo, tenía el pelo oscuro y corto y seguía llevando su barba de costumbre.

—Hola, Vin.

—¿Qué tal por Terris? —preguntó ella.

—Frío —respondió Dockson—. Me alegro de estar de vuelta. Aunque desearía no haber encontrado a ese ejército aquí.

—Sea como sea, nos alegramos de que hayas vuelto, Dockson —dijo Elend—. El reino prácticamente se caía a pedazos sin ti.

—No parece el caso —dijo Dockson, cerrando el libro y colocándolo en el montón—. Tal como están las cosas, y los ejércitos, parece que la burocracia real ha aguantado bastante bien en mi ausencia. ¡Casi no me necesitáis ya!

—¡Tonterías! —dijo Elend.

Vin se apoyó en la puerta y se quedó mirando a los dos hombres mientras ellos continuaban su conversación. Mantenían su aire de forzada jovialidad. Ambos estaban decididos a conseguir que el nuevo reino funcionara, aunque eso significara fingir que se caían bien. Dockson señalaba los libros de cuentas, hablando de finanzas y lo que había descubierto en las poblaciones cercanas que estaban bajo el control de Elend.

Vin suspiró y contempló la habitación. La luz del sol se filtraba por la vidriera, tiñendo de colores los libros y la mesa. Vin no se había acostumbrado a la riqueza de una fortaleza noble. La ventana, roja y lavanda, era una obra de intrincada belleza. Sin embargo, los nobles al parecer consideraban las vidrieras tan corrientes que habían puesto esa en una de las habitaciones traseras, en la pequeña cámara que Elend usaba como estudio.

Como cabía esperar, la habitación estaba repleta de libros. Los estantes cubrían las paredes del suelo al techo, pero no podían con el enorme volumen de la creciente colección de Elend. A ella nunca le había interesado mucho el gusto de Elend por los libros. Eran casi todos obras políticas o históricas, sobre temas tan ajados como sus viejas páginas. Muchos de ellos habían sido prohibidos por el Ministerio de Acero, pero de algún modo los antiguos filósofos conseguían que incluso los temas más jugosos se transformaran en aburridos.

—Muy bien —dijo Dockson, cerrando por fin sus libros—. Tengo que hacer algunas cosas antes de tu discurso de mañana, majestad. ¿No dijo Ham que había también esta tarde una reunión para la defensa de la ciudad?

Elend asintió.

—Suponiendo que pueda conseguir que la Asamblea acuerde no entregar la ciudad a mi padre, tendremos que elaborar una estrategia para enfrentarnos a este ejército. Enviaré a alguien a buscarte mañana por la noche.

—Bien —dijo Dockson. Inclinó la cabeza ante Elend, le hizo un guiño a Vin y salió de la abarrotada habitación.

Cuando Dockson hubo cerrado la puerta, Elend suspiró y se reclinó en su inmensa butaca mullida.

Ella se acercó.

—Es un buen hombre, Elend.

—Oh, soy consciente de eso. Pero ser un buen hombre no siempre hace que uno sea agradable.

—También es agradable —dijo Vin—. Tozudo, tranquilo, estable. La banda confiaba en él.

Aunque no era alomántico, Dockson había sido la mano derecha de Kelsier.

—No le gusto, Vin —dijo Elend—. Es... muy difícil llevarse bien con alguien que te mira así.

—No le das ninguna oportunidad —se quejó Vin, deteniéndose al lado de la silla de Elend.

Él la miró, sonriendo débilmente, con el chaleco desabrochado, el pelo convertido en un caos absoluto.

—Vaya —dijo ociosamente, tomando su mano—. Me gusta esa camisa. El rojo te sienta bien.

Vin puso los ojos en blanco, dejando que él la atrajera suavemente hasta la silla y la besara. Hubo pasión en el beso, tal vez una necesidad de algo estable. Vin se lo devolvió, relajándose abrazada contra él. Unos minutos más tarde suspiró, sintiéndose mucho mejor acurrucada a su lado en la silla. Él la atrajo, acercando la silla a la luz del ventanal.

Sonrió y la miró.

—Llevas... un perfume nuevo.

Vin bufó, apoyando la cabeza en su pecho.

—No es perfume, Elend. Es olor a perro.

—Ah, bien —dijo Elend—. Me preocupaba que hubieras perdido el juicio. Ahora bien, ¿hay algún motivo concreto para que huelas a perro?

—He ido al mercado a comprar uno, lo he traído y se lo he dado a OreSeur para que se lo coma y así sea su nuevo cuerpo.

Elend abrió mucho los ojos.

—Vaya, Vin. ¡Es brillante! Nadie sospechará que un perro sea un espía. Me pregunto si alguien lo habrá hecho antes...

—Alguien debe de haberlo hecho —respondió Vin—. Es lógico. Pero sospecho que quienes lo hicieron no compartieron sus descubrimientos.

—Buen argumento —dijo Elend, reclinándose. Sin embargo, por muy tranquilos que estuvieran, ella todavía podía sentir la tensión en él.

El discurso de mañana, pensó Vin. *Está preocupado por eso.*

—He de decir que me parece un poco decepcionante que no lleves perfume con olor a perro —comentó Elend—. Dada tu posición social, ya estoy viendo a algunas nobles locales tratando de imitarte. Podría ser divertido.

Ella se inclinó hacia delante y lo miró a la cara sonriente.

—¿Sabes, Elend? A veces es terriblemente difícil saber si estás de guasa o si te comportas como un tonto.

—Eso me hace más misterioso, ¿eh?

—Algo así —dijo ella, acurrucándose de nuevo contra él.

—Es que no comprendes lo inteligente que soy —dijo Elend—. Si la gente no puede distinguir cuándo estoy siendo un idiota y cuándo un genio, tal vez dé por sentado que mis meteduras de pata son brillantes maniobras políticas.

—Mientras no confundan tus maniobras brillantes con meteduras de pata...

—No me quita el sueño —dijo Elend—. Me temo que de esas llevo demasiado pocas como para que la gente se confunda.

Vin notó una tensión en su voz y alzó la mirada a sus ojos. Pero él sonrió y cambió de tema.

—Así que OreSeur el perro. ¿Seguirá pudiendo salir contigo por las noches?

Vin se encogió de hombros.

—Supongo. En realidad, planeaba no llevarlo durante una temporada.

—Me gustaría que lo llevaras —dijo Elend—. Me preocupa que estés ahí fuera, todas las noches, esforzándote tanto.

—Puedo apañármelas. Alguien tiene que cuidar de ti.

—Sí —dijo Elend—. Pero ¿quién cuida de ti?

Kelsier. Incluso entonces esa seguía siendo su reacción inmediata. Hacía menos de un año que Vin lo había conocido, pero aquel año había sido el primero de su vida en que se había sentido protegida.

Kelsier estaba muerto. Como el resto del mundo, Vin tenía que vivir sin él.

—Sé que te lastimaste luchando contra esos alománticos la otra noche —dijo Elend—. Me quedaría más tranquilo si supiera que te acompaña alguien.

—Los kandras no son guardaespaldas de nadie.

—Lo sé. Pero son increíblemente leales..., nunca he oído hablar de ninguno que haya roto su Contrato. Él te vigilará. Me preocupo por ti, Vin. ¿Sabes por qué estoy despierto hasta tarde garabateando mis propuestas? No puedo dormir sabiendo que podrías estar ahí fuera luchando... o, peor, tirada en alguna calle, agonizando porque no hay nadie para ayudarte.

—A veces OreSeur va conmigo.

—Sí —dijo Elend—, pero sé que buscas excusas para dejarlo atrás. Kelsier te compró los servicios de un sirviente increíblemente valioso. No puedo comprender por qué te esfuerzas tanto por evitarlo.

Vin cerró los ojos.

—Elend. Él se comió a Kelsier.

—¿Y? —preguntó Elend—. Kelsier ya estaba muerto. Además, él mismo dio esa orden.

Vin suspiró y abrió los ojos.

—Es que... no me fío de esa cosa, Elend. La criatura es antinatural.

—Lo sé —dijo Elend—. Mi padre siempre tuvo un kandra. Pero contar con OreSeur es al menos algo. Por favor. Prométeme que lo llevarás contigo.

—Muy bien. Pero no creo que vaya a gustarle mucho el acuerdo.

Él y yo no nos llevábamos muy bien ni siquiera cuando estaba haciendo de Renoux y yo de su sobrina.

Elend se encogió de hombros.

—Cumplirá su Contrato. Eso es lo que importa.

—Cumple el Contrato, pero a regañadientes. Te juro que disfruta frustrándome.

Elend la miró.

—Vin, los kandra son servidores excelentes. No hacen esas cosas.

—No, Elend —dijo Vin—. Sazed era un servidor excelente. Disfrutaba estando con la gente, ayudándola. Nunca sentí que lamentara estar conmigo. OreSeur tal vez haga todo lo que le ordeno, pero no le gusto; no le he gustado nunca. Lo noto.

Elend suspiró y le acarició el hombro.

—¿No crees que puedes estar comportándote de un modo un poco irracional? No hay ningún motivo de peso para odiarlo.

—¿No? —preguntó Vin—. ¿Igual que no hay ningún motivo para que tú no te lleves bien con Dockson?

Elend vaciló. Luego suspiró.

—Supongo que tienes razón —dijo. Continuó acariciando los hombros de Vin mientras miraba el techo, pensativo.

—¿Qué? —preguntó Vin.

—No estoy haciendo un buen trabajo con todo esto, ¿verdad?

—No seas tonto. Eres un rey maravilloso.

—Podría ser un rey pasable, Vin, pero no soy él.

—¿Quién?

—Kelsier —dijo Elend en voz baja.

—Nadie espera que seas Kelsier.

—¿No? Por eso no le caigo bien a Dockson. Odia a los nobles; está claro por la forma en que habla, por la forma en que actúa. No sé si puedo reprochárselo, dada la vida que ha llevado. De todas formas, no cree que yo deba ser rey. Cree que un skaa debería estar en mi lugar... o, aún mejor, Kelsier. Todos lo piensan.

—Eso es una tontería, Elend.

—¿De veras? Y si Kelsier aún viviera, ¿sería yo rey?

Vin no respondió.

—¿Ves? Me aceptan... el pueblo, los mercaderes, incluso los nobles. Pero en el fondo, desearían tener a Kelsier.

—Yo no lo deseo.

—¿No?

Vin frunció el ceño. Entonces se incorporó en el asiento, volviéndose, de modo que quedó arrodillada sobre Elend en la silla reclinable, sus caras a escasos centímetros.

—No pongas nunca eso en duda, Elend. Kelsier era mi maestro, pero yo no lo amaba. No como te amo a ti.

Elend la miró a los ojos, luego asintió. Vin lo besó largamente y luego volvió a acurrucarse contra él.

—¿Por qué no? —preguntó Elend al cabo de un rato.

—Bueno, para empezar, era viejo.

Elend se echó a reír.

—Creo recordar que te burlaste también de mi edad.

—Eso es diferente —dijo Vin—. Solo eres unos pocos años mayor que yo. Kelsier era un anciano.

—Vin, tener treinta y ocho años no es ser anciano.

—Casi.

Elend volvió a reírse, pero ella notó que no estaba satisfecho. ¿Por qué había elegido a Elend en vez de a Kelsier? Kelsier había sido el visionario, el héroe, el nacido de la bruma.

—Kelsier era un gran hombre —dijo Vin en voz baja mientras Elend empezaba a acariciarle el pelo—. Pero... había algo en él, Elend. Cosas que daban miedo. Era decidido, intrépido, incluso un poco cruel. Implacable. Mataba a la gente sin sentir culpa ni preocupación, solo porque apoyaban al Imperio Final o trabajaban para el lord Legislador.

»Yo podía quererlo como maestro y amigo. Pero no creo que hubiera podido amar nunca a un hombre así, no amarlo de verdad. No se lo reprocho: él pertenecía a las calles, igual que yo. Cuando luchas tan duro por tu vida, te haces fuerte... pero también te vuelves implacable. Fuera culpa suya o no, Kelsier me recordaba demasiado a hombres que... conocí cuando era más joven. Kel era mucho mejor persona que ellos. Podía ser amable, y sacrificó su vida por los skaa. Sin embargo, era muy duro. —Cerró los ojos, sintiendo el calor de Elend—. Tú, Elend Venture, eres un buen hombre. Un verdadero buen hombre.

—Los hombres buenos no se convierten en leyenda —dijo él en voz baja.

—Los hombres buenos no necesitan convertirse en leyenda. —Vin abrió los ojos para mirarlo—. Hacen lo que está bien de todas formas.

Elend sonrió. Le besó la coronilla y se echó hacia atrás. Permanecieron allí un rato, relajándose en la habitación iluminada.

—Me salvó la vida, una vez —dijo Elend por fin.

—¿Quién? —preguntó Vin, sorprendida—. ¿Kelsier?

Elend asintió.

—El día después de que capturaran a Fantasma y OreSeur, el día que murió Kelsier. Hubo una batalla en la plaza y Ham y algunos soldados trataron de liberar a los cautivos.

—Yo estaba allí —dijo Vin—. Escondida en uno de los callejones, con Brisa y Dox.

—¿De veras? —preguntó Elend, divertido—. Porque yo había ido a buscarte. Creía que te habían arrestado, junto con OreSeur... que entonces se hacía pasar por tu tío. Traté de llegar a las jaulas para rescatarte.

—¿Hiciste qué? ¡Elend, esa plaza era un campo de batalla! ¡Había un inquisidor allí, por el amor del lord Legislador!

—Lo sé —dijo Elend, sonriendo débilmente—. Verás, ese inquisidor es el que trató de matarme. Había levantado su hacha y todo. Y entonces... apareció Kelsier. Chocó contra el inquisidor y lo arrojó al suelo.

—Probablemente fuera solo una coincidencia.

—No. Lo hizo adrede, Vin. Me miró mientras luchaba contra el inquisidor, y lo vi en sus ojos. Siempre me he preguntado por ese momento: todo el mundo me dice que Kelsier odiaba a los nobles aún más que Dox.

—Él... empezó a cambiar un poco al final, creo.

—¿Cambió tanto como para arriesgarse a proteger a un noble al azar?

—Sabía que yo te amaba —dijo Vin, sonriendo débilmente—. Supongo que, en el fondo, eso fue más fuerte que su odio.

—No me di cuenta...

Guardó silencio cuando Vin se volvió, porque había oído algo. Como pasos acercándose. Ella se incorporó y, un segundo más tarde, Ham asomó la cabeza. Se detuvo al ver a Vin sentada en el regazo de Elend.

—Oh —dijo Ham reculando—. Lo siento.

—No, espera —respondió Vin. Ham volvió a asomar la cabeza, y Vin se volvió hacia Elend—. Casi se me había olvidado por qué he venido a verte. He recibido un paquete nuevo de Terion.

—¿Otro? —preguntó Elend—. Vin, ¿cuándo vas a dejarlo?

—No puedo permitírmelo.

—No puede ser tan importante. Quiero decir que, si todo el mundo ha olvidado lo que hace ese último metal, entonces no debe de ser muy poderoso.

—O eso, o es tan sorprendentemente poderoso que el Ministerio se tomó la molestia de mantenerlo en secreto.

Vin se levantó de la silla y se sacó del bolsillo la bolsita y la fina barra. Entregó la barra a Elend, que enderezó la espalda en su mullida butaca.

Plateado y brillante, el metal (como el aluminio del que estaba hecho) parecía demasiado liviano para ser real. Cualquier alomántico que accidentalmente quemara aluminio se quedaba sin sus otras reservas de metal, y sin poderes. El Ministerio de Acero había mantenido en secreto el aluminio; Vin solo había descubierto su existencia la noche de su captura por los inquisidores, la misma noche que había matado al lord Legislador.

Nunca habían podido descubrir cuál era la aleación alomántica adecuada para el aluminio. Los metales alománticos siempre iban de dos en dos: hierro y acero, estaño y peltre, cobre y bronce, cinc y latón. Aluminio y... algo. Algo poderoso, posiblemente. A ella se le había terminado el atium. Necesitaba alguna ventaja.

Elend suspiró y le devolvió la barra.

—La última vez que intentaste quemar uno de estos estuviste enferma dos días, Vin. Fue aterrador.

—No puede matarme —dijo Vin—. Kelsier me prometió que quemar una mala aleación solo me enfermaría.

Elend sacudió la cabeza.

—Incluso Kelsier se equivocaba de vez en cuando, Vin. ¿No dices que malinterpretó cómo funcionaba el bronce?

Vin no respondió. La preocupación de Elend era tan auténtica que casi se dejó persuadir. Sin embargo...

Cuando ese ejército ataque, Elend morirá. Los skaa de la ciudad tal vez sobrevivieran: ningún gobernante sería tan tonto como para masacrar a la población de una ciudad tan productiva. El rey, sin embargo, sería ejecutado. Ella no podía combatir contra todo un ejército bien pertrechado y podía hacer poco para contribuir a los preparativos.

No obstante, tenía la alomancia. Cuanto mejor fuera con ella, mejor protegería al hombre que amaba.

—Tengo que intentarlo, Elend —dijo en voz baja—. Clubs dice que Straff no atacará hasta dentro de unos cuantos días: necesitará ese tiempo para que sus hombres descansen tras la marcha y para estudiar cómo atacar la ciudad. Eso significa que yo no puedo esperar. Si este metal me hace enfermar, estaré mejor a tiempo de ayudar a combatir... pero solo si lo intento ahora.

El rostro de Elend se ensombreció, pero no le prohibió nada. Había aprendido a no hacerlo. En cambio, se levantó.

—Ham, ¿crees que es buena idea?

Ham asintió. Era un guerrero: para él, su apuesta tendría sentido. Vin le había pedido que se quedara porque necesitaría que alguien la llevara de vuelta a su cama, si algo salía mal.

—Muy bien —dijo Elend, dándole la espalda a Vin con aspecto resignado.

Vin se sentó en el sillón, se reclinó y luego tomó una pizca de polvo de duraluminio y lo tragó. Cerró los ojos y repasó sus reservas alománticas. Las ocho comunes estaban allí, bien almacenadas. No tenía atium ni oro, ni ninguna de sus aleaciones. Aunque hubiera tenido atium, era demasiado precioso para usarlo excepto en una emergencia, y los otros tres solo tenían una utilidad marginal.

Una nueva reserva apareció, igual que en los cuatro intentos precedentes. Cada vez que quemaba una aleación de aluminio, inmediatamente sentía un dolor de cabeza cegador. *Ya tendría que haber aprendido...* pensó, apretando los dientes. Rebuscó en su interior y quemó la nueva aleación.

No sucedió nada.

—¿Lo has intentado ya? —preguntó Elend, aprensivo.

Vin asintió lentamente.

—No me duele la cabeza. Pero... no estoy segura de si la aleación está haciendo algo o no.

—Pero ¿se está quemando? —preguntó Ham.

Vin asintió. Sentía el calor familiar dentro, el fuego diminuto que le decía que un metal estaba ardiendo. Trató de moverse un poco, pero no pudo distinguir ningún cambio en su organismo. Finalmente, alzó la cabeza y se encogió de hombros.

Ham frunció el ceño.

—Si no te ha hecho enfermar, entonces has encontrado la aleación adecuada. Cada metal solo tiene una aleación válida.

—O eso nos han dicho siempre.

Ham asintió.

—¿Qué aleación era?

—Aluminio y cobre —dijo Vin.

—Interesante. ¿No sientes nada?

Vin negó con la cabeza.

—Tendrás que practicar un poco más.

—Parece que estoy de suerte —dijo Vin, apagando su duraluminio—. Terion dio con cuarenta aleaciones distintas que pensó que podíamos probar cuando tuviéramos suficiente aluminio. Esta era solo la quinta.

—¿Cuarenta? —preguntó Elend, incrédulo—. ¡No sabía que había tantos metales con los que se pueden fabricar aleaciones!

—No necesitas dos metales para obtener una aleación —dijo Vin, ausente—. Solo metal y algo más. Mira el acero: es hierro y carbono.

—Cuarenta... —repitió Elend—. ¿Y las habrías probado todas?

Vin se encogió de hombros.

—Parecía un buen comienzo.

A Elend pareció preocuparle la idea, pero no dijo nada más. En cambio, se volvió hacia Ham.

—Por cierto, Ham, ¿había algo más por lo que querías vernos?

—Nada importante —contestó Ham—. Solo quería saber si a Vin le apetecía entrenar un poco. Ese ejército me ha puesto nervioso y he supuesto que a Vin le gustaría entrenar un poco con el bastón.

Vin se encogió de hombros.

—Claro. ¿Por qué no?

—¿Quieres venir, El? —preguntó Ham—. ¿Y practicar un poco?

Elend se echó a reír.

—¿Y enfrentarme a uno de vosotros dos? ¡Tengo que pensar en mi dignidad real!

Vin frunció levemente el ceño, mirándolo.

—Tendrías que practicar más, Elend. Apenas sabes empuñar una espada, y eres terrible con el bastón de duelos.

—Pero ¿por qué voy a preocuparme por eso cuando te tengo a ti para protegerme?

La preocupación de Vin aumentó.

—No podemos estar siempre cerca de ti, Elend. Me sentiría mucho más tranquila si te defendieras mejor.

Él sonrió y la ayudó a levantarse.

—Me pondré a practicar tarde o temprano, lo prometo. Pero hoy no... Tengo muchas cosas en qué pensar. ¿Qué os parece si voy a veros? Tal vez observando aprenda algo..., que es, por cierto, el método preferible para entrenarse con las armas, ya que no implica recibir una paliza de una chica.

Vin suspiró, pero no insistió más.

Escribo ahora este archivo en una plancha de metal porque tengo miedo. Miedo por mí mismo, sí..., admito ser humano. Si Alendi regresa del Pozo de la Ascensión, estoy seguro de que mi muerte será uno de sus primeros objetivos. No es un hombre malvado, pero sí implacable. Debido, creo, a lo que ha vivido.

6

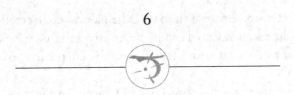

Elend se apoyó en la barandilla para contemplar el patio de entrenamiento. Una parte de él quería salir y practicar con Vin y Ham. Sin embargo, otra parte no le veía sentido.

Cualquier asesino que venga por mí será probablemente un alomántico, pensó. *Podría entrenarme diez años y no ser rival para ninguno de ellos.*

En el patio, Ham dio unos cuantos mandobles con su bastón, y luego asintió. Vin dio un paso al frente, blandiendo su propio bastón, que era un palmo y medio más largo que ella. Al verlos a los dos, Elend no pudo dejar de observar su disparidad. Ham tenía los músculos firmes y la poderosa constitución de un guerrero. Vin parecía aún más delgada que de costumbre, y llevaba solo una camisa ajustada y pantalones, sin capa que disimulara su tamaño.

La desigualdad se vio acentuada por las siguientes palabras de Ham.

—Vamos a practicar con el bastón, no a tirar ni a empujar. No uses nada más que peltre, ¿de acuerdo?

Vin asintió.

Era la manera en que solían entrenar. Ham sostenía que no había sustituto ninguno para el entrenamiento y la práctica, no importaba lo poderoso que fuera un alomántico. Permitía que Vin usara peltre, porque decía que la fuerza y la destreza amplificadas eran desorientadoras a menos que uno estuviera acostumbrado.

El lugar donde entrenaban era una especie de patio. Situado en los barracones del palacio, lo rodeaba una galería. Elend estaba allí, protegido del sol rojo por el tejadillo. Era agradable, pues había empezado a caer una ligera lluvia de ceniza y algunos copos flotaban en el aire. Elend apoyó los brazos en la barandilla. Los soldados pasaban de vez en cuando por la galería, inmersos en su actividad. Algunos se detenían a mirar. Las sesiones de práctica de Vin y Ham eran un entretenimiento que los guardias de palacio agradecían.

Debería estar trabajando en mi propuesta, pensó Elend, *no aquí de pie viendo a Vin pelear.*

Pero la tensión de los últimos días había sido tan tremenda que le resultaba difícil encontrar la motivación necesaria para repasar otra vez el discurso. Lo que realmente necesitaba era pasar unos momentos pensando.

Así que simplemente observó. Vin se acercó a Ham con cautela, sujetando con firmeza el bastón con ambas manos. En otra época, a Elend probablemente le hubiese parecido inadecuado que una dama vistiera pantalones y camisa, pero conocía a Vin desde hacía el tiempo suficiente para que no le molestara. Los vestidos y las galas de los bailes eran preciosos, pero el sencillo atuendo de Vin era... adecuado. Lo llevaba con más comodidad.

Además, le gustaba cómo le quedaba la ropa ajustada.

Vin normalmente dejaba que los demás golpearan primero, y ese día no fue ninguna excepción. Los bastones entrechocaron cuando Ham la atacó. A pesar de su pequeñez Vin aguantó a pie firme. Después de un rápido intercambio, los dos retrocedieron y caminaron en círculo, observándose.

—Yo apuesto por la chica.

Elend se volvió al advertir una silueta que llegaba cojeando por la galería. Clubs se detuvo junto a él y colocó de un golpe una moneda de diez arquillas sobre la barandilla. Elend sonrió al general y Clubs le devolvió una mueca, generalmente aceptada como la versión de Clubs de lo que era una sonrisa. Dockson aparte, Elend se había hecho rápidamente amigo de los otros miembros de la banda de Vin. Acostumbrarse a Clubs había sido más difícil. El hombretón tenía un rostro que parecía una raíz retorcida y siempre ponía cara de fastidio, una expresión normalmente igualada por su tono de voz.

Sin embargo, era un diestro artesano, por no mencionar sus dotes alománticas: Clubs era ahumador, aunque ya no usaba mucho sus poderes. Durante casi un año había sido general de las fuerzas militares de Elend, que no sabía dónde había aprendido Clubs a liderar soldados, para lo que el hombre tenía una capacidad notable. Probablemente lo había aprendido en el mismo sitio donde se había ganado la cicatriz que le corría por la pierna, una antigua lesión que le producía su cojera característica.

—Solo están entrenando, Clubs —dijo Elend—. No habrá ningún «ganador».

—Acabarán poniéndose serios —dijo Clubs—. Lo hacen siempre.

Elend se quedó pensativo.

—Sabes que estás pidiéndome que apueste contra Vin —recalcó—. Eso podría ser nocivo.

—¿Y?

Elend sonrió y sacó una moneda. Clubs todavía lo intimidaba un poco y no quería arriesgarse a ofender al hombre.

—¿Dónde está ese inútil sobrino mío? —preguntó Clubs mientras observaba el entrenamiento.

—¿Fantasma? —preguntó Elend—. ¿Ha vuelto? ¿Cómo ha entrado en la ciudad?

Clubs se encogió de hombros.

—Dejó algo en mi puerta esta mañana.

—¿Un regalo?

Clubs bufó.

—Una talla de un maestro carpintero de Yelva. La nota decía: «Quería enseñarte lo que hacen los carpinteros de verdad, viejo.»

Elend se echó a reír, pero se calló cuando Clubs lo miró con mala cara.

—Antes el mocoso nunca era tan insolente —murmuró Clubs—. Juro que habéis corrompido al muchacho.

Casi parecía estar sonriendo. ¿O hablaba en serio? Elend nunca estaba seguro de si el hombre era tan seco como parecía o estaba siendo víctima de una broma sutil.

—¿Cómo le va al ejército? —preguntó Elend por fin.

—Fatal. ¿Quieres un ejército? Dame más de un año para entrenarlo. Ahora mismo, difícilmente confiaría en enfrentar a esos muchachos contra una turba de viejas con palos.

Magnífico, pensó Elend.

—Pero no podemos hacer más —rezongó Clubs—. Straff está excavando algunas defensas, pero en general deja descansar a sus hombres. El ataque se producirá a finales de semana.

En el patio, Vin y Ham continuaban peleando. Iban despacio, por el momento. Ham se tomaba su tiempo para detenerse y explicar principios o poses. Elend y Clubs observaron un rato mientras el entrenamiento se volvía gradualmente más intenso, los asaltos eran más largos y los dos participantes empezaban a sudar levantando nubes de ceniza en la tierra sucia con los pies.

Vin fue una buena rival para Ham a pesar de la ridícula diferencia de tamaño, alcance y entrenamiento, y Elend tuvo que sonreír a su pesar. Ella era especial: Elend se había dado cuenta al verla por primera vez en el salón de baile Venture, año y medio atrás. Pero mirándola en esos momentos empezó a ser consciente de lo corto que se había quedado.

Una moneda golpeó la barandilla de madera.

—Yo también apuesto por Vin.

Elend se volvió, sorprendido. El hombre que había hablado era un soldado que estaba con los demás, observando desde atrás. Elend frunció el ceño.

—¿Quién...?

Entonces se interrumpió. La barba era rara, la postura demasiado recta, pero el hombre que tenía detrás le resultaba familiar.

—¿Fantasma? —preguntó, incrédulo.

El muchacho sonrió desde detrás de una barba aparentemente falsa.

—A puntito estuviera de a ti de enllamarte.

A Elend empezó a dolerle de inmediato la cabeza.

—Por el lord Legislador, no me digas que has vuelto a hablar en dialecto.

—Oh, solo es un arrebato nostálgico —rio Fantasma. Sus palabras tenían ecos de su acento oriental; durante los primeros meses de su relación con el muchacho, para Elend su modo de hablar era completamente ininteligible. Por fortuna, había renunciado al argot callejero, igual que había conseguido que casi toda la ropa se le quedara pequeña. Con más de metro ochenta de estatura, el joven de dieciséis años apenas se parecía al chiquillo larguirucho que Elend había conocido un año antes.

Fantasma se apoyó en la barandilla junto a él, adoptando la postura de un adolescente y destruyendo por completo su imagen de soldado..., cosa que, por cierto, no era.

—¿Por qué el disfraz, Fantasma? —preguntó Elend, con el ceño fruncido.

Fantasma se encogió de hombros.

—No soy un nacido de la bruma. Los espías más mundanos tenemos que conseguir información sin volar hasta las ventanas y escuchar desde fuera.

—¿Cuánto tiempo llevas aquí? —preguntó Clubs, mirando con mala cara a su sobrino.

—Desde antes de que tú llegaras, tío Cascarrabias —dijo Fantasma—. Y, en respuesta a tu pregunta, regresé hace dos días. Antes que Dockson, en realidad. Decidí tomarme un descansito antes de volver al trabajo.

—No sé si te has dado cuenta, Fantasma —dijo Elend—, pero estamos en guerra. No hay mucho tiempo para tomarse descansos.

Fantasma se encogió de hombros.

—No quería que volvierais a mandarme lejos. Si hay una guerra, quiero estar aquí. Ya sabes, por la emoción.

Clubs bufó.

—¿Y de dónde has sacado ese uniforme?

—Oh, bueno...

Fantasma miró hacia un lado, revelando un atisbo del muchacho inseguro que Elend había conocido.

Clubs rezongó algo sobre los muchachos insolentes, pero Elend se echó a reír y le dio a Fantasma una palmada en el hombro. El muchacho alzó la cabeza, sonriendo; aunque había pasado inadvertido al principio, estaba demostrando ser tan valioso como cualquier otro miembro de la antigua banda de Vin. Como ojo de estaño (el brumoso que podía quemar estaño para amplificar sus sentidos), Fantasma podía escuchar conversaciones desde lejos, por no mencionar el advertir detalles lejanos.

—De todas formas, bienvenido —dijo Elend—. ¿Qué noticias hay del oeste?

Fantasma sacudió la cabeza.

—Odio hablar igual que el tío Cascarrabias, pero las noticias no son buenas. ¿Conocéis esos rumores según los cuales el atium del lord

Legislador está en Luthadel? Bueno, pues corren de nuevo. Más fuertes esta vez.

—¡Creía que habíamos superado eso! —dijo Elend. Brisa y su grupo habían pasado casi seis meses esparciendo rumores y manipulando a los señores de la guerra para que creyeran que el atium estaba escondido en otra ciudad, puesto que Elend no lo había encontrado en Luthadel.

—Parece que no —dijo Fantasma—. Y... creo que alguien está difundiéndolos a propósito. Llevo en la calle el tiempo suficiente para reconocer una historia plantada, y este rumor me huele a chamusquina. Alguien quiere que los señores de la guerra se centren en ti.

Magnífico, pensó Elend.

—No sabrás dónde está Brisa, ¿verdad?

Fantasma se encogió de hombros, pero ya no parecía estar prestando atención a Elend. Contemplaba el entrenamiento. Elend miró hacia Vin y Ham.

Como había predicho Clubs, los dos habían acabado por pelear más en serio. La instrucción se había acabado: ya no había intercambios rápidos y repetitivos. Peleaban con saña, entre un remolino de bastones y polvo. La ceniza revoloteaba a su alrededor, impulsada por el viento de sus ataques, y más soldados se detuvieron en la galería para verlos.

Elend se inclinó hacia delante. Había intensidad en un duelo entre dos alománticos. Vin trató de atacar. Ham lo hizo simultáneamente, el bastón convertido en un rápido remolino. Vin interpuso su arma a tiempo, pero la potencia del golpe de Ham la hizo caer hacia atrás. Golpeó el suelo con un hombro. Apenas emitió un gemido de dolor y logró impulsarse con una mano y volver a ponerse en pie. Patinó un momento, recuperó el equilibrio y alzó su bastón.

Peltre, pensó Elend. Hacía que incluso un hombre torpe fuera diestro. Y una persona normalmente ágil como Vin...

Vin entornó los ojos y su innata tozudez se le notó en la línea de la mandíbula, en la insatisfacción del rostro. No le gustaba que la golpearan... ni siquiera cuando su oponente era obviamente más fuerte que ella.

Elend se irguió, pretendiendo sugerir que era hora de poner fin al entrenamiento. En ese momento, Vin se lanzó hacia delante.

Ham alzó su bastón, expectante, blandiéndolo cuando Vin estuvo a su alcance. Ella lo esquivó echándose a un lado y pasando a escasos centímetros del ataque, luego hizo girar su arma y golpeó el bastón de Ham, que perdió el equilibrio. Entonces se preparó para el ataque.

Ham se recuperó rápidamente. Dejó que la fuerza del golpe de Vin lo hiciera girar y usó el impulso para descargar su bastón con un poderoso golpe directamente contra el pecho de Vin.

Elend dejó escapar un grito.

Vin saltó.

No tenía metal contra el que empujar, pero eso no pareció importar. Saltó más de dos metros en el aire, superando sin dificultad el bastón de Ham. Dio una voltereta cuando el palo pasó por debajo de ella, y sus dedos rozaron el aire por encima del arma, haciendo girar su propio bastón con una sola mano. Aterrizó mientras su bastón zumbaba descargando un golpe bajo. Su punta levantó una nube de ceniza al rozar el suelo. Golpeó a Ham en las pantorrillas. El golpe le hizo perder el equilibrio, y el hombretón gritó al caer.

Vin volvió a saltar en el aire.

Ham cayó al suelo de espaldas y Vin aterrizó sobre su pecho. Entonces lo golpeó tranquilamente en la frente con la punta de su bastón.

—Gano yo.

Ham se quedó tendido, aturdido y con Vin encima. El polvo y la ceniza se posaron suavemente en el patio.

—Caray... —susurró Fantasma, dando voz a un sentimiento compartido por la docena de soldados que observaban.

Finalmente, Ham se echó a reír.

—Bien. Me has derrotado... Ahora, por favor, ten la bondad de traerme algo de beber mientras intento frotarme las piernas para volver a sentirlas.

Vin sonrió, se le quitó de encima y se marchó a hacer lo que le pedía. Ham sacudió la cabeza y se puso en pie. A pesar de sus palabras, caminaba sin apenas cojear; probablemente tendría un moratón, pero eso no le molestaría mucho tiempo. El peltre no solo aumentaba la fuerza, el equilibrio y la velocidad, sino que hacía que el cuerpo fuera más fuerte. Ham podía soportar un golpe que a Elend le hubiese roto las piernas.

El hombretón se reunió con ellos, saludó a Clubs con un gesto y le dio un leve puñetazo a Fantasma en el brazo. Entonces se apoyó en la barandilla y se frotó la pantorrilla izquierda con un leve respingo.

—Te lo juro, Elend..., entrenarte con esa muchacha es como intentar luchar contra una ráfaga de viento. Nunca está donde creo que está.

—¿Cómo ha hecho eso, Ham? —preguntó Elend—. El salto, quiero decir. Parecía sobrehumano, incluso para una alomántica.

—Ha usado acero, ¿verdad? —dijo Fantasma.

Ham negó con la cabeza.

—No, lo dudo.

—Entonces, ¿cómo? —preguntó Elend.

—Los alománticos no tienen que ser físicamente fuertes para ser increíblemente poderosos —dijo Ham, suspirando y bajando la pierna—. Si Vin fuese feruquimista, sería diferente: si ves alguna vez a Sazed aumentar su fuerza, comprobarás cómo sus músculos se hacen más grandes. Pero con la alomancia, toda la fuerza procede directamente del metal, no del cuerpo de la persona.

»La mayoría de los violentos, yo incluido, consideran que hacer que sus cuerpos sean más fuertes solo aumenta su poder. Después de todo, un hombre musculoso al quemar peltre será mucho más fuerte que un hombre corriente del mismo poder alomántico. —Ham se frotó la barbilla, mirando el camino por donde se había marchado Vin—. Pero... bueno, empiezo a pensar que podría haber otro modo. Vin es pequeña y esbelta, pero cuando quema peltre, se vuelve varias veces más fuerte que cualquier guerrero normal. Guarda toda esa fuerza en un cuerpo pequeño, y no tiene que soportar el peso de músculos grandes. Es como... un insecto. Mucho más fuerte de lo que su masa corporal indica. Así que, cuando salta, salta de verdad.

—Pero tú sigues siendo más fuerte que ella —dijo Fantasma.

Ham asintió.

—Y puedo servirme de ello... suponiendo que logre alcanzarla. Cosa que cada vez me resulta más difícil.

Vin regresó por fin con una jarra de zumo helado. Al parecer, había decidido ir hasta la fortaleza, en vez de traer la cerveza tibia que siempre había a mano en el patio. Le entregó una jarra a Ham, y había tenido el detalle de traer copas para Elend y Clubs.

—¡Eh! —se quejó Fantasma mientras servía—. ¿Y yo qué?

—Con esa barba tienes cara de tonto —dijo Vin.

—¿Así que no tengo nada de beber?

—No.

Fantasma vaciló.

—Vin, eres una chica extraña.

Vin puso los ojos en blanco. Luego miró el barril de agua que había en un rincón del patio. Una de las tazas de estaño que había al lado saltó al aire y cruzó volando el patio. Vin extendió un brazo, la atrapó al vuelo con el sonido de una palmada y la dejó en la barandilla ante Fantasma.

—¿Contento?

—Lo estaré cuando me sirvas algo de beber —dijo Fantasma mientras Clubs gruñía y daba un sorbo a su copa. El viejo general retiró dos de las monedas de la barandilla y se las guardó.

—¡Eh, es verdad! —dijo Fantasma—. Me lo debes, El. Paga.

Elend bajó su copa.

—No he llegado a aceptar la apuesta.

—Le has pagado al tío Cascarrabias. ¿Por qué a mí no?

Elend vaciló, luego suspiró, sacó una moneda de diez arquillas y la colocó junto a la de Fantasma. El muchacho sonrió, retirándolas ambas con un diestro gesto de ladrón callejero.

—Gracias por hacerme ganar, Vin —dijo con un guiño.

Vin miró a Elend con el ceño fruncido.

—¿Has apostado contra mí?

Elend se echó a reír y se inclinó sobre la barandilla para besarla.

—No quería hacerlo. Clubs me obligó.

Clubs bufó, apuró el resto de su zumo y tendió la copa para que volviera a llenársela. Vin no lo hizo y miró significativamente a Fantasma. Finalmente, Fantasma suspiró y levantó la jarra para volver a llenar la copa.

Vin todavía miraba a Elend con insatisfacción.

—Yo tendría cuidado, Elend —rio Ham—. Puede golpear con ganas...

Elend asintió.

—Tendría que aprender a no enfrentarme con ella cuando hay armas cerca, ¿eh?

—Dímelo a mí —respondió Ham.

Vin resopló y rodeó la barandilla para colocarse junto a Elend. Él la abrazó y, al hacerlo, captó un leve destello de envidia en los ojos de Fantasma. Elend sospechaba que el muchacho estaba enamorado de Vin desde hacía algún tiempo... pero, bueno, realmente no podía reprochárselo.

Fantasma sacudió la cabeza.

—Tengo que buscarme una mujer.

—Bueno, esa barba no te va a ayudar —dijo Vin.

—Es solo un disfraz, Vin. El, supongo que no podrías darme un título o algo, ¿no?

Elend sonrió.

—No creo que eso importe, Fantasma.

—A ti te funcionó.

—Oh, no sé —dijo Elend—. Creo que Vin se enamoró de mí a pesar de mi título y no gracias a él.

—Pero tuviste a otras antes que a ella —dijo Fantasma—. Muchachas nobles.

—Un par —admitió Elend.

—Aunque Vin tiene la costumbre de matar a la competencia —se burló Ham.

Elend se echó a reír.

—Bueno, vamos, solo lo hizo una vez. Y creo que Shan se lo merecía... Después de todo, intentaba asesinarme. —Miró cariñosamente a Vin—. Aunque tengo que admitir que Vin es un poco dura con las demás mujeres. Con ella cerca, todas las demás parecen blandas en comparación.

Fantasma miró al cielo.

—Es más interesante cuando las mata.

Ham se echó a reír, dejando que Fantasma sirviera más zumo.

—Solo el lord Legislador sabe qué te haría si alguna vez intentaras dejarla, Elend.

Vin se envaró de inmediato, aferrándose a Elend con más fuerza. La habían abandonado demasiadas veces. Incluso después de todo lo que habían pasado, incluso después de su propuesta matrimonial, Elend había seguido prometiéndole a Vin que no iba a abandonarla.

Es hora de cambiar de tema, pensó Elend, pues la jovialidad del momento se agotaba.

—Bueno, creo que voy a visitar las cocinas para buscar algo de comer. ¿Vienes, Vin?

Vin miró al cielo, como comprobando cuánto faltaba para que oscureciera. Finalmente, asintió.

—Yo también voy —dijo Fantasma.

—No, tú no vas —dijo Clubs, agarrando al muchacho por la nuca—. Vas a quedarte aquí y a explicarme exactamente cómo conseguiste el uniforme de uno de mis soldados.

Elend se echó a reír y se marchó con Vin. La verdad fuera dicha, incluso con el final levemente agrio de la conversación, se sentía mejor tras haber visto el entrenamiento. Era extraño cómo los miembros de la banda de Kelsier podían reírse y gastar bromas incluso en las situaciones más terribles. Tenían el don de hacerle olvidar los problemas. Tal vez era la impronta del Superviviente. Kelsier, al parecer, siempre reía, no importaba lo mala que fuera la situación. Para él era una forma de rebelión.

Nada de eso hacía que los problemas desaparecieran. Todavía se enfrentaban a un ejército varias veces superior al suyo, en una ciudad que apenas podía defenderse. Sin embargo, si alguien podía sobrevivir a una situación semejante, sería la banda de Kelsier.

Más tarde, tras llenar el estómago porque Elend había insistido en ello, Vin se fue con él a sus habitaciones.

Allí, sentado en el suelo, había un duplicado perfecto del perro lobo que había comprado. El animal la miró, luego inclinó la cabeza.

—Bienvenida, ama —dijo el kandra con voz apagada y rugiente.

Elend silbó, admirado, y Vin caminó en círculo alrededor de la criatura. Cada pelo parecía haber sido colocado a la perfección. De no haber hablado, nadie hubiese podido saber que no era el perro original.

—¿Cómo consigues la voz? —preguntó Elend, curioso.

—Un aparato fónico es cosa de carne, no de hueso, majestad —dijo OreSeur—. Los kandra mayores aprenden a manipular su cuerpo, no solo a copiarlo. Yo todavía necesito digerir el cadáver de una persona para memorizar y recrear sus rasgos exactos. Sin embargo, puedo improvisar algunas cosas.

Vin asintió.

—¿Por eso has tardado más en adoptar este cuerpo de lo que dijiste?

—No, ama. Por el pelo. Lamento no habértelo advertido... pero colocar el pelo requiere gran cantidad de precisión y esfuerzo.

—Lo cierto es que lo mencionaste —dijo Vin, agitando una mano.

—¿Qué te parece el cuerpo, OreSeur? —preguntó Elend.

—¿Sinceramente, majestad?

—Por supuesto.

—Es ofensivo y degradante —dijo OreSeur.

Vin alzó una ceja. *Es típico de ti, Renoux*, pensó. *Estamos un poco beligerantes hoy, ¿no?*

Él la miró, y Vin trató, sin éxito, de leer su expresión canina.

—Pero llevarás el cuerpo de todas formas, ¿no? —dijo Elend.

—Naturalmente, majestad —respondió OreSeur—. Moriría antes de incumplir el Contrato. Es la vida.

Elend le hizo un gesto de asentimiento a Vin, como si acabara de demostrar un punto importante.

Cualquiera puede proclamarse leal, pensó Vin. *Si alguien tiene un Contrato para asegurar su honor, tanto mejor. Así la sorpresa es más dolorosa cuando se vuelve contra ti.*

Elend estaba obviamente esperando algo. Vin suspiró.

—OreSeur, pasaremos más tiempo juntos en el futuro.

—Si ese es tu deseo, ama.

—No estoy segura de si lo es o no lo es —dijo Vin—. Pero va a pasar de todas formas. ¿Cómo te mueves con ese cuerpo?

—Bastante bien, ama.

—Vamos a ver si puedes mantener el ritmo.

No obstante, también temo que todo lo que he conocido caiga en el olvido, que mi historia caiga en el olvido. Y temo por el mundo que habrá de venir. Temo que mis planes fracasen.

Temo un destino aún peor que la Profundidad.

7

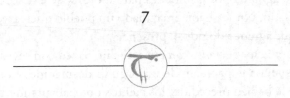

Sazed nunca pensó que tendría motivos para apreciar los suelos de tierra. Sin embargo, resultaron ser utilísimos para enseñar a escribir. Dibujó varias letras en la tierra con un palo largo, ofreciendo un modelo a su media docena de estudiantes. Ellos procedieron a garabatear sus copias, reescribiendo las palabras varias veces.

Incluso después de vivir entre varios grupos de skaa rurales durante un año, Sazed seguía sorprendiéndose por su escasez de recursos. No había ni una sola tiza en toda la aldea, y mucho menos papel y tinta. La mitad de los niños correteaban desnudos, y el único refugio eran las chozas, estructuras alargadas de una sola habitación con techos desiguales. Los skaa tenían aperos de labranza, afortunadamente, pero ni arcos ni hondas para cazar.

Sazed había llevado a un grupo a la mansión abandonada de la plantación para recuperar cosas. Quedaba bien poco. Había sugerido que los ancianos de la aldea realojaran a la gente en ella para pasar el invierno, pero dudaba que lo hicieran. Habían visitado la mansión llenos de aprensión, y muchos no querían apartarse de su lado. El lugar les recordaba a los lores... y los lores les recordaban el dolor.

Sus estudiantes continuaron garabateando. Sazed se había esforzado bastante para explicar a los ancianos por qué la escritura era tan importante. Finalmente, ellos le habían dejado elegir a algunos estudiantes, en parte, estaba seguro, por complacerlo. Sacudió la cabeza lentamente y los vio escribir. No había pasión en su aprendizaje. Iban porque se lo habían ordenado, y porque «maese terrisano» lo deseaba, no porque tuvieran un verdadero deseo de adquirir educación.

Durante los días anteriores al Colapso, Sazed había imaginado con frecuencia cómo sería el mundo cuando el lord Legislador hubiera desaparecido. Había imaginado a los guardadores saliendo a la luz, llevando conocimiento y verdades olvidadas a un pueblo emocionado y agradecido. Se había imaginado enseñando ante un cálido fuego por las noches, contando historias a un público ansioso. Nunca se había parado a pensar en una aldea privada de trabajadores, con una gente demasiado agotada por las noches para molestarse en escuchar relatos del pasado. Nunca había imaginado un pueblo que pareciera más molesto que agradecido por su presencia.

Tienes que ser paciente con ellos, se dijo Sazed con severidad. Sus antiguos sueños le parecían de un orgullo desmedido. Los guardadores que le habían precedido, los cientos que habían muerto manteniendo a salvo y en secreto su conocimiento, nunca habían esperado alabanzas ni dádivas. Habían realizado su tarea en el más absoluto anonimato.

Sazed se levantó para ver lo que habían escrito sus estudiantes. Estaban mejorando: ya reconocían todas las letras. No era mucho, pero sí un comienzo. Asintió al grupo, despidiéndolos para que ayudaran a preparar la cena.

Ellos inclinaron la cabeza y se dispersaron. Sazed los siguió hasta la puerta de la choza, y entonces advirtió lo oscuro que estaba el cielo; probablemente había retenido a sus estudiantes hasta demasiado tarde. Sacudió la cabeza mientras caminaba entre las chozas. Vestía de nuevo su ropa de mayordomo, con sus pintorescos diseños en «V», y se había puesto varios pendientes. Recurría a las antiguas costumbres porque eran familiares, aunque también fueran un símbolo de opresión. ¿Cómo se vestirían las futuras generaciones de Terris? ¿El estilo de vida que les había impuesto el lord Legislador se convertiría en una parte innata de su cultura?

Se detuvo en las afueras de la aldea y contempló la boca del valle meridional. Estaba llena de suelo negro ocasionalmente salpicado de enredaderas marrones o matojos. No había bruma, por supuesto; las brumas solo venían de noche. Las historias tenían que ser un error. Lo que había visto tenía que ser falso.

¿Y qué importaba que no lo fuera? No era su deber investigar esas cosas. Ahora que se había producido el Colapso, tenía que difundir su conocimiento, no perder el tiempo persiguiendo historias tontas.

Los guardadores ya no eran investigadores, sino instructores. Él llevaba consigo miles de libros, información sobre agricultura, higiene, gobierno y medicina. Necesitaba entregar esas cosas a los skaa. Eso era lo que había decidido el Sínodo.

Sin embargo, Sazed se resistía en parte. Eso le hacía sentirse enormemente culpable; los aldeanos necesitaban sus enseñanzas, y él deseaba de todo corazón ayudarlos. Sin embargo... notaba que estaba pasando algo por alto. El lord Legislador estaba muerto, pero la historia no parecía haber terminado. ¿Había algo que se le hubiera escapado? ¿Algo más grande, incluso, que el lord Legislador? ¿Algo tan grande, tan enorme, que era de hecho invisible?

¿O es que quiero que haya algo más?, se preguntó. *Me he pasado la mayor parte de mi vida adulta resistiendo y luchando, corriendo riesgos que los otros guardadores consideraban innecesarios. No me contenté con fingir obediencia... tuve que implicarme en la rebelión.*

A pesar del éxito de la rebelión, los hermanos de Sazed no lo habían perdonado por su implicación en ella. Sabía que Vin y los demás lo consideraban dócil, pero comparado con los otros guardadores era un salvaje. Un necio intrépido e indigno de confianza que amenazaba toda la orden con su impaciencia. Ellos creían que su deber era esperar, anhelando el día en que el lord Legislador desapareciera. Los feruquimistas eran demasiado escasos para arriesgarse a una rebelión abierta.

Sazed había desobedecido. Ahora tenía problemas para vivir la vida pacífica del maestro. ¿Era porque sabía inconscientemente que la gente todavía corría peligro, o era porque simplemente no podía aceptar estar marginado?

—¡Maese terrisano!

Sazed se dio media vuelta. La voz era de terror. *¿Otra muerte en las brumas?*, se preguntó de inmediato.

Le pareció extraño que los otros skaa permanecieran dentro de sus chozas a pesar de la voz horrorizada. Unas cuantas puertas crujieron, pero nadie salió alarmado, ni siquiera curioso, mientras la persona que gritaba corría hacia Sazed. Era una de las campesinas, una recia mujer de mediana edad. Sazed comprobó sus reservas mientras ella se acercaba; todavía contaba con su mentepeltre para la fuerza, naturalmente, y con un anillo de acero muy pequeño para la velocidad. Deseó haberse puesto unos cuantos brazaletes más.

—¡Maese terrisano! —dijo la mujer, sin aliento—. ¡Oh, ha vuelto! ¡Ha venido por nosotros!

—¿Quién? —preguntó Sazed—. ¿El hombre que murió en las brumas?

—No, maese terrisano. El lord Legislador.

Sazed lo encontró parado, justo fuera de la aldea. Ya oscurecía y la mujer había regresado a su choza, asustada. Sazed solo podía imaginar cómo se sentía aquella pobre gente, atrapada por la caída de la noche y sus brumas, y al mismo tiempo acobardada y preocupada por el peligro que acechaba fuera.

Y era un peligro ominoso. El extraño esperaba silenciosamente en el polvoriento camino, vestido con una túnica negra, casi tan alto como el propio Sazed. Era calvo y no llevaba ninguna joya... aparte, claro, de los enormes clavos de hierro que le habían clavado en los ojos.

No era el lord Legislador, sino un inquisidor de Acero.

Sazed seguía sin comprender cómo las criaturas continuaban viviendo. Los clavos eran lo bastante anchos como para llenar las cuencas de los ojos por entero; habían destruido los globos oculares y las puntas les sobresalían por la nuca. No manaba sangre de las heridas: por algún motivo, eso los hacía parecer aún más extraños.

Por fortuna, Sazed conocía a ese inquisidor en concreto.

—Marsh —dijo en un susurro, mientras las brumas empezaban a formarse.

—Eres una persona muy difícil de rastrear, terrisano —añadió Marsh, y el sonido de su voz sorprendió a Sazed. Había cambiado y se había vuelto más rechinante, más entrecortada, como la de un hombre que tiene tos. Igual que la de los otros inquisidores que Sazed había escuchado.

—¿Rastrearme? —preguntó Sazed—. No pensaba que los demás tuvieran que encontrarme.

—Da lo mismo —dijo Marsh, volviéndose hacia el sur—. Yo lo he hecho. Tienes que venir conmigo.

Sazed frunció el ceño.

—¿Qué? Marsh, tengo trabajo que hacer aquí.

—No es importante —dijo Marsh, volviéndose y fijando su mirada sin ojos sobre Sazed.

¿Soy yo, o se ha vuelto más extraño desde la última vez que nos vimos? Sazed se estremeció.

—¿Qué ocurre, Marsh?

—El convento de Seran está vacío.

Sazed meditó al respecto. El convento era una fortaleza del Ministerio que había al sur, un lugar adonde los inquisidores y los altos obligadores de la religión del lord Legislador se habían retirado después del Colapso.

—¿Vacío? Es imposible, creo.

—Pero cierto —dijo Marsh. No usaba lenguaje corporal al hablar: ningún gesto, ningún movimiento del rostro.

—Yo... —Sazed guardó silencio. Qué información, qué maravillas, qué secretos debían contener las bibliotecas del convento.

—Tienes que venir conmigo —dijo Marsh—. Puede que necesite ayuda, si mis hermanos nos descubren.

Mis hermanos. ¿Desde cuándo son los inquisidores los «hermanos» de Marsh? Se había infiltrado en sus filas como parte del plan de Kelsier para derrocar al Imperio Final. Era un traidor, no su hermano.

Sazed vaciló. Bajo la tenue luz, el perfil de Marsh parecía... antinatural, incluso enervante. Peligroso.

No seas tonto, se reprendió. Marsh era el hermano de Kelsier, el único pariente vivo del Superviviente. Como inquisidor, Marsh tenía autoridad sobre el Ministerio de Acero, y muchos de los obligadores lo habían escuchado a pesar de su implicación en la rebelión. Había sido un colaborador valiosísimo del frágil gobierno de Elend Venture.

—Ve por tus cosas —dijo Marsh.

Mi lugar está aquí, pensó Sazed. *Tengo que enseñar a la gente, no vagabundear por los caminos persiguiendo a mi propio ego.*

Y sin embargo...

—Las brumas salen de día —dijo Marsh en voz baja.

Sazed alzó la cabeza. Marsh lo estaba mirando, las cabezas de sus clavos brillando como discos redondos con los últimos rescoldos de luz solar. Los supersticiosos skaa pensaban que los inquisidores podían leer la mente, aunque Sazed sabía que eso era una tontería. Los inquisidores tenían los poderes de los nacidos de la bruma y podían por tanto influir en las emociones de la gente... pero no leer la mente.

—¿Por qué has dicho eso? —preguntó Sazed.

—Porque es verdad —respondió Marsh—. Esto no ha acabado,

Sazed. Ni siquiera ha empezado todavía. El lord Legislador... fue solo un retraso. Un engranaje. Ahora que ya no está, nos queda poco tiempo. Ven conmigo al convento. Debemos llegar allí mientras todavía podemos.

Sazed vaciló, luego asintió.

—Déjame explicárselo a los aldeanos. Podremos marcharnos esta noche, creo.

Marsh asintió, pero no se movió mientras Sazed regresaba a la aldea. Permaneció inmóvil en la oscuridad, dejando que las brumas lo rodearan.

Todo vuelve al pobre Alendi. Me siento mal por él y por todas las cosas que se ha visto obligado a soportar. Por aquello en lo que ha sido obligado a convertirse.

8

Vin se lanzó a las brumas. Surcó el aire nocturno, pasando por encima de las casas y las calles oscuras. Una ocasional y furtiva gota de luz brillaba en las brumas: una patrulla de guardia, o tal vez un desafortunado viajero nocturno.

Empezó a descender e inmediatamente lanzó una moneda por delante. La empujó y su peso la precipitó hacia las silenciosas profundidades. En cuanto alcanzó la calle, su empujón la lanzó hacia arriba y volvió a saltar al aire. Los impulsos suaves eran muy difíciles, así que cada moneda contra la que empujaba, cada salto que daba, la lanzaba por los aires a una velocidad tremenda. Los saltos de un nacido de la bruma no eran como el vuelo de un pájaro. Eran más bien como el camino de una flecha que rebotaba.

Y, aun así, había gracia en sus movimientos. Vin inspiró profundamente mientras sobrevolaba la ciudad, saboreando el aire húmedo y frío. De día, Luthadel olía a fraguas ardientes, a residuos calentados por el sol y a ceniza caída. De noche, sin embargo, las brumas daban al aire un brillo hermoso y frío, casi limpio.

Vin llegó al punto más alto de su salto y flotó un breve instante mientras cambiaba su impulso. Entonces empezó a caer hacia la ciudad. Las borlas de su capa de bruma se agitaban a su alrededor, mezclándose con su pelo. Cayó con los ojos cerrados, recordando las primeras semanas en la bruma, entrenándose bajo la relajada aunque vigilante tutela de Kelsier. Él le había dado aquello. Libertad. A pesar de sus dos años como nacida de la bruma, Vin nunca había dejado de tener la sensación de embriagador asombro cuando surcaba las brumas.

Quemó acero con los ojos cerrados y las líneas aparecieron de todos modos, visibles como un ramillete de hilillos azules contra la negrura de sus párpados. Escogió dos que apuntaban hacia abajo por detrás de ella, empujó y se lanzó en un nuevo arco.

¿Qué hacía antes sin esto?, pensó Vin, abriendo los ojos, echando atrás la capa de bruma con un gesto del brazo.

Al cabo de un rato, empezó a caer de nuevo, y esta vez no arrojó ninguna moneda. Quemó peltre para reforzar sus miembros y aterrizó de golpe en la muralla que rodeaba los terrenos de la fortaleza Venture. Su bronce no mostró signos de actividad alomántica próxima ni su acero reveló pautas desacostumbradas de metal moviéndose hacia la fortaleza.

Vin permaneció agazapada en la oscura muralla un momento, justo en el borde, con los dedos de los pies agarrados a la arista de piedra. La roca estaba fría bajo sus plantas y el estaño hacía que su piel fuera mucho más sensible de lo normal. Notó que la muralla necesitaba una limpieza: empezaban a crecer líquenes en la superficie, animados por la humedad de la noche, protegidos del sol diurno por una torre cercana.

Vin permaneció en silencio, contemplando cómo una suave brisa empujaba y agitaba las brumas. Oyó el movimiento en la calle de abajo antes de verlo. Se tensó, comprobando sus reservas y entonces alcanzó a distinguir la silueta de un perro lobo en la penumbra.

Lanzó una moneda por encima de la muralla y saltó. OreSeur la esperaba cuando aterrizó sin hacer ruido a su lado, dando un rápido empujón a la moneda para frenar su descenso.

—Te mueves rápido —apreció Vin.

—Todo lo que tuve que hacer fue rodear los terrenos del palacio, ama.

—Con todo, esta vez te has mantenido más cerca de mí que antes. Ese cuerpo de perro es más rápido que un cuerpo humano.

—Supongo —admitió OreSeur.

—¿Crees que podrás seguirme por la ciudad?

—Seguramente —respondió OreSeur—. Si me quedo atrás, volveré aquí para que me recojas.

Vin se volvió y echó a correr por una calle lateral. OreSeur la siguió en silencio.

Veamos cómo se comporta en una persecución más exigente, pensó, quemando peltre y acelerando. Corrió por el frío empedrado, descalza como siempre. Un hombre normal no hubiese podido correr nunca a tal velocidad. Ni siquiera un corredor entrenado hubiera aguantado el ritmo, pues se habría cansado rápidamente.

Con peltre Vin podía correr durante horas a velocidades de vértigo. Le proporcionaba fuerza y una sobrehumana sensación de equilibrio mientras corría por la oscura calle dominada por las brumas, convertida en un remolino de borlas y pies descalzos.

OreSeur mantuvo el ritmo. Saltó junto a ella en la noche, respirando entrecortadamente, concentrado en la carrera.

Impresionante, pensó Vin, y enfiló un callejón. Saltó fácilmente la valla de dos metros que había al fondo y que daba al jardín de la mansión de algún noble menor. Giró, deslizándose por la hierba húmeda, y esperó.

OreSeur saltó la valla de madera y su oscura forma canina atravesó las brumas para aterrizar en el jardín, junto a Vin. Se detuvo, se posó sobre sus cuartos traseros y esperó en silencio, jadeando. Había una expresión de desafío en sus ojos.

Muy bien, pensó Vin, sacando un puñado de monedas. *Sigue esto.*

Lanzó una y volvió a impulsarse hacia arriba. Giró en las brumas y luego se empujó de lado contra el brocal de un pozo. Aterrizó en un tejado y saltó, usando otra moneda para impulsarse por encima de las calles.

Continuó su avance, saltando de tejado en tejado, usando monedas cuando era necesario. De vez en cuando miraba hacia atrás y veía una forma oscura esforzándose por seguir su ritmo. OreSeur rara vez la había seguido siendo humano; normalmente, quedaba con él en lugares convenidos. Moverse en la noche, saltar a través de las brumas... eso era el verdadero dominio del nacido de la bruma. ¿Comprendía Elend lo que le pedía cuando le decía que llevara consigo a OreSeur? Si ella se quedaba abajo, en la calle, estaría al descubierto.

Aterrizó en un tejado y se detuvo tras agarrarse al borde de piedra del edificio. Se asomó a la calle, tres pisos más abajo. Mantuvo el equilibrio, rodeada por las brumas. Todo estaba en silencio.

Bueno, no he tardado mucho, pensó. *Tendré que explicarle a Elend que...*

La forma canina de OreSeur saltó al tejado, no muy lejos de ella. Se acercó y se sentó sobre sus cuartos traseros, esperando expectante.

Vin frunció el ceño. Había viajado sus buenos diez minutos, corriendo por encima de los tejados a la velocidad de una nacida de la bruma.

—¿Cómo... cómo has llegado hasta aquí arriba? —preguntó.

—Salté a un edificio más bajo, y luego lo usé para llegar a estas casas, ama —respondió OreSeur—. Después te seguí por los tejados. Están tan cerca unos de otros que no me resultó difícil ir saltando.

La confusión de Vin debió notársele, porque OreSeur continuó:

—Puede que me haya... apresurado al juzgar estos huesos, ama. Desde luego tiene un impresionante sentido del olfato. De hecho, todos sus sentidos son bastante agudos. Ha sido sorprendentemente fácil seguirte, incluso en la oscuridad.

—Ya veo... Bueno, está bien.

—¿Puedo preguntarte, ama, el sentido de esta persecución?

Vin se encogió de hombros.

—Hago esto todas las noches.

—Me ha parecido que intentabas despistarme. Me será muy difícil protegerte si no me dejas estar cerca de ti.

—¿Protegerme? —preguntó Vin—. Ni siquiera puedes pelear.

—El Contrato me prohíbe matar a humanos —dijo OreSeur—. Podría, sin embargo, buscar ayuda en caso necesario.

O arrojarme un poco de atium en un momento de peligro, admitió Vin. *Tiene razón... podría serme útil. ¿Por qué estoy tan decidida a dejarlo atrás?*

Miró a OreSeur, que estaba sentado pacientemente, el pecho agitado por el cansancio. Ella ni siquiera había advertido que los kandra necesitaran respirar.

Se comió a Kelsier.

—Vamos —dijo Vin. Saltó del edificio y se impulsó con una moneda. No se detuvo a ver si OreSeur la seguía.

Al caer, echó mano a otra moneda, pero decidió no usarla. Empujó, en cambio, contra el marco de una ventana. Como la mayoría de los nacidos de la bruma, a menudo usaba clips, la moneda más pequeña, para saltar. Era muy conveniente que la economía proporcionara un trocito de metal de tamaño y peso ideal para saltar y disparar. Para la mayoría de los nacidos de la bruma, el coste de lanzar un clip, o incluso un puñado de ellos, era mínimo.

Pero Vin no era como la mayoría de los nacidos de la bruma. En su infancia, un puñado de óbolos le parecía un tesoro increíble. Ese dinero significaba comida para semanas, si lo estiraba. También podía significar dolor, e incluso muerte, si los otros ladrones descubrían que tenía semejante fortuna.

Hacía mucho tiempo que no pasaba hambre. Aunque todavía tenía una bolsa con alimentos secos en sus habitaciones, lo hacía más por costumbre que por ansiedad. Sinceramente, no estaba segura de lo que pensaba de los cambios que había experimentado. Era agradable no tener que preocuparse por las necesidades básicas... y, sin embargo, esas preocupaciones habían sido sustituidas por otras mucho más acuciantes. Preocupaciones acerca del futuro de toda una nación.

El futuro de... un pueblo. Aterrizó en la muralla de la ciudad, una estructura mucho más alta y mucho mejor fortificada que el pequeño muro que rodeaba la fortaleza Venture. Saltó a las almenas, buscando con los dedos un asidero en uno de los parapetos mientras se asomaba por el borde de la muralla y contemplaba las hogueras del enemigo.

No conocía personalmente a Straff Venture, pero había oído a Elend hablar de él lo suficiente para estar preocupada.

Suspiró, se apartó de la almena y saltó al interior del parapeto. Allí, se apoyó en uno de los farallones. OreSeur llegó trotando por las escaleras de la muralla y se acercó. Una vez más, se sentó sobre sus cuartos traseros, esperando pacientemente.

Para bien o para mal, la sencilla vida de hambre y palizas de Vin había desaparecido. El frágil reino de Elend corría serio peligro y ella había quemado sus últimos restos de atium para conservar la vida. Lo había dejado indefenso... no solo ante los ejércitos, sino ante cualquier nacido de la bruma que intentara asesinarlo.

¿Un asesino como el Vigilante, tal vez? La misteriosa figura que había interferido en su lucha contra el nacido de la bruma de Cett. ¿Qué quería? ¿Por qué la vigilaba a ella en vez de a Elend?

Vin suspiró, buscó en su bolsa y sacó la barra de duraluminio. Todavía tenía la reserva en su interior, el trocito que había tragado antes.

Durante siglos, se había dado por hecho que solo había diez metales alománticos: los cuatro metales básicos y sus aleaciones, más el atium y el oro. Sin embargo, cada metal alomántico tenía su pareja: un metal básico y una aleación. A Vin siempre le había molestado que el atium y el oro fueran considerados una pareja, cuando ninguno de los dos era aleación del otro. Al final, resultó que no estaban realmente emparejados, ya que cada uno poseía su propia aleación. Una de ellas (el malatium, el llamado Undécimo Metal) le había dado a Vin la pista necesaria para derrotar al lord Legislador.

De algún modo, Kelsier había descubierto la existencia del malatium. Sazed no había podido aún localizar las «leyendas» que Kelsier supuestamente había descubierto, las que hablaban sobre el Undécimo Metal y su poder para derrotar al lord Legislador.

Vin pasó el dedo por la pulida superficie de la barra de duraluminio. La última vez que había visto a Sazed, este parecía frustrado... o al menos todo lo frustrado que Sazed podía parecer, porque no lograba encontrar ni siquiera atisbos de las supuestas leyendas de Kelsier. Aunque Sazed decía que se había marchado de Luthadel para enseñar a la gente del Imperio Final, como era su deber como guardador, Vin no había dejado de advertir que Sazed se había dirigido al sur. La zona en la que Kelsier decía haber descubierto el Undécimo Metal.

¿Hay también rumores sobre este metal?, se preguntó Vin, acariciando el duraluminio. *¿Rumores que puedan indicarme para qué sirve?*

Cada uno de los metales producía un efecto inmediato; solo el cobre, con su capacidad de crear una nube que enmascaraba los poderes de un alomántico a los otros, no ofrecía una respuesta sensorial obvia sobre su propósito. Tal vez el duraluminio fuera similar. ¿Podía su efecto ser advertido solo por otro alomántico que intentara usar sus poderes contra Vin? Era el opuesto del aluminio, que hacía desaparecer los metales. ¿Significaba eso que el duraluminio podía hacer que otros metales duraran más?

Movimiento.

Vin apenas captó un movimiento en la oscuridad. Al principio, un arrebato de temor primario se apoderó de ella. ¿Era la forma brumosa, el espectro de oscuridad que había visto la noche anterior?

Estabas imaginando cosas, se reprendió. *Estabas demasiado cansada.* Y, en efecto, el atisbo de movimiento resultó ser demasiado oscuro, demasiado real para ser la misma imagen espectral.

Era él.

Se encontraba en lo alto de una de las torres de vigilancia, de pie, no agazapado, sin molestarse siquiera en esconderse. ¿Era arrogante o necio ese nacido de la bruma desconocido? Vin sonrió y su aprensión se convirtió en emoción. Preparó sus metales tras comprobar sus reservas. Todo estaba preparado.

Esta noche te pillaré, amigo mío.

Vin se volvió, lanzando un puñado de monedas. O bien el nacido de la bruma sabía que lo había visto o estaba preparado para un ataque, pues las esquivó con facilidad. OreSeur se puso en pie de un salto, girando, y Vin se desabrochó el cinturón, dejando caer sus metales.

—Sígueme si puedes —le susurró al kandra, y luego corrió en la oscuridad tras su presa.

El Vigilante escapó, perdiéndose en la noche. Vin tenía poca experiencia persiguiendo a otro nacido de la bruma; solo había podido practicar durante las sesiones de entrenamiento de Kelsier. Pronto tuvo que esforzarse para seguir el ritmo del Vigilante, y sintió una punzada de culpa por lo que le había hecho a OreSeur un rato antes. Estaba aprendiendo lo difícil que era seguir a un nacido de la bruma decidido. Y no tenía la ventaja del sentido del olfato de un perro.

Sin embargo, quemando estaño, su vista y su oído lograron seguir la pista al Vigilante en su trayecto hacia el centro de la ciudad. Al cabo de un rato el Vigilante se dejó caer hacia una de las plazas centrales con fuentes. Vin cayó también, avivó peltre para golpear los resbaladizos adoquines y de inmediato esquivó a un lado para evitar el puñado de monedas que le arrojó él.

El metal resonó contra la piedra en el silencio de la noche, y las monedas rebotaron en las estatuas y los adoquines. Vin sonrió mientras aterrizaba a cuatro patas; luego se lanzó hacia delante, saltando con músculos amplificados por el peltre y tirando de una de las monedas hasta su mano.

Su oponente dio un salto atrás y aterrizó en el borde de una fuente cercana. Vin aterrizó y lanzó una moneda, usándola para impulsarse hacia arriba, por encima de la cabeza del Vigilante, que se agachó y la observó con cautela mientras ella pasaba.

Vin se agarró a una de las estatuas de bronce del centro de la fuente y se encaramó a ella. Se agazapó en tan irregular asidero, mirando a su oponente. Él estaba en equilibrio sobre un pie, en el borde de la fuente, silencioso y negro en medio del torbellino de bruma. Había desafío en su postura.

¿Puedes alcanzarme?, parecía preguntar.

Vin sacó sus dagas y saltó de la estatua. Se empujó directamente hacia el Vigilante usando el frío bronce como anclaje.

El Vigilante usó también la estatua, tirando de sí mismo hacia delante. Pasó por debajo de Vin, levantando una ola de agua, y su increíble velocidad le permitió deslizarse como una piedra sobre la tranquila superficie de la fuente. Una vez fuera del agua, se empujó a un lado y cruzó la plaza.

Vin se posó en el borde de la fuente mientras el agua helada la salpicaba. Gruñó y saltó tras el Vigilante.

Al aterrizar, él giró y sacó las dagas. Vin rodó para esquivar su primer ataque y luego alzó las suyas para descargar una puñalada doble. El Vigilante se apartó rápidamente, sus dagas chispearon y dejaron caer gotas de agua. Cuando se detuvo, agazapado, emanaba una sensación de ágil potencia. Su cuerpo parecía tenso y seguro. Capaz.

Vin volvió a sonreír, respirando rápidamente. No se había sentido así desde... desde aquellas noches tan lejanas ya, cuando entrenaba con Kelsier. Permaneció agazapada, esperando, viendo cómo la bruma se enroscaba entre ella y su oponente. Él era de mediana estatura, de constitución delgada, y no llevaba capa de bruma.

¿Por qué no usa capa? La capa era la marca de su clase, un símbolo de orgullo y seguridad.

Estaba demasiado lejos para distinguir su rostro. Le pareció, no obstante, que veía un asomo de sonrisa cuando él saltó atrás y se impulsó en otra estatua. La caza comenzó de nuevo.

Vin lo siguió por la ciudad, avivando acero, aterrizando en tejados y calles, empujando para dar grandes saltos en arco. Los dos recorrieron Luthadel como niños en un patio de recreo, Vin intentando cortarle el paso a su oponente, él consiguiendo astutamente tomarle siempre la delantera.

Era bueno. Mucho mejor que ningún nacido de la bruma que ella hubiera conocido o al que se hubiera enfrentado, aparte quizá de Kelsier. Sin embargo, ella había mejorado mucho por su entrenamiento con el Superviviente. ¿Podría ese recién llegado ser aún mejor? La idea la llenó de emoción. Siempre había considerado a Kelsier un paradigma de habilidad alomántica, y solía olvidar que él tenía sus poderes desde solo un par de años antes del Colapso.

El mismo tiempo que yo llevo entrenando, advirtió Vin mientras aterrizaba en una calle estrecha. Frunció el ceño, agazapada, quedándose inmóvil. Había visto al Vigilante caer en esa calle.

Estrecha y descuidada, la calle era prácticamente un callejón flanqueado a izquierda y derecha por edificios de tres y cuatro plantas. No se movía nada. O bien el Vigilante se había escabullido o estaba escondido cerca. Vin quemó hierro, pero las líneas de hierro no mostraron ningún movimiento.

Sin embargo, había otro modo...

Vin fingió estar buscando todavía, pero recurrió a su bronce, avivándolo, intentando penetrar la nube de cobre que pensaba que podía estar cerca.

Y allí estaba él. Escondido en una habitación, tras los postigos entrecerrados de un edificio en ruinas. Ahora que sabía dónde mirar, Vin vio el trozo de metal que él probablemente había utilizado para saltar al primer piso, la aldaba de la que debía de haber tirado para cerrar rápidamente los postigos una vez dentro. Probablemente había explorado esa calle antes con la intención de esconderse allí.

Astuto, pensó Vin.

Él no podía haber previsto la habilidad de Vin para penetrar en las nubes de cobre. Pero si lo atacaba revelaría esa habilidad. Se quedó quieta, pensando en él agazapado allí arriba, esperando en tensión a que ella se moviera.

Sonrió. Examinó la reserva de duraluminio de su interior. Había un modo de descubrir si quemarlo creaba algún cambio en el modo en que la veía otro nacido de la bruma. Probablemente, el Vigilante estaba quemando la mayoría de sus metales, tratando de decidir cuál iba a ser el próximo movimiento de Vin.

Considerándose astuta, Vin quemó el decimocuarto metal.

Una enorme explosión sonó en sus oídos. Vin jadeó y cayó de rodillas, anonadada. Todo se volvió brillante a su alrededor, como si un chasquido de energía hubiera iluminado toda la calle. Y sintió frío, un frío helado, incapacitante.

Gimió, tratando de sacarle sentido al sonido. No era una explosión, sino muchas. Un golpeteo rítmico, como un tambor sonando a su lado. El latido de su corazón. Y la brisa, fuerte como un viento ululante. Los roces de un perro buscando comida. Alguien roncando dormido. Era como si su sentido del oído se hubiera amplificado un centenar de veces.

Y luego... nada. Vin cayó de espaldas al suelo, mientras el súbito arrebato de luz, frío y sonido se evaporaba. Una forma se movió en las sombras, pero no pudo distinguirla... Ya no podía ver en la oscuridad. Su estaño se había...

Acabado, advirtió, recuperándose. *Todo mi suministro de estaño* se ha consumido. Yo... lo estaba quemando cuando recurrí al duraluminio. Los he quemado los dos a la vez. Ese es el secreto. El duraluminio había consumido todo su estaño en un solo y masivo estallido. Había hecho que sus sentidos fueran sorprendentemente agudos durante un breve instante, pero había agotado toda su reserva. Cuando lo comprobó vio que su bronce y su peltre (los otros metales que estaba quemando en ese momento) habían desaparecido también. El flujo de información sensorial había sido tan enorme que ella no había advertido los efectos de los otros dos.

Piensa en ello más tarde, se dijo, sacudiendo la cabeza. Se sentía como si hubiera tenido que estar sorda y ciega, pero no. Estaba solo un poco aturdida.

La forma oscura se acercó a ella. Vin no tuvo tiempo para recuperarse. Se puso en pie, tambaleándose. La forma era demasiado baja para ser el Vigilante. Era...

—Ama, ¿necesitas ayuda?

Los ojos de Vin se ensancharon cuando OreSeur se le acercó sigiloso y se sentó sobre los cuartos traseros.

—Tú... has conseguido seguirme —dijo Vin.

—No ha sido fácil, ama —respondió llanamente OreSeur—. ¿Necesitas ayuda?

—¿Qué? No, no la necesito. —Vin negó con la cabeza, despejando su mente—. Supongo que es una cosa en la que no pensé al hacer que te convirtieras en perro. Ahora no puedes transportar metales para mí.

El kandra ladeó la cabeza y luego correteó hasta un callejón. Regresó un momento después con algo en la boca. El cinturón de Vin.

Lo dejó caer a sus pies y adoptó de nuevo su postura de espera. Vin recogió el cinturón y sacó uno de sus frasquitos de metal de reserva.

—Gracias —dijo lentamente—. Ha sido... un detalle por tu parte.

—Cumplía mi Contrato, ama —dijo el kandra—. Nada más.

Bueno, es más de lo que has hecho otras veces, pensó ella, bebiendo del frasquito. Notó cómo se reponían sus reservas. Quemó estaño, restaurando su visión nocturna y liberando un velo de tensión de su mente; desde que había descubierto sus poderes, nunca había salido de noche en completa oscuridad.

Los postigos de la habitación del Vigilante estaban abiertos. Al parecer había escapado mientras ella perdía sus fuerzas. Vin suspiró.

—¡Ama! —exclamó OreSeur.

Vin se dio la vuelta. Un hombre aterrizó silenciosamente. Le resultaba familiar, por algún motivo. Tenía el rostro enjuto, rematado de pelo oscuro, y la cabeza levemente ladeada, como si estuviera confundido. Ella leyó la pregunta en sus ojos. ¿Por qué se había caído?

Vin sonrió.

—Tal vez para atraerte —dijo entre susurros, pero lo suficientemente alto para que pudieran oírla los oídos aguzados por el estaño.

El nacido de la bruma sonrió, luego hizo un gesto como de respeto con la cabeza.

—¿Quién eres? —preguntó Vin, dando un paso al frente.

—Un enemigo —respondió él, alzando una mano para cortar su avance.

Vin se detuvo. La bruma se enroscó entre ellos en la calle silenciosa.

—Entonces, ¿por qué me ayudaste a combatir a aquellos asesinos?

—Porque también estoy loco.

Vin frunció el ceño y observó al hombre. Había visto la locura antes en los ojos de los mendigos. Ese hombre no estaba loco. Su porte era orgulloso y sus ojos la observaban en la oscuridad firmemente.

¿A qué clase de juego está jugando?, se preguntó.

Su instinto (toda una vida de instinto) le advertía que tuviera cuidado. Apenas había empezado a aprender a confiar en sus amigos, y no estaba dispuesta a ofrecerle el mismo privilegio a un hombre al que había conocido esa misma noche.

Y, sin embargo, había pasado más de un año desde que hablara con otro nacido de la bruma. Había conflictos en su interior que no podía explicar a los demás. Ni siquiera brumosos como Ham y Brisa podían comprender la extraña multiplicidad de un nacido de la bruma. En parte asesina, en parte guardaespaldas, en parte noble..., en parte muchacha silenciosa y confusa. ¿Tenía aquel hombre problemas similares de identidad?

Tal vez pudiera convertirlo en un aliado y conseguir que un segundo nacido de la bruma ayudara en la defensa del Dominio Central. Aunque no lo lograra, sin duda no podría permitirse combatir con él. Una trifulca en la noche era una cosa, pero si su pelea se volvía peligrosa, el atium podía intervenir en el juego.

Si eso sucedía, Vin perdería.

El Vigilante la estudió con atención.

—Respóndeme una cosa —dijo, en medio de la bruma.

Vin asintió.

—¿De verdad que lo mataste?

—Sí —susurró Vin. Él solo podía referirse a una persona.

El Vigilante asintió despacio con la cabeza.

—¿Por qué les sigues el juego?

—¿A quiénes?

El Vigilante señaló la fortaleza Venture a través de las brumas.

—No es ningún juego —respondió ella—. No se trata de un juego cuando la gente que amo corre peligro.

El Vigilante permaneció en silencio y luego sacudió la cabeza, como... decepcionado. Entonces sacó algo de su cinturón.

Vin dio inmediatamente un paso atrás. El Vigilante tan solo lanzó una moneda al suelo, entre ambos. Rebotó un par de veces antes de detenerse en el empedrado. Entonces, el Acechante se empujó hacia atrás en el aire.

Vin no lo siguió. Se frotó la cabeza; todavía le parecía que iba a dolerle.

—¿Lo dejas marchar? —preguntó OreSeur.

Vin asintió.

—Hemos acabado por esta noche. Ha luchado bien.

—Parece que sientes respeto por él —dijo el kandra.

Vin se volvió, frunciendo el ceño. La voz del kandra era de disgusto. OreSeur permaneció sentado, paciente, sin demostrar más emociones.

Ella suspiró y se ató el cinturón.

—Vamos a tener que fabricar un arnés o algo parecido para ti —dijo—. Quiero que lleves frascos de repuesto de metal para mí, como hacías siendo humano.

—Un arnés no será necesario, ama.

—¿No?

OreSeur se levantó y echó a andar.

—Por favor, saca uno de tus frascos.

Vin hizo lo que le pedía y sacó un frasquito de cristal. OreSeur se detuvo y luego volvió un hombro hacia ella. Mientras Vin miraba, el pelaje se dividió y la carne misma se abrió, dejando al descubierto venas y capas de piel. Vin retrocedió un poco.

—No hay motivo de preocupación, ama —dijo OreSeur—. Mi carne no es como la tuya. Tengo más control sobre ella, podríamos decir. Mete el frasco en mi hombro.

Vin hizo lo que le pedía. La carne se selló en torno al frasco, haciéndolo desaparecer de la vista. Experimentalmente, Vin quemó hierro. No aparecieron líneas azules que apuntaran hacia el frasquito oculto. El metal dentro del estómago de una persona no podía ser captado por otro alomántico; de hecho, el metal que perforaba un cuerpo, como los clavos de los inquisidores o los pendientes de la misma Vin, no podía ser empujado ni podía tirar de él nadie. Al parecer, la misma regla se aplicaba a los metales ocultos dentro de un kandra.

—Te lo entregaré en caso de emergencia —dijo OreSeur.

—Gracias.

—El Contrato, ama. No me des las gracias. Solo hago lo que se me exige.

Vin asintió lentamente.

—Regresemos al palacio —dijo—. Quiero ver cómo está Elend.

Pero dejadme comenzar por el principio. Conocí a Alendi en Khlennium; entonces era un muchachito y aún no había sido deformado por una década como caudillo de ejércitos.

9

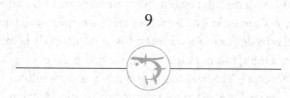

Marsh había cambiado. Había algo más... duro en el antiguo buscador. Algo en el modo en que siempre parecía estar mirando cosas que Sazed no podía ver, algo en sus hoscas respuestas y su tenso lenguaje.

Naturalmente, Marsh había sido siempre un hombre directo. Sazed miró a su amigo mientras los dos recorrían el polvoriento camino. No tenían caballos; aunque Sazed hubiera poseído uno, la mayoría de las bestias no se acercarían a un inquisidor.

¿Cuál dijo Fantasma que era el apodo de Marsh?, pensó Sazed mientras caminaban. *Antes de su transformación, solían llamarlo... Ojos de Hierro.* El nombre había resultado profético. La mayoría de los otros consideraba inquietante la transformación de Marsh y le había dejado de lado. Aunque a Marsh no había parecido importarle que lo trataran de aquel modo, Sazed había hecho un esfuerzo para mantener una relación amistosa.

Seguía sin saber si Marsh había agradecido el gesto o no. Parecían llevarse bien: ambos compartían el interés por la erudición y la historia, y a ambos les interesaba el clima religioso del Imperio Final.

Y ha venido a buscarme, pensó Sazed. *Naturalmente, ha dicho que necesitaba ayuda por si no todos los inquisidores se habían marchado del convento de Seran.* Era una excusa pobre. A pesar de sus poderes feruquimistas, Sazed no era un guerrero.

—Deberías estar en Luthadel —dijo Marsh.

Sazed alzó la cabeza. Marsh había hablado bruscamente, como de costumbre, sin preámbulos.

—¿Por qué dices eso?

—Te necesitan allí.

—El resto del Imperio Final me necesita también, Marsh. Soy un guardador. Un solo grupo de personas no debería monopolizar todo mi tiempo.

Marsh sacudió la cabeza.

—Esos campesinos olvidarán tu presencia. Nadie olvidará las cosas que sucederán pronto en el Dominio Central.

—Creo que te sorprendería lo que pueden olvidar los hombres. Las guerras y los reinos pueden parecer importantes ahora, pero incluso el Imperio Final resultó perecedero. Ahora que ha caído, los guardadores no tienen nada que hacer en política.

La mayoría diría que nunca tuvimos nada que hacer en política.

Marsh volvió hacia él aquellos ojos suyos, con las cuencas completamente rellenas de acero... Sazed no tembló, pero se sintió muy incómodo.

—¿Y tus amigos? —preguntó Marsh.

Esto era más personal. Sazed apartó la mirada, pensando en Vin y en su juramento a Kelsier de que la protegería. *Necesita poca protección ahora*, pensó. *Se ha vuelto más diestra en la alomancia que el propio Kelsier.* Y, sin embargo, Sazed sabía que había modos de protección que no tenían nada que ver con combatir. Estas cosas (apoyo, consuelo, amabilidad) eran vitales para todo el mundo, y especialmente para Vin. La pobre muchacha cargaba con demasiadas responsabilidades.

—Yo... he enviado ayuda —dijo Sazed—. La ayuda que puedo.

—No es suficiente —respondió Marsh—. Las cosas que suceden en Luthadel son demasiado importantes para ignorarlas.

—No las estoy ignorando, Marsh. Simplemente, cumplo con mi deber lo mejor que puedo.

Marsh, finalmente, se volvió.

—Con el deber equivocado. Regresarás a Luthadel cuando hayamos terminado aquí.

Sazed abrió la boca para discutir, pero no dijo nada. ¿Qué había que decir? Marsh tenía razón. Aunque no tuviera prueba alguna, Sazed sabía que estaban sucediendo cosas importantes en Luthadel..., cosas que requerirían su ayuda para combatir. Cosas que probablemente afectarían al futuro de toda la tierra antaño conocida como el Imperio Final.

Así pues, cerró la boca y caminó detrás de Marsh. Regresaría a Luthadel para demostrar que era un rebelde, una vez más. Tal vez, al final, comprendiera que no había ninguna amenaza fantasmal para el mundo, que simplemente había regresado por su propio deseo egoísta de estar con sus amigos.

De hecho, esperaba que eso resultara ser la verdad. La alternativa le hacía sentirse muy incómodo.

*La altura de Alendi me sorprendió la primera vez que lo vi. Se
trataba de un hombre que superaba a todos los demás, de un hombre
que (a pesar de su juventud y su ropa humilde) imponía respeto.*

10

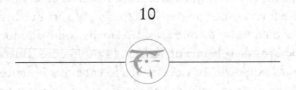

La Sala de Reuniones se hallaba en la sede del antiguo Cantón de
Finanzas del Ministerio de Acero. Era un espacio de techo bajo, más
parecido a un salón de conferencias. Había filas de bancos frente a un
estrado elevado. A la derecha del estrado, Elend había mandado construir una fila de asientos para los miembros de la Asamblea. A la izquierda, había construido un atril para los oradores.

El atril miraba a los miembros de la Asamblea, no al público. Sin
embargo, se animaba a asistir a la gente común. Elend pensaba que
todo el mundo debía interesarse en el funcionamiento de su gobierno;
le dolía que las reuniones semanales de la Asamblea normalmente tuvieran poco público.

Vin tenía un asiento en el estrado, al fondo, directamente frente al
público. Desde su puesto de observación junto a los otros guardaespaldas, podía ver a la multitud. Guardias de Ham, de paisano, ocupa-
ban los primeros bancos, creando una primera barrera de protección.
Elend se había enfadado porque Vin exigía que colocara guardias delante y detrás del estrado: consideraba que los guardaespaldas sentados
detrás de los oradores serían molestos. Ham y Vin, sin embargo, habían
insistido. Si Elend iba a aparecer en público todas las semanas, Vin
quería estar segura de que podía vigilarlos a él y a quienes lo vigilaban.

Para llegar a su asiento, por tanto, Vin tenía que cruzar el estrado.
Las miradas la siguieron. A algunos del público les interesaban los
escándalos; suponían que era la amante de Elend, y un rey que se
acostaba con su asesina personal era motivo de cotilleo. A otros les
interesaba la política: se preguntaban cuánta influencia tenía Vin sobre Elend, y si podrían utilizarla para conseguir el favor del rey. A otros

les interesaba su carácter legendario: se preguntaban si una chica como ella podía haber matado efectivamente al lord Legislador.

Vin se apresuró a ocupar su sitio. Dejó atrás a los miembros de la Asamblea y se sentó junto a Ham, quien a pesar de lo formal de la ocasión seguía vistiendo un sencillo chaleco sin camisa. Sentada a su lado, con pantalones y su camisa, Vin no se sentía tan fuera de lugar.

Ham sonrió y le dio una afectuosa palmada en el hombro. Ella tuvo que esforzarse por no dar un respingo. No era que le disgustara Ham; más bien todo lo contrario. Lo amaba como a todos los antiguos miembros de la banda de Kelsier. Era solo que... Bueno, no hubiese sabido explicarlo, ni siquiera ella lo entendía. El inocente gesto de Ham le había dado ganas de zafarse. En su opinión la gente se tocaba con demasiada libertad.

Descartó esos pensamientos. Tenía que aprender a ser como los demás. Elend se merecía a una mujer normal.

Él ya estaba allí. Saludó a Vin con un gesto cuando advirtió su llegada, y ella sonrió. Luego continuó hablando tranquilamente con lord Penrod, uno de los nobles de la Asamblea.

—Elend estará contento —susurró Vin—. Esto está abarrotado.

—Están preocupados —dijo Ham en voz baja—. Y la preocupación hace que presten más atención a estas cosas. No puedo decir que me alegre: toda esta gente nos complica el trabajo.

Vin asintió sin dejar de escrutar al público. La multitud era una extraña mezcolanza de grupos que nunca se hubieran juntado durante los días del Imperio Final. Muchos eran nobles, naturalmente. Vin frunció el ceño, pensando en cuántas veces los miembros de la nobleza trataban de manipular a Elend, y en las promesas que él les hacía...

—¿Qué ocurre? —preguntó Ham, dándole un ligero codazo.

Vin miró al violento. Unos ojos expectantes centelleaban en su rostro firme y rectangular. Ham tenía un sexto sentido casi sobrenatural para debatir.

Vin suspiró.

—No estoy segura de esto, Ham.

—¿Esto?

—Esto —repitió Vin en voz baja, indicando la Asamblea con una mano—. Elend intenta con todas sus fuerzas contentar a todo el mundo. Cede tanto... Cede su poder, su dinero...

—Solo quiere que se trate a todo el mundo con justicia.

—Es más que eso, Ham. Es como si estuviera decidido a hacer de cada ciudadano un noble.

—¿Sería eso malo?

—Si todos son nobles, entonces no existe la nobleza. Todo el mundo no puede ser rico, ni todo el mundo puede estar al mando. Así no funcionan las cosas.

—Tal vez —dijo Ham, pensativo—. Pero ¿no tiene Elend el deber cívico de intentar que se haga justicia?

¿Deber cívico?, pensó Vin. *No tendría que haberme puesto a hablar con Ham de estas cosas...* Agachó la cabeza.

—Creo que tendría que darse cuenta de que ya se estaba tratando bien a todo el mundo sin necesidad de celebrar una Asamblea. Todo lo que hacen sus miembros es discutir y tratar de quitarle poder. Y él se lo permite.

Ham dejó morir la discusión; Vin volvió a estudiar al público. Parecía que un nutrido grupo de obreros de las factorías había llegado primero y conseguido los mejores asientos. Al principio de la vida de la Asamblea, unos diez meses antes, los nobles enviaban a sus criados a guardarles el asiento o sobornaban a la gente para que se los cediera. Sin embargo, en cuanto Elend se enteró, prohibió ambas prácticas.

Aparte de nobles y obreros, había un gran número de miembros de la «nueva» clase: mercaderes y artesanos skaa, a quienes ya se permitía fijar el precio por sus servicios. Eran los verdaderos ganadores de la economía de Elend. Bajo la opresora mano del lord Legislador, solo los pocos skaa extraordinariamente dotados habían podido acceder a posiciones de moderada comodidad. Sin restricciones, esos skaa habían demostrado rápidamente ser mucho más hábiles y más sabios que los nobles. Constituían una facción de la Asamblea al menos tan poderosa como la de la nobleza.

Había otros skaa entre la multitud, con el mismo aspecto que antes de que Elend llegara al poder. Mientras que los nobles normalmente vestían traje con sombrero y abrigo, los skaa llevaban pantalones sencillos. Algunos iban sucios de trabajar todo el día, con la ropa vieja, gastada y manchada de ceniza.

Y, sin embargo..., había algo diferente en ellos. No en su ropa sino en su postura. Se sentaban un poco más rectos, con la cabeza un poco más erguida. Y tenían suficiente tiempo libre para asistir a una reunión de la Asamblea.

Elend, finalmente, se puso en pie para dar comienzo a la sesión. Había dejado que sus ayudantes lo vistieran esa mañana y el resultado era que apenas iba desaliñado. El traje le sentaba bien, llevaba todos los botones abrochados y su chaleco era de un adecuado azul oscuro. Iba bien peinado, con sus cortos rizos castaños perfectamente alisados.

Normalmente, Elend empezaba las reuniones llamando a los otros oradores, miembros de la Asamblea que hablaban durante horas sobre temas diversos como los impuestos o la higiene de la ciudad. Sin embargo, ese día había asuntos más acuciantes que tratar.

—Caballeros —dijo Elend—. Os ruego que esta tarde no nos desviemos de nuestro orden del día, a la luz de nuestro actual... estado de asuntos ciudadanos.

El grupo de veinticuatro asintió, aunque algunos murmuraron entre dientes. Elend los ignoró. Se sentía cómodo ante las multitudes, mucho más de lo que lo estaría jamás Vin. Mientras iniciaba su discurso, ella estudió la multitud, atenta a sus reacciones o a cualquier problema.

—La apurada naturaleza de nuestra situación debería ser bastante obvia —dijo Elend, dando comienzo al discurso que había preparado—. Nos enfrentamos a un peligro que esta ciudad no ha conocido nunca. Invasión y asedio por parte de un tirano exterior.

»Somos una nueva nación, un reino fundado sobre principios desconocidos durante los días del lord Legislador. Sin embargo, somos ya un reino de tradición. Libertad para los skaa. Un gobierno de nuestra elección. Nuestros propios designios. Nobles que no tienen que ceder ante los obligadores e inquisidores del lord Legislador.

»Caballeros, un año no es suficiente. Hemos probado la libertad y necesitamos tiempo para saborearla. Durante el último mes, hemos argumentado y discutido frecuentemente acerca de lo que deberíamos hacer si llegaba este día. Obviamente, tenemos muchas opiniones acerca de este tema. Por tanto, os pido un voto de solidaridad. Prometámonos a nosotros mismos y prometamos a este pueblo que no entregaremos la ciudad a un poder externo sin considerarlo antes debidamente. Decidamos recopilar más información, buscar otros caminos, e incluso luchar si se considera necesario.

El discurso continuó, pero Vin lo había escuchado ya una docena de veces mientras Elend lo practicaba. Se dedicó por tanto a observar a la multitud. Le preocupaban los obligadores que veía sentados al fondo. Apenas reaccionaban a los comentarios negativos que Elend les dirigía.

Ella nunca había comprendido por qué Elend permitía que el Ministerio de Acero continuara predicando. Era el último resto del poder del lord Legislador. La mayoría de los obligadores se negaban obstinadamente a aportar al nuevo gobierno sus conocimientos acerca de la burocracia y la administración, y seguían mirando a los skaa con desdén.

Y, sin embargo, Elend consentía su existencia. Había impuesto la estricta regla de que no se les permitiera incitar a la rebelión o la violencia. No obstante, tampoco los expulsaba de la ciudad, como le había sugerido Vin que hiciera. Si la decisión hubiera sido solo de ella, probablemente los habría mandado ejecutar.

Al cabo de un rato, el discurso de Elend se acercaba a su fin y Vin volvió a prestarle atención.

—Caballeros —dijo—, hago esta propuesta de buena fe, y la hago en nombre de aquellos a quienes representamos. Pido tiempo. Propongo que pospongamos todas las votaciones referidas al futuro de la ciudad hasta que se permita a una delegación real reunirse con el ejército de ahí fuera y decidir qué opciones hay de negociar, si es que existen.

Bajó sus papeles, alzó la cabeza y esperó los comentarios.

—Bien —dijo Philen, uno de los mercaderes de la Asamblea—. Nos estás pidiendo que te entreguemos el poder para decidir el destino de la ciudad.

Philen llevaba con tanto empaque su traje caro que un observador nunca hubiese dicho que se había puesto uno por primera vez hacía un año.

—¿Qué? —respondió Elend—. No he dicho nada de eso: simplemente, he pedido más tiempo. Para reunirme con Straff.

—Ha rechazado todos nuestros mensajes —dijo otro asambleísta—. ¿Qué te hace pensar que escuchará ahora?

—¡Lo estamos planteando mal! —dijo otro de los representantes nobles—. Deberíamos decidir suplicarle a Straff Venture que no nos ataque, no decidir reunirnos con él a charlar. Tenemos que dejarle claro enseguida que estamos dispuestos a trabajar con él. Todos habéis visto ese ejército. ¡Está planeando destruirnos!

—Por favor —dijo Elend, levantando una mano—. ¡Ciñámonos al tema!

Uno de los asambleístas, un skaa, alzó la voz, como si no hubiera escuchado a Elend.

—Lo dices porque eres noble —dijo, señalando al hombre a quien Elend había interrumpido—. Es fácil para ti hablar de colaborar con Straff, puesto que tienes muy poco que perder.

—¿Muy poco que perder? —respondió el noble—. ¡Toda mi casa y yo podríamos ser ejecutados por apoyar a Elend contra su padre!

—Bah —dijo uno de los mercaderes—. Todo esto no tiene sentido. Tendríamos que haber contratado a mercenarios hace meses, como sugerí.

—¿Y de dónde habríamos sacado el dinero para eso? —preguntó lord Penrod, el más mayor de los asambleístas nobles.

—De los impuestos —dijo el mercader, agitando una mano.

—¡Caballeros! —dijo Elend, y luego, más fuerte—: ¡Caballeros! Consiguió con esto que le prestaran un poco de atención.

—Tenemos que tomar una decisión —dijo Elend—. No divaguemos, si es posible. ¿Qué hay de mi propuesta?

—No tiene sentido —respondió Philen, el mercader—. ¿Por qué deberíamos esperar? Invitemos a Straff a entrar en la ciudad y acabemos de una vez. Va a tomarla de todas formas.

Vin se acomodó en su asiento mientras los hombres empezaban a discutir de nuevo. El problema era que Philen, el mercader, por poco que ella lo apreciara, tenía razón. La lucha no era una opción atractiva. Straff tenía un ejército mucho mayor. ¿Les serviría de algo ganar tiempo?

—Mirad —dijo Elend, tratando de recuperar de nuevo su atención... y consiguiéndolo solo en parte—. Straff es mi padre. Tal vez pueda hablar con él, conseguir que escuche. Luthadel fue su hogar durante años. Tal vez pueda convencerlo de que no la ataque.

—Esperad —dijo uno de los representantes skaa—. ¿Qué hay del asunto de la comida? ¿Habéis visto lo que nos están cobrando los mercaderes por el grano? Antes de preocuparnos por ese ejército, tendríamos que hablar de bajar los precios.

—Siempre echándonos la culpa de vuestros problemas —dijo uno de los mercaderes asambleístas. Y la discusión empezó de nuevo. Elend se encogió levemente tras el atril. Vin sacudió la cabeza, lamentándolo por Elend, mientras la discusión degeneraba. Aquello mismo solía suceder en las reuniones de la Asamblea; le parecía que, simplemente, no trataban a Elend con el respeto que se merecía. Tal vez era culpa suya por elevarlos hasta ser casi sus iguales.

La discusión se agotó, al cabo, y Elend sacó un papel, a todas luces con la intención de registrar la votación de su propuesta. No parecía optimista.

—Muy bien, votemos —dijo—. Por favor, recordad: concederme tiempo no nos dará ventaja. Simplemente me permitirá tener una oportunidad para intentar que mi padre reconsidere su deseo de arrebatarnos nuestra ciudad.

—Elend, muchacho —dijo lord Penrod—. Todos hemos vivido aquí durante el reinado del lord Legislador. Todos sabemos qué tipo de hombre es tu padre. Si quiere esta ciudad, la tomará. Todo lo que podemos decidir, por tanto, es cómo rendirnos mejor. Tal vez encontremos un modo de que la gente conserve algo de libertad bajo su gobierno.

Todos guardaron silencio y, por primera vez, nadie inició una nueva discusión. Unos cuantos se volvieron hacia Penrod, que permanecía sentado con expresión tranquila y controlada. Vin sabía poco de él. Era uno de los nobles más poderosos que se habían quedado en la ciudad después del Colapso, de orientación conservadora. Nunca le había oído hablar con desprecio de los skaa, y probablemente por eso era tan popular entre la gente.

—Hablo con brusquedad, pero es la verdad —dijo Penrod—. No estamos en condiciones de negociar.

—Estoy de acuerdo con Penrod —intervino Philen—. Si Elend quiere reunirse con Straff Venture, supongo que tiene derecho. Tal como yo lo entiendo, puesto que es el rey, tiene autoridad para negociar con monarcas extranjeros. Sin embargo, no tenemos la garantía de no entregarle a Straff la ciudad.

—Maese Philen —dijo lord Penrod—, creo que has malinterpretado mis palabras. He dicho que rendir la ciudad es inevitable... pero que tendríamos que conseguir a cambio de su entrega lo máximo posible. Eso significa reunirse al menos con Straff para calibrar su disposición. Votar entregarle ahora la ciudad sería jugar nuestra baza demasiado pronto.

Elend alzó la cabeza, esperanzado por primera vez desde que la discusión degenerara.

—Entonces, ¿apoyáis mi propuesta? —preguntó.

—Es una forma embarazosa de conseguir la pausa que considero necesaria —dijo Penrod—. Pero... viendo cómo está el ejército ahí fuera, dudo que tengamos tiempo para nada más. Así que, en efecto, majestad, apoyo tu propuesta.

Varios miembros más de la Asamblea asintieron mientras Penrod hablaba, como si lo consideraran por primera vez. *Ese Penrod tiene demasiado poder*, pensó Vin, entornando los ojos mientras estudiaba al maduro estadista. *Le escuchan más que a Elend.*

—¿Deberíamos votar, entonces? —preguntó otro de los asambleístas.

Y lo hicieron. Elend anotó los votos mientras avanzaban por la fila de asambleístas. Los ocho nobles (siete más Elend) votaron a favor de la propuesta, dando mucho peso a la opinión de Penrod. Los ocho skaa estuvieron en su mayoría a favor y, los mercaderes, mayoritariamente en contra. Al final, Elend consiguió los dos tercios que necesitaba.

—Propuesta aceptada —dijo Elend, tras el cómputo final, un poco sorprendido—. La Asamblea aplaza la decisión de rendir la ciudad hasta que el rey se haya reunido con Straff Venture a parlamentar oficialmente.

Vin se acomodó en su asiento, tratando de decidir qué pensaba de la votación. Era bueno que Elend se hubiera salido con la suya, pero el modo en que lo había conseguido la molestaba.

Elend, finalmente, abandonó el atril, se sentó y dejó que un molesto Philen tomara la palabra. El mercader leyó la propuesta de aprobar la entrega del control de los suministros de alimentos en la ciudad a los mercaderes. Sin embargo, esta vez Elend se puso al frente de los que estaban en contra y la discusión comenzó de nuevo. Vin observó con interés. ¿Se daba cuenta Elend de cómo actuaban los demás mientras rebatía sus propuestas?

Elend y unos cuantos asambleístas skaa consiguieron alargar la discusión lo suficiente para que llegara la pausa del almuerzo sin que se hubiera producido la votación. El público se levantó, desperezándose, y Ham se volvió hacia Vin.

—Buena reunión, ¿eh?

Ella se encogió de hombros.

Ham se echó a reír.

—Tenemos que hacer algo sobre tu ambivalencia respecto al deber cívico, muchacha.

—Ya he derrocado un gobierno —dijo Vin—. Supongo que eso salda mi «deber cívico» durante algún tiempo.

Ham sonrió, aunque no dejó de mirar con atención a la multitud... igual que hacía Vin. Con todo el mundo saliendo, era el momento ideal para atentar contra la vida de Elend. Una persona en concreto llamó la atención de Vin, que frunció el ceño.

—Vuelvo inmediatamente —le dijo a Ham mientras se ponía en pie.

—Has hecho lo adecuado, lord Penrod —dijo Elend, de pie junto al otro noble, conversando tranquilamente durante la pausa—. Necesitamos más tiempo. Sabes lo que le hará mi padre a esta ciudad si la toma.

Lord Penrod sacudió la cabeza.

—No lo he hecho por ti, hijo. Lo he hecho porque quería asegurarme de que ese necio de Philen no entregaba la ciudad antes de que la nobleza arrancara a tu padre la promesa de nuestro derecho al título.

—¿Ves? —dijo Elend, alzando un dedo—. Tiene que haber otro modo. El Superviviente nunca habría entregado esta ciudad sin luchar.

Penrod frunció el ceño, y Elend vaciló, maldiciendo en silencio para sus adentros. El anciano lord era un tradicionalista; citarle al Superviviente tendría poco efecto positivo. Muchos de los nobles se sentían amenazados por la influencia de Kelsier sobre los skaa.

—Piénsalo —dijo Elend, mirando acercarse a Vin, que le hizo un gesto de llamada. Él se excusó, cruzó el estrado y se reunió con ella—. ¿Qué ocurre? —le preguntó en voz baja.

—La mujer del fondo —respondió Vin en un susurro, los ojos recelosos—. La alta de azul.

La mujer en cuestión no fue difícil de localizar; llevaba una blusa azul vivo y una pintoresca falda roja. Era de mediana edad, delgada, y se había recogido el pelo en una trenza que le llegaba hasta la cintura. Esperaba pacientemente a que la gente se marchara.

—¿Qué pasa con ella? —preguntó Elend.

—Es de Terris.

Elend vaciló.

—¿Estás segura?

Vin asintió.

—Esos colores..., todas esas joyas. Es terrisana, con toda seguridad.

—¿Y?

—Que nunca la había visto —dijo Vin—. Y te estaba mirando, ahora mismo.

—La gente me mira, Vin. Soy el rey, después de todo. Además, ¿por qué tendrías que conocerla?

—Todos los terrisanos han venido a conocerme justo después de llegar a la ciudad —dijo Vin—. Maté al lord Legislador: me ven como la persona que liberó su patria. Pero no la reconozco. No ha venido nunca a darme las gracias.

Elend puso los ojos en blanco, tomó a Vin por los hombros y la hizo volverse.

—Vin, creo que es mi deber de caballero decirte algo.

Vin frunció el ceño.

—¿Qué?

—Eres preciosa.

Vin vaciló.

—¿Qué tiene eso que ver?

—Absolutamente nada —dijo Elend con una sonrisa—. Estoy intentando distraerte.

Lentamente, Vin se relajó y esbozó una débil sonrisa.

—No sé si alguien te ha dicho esto alguna vez, Vin, pero te comportas de una manera un poco paranoica en ocasiones.

Ella alzó una ceja.

—¿Ah, sí?

—Sé que cuesta trabajo creerlo, pero es cierto. A mí me parece bastante encantador, pero ¿de verdad crees que una terrisana intentaría matarme?

—Probablemente, no —admitió Vin—. Pero las viejas costumbres...

Elend sonrió. Luego se volvió a mirar a los miembros de la Asamblea, la mayoría de los cuales hablaban tranquilamente en corrillos. No se mezclaban. Los nobles hablaban con los nobles, los mercaderes con los mercaderes, los obreros skaa con los obreros skaa. Tan divididos estaban, tan obstinados eran. Las propuestas más sencillas a veces acababan en discusiones que duraban horas.

¡Tienen que darme más tiempo!, pensó. Sin embargo, mientras lo hacía advirtió cuál era el problema. Más tiempo, ¿para qué? Penrod y Philen habían atacado con precisión su propuesta.

La verdad era que la ciudad entera estaba patas arriba. Nadie sabía realmente qué hacer contra una fuerza invasora superior, y menos que nadie Elend. Tan solo sabía que no podían rendirse. Todavía no. Tenía que haber un modo de luchar.

Vin todavía miraba a un lado, más allá del público. Elend siguió su mirada.

—¿Todavía vigilando a esa terrisana?

Vin negó con la cabeza.

—Algo más... extraño. ¿Ese es uno de los mensajeros de Clubs?

Elend se dio la vuelta. En efecto, varios soldados se abrían paso entre la gente camino del estrado. Al fondo de la sala, la gente había empezado a susurrar y agitarse, y algunos salían rápidamente de la cámara.

Elend notó que Vin se envaraba y sintió una punzada de temor. *Ya es demasiado tarde. El ejército ha atacado.*

Uno de los soldados llegó por fin al estrado, y Elend se abalanzó hacia él.

—¿Qué ocurre? —preguntó—. ¿Ha atacado Straff?

El soldado frunció el ceño, preocupado.

—No, mi señor.

Elend suspiró débilmente.

—Entonces, ¿qué?

—Mi señor, es un segundo ejército. Está a las puertas de la ciudad.

Curiosamente fue la sencilla ingenuidad de Alendi lo que me llevó al principio a hacerme amigo suyo. Lo empleé como ayudante durante sus primeros meses en la gran ciudad.

11

Por segunda vez en tres días Elend se encaramó a las murallas de Luthadel para estudiar a un ejército que quería invadir su reino. Entornó los ojos contra el rojo sol de la tarde, pero no era un ojo de estaño: no pudo distinguir detalles de los recién llegados.

—¿Hay alguna posibilidad de que estén aquí para ayudarnos? —preguntó esperanzado mirando a Clubs, que estaba de pie a su lado.

Clubs frunció el ceño.

—Ondea el estandarte de Cett. ¿Lo recuerdas? El que envió a ocho asesinos alománticos a matarte hace dos días.

Elend se estremeció en el frío de otoño y contempló el segundo ejército. Estaba acampando a buena distancia de las tropas de Straff, cerca del canal Luth-Davn, que se extendía al oeste del río Channerel. Vin se encontraba junto a Elend, aunque era Ham quien organizaba la guardia de la ciudad. OreSeur, con el cuerpo del perro, estaba sentado pacientemente en la muralla a los pies de Vin.

—¿Cómo no los hemos visto llegar? —preguntó Elend.

—Por Straff —respondió Clubs—. Este Cett vino de la misma dirección que él y nuestros exploradores estaban concentrados en su ejército. Straff probablemente supo de su existencia hace unos cuantos días, pero nosotros no hemos podido verlos.

Elend asintió.

—Straff está emplazando soldados para vigilar al ejército enemigo —dijo Vin—. Dudo que sean amigos entre sí.

Estaba de pie sobre un parapeto aserrado de la almena con los pies peligrosamente cerca del borde de la muralla.

—Tal vez se ataquen —deseó Elend.

Clubs soltó un bufido.

—Lo dudo. Están demasiado igualados, aunque Straff podría ser un poco más fuerte. Dudo que Cett corra el riesgo de atacarlo.

—¿Por qué viene, entonces? —preguntó Elend.

Clubs se encogió de hombros.

—Tal vez esperaba llegar antes que Venture a Luthadel, y tomarla primero.

Hablaba del hecho, la toma de Luthadel, como si fuera algo seguro. A Elend le dio un vuelco el estómago mientras se apoyaba contra el parapeto y se asomaba. Vin y los demás eran ladrones y alománticos skaa, parias perseguidos durante casi toda la vida. Tal vez estaban acostumbrados a tratar con esa presión, con ese miedo, pero Elend no.

¿Cómo vivían con la falta de control, con la sensación de inevitabilidad? Elend se sentía carente de poder. ¿Qué podía hacer? ¿Huir y dejar que la ciudad se defendiera sola? Esa no era una opción. Pero, enfrentado no a uno sino a dos ejércitos que se preparaban para destruir su ciudad y arrebatarle el trono, a Elend le resultaba difícil mantener las manos firmes mientras se aferraba al parapeto de piedra.

Kelsier habría encontrado un modo para salir de esta, pensó.

—¡Allí! —La voz de Vin sacó a Elend de su ensimismamiento—. ¿Qué es eso?

Elend se volvió. Vin, con los ojos entornados, miraba hacia el ejército de Cett y usaba estaño para ver cosas que resultaban invisibles para los mundanos ojos del rey.

—Alguien se separa del ejército a caballo —dijo.

—¿Un mensajero? —preguntó Clubs.

—Tal vez. Cabalga muy rápido...

Vin empezó a correr de un diente de piedra al siguiente, moviéndose por la muralla. Su kandra la siguió de inmediato, correteando en silencio tras ella.

Elend miró a Clubs, que se encogió de hombros, y la siguieron también. La alcanzaron cerca de una de las torres, desde donde ella contemplaba al jinete. O, al menos, Elend suponía que eso hacía: todavía no podía ver lo que veía ella.

Alomancia, pensó Elend, sacudiendo la cabeza. ¿Por qué no podía tener él al menos un poder... aunque fuera uno de los más débiles, como el cobre o el hierro?

Vin maldijo de repente y se enderezó.

—¡Elend, ese es Brisa!

—¿Qué? ¿Estás segura?

—¡Sí! Lo persiguen. Arqueros a caballo.

Clubs maldijo y llamó rápidamente a un mensajero.

—¡Enviad jinetes! ¡Interrumpid la persecución!

El mensajero echó a correr. Vin, sin embargo, sacudió la cabeza.

—No lo lograrán a tiempo —dijo, casi para sí—. Los arqueros lo alcanzarán, o al menos le dispararán. Ni siquiera yo podría llegar lo bastante rápido, no corriendo. Pero, tal vez...

Elend frunció el ceño.

—Vin, está demasiado lejos para saltar... incluso para ti.

Ella lo miró, sonrió y saltó de la muralla.

Vin preparó el decimocuarto metal, el duraluminio. Tenía una reserva, pero no lo quemó... no todavía. *Espero que esto funcione*, pensó, buscando un anclaje adecuado. La torre que había a su lado tenía un baluarte reforzado de hierro: eso serviría.

Tiró del baluarte, izándose hasta la cima de la torre. Saltó de nuevo inmediatamente, empujándose hacia arriba y hacia fuera, apartándose de la muralla en el aire. Quemó todos sus metales excepto el acero y el peltre.

Entonces, todavía empujando el baluarte, quemó duraluminio.

Una súbita fuerza chocó contra ella, tan potente que estuvo segura de que solo un destello de peltre igualmente poderoso mantenía entero su cuerpo. Dejó atrás la fortaleza, recorriendo el cielo como si la hubiera empujado un dios gigantesco e invisible. El aire pasaba tan rápido que rugía y con la presión de la súbita aceleración le costaba pensar.

Dio una voltereta, tratando de recuperar el control. Por fortuna, había elegido bien su trayectoria: volaba hacia Brisa y sus perseguidores. Fuera lo que fuese lo que hubiera hecho Brisa, había sido suficiente para enfurecer a alguien, pues dos docenas de hombres lo perseguían con las flechas preparadas.

Vin cayó, su acero y su peltre completamente consumidos en aquel destello de poder potenciado por el duraluminio. Sacó un frasco de su cinturón y apuró el contenido. Mientras arrojaba el frasco, experimentó una repentina y profunda sensación de vértigo. No estaba acostumbrada a saltar de día. Era extraño ver el suelo precipitándose hacia ella, era extraño no tener una capa de bruma aleteando a su espalda, era extraño no tener la bruma alrededor.

El primer jinete bajó su arco, apuntando a Brisa. Ninguno parecía haber reparado en Vin, que se cernía sobre ellos como un ave de presa.

Bueno, no se cernía exactamente. Caía como una piedra.

Recuperándose rápidamente, Vin quemó peltre y lanzó una moneda hacia el suelo que tan veloz se acercaba. Empujó la moneda, usándola para frenar su caída y desviarse a un lado. Se situó entre Brisa y los arqueros, aterrizando con estrépito y levantando polvo y tierra.

El arquero disparó.

Mientras rebotaba levantando una nube de arena, Vin extendió la mano y se impulsó de nuevo hacia arriba, directa hacia la flecha. La empujó. La punta de acero de la flecha retrocedió de sopetón, partió su propio astil a lo largo en pleno vuelo, haciendo saltar astillas, y se estrelló directamente contra la frente del arquero que la había disparado.

El hombre se cayó del caballo. Vin aterrizó de nuevo. Empujó contra los cascos de los dos caballos que seguían al líder, haciendo tropezar a los animales. El empujón volvió a lanzar a Vin por los aires, y los relinchos de dolor se mezclaron con el clamor de cuerpos que golpeaban el suelo.

Vin continuó empujando, volando por el camino a unos palmos del suelo hasta que alcanzó a Brisa. El hombretón se volvió asombrado, claramente desconcertado de ver a Vin flotando en el aire tras su caballo al galope, con la ropa aleteando. Ella le hizo un guiño y luego usó su poder y tiró de la armadura de otro jinete.

Saltó inmediatamente al aire. Su cuerpo protestó por el súbito cambio de impulso, pero ignoró el latigazo de dolor. El hombre del que tiró consiguió permanecer en su silla... hasta que Vin lo golpeó con los dos pies, derribándolo de espaldas.

Aterrizó en la negra tierra. El jinete se revolcaba junto a ella. Los otros jinetes por fin detuvieron sus monturas bruscamente a escasos metros de distancia.

Kelsier probablemente hubiese atacado. Eran muchos, cierto, pero llevaban armadura y sus caballos estaban herrados. Vin, sin embargo, no era Kelsier. Había retrasado a los jinetes lo suficiente para que Brisa pudiera escapar. Eso era suficiente.

Se empujó contra un soldado hacia atrás y dejó que los jinetes recogieran a sus heridos. Los soldados, no obstante, rápidamente sacaron flechas con punta de piedra y prepararon sus arcos.

Vin resopló frustrada mientras el grupo apuntaba. *Bueno, amigos*, pensó, *os sugiero que os agarréis fuerte.*

Empujó levemente contra todos ellos y quemó duraluminio. El súbito choque de fuerzas era de esperar: la opresión en el pecho, el aleteo en su estómago, el viento ululante. Lo que no esperaba era el efecto que tendría en sus anclajes. El estallido de poder dispersó a hombres y caballos por el aire como hojas al viento.

Voy a tener que ser muy cuidadosa con esto, pensó Vin, apretando la mandíbula y girando en el aire. Peltre y acero se habían consumido de nuevo, así que se vio obligada a tomarse el último frasco de metal. Tendría que acostumbrarse a llevar más.

Golpeó el suelo a la carrera. El peltre impidió que tropezara a pesar de su terrible velocidad. Frenó levemente, dejando que Brisa, a caballo, la alcanzara, y luego aceleró para seguirlo, dejando que el poder y el equilibrio del peltre la mantuvieran erguida detrás del agotado caballo. El animal la miró mientras corrían, con un atisbo de frustración porque una humana lo igualaba.

Llegaron a la ciudad unos instantes más tarde. Brisa frenó cuando la Puerta de Hierro empezó a abrirse, pero, en vez de esperar, Vin simplemente lanzó una moneda y se impulsó contra ella hasta las murallas. Cuando las puertas se abrieron empujó las bisagras y este segundo impulso la envió volando hacia arriba. Rebasó las almenas, pasando entre una pareja de asombrados soldados, antes de caer al otro lado. Aterrizó en el patio, apoyándose con una mano en las frías piedras al mismo tiempo que Brisa cruzaba la puerta.

Vin se levantó. Brisa se secó la frente con un pañuelo, acercándose al trote. Se había dejado crecer el pelo desde la última vez que Vin lo había visto, y lo llevaba liso y peinado hacia atrás, con las puntas rozando el cuello de la camisa. Todavía no mostraba canas, a pesar de tener unos cuarenta y cinco años. No llevaba sombrero (probablemente lo había perdido), pero sí uno de sus trajes lujosos y un chaleco de seda, salpicados por la ceniza negra de su veloz cabalgada.

—Ah, Vin, querida —dijo, respirando casi tan entrecortadamente como su caballo—. Debo decir que ha sido una intervención muy oportuna por tu parte. Más que llamativa también. Odio que tengan que rescatarme... pero, bueno, si no queda más remedio entonces mejor que sea con estilo.

Vin sonrió mientras él desmontaba, probando que no era ni con mucho el hombre más diestro de la plaza, y los mozos de establo llegaron para encargarse del animal. Brisa volvió a secarse la frente mientras Elend, Clubs y OreSeur bajaban al patio. Uno de los ayudantes debía de haber encontrado por fin a Ham, pues llegó corriendo.

—¡Brisa! —exclamó Elend, acercándose, y le estrechó el brazo.

—Majestad. Gozas de buena salud y buen humor, supongo.

—De salud, sí —respondió Elend—. De humor..., bueno, hay un ejército acampado ante mi ciudad.

—Dos ejércitos —rezongó Clubs, que se acercaba cojeando.

Brisa se guardó su pañuelo.

—Ah, querido maestro Cladent, tan optimista como siempre, ya veo.

Clubs bufó. OreSeur se acercó sin hacer ruido para sentarse junto a Vin.

—Y Hammond —dijo Brisa, viendo que Ham sonreía de oreja a oreja—. Casi había conseguido engañarme para olvidar que estarías aquí cuando regresara.

—Admítelo —dijo Ham—. Te alegras de verme.

—De verte, tal vez. De escucharte, nunca. Había llegado a apreciar bastante mi tiempo alejado de tu perpetua cháchara seudofilosófica.

Ham sonrió aún más.

—Me alegro de verte, Brisa —dijo Elend—. Pero podrías haber escogido mejor momento. Esperaba que pudieras detener a alguno de esos ejércitos que marchan contra nosotros.

—¿Detenerlos? ¿Y por qué querría yo hacer eso, amigo mío? Después de todo, me he pasado tres meses convenciendo a Cett para que marche con su ejército hacia aquí.

Elend ladeó la cabeza y Vin frunció el ceño, apartada del grupo. Brisa parecía bastante satisfecho de sí mismo, aunque esa actitud no era nada rara en él.

—¿Entonces... lord Cett está de nuestra parte? —preguntó Elend, esperanzado.

—Por supuesto que no —dijo Brisa—. Viene a saquear la ciudad y robar tu supuesto suministro de atium.

—Tú —dijo Vin—. Tú eres quien ha estado propagando los rumores que corren entre la gente sobre el depósito de atium del lord Legislador, ¿verdad?

—Naturalmente —dijo Brisa, mirando a Fantasma, que acababa de llegar a las puertas.

Elend frunció el ceño.

—Pero... ¿por qué?

—Mira más allá de tus murallas, muchacho —dijo Brisa—. Sabía que tu padre marcharía contra Luthadel tarde o temprano... Ni siquiera mis poderes de persuasión hubieran sido suficientes para disuadirlo. Así que empecé a difundir rumores en el Dominio Occidental, y luego me convertí en uno de los consejeros de lord Cett.

Clubs rezongó.

—Buen plan. Demencial, pero bueno.

—¿Demencial? —dijo Brisa—. Mi estabilidad mental no es la cuestión, Clubs. La maniobra no fue de locos, sino brillante.

Elend parecía confuso.

—No pretendo insultar tu inteligencia, Brisa, pero... ¿por qué es exactamente una buena idea traer un ejército hostil a nuestra ciudad?

—Es una estrategia negociadora básica, amigo mío —explicó Brisa mientras un mozo le entregaba su bastón de duelo, caído del caballo. Brisa lo utilizó para señalar hacia el este, hacia el ejército de lord Cett—. Cuando solo hay dos participantes en una negociación, uno es generalmente más fuerte que el otro. Eso pone las cosas muy difíciles a la parte más débil... que, en este caso, seríamos nosotros.

—Sí —dijo Elend—, pero con tres ejércitos, seguimos siendo los más débiles.

—Ah —dijo Brisa, alzando el bastón—, pero esos otros dos ejércitos están muy igualados en fuerzas. Straff probablemente sea el más fuerte, pero Cett tiene un ejército muy grande. Si uno de esos señores de la guerra se arriesga a atacar Luthadel, su ejército sufrirá pérdidas... suficientes pérdidas para no poder defenderse del tercer ejército. Atacarnos es exponerse.

—Y eso deja la situación en tablas —dijo Clubs.

—Exactamente. Confía en mí, Elend, muchacho. En este caso, dos grandes ejércitos enemigos son mucho mejor que un único y gran ejército enemigo. En una negociación a tres bandas, la parte más débil suele tener más poder... porque su alianza con cualquiera de las otras dos decide quién será el vencedor al final.

Elend frunció el ceño.

—Brisa, nosotros no queremos aliarnos con ninguno de ellos.

—Lo sé —dijo Brisa—. Sin embargo, nuestros oponentes no. Traer un segundo ejército nos da tiempo para pensar. Ambos señores de la guerra pensaban que podrían llegar aquí antes que el otro. Ya que han llegado al mismo tiempo, tendrán que reevaluar la situación. Deduzco que acabaremos con un asedio prolongado. De un par de meses, al menos.

—Eso no aclara cómo vamos a deshacernos de ellos.

Brisa se encogió de hombros.

—Yo los he traído aquí... Tú tienes que decidir qué hacer con ellos. Y te digo que no fue tarea fácil conseguir que Cett llegara a tiempo. Tendría que haber llegado cinco días antes que Venture. Por fortuna, cierta... enfermedad se extendió por el campamento hace unas cuantas jornadas. Al parecer, alguien envenenó el principal suministro de agua y todo el campamento sufrió diarrea.

Fantasma, detrás de Clubs, se echó a reír.

—Sí —dijo Brisa, mirando al muchacho—. Ya pensaba que lo apreciarías. ¿Sigues siendo una molestia incomprensible, chico?

—Desiendo el endonde de no —dijo Fantasma, sonriendo.

Brisa bufó.

—Aún se te entiende mejor que a Hammond, la mitad de las veces —murmuró, volviéndose hacia Elend—. Bueno, ¿nadie va a mandar llamar un carruaje que me lleve a palacio? ¡Os llevo tranquilizando a todos, pandilla de desagradecidos, durante casi cinco minutos, con el aspecto patético que tengo y lo cansado que estoy, y ninguno de vosotros ha tenido el detalle de compadecerse de mí!

—Debes estar perdiendo tu toque —dijo Vin con una sonrisa.

Un aplacador muy hábil —y Vin no conocía a ninguno más hábil que Brisa— podía quemar latón para calmar todas las emociones de una persona excepto una, lo cual en la práctica hacía que sintiera exactamente lo que el aplacador quería.

—Lo cierto es que pensaba volver a la muralla y estudiar un poco más a esos ejércitos —dijo Elend, alzando de nuevo la mirada hacia las almenas—. Si estuviste con las fuerzas de lord Cett, podrás contarnos mucho sobre ellas.

—Puedo. Lo haré. No voy a subir esos escalones. ¿No ves lo cansado que estoy, hombre?

Ham bufó, le dio a Brisa una palmada en el hombro... y levantó una nube de polvo.

—¿Cómo puedes estar cansado? Era tu pobre caballo el que corría.

—Ha sido emocionalmente agotador, Hammond —dijo Brisa, golpeando con su bastón la mano del hombretón—. Mi partida fue un poco desagradable.

—¿Qué sucedió, por cierto? —preguntó Vin—. ¿Descubrió Cett que eras un espía?

Brisa pareció cohibido.

—Digamos que lord Cett y yo tuvimos un... desencuentro.

—Te pilló en la cama con su hija, ¿eh? —dijo Ham, arrancando una carcajada al grupo. Brisa era cualquier cosa menos un conquistador de damas. A pesar de su habilidad para jugar con las emociones, nunca se había mostrado interesado por nadie desde que Vin lo conocía. Dockson había recalcado una vez que Brisa era demasiado engreído para considerar tal posibilidad.

Brisa reaccionó al comentario poniendo los ojos en blanco.

—Sinceramente, Hammond, creo que tus chistes son cada vez peores a medida que te haces viejo. Demasiados golpes en la cabeza mientras entrenas, sospecho.

Ham sonrió, y Elend mandó pedir un par de carruajes. Mientras esperaban, Brisa se lanzó a relatar sus viajes. Vin miró a OreSeur. Todavía no había encontrado un buen momento para contar al resto de la banda el cambio. Tal vez ahora que Brisa había vuelto Elend celebraría una reunión con su círculo interno. Ese sería un buen momento. Tenía que ser prudente al respecto, pues quería que el personal de palacio creyera que había enviado a OreSeur a cumplir alguna misión.

Brisa continuó con su historia, y Vin lo miró, sonriendo. No era solo un orador nato, sino que tenía un toque muy sutil con la alomancia. Ella apenas notaba su tacto en sus emociones. Antaño hubiese encontrado ofensivas sus intrusiones, pero estaba empezando a comprender que influir en las emociones de la gente era simplemente la naturaleza de Brisa. Igual que una mujer hermosa atrae la atención en virtud de su rostro y su figura, Brisa lo hacía usando casi sin darse cuenta sus poderes.

Naturalmente, no por eso era menos pícaro. Conseguir que los demás hicieran lo que él quería era una de las principales ocupaciones de Brisa. Era solo que a Vin ya no le molestaba que utilizara la alomancia para conseguirlo.

Finalmente, llegó el carruaje, y Brisa suspiró aliviado. Mientras el vehículo se detenía, miró a Vin y luego señaló a OreSeur.

—¿Qué es eso?

—Un perro —dijo Vin.

—Ah, tan hosca como siempre, por lo que veo —dijo Brisa—. ¿Y cómo es que ahora tienes un perro?

—Yo se lo regalé —dijo Elend—. Quería un perro, así que se lo di.

—¿Y elegiste un perro lobo? —preguntó Ham, divertido.

—Has luchado con ella, Ham —dijo Elend, riendo—. ¿Qué le habrías regalado? ¿Un caniche?

Ham se echó a reír.

—No, supongo que no. La verdad es que le pega.

—Aunque es casi tan grande como ella —añadió Clubs, mirándola con los párpados entornados.

Vin posó la mano en la cabeza de OreSeur. Clubs tenía razón: Vin había elegido un animal grande, incluso para tratarse de un perro lobo. Medía casi un metro de alto hasta la cruz... y Vin sabía por experiencia lo pesado que era.

—Se comporta de manera notablemente tranquila para ser un perro lobo —asintió Ham—. Elegiste bien, El.

—Da igual —dijo Brisa—. ¿Podemos por favor regresar al palacio? Los ejércitos y los perros lobo están muy bien, pero creo que en este momento cenar es más importante.

—¿Por qué no les contamos lo de OreSeur? —preguntó Elend mientras su carruaje regresaba dando tumbos hacia la fortaleza Venture. Los tres iban solos en un carruaje y los otros cuatro los seguían en el otro vehículo.

Vin se encogió de hombros. OreSeur estaba sentado frente a ellos, escuchando en silencio la conversación.

—Se lo diré más adelante —dijo Vin—. Una plaza abarrotada de gente no me parecía el lugar más adecuado para revelarlo.

Elend sonrió.

—Guardar secretos es una costumbre difícil de perder, ¿eh?

Vin se ruborizó.

—No es por mantenerlo en secreto, es que... —Guardó silencio y agachó la cabeza.

—No te sientas mal, Vin —dijo Elend—. Viviste mucho tiempo sola, sin nadie en quien confiar. Nadie espera que cambies de la noche a la mañana.

—No ha pasado una noche, Elend. Han sido dos años.

Elend le puso una mano en la rodilla.

—Estás mejorando. Los otros comentan lo mucho que has cambiado.

Vin asintió. *Otro hombre temería que le estuviera guardando secretos también a él. Elend tan solo intenta hacer que me sienta menos culpable.* Era mejor hombre de lo que ella merecía.

—Kandra —dijo Elend—. Vin dice que te comportaste muy bien anoche al seguirla.

—Sí, majestad —respondió OreSeur—. Estos huesos, aunque desagradables, están bien dotados para rastrear y moverse rápido.

—¿Y si ella resulta herida? ¿Podrás traerla de vuelta a un lugar seguro?

—No velozmente, majestad. Sin embargo, podré ir a buscar ayuda. Estos huesos tienen muchas limitaciones, pero haré todo lo posible por cumplir el Contrato.

Elend debió de pillar a Vin alzando una ceja, porque se echó a reír.

—Hará lo que dice, Vin.

—El Contrato lo es todo, ama —dijo OreSeur—. Exige más que dar un simple servicio. Requiere diligencia y devoción. Es el kandra. Al servirlo, servimos a nuestro pueblo.

Vin se encogió de hombros. Guardaron silencio y Elend se sacó un libro del bolsillo. Vin se apoyó en él. OreSeur se tumbó, ocupando todo el asiento frente a los humanos. Al cabo de un rato, el carruaje entró en el patio Venture y Vin se dio cuenta de que anhelaba un baño caliente. Sin embargo, mientras bajaban del carruaje, un guardia llegó a la carrera. El estaño le permitió a Vin escuchar lo que el hombre le decía a Elend, aunque habló antes de que ella pudiera acercarse.

—Majestad —susurró el guardia—, ¿ha llegado nuestro mensajero?

—No —respondió Elend con el ceño fruncido mientras Vin se acercaba. El soldado la miró receloso, pero continuó hablando; todos los soldados sabían que Vin era la principal guardaespaldas y confidente de Elend. No obstante, el hombre pareció extrañamente preocupado al verla.

—Nosotros..., ah, no queremos molestar —dijo el soldado—. Por eso no lo hemos dicho. Nos preguntábamos si... todo iba bien. —Miró a Vin mientras hablaba.

—¿Qué es lo que ocurre? —preguntó Elend.

El guardia se volvió hacia el rey.

—Hay un cadáver en la habitación de lady Vin.

El «cadáver» era en realidad un esqueleto mondo, sin rastro de sangre, ni de tejido en su brillante superficie blanca. Tenía un montón de huesos rotos.

—Lo siento, ama —dijo OreSeur, hablando en voz tan baja que solo ella pudo oírlo—. Supuse que ibas a deshacerte de esto.

Vin asintió. El esqueleto, naturalmente, era el que OreSeur había estado utilizando antes de que ella le diera el cuerpo del animal. Al ver la puerta sin el cerrojo echado, el signo habitual de Vin para indicar que quería que limpiaran la habitación, las criadas habían entrado. Vin había guardado los huesos en una cesta con la intención de encargarse de ellos más tarde. Al parecer, las criadas habían decidido comprobar qué había dentro de la cesta y se habían llevado una buena sorpresa.

—No pasa nada, capitán —le dijo Elend al joven guardia, el capitán Demoux, segundo al mando de la guardia de palacio. A pesar de que Ham despreciaba los uniformes, aquel hombre parecía orgulloso de mantener el suyo pulcro y reluciente.

—Habéis hecho bien en no comentarlo —dijo Elend—. Ya sabíamos lo de esos huesos. No son motivo de preocupación.

Demoux asintió.

—Supusimos que era algo intencionado. —No miró a Vin mientras hablaba.

Intencionado, pensó Vin. *Magnífico. Me pregunto qué pensará este hombre que he hecho.* Pocos skaa sabían qué eran los kandra, y Demoux no sabía cómo interpretar la presencia de aquellos huesos.

—¿Podrías desembarazarte de ellos discretamente por mí, capitán? —preguntó Elend, indicando la osamenta.

—Naturalmente, majestad.

Probablemente cree que me he comido a alguien, pensó Vin con un suspiro. *Que le arranqué la carne directamente de los huesos.*

Cosa que, por cierto, no andaba muy lejos de la verdad.

—Majestad —dijo Demoux—. ¿Quieres que nos encarguemos también del otro cadáver?

Vin se quedó helada.

—¿Otro? —preguntó Elend lentamente.

El guardia asintió.

—Cuando encontramos este esqueleto, trajimos unos perros para olfatear. Los perros no encontraron a ningún asesino, pero encontraron otro esqueleto como este: un puñado de huesos pelados.

Vin y Elend compartieron una mirada.

—Enséñanoslo —dijo Elend.

Demoux asintió y los guio después de dar unas cuantas órdenes entre susurros a uno de sus hombres. Los cuatro (tres humanos y un kandra) recorrieron el pasillo del palacio hacia la zona, menos utilizada, de las habitaciones de invitados. Demoux despidió a un soldado que montaba guardia ante una puerta y los hizo entrar.

—Este cuerpo no estaba dentro de ninguna cesta, majestad —dijo Demoux—. Estaba guardado en el fondo de un armario. Probablemente nunca lo hubiésemos encontrado sin los perros: captaron fácilmente el olor, aunque no comprendo cómo. Estos esqueletos están completamente pelados.

Y allí estaba. Otro esqueleto, como el primero, apilado junto a la cómoda. Elend miró a Vin, luego se volvió hacia Demoux.

—¿Quieres disculparnos, capitán?

El joven guardia asintió, salió de la habitación y cerró la puerta.

—¿Bien? —dijo Elend, volviéndose hacia OreSeur.

—No sé de dónde ha salido esto —dijo el kandra.

—Pero es otro cadáver devorado por un kandra —dijo Vin.

—Indudablemente, ama. Los perros lo encontraron por el olor particular que dejan nuestros jugos digestivos sobre los huesos recién excretados.

Elend y Vin se miraron.

—Sin embargo, probablemente no es lo que pensáis —dijo OreSeur—. A este hombre lo matarían lejos de aquí.

—¿Qué quieres decir?

—Son huesos descartados, majestad —dijo OreSeur—. Los huesos que un kandra deja...

—Después de encontrar un cuerpo nuevo —terminó por él Vin.

—Sí, ama.

Vin miró a Elend, que frunció el ceño.

—¿Hace cuánto tiempo? —preguntó él—. Tal vez dejaron los huesos aquí hace un año. El kandra de mi padre.

—Tal vez, majestad —dijo OreSeur, pero parecía inseguro. Se acercó a olfatear los huesos. Vin tomó uno y se lo llevó a la nariz. Usando estaño, captó fácilmente un fuerte olor que le recordó el de la bilis.

—Es muy fuerte —dijo, mirando a OreSeur.

Él asintió.

—Estos huesos no llevan aquí mucho tiempo, majestad. Unas cuantas horas como mucho. Tal vez incluso menos.

—Lo cual significa que tenemos otro kandra en algún lugar del palacio —dijo Elend, con aspecto asqueado—. Uno de los miembros de mi servicio ha sido... devorado y sustituido.

—Sí, majestad —dijo OreSeur—. Es imposible saber de quién eran estos huesos, pues son descartes. El kandra habría tomado los huesos nuevos, tras comer su carne y vestir su ropa.

Elend asintió y se puso en pie. Miró a Vin a los ojos, y ella supo que estaba pensando lo mismo. Era posible que un miembro del personal de palacio hubiera sido sustituido, lo que significaba que había una brecha en la seguridad. Sin embargo, había una posibilidad mucho más peligrosa.

Los kandra eran actores inigualables: OreSeur había imitado a lord Renoux tan a la perfección que incluso la gente que lo conocía había caído en el engaño. Podría haber utilizado ese talento para imitar a un criado o una criada. Sin embargo, si un enemigo había querido colar un espía en las reuniones a puerta cerrada de Elend, tenía que haber sustituido necesariamente a una persona mucho más importante.

Tiene que ser alguien a quien no hemos visto durante las últimas horas, pensó Vin, soltando el hueso. Elend, OreSeur y ella habían pasado en la muralla casi toda la tarde, desde el final de la reunión de la Asamblea, pero la ciudad y el palacio habían sido un caos desde la llegada del segundo ejército. Los mensajeros habían tenido problemas para encontrar a Ham, y ella seguía sin saber dónde estaba Dockson. De hecho, no había visto a Clubs hasta que se había reunido con Elend y con ella en la muralla, un rato antes. Y Fantasma había sido el último en llegar.

Vin contempló el montón de huesos, experimentando una mareante sensación de inseguridad. Había muchas posibilidades de que alguien de su grupo, un miembro de la antigua banda de Kelsier, fuera ahora un impostor.

FIN DE LA PRIMERA PARTE

SEGUNDA PARTE

ESPECTROS EN LA BRUMA

No me convencí hasta años más tarde de que Alendi era el Héroe de las Eras. El Héroe de las Eras, al que llamaban Rabzeen en Khlennium, el Anamnesor.

Salvador.

12

Una fortaleza se alzaba entre las sucias brumas de la noche. Se hallaba al fondo de una gran depresión del terreno. El empinado valle en forma de cráter era tan ancho que incluso a plena luz del día Sazed apenas hubiera podido ver el otro lado. Con el inminente crepúsculo, oscurecido por la bruma, el lejano borde del enorme agujero era solo una profunda sombra.

Sazed sabía muy poco de táctica y estrategia; aunque sus mentes de metal contenían docenas de libros sobre esos temas, había olvidado su contenido para crear los archivos almacenados. Por lo poco que sabía, esa fortaleza, el convento de Seran, no era fácil de defender. No tenía la ventaja de la altura, y los bordes del cráter eran excelentes para que las máquinas de asedio lanzaran rocas contra las murallas.

Sin embargo, la fortaleza no había sido construida para defenderse de soldados enemigos. Había sido construida para favorecer el aislamiento. El cráter hacía difícil encontrarla, pues una leve elevación del terreno en torno al borde la hacía prácticamente invisible a menos que uno se acercara. No había carreteras ni senderos que marcaran el camino, y los viajeros tenían muchas dificultades para bajar por las empinadas faldas.

Los inquisidores no querían visitantes.

—¿Bien? —preguntó Marsh.

Sazed y él se hallaban en el borde septentrional del cráter, ante un precipicio de varios metros. Sazed recurrió a su mentestaño de visión, aprovechando parte del sentido de la vista que había acumulado en su interior. Su campo visual se volvió borroso en los bordes, pero todo lo que tenía directamente ante los ojos pareció mucho más cercano. Aumentó un poco la visión, ignorando la náusea que le provocaba tanta intensidad.

La visión aumentada le permitió estudiar el convento como si lo tuviera delante. Distinguió cada marca en las oscuras paredes de piedra... lisas, anchas, impresionantes. Vio cada una de las grandes placas de acero oxidado atornilladas a las piedras exteriores de la muralla. Pudo ver cada rincón cuajado de líquenes y cada borde manchado de ceniza. No había ninguna ventana.

—No sé —dijo Sazed lentamente, liberando su mentestaño de visión—. No sé decir si la fortaleza está habitada o no. No hay movimiento, ni luz. Pero tal vez los inquisidores estén escondidos dentro.

—No —dijo Marsh, su inflexible voz molestamente fuerte en el aire de la tarde—. Se han ido.

—¿Por qué querrían irse? Este es un lugar de gran fuerza, creo. No se puede defender contra un ejército, pero sí muy bien contra el caos de los tiempos.

Marsh negó con la cabeza.

—Se han ido.

—¿Cómo estás tan seguro?

—Lo sé.

—¿Adónde han ido, entonces?

Marsh lo observó, luego se dio la vuelta y miró por encima de su hombro.

—Al norte.

—¿Hacia Luthadel? —preguntó Sazed, frunciendo el ceño.

—Entre otras cosas —respondió Marsh—. Vamos. No sé si regresarán, pero deberíamos aprovechar esta oportunidad.

Sazed asintió. Habían ido allí para eso, después de todo. Sin embargo, una parte de él vaciló. Era un hombre de libros y refinada labor. Recorrer el país visitando aldeas ya le resultaba lo suficientemente extraño como para ser incómodo. Colarse en la fortaleza de los inquisidores...

A Marsh obviamente no le importaba la pugna interna de su compañero. El inquisidor se dio la vuelta y echó a andar por el borde del cráter. Sazed se cargó la mochila al hombro y lo siguió. Llegaron poco más tarde junto a un artilugio en forma de caja, cuya función era evidentemente descender hasta el fondo por medio de cuerdas y poleas.

La jaula estaba en su caja, en el saliente, y Marsh se detuvo a su lado, pero no entró en ella.

—¿Qué? —preguntó Sazed.

—El sistema de poleas —respondió Marsh—. La jaula debe bajar cuando la activan desde abajo.

Sazed asintió, comprendiendo que así era. Marsh avanzó y tiró de una palanca. La jaula cayó. Las cuerdas empezaron a humear y las poleas chirriaron cuando la enorme jaula se precipitó al fondo del abismo. Un golpe sordo resonó entre las rocas.

Si hay alguien allá abajo ahora ya sabe que estamos aquí, pensó Sazed.

Marsh se volvió hacia él, las cabezas de los clavos de sus ojos brillando levemente al sol poniente.

—Sígueme como te parezca —dijo. Entonces se agarró a la cuerda del contrapeso y empezó a bajar.

Sazed se acercó al borde de la plataforma a mirar cómo Marsh se deslizaba por la soga hacia el oscuro y brumoso abismo. Luego se arrodilló y abrió su mochila. Se quitó los grandes brazaletes de metal de los antebrazos, sus principales mentecobres. Contenían los recuerdos de un guardador, el conocimiento almacenado de siglos. Los colocó reverentemente a un lado y sacó un par de brazaletes mucho más pequeños: uno de hierro, otro de peltre. Mentes de metal para un guerrero.

¿Comprendía Marsh la poca habilidad que tenía Sazed en aquellos menesteres? Una fuerza sorprendente no hace a un guerrero. De cualquier forma, Sazed se colocó los dos brazaletes en los tobillos. A continuación, sacó dos anillos, de estaño y cobre. Se los puso en los dedos.

Cerró la mochila y se la echó al hombro, y luego recogió sus mentecobres principales. Buscó con cuidado un buen escondite (un agujero apartado entre dos peñascos) y las guardó dentro. Pasara lo que pasase allá abajo, no quería arriesgarse a que los inquisidores se apoderaran de ellas y las destruyeran.

Para llenar una mentecobre de recuerdos, Sazed había escuchado a otro guardador recitar su colección entera de historias, datos y anécdotas. Sazed había memorizado cada frase y había almacenado esos recuerdos en la mentecobre para recuperarlos más adelante. Recordaba muy poco de aquella experiencia, pero podía recuperar cualquier libro o ensayo que deseara, devolviéndolo a su mente, y recordarlo con tanta claridad como cuando lo había memorizado. Solo tenía que ponerse los brazaletes.

No llevar encima sus mentecobres lo llenó de ansiedad. Sacudió la cabeza y se acercó de nuevo a la plataforma. Marsh bajaba muy rápidamente hacia el fondo del abismo; como todos los inquisidores, tenía los poderes de un nacido de la bruma. Aunque cómo había conseguido esos poderes, y cómo conseguía vivir a pesar de los clavos que le atravesaban el cerebro, era un misterio. Marsh nunca había respondido a las preguntas de Sazed sobre ese tema.

Llamó a Marsh para atraer su atención, luego asomó al precipicio la mochila y la dejó caer. Marsh extendió la mano y la mochila se abalanzó, tirada por sus metales, hacia la mano de Marsh. El inquisidor se la echó al hombro antes de continuar su descenso.

Sazed asintió, agradecido, y luego saltó de la plataforma. Cuando empezaba a caer buscó el poder almacenado en su mentehierro. Servirse de una mente de metal tenía un precio: para acumular vista, Sazed se había visto obligado a pasarse semanas casi ciego. Durante ese tiempo había llevado puesto un brazalete de estaño que almacenaba la capacidad visual para usarla posteriormente.

El hierro era un poco distinto. No almacenaba vista, fuerza, resistencia... ni siquiera recuerdos. Almacenaba algo completamente diferente: peso.

Sazed no decantó el poder almacenado en la mentehierro; simplemente hubiese pesado más. Lo que hizo fue llenar la mentehierro, dejando que absorbiera su peso. Sintió una familiar sensación de ligereza, la sensación de que su cuerpo no pesaba tanto.

Su caída se frenó. Los filósofos de Terris tenían mucho que decir sobre el uso de una mentehierro. Explicaban que el poder no cambiaba en realidad la masa ni el tamaño de una persona, sino que cambiaba de algún modo la forma en que el suelo tiraba de ella. La caída de Sazed no se frenó porque hubiese menguado su peso, sino porque de pronto tenía una superficie relativamente grande expuesta al viento en su caída, pero un cuerpo más liviano.

Fuera cual fuese el motivo científico, Sazed no cayó tan rápido. Los finos brazaletes de metal de sus tobillos eran lo más pesado de su cuerpo, y mantenían sus pies apuntando hacia abajo. Abrió los brazos y dobló un poco el cuerpo, dejando que el viento lo empujara. Su descenso no fue terriblemente lento, como el de una hoja o una pluma.

Sin embargo, tampoco cayó a plomo. Lo hizo de manera controlada, casi placentera. Con la ropa aleteando y los brazos abiertos, adelantó a Marsh, que se lo quedó mirando con expresión de curiosidad.

Cuando ya llegaba al suelo, Sazed abrió su mentepeltre, extrayendo una diminuta cantidad de fuerza para prepararse. Golpeó la tierra, pero como su cuerpo era tan liviano el impacto fue mínimo. Apenas necesitó doblar las rodillas para absorber la fuerza del choque.

Dejó de llenar la mentehierro, soltó su peltre y esperó tranquilamente a Marsh. La jaula de transporte estaba a su lado, destrozada. Sazed vio incómodo que había dentro varios grilletes de hierro. Al parecer, algunos de los que habían visitado el convento no lo habían hecho por voluntad propia.

Cuando Marsh llegó al fondo, las brumas se habían espesado en el aire. Sazed había convivido con ellas toda la vida y nunca se había sentido incómodo. Sin embargo, en aquel momento temía que empezaran a estrangularlo. Que quisieran matarlo, como parecían haber hecho con el viejo Jed, el desafortunado granjero cuya muerte había investigado.

Marsh recorrió los últimos tres metros, aterrizando con la agilidad ampliada de un alomántico. Incluso después de pasar tanto tiempo con un nacido de la bruma, a Sazed seguían impresionándolo los dones alománticos. Naturalmente, nunca le habían dado envidia. Cierto, la alomancia era mejor para luchar; pero no podía expandir la mente ni dar acceso a los sueños, esperanzas y creencias de un millar de años de cultura. No aportaba los conocimientos necesarios para tratar una herida, ni ayudaba a enseñar a la gente de una pobre aldea a usar las modernas técnicas de fertilización. Las mentes de metal de la feruquimia no eran deslumbrantes, pero tenían un valor mucho más duradero para la sociedad.

Además, Sazed conocía unos cuantos trucos de feruquimia capaces de sorprender incluso al más preparado de los guerreros.

Marsh le tendió la mochila.

—Vamos.

Sazed asintió, se echó la mochila al hombro y siguió al inquisidor por el rocoso terreno. Caminar junto a Marsh era extraño, pues Sazed no estaba acostumbrado a estar con gente tan alta como él. Los terrisanos eran altos por naturaleza, y Sazed aún más: sus brazos y piernas eran un poco demasiado largos para su cuerpo, una consecuencia de su castración siendo muy joven. Aunque el lord Legislador estaba muerto, la cultura de Terris sufriría largamente los efectos de sus programas de reproducción y servicio, los métodos con los que había intentado robar los poderes feruquimistas a la gente de Terris.

El convento de Seran se alzaba en la oscuridad, todavía más ominoso ahora que Sazed estaba dentro del cráter. Marsh se dirigió hacia las puertas principales, y Sazed lo siguió. No tenía miedo, en realidad. El miedo nunca había sido una motivación poderosa en la vida de Sazed. Sin embargo, estaba preocupado. Quedaban muy pocos guardadores; si moría, habría una persona menos que viajara restaurando verdades perdidas y enseñando a la gente.

No es que ahora lo esté haciendo, de todas formas.

Marsh contempló las enormes puertas de acero. Luego lanzó su peso contra una, obviamente quemando peltre para tener más fuerza. Sazed lo imitó, empujando con fuerza. La puerta no cedió.

Lamentando el despilfarro de poder, Sazed recurrió a su mentepeltre y extrajo fuerza. Usó mucha más que cuando había aterrizado, así que sus músculos inmediatamente aumentaron de tamaño. A diferencia de la alomancia, la feruquimia a menudo tenía efectos directos sobre el cuerpo de una persona. Bajo la ropa, Sazed adquirió la constitución musculosa de un soldado entrenado, por lo menos el doble de fuerte que un momento antes. Aunando esfuerzos, los dos consiguieron abrir la puerta a empujones.

No crujió. Se deslizó despacio pero regularmente hacia dentro, revelando un pasillo largo y oscuro.

Sazed liberó su mentepeltre, regresando a su constitución normal. Marsh entró en el convento, espantando con los pies la bruma que había empezado a filtrarse por la puerta abierta.

—¿Marsh? —preguntó Sazed.

El inquisidor se volvió.

—No podré ver ahí dentro.

—Tu feruquimia...

Sazed negó con la cabeza.

—Me permite ver en la oscuridad, pero solo si hay un poco de luz. Además, recurrir a tanta vista agotaría mi mentestaño en cuestión de minutos. Necesitaré una linterna.

Marsh asintió. Se volvió hacia la oscuridad y desapareció rápidamente de la vista de Sazed.

Vaya, así que los inquisidores no necesitan luz para ver, pensó Sazed. Era de esperar: los clavos llenaban por completo las cuencas de Marsh y habían destruido sus globos oculares. Fuera cual fuese el extraño poder que empleaban los inquisidores para ver, al parecer funcionaba igual en completa oscuridad que a plena luz del día.

Marsh regresó unos instantes más tarde con una linterna. Por las cadenas que Sazed había visto en la jaula de descenso, sospechaba que los inquisidores tenían un número considerable de esclavos y sirvientes para atender sus necesidades. Si ese era el caso, ¿adónde habían ido? ¿Habían huido?

Sazed encendió la linterna con un pedernal que sacó de su mochila. La luz espectral de la lámpara iluminó un pasillo vacío e intimidatorio. Entró en el convento con la lámpara en alto, y empezó a llenar el pequeño anillo de cobre de su dedo, transformándolo en una mentecobre.

—Habitaciones grandes —susurró—, sin adornos.

No necesitaba decirlo en voz alta, en realidad, pero había descubierto que hablar le ayudaba a formar recuerdos claros. Entonces podía guardarlos en la mentecobre.

—A los inquisidores, obviamente, les gustaba el acero —continuó—. No es sorprendente si se tiene en cuenta que su religión era conocida a veces como el Ministerio de Acero. De las paredes cuelgan enormes placas de acero sin manchas de óxido, al contrario que las del exterior. Muchas no son completamente lisas, sino que tienen algunas pautas interesantes grabadas en su superficie.

Marsh frunció el ceño y se volvió hacia él.

—¿Qué estás haciendo?

Sazed levantó la mano derecha, mostrando el anillo de cobre.

—Debo tomar nota de esta visita. Tendré que repetir esta experiencia a otros guardadores cuando tenga ocasión. Creo que hay mucho que aprender en este lugar.

Marsh se dio la vuelta.

—No deberías preocuparte por los inquisidores. No son dignos de que dejes constancia de su existencia.

—No es una cuestión de indignidad, Marsh —dijo Sazed, alzando la lámpara para estudiar una columna cuadrada—. El conocimiento de todas las religiones es valioso. Debo asegurarme de que estas cosas se conserven.

Sazed contempló la columna un momento, luego cerró los ojos y formó una imagen mental de ella que añadió a la mentecobre. Los recuerdos en imágenes eran menos útiles que las palabras. Las visualizaciones se difuminaban rápidamente cuando se sacaban de la mentecobre, sufriendo la distorsión de la mente. Además, no podían ser transmitidas a otros guardadores.

Marsh no respondió al comentario de Sazed sobre la religión; tan solo se dio la vuelta y continuó adentrándose en el edificio. Sazed lo siguió a ritmo más lento, hablando para sí, registrando las palabras en su mentecobre. Era una experiencia interesante. En cuanto hablaba, sentía que los pensamientos eran absorbidos de su mente, donde dejaban un blanco vacío. Tenía dificultades para recordar los detalles concretos de lo que acababa de decir. Sin embargo, cuando terminara de llenar su mentecobre, podría decantar de nuevo esos recuerdos con nitidez.

—La habitación es alta —dijo—. Hay unas cuantas columnas, también recubiertas de acero. Son gruesas y cuadradas, en vez de redondas. Tengo la sensación de que este lugar fue creado por personas a las que importaban poco las sutilezas. Se desentendían de los detalles en favor de las líneas anchas y el utilitarismo.

»A medida que dejamos atrás la entrada principal, el estilo decorativo continúa siendo el mismo. No hay pinturas en las paredes, ni adornos de madera, ni suelos de loza. Solo hay pasillos largos y anchos de líneas bruscas y superficies brillantes. El suelo está hecho de cuadrados de acero de varios palmos de lado. Son... fríos al tacto.

»Es extraño no ver los tapices, las vidrieras ni las piedras esculpidas tan comunes en la arquitectura de Luthadel. No hay cúpulas ni agujas. Solo cuadrados y rectángulos. Líneas... tantas líneas. Nada aquí es suave. No hay alfombras, ni esteras, ni ventanas. Es un lugar para gente que no ve el mundo de la misma manera que la gente corriente.

»Marsh ha echado a andar por este enorme pasillo, sin prestar atención a la decoración. Iré tras él y seguiré registrando más tarde. Parece que está siguiendo algo... algo que no percibo. Tal vez sea...

Sazed guardó silencio cuando dobló una esquina y vio a Marsh de pie en la puerta de una gran cámara. La luz de la lámpara fluctuó vacilante cuando el brazo de Sazed tembló.

Marsh había encontrado a los criados.

Llevaban tanto tiempo muertos que Sazed no notó el olor hasta que estuvo cerca. Tal vez era eso lo que había estado siguiendo Marsh:

los sentidos de un hombre que quemaba estaño podían llegar a ser muy agudos.

Los inquisidores habían hecho su trabajo a conciencia. Aquello eran los restos de una matanza. La habitación era grande, pero solo tenía una salida, y los cuerpos estaban apilados al fondo. Los habían matado a hachazos o golpes de espada. Los criados se habían acurrucado contra la pared del fondo mientras los aniquilaban.

Sazed se dio la vuelta.

Marsh, sin embargo, permaneció en la puerta.

—Hay mal ambiente en este lugar —dijo por fin.

—¿Y ahora te das cuenta? —preguntó Sazed.

Marsh se volvió a mirarlo.

—No deberíamos pasar mucho tiempo aquí. Hay escaleras al fondo del pasillo que tenemos detrás. Subiré: ahí es donde estarán las habitaciones de los inquisidores. Si la información que busco está aquí, la encontraré en ellas. Puedes quedarte o puedes bajar. Pero no me sigas.

Sazed frunció el ceño.

—¿Por qué?

—Debo estar solo. No puedo explicártelo. No me importa que seas testigo de las atrocidades de los inquisidores. Es que... no deseo estar contigo cuando lo hagas.

Sazed bajó la linterna, apartando su luz de la horrible escena.

—Muy bien.

Marsh se volvió, dejó atrás a Sazed y desapareció en el oscuro pasillo. Y Sazed se quedó solo.

Trató de no pensar mucho en ello. Regresó al pasillo principal, describiendo la masacre a su mentecobre antes de dar una descripción más detallada de la arquitectura y la decoración... si podían considerarse decorativas las diferentes pautas de las placas murales.

Mientras trabajaba y su voz resonaba suavemente en la rígida arquitectura, con la lámpara como una débil gota de luz reflejada en el acero, sus ojos fueron atraídos hacia el fondo del pasillo. Allí había una mancha oscura. Una escalera que descendía.

Mientras continuaba describiendo una de las paredes, supo que acabaría caminando hacia esa oscuridad. Era lo mismo de siempre: la curiosidad, la necesidad imperiosa de entender lo desconocido. Esa sensación lo había impulsado como guardador, lo había llevado a Kelsier. Su búsqueda de verdades no podía terminar nunca, pero tampoco podía ser ignorada. Así que al final se dio media vuelta y se acercó al hueco de la escalera con sus propios susurros como única compañía.

—Las escaleras son similares a las que vi en el pasillo. Los peldaños son anchos, como los que conducen a un templo o un palacio. Pero estos bajan y se pierden en la oscuridad. Son grandes, probablemente de piedra forrada de acero. Son altos, hechos para subirlos a paso decidido.

»Mientras camino, me pregunto qué secretos consideraron los inquisidores dignos de esconder bajo tierra, en el sótano de su fortaleza. El edificio entero es un secreto. ¿Qué hacían aquí, en estos enormes pasillos y estas habitaciones tan grandes y vacías?

»La escalera termina en otra gran sala cuadrada. Me he dado cuenta de una cosa... no hay puertas. El interior de cada habitación se ve desde fuera. Mientras camino, asomándome a estas salas subterráneas, encuentro cámaras cavernosas con pocos muebles. No hay bibliotecas, ni salones. Varias contienen grandes bloques de metal que podrían ser altares.

»Hay... algo distinto en esta última sala, al fondo del rellano principal. No estoy seguro de cómo interpretarlo. ¿Una cámara de tortura, tal vez? Hay mesas, mesas metálicas clavadas al suelo. Están manchadas de sangre, aunque no hay cadáveres. Manchas de sangre y polvo a mis pies... Un montón de hombres han muerto en esta sala, creo. No parece que haya instrumentos de tortura aparte de...

»Clavos. Como los de los ojos de los inquisidores. Enormes, pesados... como los que podrían clavarse en el suelo con una maza muy grande. Algunos están manchados de sangre, aunque no creo que pueda con ellos. Estos otros... sí, son indiferenciables de los que tiene Marsh en los ojos. Sin embargo, algunos son de metales diferentes.

Sazed dejó el clavo sobre una mesa, y el metal resonó contra el metal. Se estremeció y volvió a observar la sala. ¿Un lugar para crear nuevos inquisidores, tal vez? Tuvo una súbita visión horripilante de las criaturas, antaño apenas varias docenas, después de haber engrosado sus filas durante los meses pasados en el convento.

Por eso no encajaba. Eran un grupo secreto y exclusivo. ¿Dónde habrían encontrado suficientes hombres dignos de unirse a sus filas? ¿Por qué no convertir en inquisidores a los sirvientes de arriba en vez de matarlos?

Sazed siempre había sospechado que había que ser alomántico para ser transformado en inquisidor. La experiencia del propio Marsh apoyaba esa hipótesis. Antes de su transformación, Marsh había sido buscador, un hombre que podía quemar bronce. Sazed contempló de nuevo la sangre, los clavos y las mesas, y decidió que no estaba seguro de querer saber cómo se creaba un nuevo inquisidor.

Estaba a punto de salir de la habitación cuando su lámpara reveló algo al fondo. Otra puerta.

Avanzó, tratando de ignorar la sangre seca del suelo, y entró en una cámara que no pegaba con el resto de la intimidatoria arquitectura del convento. Estaba excavada directamente en la piedra y se curvaba en una escalera muy estrecha. Curioso, Sazed bajó los gastados escalones. Por primera vez desde que había entrado en el edificio se sintió oprimido por el espacio, y tuvo que agacharse cuando llegó al pie de la escalera y entró en una pequeña cámara. Se irguió y alzó la lámpara para revelar...

Una pared. La habitación terminaba bruscamente y la luz se reflejaba en una pared. Contenía una placa de acero como las de arriba. Esa medía metro y medio de anchura y casi lo mismo de altura. Y estaba escrita. Súbitamente interesado, Sazed soltó la mochila y avanzó, alzando la lámpara para leer las palabras de la parte superior de la placa.

El texto estaba escrito en terrisano.

Era un antiguo dialecto, cierto, pero Sazed lo entendía sin necesidad de recurrir a su mentecobre de lenguaje. La mano le tembló mientras leía el texto:

Escribo estas palabras en acero, pues todo lo que no esté grabado en metal es indigno de confianza.

He empezado a preguntarme si soy el único hombre cuerdo que queda. ¿Es que los demás no se dan cuenta? Llevan tanto tiempo esperando la llegada de su héroe (el que se menciona en las profecías de Terris) que se apresuran a sacar conclusiones, convencidos de que cada historia y cada leyenda se refiere a ese hombre.

Mis hermanos ignoran los otros hechos. No pueden relacionar las otras extrañas cosas que están teniendo lugar. Son sordos a mis objeciones, están ciegos a mis descubrimientos.

Tal vez ellos tengan razón. Tal vez estoy loco, o celoso, o soy un simple necio. Me llamo Kwaan. Filósofo, erudito, traidor. Soy quien descubrió a Alendi y quien lo proclamó Héroe de las Eras por primera vez. Soy el que dio comienzo a todo esto.

Y yo soy quien lo traicionó, pues ahora sé que no debe permitírsele que lleve a cabo su misión.

—Sazed.

Sazed dio un respingo y estuvo a punto de soltar la lámpara. Marsh estaba en la puerta, detrás de él. Imperioso, intimidatorio y muy sombrío. Encajaba en aquel lugar de líneas rectas y aristas duras.

—Las habitaciones de arriba están vacías —dijo Marsh—. Este viaje ha sido una pérdida de tiempo..., mis hermanos se llevaron consigo todo lo que era útil.

—No ha sido una pérdida de tiempo, Marsh —dijo Sazed volviéndose hacia la placa con el texto. No lo había leído entero ni mucho menos. El texto estaba escrito con letra apretujada y pequeña, y cubría toda la pared. El acero había preservado las palabras a pesar de su indudable antigüedad. El corazón de Sazed latió un poco más rápido.

Era un fragmento de un texto anterior al reinado del lord Legislador. Un fragmento escrito por un filósofo de Terris... un hombre santo. A pesar de transcurrir diez siglos de búsqueda, los guardadores nunca habían conseguido cumplir el objetivo original de su creación: nunca habían descubierto su propia religión terrisana.

El lord Legislador, siendo él mismo originario de Terris, había aplastado sus enseñanzas religiosas poco después de llegar al poder. Su persecución de su propio pueblo había sido la más implacable de su largo reinado, y los guardadores nunca habían encontrado más que vagos fragmentos acerca de las antiguas creencias de su pueblo.

—Tengo que copiar esto, Marsh —dijo Sazed, echando mano a su mochila. Tomar una imagen visual no hubiera servido de nada: ningún hombre podía contemplar una pared con tanto texto y recordarlo palabra por palabra. Tal vez pudiera introducirlo en su mentecobre. Sin embargo, quería un archivo físico, que conservara la estructura de las líneas y la puntuación.

Marsh negó con la cabeza.

—No nos quedaremos aquí. Creo que ni siquiera tendríamos que haber venido.

Sazed vaciló y alzó la cabeza. Luego sacó varias grandes hojas de papel de la mochila.

—Muy bien, entonces —dijo—. Lo calcaré frotando. Creo que será mejor, de todas formas. Me permitirá ver el texto exactamente como fue escrito.

Marsh asintió, y Sazed sacó su carboncillo.

Este descubrimiento... será como el libro de Rashek. ¡Nos estamos acercando!, pensó, entusiasmado.

Sin embargo, mientras empezaba a frotar y sus manos se movían con cuidado y precisión, se le ocurrió otra idea. Estando en posesión de un texto como aquel, su sentido del deber ya no le permitiría deambular por las aldeas. Tenía que regresar al norte para compartir su hallazgo, no fuera a ser que muriese y el texto se perdiera. Tenía que ir a Terris.

O... a Luthadel. Desde allí podría enviar mensajes al norte. Tenía una excusa válida para regresar al centro de la acción, para ver a los otros miembros de la banda.

¿Por qué eso le hacía sentirse aún más culpable?

Cuando por fin lo comprendí, cuando por fin relacioné todos los signos de la Anticipación con Alendi, me entusiasmé. Sin embargo, cuando anuncié mi descubrimiento a los otros forjamundos, me trataron con desdén.

Oh, cómo desearía ahora haberles hecho caso.

13

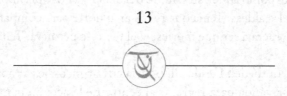

La bruma se rebullía y giraba, como pintura blanca mezclándose con la negra en un lienzo. La luz moría al oeste y la noche maduraba.

Vin frunció el ceño.

—¿No te parece que las brumas llegan más temprano?

—¿Más temprano? —preguntó OreSeur con su voz apagada. El perro lobo kandra estaba sentado junto a ella en el tejado.

Vin asintió.

—Antes, las brumas no empezaban a aparecer hasta después del crepúsculo, ¿no?

—Está oscuro, ama.

—Pero ya están aquí..., han empezado a acumularse cuando el sol apenas empezaba a ponerse.

—No veo que tenga ninguna importancia, ama. Tal vez las brumas sean simplemente como otras condiciones climáticas..., varían, a veces.

—¿No te parece un poco extraño?

—Pensaré que es extraño si así lo quieres, ama —dijo OreSeur.

—No me refiero a eso.

—Te pido disculpas, ama. Dime a qué te refieres, y estaré seguro de creer lo que se me ordene.

Vin suspiró y se frotó la frente. *Ojalá regresara Sazed*, pensó. Era un deseo inútil. Aunque Sazed hubiera estado en Luthadel, no habría sido su mayordomo. El terrisano ya no llamaba amo a nadie. Tendría que contentarse con OreSeur. El kandra, al menos, podía proporcionarle información que Sazed no podía darle... suponiendo que consiguiera sacársela.

—Tenemos que encontrar al impostor —dijo Vin—. El que... sustituyó a alguien.

—Sí, ama.

Vin se acomodó en el tejado inclinado, apoyando los codos en las tejas, mientras contemplaba las brumas.

—Luego, necesito saber más de ti.

—¿De mí, ama?

—De los kandra en general. Si voy a encontrar a ese impostor, necesito saber cómo piensa, y comprender sus motivaciones.

—Sus motivaciones serán sencillas, ama —dijo OreSeur—. Estará cumpliendo su Contrato.

—¿Y si actúa sin Contrato?

OreSeur sacudió su cabeza perruna.

—Los kandra siempre tienen un Contrato. Sin Contrato no se les permite entrar en la sociedad humana.

—¿Nunca? —preguntó Vin.

—Nunca.

—¿Y si se trata de una especie de kandra renegado?

—Esas cosas no existen —dijo firmemente OreSeur.

¿No?, pensó Vin, escéptica. Sin embargo, no insistió. Había pocos motivos para que un kandra se infiltrara por su cuenta en el palacio; era mucho más probable que uno de los enemigos de Elend hubiera enviado a la criatura. Uno de los señores de la guerra, tal vez, o quizá los obligadores. Incluso los otros nobles de la ciudad podían tener buenos motivos para espiar a Elend.

—Muy bien —dijo Vin—. El kandra es un espía enviado para reunir información para otro humano.

—Sí.

—Pero si tomó el cuerpo de alguien de palacio, no lo mató él. Los kandra no pueden matar a los humanos, ¿no es así?

OreSeur asintió.

—Todos estamos obligados por esa regla.

—Así que alguien se coló en palacio, asesinó a un miembro del personal y luego hizo que el kandra tomara su cuerpo. —Calló, reflexionando sobre el problema—. Deberíamos considerar primero las posibilidades más peligrosas: los miembros de la banda. Por suerte, puesto que el asesinato tuvo lugar ayer, podemos eliminar a Brisa, que estaba fuera de la ciudad en ese momento.

OreSeur asintió.

—Podemos eliminar a Elend también —dijo Vin—. Estuvo ayer con nosotros en la muralla.

—Queda la mayoría de la banda, ama.

Vin frunció el ceño. Había tratado de establecer coartadas sólidas para Ham, Dockson, Clubs y Fantasma. Sin embargo, todos ellos tenían al menos unas cuantas horas sin explicar. Tiempo suficiente para que un kandra los digiriera y ocupara su lugar.

—Muy bien. Entonces, ¿cómo encuentro al impostor? ¿Cómo puedo distinguirlo de los demás?

OreSeur permaneció en silencio entre la bruma.

—Tiene que haber un modo —dijo Vin—. Su imitación no puede ser perfecta. ¿Funcionaría hacerle un corte?

OreSeur negó con la cabeza.

—Los kandra copian los cuerpos a la perfección, ama: sangre, carne, piel y músculos. Lo viste cuando me abrí la piel.

Vin suspiró, se levantó y subió a la punta del tejado en pico. Las brumas ya eran muy espesas y la noche se volvía rápidamente negra. Empezó a caminar de un lado a otro por el borde, distraída: el sentido del equilibrio alomántico le impedía caer.

—Tal vez me dé cuenta de quién actúa de un modo distinto —dijo—. ¿Son la mayoría de los kandra tan buenos imitadores como tú?

—Entre los kandra, mi grado de habilidad es medio. Algunos son peores, otros son mejores.

—Pero ningún actor es perfecto.

—Los kandra no suelen cometer errores, ama —dijo OreSeur—. Pero este probablemente sea el mejor método. Ten cuidado, de todas formas: podría ser cualquiera. Los de mi especie son muy hábiles.

Vin vaciló. *No es Elend*, se dijo. *Ayer estuvo conmigo todo el día.* Excepto por la mañana.

Demasiado tiempo, decidió. *Estuvimos horas en la muralla y esos huesos habían sido expulsados recientemente. Además, me habría dado cuenta si fuera él... ¿no?*

Sacudió la cabeza.

—Tiene que haber otro modo. ¿Puedo localizar a un kandra por medio de la alomancia?

OreSeur no respondió de inmediato. Vin se volvió hacia él en la oscuridad, estudiando su rostro canino.

—¿Bien?

—No hablamos con extraños de tales cosas.

Vin suspiró.

—Dímelo de todas formas.

—¿Me ordenas hablar?

—La verdad es que no me hace mucha gracia ordenarte nada.

—Entonces, ¿puedo marcharme? —preguntó OreSeur—. ¿No deseas ordenarme nada y, por tanto, nuestro Contrato queda disuelto?

—No quería decir eso.

OreSeur frunció el ceño, una expresión extraña en el rostro de un perro.

—Para mí sería más fácil si me dijeras lo que quieres, ama.

Vin apretó la mandíbula.

—¿Por qué eres tan hostil?

—No soy hostil, ama. Soy tu sirviente y haré lo que me ordenes. Forma parte del Contrato.

—Claro. ¿Eres igual con todos tus amos?

—Con la mayoría, cumplo un papel específico —dijo OreSeur—. Tengo huesos que imitar... una persona en la que convertirme, una personalidad que adoptar. Tú no me has dado ninguna directriz, solo los huesos de este... animal.

Así que se trata de eso, pensó Vin. *Sigue molesto por el cuerpo del perro.*

—Mira, esos huesos en realidad no cambian nada. Sigues siendo la misma persona.

—No lo comprendes. Lo importante no es quién es un kandra, sino en quién se convierte. Los huesos que toma, el papel que desempeña. Ninguno de mis anteriores amos me había pedido hacer algo como esto.

—Bueno, yo no soy como los otros amos —dijo Vin—. De todas maneras, te he hecho una pregunta. ¿Hay algún modo de poder localizar a un kandra por medio de la alomancia? Y, sí, te ordeno que hables.

Un destello de triunfo brilló en los ojos de OreSeur, como si disfrutara obligándola a cumplir su papel.

—Los kandra no resultan afectados por la alomancia mental, ama.

Vin frunció el ceño.

—¿En absoluto?

—No, ama. Puedes tratar de encender o aplacar nuestras emociones, si lo deseas, pero no surtirá efecto alguno. Ni siquiera sabremos que estás intentando manipularnos.

Como alguien que quema cobre.

—No es precisamente la más útil de las informaciones —dijo Vin, sin dejar de caminar por el tejado.

Comprobar si alguien era kandra aplacando sus emociones no sería una prueba definitiva. Cuando Vin aplacaba o encendía a otra persona, solo podía confiar en que tuviera el efecto que ella pretendía, porque los alománticos no podían leer las emociones ni las mentes. Si alguien no reaccionaba, podía significar que era un kandra, pero también podía ser solo que se le daba bien dominar sus emociones.

OreSeur la observó mientras caminaba.

—Si fuera fácil detectar a los kandra, ama, no seríamos tan buenos impostores, ¿no?

—Supongo que no —reconoció Vin. Sin embargo, pensar en lo que él había dicho la hizo considerar otra cosa—. ¿Puede un kandra usar la alomancia? Si se come a un alomántico, quiero decir.

OreSeur negó con la cabeza.

Entonces hay otro método, pensó Vin. *Si capto a un miembro de la banda quemando metales, entonces sabré que no es el kandra.* No serviría con Dockson ni con los criados de palacio, pero le permitiría eliminar a Ham y Fantasma.

—Hay algo más —dijo Vin—. Antes, cuando hacíamos aquel trabajo para Kelsier, me dijo que teníamos que mantenerte apartado del lord Legislador y sus inquisidores. ¿Por qué?

OreSeur desvió la mirada.

—No hablamos de eso.

—Entonces te ordeno que hables de ello.

—Entonces debo negarme a contestar.

—¿Negarte a contestar? ¿Puedes hacerlo?

OreSeur asintió.

—No se nos exige revelar secretos sobre la naturaleza kandra, ama. Está...

—En el Contrato —terminó Vin, frunciendo el ceño. Tengo que volvérmelo a leer.

—Sí, ama. Creo que ya he dicho demasiado.

Vin se dio media vuelta y contempló la ciudad. Las brumas continuaban girando. Cerró los ojos, tanteando con bronce, tratando de sentir el pulso delator de un alomántico quemando metales cerca.

OreSeur se levantó y se acercó a ella, luego volvió a sentarse en el tejado inclinado.

—¿No deberías estar en la reunión con el rey, ama?

—Tal vez vaya luego —respondió Vin, abriendo los ojos. Más allá de la ciudad, las hogueras de los ejércitos iluminaban el horizonte. La fortaleza Venture brillaba en la noche a su derecha y, dentro, Elend celebraba un consejo con los demás. Muchos de los hombres más importantes del gobierno reunidos en la misma sala. Elend la llamaría paranoica por insistir en ser ella quien vigilara la presencia de espías y asesinos. No importaba; podía llamarla como quisiera mientras permaneciera con vida.

Se sentó. Se alegraba de que Elend hubiera decidido elegir la fortaleza Venture como palacio, en vez de mudarse a Kredik Shaw, el hogar del lord Legislador. Kredik Shaw no solo era demasiado grande para su adecuada defensa, sino que también le recordaba a él. Al lord Legislador.

Pensaba a menudo en el lord Legislador, últimamente... o más bien pensaba en Rashek, el hombre que se había convertido en lord Legislador. Terrisano de nacimiento, Rashek había matado al hombre que debería haber tomado el poder en el Pozo de la Ascensión y...

¿Y había hecho qué? Todavía no lo sabían. El Héroe había emprendido la misión de proteger al pueblo de un peligro conocido simplemente como la Profundidad. Muchas cosas se habían perdido; otras habían sido destruidas intencionadamente. Su mejor fuente de información sobre aquellos días era un viejo diario escrito por el Héroe de las Eras durante los días anteriores a su asesinato a manos de Rashek. Sin embargo, daba unas cuantas pistas muy valiosas sobre la misión.

¿Por qué me preocupo por estas cosas?, pensó Vin. *La Profundidad es algo olvidado hace mil años. Elend y los demás tienen razón al preocuparse por asuntos más acuciantes.*

Sin embargo, Vin se sentía extrañamente alejada de ellos. Tal vez por eso había decidido explorar fuera. Le preocupaban los ejércitos, desde luego, pero se sentía... ajena al problema. Incluso entonces, mientras reflexionaba sobre la amenaza que pesaba sobre Luthadel, su mente regresaba al lord Legislador.

«No sabéis lo que hago por la humanidad —había dicho él—. Era vuestro dios, aunque no pudierais comprenderlo. Al matarme os habéis condenado.» Esas habían sido las últimas palabras del lord Legislador, pronunciadas mientras yacía en el suelo de su propio salón del trono. Le preocupaban. Todavía la helaban interiormente.

Necesitaba distraerse.

—¿Qué cosas te gustan, kandra? —preguntó, volviéndose hacia la criatura, que seguía sentada a su lado en el tejado—. ¿Cuáles son tus amores, tus odios?

—No quiero responder a eso.

Vin frunció el ceño.

—¿No quieres o no estás obligado a hacerlo?

—No quiero, ama.

La implicación era obvia: «Tendrás que ordenármelo».

Estuvo a punto de hacerlo. Sin embargo, algo la hizo dudar, algo en aquellos ojos, por inhumanos que fueran. Algo familiar.

Ella había conocido un resentimiento similar. Lo había sentido a menudo durante su juventud, cuando servía a los jefes de bandas que dominaban a sus seguidores. En las bandas, uno hacía lo que le ordenaban, sobre todo si era una muchachita sin rango ni manera alguna de intimidar.

—Si no deseas hablar de ello —dijo Vin, volviéndose—, entonces no te obligaré.

OreSeur guardó silencio.

Vin inhaló las brumas, y su fría humedad le hizo cosquillas en la garganta y los pulmones.

—¿Sabes qué es lo que me gusta a mí, kandra?

—No, ama.

—Las brumas —dijo ella, abriendo los brazos—. El poder, la libertad.

OreSeur asintió lentamente. Cerca, sintió con su bronce un débil pulso. Tranquilo, extraño, enervante. Era el mismo extraño pulso que había sentido en el tejado de la fortaleza Venture unas cuantas noches antes. Nunca había sido lo suficientemente valiente para investigarlo de nuevo.

Es hora de hacer algo al respecto, decidió.

—¿Quieres saber qué es lo que odio, kandra? —susurró, agazapándose y comprobando sus cuchillos y sus metales.

—No, ama.

Ella se dio la vuelta y miró a OreSeur a los ojos.

—Odio tener miedo.

Sabía que los demás la consideraban demasiado inquieta. Paranoica. Había vivido con miedo tanto tiempo que había llegado a considerarlo tan natural como la ceniza, el sol y la tierra misma.

Kelsier la había librado de ese miedo. Seguía siendo cuidadosa, pero ya no notaba la constante sensación de terror. El Superviviente le había dado una vida donde aquellos a quienes amaba no la golpeaban. Le había mostrado algo mejor que el miedo: la confianza. Ahora que conocía esas cosas, no renunciaría a ellas fácilmente. No las entregaría a ningún ejército, ni a ningún asesino...

Ni siquiera a los espíritus.

—Sígueme si puedes —susurró, y saltó del tejado a la calle de abajo.

Corrió por la calzada cubierta de brumas, acumulando impulso antes de tener tiempo de arrepentirse de su decisión. La fuente de los pulsos de bronce estaba cerca: procedía de una calle más allá, en un edificio. *No del piso de arriba*, decidió. Una de las ventanas oscuras del segundo piso tenía los postigos abiertos.

Vin lanzó una moneda y saltó. Salió disparada hacia arriba, controlando su impulso empujando una aldaba del otro lado de la calle. Aterrizó en el vano de la ventana, agarrándose al marco. Avivó estaño, dejando que sus ojos se habituaran a la profunda oscuridad del interior de la habitación abandonada.

Y allí estaba. Formado completamente por brumas, su contorno vago se agitaba y giraba en la oscura cámara. Desde allí se veía el tejado donde Vin y OreSeur habían estado hablando.

Los fantasmas no espían a la gente... ¿o sí? Los skaa no hablaban de cosas como los espíritus de los muertos. Eso apestaba demasiado a religión, y la religión era para los nobles. Creer era la muerte para los skaa. Eso no había impedido que algunos fueran religiosos, naturalmente, pero los ladrones como Vin eran demasiado pragmáticos para ese tipo de cosas.

Solo había una figura en las leyendas skaa a la que se parecía la criatura: los espectros de la bruma. Criaturas que, según se decía, robaban el alma a los hombres lo suficientemente necios como para salir de noche. Pero Vin ya sabía qué eran esos espectros de la bruma: primos de los kandra, extrañas bestias semiinteligentes que usaban los huesos de aquellos a quienes ingerían. Eran raros, cierto, pero no fantasmas, y ni siquiera resultaban peligrosos. No había espectros oscuros en la noche, ni fantasmas al acecho, ni espíritus malignos.

O eso había dicho Kelsier. La criatura que acechaba en la oscura habitación, con su forma insustancial rebulléndose en las brumas, parecía un inmejorable ejemplo de lo contrario. Vin se agarró a los lados de la ventana, sintiendo que el miedo, su viejo amigo, regresaba.

Corre. Huye. Escóndete.

—¿Por qué me has estado observando? —preguntó.

La cosa no se movió. Su forma parecía empujar las brumas hacia delante, y estas giraron levemente, como impelidas por una corriente de aire.

Puedo sentirlo con el bronce. Eso significa que está usando alomancia... y la alomancia atrae las brumas.

La cosa avanzó. Vin se envaró.

Y de repente el espíritu desapareció.

Vin frunció el ceño. ¿Eso era todo? Se había...

Algo le agarró el brazo. Algo frío, algo terrible pero muy real. El dolor le atravesó la cabeza, desde el oído hasta el cerebro. Gritó, pero le falló la voz y guardó silencio. Con un gemido y el brazo temblando y sacudiéndose, cayó de espaldas por la ventana.

Tenía el brazo helado todavía. Lo notaba agitándose en el aire junto a ella, como si exudara aire gélido. La bruma pasaba a su alrededor como nubes que la estuvieran persiguiendo.

Vin avivó estaño. El dolor, el frío, la humedad y la lucidez estallaron en su mente. Rodó en el aire y avivó peltre. Dio contra el suelo y enseguida se puso de rodillas, notando la fresca humedad de los adoquines en las palmas de las manos. Aún no se le había pasado del todo la gelidez en el brazo izquierdo.

—¿Ama? —OreSeur salió de las sombras—. ¿Voy en busca de ayuda?

Vin negó con la cabeza y se incorporó con esfuerzo, tambaleándose. Miró hacia arriba, a través de las brumas, a la ventana oscura.

Se estremeció. El impacto contra el suelo le había lastimado el hombro y el costado aún magullado le latía, pero notaba que recuperaba las fuerzas. Se apartó del edificio, todavía mirando hacia arriba. Sobre ella, las oscuras brumas parecían... ominosas. Oscurecedoras.

No, pensó. *Las brumas son mi libertad; ¡la noche es mi hogar! Aquí está mi lugar. No he necesitado tener miedo de la noche desde que Kelsier me enseñó lo contrario.*

No podía perder eso. No volvería al miedo. Sin embargo, no pudo evitar apresurar el paso mientras llamaba a OreSeur y se alejaba del edificio. No dio ninguna explicación para sus extrañas acciones.

El kandra no pidió ninguna.

Elend colocó un tercer montón de libros sobre la mesa, que se desplomó contra los otros dos, amenazando con arrastrarlo todo al suelo. Elend los sujetó y alzó la mirada.

Brisa, de punta en blanco, miró la mesa divertido, bebiendo vino. Ham y Fantasma jugaban a un juego de piedras mientras esperaban que comenzara la reunión; Fantasma iba ganando. Dockson estaba sentado en un rincón, escribiendo en un libro de cuentas, y Clubs, sentado en un mullido sillón, miraba a Elend con una de sus expresiones características.

Cualquiera de estos hombres podría ser un impostor, pensó Elend. La idea seguía pareciéndole una locura. ¿Qué podía hacer? ¿Retirar a todos su confianza? No, los necesitaba demasiado.

La única opción era actuar con normalidad y vigilarlos. Vin le había dicho que tratara de detectar fallos de personalidad. Él pretendía hacerlo lo mejor posible, pero la realidad era que no estaba demasiado seguro de cuánto podría notar. Aquello pertenecía más al ámbito de Vin. Él tenía que ocuparse de los ejércitos.

Al pensar en ella miró hacia la vidriera situada al fondo del estudio, y se sorprendió al ver que fuera estaba oscuro.

¿Tan tarde es ya?, pensó.

—Mi querido amigo —comentó Brisa—. Cuando nos has dicho que tenías que «ir a consultar unas cuantas citas importantes» podrías habernos advertido que planeabas estar fuera horas enteras.

—Sí, bueno, he perdido la noción del tiempo...

—¿Durante dos horas?

Elend asintió mansamente.

—Había libros de por medio.

Brisa sacudió la cabeza.

—Si el destino del Dominio Central no estuviera en juego, y si no fuera tan fantástico ver a Hammond perder el sueldo de un mes contra ese muchacho de allí, me habría marchado hace una hora.

—Sí, bueno, ya podemos empezar —dijo Elend.

Ham se echó a reír y se puso en pie.

—Lo cierto es que es como en los viejos tiempos. Kel siempre llegaba tarde también... y le gustaba celebrar sus reuniones de noche. A horas de haberse creado la bruma.

Fantasma sonrió, apreciando lo abultado de su faltriquera.

Seguimos usando arquillas imperiales del lord Legislador como moneda, pensó Elend. *Tendremos que hacer algo al respecto.*

—Echo de menos la pizarra —dijo Fantasma.

—Yo desde luego no —replicó Brisa—. Kel tenía una letra atroz.

—Absolutamente atroz —dijo Ham, sentado, con una sonrisa—. Pero hay que admitir que era... peculiar.

Brisa alzó una ceja.

—Supongo que así era.

Kelsier, el Superviviente de Hathsin, pensó Elend. *Incluso su letra es legendaria.*

—Muy bien —dijo—. Creo que deberíamos ponernos a trabajar. Todavía tenemos dos ejércitos ahí fuera. ¡No nos marcharemos esta noche hasta que tengamos un plan para enfrentarnos a ellos!

Los miembros de la banda se miraron.

—Lo cierto, majestad —dijo Dockson—, es que ya hemos reflexionado un poco sobre ese problema.

—¿Sí? —preguntó Elend, sorprendido. *Bueno, después de todo los he dejado solos un par de horas*—. Informadme, entonces.

Dockson se levantó y acercó su silla al resto del grupo, y Ham tomó la palabra.

—La situación es la siguiente, El —dijo—. Con dos ejércitos ahí fuera, no tenemos que preocuparnos por un ataque inmediato. Pero seguimos corriendo un grave peligro. Esto probablemente se convertirá en un asedio prolongado mientras cada ejército trata de aguantar más que el otro.

—Tratarán de que nos rindamos por culpa del hambre —dijo Clubs—. Intentarán debilitarnos a nosotros, y a sus enemigos, antes de atacar.

—Así que estamos en un aprieto —continuó Ham—, porque no aguantaremos mucho. La ciudad está ya al borde de la hambruna... y los reyes enemigos probablemente son conscientes de ello. Nos aislarán, nos mantendrán bloqueados hasta que nos desesperemos lo suficiente para aliarnos con uno de ellos. Tarde o temprano tendremos que hacerlo... Eso, o dejar que nuestra gente muera de hambre.

—La decisión se reduce a lo siguiente —dijo Brisa—. No podemos aguantar más que ellos, así que tenemos que elegir cuál de esos ejércitos queremos que tome la ciudad. Y sugiero que tomemos rápidamente la decisión, antes de que se nos agoten los suministros.

Elend permaneció en silencio.

—Al hacer un trato con uno de esos ejércitos estaremos entregando nuestro reino.

—Cierto —dijo Brisa, acariciando su copa—. Sin embargo, lo que he conseguido trayendo un segundo ejército es capacidad para negociar. Al menos estamos en disposición de exigir algo a cambio de nuestro reino.

—¿Y de qué serviría eso? —preguntó Elend—. Seguimos perdiendo.

—Es mejor que nada —respondió Brisa—. Creo que podríamos persuadir a Cett para que te deje como gobernador provisional en Luthadel. No le gusta el Dominio Central: lo considera yermo e insulso.

—Gobernador provisional de la ciudad —dijo Elend con el ceño fruncido—. Es un poco distinto a rey del Dominio Central.

—Cierto —dijo Dockson—. Pero todo emperador necesita buenos hombres para administrar las ciudades que están bajo su mando. No serías rey, pero sobrevivirías, junto a nuestro ejército, a los meses próximos, y Luthadel no sería saqueada.

Ham, Brisa y Dockson lo miraron resueltamente a los ojos. Elend miró su pila de libros, pensando en sus investigaciones y estudios. No servían para nada. ¿Cuánto tiempo hacía que la banda sabía que solo había un curso posible de acción?

Ellos parecieron interpretar el silencio de Elend como aceptación.

—¿Cett es la mejor opción, entonces? —preguntó Dockson—. Tal vez sea más probable que Straff llegue a un acuerdo con Elend. Después de todo, son familia.

Sí, él llegaría a un acuerdo, pensó Elend. *Y lo rompería en cuanto le conviniera. Pero ¿cuál es la alternativa? ¿Entregar la ciudad a Cett? ¿Qué le sucedería a esta tierra, a este pueblo, si él estuviera al mando?*

—Creo que Cett es mejor —dijo Brisa—. Está dispuesto a dejar que otros gobiernen siempre y cuando él se lleve la gloria y el dinero. El problema va a ser el atium. Cett cree que está aquí, y si no lo encuentra...

—Le dejaremos registrar la ciudad —dijo Ham.

Brisa asintió.

—Tendrías que convencerle de que le engañé con lo del atium... y eso no será demasiado difícil, teniendo en cuenta lo que piensa de mí. Lo cual nos lleva a otro asunto: tendrás que convencerle de que te has encargado de mí. Tal vez haya que decirle que me ejecutaron en cuanto Elend descubrió que había levantado un ejército contra él.

Los demás asintieron.

—Brisa, ¿cómo trata lord Cett a los skaa que tiene en sus manos? —preguntó Elend.

Brisa desvió la mirada.

—Me temo que no muy bien.

—Veamos —dijo Elend—. Creo que tenemos que considerar cuál es la mejor manera de proteger a nuestro pueblo. Si se lo entregamos todo a Cett, entonces salvaríamos mi pellejo... ¡al precio de toda la población skaa dependiente del dominio!

Dockson sacudió la cabeza.

—Elend, no es una traición. No si es el único modo.

—Eso es fácil decirlo —repuso Elend—. Pero soy yo quien tendrá que soportar la mala conciencia de haber hecho una cosa así. No estoy diciendo que debamos descartar vuestra sugerencia, pero tengo otras ideas de las que podríamos hablar...

Los otros compartieron una mirada. Como de costumbre, Clubs y Fantasma permanecieron en silencio; Clubs solo hablaba cuando lo consideraba absolutamente necesario, y Fantasma tendía a quedarse al margen de las discusiones. Finalmente, Brisa, Ham y Dockson volvieron a mirar a Elend.

—Es tu país, majestad —dijo Dockson con cuidado—. Simplemente estamos aquí para darte consejo.

Un muy buen consejo, implicaba su tono.

—Sí, bien —dijo Elend, escogiendo rápidamente un libro. Con las prisas derribó un montón de libros que se esparcieron por encima de la mesa, y uno de ellos cayó en el regazo de Brisa—. Lo siento —se disculpó, mientras Brisa ponía los ojos en blanco y devolvía el libro a la mesa.

Elend abrió su volumen.

—Este texto dice algunas cosas muy interesantes sobre el movimiento y la disposición de las tropas...

—Esto... ¿El? Eso parece un libro sobre transporte de grano —dijo Ham, frunciendo el ceño.

—Lo sé —dijo Elend—. No había muchos libros sobre la guerra en la biblioteca. Supongo que eso nos pasa por haber pasado mil años sin guerras. Sin embargo, este libro menciona cuánto grano es necesario para mantener varias guarniciones en el Imperio Final. ¿Tenéis idea de cuánta comida necesita un ejército?

—Ahí tienes un buen argumento —dijo Clubs, asintiendo—. Normalmente, es un verdadero problema alimentar a los soldados. Solíamos tener problemas de suministro combatiendo en la frontera, y solo éramos grupos pequeños enviados a sofocar alguna rebelión ocasional.

Elend asintió. Clubs no solía hablar de su pasado como combatiente en el ejército del lord Legislador... y la banda no le preguntaba nada al respecto.

—Muy bien —dijo Elend—. Apuesto a que ni mi padre ni Cett están acostumbrados a mover grandes ejércitos. Tendrán problemas con los suministros, sobre todo Cett, cuya marcha fue tan rápida.

—Tal vez no —respondió Clubs—. Ambos ejércitos han asegurado rutas por el canal hasta Luthadel. Eso les facilitará la recepción de suministros.

—Además —añadió Brisa—, aunque en parte del territorio de Cett hay actualmente una revuelta, la ciudad de Haverfrex, donde estaba una de las principales fábricas de conservas del lord Legislador, sigue en su poder. Cett tiene una buena cantidad de comida al otro extremo del canal.

—Entonces bloquearemos los canales —dijo Elend—. Encontraremos un medio para impedir que esos suministros lleguen a su destino. Por los canales es muy rápido traer suministros, pero son vulnerables porque sabemos exactamente qué ruta seguirán. Y, si podemos quitarles la comida, es muy posible que se den la vuelta y regresen a casa.

—Eso, o decidirán arriesgarse a atacar Luthadel —dijo Brisa.

Elend vaciló.

—Es una posibilidad. Pero, bueno, también he estado investigando cómo mantener la ciudad.

Escogió otro libro de la mesa.

—Este es *Manejo de las ciudades en la edad moderna*, de Jendellah. Menciona lo difícil que es el control policial de Luthadel debido a su enorme tamaño y a su gran número de barrios skaa. Sugiere usar equipos de vigilancia ciudadana. Creo que podríamos adaptar sus métodos a la batalla: nuestra muralla es demasiado larga para defenderla palmo a palmo, pero si tuviéramos unas cuantas tropas móviles que pudieran responder a...

—Majestad —lo interrumpió Dockson.

—¿Mmm? ¿Sí?

—Forman la tropa muchachos y hombres que apenas tienen un año de instrucción, y nos enfrentamos no solo a una fuerza abrumadora sino a dos. No podemos ganar esta batalla.

—Oh, sí —dijo Elend—. Por supuesto. Solo estaba diciendo que, si tenemos que luchar, tengo algunas estrategias...

—Si luchamos, perderemos —dijo Clubs—. Probablemente perdamos de todas formas.

Elend vaciló un instante.

—Sí, bueno, es que...

—Atacar las rutas del canal es una buena idea —dijo Dockson—. Podemos hacerlo con disimulo, quizá contratando bandidos de la zona para que ataquen las barcazas de suministros. Probablemente no sea suficiente para que Cett o Straff vuelvan por donde vinieron, pero podríamos conseguir que estén más dispuestos a una alianza a la desesperada con nosotros.

Brisa asintió.

—A Cett le preocupa la inestabilidad en su dominio natal. Deberíamos enviarle un mensajero, haciéndole saber que nos interesa una alianza. De ese modo, en cuanto comiencen sus problemas de suministros pensará en nosotros.

—Incluso podríamos enviarle una carta comunicándole la ejecución de Brisa como gesto de buena fe —dijo Dockson—. Eso...

Elend se aclaró la garganta. Los otros se interrumpieron.

—Yo, uh, no había terminado todavía.

—Pido disculpas, majestad —dijo Dockson.

Elend inspiró profundamente.

—Tenéis razón: no podemos permitirnos combatir contra esos ejércitos. Pero creo que tenemos que encontrar un modo de hacer que luchen entre sí.

—Una idea agradable, mi querido amigo —dijo Brisa—. Pero hacer que esos dos se ataquen mutuamente no es tan sencillo como persuadir a Fantasma para que vuelva a servirme vino. —Se volvió, tendiendo la copa vacía a Fantasma, que vaciló, suspiró y se levantó para tomar la botella de vino.

—Bueno, sí —dijo Elend—. Pero, aunque no hay muchos libros sobre guerra, sí que los hay sobre política. Brisa, el otro día dijiste que ser la parte más débil en una situación de tablas a tres bandas nos da poder.

—Exactamente —respondió Brisa—. Podemos inclinar la balanza a favor de uno de los otros dos bandos.

—Sí —dijo Elend, abriendo un libro—. Ahora que hay tres partes implicadas no es guerra: es política. Esto es igual que una competición entre casas. Y en la política entre casas, ni siquiera las más poderosas podían aguantar sin aliados. Las casas pequeñas son débiles de una en una, pero en conjunto resultan fuertes.

»Nosotros somos como una de esas casas pequeñas. Si queremos conseguir algo, tenemos que hacer que nuestros enemigos se olviden de nosotros... o, al menos, hacerles creer que carecemos de importancia. Si ambos creen contar con lo mejor de nosotros, si piensan que pueden utilizarnos para derrotar al otro ejército y luego volverse contra nosotros cuando quieran... entonces nos dejarán en paz y se concentrarán el uno en el otro.

Ham se frotó la barbilla.

—Estás hablando de un doble juego, Elend. Es ponernos en una posición muy peligrosa.

Brisa asintió.

—Tendremos que aliarnos con el lado que parezca más débil en cada momento para conseguir que sigan enzarzados entre sí. Y no hay ninguna garantía de que el vencedor quede lo suficientemente debilitado para que podamos vencerlo.

—Por no mencionar el problema de la comida —dijo Dockson—. Lo que propones requeriría tiempo, majestad. Tiempo durante el cual estaremos sufriendo un asedio y nuestros suministros disminuirán. Ahora mismo estamos en otoño. El invierno nos caerá pronto encima.

—Será duro —reconoció Elend—. Y arriesgado. Pero creo que podremos lograrlo. Les hacemos creer a ambos que somos sus aliados, pero sin darles apoyo. Los animamos a lanzarse el uno contra el otro, y desgastamos sus suministros y su moral, empujándolos al conflicto. Cuando el polvo se asiente, el ejército superviviente puede que quede lo bastante debilitado para que podamos derrotarlo.

Brisa parecía pensativo.

—Tiene estilo —admitió—. Y parece divertido.

Dockson sonrió.

—Solo lo dices porque implica que otros trabajen por nosotros.

Brisa se encogió de hombros.

—La manipulación funciona muy bien a nivel personal, no veo por qué no podría ser igualmente viable en la política nacional.

—Así es como funcionan en realidad la mayoría de los gobiernos —murmuró Ham—. ¿Qué es un gobierno sino un método institucionalizado de asegurarse de que otro hace todo el trabajo?

—Uh, ¿el plan? —preguntó Elend.

—No sé, El —dijo Ham, volviendo al tema—. Parece uno de los planes de Kel. Atrevido, valiente y un poco loco.

Hablaba como si le sorprendiera oír a Elend proponer una medida semejante.

Puedo ser tan atrevido como cualquiera, pensó Elend, indignado. Pero luego vaciló. ¿Quería de verdad seguir esa línea de pensamiento?

—Podríamos meternos en serios problemas —dijo Dockson—. Si alguno de los dos bandos decide que está cansado de nuestros juegos...

—Nos destruirá —concluyó Elend—. Pero... bueno, caballeros, vosotros sois jugadores. No podéis decirme que este plan no os atrae más que simplemente agachar la cabeza ante lord Cett.

Ham compartió una mirada con Brisa, y ambos parecieron considerar la idea. Dockson puso los ojos en blanco, pero parecía que se oponía simplemente por costumbre.

No, no querían tomar la salida fácil. Eran hombres que habían desafiado al lord Legislador, que se habían ganado la vida timando a los nobles. En algunos aspectos, eran muy cuidadosos; podían ser precisos con su atención al detalle, cautelosos cubriendo sus huellas y protegiendo sus intereses. Pero cuando se trataba de apostar a lo grande, a menudo estaban dispuestos.

No, no dispuestos. Ansiosos.

Magnífico, pensó Elend. *He llenado mi consejo con un puñado de masoquistas buscadores de emociones. Aún peor, he decidido unirme a ellos.* Pero ¿qué otra cosa podía hacer?

—Al menos podríamos considerarlo —dijo Brisa—. Parece emocionante.

—Veréis, no lo sugiero porque sea emocionante, Brisa. Me pasé la juventud intentando planificar cómo hacer de Luthadel una ciudad mejor cuando fuera el jefe de mi casa. No voy a arrojar esos sueños por la borda al primer signo de oposición.

—¿Qué hay de la Asamblea? —dijo Ham.

—Eso es lo mejor —respondió Elend—. Votaron a favor de mi propuesta en la reunión que mantuvimos hace dos días. No pueden abrir las puertas de la ciudad a ningún invasor hasta que yo me haya reunido con mi padre.

El grupo guardó silencio unos instantes. Finalmente, Ham se volvió hacia Elend, sacudiendo la cabeza.

De veras que no sé, El. Suena atractivo. Hemos discutido unos cuantos planes más atrevidos mientras te esperábamos, pero...

—Pero ¿qué?

—Un plan como este depende mucho de ti, mi querido amigo —dijo Brisa, y tomó un sorbo de vino—. Tendrías que ser tú quien se reuniera con los reyes..., quien los persuadiera a ambos de que estamos de su parte. No te ofendas, pero eres nuevo en esto de los timos. Es difícil estar de acuerdo con un plan atrevido que pone a un novato como el miembro clave del equipo.

—Puedo hacerlo —dijo Elend—. De verdad.

Ham miró a Brisa, y luego ambos miraron a Clubs. El general se encogió de hombros.

—Si el chico quiere intentarlo, dejemos que lo haga.

Ham suspiró, luego se volvió hacia Elend.

—Supongo que estoy de acuerdo. Mientras estés a la altura de las circunstancias, El.

—Creo que lo estoy —dijo Elend, ocultando su nerviosismo—. Solo sé que no podemos rendirnos, no tan fácilmente. Tal vez esto no funcione..., tal vez después de un par de meses de asedio acabemos rindiendo la ciudad de todas formas. Sin embargo, ganaremos un par de meses durante los cuales podría pasar algo. Merece la pena esperar, en vez de doblegarse. Esperar, y planear.

—Muy bien, pues —dijo Dockson—. Danos un poco de tiempo para elaborar algunas ideas y opciones, majestad. Volveremos a reunirnos dentro de unos días para tratar acerca de los detalles.

—Muy bien. Buena idea. Ahora, si podemos dedicarnos a otros asuntos, me gustaría mencionar...

Llamaron a la puerta. A indicación de Elend, el capitán Demoux se asomó, con aspecto algo azorado.

—¿Majestad? Pido disculpas, pero... creo que hemos capturado a alguien espiando vuestra reunión.

—¿Qué? —dijo Elend—. ¿Quién?

Demoux se apartó y llamó a un par de guardias. La mujer que introdujeron en la habitación le resultaba vagamente familiar a Elend. Alta, como la mayoría de la gente de Terris, llevaba un vestido de colores vivos, pero sencillo. Tenía los lóbulos de las orejas alargados por el peso de numerosos pendientes.

—Te reconozco —dijo Elend—. Te vi en la reunión de la Asamblea, hace unos días. Estuviste observándome.

La mujer no respondió. Contempló a los ocupantes de la sala, muy erguida, incluso arrogante, a pesar de que llevaba las muñecas atadas. Elend nunca había visto a una terrisana: solo conocía mayordomos, eunucos entrenados desde su nacimiento para trabajar como sirvientes. Por algún motivo, Elend esperaba que las terrisanas parecieran un poco más serviles.

—Estaba escondida en la habitación de al lado —dijo Demoux—. Lo siento mucho, majestad. No sé cómo consiguió burlarnos. La encontramos escuchando con la oreja pegada a la pared, aunque dudo que oyera algo. Quiero decir, estas paredes son de piedra.

Elend miró a la mujer a los ojos. Mayor, de unos cincuenta años, no era hermosa pero tampoco vulgar. Era recia, con un rostro sincero y rectangular. Su mirada era tranquila y firme, y a Elend le incomodó sostenérsela tanto tiempo.

—¿Y qué esperabas escuchar, mujer? —preguntó Elend.

La terrisana ignoró el comentario. Se volvió hacia los demás y habló con voz ligeramente cargada de acento.

—Quiero hablar a solas con el rey. Los demás estáis excusados.

Ham sonrió.

—Bueno, valor no le falta.

Dockson se dirigió a la terrisana.

—¿Qué te hace pensar que vamos a dejarte a solas con nuestro rey?

—Su majestad y yo tenemos cosas que discutir —dijo la mujer con aplomo, como si fuera ajena a su condición de prisionera, o como si no le importara—. No tenéis que preocuparos por su seguridad: estoy convencida de que la joven nacida de la bruma que está ahí fuera ante la ventana será más que suficiente para encargarse de mí.

Elend miró hacia un lado, hacia la pequeña ventana de ventilación que había junto a la vidriera, mucho más grande. ¿Cómo podía saber la terrisana que Vin estaba vigilando? Su oído tenía que ser extraordinariamente agudo. ¿Suficientemente agudo, tal vez, para escuchar la reunión a través de una pared de piedra?

Elend se volvió hacia la recién llegada.

—Eres una guardadora.

Ella asintió.

—¿Te envía Sazed?

—Es por él que estoy aquí. Pero no me ha «enviado».

—Ham, no hay problema —dijo Elend lentamente—. Podéis marcharos.

—¿Estás seguro? —preguntó Ham, frunciendo el ceño.

—Dejadme atada, si queréis —dijo la mujer.

Si es realmente una feruquimista, eso no la detendrá mucho tiempo, pensó Elend. *Naturalmente, si es de verdad feruquimista, una guardadora como Sazed, no debo temer nada de ella. Al menos en teoría.*

Los otros salieron de la habitación, indicando con su postura lo que pensaban de la decisión de Elend. Aunque ya no eran ladrones de profesión, Elend sospechaba que, al igual que Vin, nunca se librarían de las consecuencias de su educación.

—Estaremos aquí fuera, El —dijo Ham, el último en salir, mientras cerraba la puerta.

Y, sin embargo, todo el que me conozca comprenderá que no había ninguna posibilidad de que me rindiera tan fácilmente. Cuando encuentro algo que investigar, soy tenaz en mi empeño.

14

La terrisana rompió sus ligaduras y las cuerdas cayeron al suelo.

—Uh, ¿Vin? —dijo Elend, que empezaba a preguntarse si era razonable conversar con aquella mujer—. Tal vez sea el momento de que entres.

—No está aquí —dijo la terrisana con tono casual, avanzando—. Se ha marchado hace unos minutos a hacer su ronda. Por eso me dejé capturar.

—Mmm, ya veo —dijo Elend—. Entonces voy a llamar a la guardia.

—No seas necio. Si quisiera matarte, podría hacerlo antes de que los demás volvieran. Ahora estate callado un momento.

Elend permaneció incómodamente en pie mientras la alta mujer rodeaba la mesa muy despacio, estudiándolo como un mercader inspecciona un mueble para una subasta. Finalmente, se detuvo, con los brazos en jarras.

—Yérguete —ordenó.

—¿Disculpa?

—Te encorvas —dijo la mujer—. Un rey debe tener un porte digno en todo momento, incluso estando con sus amigos.

Elend frunció el ceño.

—Bueno, aunque aprecio el consejo, yo no...

—No —dijo la mujer—. No vaciles. Ordena.

—¿Disculpa? —repitió Elend.

La mujer avanzó un paso, le puso una mano en el hombro y le empujó la espalda con la otra para hacerle mejorar la postura. Dio un paso atrás, y luego asintió levemente para sí.

—Bueno, verás —dijo Elend—. Yo no...

—No —interrumpió la mujer—. Debes ser más enérgico en tu forma de hablar. La presentación, las palabras, las acciones, las posturas determinan cómo te juzga la gente y cómo reacciona ante ti. Si empiezas cada frase con suavidad e incertidumbre, parecerás blando e inseguro. ¡Tienes que ser fuerte!

—¿Qué demonios es esto? —preguntó Elend, exasperado.

—Eso es —dijo la mujer—. Por fin.

—Dices que conoces a Sazed. —Elend resistía las ganas de volver a encogerse en su postura anterior.

—Es un conocido mío —dijo la mujer—. Me llamo Tindwyl. Soy, como bien has deducido, una guardadora de Terris. —Estuvo un momento dando pataditas en el suelo y negó con la cabeza—. Sazed me advirtió acerca de tu aspecto desaliñado, pero sinceramente no creía que ningún rey pudiera tener tan poco sentido de la importancia del aspecto.

—¿Desaliñado? —preguntó Elend—. ¿Disculpa?

—Deja de decir eso —replicó Tindwyl—. No hagas preguntas: di lo que quieres decir. Si objetas, objeta: no dejes tus palabras a mi interpretación.

—Sí, bueno, aunque todo esto es fascinante —dijo Elend yendo hacia la puerta—, prefiero evitar más insultos esta noche. Si me disculpas...

—Tu pueblo te considera un necio, Elend Venture —dijo Tindwyl tranquilamente.

Elend se detuvo en seco.

—La Asamblea, que tú mismo creaste, ignora tu autoridad. Los skaa están convencidos de que no podrás protegerlos. Incluso tu propio consejo de amigos hace planes en tu ausencia, en el convencimiento de que tu participación no será gran cosa.

Elend cerró los ojos y tomó aire lentamente.

—Tienes buenas ideas, Elend Venture —dijo Tindwyl—. Ideas regias. Sin embargo, no eres un rey. Un hombre solo puede liderar cuando los demás lo aceptan como líder, y tiene solo la autoridad que le dan sus súbditos. Las ideas más brillantes del mundo no podrán salvar tu reino si nadie las escucha.

Elend se volvió.

—Este año pasado he leído todos los libros referidos al liderazgo y el gobierno de las cuatro bibliotecas.

Tindwyl alzó una ceja.

—Entonces, sospecho que has pasado en tu habitación mucho tiempo que tendrías que haber pasado fuera, dejándote ver por tu pueblo y aprendiendo a ser gobernante.

—Los libros tienen gran valor.

—Las acciones tienen más.

—¿Y dónde voy a aprender las acciones adecuadas?

—De mí.

Elend vaciló.

—Puede que sepas que cada guardador tiene un área de interés especial —dijo Tindwyl—. Aunque todos memorizamos las mismas fuentes de información, una persona solo puede estudiar y comprender un número limitado de fuentes. Nuestro mutuo amigo Sazed dedica su tiempo a las religiones.

—¿Y tu especialidad son...?

—Las biografías. He estudiado las vidas de generales, reyes y emperadores cuyos nombres ni siquiera has oído jamás. Comprender teorías políticas y de liderazgo, Elend Venture, no es lo mismo que comprender las vidas de los hombres que vivieron según esos principios.

—Y... ¿tú puedes enseñarme a emular a esos hombres?

—Tal vez —dijo Tindwyl—. Aún no he decidido si eres o no un caso perdido. Pero estoy aquí, así que haré lo que pueda. Hace unos cuantos meses recibí una carta de Sazed en la que me explicaba tu situación. No me pidió que viniera a enseñarte... pero claro, Sazed es tal vez otro hombre que podría aprender a ser más decidido.

Elend asintió lentamente, mirando a los ojos de la terrisana.

—¿Aceptarás mi instrucción, entonces? —preguntó ella.

Elend pensó un momento. *Si es tan útil como Sazed, entonces..., bueno, desde luego me vendrá bien algo de ayuda.*

—La aceptaré —dijo.

Tindwyl asintió.

—Sazed también mencionó tu humildad. Podría ser una ventaja... suponiendo que no dejes que te detenga. Creo que tu nacida de la bruma ha regresado ya.

Elend se volvió hacia la ventanita. El postigo se abrió, dejando que la bruma entrara en la habitación y revelando una forma agazapada y embozada.

—¿Cómo sabías que estaba aquí? —preguntó Vin con un susurro.

Tindwyl sonrió, la primera expresión de ese estilo que Elend veía en su rostro.

—Sazed te mencionó también a ti, niña. Creo que tú y yo deberíamos hablar pronto en privado.

Vin entró en la habitación, arrastrando consigo la bruma, y cerró el postigo. No se molestó en ocultar su hostilidad ni su desconfianza mientras se interponía entre Elend y Tindwyl.

—¿Por qué estás aquí? —preguntó.

Tindwyl sonrió de nuevo.

—Tu rey tardó varios minutos en formular esa pregunta y tú la haces de entrada. Creo que sois una pareja interesante.

Vin entornó los ojos.

—De todas formas, debería retirarme —dijo Tindwyl—. Supongo que volveremos a hablar, majestad.

—Sí, por supuesto —dijo Elend—. Mmm... ¿Hay algo que debiera empezar a practicar?

—Sí —respondió Tindwyl, dirigiéndose hacia la puerta—. Deja de decir «mmm».

—Bien.

Ham asomó la cabeza por la puerta en cuanto Tindwyl la abrió. Inmediatamente advirtió las cuerdas en el suelo. No obstante, no dijo nada: probablemente supuso que Elend la había soltado.

—Creo que todos hemos tenido suficiente por hoy —dijo Elend—. Ham, ¿quieres encargarte de que den alojamiento a la señora Tindwyl en el palacio? Es amiga de Sazed.

Ham se encogió de hombros.

—Muy bien.

Saludó con un gesto a Vin, y luego se retiró. Tindwyl no dio las buenas noches al marcharse.

Vin frunció el ceño y miró a Elend. Él parecía... distraído.

—No me gusta —dijo.

Elend sonrió mientras colocaba los libros en la mesa.

—No te gusta nadie de entrada, Vin.

—Tú sí me gustaste.

—Lo cual demuestra que eres una pésima jueza de personalidades.

Vin sonrió. Se acercó y empezó a examinar los libros. No eran la típica lectura de Elend, sino sobre temas más prácticos que los de costumbre.

—¿Cómo te ha ido esta noche? —preguntó—. No he tenido mucho tiempo para escuchar.

Elend suspiró. Se volvió, se sentó a la mesa y miró el enorme rosetón oscurecido que había al fondo de la habitación. Estaba oscuro, sus colores apenas esbozados como reflejos en el cristal negro.

—Supongo que ha ido bien.

—Te dije que les gustaría tu plan. Es el tipo de acción que les parece un desafío.

—Supongo.

Vin frunció el ceño.

—Muy bien —dijo, saltando a la mesa. Se sentó junto a él—. ¿Qué ocurre? ¿Es por algo que haya dicho esa mujer? ¿Qué quería, por cierto?

—Solo transmitirme algunos conocimientos. Ya sabes cómo son los guardadores, siempre buscando un oído que escuche sus lecciones.

—Supongo —dijo Vin lentamente.

Nunca había visto a Elend deprimido, pero se desanimaba. Tenía tantas ideas, tantos planes y esperanzas, que a veces ella se preguntaba cómo los llevaba adelante. Hubiese dicho que le faltaba concentración. Reen siempre decía que la concentración mantenía al ladrón con vida. Los sueños de Elend, sin embargo, formaban parte de su personalidad. Vin dudaba que pudiese abandonarlos. No creía tampoco que ella misma quisiera que así fuese, pues formaban parte de lo que amaba de él.

—Han estado de acuerdo con el plan, Vin —dijo Elend, contemplando la ventana—. Incluso se han entusiasmado, como dijiste que harían. Es que... no puedo dejar de pensar que su propuesta era más racional que la mía. Querían aliarse con uno de los ejércitos, y darle nuestro apoyo a cambio de dejarme como gobernador provisional de Luthadel.

—Eso sería rendirse —dijo Vin.

—A veces, rendirse es mejor que fracasar. Acabo de condenar a mi ciudad a un asedio prolongado. Eso significará hambre, tal vez hambruna, antes de que esto se termine.

Vin le puso una mano en el hombro y lo miró con incertidumbre. Normalmente, era él quien la tranquilizaba.

—Sigue siendo un modo mejor —dijo—. Los demás probablemente sugirieron un plan menos arriesgado porque pensaban que no seguirías uno más osado.

—No —dijo Elend—. No han sido condescendientes conmigo, Vin. Pensaban de verdad que una alianza estratégica era un plan bueno y seguro. —La miró—. ¿Desde cuándo ese grupo es el sector razonable de mi gobierno?

—Han tenido que madurar —dijo Vin—. No pueden ser los hombres que una vez fueron, no teniendo tanta responsabilidad.

Elend se volvió hacia la ventana.

—Te diré qué me preocupa, Vin. Me preocupa que su plan no fuera razonable..., que quizá fuera un poco arriesgado. Tal vez una alianza habría sido una tarea bastante difícil ya. Si ese es el caso, lo que yo estoy proponiendo es completamente ridículo.

Vin le apretó el hombro.

—Nosotros combatimos al lord Legislador.

—Entonces teníais a Kelsier.

—No empecemos otra vez con eso.

—Lo siento —dijo Elend—. Pero de verdad, Vin, tal vez mi plan de intentar aferrarme al gobierno sea solo arrogancia. ¿Qué fue lo que me contaste de tu infancia? Cuando estabas en las bandas de ladrones y todo el mundo era más grande, más fuerte y más duro que tú, ¿qué hacías? ¿Te enfrentabas a los líderes?

Los recuerdos destellaron en la mente de Vin. Recuerdos de ocultarse, de agachar la mirada, de debilidad.

—Eso fue entonces —dijo—. No puedes dejar que los otros te golpeen eternamente. Eso es lo que me enseñó Kelsier..., por eso combatimos al lord Legislador. Por eso la rebelión skaa combatió al Imperio Final durante tantos años, incluso cuando no había ninguna posibilidad de ganar. Reen me enseñó que los rebeldes eran unos necios. Pero Reen está muerto... igual que el Imperio Final. Y...

Se agachó, mirando a Elend a los ojos.

—No puedes entregar la ciudad, Elend —dijo en voz baja—. Creo que no me gustarían las consecuencias que eso tendría para ti.

Elend sonrió lentamente.

—A veces eres muy sabia, Vin.

—¿Eso crees?

Él asintió.

—Bueno, entonces eres obviamente tan mal juez de personalidades como yo.

Elend se echó a reír, la rodeó con sus brazos y la apretó contra su costado.

—Bien, ¿he de asumir que no hubo ningún incidente en la patrulla de esta noche?

El espíritu de la bruma. Su caída. El frío que aún podía sentir, aunque levemente, en el antebrazo.

—Ninguno —dijo. La última vez que le había hablado del espíritu de la bruma, él de inmediato había creído que imaginaba cosas.

—Tendrías que haber venido a la reunión: me habría gustado que estuvieras presente.

Ella no dijo nada.

Permanecieron sentados unos minutos, contemplando la oscura ventana. Había una extraña belleza en ella; los colores no eran visibles a causa de la falta de contraluz, así que Vin se concentró en los dibujos del cristal. Fragmentos, trozos, tiras y láminas, todo entretejido en un entramado de metal.

—¿Elend? —dijo ella por fin—. Estoy preocupada.

—Yo estaría preocupado si no lo estuvieras —respondió él—. Esos ejércitos me tienen tan obsesionado que apenas puedo pensar con claridad.

—No. No por eso. Estoy preocupada por otras cosas.

—¿Como cuáles?

—Bueno... he estado pensando en lo que dijo el lord Legislador justo antes de que lo matara. ¿Recuerdas?

Elend asintió. No había estado presente, pero ella se lo había contado.

—Habló de lo que hizo por la humanidad —dijo Vin—. Nos salvó, dicen las historias. De la Profundidad. Pero ¿qué era la Profundidad? Como noble, la religión no te estaba prohibida. ¿Qué enseñaba el Ministerio sobre la Profundidad y el lord Legislador?

Elend se encogió de hombros.

—No mucho, en realidad. La religión no estaba prohibida, pero tampoco se alentaba. El Ministerio tenía un cierto aire de propiedad, una actitud que sugería que ellos se ocuparían de los asuntos religiosos, que nosotros no teníamos que preocuparnos de ellos.

—Pero os enseñaban algunas cosas, ¿no?

Elend asintió.

—Sobre todo, hablaban de por qué la nobleza tenía privilegios y los skaa estaban malditos. Supongo que querían que comprendiéramos lo afortunados que éramos... aunque, sinceramente, sus enseñanzas siempre me parecieron un poco preocupantes. Verás, decían que nosotros éramos nobles porque nuestros antepasados apoyaron al lord Legislador antes de la Ascensión. Pero eso significaba que teníamos privilegios por lo que había hecho otra gente. No es muy justo, ¿no?

Vin se encogió de hombros.

—Tan justo como cualquier otra cosa, supongo.

—Pero ¿no te enfurecía? —preguntó Elend—. ¿No te frustraba que la nobleza tuviera tanto cuando vosotros teníais tan poco?

—No lo pensaba —dijo Vin—. La nobleza tenía mucho, así que podíamos quitárselo. ¿Por qué iba a importarme cómo lo conseguían? A veces, cuando tenía comida, otros ladrones me pegaban y me la quitaban. ¿Qué importaba cómo hubiese conseguido yo mi comida? Seguían quitándomela.

—¿Sabes? A veces me pregunto qué dirían los teóricos políticos que he leído si te conocieran. Tengo la sensación de que se sentirían muy frustrados.

Ella le dio un golpe suave en el costado.

—Ya basta de política. Háblame de la Profundidad.

—Bueno, creo que era una especie de criatura..., un ente oscuro y maligno que estuvo a punto de destruir el mundo. El lord Legislador viajó hasta el Pozo de la Ascensión, donde se le dio poder para derrotar a la Profundidad y unir a la humanidad. Hay varias estatuas en la ciudad que representan ese hecho.

Vin frunció el ceño.

—Sí, pero ninguna retrata el aspecto de la Profundidad. La representan como un bulto retorcido a los pies del lord Legislador.

—Bueno, la última persona que vio a la Profundidad murió hace un año, así que supongo que tendremos que contentarnos con las estatuas.

—A no ser que vuelva —dijo Vin en voz baja.

Elend frunció el ceño y volvió a mirarla.

—¿De eso se trata, Vin? —Su rostro se suavizó levemente—. ¿Con dos ejércitos no te basta? ¿Tienes que preocuparte también por el destino del mundo?

Vin agachó la cabeza con timidez, y Elend se echó a reír antes de atraerla hacia sí.

—Ah, Vin, sé que eres un poco paranoica..., sinceramente, considerando nuestra situación, empiezo a sentirme igual. Pero creo que este es el único problema del que no hay que preocuparse. No he oído ningún informe de encarnaciones monstruosas del mal campando a sus anchas por la tierra.

Vin asintió, y Elend se relajó un poco, evidentemente convencido de que había respondido a su pregunta.

El Héroe de las Eras viajó hasta el Pozo de la Ascensión para derrotar a la Profundidad, pensó Vin. *Pero según todas las profecías el Héroe no debería hacerse con el poder del Pozo. Se suponía que debía darlo, confiar en el poder mismo para destruir a la Profundidad. Rashek no hizo tal cosa: se apoderó del poder. ¿No significa eso que la Profundidad no fue derrotada nunca? ¿Por qué, entonces, no ha sido destruido el mundo?*

—El sol, rojo, y las plantas, marrones —dijo Vin—. ¿Hizo eso la Profundidad?

—¿Todavía estás pensando en eso? —Elend frunció el ceño—. ¿El sol, rojo, y las plantas, marrones? ¿De qué otro color tendrían que ser?

—Kelsier dijo que el sol antes era amarillo y que las plantas eran verdes.

—Es una imagen extraña.

—Sazed está de acuerdo con Kelsier. Todas las leyendas dicen que durante los primeros días del lord Legislador el sol cambió de color y empezó a caer ceniza del cielo.

—Bueno, supongo que la Profundidad podría tener algo que ver con eso. No lo sé, sinceramente. —Elend permaneció sentado unos momentos, divertido—. ¿Plantas verdes? ¿Por qué no púrpura, o azules? Es tan raro...

El Héroe de las Eras viajó hasta el norte, al Pozo de la Ascensión, pensó de nuevo Vin. Se volvió levemente, atraída su mirada hacia las lejanas montañas de Terris. ¿Seguía allí arriba el Pozo de la Ascensión?

—¿Tuviste suerte y le sonsacaste algo de información a OreSeur? —preguntó Elend—. ¿Algo que nos ayude a encontrar al espía?

Vin se encogió de hombros.

—Me dijo que los kandra no pueden usar la alomancia.

—Entonces, ¿puedes encontrar a nuestro impostor de esa forma? —dijo Elend, alzando la cabeza.

—Tal vez. Puedo sondear a Fantasma y Ham, al menos. La gente corriente será más difícil... aunque los kandra no pueden ser aplacados, así que tal vez eso me permita encontrar al espía.

—Parece prometedor.

Vin asintió. El ladrón que había en ella, la muchachita paranoica de la que Elend se burlaba siempre, ansiaba usar la alomancia con él, para sondearlo y ver si reaccionaba a sus empujones y tirones. Se contuvo. Debía confiar en aquel hombre. Pondría a prueba a los demás, pero no dudaría de Elend. En cierto modo, prefería confiar en él y equivocarse que soportar la preocupación de la desconfianza.

Finalmente, lo comprendo, pensó con un sobresalto. *Kelsier. Comprendo cómo fue para ti con Mare. No cometeré tu mismo error.*

Elend la estaba mirando.

—¿Qué? —preguntó ella.

—Estás sonriendo. ¿Me puedo enterar del chiste?

Ella lo abrazó.

—No —contestó simplemente.

Elend sonrió.

—Muy bien. Puedes sondear a Fantasma y Ham, pero estoy seguro de que el impostor no es uno de los miembros de la banda: he hablado hoy con todos ellos y se comportan como de costumbre. Necesitamos investigar al personal de palacio.

No sabe lo buenos que pueden ser los kandra. El kandra enemigo probablemente había estudiado a su víctima durante meses y meses, aprendiendo y memorizando todos sus modales.

—He hablado con Ham y Demoux —dijo Elend—. Como miembros de la guardia de palacio, saben lo de los huesos... y Ham ha deducido lo que eran. Es de esperar que pueda investigar al personal sin armar un revuelo, y localizar al impostor.

Todos los sentidos de Vin se pusieron en alerta por lo confiado que era Elend. *No*, pensó. *Que asuma lo mejor. Ya tiene bastantes preocupaciones. Además, tal vez el kandra esté imitando a alguien de fuera de nuestro círculo. Elend puede investigar por esa vía. Y si el impostor es un miembro del grupo... Bueno, es el tipo de situación en la que mi paranoia nunca viene mal.*

—Bueno —dijo Elend, poniéndose en pie—. Tengo que comprobar unas cuantas cosas antes de que se haga demasiado tarde.

Vin asintió. Le dio un largo beso, y Elend se marchó. Ella se quedó sentada en la mesa unos instantes más, sin mirar la enorme vidriera, sino a la ventana pequeña de al lado, que había dejado entreabierta. Era una puerta a la noche. La bruma se agitaba en la oscuridad, enviando tentáculos vacilantes hacia la habitación, que se evaporaban con el calor.

—No te tendré miedo —susurró Vin—. Y descubriré tu secreto.

Se levantó de la mesa y salió por la ventana, dispuesta a reunirse con OreSeur y registrar una vez más el palacio.

Yo había decidido que Alendi era el Héroe de las Eras, y pretendía demostrarlo. Tendría que haber cedido a la voluntad de los demás; no tendría que haber insistido en acompañar a Alendi para ser testigo de sus viajes.

Era inevitable que el propio Alendi descubriera lo que yo creía que era.

15

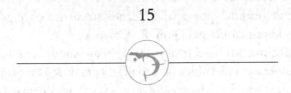

Ocho días después de dejar atrás el convento, Sazed despertó y descubrió que estaba solo.

Se levantó, apartó la manta y con ella la leve capa de ceniza que había caído durante la noche. El espacio que ocupaba Marsh bajo el dosel de árboles estaba vacío, aunque un pedazo de tierra desnuda indicaba el lugar donde había dormido el inquisidor.

Sazed se levantó y siguió los pasos de Marsh bajo la áspera luz roja. La capa de ceniza era más gruesa allí, sin la cobertura de los árboles, y también soplaba viento racheado. Sazed contempló el paisaje barrido por el viento. No había rastro de Marsh.

Regresó al campamento. Los árboles, en el centro del Dominio Oriental, crecían retorcidos y nudosos, pero tenían ramas entrelazadas cual caparazón, repletas de agujas marrones que proporcionaban un cobijo decente, aunque la ceniza parecía capaz de infiltrarse en cualquier refugio.

Sazed preparó una sencilla sopa para desayunar. Marsh no regresó. Sazed lavó sus túnicas marrones de viaje en un arroyo cercano. Marsh no regresó. Sazed se cosió un roto de la manga, enceró las botas y se afeitó la cabeza. Marsh no regresó. Sazed sacó el calco que había hecho en el convento, transcribió unas cuantas palabras, luego, a regañadientes, lo dejó: le preocupaba difuminar las palabras abriendo demasiadas veces el papel o mancharlo de ceniza. Era mejor esperar a tener una mesa adecuada en una habitación limpia.

Marsh no regresó.

Finalmente, Sazed se marchó. No podía definir la sensación de urgencia que experimentaba, en parte excitación por compartir lo que había descubierto, en parte deseo de ver cómo Vin y el joven rey Venture manejaban los acontecimientos en Luthadel.

Marsh conocía el camino. Lo alcanzaría.

Sazed alzó la mano para protegerse los ojos de la luz roja del sol y oteó desde la cima de la colina. Había una leve mancha en el horizonte, al este del camino principal. Decantó su mentecobre geográfica, buscando descripciones del Dominio Oriental.

El conocimiento hinchó su mente, bendiciéndolo con los recuerdos. La mancha era una aldea llamada Urbene. Buscó en sus índices al cronista adecuado. El índice se volvía confuso, su información era difícil de recordar, lo que significaba que lo había pasado de la mentecobre a la memoria demasiadas veces. El conocimiento, dentro de una mentecobre, permanecía intacto, pero todo lo que pasara a su cabeza, aunque fuera solo un instante, se deterioraba. Tendría que volver a memorizar el índice más tarde.

Encontró lo que estaba buscando, y vertió los recuerdos adecuados en su cabeza. El cronista describía Urbene como una aldea pintoresca, lo cual probablemente significaba que algún noble importante había decidido establecer allí su mansión. El cronista decía también que los skaa de Urbene eran pastores.

Sazed escribió una nota para sí mismo, luego volvió a guardar los recuerdos del cronista. Leer la nota le recordó lo que había olvidado. Igual que el índice, los recuerdos del cronista se habían deteriorado un poco, inevitablemente, mientras habían estado en su cabeza. Por fortuna, tenía un segundo grupo de mentecobres oculto, allá en Terris, y lo usaría para transmitir sus conocimientos a otro guardador. Sus mentecobres actuales eran de uso diario. El conocimiento no solicitado no beneficiaba a nadie.

Se echó la mochila al hombro. Una visita a la aldea le haría bien, aunque lo retrasara un poco. Su estómago estuvo de acuerdo con la decisión. Era improbable que los campesinos tuvieran mucha comida, pero tal vez pudieran ofrecerle algo más que una sopa. Además, tal vez tuvieran noticias de los acontecimientos de Luthadel.

Bajó de la colina y tomó el sendero oriental, el más corto. Antaño, se viajaba poco en el Imperio Final. El lord Legislador había prohibido a los skaa salir de las tierras a las que pertenecían, y solo los ladrones y los rebeldes se atrevían a desobedecer. A pesar de todo, la mayoría de los nobles se habían labrado una fortuna con el comercio, así que en una aldea como esa era posible que estuvieran acostumbrados a las visitas.

Sazed notó algo extraño de inmediato. Las cabras campaban a sus anchas, sin vigilancia por el campo y el camino. Se detuvo y sacó una mentecobre de su mochila. La repasó mientras caminaba. Un libro sobre ganadería decía que a veces los pastores dejaban pastar a su ganado libremente. Sin embargo, ver a los animales sin vigilancia le puso nervioso. Apretó el paso.

Al sur, los skaa pasan hambre, pensó. *¿Y aquí el ganado es tan abundante que nadie se molesta en mantenerlo a salvo de bandidos y depredadores?*

La pequeña aldea apareció en la distancia. Sazed quería creer que la quietud (las calles desiertas, las puertas y postigos a merced de la brisa) se debía a su llegada. Tal vez la gente estaba tan asustada que se había escondido. O tal vez simplemente estaban todos en los campos... ocupándose de los rebaños.

Sazed se detuvo. Un cambio en la dirección del viento trajo de la aldea un olor delator. Los skaa no estaban escondiéndose, y no habían huido. Era el olor de cuerpos en descomposición.

Apurado, Sazed sacó un anillo pequeño, una mentestaño de olor, y se lo puso en el pulgar. El olor que arrastraba el viento no era el de una matanza. Era un olor más sucio, más pegajoso. Un olor no solo a muerte, sino a corrupción, cuerpos sin lavar y desperdicios. Invirtió el uso de la mentestaño, llenándola en vez de vaciarla, y su sentido del olfato se embotó. Eso evitó que sintiera arcadas.

Continuó su camino y, con prudencia, entró en la aldea. Como la mayoría de las aldeas skaa, Urbene tenía un trazado sencillo. Un grupo de diez grandes chozas formaban un círculo irregular, con un pozo en el centro. Los edificios eran de madera con el techo de las mismas ramas de agujas de los árboles que había visto. Unas chozas de vigía y la mansión de un noble se alzaban un poco más alejadas, en el valle.

Si no hubiera sido por el olor, y por la sensación de fantasmagórico vacío, Sazed podría haber estado de acuerdo con la descripción de

Urbene hecha por su cronista. Para ser residencias skaa, las chozas se veían bien mantenidas, y el pueblo yacía en un tranquilo hueco en medio del paisaje ascendente.

Hasta que no se acercó un poco más no vio los primeros cadáveres. Dispersos frente a la puerta de la choza más cercana, yacían una media docena de ellos. Sazed se acercó con cuidado, pero vio enseguida que los muertos tenían al menos varios días. Se arrodilló junto al primero, el cadáver de una mujer, y no detectó ninguna causa visible de la muerte. Pasaba lo mismo con los demás.

Nervioso, Sazed abrió la puerta de la choza con aprensión. El hedor del interior era tan fuerte que lo notó a pesar de su mentestaño.

La choza, como la mayoría, constaba de una sola habitación. Estaba llena de cadáveres. La mayoría yacía envuelta en finas mantas; algunos estaban sentados con la espalda contra la pared, la cabeza putrefacta colgando flácida del cuello. Tenían el cuerpo demacrado, los miembros consumidos y las costillas marcadas. Ojos atribulados, que miraban sin ver, encajados en sus caras desecadas.

Esa gente había muerto de hambre y deshidratación.

Sazed salió de la choza con la cabeza gacha. Suponía que encontraría el mismo panorama en los otros edificios, pero lo comprobó de todas formas. Vio la misma escena repetida una y otra vez. Cadáveres sin heridas en el suelo, ante las chozas; muchos otros cuerpos acurrucados dentro. Las moscas revoloteaban en enjambres que cubrían los rostros. En varias casas encontró huesos humanos roídos en el centro de la habitación.

Salió de la última choza, respirando profundamente por la boca. Docenas de personas, más de un centenar en total, estaban muertas por ningún motivo aparente. ¿Qué podía haber causado que tantos de ellos se hubieran sentado sin más, ocultos en sus casas, mientras se quedaban sin comida y sin agua? ¿Cómo podían haber muerto de hambre si había animales sueltos? ¿Y qué había matado a los tendidos en la ceniza? No parecían tan consumidos como los que había encontrado en el interior, aunque dado el grado de descomposición era difícil asegurarlo.

Debo de estar confundido con lo del hambre, se dijo Sazed. *Habrá sido una epidemia, alguna enfermedad. Es una explicación mucho más lógica.* Rebuscó en su mentecobre médica. Desde luego había enfermedades que golpeaban de repente y debilitaban a sus víctimas. Y los supervivientes tenían que haber huido. Dejando atrás a sus seres queridos. Sin llevarse los animales de sus pastos...

Sazed frunció el ceño. En ese momento le pareció oír algo.

Se dio media vuelta, sacando poder auditivo de su mentestaño. Los sonidos estaban allí: el sonido de una respiración, el sonido de movimiento surgiendo de una de las chozas que había visitado. Echó a correr, abrió la puerta y observó de nuevo a los penosos cadáveres. Yacían igual que antes. Sazed los estudió con mucha atención, hasta que encontró a aquel cuyo pecho se movía.

Por los dioses olvidados... pensó Sazed. El hombre no tenía que esforzarse mucho para fingir estar muerto. Se le había caído el pelo y tenía los ojos hundidos. Aunque no parecía particularmente famélico. Sazed debía de haberlo pasado por alto debido a su cuerpo sucio, casi cadavérico. Dio un paso hacia el hombre.

—Soy un amigo —dijo apaciguador.

El hombre permaneció inmóvil. Sazed frunció el ceño mientras se acercaba y le colocaba una mano sobre el hombro.

El hombre abrió los ojos y gimió, poniéndose en pie de un salto. Aturdido y frenético, corrió por encima de los cadáveres hacia el fondo de la habitación. Se agazapó, mirando a Sazed.

—Por favor —dijo Sazed, soltando su mochila—. No debes tener miedo. —El único alimento que tenía aparte de las especias para sus guisos eran unos trocitos de carne, pero se los ofreció—. Tengo comida.

El hombre negó con la cabeza.

—No hay comida —susurró—. Nos lo comimos todo. Excepto... la comida.

Miró hacia el centro de la habitación. Hacia los huesos que Sazed había advertido antes. Sin cocinar, roídos, colocados en un montón bajo un paño harapiento, como para esconderlos.

—Yo no he comido la comida —susurró el hombre.

—Lo sé —dijo Sazed, dando un paso adelante—. Pero hay otra comida. Fuera.

—No puedo salir fuera.

—¿Por qué no?

El hombre miró al suelo.

—Por la bruma.

Sazed miró hacia la puerta. El sol se acercaba al horizonte, no empezaría a atardecer hasta pasada otra hora por lo menos. No había bruma. No de momento, al menos.

Sazed sintió un intenso escalofrío. Lentamente, se volvió hacia el hombre.

—Bruma... ¿durante el día?

El hombre asintió.

—¿Y permanecía? ¿No se iba al cabo de unas cuantas horas?

El hombre negó con la cabeza.

—Días. Semanas. Todo era bruma.

¡Lord Legislador!, pensó Sazed antes de poder reprimirse. Llevaba mucho tiempo sin jurar por el nombre de aquella criatura, ni siquiera mentalmente.

Pero que la bruma llegara de día y no se despejara en semanas, si había que creer a ese hombre... Sazed imaginaba a los skaa asustados dentro de sus chozas, incapaces de aventurarse a salir a causa de mil años de terror, tradición y superstición.

Pero ¿quedarse en sus chozas hasta morir de hambre? Ni siquiera su miedo a las brumas, por arraigado que estuviera, habría sido suficiente para forzarlos a morir de inanición, ¿no?

—¿Por qué no te marchaste? —preguntó Sazed en voz baja.

—Algunos lo hicieron —respondió el hombre, asintiendo como para sí—. Jell. Ya sabes lo que le pasó.

Sazed frunció el ceño.

—¿Está muerto?

—Se lo llevó la bruma. Oh, cómo se estremeció. Era testarudo, ya sabes, el viejo Jell. Oh, cómo se estremeció. Cómo se retorcía cuando se lo llevó.

Sazed cerró los ojos. *Los cadáveres que he encontrado ante las puertas.*

—Algunos escaparon —dijo el hombre.

Sazed abrió los ojos de golpe.

—¿Qué?

El enloquecido aldeano volvió a asentir.

—Algunos escaparon, ya sabes. Nos llamaron, después de dejar la aldea. Dijeron que no pasaba nada. No se los llevó. No sé por qué. Pero mató a otros. A algunos los tiró al suelo, pero se levantaron. A otros los mató.

—¿La bruma dejó sobrevivir a algunos, pero mató a otros?

El hombre no respondió. Se había sentado y estaba reclinándose, mirando hacia el techo con ojos desenfocados.

—Por favor —dijo Sazed—. Tienes que responderme. ¿A quién mató y a quién dejó pasar? ¿A qué se debía?

El hombre se volvió hacia él.

—Hora de comer —dijo, y se levantó. Se acercó a un cadáver y tiró de un brazo, arrancando la carne podrida. Era fácil ver por qué no había muerto de hambre como los demás.

Sazed contuvo la náusea, cruzó la habitación y agarró el brazo del hombre cuando se llevaba el hueso casi sin carne a los labios. El hombre se detuvo, luego miró a Sazed.

—¡No es mío! —gritó soltando el hueso, y echó a correr hacia el fondo de la habitación.

Sazed vaciló un momento. *He de darme prisa. Tengo que llegar a Luthadel. Hay cosas que están mal en el mundo más allá de los bandidos y los ejércitos.*

El hombre lo miró con una especie de terror salvaje mientras Sazed recogía la mochila, se detenía un momento y volvía a dejarla. Sacó su mentepeltre más grande. Se puso el ancho brazalete de metal, se volvió y caminó hacia el aldeano.

—¡No! —gritó el hombre, intentando huir hacia un lado.

Sazed decantó la mentepeltre para obtener un arrebato de fuerza. Sintió que sus músculos ganaban tamaño y le ceñían la túnica. Agarró al aldeano cuando pasaba corriendo y lo sujetó, a una distancia suficiente para que el hombre no pudiera hacer mucho daño a ninguno de los dos.

Lo sacó del edificio.

El hombre dejó de resistirse en el momento en que salieron a la luz. Alzó la cabeza como si viera el sol por primera vez. Sazed lo soltó y liberó su mentepeltre.

El hombre se arrodilló, mirando al sol, y luego se volvió hacia Sazed.

—El lord Legislador... ¿Por qué nos abandonó? ¿Por qué se fue?

—El lord Legislador era un tirano.

El hombre negó con la cabeza.

—Nos amaba. Nos gobernaba. Ahora que ya no está, las brumas pueden matarnos. Nos odian.

Entonces, con agilidad increíble, el hombre se puso en pie de un salto, y salió corriendo por el sendero y se alejó de la aldea. Sazed dio un paso adelante, pero se detuvo. ¿Qué podía hacer? ¿Arrastrar al hombre hasta Luthadel? Había agua en el pozo y animales que comer. Sazed esperaba que el pobre desgraciado supiera arreglárselas.

Suspirando, regresó a la choza y recuperó su mochila. Al salir, se detuvo y sacó una de sus menteaceros. El acero almacenaba uno de los atributos que más costaba guardar: la velocidad. Sazed se había pasado meses llenando esa menteacero, preparándose por si algún día necesitaba correr muy muy rápido.

Se la puso.

Sí, fue él quien difundió después los rumores. Yo nunca podría haber hecho lo que él hizo: convencer y persuadir al mundo de que era en efecto el Héroe. No sé si él mismo se lo creía, pero hizo que los demás creyeran que tenía que ser él.

16

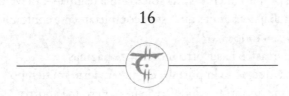

Vin apenas utilizaba sus habitaciones. Elend le había asignado una vivienda espaciosa en palacio... lo que tal vez era en parte el problema. Se había pasado la infancia durmiendo en huecos, cubiles o callejones. Tener tres habitaciones la abrumaba un poco.

En realidad daba igual. Cuando estaba despierta estaba con Elend o en las brumas. Sus habitaciones solo le servían para dormir. O, como en aquel caso, para convertirlas en un caos.

Estaba sentada en el centro de la cámara principal. El mayordomo de Elend, preocupado porque Vin no tenía muebles, había insistido en decorar sus habitaciones. Esa mañana, Vin había movido algunos y apartado alfombras y sillas para poder sentarse en las frías losas con su libro.

Era el primer libro de verdad que poseía, aunque fuese solo un fajo de hojas cosidas. Eso le convenía: la sencilla encuadernación hacía mucho más fácil romperlo.

Estaba sentada entre montones de papeles. Era sorprendente cuántas páginas tenía el libro una vez separadas. Vin se sentó junto a una pila para estudiar su contenido. Sacudió la cabeza y se dedicó a otro montón. Hojeó las páginas hasta que escogió una.

A veces me pregunto si me estoy volviendo loco.

Tal vez sea debido a la presión de saber que de algún modo debo soportar la carga de todo un mundo. Tal vez sea por las muertes que he visto, los amigos que he perdido. Los amigos que me he visto obligado a matar.

Sea como sea, a veces veo sombras siguiéndome. Oscuras criaturas que no comprendo, ni deseo comprender. ¿Serán acaso fruto de mi mente agotada?

Vin permaneció sentada un momento, releyendo los párrafos. Luego pasó a otro montón. OreSeur estaba tumbado a un lado de la habitación, con la cabeza entre las patas, mirándola.

—Ama —dijo mientras ella soltaba una página—. Llevo dos horas viéndote trabajar y admito que estoy completamente confundido. ¿Qué pretendes con todo esto?

Vin se arrastró hasta otro montón de páginas.

—Creía que no te importaba en qué invierto mi tiempo.

—No me importa —dijo OreSeur—. Pero me aburro.

—Y te molestas, al parecer.

—Me gusta comprender lo que ocurre a mi alrededor.

Vin se encogió de hombros y señaló los montones.

—Este es el libro de viajes del lord Legislador. Bueno, en realidad no es el libro de viajes del lord Legislador que conocíamos, sino del hombre que debería haber sido el lord Legislador.

—¿Debería haber sido? —preguntó OreSeur—. ¿Quieres decir que debería haber conquistado el mundo, pero no lo hizo?

—No —dijo Vin—. Quiero decir que debería haber sido quien tomara el poder en el Pozo de la Ascensión. Este hombre, el hombre que escribió este libro y del que desconocemos su nombre, era una especie de héroe profetizado. O todo el mundo pensaba que lo era. Sea como fuere, el que se convirtió en lord Legislador, Rashek, era un porteador de este héroe. ¿No recuerdas que hablamos de esto cuando estabas imitando a Renoux?

OreSeur asintió.

—Recuerdo que lo mencionaste de pasada.

—Bueno, este es el libro que Kelsier y yo encontramos cuando nos infiltramos en el palacio del lord Legislador. Creíamos que lo había escrito él, pero resulta que lo escribió el hombre a quien el lord Legislador mató, el hombre cuyo lugar tomó.

—Sí, señora —dijo OreSeur—. Pero ¿por qué lo estás haciendo pedazos exactamente?

—No lo estoy haciendo pedazos. Solo lo estoy desencuadernando para poder mover las páginas. Me ayuda a pensar.

—Ya veo —dijo OreSeur—. ¿Y qué estás buscando exactamente? El lord Legislador está muerto, ama. Que yo sepa, tú lo mataste.

¿Qué estoy buscando?, pensó Vin, tomando otra página. *Espectros en la bruma.*

Leyó despacio el texto.

No es una sombra. Esta cosa oscura que me sigue, la cosa que solo yo puedo ver... no es realmente una sombra. Es negruzca y transparente, pero no tiene el contorno sólido de una sombra. Es insustancial, retorcida e informe. Como si estuviera hecha de niebla negra. O de bruma, tal vez.

Vin bajó la página. *También le vigilaba a él*, pensó. Recordó haber leído esas palabras hacía más de un año y haber pensado que el Héroe debía de haber empezado a volverse loco. Con toda la presión que tenía encima, ¿a quién podía sorprender?

Ahora, sin embargo, comprendía mejor al desconocido autor del libro. Sabía que no era el lord Legislador, y podía verlo por lo que podría haber sido. Inseguro de su lugar en el mundo, pero obligado por los acontecimientos. Decidido a hacerlo lo mejor que pudiera. Un idealista, en cierto modo.

Y el espíritu de la bruma lo había perseguido. ¿Qué significaba eso? ¿Qué implicaba para ella el hecho de verlo?

Se acercó a otro montón de páginas. Se había pasado la mañana repasando el libro en busca de pistas sobre la criatura de la bruma. Sin embargo, le costaba encontrar algo más que aquellos dos párrafos conocidos.

Apiló las páginas en las que se mencionaba algo extraño o sobrenatural. Hizo un montoncito con las que hacían referencia al espíritu de bruma. Otro era para las referencias a la Profundidad. Irónicamente, este último era el más grande y menos ilustrativo de todos. El autor del libro tenía por costumbre mencionar la Profundidad, pero no decía gran cosa de ella.

La Profundidad era peligrosa, eso estaba claro. Había asolado la tierra, matando a millares. El monstruo había sembrado el caos a su paso, provocando destrucción y miedo, pero los ejércitos de la humanidad habían sido incapaces de derrotarlo. Solo las profecías de Terris y el Héroe de las Eras habían aportado cierta esperanza.

¡Si al menos hubiera sido más específico!, pensó Vin con frustración, repasando papeles. El tono del libro era en realidad más melancólico que informativo. El Héroe lo había escrito para sí mismo, para permanecer cuerdo, para expresar sobre el papel sus miedos y esperanzas. Elend decía que él escribía a veces por motivos similares. A Vin le parecía un método tonto de enfrentarse a los problemas.

Con un suspiro, se volvió hacia el último montón de páginas, el de las que aún le quedaban por estudiar. Se tumbó en el suelo de piedra y empezó a leer, buscando información útil.

Tardó bastante. No solo era una lectora lenta, sino que su mente seguía divagando. Había leído el libro antes y, curiosamente, las frases le recordaban dónde estaba entonces. A más de un año y un mundo de distancia en Fellise, todavía recuperándose después de haber estado a punto de morir a manos de un inquisidor de Acero. Se había visto obligada a pasarse los días fingiendo ser Valette Renoux, una joven inexperta de la nobleza rural. Entonces, aún no creía en el plan de Kelsier para derrocar al Imperio Final. Se había quedado con la banda porque valoraba las cosas extrañas que le ofrecían (amistad, confianza y lecciones de alomancia), no porque aceptara sus objetivos. Nunca hubiese imaginado adónde la llevaría aquello. A bailes y fiestas, a madurar (solo un poquito) y a convertirse en la noble que había fingido ser.

Pero todo había sido una farsa, unos cuantos meses de superchería. Se obligó a no pensar en los vestidos con volantes y los bailes. Necesitaba concentrarse en asuntos más prácticos.

Y... ¿esto es práctico?, se preguntó, dejando una página en uno de los montones. *Estudiar cosas que apenas comprendo, temer una amenaza que a nadie más parece importar...*

Suspiró y cruzó los brazos bajo la barbilla, tumbada boca abajo. ¿Qué era lo que la preocupaba realmente? ¿Que la Profundidad regresara? Todo lo que tenía eran unas cuantas visiones fantasmales en las brumas; cosas que, como Elend daba a entender, podían ser producto de su mente exhausta. Había otra cuestión más importante. Suponiendo que la Profundidad fuera real, ¿qué esperaba ella hacer al respecto? No era ni un héroe, ni un general, ni un líder.

¡Oh, Kelsier! Qué bien nos vendrías ahora, pensó, tomando otra página.

Kelsier había sido un hombre poco convencional... un hombre capaz de desafiar la realidad. Al dar su vida para derrocar al lord Legislador pretendía garantizar la libertad de los skaa. Pero, ¿y si su sacrificio había abierto el camino a un peligro mayor, a algo tan destructivo que la opresión del lord Legislador era una alternativa preferible?

Terminó por fin la página y la dejó en el montón de las que no contenían ninguna información útil. Luego vaciló. Ni siquiera podía recordar lo que acababa de leer. Suspiró, recogió la página y la leyó de nuevo. ¿Cómo lo hacía Elend? Podía estudiar los mismos libros una y otra vez. Pero para Vin era difícil el...

Se detuvo. *Debo asumir que no estoy loco*, decía el texto. *No puedo continuar mi misión con verdadera confianza si no lo creo. La cosa que me sigue, por tanto, tiene que ser real.*

Vin se sentó. Solo podía recordar vagamente aquel trozo del libro. Estaba redactado como un diario, con entradas secuenciales, pero sin fecha. Tenía tendencia a divagar, y el Héroe disfrutaba hablando de sus dudas sin cesar. Aquel apartado era particularmente escueto.

Pero allí, en su queja, había un fragmento de información.

Creo que me mataría si pudiera. Hay algo maligno en este ser de sombra y bruma, y mi piel retrocede a su contacto. Sin embargo, lo que puede hacer, especialmente a mí, parece ser limitado.

No obstante, puede actuar sobre este mundo. El cuchillo que clavó en el pecho de Fedik lo demuestra. Aún no estoy seguro de qué fue más traumático para él: si la herida en sí o ver a la cosa que se la había infligido.

Rashek murmura que yo mismo apuñalé a Fedik, pues solo Fedik y yo fuimos testigos de los acontecimientos de esa noche. Sin embargo, debo tomar una decisión. Debo asumir que no estoy loco. La alternativa es admitir que fui yo quien empuñó ese cuchillo.

En cierto modo, la opinión de Rashek sobre el asunto hace que me resulte mucho más fácil creer en lo contrario.

En la página siguiente continuaba hablando sobre Rashek, y las siguientes entradas no contenían ninguna mención al espíritu de la bruma. Sin embargo, a Vin le parecieron muy emocionantes los últimos párrafos.

Tomó una decisión, pensó. *Yo tengo que hacer lo mismo.* Nunca le había preocupado estar loca, pero había cierta lógica en las palabras de Elend. Ahora las rechazaba. El espíritu de la bruma no era una ilusión causada por una mezcla de cansancio y recuerdos del libro. Era real.

Eso no significaba que la Profundidad fuera a regresar, ni que Luthadel corriera ningún peligro sobrenatural. Sin embargo, cabían ambas posibilidades.

Colocó la página con las otras dos que contenían información concreta sobre el espíritu de la bruma y volvió a su estudio, decidida a prestar más atención a la lectura.

Los ejércitos se estaban atrincherando.

Elend observaba desde la muralla mientras su plan, por vago que fuera, empezaba a tomar forma. Straff establecía un perímetro defensivo al norte, replegándose de la ruta del canal, relativamente a corta distancia de Urteau, su ciudad natal y capital. Cett cavaba al oeste de la ciudad, sin renunciar al canal Luth-Davn, la vía de conexión con su fábrica de conservas de Haverfrex.

Una fábrica de conservas. Eso era algo que Elend deseaba tener en la ciudad. La tecnología era nueva (de unos cincuenta años de antigüedad), pero había leído sobre el tema. Los entendidos consideraban que su principal uso era proporcionar suministros de fácil transporte a los soldados que luchaban en las fronteras del imperio. No se les había ocurrido almacenar víveres para los asedios... sobre todo en Luthadel. Pero, claro, ¿quién hubiese podido tener semejante idea?

Mientras Elend observaba, empezaron a salir patrullas de los dos ejércitos. Algunas iban a vigilar las fronteras entre las dos fuerzas, pero otras se disponían a asegurar otras rutas por los canales, los puentes sobre el río Channerel y los caminos que salían de Luthadel. En muy poco tiempo, la ciudad quedó completamente rodeada. Aislada del mundo y del resto del pequeño reino de Elend. Ya no se podía entrar ni salir. Los ejércitos contaban con las enfermedades, el hambre y otros factores debilitadores para poner de rodillas a Elend.

El asedio a Luthadel había comenzado.

Es buena cosa, se dijo. *Para que este plan funcione tienen que pensar que estoy desesperado. Tienen que estar seguros de que estoy dispuesto a aliarme con ellos, que no crean que yo pueda estar trabajando también con sus enemigos.*

Elend advirtió que alguien subía los peldaños de la muralla. Era Clubs. El general se acercó renqueando hacia el solitario Elend.

—Enhorabuena —dijo—. Parece que ahora tienes un asedio completo en tus manos.

—Bien.

—Supongo que eso nos da un respiro —dijo Clubs. Luego le dirigió a Elend una de sus tortuosas miradas—. Será mejor que estés a la altura de esto, muchacho.

—Lo sé —susurró Elend.

—Te has convertido en el punto focal. La Asamblea no puede romper el asedio hasta que te hayas reunido oficialmente con Straff, y no es probable que los reyes se reúnan con nadie más que contigo. Todo depende de ti. Una posición útil para un rey, si sabe lo que se hace.

Clubs guardó silencio. Elend contempló los dos ejércitos. Lo que le había dicho Tindwyl la terrisana aún le tenía molesto. *Eres un necio, Elend Venture...*

Ninguno de los dos reyes había respondido todavía a la petición de Elend de reunirse... aunque el grupo estaba seguro de que lo harían pronto. Sus enemigos esperarían para hacerle sudar un poco. La Asamblea acababa de convocar otra reunión, casi con toda seguridad para intentar acosarlo y que los liberara de su anterior compromiso. Elend había encontrado un motivo conveniente para saltarse la reunión.

Miró a Clubs.

—¿Y yo soy un buen rey, Clubs? En tu opinión.

El general lo miró, y Elend vio una ruda sabiduría en sus ojos.

—He conocido a líderes peores —dijo—. Pero también los he conocido mucho mejores.

Elend asintió despacio con la cabeza.

—Quiero ser bueno en esto, Clubs. Nadie más va a cuidar de los skaa como se merecen. Cett, Straff, tan solo volverán a convertirlos en esclavos. Yo... quiero ser más que mis ideas. Quiero... necesito ser una referencia para los demás.

Clubs se encogió de hombros.

—Sé por experiencia que el hombre, por lo general, se hace en función de la situación. Kelsier fue un egoísta hasta que los Pozos estuvieron a punto de destruirlo. —Miró a Elend—. ¿Será este asedio tu Pozo de Hathsin, Elend Venture?

—No lo sé —dijo él con sinceridad.

—Entonces tendremos que esperar a ver, supongo. Por ahora, alguien quiere hablar contigo.

Se volvió e indicó hacia la calle, situada unos diez metros más abajo, donde destacaba una alta figura femenina vestida con una pintoresca túnica de Terris.

—Me dijo que te llamara —dijo Clubs. Vaciló antes de mirar a Elend—. No es frecuente conocer a alguien que se considera capacitado para ir dándome órdenes. Y esta terrisana es así. Yo creía que los de Terris eran dóciles y amables.

Elend sonrió.

—Supongo que Sazed nos ha malacostumbrado.

Clubs hizo una mueca.

—Ahí se van mil años de reproducción programada, ¿eh?

Elend asintió.

—¿Seguro que no habrá problemas? —preguntó Clubs.

—Sí —respondió Elend—. Su historia encaja. Vin mandó llamar a varios terrisanos de la ciudad: conocen y admiran a Tindwyl. Al parecer es una persona bastante importante en su tierra.

Además, había usado la feruquimia ante él, haciéndose más fuerte para soltarse las manos. Eso significaba que no era kandra. En conjunto, todo aquello implicaba que era de fiar; incluso Vin lo admitía, aunque continuara sin gustarle la terrisana.

Clubs le hizo un gesto, y Elend tomó aire. Luego bajó las escaleras para reunirse con Tindwyl y que le diera otra tanda de lecciones.

—Hoy, nos ocuparemos de tu ropa —dijo Tindwyl, cerrando la puerta del estudio de Elend. Una costurera regordeta con el pelo blanco y corto esperaba dentro, en respetuoso silencio, junto a un grupo de jóvenes ayudantes.

Elend se miró la ropa. No estaba tan mal. El traje y el chaleco le quedaban bastante bien. Los pantalones no eran tan ajustados como los que usaban los nobles imperiales, pero él era el rey. ¿No debía imponer la moda?

—No sé qué tiene de malo —dijo. Alzó una mano cuando Tindwyl empezó a hablar—. Sé que es más informal que lo que se ponen otros hombres, pero a mí me queda bien.

—Es horrible —dijo Tindwyl.

—Bueno, no veo...

—No discutas conmigo.

—Pero, verás, el otro día dijiste...

—Los reyes no discuten, Elend Venture —dijo ella con firmeza—. Ordenan. Y parte de tu capacidad para dar órdenes proviene de tu porte. El desaliño invita a otras malas costumbres... como tu postura, que ya creo haber mencionado.

Elend suspiró, poniendo los ojos en blanco, mientras Tindwyl chasqueaba los dedos. La costurera y sus ayudantes empezaron a sacar cosas de un par de grandes cofres.

—Esto no es necesario —dijo Elend—. Ya tengo algunos trajes que me sientan mejor. Los llevo si tengo que ir de etiqueta.

—No vas a llevar traje nunca más —dijo Tindwyl.

—¿Perdona?

Tindwyl le dirigió una mirada imperiosa, y Elend suspiró.

—¡Explícate! —dijo, tratando de parecer regio.

Tindwyl asintió.

—Has mantenido el código de vestimenta preferido por la nobleza autorizada por el Emperador Final. En algunos aspectos, ha sido una buena idea: te conecta con el antiguo gobierno y te hace parecer menos un entrometido. Ahora, sin embargo, estás en una posición diferente. Tu pueblo está en peligro y el tiempo de la simple diplomacia se ha acabado. Estás en guerra. Tu ropa debe ser un reflejo de eso.

La costurera seleccionó un atuendo concreto y se lo acercó a Elend mientras las ayudantes colocaban un biombo.

Elend aceptó el atuendo, vacilante. Era tieso y blanco, con la pechera abotonada hasta un rígido cuello. En conjunto, parecía...

—Un uniforme —dijo, frunciendo el ceño.

—En efecto —respondió Tindwyl—. ¿Quieres que tu pueblo crea que puedes protegerlo? Bueno, un rey no es un simple legislador: es un general. Ya va siendo hora de que empieces a actuar como corresponde a tu título, Elend Venture.

—No soy un soldado. Este uniforme es una mentira.

—Pronto cambiaremos lo primero —dijo Tindwyl—. Lo segundo no es cierto. Eres el comandante de los ejércitos del Dominio Central. Eso te convierte en militar, sepas o no empuñar una espada. Ahora, ve y cámbiate.

Elend accedió tras encogerse de hombros. Rodeó el biombo, apartó un puñado de libros para tener espacio y empezó a cambiarse. Los pantalones blancos le quedaban ajustados y las perneras caían rectas de las rodillas. La camisa pasaba inadvertida, eclipsada por completo porque tenía la guerrera con galones. Tenía también un montón de botones, todos ellos, según advirtió, de madera en vez de metal, además de un extraño escudo sobre el pecho derecho. Parecía tener bordada una especie de flecha, o tal vez una lanza.

Considerando lo ajustado que era su corte y su diseño, Elend se sorprendió de lo bien que le sentaba el uniforme.

—Me queda bastante bien —comentó, poniéndose el cinturón y soltando los faldones de la chaqueta, que le llegaban hasta las caderas.

—Tu sastre nos dio tus medidas —dijo Tindwyl.

Elend salió de detrás del biombo, y varias ayudantes se acercaron. Una de ellas le indicó con amabilidad un par de brillantes botas negras, y la otra le colocó una capa blanca sobre los hombros. La última ayudante le tendió un pulido bastón de duelo con su vaina. Elend se lo sujetó al cinturón y se lo sacó por una abertura de la chaqueta para que colgara por fuera; eso, al menos, lo había hecho antes.

—Bien —dijo Tindwyl, mirándolo de arriba abajo—. Cuando aprendas a mantenerte erguido, habrá una mejora decente. Ahora, siéntate.

Elend abrió la boca para objetar, pero se lo pensó mejor. Se sentó. Una ayudante se acercó para colocarle una sábana sobre los hombros. Luego sacó un par de tijeras.

—Eh, espera un momento —dijo Elend—. Sé lo que pretendes.

—Entonces expresa tus objeciones —dijo Tindwyl—. ¡No seas vago!

—Muy bien. Me gusta mi pelo.

—El pelo corto es más fácil de cuidar que el pelo largo —respondió Tindwyl—. Y has demostrado que no eres de fiar en el tema del aspecto personal.

—No me vais a cortar el pelo —replicó Elend, tajante.

Tindwyl vaciló, luego asintió. La aprendiza retrocedió y Elend se levantó, quitándose la sábana. La costurera sacó un gran espejo y Elend se acercó para mirarse.

Y se quedó de piedra.

La diferencia era sorprendente. Toda su vida se había considerado un erudito y un miembro de la alta sociedad, pero también un poco necio. Era Elend, el hombre amistoso y cómodo de ideas curiosas. Fácil de ignorar, tal vez, pero difícil de odiar.

El hombre que veía ante sí no era ningún dandi de la corte. Era un hombre serio y un miembro de la alta sociedad, un hombre formal. Un hombre a quien había que tomar en serio. El uniforme le daba ganas de estar más erguido, de apoyar la mano en el bastón de duelos. Su pelo, algo rizado, largo en la parte superior y por los lados, y despeinado por el viento de la muralla de la ciudad, no encajaba.

Elend se volvió.

—Muy bien —dijo—. Corta.

Tindwyl sonrió y le indicó que se sentara. Él aceptó el mandato y esperó en silencio a que la ayudante terminara. Cuando volvió a levantarse, su cabeza no desentonaba con la ropa. No llevaba el pelo casi rapado como el de Ham, pero sí cortado con esmero y precisión. Una de las ayudantes se acercó y le tendió un aro de madera pintado de plata. Elend se volvió hacia Tindwyl, frunciendo el ceño.

—¿Una corona?

—Nada ostentosa —dijo Tindwyl—. Estamos en una época más sutil que otras pasadas. La corona no es un símbolo de tu riqueza sino de tu autoridad. La llevarás de ahora en adelante, ya sea en público o en privado.

—El lord Legislador no llevaba corona.

—El lord Legislador no necesitaba recordarle a nadie que estaba al mando —dijo Tindwyl.

Elend vaciló, y luego se puso la corona. No tenía gemas ni ningún adorno: era un simple aro. Como tendría que haber esperado, le encajaba a la perfección.

Se volvió hacia Tindwyl, quien indicó a la costurera que guardara las cosas y se marchara.

—Tienes seis uniformes como este esperándote en tus habitaciones —dijo Tindwyl—. Hasta que acabe el asedio, no vestirás nada más. Si quieres variedad, cambia el color de la capa.

Elend asintió. Tras él, la costurera y sus ayudantes salieron por la puerta.

—Gracias —le dijo a Tindwyl—. Dudaba al principio, pero tienes razón. Esto crea una diferencia.

—Suficiente para engañar a la gente, al menos por ahora.

—¿Engañar a la gente?

—Por supuesto. No creerás que esto es todo, ¿no?

—Bueno...

Tindwyl alzó una ceja.

—¿Unas cuantas lecciones y crees que ya has acabado? Apenas hemos empezado. Sigues siendo un necio, Elend Venture. Ya no lo aparentas, eso es todo. Esperemos que nuestra charada empiece a reparar algunos de los daños que has causado a tu reputación. Sin embargo, va a hacer falta mucho más entrenamiento antes de que me fíe de que puedes interactuar con la gente y no quedar en ridículo.

Elend se ruborizó.

—¿Qué te...? —Vaciló—. Dime entonces qué planeas enseñarme.

—Bueno, para empezar, tienes que aprender a andar.

—¿Hay algo malo en la manera en que ando?

—¡Por los dioses olvidados, sí! —dijo Tindwyl, divertida, aunque ninguna sonrisa asomó a sus labios—. Y tu forma de hablar también hay que trabajarla. Aparte de eso, claro, está tu incapacidad para manejar armas.

—Tengo cierto entrenamiento —dijo Elend—. Pregúntale a Vin: ¡la rescaté del palacio del lord Legislador la noche del Colapso!

—Lo sé —dijo Tindwyl—. Y, por lo que he oído, es un milagro que sobrevivieras. La chica, por suerte, estaba allí para encargarse de pelear. Al parecer te fías bastante de ella para este tipo de cosas.

—Es una nacida de la bruma.

—Eso no es ninguna excusa para tu falta de pericia —dijo Tindwyl—. No puedes confiar en que tu mujer te proteja siempre. No solo es embarazoso, sino que tu pueblo, tus soldados, esperarán que puedas combatir con ellos. Dudo que seas jamás el tipo de líder que puede encabezar una carga contra el enemigo, pero al menos deberías saber manejarte si atacan tu posición.

—Entonces, ¿quieres que empiece a entrenarme con Vin y Ham en sus sesiones?

—¡Dioses, no! ¿Es que no te das cuenta de lo terrible que sería para la moral de los hombres si vieran cómo te dan una paliza en público? —Tindwyl negó con la cabeza—. No, te entrenaremos con discreción con un maestro de duelos. Dentro de unos cuantos meses deberías ser competente con el bastón y la espada. Es de esperar que este pequeño asedio tuyo dure lo suficiente antes de que empiece la lucha.

Elend volvió a ruborizarse.

—Sigues hablándome con desdén. Es como si a tus ojos ni siquiera fuera rey... Como si me vieras como una especie de sustituto.

Tindwyl no respondió, pero sus ojos chispearon de satisfacción. *Tú lo has dicho, no yo*, parecía comunicar su expresión.

Elend se ruborizó más.

—Tal vez puedas aprender a ser rey, Elend Venture —dijo Tindwyl—. Hasta entonces, tendrás que aprender a fingir serlo.

La airada respuesta de Elend quedó interrumpida porque llamaron a la puerta. Elend apretó los dientes y se volvió.

—Adelante.

La puerta se abrió.

—Hay noticias —dijo el capitán Demoux, el juvenil rostro emocionado—. Yo...

Se detuvo.

Elend ladeó la cabeza.

—¿Sí?

—Yo... esto... —Demoux vaciló, miró a Elend de nuevo antes de continuar—. Me envía Ham, majestad. Dice que ha llegado un mensajero de uno de los reyes.

—¿De veras? ¿De lord Cett?

—No, majestad. El mensajero es de tu padre.

Elend frunció el ceño.

—Bien, dile a Ham que estaré allí dentro de un momento.

—Sí, majestad —dijo Demoux, retirándose—. Uh, me gusta el nuevo uniforme, majestad.

—Gracias, Demoux. ¿Sabes por casualidad dónde está lady Vin? No la he visto en todo el día.

—Creo que está en sus habitaciones, majestad.

¿Sus habitaciones? Nunca para allí. ¿Estará enferma?

—¿Quieres que la llame? —preguntó Demoux.

—No, gracias —respondió Elend—. Iré a verla. Dile a Ham que se encargue de que el mensajero esté cómodo.

Demoux asintió y se retiró.

Elend se volvió hacia Tindwyl, que sonreía para sí con gesto de satisfacción. Pasó a su lado para recoger su cuaderno.

—Voy a aprender algo más que a fingir ser rey, Tindwyl.

—Ya veremos.

Elend dirigió una dura mirada a la terrisana de mediana edad, con sus ropajes y sus joyas.

—Practica expresiones como esa —le recomendó Tindwyl— y tal vez lo consigas.

—¿Eso es todo, entonces? —preguntó Elend—. ¿Expresiones y disfraces? ¿Eso es lo que hace a un rey?

—Por supuesto que no.

Elend se detuvo en la puerta y se volvió de mediana edad, con sus ropajes y sus joyas.

—¿Qué?, entonces. ¿Qué crees que convierte a un hombre en un buen rey, Tindwyl de Terris?

—La confianza —respondió ella, mirándolo a los ojos—. Un buen rey es aquel en quien su pueblo confía... y que merece esa confianza.

Elend asintió. *Buena respuesta*, admitió. Luego abrió la puerta y corrió a buscar a Vin.

Si la religión de Terris y la creencia en la Anticipación no se hubieran extendido más allá de nuestra gente...

17

Las montañas de papel parecían multiplicarse a medida que Vin encontraba en el libro más y más ideas que quería aislar y recordar. ¿De qué trataban las profecías sobre el Héroe de las Eras? ¿Cómo sabía el autor del libro dónde ir y qué creía que tendría que hacer cuando llegara?

Al cabo de un rato, tendida entre aquel caos de pilas solapadas orientadas en varias direcciones para mantenerlas separadas, Vin admitió una verdad desagradable: iba a tener que tomar notas.

Con un suspiro, se levantó y cruzó la habitación, pasando con cuidado por encima de varios montones para acercarse a la mesa. Nunca la había usado; de hecho, se había quejado a Elend. ¿Qué necesidad tenía de un escritorio?

Eso había pensado. Escogió una pluma y sacó un pequeño tintero, mientras recordaba los días en que Reen le había enseñado a escribir. Su hermano se había cansado muy pronto de sus garabatos, quejándose del coste de la pluma y el papel. Le había enseñado a leer para que pudiera descifrar los contratos e imitar a las nobles, aunque le parecía que escribir era menos útil. En general, Vin compartía su opinión.

Sin embargo, al parecer escribir tenía su utilidad, aunque no fueras escriba. Elend siempre estaba tomando notas y apuntes; a ella le impresionaba lo rápido que podía escribir. ¿Cómo conseguía que las letras le salieran con tanta facilidad?

Agarró un par de hojas de papel en blanco y se acercó a los montones que había apilado. Se sentó con las piernas cruzadas y destapó el tintero.

—Ama —le advirtió OreSeur, todavía tendido en el suelo con las patas por delante—, fíjate en que acabas de dejar el escritorio para sentarte en el suelo.

Vin alzó la cabeza.

—¿Y?

—El propósito de un escritorio es, bueno, escribir.

—Pero mis papeles están todos esparcidos por aquí.

—Los papeles pueden moverse, creo. Si resultan demasiado pesados, siempre puedes quemar peltre para volverte más fuerte.

Vin observó su rostro divertido mientras hundía la pluma en el tintero. *Bueno, por lo menos muestra algo diferente a rechazo, por mí.*

—El suelo es más cómodo.

—Si tú lo dices, ama, creeré que es verdad.

Vin vaciló, tratando de decidir si se estaba burlando de ella o no. *Maldita cara de perro*, pensó. *Es demasiado indescifrable.*

Con un suspiro, se inclinó hacia delante y empezó a escribir la primera palabra. Tenía que hacer cada trazo con precisión para que la tinta no se corriera, y detenerse a menudo para pensar las palabras y encontrar las letras adecuadas. Apenas había escrito un par de frases cuando llamaron a la puerta. Alzó la cabeza, el ceño fruncido. ¿Quién la molestaba?

—Pasa.

Oyó abrirse una puerta en la otra habitación, y la voz de Elend la llamó.

—¿Vin?

—Aquí dentro —dijo, volviendo a su escrito—. ¿Por qué has llamado?

—Bueno, podías estar cambiándote —dijo él, entrando.

—¿Y?

Elend se echó a reír.

—Dos años, y la intimidad sigue resultando un concepto extraño para ti.

Vin alzó la cabeza.

—Bueno, yo sí...

Durante un brevísimo instante, Vin pensó que él era otra persona. Su instinto reaccionó antes que su cerebro y soltó la pluma, dio un salto y avivó peltre. Luego se detuvo.

—Todo un cambio, ¿eh? —preguntó Elend, abriendo los brazos para que ella pudiera mirar mejor su atuendo.

Vin se llevó una mano al pecho, tan asombrada que pisó uno de los montones. Era Elend, pero no lo era. El impecable traje blanco de líneas sobrias era muy diferente de su chaqueta suelta normal y sus pantalones. Estaba más imponente. Más regio.

—Te has cortado el pelo —dijo ella, caminando con parsimonia y estudiando el atuendo.

—Idea de Tindwyl. ¿Qué te parece?

—Así habrá menos que agarrar en una pelea —dijo Vin.

Elend sonrió.

—¿Es lo único que se te ocurre?

—No —dijo Vin, ausente, tirándole de la capa. Se soltó con facilidad, y asintió aprobándolo. Las capas de bruma eran igual; Elend no tendría que preocuparse de que alguien le agarrara la capa en una pelea.

Dio un paso atrás y se cruzó de brazos.

—¿Significa esto que yo también puedo cortarme el pelo?

Elend hizo una breve pausa.

—Siempre eres libre para hacer lo que quieras, Vin. Pero creo que largo es más bonito.

Así se queda, entonces.

—Bueno, ¿lo apruebas? —preguntó Elend.

—Sí, sin lugar a dudas —contestó Vin—. Pareces un rey.

Aunque sospechaba que en parte echaría de menos al Elend de pelo enmarañado y desaliñado. Había algo encantador en aquella mezcla de sincera competencia y distraído despiste.

—Bien —dijo Elend—. Porque creo que vamos a necesitar cualquier ventaja. Un mensajero acaba... —se detuvo al ver los montones de papel—. ¿Vin? ¿Estabas llevando a cabo una investigación?

Vin se ruborizó.

—Estaba repasando el libro de viajes, tratando de encontrar referencias a la Profundidad.

—¡No me digas!

Elend dio un paso adelante, emocionado. Para desazón de Vin, localizó enseguida el papel con sus notas. Lo alzó, y luego la miró.

—¿Has escrito tú esto?

—Sí.

—Tienes una letra preciosa —dijo él, un poco sorprendido—. ¿Por qué no me dijiste que sabías escribir así?

—¿No has dicho algo de un mensajero?

Elend soltó la hoja; parecía un padre orgulloso.

—Cierto. Ha llegado un mensajero del ejército de mi padre. Estoy haciéndolo esperar un poco... No parece aconsejable mostrar demasiada impaciencia. Pero creo que deberíamos ir a verlo.

Vin asintió e hizo una seña a OreSeur. El kandra se levantó y trotó a su lado, y los tres salieron de la habitación.

Había una cosa buena en los libros y las notas. Siempre podían esperar a otra ocasión.

Encontraron al mensajero esperando en el atrio de la tercera planta de la fortaleza Venture. Vin y Elend entraron juntos, y ella se detuvo en el acto.

Era él. El Vigilante.

Elend avanzó para recibir al hombre, pero Vin lo agarró por el brazo.

—Espera —susurró.

Elend se volvió, confuso.

Si ese hombre tiene atium, pensó Vin con una punzada de pánico, *Elend está muerto. Todos estamos muertos.*

El Vigilante esperó sin moverse. No parecía un mensajero ni un correo. Vestía de negro, incluso los guantes eran negros. Llevaba pantalones y una camisa de seda, sin capa. Vin recordaba aquel rostro. Era él.

Si hubiera querido matar a Elend, podría haberlo hecho ya. La idea la asustó, aunque tuvo que admitir que era cierto.

—¿Qué? —preguntó Elend, de pie en la puerta junto a ella.

—Ten cuidado —susurró Vin—. No es un simple mensajero. Ese hombre es un nacido de la bruma.

Elend vaciló. Se volvió hacia el Vigilante, que permanecía silencioso, las manos a la espalda, con aspecto confiado. Sí, era un nacido de la bruma: solo un hombre así podía entrar en un palacio enemigo, rodeado por completo de guardias, y no demostrar la menor inquietud.

—Muy bien —dijo Elend, entrando al fin en la habitación—. Hombre de Straff, ¿traes un mensaje para mí?

—No solo un mensaje, majestad —dijo el Vigilante—. Me llamo Zane y soy una especie de... embajador. A tu padre le complació mucho recibir tu invitación para una alianza. Se alegra de que por fin hayas entrado en razón.

Vin estudió al Vigilante, a ese tal Zane. ¿Cuál era su juego? ¿Por qué acudía en persona? ¿Por qué revelaba quién era?

Elend asintió, manteniendo la distancia.

—Dos ejércitos acampados ante mis puertas —dijo—. Bueno, no es algo que pueda pasar por alto. Me gustaría reunirme con mi padre y discutir posibilidades para el futuro.

—Creo que a él le gustaría —dijo Zane—. Ha pasado tiempo desde la última vez que te vio, y lamenta vuestros desencuentros. Después de todo, eres su único hijo.

—Ha sido duro para ambos —contestó Elend—. ¿Tal vez podríamos levantar una tienda donde reunirnos ante la ciudad?

—Me temo que eso no será posible —dijo Zane—. Su majestad teme a los asesinos, con toda la razón. Si deseas hablar con él, te recibirá en su tienda, en el campamento Venture.

Elend frunció el ceño.

—Creo que eso no tiene mucho sentido. Si él teme a los asesinos, ¿no debería temerlos yo?

—Estoy seguro de que él podría protegerte en su propio campamento, majestad —dijo Zane—. Allí no tienes nada que temer de los asesinos de Cett.

—Ya veo...

—Me temo que su majestad fue bastante firme en este punto. Tú eres el que está ansioso por conseguir una alianza... Si deseas una reunión, tendrás que acudir a él.

Elend miró a Vin, que no dejaba de observar a Zane. El hombre la miró a los ojos y habló.

—He oído informes sobre la hermosa nacida de la bruma que acompaña al heredero Venture. La que mató al lord Legislador y fue entrenada por el mismísimo Superviviente.

En la sala se hizo el silencio.

Elend habló por fin.

—Dile a mi padre que consideraré su oferta.

Zane dejó por fin de mirar a Vin.

—Su majestad esperaba que fijáramos un día y una hora, alteza.

—Enviaré otro mensaje cuando haya tomado una decisión —dijo Elend.

—Muy bien —respondió Zane, con una sutil reverencia, aunque aprovechó el movimiento para mirar de nuevo a Vin a los ojos. Asintió una vez a Elend y dejó que los guardias lo escoltaran a la salida.

En medio de la fría bruma del anochecer, Vin esperaba en la baja muralla de la fortaleza Venture, con OreSeur sentado a su lado.

Las brumas estaban tranquilas. Sus cavilaciones eran bastante menos serenas.

¿Para quién si no trabajaría él?, pensó. *Por supuesto, se trata de uno de los hombres de Straff.*

Eso explicaba muchas cosas. Había pasado algún tiempo desde su último encuentro; Vin empezaba a pensar que no volvería a ver al Vigilante.

¿Se enfrentarían de nuevo? Vin trató de reprimir su ansiedad, trató de decirse que quería encontrar a ese Vigilante por la amenaza que suponía, eso era todo. Pero la emoción de otro combate en las brumas, otra posibilidad de comparar sus habilidades contra un nacido de la bruma hacía que se tensara de expectación.

Ella no lo conocía, y desde luego no se fiaba de él. Eso solo hacía que la perspectiva de un combate fuera aún más excitante.

—¿Por qué estamos esperando aquí, ama?

—Estamos de patrulla. A la caza de asesinos o espías. Como todas las noches.

—¿Me ordenas que te crea, ama?

Vin le dirigió una dura mirada.

—Cree lo que quieras, kandra.

—Muy bien —dijo OreSeur—. ¿Por qué no le dijiste al rey que te habías enfrentado ya con ese Zane?

Vin se volvió hacia las oscuras brumas.

—Los asesinos y alománticos son preocupación mía, no de Elend. No hay necesidad de preocuparlo todavía más... Ya tiene suficientes problemas en este momento.

OreSeur se sentó sobre sus cuartos traseros.

—Comprendo.

—¿No crees que tenga razón?

—Creo lo que deseo —dijo OreSeur—. ¿No es lo que acabas de ordenarme, ama?

—Lo que quieras —dijo Vin. Tenía su bronce encendido, y se esforzaba por no pensar en el espíritu de la bruma. Podía sentirlo, esperando en la oscuridad a su derecha. No miró en esa dirección.

El libro no menciona qué fue de ese espíritu. Estuvo a punto de matar a uno de los compañeros del Héroe. Después de eso, apenas se le menciona.

Problemas para otra noche, pensó mientras otra fuente de alomancia aparecía ante sus sentidos de bronce. Una fuente más intensa, más familiar.

Zane.

Vin saltó al parapeto, se despidió de OreSeur, y luego se lanzó a la noche.

La bruma se retorcía en el cielo y brisas distintas formaban silenciosos arroyos blancos, como ríos en el aire. Vin los sorteó, atravesó las brumas y cabalgó con ellas como una piedra que rebota en las aguas. No tardó en llegar al lugar donde Zane y ella se habían despedido la última vez: la calle abandonada y solitaria.

Él estaba esperando en el centro, todavía vestido de negro. Vin saltó al suelo ante él, un remolino de borlas. Se irguió.

Nunca lleva capa. ¿Por qué?

Los dos se estudiaron en silencio. Zane tenía que conocer sus dudas, pero no se presentó ni le ofreció ningún saludo ni ninguna explicación. Al cabo de un rato, se metió la mano en un bolsillo y sacó una moneda. La arrojó a la calle y la moneda rebotó, el metal resonó contra la piedra y se detuvo.

Saltó al aire. Vin hizo lo mismo, ambos empujando la misma moneda. Sus pesos casi se cancelaron entre sí y salieron disparados hacia atrás, como los dos brazos de una «V».

Zane giró, lanzando una moneda tras de sí. Chocó contra un edificio y empujó, abalanzándose hacia Vin. De repente, ella sintió la presión contra su bolsa de monedas amenazándola con volver a arrojarla al suelo.

¿Cuál es el juego esta noche, Zane?, pensó tirando del cordón de su bolsa y soltándola del cinturón. La empujó y se precipitó hacia abajo, a plomo. Cuando golpeó el suelo, Vin tenía la ventaja de la altura: empujaba la bolsa directamente desde arriba, mientras que Zane tan solo la empujaba de lado. Vin se lanzó hacia las alturas, pasando ante Zane en el frío aire nocturno, y luego lanzó su peso contra las monedas de la bolsa de él.

Zane empezó a caer. Sin embargo, agarró las monedas, impidiendo que se soltaran, y empujó su bolsa. Se detuvo en el aire: Vin empujaba desde arriba, su propio empujón lo impulsaba hacia arriba. Y como él se había detenido, el empujón de Vin la lanzó a ella de pronto hacia atrás.

Vin dejó ir a Zane y se dejó caer. Zane, sin embargo, no se permitió caer. Se empujó de nuevo en el aire y empezó a alejarse, sin dejar que sus pies tocaran los tejados o el empedrado de la calle.

Trata de obligarme a bajar al suelo, pensó Vin. *El primero que caiga pierde, ¿es eso?* Todavía dando tumbos, Vin giró en el aire. Recuperó su bolsa de monedas con un cuidadoso tirón, la echó al suelo y se empujó hacia arriba.

Tiró de la bolsa para recuperarla mientras volaba y saltó detrás de Zane, empujando intrépida a través de la noche, tratando de alcanzarlo. En la oscuridad, Luthadel parecía más limpia que durante el día. No podía ver los edificios manchados de ceniza, las oscuras refinerías, la neblina de humo de las fraguas. A su alrededor, las fortalezas deshabitadas de la antigua nobleza observaban como monolitos silenciosos. Algunos de los majestuosos palacios habían sido entregados a nobles menores, otros se habían convertido en edificios gubernamentales. El resto, después de haber sido saqueados por orden de Elend, permanecía deshabitado, con sus ventanales oscuros, con sus cúpulas, estatuas y murales ignorados.

Vin no estaba segura de si Zane había ido a propósito a la fortaleza Hasting o si lo había alcanzado allí por casualidad. Fuera como fuese, allí estaba la enorme estructura cuando Zane advirtió su proximidad y se giró, lanzándole un puñado de monedas.

Vin empujó contra ellas con cautela. En efecto, en cuanto las tocó, Zane avivó acero y empujó más fuerte. Si ella hubiera estado empujando a tope, la fuerza de su ataque la habría impulsado hacia atrás. De aquel modo pudo desviar las monedas hacia los lados.

Sin perder tiempo, Zane empujó de nuevo su bolsa de monedas, lanzándose hacia arriba siguiendo una de las murallas de la fortaleza Hasting. Vin estaba preparada para ese movimiento. Avivando peltre, agarró la bolsa con las dos manos y la rasgó por la mitad.

Las monedas cayeron disparadas hacia el suelo por la fuerza del empujón de Zane. Escogió una y se impulsó ganando altura en cuanto golpeó el suelo. Giró, volviéndose hacia arriba. Su oído aguzado por el estaño captó una lluvia de metal contra las piedras, muy por debajo de ella. Seguía teniendo acceso a las monedas, pero no tenía que llevarlas encima.

Se abalanzó hacia Zane; una de las torres exteriores de la fortaleza se alzaba entre las brumas, a su izquierda. El torreón de Hasting era uno de los más hermosos de la ciudad. Tenía una gran torre central (alta, impresionante, ancha), con un salón de baile en la parte superior. También tenía seis torres más pequeñas equidistantes a la central, cada una conectada por una gruesa muralla. Era un edificio elegante y majestuoso. Sospechó que Zane lo había buscado por ese motivo.

Vin lo observó mientras el empujón del hombre perdía potencia al alejarse demasiado del anclaje de las monedas. Giraba justo encima de ella, una oscura silueta contra un cielo de brumas cambiantes, todavía muy por debajo de la cima de la muralla. Vin tiró con fuerza de varias monedas del suelo para alzarlas en el aire, por si las necesitaba.

Zane se precipitó hacia ella. Vin dio un tirón instintivo a las monedas de su bolsillo, y entonces cayó en la cuenta de que seguramente era lo que él pretendía: que lo elevara mientras ella se veía atraída hacia abajo. Vin liberó el tirón mientras caía y no tardó en pasar junto al grupo de monedas que había levantado del suelo. Tiró de una hasta llevarla a su mano y luego empujó otra para enviarla de lado e incrustarla en la pared.

Vin salió despedida hacia el otro lado. Zane pasó como una exhalación junto a ella, dejando atrás un remolino de brumas. Al instante se elevó de nuevo, posiblemente utilizando una moneda de abajo, y arrojó dos puñados de monedas directos hacia ella.

Vin giró y volvió a desviar las monedas, que pasaron a su alrededor hasta que oyó varias de ellas tintinear contra algo que había detrás, oculto en la bruma. La otra muralla. Zane y ella estaban practicando entre dos torres exteriores de la fortaleza, ambas con murallas en ángulo a ambos lados y con la torre central a poca distancia por delante. Combatían cerca de la punta de un triángulo abierto de paredes de piedra.

Zane se abalanzó hacia ella. Vin intentó empujarlo usando su propio peso, pero advirtió sobresaltada que Zane ya no llevaba ninguna moneda. Estaba empujando contra algo que tenía detrás: la misma moneda que Vin había incrustado en la pared usando su peso. Vin se empujó hacia arriba, intentando apartarse, pero él ascendió también.

Zane chocó contra ella, y empezaron a caer. Mientras giraban juntos, Zane la agarró por los brazos, acercando su rostro al suyo. No parecía enfadado, ni siquiera molesto.

Solo parecía tranquilo.

—Esto es lo que somos, Vin —dijo en voz baja. El viento y la bruma giraban alrededor de ellos mientras caían, y las borlas de la capa de bruma de Vin se revolvían en el aire en torno a Zane—. ¿Por qué juegas sus juegos? ¿Por qué dejas que te controlen?

Vin colocó la mano con suavidad contra el pecho de Zane y empujó la moneda que tenía en la palma. La fuerza del empujón la liberó de su presa, mientras que lo lanzaba a él hacia atrás y hacia arriba. Vin se detuvo a unos pocos palmos del suelo, empujando las monedas caídas, y volvió a impulsarse hacia arriba.

Adelantó a Zane en la noche, y vio una sonrisa en su rostro mientras caía. Vin se lanzó hacia abajo, conectando con las líneas azules que se extendían hacia el suelo, y luego avivó hierro y tiró contra todas ellas a la vez. Las líneas azules zumbaron a su alrededor, las monedas se alzaron y pasaron volando ante el sorprendido Zane.

Tiró de unas cuantas monedas y las atrapó con la mano. *Veamos si puedes quedarte en el aire ahora*, pensó Vin con una sonrisa, empujando hacia fuera, alejando las demás monedas en la noche. Zane continuó cayendo.

Vin empezó a caer también. Lanzó una moneda a cada lado y empujó. Las monedas salieron disparadas en la bruma, volando hacia los muros de piedra, a ambos lados. Chocaron contra la piedra y Vin se detuvo en el aire.

Empujó con fuerza, sosteniéndose, esperando un tirón desde abajo. *Si él tira, yo tiro también*, pensó. *Ambos caeremos, y yo tengo las monedas entre nosotros en el aire. Él golpeará el suelo primero.*

Una moneda pasó volando junto a ella.

¡Qué! ¿De dónde ha sacado eso? Estaba segura de haber empujado todas las monedas de abajo.

La moneda saltó hacia arriba, a través de las brumas, dejando una línea azul visible para sus ojos alománticos. Remontó la muralla que tenía a la derecha. Vin se volvió a tiempo de ver a Zane frenar y luego abalanzarse hacia arriba, tirando de la moneda que ahora reposaba encima de la balaustrada de piedra de la muralla.

La adelantó con una expresión de satisfacción en el rostro.

Engreído.

Vin soltó la moneda de su izquierda mientras seguía empujando a su derecha. Disparada hacia la izquierda, casi chocó contra la pared antes de lanzar otra moneda. La empujó, impulsándose hacia arriba y a la derecha. Otra moneda la envió de nuevo hacia arriba y a la izquierda, y continuó rebotando entre las murallas, a un lado y al otro, hasta que llegó arriba.

Sonrió mientras se retorcía en el aire. Zane, flotando por encima de la muralla, asintió apreciativo cuando pasó. Vin advirtió que había recogido unas cuantas monedas descartadas. *Es hora de atacar*, pensó. Empujó las monedas que Zane tenía en la mano, y estas la impulsaron hacia arriba. Sin embargo, Zane estaba todavía empujando contra la moneda de la muralla y por eso no cayó. Flotó en el aire entre las dos fuerzas: su propio empuje lo impulsaba hacia arriba, el empuje de Vin lo impulsaba hacia abajo.

Vin lo oyó gruñir por el esfuerzo y empujó más. Sin embargo, estaba tan concentrada que apenas lo vio abrir la otra mano y empujar una moneda contra ella. Reaccionó para empujarla a su vez, pero por fortuna él falló y la moneda no la alcanzó por muy poco.

O tal vez no falló. De inmediato, la moneda cayó y le golpeó la espalda. Zane tiró de ella y la pieza de metal se clavó en la piel de Vin. La muchacha jadeó, y avivó peltre para impedir que la moneda la atravesara.

Zane no cedió. Vin apretó los dientes, pero él pesaba mucho más que ella. Se acercó a él en la noche, tratando con su empuje de mantenerlos a ambos separados, con la moneda clavada dolorosamente en su espalda.

«Nunca te enzarces en una competición de empujes, Vin —le había advertido Kelsier—. No pesas lo suficiente: perderás siempre.»

Dejó de empujar la moneda que Zane tenía en la mano. Cayó al instante, arrastrada por el tirón de la que tenía en la espalda. La empujó ligeramente, dándose un poco de margen, y luego lanzó su última moneda hacia el lado. Lo alcanzó en el último instante, y el empujón de Vin la rescató de estar entre Zane y su moneda.

La moneda de Zane golpeó a este en el pecho, y gimió: era obvio que había estado intentando conseguir que Vin chocara de nuevo con él. La muchacha sonrió y luego tiró de la moneda que Zane tenía en la mano.

Le doy lo que quiere, supongo.

Él se volvió justo a tiempo de ver cómo lo golpeaba con ambos pies. Vin giró, sintiéndolo desmoronarse bajo ella. Se regocijó en la victoria, girando en el aire sobre la pasarela de la muralla. Entonces advirtió algo: varias débiles líneas azules que desaparecían en la distancia. Zane había alejado todas sus monedas.

Desesperada, Vin agarró una y tiró para recuperarla. Demasiado tarde. Emprendió una búsqueda frenética de la fuente de metal más cercana, pero todo era piedra y madera. Desorientada, golpeó la muralla y se revolvió en su capa de bruma hasta detenerse junto a la balaustrada.

Sacudió la cabeza y avivó estaño, despejando su visión con un destello de dolor y otros sentidos. Sin duda a Zane no le habría ido mejor. Debía de haber caído cuando...

Zane flotaba a poca distancia. Había encontrado una moneda abajo —Vin no se explicaba cómo— y empujaba contra ella. Sin embargo, no salía disparado. Flotaba por encima de la muralla, a varios palmos, todavía medio encogido por la patada de Vin.

Mientras ella lo observaba, Zane giró despacio en el aire, la mano extendida bajo él, como un hábil acróbata. Había una expresión de intensa concentración en su rostro, y sus músculos (todos ellos, brazos, cara, pecho) estaban tensos. Se volvió en el aire hasta quedar frente a ella.

Vin lo contempló llena de asombro. Era posible empujar levemente una moneda, regulando la cantidad de fuerza con la que uno se impelía hacia atrás. Sin embargo, la dificultad era extraordinaria..., tanto que incluso a Kelsier le costaba. Los nacidos de la bruma solían usar cortos estallidos. Cuando Vin caía, por ejemplo, se detenía lanzando una moneda y empujándola por un breve instante, pero con fuerza, para contrarrestar el impulso.

Nunca había visto un alomántico con tanto control como Zane. Su habilidad para empujar levemente contra aquella moneda sería de poca utilidad en una pelea: requería demasiada concentración, por supuesto. No obstante, había elegancia en ello, una belleza de movimientos que implicaba algo que la propia Vin había sentido.

La alomancia no era solo cuestión de combates y muerte. Era cuestión de habilidad y gracia. Era algo hermoso.

Zane rotó hasta quedar derecho, adoptando una pose de caballero. Entonces saltó a la balaustrada y sus pies rozaron las piedras con suavidad. Miró a Vin, que todavía estaba en el suelo, con una expresión carente de desdén.

—Eres muy hábil —dijo—. Y bastante poderosa.

Era alto, impresionante. *Como... Kelsier.*

—¿Por qué viniste al palacio hoy? —preguntó, poniéndose en pie.

—Para ver cómo te trataban. Dime, Vin. ¿Qué tenemos los nacidos de la bruma que, a pesar de nuestros poderes, nos hace estar tan
dispuestos a actuar como esclavos de los demás?

—¿Esclavos? —dijo Vin—. Yo no soy ninguna esclava.

Zane negó con la cabeza.

—Te utilizan, Vin.

—A veces es bueno ser útil.

—Esas palabras son fruto de la inseguridad.

Vin lo miró.

—¿De dónde sacaste esa moneda, al final? No había ninguna cerca.

Zane sonrió, abrió la boca y se sacó una moneda. La dejó caer al
suelo con un tintineo. Vin abrió mucho los ojos. *Un alomántico no puede usar el metal que esté dentro del cuerpo de otra persona... ¡Es un truco
tan fácil! ¿Por qué no se me ocurrió? ¿Por qué no se le ocurrió a Kelsier?*

Zane sacudió la cabeza.

—No tenemos nada que ver con ellos, Vin. No pertenecemos a su
mundo. Nuestro sitio está aquí, en las brumas.

—Mi sitio está con aquellos que me aman —respondió Vin.

—¿Que te aman? —preguntó Zane en voz baja—. Dime: ¿te comprenden, Vin? ¿Pueden comprenderte? ¿Puede un hombre amar algo
que no comprende?

La observó un momento. Como ella no respondía, asintió apenas
con la cabeza y empujó la moneda que había dejado caer unos momentos antes, lanzándose de nuevo a las brumas.

Vin lo dejó ir. Sus palabras tenían más peso de lo que creía. «No
pertenecemos a su mundo...» Zane no podía saber que ella había estado reflexionando sobre su situación, preguntándose si era una noble,
una asesina u otra cosa.

Las palabras de Zane significaban algo importante. Se consideraba
un ser aparte. Un poco como ella misma. Era una debilidad, desde
luego. Tal vez pudiera volverlo contra Straff... Su disposición a entrenar con ella, su disposición a revelarse, así lo daba a entender.

Inspiró una honda bocanada del frío aire de la bruma, con el corazón todavía latiendo veloz por el intercambio. Se sentía cansada, pero
viva por haber combatido con alguien que podía ser mejor que ella.
Allí mismo, en la muralla de una fortaleza abandonada, entre las brumas, decidió una cosa.

Tenía que seguir entrenando con Zane.

Si al menos la Profundidad no hubiera llegado cuando lo hizo, trayendo una amenaza que empujó a los hombres a la desesperación tanto en sus actos como en sus creencias...

18

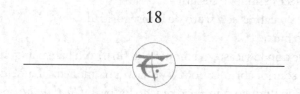

—Mátalo —susurró Dios.

Zane flotaba silenciosamente entre las brumas, contemplando las puertas abiertas del balcón de Elend Venture. Las brumas giraban a su alrededor, impidiendo que el rey lo viera.

—Deberías matarlo —dijo de nuevo Dios.

En cierto modo, Zane odiaba a Elend, aunque nunca lo hubiese visto hasta ese día. Elend era todo lo que Zane tendría que haber sido: un privilegiado. Mimado. Favorecido. Era el enemigo de Zane, un obstáculo en el camino al poder, lo que impedía que Straff (y por tanto Zane) se apoderara del Dominio Central.

Pero también era el hermano de Zane.

Se dejó caer entre las brumas, aterrizando en silencio en el suelo, ante la fortaleza Venture. Tiró de sus anclajes para recogerlos con la mano, tres barras pequeñas que había estado empujando para poder sostenerse. Vin regresaría pronto y no quería estar cerca de la fortaleza cuando lo hiciera. Ella tenía una extraña habilidad para saber dónde se encontraba: sus sentidos eran mucho más agudos que los de ningún alomántico que hubiera conocido o al que hubiera combatido. La había entrenado el mismísimo Superviviente, por supuesto.

Me hubiese gustado conocerlo, pensó Zane mientras cruzaba en silencio el patio. *Era un hombre que comprendía el poder de ser un nacido de la bruma. Un hombre que no dejaba que los demás lo controlaran. Un hombre que hacía lo que había que hacer, no importaba lo despiadado que pareciera.* O eso se decía.

Zane se detuvo ante la muralla exterior de la fortaleza, bajo una almena. Se agachó, levantó un adoquín y encontró el mensaje que había dejado su espía en el palacio de Elend. Lo recogió, volvió a colocar la piedra en su sitio, lanzó una moneda y se abalanzó a la noche.

Zane no se escabulló. Tampoco merodeó, ni se escondió, ni se acobardó. De hecho, ni siquiera le gustaba ocultarse.

Así que se acercó al campamento del ejército Venture con paso decidido. Le parecía que los nacidos de la bruma pasaban demasiado tiempo ocultándose. Cierto, el anonimato aportaba cierta libertad. Sin embargo, sabía por experiencia que los limitaba más que los liberaba. Permitía que fueran controlados y que la sociedad fingiera que no existían.

Zane se dirigió al puesto de guardia, donde había dos soldados sentados ante una gran hoguera. Sacudió la cabeza: eran poco menos que inútiles, cegados por la luz de las llamas. Los hombres normales temían las brumas y eso los hacía menos valiosos. No era arrogancia: era un hecho probado. Los alománticos eran más útiles, y por tanto más valiosos que los hombres normales. Por eso Zane tenía ojos de estaño vigilando la oscuridad también. Aquellos soldados normales eran más una formalidad que otra cosa.

—Mátalos —ordenó Dios mientras Zane se acercaba al puesto. Zane ignoró la voz, aunque cada vez le resultaba más difícil hacerlo.

—¡Alto! —dijo uno de los guardias, bajando una lanza—. ¿Quién va?

Zane empujó la lanza como si nada, doblando la punta hacia arriba.

—¿Quién va a ser? —replicó, acercándose a la luz.

—¡Lord Zane! —exclamó el otro soldado.

—Llamad al rey —ordenó Zane, dejando atrás el puesto de guardia—. Decidle que se reúna conmigo en la tienda de mando.

—Pero, mi señor, es tarde —dijo el guardia—. Su majestad debe de estar ya...

Zane se volvió y dirigió al guardia una fría mirada. Las brumas se agitaban entre ellos. Ni siquiera tuvo que utilizar alomancia emocional con el soldado: el hombre se limitó a saludar y se perdió corriendo en la oscuridad para hacer lo que le ordenaba.

Zane cruzó el campamento. No llevaba ni uniforme ni capa de bruma, pero los soldados se detenían a saludarlo al pasar. Así era como tenía que ser. Lo conocían, sabían lo que era, sabían respetarlo.

Sin embargo, en parte reconocía que, si Straff no hubiera mantenido oculto a su hijo bastardo durante casi toda su vida, Zane tal vez no hubiera llegado a ser la poderosa arma que era. Ese secreto había obligado a Zane a llevar una vida casi de privaciones mientras su hermanastro, Elend, disfrutaba de todos los privilegios. Incluso así, aunque los rumores sobre la existencia del nacido de la bruma de Straff iban en aumento, pocos se daban cuenta de que Zane era hijo de Straff.

Además, llevar una vida difícil había enseñado a Zane a sobrevivir por su cuenta. Se había vuelto duro y poderoso. Cosas que sospechaba que Elend no comprendería nunca. Por desgracia, un efecto secundario de su infancia era que, al parecer, lo había vuelto loco.

—Mátalo —susurró Dios mientras Zane pasaba ante otro guardia. La voz le hablaba cada vez que veía a una persona: era la silenciosa y constante compañera de Zane. Comprendía que estaba loco. No había sido muy difícil llegar a esa conclusión, en realidad. Las personas normales no oían voces. Zane sí.

Sin embargo, no consideraba que la locura fuese ninguna excusa para una conducta irracional. Algunos hombres eran ciegos, otros tenían poca paciencia. Y otros oían voces. Todo era lo mismo, en el fondo. Un hombre se definía no por sus defectos, sino por cómo los superaba.

Así que Zane ignoró la voz. Mataba cuando quería, no cuando la voz se lo ordenaba. En su opinión, era bastante afortunado. Otros locos veían visiones o no distinguían sus delirios de la realidad. Zane, al menos, podía controlarse.

En gran parte.

Empujó los cierres de metal de las puertas de lona de la tienda de mando. Las solapas volaron hacia atrás, abriéndose para él mientras los soldados apostados a cada lado saludaban. Zane entró.

—¡Mi señor! —dijo el oficial al mando.

—Mátalo —dijo Dios—. No es tan importante.

—Papel —ordenó Zane, acercándose a la gran mesa de la sala. El oficial se apresuró a obedecer y le trajo un fajo de papeles. Zane tiró de la punta de una pluma, haciéndola volar por la habitación hasta su mano. El oficial trajo la tinta.

—Estas son la concentración de tropas y las patrullas nocturnas —dijo Zane, anotando algunos números y diagramas en el papel—. Los he observado esa noche, mientras estaba en Luthadel.

—Muy bien, mi señor —dijo el soldado—. Agradecemos tu ayuda.

Zane se detuvo. Luego continuó escribiendo despacio.

—Soldado, no eres mi superior. Ni siquiera eres mi igual. No te estoy «ayudando». Estoy viendo las necesidades de mi ejército. ¿Comprendes?

—Desde luego que sí, mi señor.

—Bien —dijo Zane, terminó sus notas y entregó el papel al soldado—. Ahora márchate... o haré lo que me ha sugerido un amigo y te clavaré esta pluma en la garganta.

El soldado aceptó el papel y se marchó a toda prisa. Zane esperó, impaciente. Straff no llegó. Maldijo en voz baja. Al cabo, abrió de un empujón las solapas de la tienda y salió. La tienda de Straff era una brillante bengala roja en la noche, iluminada por numerosas lámparas. Zane pasó ante los guardias, que sabían que no debían molestarlo, y entró en la tienda del rey.

Straff estaba cenando, aunque era tarde. Era un hombre alto, de pelo castaño como sus dos hijos..., los dos importantes, al menos. Tenía finas manos de noble, que usaba para comer con elegancia. No reaccionó cuando entró Zane.

—Llegas tarde —dijo Straff.

—Mátalo —dijo Dios.

Zane apretó los puños. Esta orden de la voz era la más difícil de ignorar.

—Sí. Llego tarde.

—¿Qué ha pasado esta noche? —preguntó Straff.

Zane miró a los guardias.

—Deberíamos hacer esto en la tienda de mando.

Straff continuó tomando su sopa, sin moverse de su sitio, para demostrar que Zane no tenía poder ninguno para darle órdenes. Era frustrante, pero no inesperado. Zane había usado la misma táctica con el oficial del turno de noche unos momentos antes. Había aprendido del mejor.

Con un suspiro, Zane tomó asiento. Apoyó los brazos sobre la mesa, haciendo girar ociosamente un cuchillo mientras su padre cenaba. Un criado se acercó para preguntarle si quería comer, pero él despidió al hombre.

—Mata a Straff —ordenó Dios—. Deberías estar en su lugar. Eres más fuerte que él. Eres más competente.

Pero no estoy tan cuerdo, pensó Zane.

—¿Bien? —preguntó Straff—. ¿Tienen el atium del lord Legislador o no?

—No estoy seguro.

—¿Confía en ti la chica?

—Está empezando a hacerlo —dijo Zane—. La vi usar atium, en aquella ocasión, combatiendo a los asesinos de Cett.

Straff asintió, pensativo. Era en efecto competente: gracias a él, el Dominio Septentrional había evitado el caos que imperaba en el resto del Imperio Final. Los skaa de Straff permanecían controlados, sus nobles estaban tranquilos. Cierto, se había visto obligado a ejecutar a varias personas para demostrar que estaba al mando. Pero había hecho lo que tenía que hacer. Zane respetaba ese atributo en un hombre por encima de todos los demás.

Sobre todo, puesto que él mismo tenía problemas para desarrollarlo.

—¡Mátalo! —chilló Dios—. ¡Lo odias! Te mantuvo en la miseria obligándote a luchar por sobrevivir de niño.

Me hizo fuerte, pensó Zane.

—¡Entonces usa esa fuerza para matarlo!

Zane tomó de la mesa el cuchillo de trinchar. Straff levantó la cabeza y dio un leve respingo cuando Zane se cortó su propio brazo. Se hizo un largo tajo en el antebrazo del que manó sangre. El dolor le ayudó a resistir la voz.

Straff se lo quedó mirando un momento y luego indicó a un criado que le trajera a Zane una toalla para que no manchara la alfombra de sangre.

—Tienes que conseguir que ella vuelva a usar el atium —dijo Straff—. Elend tal vez haya podido reunir una o dos perlas. Solo sabremos la verdad si a ella se le acaban. —Volvió a prestar atención a su comida—. Lo cierto es que tienes que conseguir que te diga dónde está oculto el depósito, si es que lo tienen.

Zane permaneció sentado viendo la sangre manar del corte de su antebrazo.

—Es más capaz de lo que crees, padre.

Straff alzó una ceja.

—No me digas que crees esas historias, Zane. Las mentiras sobre ella y el lord Legislador.

—¿Cómo sabes que son mentiras?

—Por Elend —dijo Straff—. Ese muchacho es un necio: solo controla Luthadel porque todos los nobles con dos dedos de frente han huido de la ciudad. Si esa chica fuera lo bastante poderosa para derrotar al lord Legislador, dudo de veras que tu hermano pudiese haber ganado nunca su lealtad.

Zane volvió a cortarse el brazo. No lo hizo muy profundamente, para no causar ningún daño, y el dolor funcionó como solía hacerlo. Por fin Straff dejó de comer, disimulando una expresión de incomodidad. Una pequeña y retorcida parte de Zane se regocijó al ver esa expresión en los ojos de su padre. Tal vez fuera un efecto secundario de su locura.

—Bueno, ¿te reuniste con Elend?

Zane asintió. Se volvió hacia una criada.

—Té —dijo, agitando el brazo ileso—. Elend se sorprendió. Quería reunirse contigo, pero es evidente que no le gustó la idea de venir a tu campamento. Dudo que lo haga.

—No subestimes la estupidez del muchacho —dijo Straff—. Sea como sea, tal vez ahora comprenda cómo se desarrollará nuestra relación.

Tantas poses, pensó Zane. Al enviar ese mensaje, Straff tomaba una posición: no recibiría órdenes de Elend, ni sería molestado siquiera por él.

Pero verte obligado a plantar un asedio te molestó, pensó Zane con una sonrisa. Lo que a Straff le hubiera gustado era atacar de frente, tomar la ciudad sin parlamentos ni negociaciones. La llegada del segundo ejército lo había impedido. Si atacaba, Straff sería derrotado por Cett.

Eso significaba esperar asediando, hasta que Elend entrara en razón y se uniera a su padre por voluntad propia. Pero esperar era algo que no le gustaba a Straff. A Zane no le importaba mucho. Tendría más tiempo para entrenarse con la chica. Sonrió.

Cuando llegó el té, Zane cerró los ojos y quemó estaño para amplificar sus sentidos. Sus heridas ardieron cobrando vida, sus dolores pequeños se volvieron grandes, obligándolo a estar atento.

Había algo que no le había dicho a Straff. *Ella empieza a confiar en mí*, pensó. *Y hay algo más. Es como yo. Tal vez... podría comprenderme. Tal vez podría salvarme.*

Suspiró, abrió los ojos y utilizó la toalla para limpiarse el brazo. Su locura lo asustaba a veces. Pero parecía más débil cerca de Vin. Eso era todo lo que tenía para continuar, de momento. Aceptó la taza que le ofrecía la criada (trenza larga, pecho firme, rasgos atractivos) y dio un sorbo al té aromatizado con canela.

Straff alzó su propia taza y luego vaciló y la olfateó con delicadeza. Miró a Zane.

—¿Té envenenado, Zane?

Zane no dijo nada.

—Y con veneno de abedul, además —advirtió Straff—. Es un movimiento deprimentemente poco original por tu parte.

Zane siguió sin decir nada.

Straff hizo un gesto cortante. La muchacha alzó la cabeza aterrorizada mientras uno de los guardias de Straff se le acercaba. Miró a Zane, esperando algún tipo de ayuda, pero este desvió la mirada. Profirió un chillido patético mientras el guardia se la llevaba para ejecutarla.

Quiso tener la oportunidad de matarlo, pensó Zane. *Le advertí que lo más probable era que no diese ningún resultado.*

Straff sacudió la cabeza. Aunque no era un nacido de la bruma, el rey era un ojo de estaño. Con todo, incluso para alguien con esa capacidad, olfatear veneno de abedul en la canela era una hazaña impresionante.

—Zane, Zane... —dijo Straff—. ¿Qué harías si de verdad consiguieras matarme?

Si de verdad quisiera matarte, usaría ese cuchillo, no veneno, pensó Zane. Pero dejó que Straff pensara lo que quisiera. El rey esperaba que hubiese intentos de asesinato. Así que Zane se los proporcionaba.

Straff alzó algo: una pequeña perla de atium.

—Iba a darte esto, Zane. Pero veo que habrá que esperar. Debes superar esos estúpidos atentados contra mi vida. Si alguna vez te sonriera el éxito, ¿dónde conseguirías tu atium?

Straff, ni que decir tiene, no lo comprendía. Pensaba que el atium era como una droga y que los nacidos de la bruma ansiaban utilizarla. Por tanto, creía que podía controlar a Zane con él. Zane dejaba que el hombre continuara en su error, sin explicarle que tenía su propia reserva personal de metal.

Eso, sin embargo, le hizo enfrentarse a la verdadera cuestión que dominaba su vida. Los susurros de Dios regresaban porque el dolor remitía. Y, de todas las personas sobre las que le susurraba la voz, Straff Venture era la que más merecía la muerte.

—¿Por qué? —preguntó Dios—. ¿Por qué no quieres matarlo?

Zane se miró los pies. *Porque es mi padre*, pensó, admitiendo por fin su debilidad. Otros hombres hacían lo que tenían que hacer. Eran más fuertes que él.

—Estás loco, Zane —dijo Straff.

Zane alzó la cabeza.

—¿Crees de verdad que podrías conquistar el imperio tú solo, si consiguieras matarme? Considerando tu... particular enfermedad, ¿crees que podrías gobernar una sola ciudad?

Zane apartó la mirada.

—No.

Straff asintió.

—Me alegro de que ambos lo comprendamos.

—Deberías atacar —dijo Zane—. Podremos encontrar el atium cuando controlemos Luthadel.

Straff sonrió y tomó un sorbo de té. El té envenenado.

A su pesar, Zane dio un respingo y se enderezó en su asiento.

—No presumas de saber lo que estoy planeando, Zane. No comprendes ni la mitad de lo que crees saber.

Zane no dijo nada mientras veía a su padre apurar el té.

—¿Qué hay de tu espía? —preguntó Straff.

Zane dejó la nota sobre la mesa.

—Le preocupa que puedan sospechar de él. No ha encontrado ninguna información acerca del atium.

Straff asintió, soltando la taza vacía.

—Regresarás a la ciudad y continuarás haciéndote amigo de la muchacha.

Zane asintió despacio con la cabeza. Luego se dio media vuelta y salió de la tienda.

A Straff le pareció que podía sentir ya el veneno de abedul correrle por las venas, haciéndole temblar. Se obligó a permanecer bajo control. A esperar unos momentos.

Cuando estuvo seguro de que Zane estaba ya lejos, llamó a un guardia.

—¡Tráeme a Amaranta! —ordenó—. ¡Rápido!

El soldado corrió a cumplir la orden de su señor. Straff permaneció sentado, impertérrito, mientras la tienda se agitaba con la brisa de la noche y la bruma flotaba hasta el suelo tras entrar por la solapa abierta. Quemó estaño, amplificando sus sentidos. Sí... podía sentir el veneno en su interior. Matando sus nervios. Sin embargo, tenía tiempo. Una hora, quizá, y por eso se relajó.

Para ser un hombre que manifestaba no querer matar a Straff, Zane desde luego invertía excesivos esfuerzos intentándolo. Por fortuna, Straff tenía una herramienta que ni siquiera Zane conocía, una herramienta en forma de mujer. Straff sonrió mientras sus oídos amplificados por el estaño escuchaban los suaves pasos acercándose en la noche.

Los soldados condujeron a Amaranta al interior de la tienda. Straff no había traído a todas sus amantes consigo, solo a las diez o quince favoritas. No obstante, mezcladas con aquellas con las que se acostaba en la actualidad, había algunas mujeres que mantenía por su efectividad y no por su belleza. Amaranta era un buen ejemplo. Había sido bastante atractiva una década antes, pero tenía ya casi treinta años. Sus pechos habían empezado a aflojarse tras haber dado a luz, y cada vez que Straff la miraba advertía las arrugas que empezaban a aparecer en su frente y alrededor de sus ojos. Se deshacía de la mayoría de las mujeres antes de que alcanzaran su edad.

Esta, sin embargo, tenía habilidades que resultaban útiles. Si Zane se enteraba de que Straff la había mandado llamar esa noche, supondría que su padre solo quería acostarse con ella. Se equivocaría.

—Mi señor —dijo Amaranta, arrodillándose. Empezó a desnudarse.

Bueno, al menos es optimista, pensó Straff. Habría pensado que después de cuatro años sin que la llamara a su cama, lo comprendería. ¿No se dan cuenta las mujeres de cuándo son demasiado viejas para ser atractivas?

—Déjate la ropa puesta, mujer —replicó.

La expresión de Amaranta se ensombreció y se colocó las manos en el regazo, dejándose el vestido a medio quitar, con un pecho al descubierto, como si intentara tentarlo con su ajada desnudez.

—Necesito tu antídoto. Rápido.

—¿Cuál, mi señor? —preguntó ella. No era la única herborista que tenía Straff; aprendía aromas y sabores de cuatro personas distintas. Amaranta, sin embargo, era la mejor de todas.

—Veneno de abedul. Y... tal vez algo más. No estoy seguro.

—¿Otro brebaje general entonces, mi señor? —preguntó Amaranta.

Straff asintió, cortante. Amaranta se levantó para acercarse a su mueblecito de los venenos. Encendió un hornillo y puso a hervir una olla de agua mientras mezclaba con movimientos rápidos polvos, hierbas y líquidos. El brebaje era su especialidad particular, una mezcla de todos los antídotos básicos, remedios y reactivos de su arsenal. Straff sospechaba que Zane había utilizado el veneno de abedul para ocultar algo más. De cualquier manera, fuera lo que fuese, el brebaje de Amaranta se encargaría de él, o al menos lo identificaría.

Straff esperó incómodo mientras Amaranta trabajaba, todavía semidesnuda. El brebaje tenía que ser preparado de nuevo cada vez, pero merecía la pena la espera. Al cabo de un rato le ofreció un tazón humeante. Straff bebió, obligándose a tragar el líquido a pesar del sabor amargo. Empezó a sentirse mejor de inmediato.

Suspiró (otra trampa evitada) mientras bebía el resto del tazón para asegurarse. Amaranta volvió a arrodillarse, expectante.

—Vete —ordenó Straff.

La mujer asintió en silencio. Volvió a meter el brazo por la manga del vestido y se marchó de la tienda.

Straff permaneció pensativo, con el tazón vacío enfriándose en su mano. Sabía que llevaba ventaja. Mientras pareciera fuerte ante Zane, el nacido de la bruma continuaría haciendo lo que se le ordenaba.

Probablemente.

Si al menos hubiera ignorado a Alendi cuando estaba buscando un ayudante, hace tantos años...

19

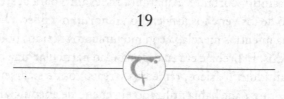

Sazed soltó su última menteacero. La alzó, y la banda de metal con forma de brazalete resplandeció al sol rojo. A otro hombre podía parecerle valioso. Para Sazed ya no era más que un cascarón vacío, un simple brazalete de acero. Podía rellenarlo si quería, pero no consideró que mereciera la pena cargar con su peso.

Con un suspiro, soltó el brazalete, que cayó con un tintineo y levantó una nube de ceniza del suelo. *Cinco meses de almacenamiento, de pasar un día de cada cinco sin velocidad, como nadando en melaza. Y ya se ha agotado todo.*

La pérdida había sido para algo valioso. En solo seis días de viaje, usando menteaceros con regularidad, había recorrido el equivalente a seis semanas de viaje a pie. Según su mentecobre cartográfica, Luthadel estaba ahora a poco más de una semana de distancia. Sazed consideraba que había sido una buena inversión. Tal vez hubiese reaccionado de manera exagerada a los cadáveres que había encontrado en la pequeña aldea del sur. Tal vez no hubiera necesidad de apresurarse. Pero si se había creado la menteacero era para utilizarla.

Se echó la mochila al hombro, mucho más ligera que antes. Aunque muchas de sus mentes de metal eran pequeñas, en conjunto resultaban pesadas. Había decidido descartar las de menos valor o las más vacías mientras corría. Igual que el brazalete de acero, que dejó en la ceniza mientras avanzaba.

Estaba en el Dominio Central, sin duda. Había dejado atrás los montes de ceniza Doriel y Faleast, el último de los cuales, un pico alto y solitario con una cima recortada y ennegrecida, se había desvanecido bajo el horizonte al sur unos días antes. El terreno se había vuelto llano y los árboles ya no eran pinos marrones sino blancos álamos, comunes alrededor de Luthadel. Los álamos parecían huesos que crecían del suelo negro, torciéndose, con la corteza blanca cenicienta marcada y retorcida. Eran...

Sazed se detuvo. Estaba cerca del canal central, una de las principales vías de acceso a Luthadel. No había barcos en ese momento; los viajeros eran raros en aquellos días, todavía más que durante el Imperio Final, pues los bandidos eran mucho más abundantes. Sazed había dejado atrás a varios grupos durante su apresurada carrera hacia Luthadel.

No, los viajeros solitarios eran raros. Los ejércitos eran mucho más comunes y, a juzgar por las varias docenas de columnas de humo que veía ante sí, se había topado con uno. Se encontraba directamente entre Luthadel y él. Reflexionó un momento mientras los copos de ceniza empezaban a caer suavemente a su alrededor. Era mediodía; si aquel ejército tenía exploradores, Sazed tendría problemas para sortearlo. Además, sus menteaceros estaban vacías. No podría huir corriendo.

Y, sin embargo, un ejército a una semana de Luthadel... ¿De quién era y qué amenaza suponía? Su curiosidad, la curiosidad del erudito, le instaba a buscar un punto de observación para estudiar las tropas. Vin y los demás podrían utilizar toda la información que recopilara.

Tomada la decisión, Sazed localizó una colina con varios álamos especialmente grandes. Dejó la mochila al pie de uno, sacó una mentehierro y empezó a llenarla. Experimentó la familiar sensación de mengua de peso y trepó fácilmente al fino árbol: su cuerpo era tan liviano que no necesitaba mucha fuerza para auparse.

En la punta del árbol, Sazed decantó su mentestaño. Los bordes de su campo visual se nublaron, como siempre, pero con la visión aumentada pudo distinguir detalles del gran grupo asentado en una hondonada frente a él.

Tenía razón en que se trataba de un ejército. Pero se equivocaba en que fuese de hombres.

—Por los dioses olvidados... —susurró Sazed, tan sorprendido que casi perdió el equilibrio. El ejército estaba organizado de la manera más simple y primitiva. No había tiendas, ni vehículos, ni caballos. Solo cientos de grandes hogueras para cocinar, cada una rodeada de figuras.

Y esas figuras eran de color azul. Variaban en tamaño: algunas apenas medían un metro y medio, otras eran gigantescas masas de tres metros o más. Pero pertenecían a la misma especie, Sazed lo sabía. Eran koloss. Las criaturas, similares a los hombres en lo básico, nunca dejaban de crecer. Continuaban haciéndose más grandes a medida que envejecían, creciendo hasta que su corazón ya no podía soportarlo: morían debido al exagerado crecimiento de su cuerpo.

Antes de morir, sin embargo, se hacían muy grandes. Y muy peligrosos.

Sazed se bajó del árbol, haciendo su cuerpo lo suficientemente liviano para caer al suelo con suavidad. Buscó rápidamente en sus mentecobres. Cuando encontró la que quería, se la colocó en el antebrazo izquierdo y volvió a subir al árbol.

Buscó un índice. En alguna parte había tomado notas de un libro sobre los koloss... Lo había estudiado intentando decidir si las criaturas tenían alguna religión. Había hecho que alguien le repitiera las notas, para poder almacenarlas en la mentecobre. Había memorizado también el libro, por supuesto, pero pasar tanta información en su mente hubiese deteriorado...

Aquí están, pensó, recuperando las notas. Las decantó de la mentecobre, llenando su mente de conocimiento.

La mayoría de los cuerpos koloss cedían antes de cumplir los veinte años de edad. Las criaturas más «ancianas» solían medir tres metros y medio y tener cuerpos robustos y poderosos. Sin embargo, pocos koloss vivían tanto, y no solo porque les fallara el corazón. Su sociedad, si podía llamarse así, era extremadamente violenta.

Más emocionado de pronto que aprensivo, Sazed decantó de nuevo estaño para poder ver, buscando entre los miles de humanoides azules, tratando de encontrar pruebas visuales de lo que había leído. No fue difícil detectar peleas. Los encontronazos alrededor de las hogueras eran habituales y, lo más interesante, siempre se producían entre koloss de casi el mismo tamaño. Sazed amplió su visión aún más, agarrándose con fuerza al árbol para vencer la náusea, y echó su primer buen vistazo a un koloss.

Era una criatura de las pequeñas, quizá de metro ochenta. Tenía forma de hombre, con dos brazos y dos piernas, aunque su cuello era difícil de distinguir. Era completamente calva. El rasgo más extraño, de todas formas, era su piel azul, que colgaba en pliegues. La criatura parecía un hombre gordo al que hubieran quitado toda la grasa sin tensarle luego la piel.

Y esa piel no parecía demasiado... sujeta. Caía bajo los ojos rojos e inyectados en sangre de la criatura, revelando los músculos faciales. Lo mismo sucedía alrededor de la boca: la piel caía unos centímetros por debajo de la barbilla, dejándole los dientes inferiores y la mandíbula completamente al descubierto.

Era una visión repulsiva, sobre todo para un hombre que ya estaba mareado. Las orejas de la criatura colgaban, doblándose junto a la línea de su mandíbula. Su nariz era informe y suelta, sin cartílago que la sujetara. La piel le colgaba en bolsas en los brazos y las piernas, y su única ropa era un burdo taparrabos.

Sazed se volvió y escogió para estudiar a una criatura mayor, de unos dos metros y medio. La piel de aquella bestia no estaba tan suelta, pero seguía sin encajar del todo. Tenía la nariz torcida en un ángulo extraño, aplanada contra el rostro, en una cabeza alargada que se apoyaba en un grueso cuello. La criatura se volvió para mirar maliciosamente a un compañero, y una vez más la piel alrededor de su boca pareció no encajar del todo: los labios no se cerraban por completo, y los agujeros alrededor de los ojos eran demasiado grandes, así que revelaban los músculos de debajo.

Como una persona que llevara una máscara de piel, pensó Sazed, tratando de dominar su repulsión. *Así que... ¿el cuerpo continúa creciendo, pero la piel no?*

Su idea quedó confirmada cuando una bestia koloss enorme de tres metros de altura se acercó al grupo. Las criaturas más pequeñas se dispersaron y el recién llegado se acercó a la hoguera, donde estaban asando varios caballos.

La piel de la criatura más grande estaba tan tensa que empezaba a rasgarse. La piel azul sin pelo se había roto alrededor de los ojos, en las comisuras de la boca y alrededor de los enormes músculos del pecho. Sazed vio hilillos de sangre roja manando de las costillas. Incluso donde la piel no estaba rasgada estaba tensa: la nariz y las orejas eran tan planas que casi no se distinguían de la carne que las rodeaba.

De repente, el estudio a Sazed ya no le pareció tan académico. Los koloss habían llegado al Dominio Central. Criaturas tan violentas e incontrolables que el lord Legislador se había visto obligado a apartarlas de la civilización. Sazed apagó su mentestaño, agradeciendo el regreso a la visión normal. Tenía que llegar a Luthadel y avisar a los demás. Si ellos...

Se detuvo. Un problema de ampliar la visión era que perdía temporalmente la capacidad de ver de cerca, así que no resultaba extraño que no hubiera advertido la patrulla que rodeaba su grupo de álamos.

¡Por los dioses olvidados! Se agarró con fuerza al árbol, pensando rápidamente. Varios koloss se acercaban al bosquecillo. Si bajaba al suelo, sería demasiado lento para escapar. Como siempre, llevaba una mentepeltre: podría volverse fácilmente tan fuerte como diez hombres, y un buen rato. Tal vez pudiera luchar...

Sin embargo, los koloss llevaban espadas de burdo aspecto, pero enormes. Las notas de Sazed, su memoria, todos sus archivos estuvieron de acuerdo: los koloss eran guerreros muy peligrosos. Tan fuerte como diez hombres o no, Sazed no tendría la habilidad necesaria para derrotarlos.

—Baja —llamó una voz grave y pastosa desde abajo—. Baja ahora.

Sazed vio a un gran koloss, la piel apenas empezando a estirarse, al pie del árbol. Sacudió el álamo.

—Baja ahora —repitió la criatura.

Los labios no le funcionan muy bien, pensó Sazed. *Suena como un hombre que intentara hablar sin mover los labios.* No le sorprendió que la criatura pudiera hablar: sus notas mencionaban ese hecho. Sin embargo, sí que le sorprendió lo tranquila que parecía la voz.

Podría echar a correr, pensó. Podía quedarse en las copas de los árboles, tal vez cruzar la distancia entre los bosquecillos de álamos soltando sus mentes de metal y tratando de dejarse impulsar por el viento. Pero sería muy difícil... y muy incierto.

Y tendría que abandonar sus mentecobres, mil años de historia.

Así que, con la mentepeltre lista por si necesitaba fuerza, Sazed bajó del árbol. El jefe koloss (Sazed suponía que lo era) lo vio bajar al suelo, mirándolo con sus ojos rojos. La criatura no parpadeó. Sazed se preguntó si podía hacerlo, dado lo tensa que tenía la piel.

Sazed cayó al suelo junto al árbol y echó mano a su mochila.

—No —replicó el koloss, agarrándola con un gesto inhumanamente rápido. La lanzó a otro koloss.

—La necesito —dijo Sazed—. Seré mucho más cooperativo si...

—¡Silencio! —aulló el koloss, con una ira tan repentina que Sazed dio un paso atrás. Los terrisanos eran altos, sobre todo los eunucos, y le resultaba muy desconcertante verse superado por esa criatura bestial de más de dos metros y medio, con la piel de un azul negruzco y los ojos del color del sol al atardecer. Se cernía sobre Sazed, y este no pudo evitar un escalofrío a su pesar.

Al parecer, esa era la reacción adecuada, pues el jefe koloss asintió y se dio la vuelta.

—Ven —masculló, echando a andar por el bosquecillo de álamos. Los otros koloss, unos siete, lo siguieron.

Sazed no quiso averiguar qué sucedería si desobedecía. Eligió a un dios (Duis, de quien se decía que cuidaba de los viajeros cansados) y rezó una rápida y silenciosa plegaria. Luego se apresuró para seguir a la manada de koloss de regreso al campamento.

Al menos no me han matado nada más verme, pensó Sazed. Casi lo esperaba, teniendo en cuenta lo que había leído. Naturalmente, ni siquiera los libros decían gran cosa. Los koloss llevaban siglos separados de la humanidad; el lord Legislador solo recurría a ellos en tiempos de gran necesidad bélica, para aplastar revueltas o conquistar nuevas sociedades descubiertas en las islas interiores. En esos momentos, los koloss habían causado una absoluta destrucción, una masacre... o eso decían las historias.

¿Podría haber sido todo propaganda?, se preguntó Sazed. *Tal vez los koloss no son tan violentos como pensábamos.*

Uno de los koloss que iba a su lado aulló, súbitamente airado. Sazed se dio media vuelta cuando la criatura saltaba hacia uno de sus compañeros. Sin empuñar la espada de su espalda, golpeó la cabeza del otro con un puño enorme. Los demás se detuvieron a ver la pelea, pero ninguno parecía alarmado.

Sazed vio con creciente horror cómo el agresor golpeaba una y otra vez a su compañero, que trató de protegerse, sacó una daga y consiguió descargar un tajo en el brazo del agresor. Cortó la piel azul y manó brillante sangre roja, pero el agresor rodeó con sus manos la gruesa cabeza de su contrario y se la retorció.

Se oyó un chasquido. El agredido dejó de moverse. El agresor recogió la espada de la espalda de su víctima y la colocó junto a la suya. Luego se hizo con una bolsita atada junto a la espada. Después se incorporó, ignorando la herida de su brazo, y el grupo echó a andar de nuevo.

—¿Por qué? —preguntó Sazed, sorprendido—. ¿Por qué has hecho eso?

El koloss herido se volvió.

—Lo odiaba —dijo.

—¡Muévete! —le gritó a Sazed el koloss jefe.

Sazed se obligó a caminar. Dejaron el cadáver tirado. *Las bolsas*, pensó, tratando de encontrar algo en lo que centrarse aparte de la brutalidad. *Todos llevan esas bolsas.* Los koloss las llevaban atadas a la espada. No llevaban las armas envainadas: simplemente colgaban a sus espaldas por medio de tiras de cuero. Y atadas a las tiras llevaban las bolsas: a veces solo una, aunque las criaturas más grandes de cada grupo tenían varias.

Parecen bolsas para monedas, pensó Sazed. *Pero los koloss no tienen economía. Tal vez guardan en ellas sus efectos personales. Pero ¿qué valorarán unas bestias como estas?*

Entraron en el campamento. No parecía haber centinelas en el perímetro, pero, claro, ¿para qué los guardias? Sería muy difícil para un humano infiltrarse en el campamento.

Un grupo de koloss más pequeños, los de metro y medio, llegaron corriendo en cuanto vieron al grupo. El asesino lanzó su espada sobrante a uno de ellos y luego señaló a la distancia. Se quedó con la bolsa, y los pequeños echaron a correr siguiendo el camino hacia donde estaba el cadáver.

¿Para enterrarlo?, se preguntó Sazed.

Caminó incómodo detrás de sus captores mientras se internaban en el campamento. Se asaban bestias de todo tipo en las hogueras, aunque a Sazed no le pareció que ninguna de ellas fuera humana. Además, el terreno circundante había sido despojado de todo tipo de plantas, como si hubiera sido rastrillado por un grupo de cabras particularmente agresivas.

Y, según su mentecobre, eso no andaba muy lejos de la verdad. Al parecer, los koloss podían subsistir prácticamente con cualquier cosa. Preferían la carne, pero comían todo tipo de plantas, incluso hierba, llegando a arrancarla de raíz para comerla. Según algunos informes comían tierra y ceniza, aunque a Sazed le costaba un poco de trabajo creerlo.

Continuó caminando. El campamento olía a humo, suciedad y un extraño almizcle que, supuso, era el olor corporal de los koloss. Algunas de las criaturas se volvieron a mirarlo con sus ojos rojos al verlo pasar.

Parece que solo tienen dos emociones, pensó, apartándose de un salto cuando un koloss que estaba al lado de una hoguera soltó de pronto un grito y atacó a un compañero. *Pueden estar o bien indiferentes o bien furiosos.*

¿Qué haría falta para provocarlos a todos a la vez? Y... ¿qué tipo de desastre causarían si eso sucediera? Sazed se retractó con nerviosismo de sus anteriores pensamientos. No, los koloss no habían sido vilipendiados. Las historias que había oído, historias de koloss campando salvajes por el Dominio Lejano, causando destrucción y muerte, eran obviamente ciertas.

Pero algo mantenía a ese grupo marginalmente contenido. El lord Legislador había podido controlar a los koloss, aunque ningún libro explicaba cómo. La mayoría de los autores simplemente aceptaban esta habilidad como parte de lo que había convertido en Dios al lord Legislador. El hombre era inmortal: comparado con eso, los demás poderes parecían mundanos.

Su inmortalidad, sin embargo, era un truco, pensó Sazed. *Simplemente una astuta combinación de ferruquimia y poderes alománticos.* El lord Legislador había sido solo un hombre normal, aunque tuviera una inusitada combinación de capacidades y oportunidades.

Pero, entonces, ¿cómo había controlado a los koloss? Había algo diferente en el lord Legislador. Algo más que sus poderes. Lo que hizo en el Pozo de la Ascensión cambió para siempre al mundo. Tal vez su habilidad para controlar a los koloss procedía de ahí.

Los captores de Sazed ignoraron las peleas ocasionales alrededor de las hogueras. No parecía que hubiera ninguna hembra en el campamento... o si las había eran indistinguibles de los machos. No obstante, Sazed advirtió un cadáver koloss olvidado cerca de una fogata. Lo habían desollado, liberando la piel azul.

¿Cómo podía existir una sociedad así?, pensó horrorizado. Sus libros decían que los koloss se reproducían y envejecían rápidamente; una situación afortunada para ellos, considerando el número de muertes que ya había visto. Incluso así, le parecía que los de aquella especie se mataban demasiado entre ellos para no extinguirse.

Y, sin embargo, no se extinguían. Desgraciadamente. Lo que en él había de guardador creía con firmeza que nada debía perderse, que toda sociedad merecía la pena ser recordada. No obstante, la brutalidad del campamento koloss..., las criaturas heridas que permanecían sentadas, ignorando los tajos en su piel, los cadáveres despellejados por el camino, los súbitos estallidos de furia y los subsiguientes asesinatos... todo aquello ponía a prueba su fe.

Sus captores lo condujeron a una pequeña hondonada en el terreno, y Sazed vaciló al ver algo inesperado.

Una tienda.

—Ve —dijo el koloss jefe, señalándola.

Sazed frunció el ceño. Había varias docenas de humanos ante la tienda, armados con lanzas, vestidos como los guardias imperiales. La tienda era grande, y tras ella había una fila de carros.

—¡Ve! —gritó el koloss.

Sazed hizo lo que le decían. Con indiferencia, uno de los koloss lanzó la mochila de Sazed a los guardias humanos. Las mentes de metal que contenía tintinearon cuando chocó contra el suelo ceniciento y Sazed dio un respingo. Los soldados observaron con cautela a los koloss marcharse y luego uno recogió la mochila. Otro apuntó con su lanza a Sazed, que levantó los brazos.

—Soy Sazed, un guardador de Terris, antiguo mayordomo, ahora maestro. No soy vuestro enemigo.

—Sí, bueno —dijo el guardia, todavía observando a los koloss que se retiraban—. De todas formas, vas a tener que venir conmigo.

—¿Puedo recuperar mis pertenencias?

En la hondonada no parecía haber koloss. Al parecer, los soldados humanos querían mantener las distancias.

El primer guardia se volvió hacia su compañero, que estaba registrando la mochila de Sazed. El segundo guardia alzó la cabeza y se encogió de hombros.

—No lleva armas. Algunos brazaletes y anillos, tal vez valgan algo.

—No son de metales preciosos —dijo Sazed—. Son las herramientas propias del guardador, y son de poco valor para nadie excepto para mí.

Ambos guardias tenían los rasgos propios del Dominio Central: pelo oscuro, piel clara, la constitución y la altura de aquellos que habían recibido de niños la nutrición adecuada. El primer guardia era el mayor de los dos, y estaba obviamente al mando. Tomó la bolsa de manos de su compañero.

—Bueno, veremos qué dice su majestad.

Ah, pensó Sazed.

—Hablemos entonces con él.

El guardia se volvió, apartó la puerta de la tienda y le indicó a Sazed que entrara. Sazed dejó atrás la rojiza luz del sol para adentrarse en una estancia funcional, aunque sin amueblar apenas. La cámara principal era grande, y en ella había varios guardias más. Sazed había visto un par de docenas hasta el momento.

El primer guardia avanzó y asomó la cabeza a la habitación del fondo. Unos momentos más tarde, indicó a Sazed que avanzara y abrió la puerta.

Sazed entró en la segunda cámara. El hombre que había dentro vestía los pantalones y la chaqueta de un noble de Luthadel. Se estaba quedando calvo a pesar de su juventud y le quedaban apenas unos cuantos mechones dispersos. Se levantó, dándose un golpe en la pierna con una mano nerviosa, y dio un leve respingo cuando Sazed entró.

Sazed lo reconoció.

—Jastes Lekal.

—Rey Lekal —replicó Jastes—. ¿Te conozco, terrisano?

—No nos hemos visto antes, majestad, pero he tenido algunos tratos con un amigo tuyo, creo. El rey Elend Venture, de Luthadel.

Jastes asintió, ausente.

—Mis hombres dicen que te trajeron los koloss. ¿Te encontraron husmeando alrededor del campamento?

—Sí, majestad —respondió Sazed con precaución, observando cómo Jastes empezaba a caminar de un lado a otro. *Este hombre no es mucho más estable que el ejército que aparentemente lidera*, pensó descontento—. ¿Cómo has persuadido a esas criaturas para que te sirvan?

—Eres un prisionero, terrisano —replicó Jastes—. Nada de preguntas. ¿Te ha enviado Elend a espiarme?

—No me envía nadie —respondió Sazed—. Da la casualidad de que estabas en mi camino, majestad. No pretendía causar ningún daño con mis observaciones.

Jastes se detuvo y miró a Sazed antes de volver a caminar.

—Bueno, no importa. Llevo algún tiempo sin un mayordomo adecuado. Me servirás ahora.

—Te pido disculpas, majestad —dijo Sazed, haciendo una leve reverencia—. Pero eso no será posible.

Jastes frunció el ceño.

—Eres mayordomo..., se nota por la ropa. ¿Tan gran amo es Elend que me rechazas?

—Elend Venture no es mi amo, majestad —dijo Sazed, mirando al joven rey a los ojos—. Ahora que somos libres, ningún terrisano llama amo a ningún hombre. No puedo ser tu criado, pues no puedo ser criado de nadie. Hazme prisionero, si quieres. Pero no te serviré. Te pido disculpas.

Jastes volvió a detenerse. Sin embargo, en vez de enfadarse, parecía... cohibido.

—Comprendo.

—Majestad —dijo Sazed tranquilamente—. Soy consciente de que me has pedido que no haga ninguna pregunta, así que en cambio haré observaciones. Parece que te has situado en una posición muy precaria. No sé cómo controlas a esos koloss, pero no puedo dejar de pensar que tu presa es débil. Corres peligro, y pareces decidido a compartir ese peligro con otros.

Jastes se ruborizó.

—Tus «observaciones» son equivocadas, terrisano. Yo controlo este ejército. Me obedecen por completo. ¿Cuántos otros nobles has visto reunir ejércitos de koloss? Ninguno: solo yo he tenido éxito.

—No parecen muy controlados, majestad.

—¿No? —preguntó Jastes—. ¿Te hicieron pedazos cuando te encontraron? ¿Te golpearon hasta matarte por diversión? ¿Te atravesaron con un palo y te asaron en una de sus hogueras? No. No hacen esas cosas porque yo les he ordenado lo contrario. Puede que no te parezca mucho, terrisano, pero, créeme..., es un signo de gran contención y obediencia para un koloss.

—La civilización no es ningún gran logro, majestad.

—¡No me pongas a prueba, terrisano! —exclamó Jastes, pasándose una mano por los restos de su pelo—. Estamos hablando de koloss... No podemos esperar mucho de ellos.

—¿Y los conduces a Luthadel? —preguntó Sazed—. Incluso el lord Legislador temía a esas criaturas, majestad. Las mantenía alejadas de las ciudades. ¡Las llevas a la zona más poblada de todo el Imperio Final!

—No lo comprendes —dijo Jastes—. Intenté hacer gestos de paz, pero nadie te escucha a menos que tengas dinero o un ejército. Bueno, ya tengo una cosa, y pronto tendré la otra. Sé que Elend está sentado encima de una fortuna en atium... y yo iré a... firmar una alianza con él.

—¿Una alianza en la que tomas el control de la ciudad?

—¡Bah! —Jastes agitó una mano—. Elend no controla Luthadel. Es solo un sustituto a la espera de que llegue alguien más poderoso. Es un buen hombre, pero un idealista inocente. Va a perder su trono ante un ejército u otro, y yo le daré un trato mejor que Cett o Straff, eso es seguro.

¿Cett? ¿Straff? ¿En qué lío se ha metido el joven Venture? Sazed sacudió la cabeza.

—No sé por qué, dudo que en un «trato mejor» quepan los koloss, majestad.

Jastes frunció el ceño.

—Eres un bocazas, terrisano. Eres un signo, todo tu pueblo es un signo de lo que ha salido mal en el mundo. Yo antes respetaba a la gente de Terris. No es ninguna deshonra ser un buen criado.

—A menudo tampoco es un gran orgullo —dijo Sazed—. Pero pido disculpas por mi actitud, majestad. No es una manifestación de independencia terrisana. Siempre he hecho comentarios con excesiva libertad, creo. Nunca he sido el mejor de los mayordomos.

Ni el mejor de los guardadores, añadió para sí.

—Bah —repitió Jastes, y echó a andar de nuevo.

—Majestad, debo continuar hasta Luthadel. Hay... acontecimientos de los que tengo que ocuparme. Piensa lo que quieras de mi pueblo, pero debes saber que somos honrados. El trabajo que hago está más allá de políticas y guerras, tronos y ejércitos. Es importante para todos los hombres.

—Los eruditos siempre dicen ese tipo de cosas —dijo Jastes. Vaciló—. Elend siempre hablaba así.

—De cualquier manera, debes permitirme marchar. A cambio de mi libertad, entregaré un mensaje de tu parte a su majestad el rey Elend, si lo deseas.

—¡Podría enviar un mensajero propio en cualquier momento!

—¿Y quedarte con un hombre menos para protegerte de los koloss? —preguntó Sazed.

Jastes vaciló un instante.

Ah, así que los teme. Bien. Al menos no está loco.

—Me marcho, majestad. No pretendo ser arrogante, pero puedo

ver que no tienes recursos para mantener prisioneros. Puedes dejarme marchar, o puedes entregarme a los koloss. Yo tendría cuidado, por cierto, de no dejar que se acostumbren a matar humanos.

Jastes lo miró.

—Bien —dijo—. Entrega entonces este mensaje. Dile a Elend que no me importa si sabe que voy de camino..., ni siquiera me importa que le digas lo numerosos que somos. ¡Pero asegúrate de ser exacto! Tengo más de veinte mil koloss en mi ejército. No puede combatir contra mí. No puede combatir tampoco contra los otros. Pero, si yo estuviera en las murallas de esa ciudad..., bueno, podría mantener a raya a los otros dos ejércitos por él. Dile que sea lógico. Si me entrega el atium, incluso le dejaré quedarse con Luthadel. Podemos ser vecinos. Aliados.

Uno en bancarrota de dinero, otro en bancarrota de sentido común, pensó Sazed.

—Muy bien, majestad. Hablaré con Elend. Pero necesito recuperar mis pertenencias.

El rey agitó una mano, molesto, y Sazed se retiró a esperar en silencio mientras el guardia entraba de nuevo en los aposentos del rey y recibía sus órdenes. Mientras aguardaba a que los soldados se prepararan (afortunadamente le devolvieron su mochila), Sazed pensó en lo que Jastes acababa de decir. «Cett o Straff.» ¿Cuántas fuerzas pretendían arrebatarle a Elend su ciudad?

Si Sazed quería un sitio tranquilo para estudiar, al parecer había escogido seguir la dirección equivocada.

No empecé a advertir los signos hasta unos años más tarde. Cono-
cía las profecías: soy, a fin de cuentas, un forjamundos de Terris. Y, sin
embargo, no todos nosotros somos religiosos; algunos, como yo mismo,
están más interesados en otros temas. No obstante, durante el tiem-
po que pasé con Alendi, no pude evitar sentirme cada vez más intere-
sado en la Anticipación. Parecía encajar tan bien con los signos...

20

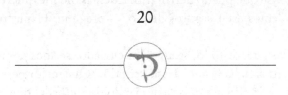

—Esto va a ser peligroso, majestad —dijo Dockson.

—Es nuestra única opción —contestó Elend. Se encontraba de
pie detrás de su mesa, como de costumbre repleta de libros. La ventana del estudio recortaba su silueta, y sus colores le caían sobre la
espalda del blanco uniforme tiñéndolo de granate.

Sí que está más imponente con ese atuendo, pensó Vin, sentada en
el cómodo sillón de lectura de Elend, con OreSeur tumbado pacientemente en el suelo, a sus pies. Todavía no sabía qué pensar de los cambios de Elend. Las diferencias eran sobre todo de imagen (otra ropa,
otro corte de pelo), pero él parecía estar cambiando también. Se erguía
más al hablar y era más autoritario. Incluso se estaba entrenando con
la espada y el bastón.

Vin miró a Tindwyl. La madura terrisana estaba sentada en una
silla al fondo de la sala, observando. Mantenía una postura perfecta, y
parecía una dama con su pintoresca falda y su blusa. No se sentaba
sobre los talones, como hacía Vin ahora, y nunca llevaba pantalones.

¿Qué es lo que tiene?, pensó Vin. *Me pasé un año intentando con-*
vencer a Elend para que practicara esgrima. Tindwyl lleva aquí menos
de un mes, y ya lo tiene entrenando.

¿Por qué sentía amargura Vin? Elend no cambiaría tanto, ¿verdad?
Trató de acallar la pequeña parte de su mente a la que preocupaba que
aquel nuevo rey guerrero bien vestido y confiado resultara ser alguien
distinto al hombre que amaba.

¿Y si dejaba de necesitarla?

Se hundió un poco más en el sillón mientras Elend continuaba hablando con Ham, Dox, Clubs y Brisa.

—Me preocupa que, si entras en el campamento enemigo, no salgas jamás —dijo Dockson.

—Solo si fracaso —dijo Elend—. Si sigo el plan y convenzo a mi padre de que somos sus aliados, me dejará regresar. No me pasé mucho tiempo haciendo política en la corte cuando era más joven. Sin embargo, una cosa que aprendí fue a manipular a mi padre. Conozco a Straff Venture... y sé que puedo derrotarlo. Además, no me quiere muerto.

—¿Podemos estar seguros de eso? —preguntó Ham, frotándose la barbilla.

—Sí. Después de todo, Straff no ha enviado asesinos por mí, mientras que Cett sí lo ha hecho. Tiene sentido. ¿Qué mejor persona puede encontrar Straff para dejarla al mando de Luthadel que su propio hijo? Cree que puede controlarme... Está seguro de que podrá conseguir que le entregue Luthadel. Si juego con eso, debería conseguir que ataque a Cett.

—Tiene su lógica... —dijo Ham.

—Sí —respondió Dockson—, pero ¿qué le impide tomarte como rehén y abrirse paso hasta Luthadel por la fuerza?

—Seguirá teniendo que preocuparse por Cett —dijo Elend—. No querrá exponerse a que lo ataquen por la retaguardia.

—Pero te tendrá a ti, mi querido muchacho —dijo Brisa—. No tendría que atacar Luthadel: podría obligarnos a entregarla.

—Tendréis órdenes de dejarme morir antes que hacer eso. Por eso creé la Asamblea. Tiene poder para elegir a un nuevo rey.

—Pero ¿por qué? —preguntó Ham—. ¿Por qué correr el riesgo, El? Esperemos un poco más y veamos si podemos conseguir que Straff se reúna contigo en un sitio más neutral.

Elend suspiró.

—Tienes que escucharme, Ham. Con asedio o sin asedio, no podemos quedarnos de brazos cruzados. Si lo hacemos, moriremos de hambre o uno de esos ejércitos decidirá romper el asedio y atacarnos, con la esperanza de tomar nuestras murallas y luego volverse y defenderse inmediatamente contra sus enemigos. No lo harán fácilmente, pero podría suceder. Sucederá, si no engañamos a los reyes para que se vuelvan el uno contra el otro.

La habitación se quedó en silencio. Los otros se volvieron lentamente hacia Clubs, quien asintió. Estaba de acuerdo.

Buen trabajo, Elend, pensó Vin.

—Alguien tiene que reunirse con mi padre —dijo Elend—. Y yo tengo que ser esa persona. Luego, iré y persuadiré a Cett de que quiero aliarme con él. Cuando, finalmente, se ataquen entre sí, cada uno pensando que estamos de su parte, nos retiraremos y los obligaremos a luchar. ¡El vencedor no tendrá fuerzas suficientes para arrebatarnos la ciudad!

Ham y Brisa asintieron. Dockson, sin embargo, negó con la cabeza.

—El plan es bueno en teoría, pero ¿entrar sin guardias en el campamento enemigo? Eso es una locura.

—Veamos —dijo Elend—, creo que eso juega a nuestro favor. Mi padre cree firmemente en el control y el dominio. Si voy a su campamento, le estaré diciendo en esencia que reconozco que tiene autoridad sobre mí. Pareceré débil, y él dará por hecho que podrá conmigo cuando se le antoje. Es un riesgo, pero si no lo hago, moriremos todos.

Los hombres se miraron.

Elend se enderezó un poco y cerró los puños, manteniéndolos a los costados. Siempre hacía eso cuando estaba nervioso.

—Me temo que esto no es un debate —dijo Elend—. He tomado mi decisión.

No van a aceptar una declaración como esa, pensó Vin. La banda era muy independiente.

Sin embargo, sorprendentemente, nadie puso objeciones.

Dockson acabó por asentir.

—Muy bien, majestad. Vas a tener que caminar por una línea peligrosa..., hacer que Straff crea que puede contar con nuestro apoyo, pero también convencerlo de que puede traicionarnos a placer. Tienes que hacer que quiera nuestra fuerza bélica al mismo tiempo que desprecia nuestra fuerza de voluntad.

—Y —añadió Brisa— tienes que hacerlo sin que se dé cuenta de que estás jugando a dos bandas.

—¿Puedes hacerlo? —preguntó Ham—. Sinceramente, Elend.

Elend asintió.

—Puedo hacerlo, Ham. He mejorado mucho en política en este

último año —lo dijo con aplomo, aunque Vin advirtió que todavía tenía cerrados los puños. *Tendrá que aprender a no hacer eso.*

—Puede que entiendas de política —dijo Brisa—, pero esto es un timo. Acéptalo, amigo mío. Eres demasiado honrado..., siempre hablando de defender los derechos de los skaa y todo eso.

—Eh, estás siendo injusto —dijo Elend—. La honradez y las buenas intenciones son cosas completamente diferentes. Bueno, puedo ser igual de deshonesto que... —Hizo una pausa—. ¿Por qué estoy discutiendo esto? Hemos admitido que hay que hacerlo, y sabemos que quien tiene que hacerlo soy yo. Dox, ¿quieres escribirle una carta a mi padre? Dile que me alegrará visitarlo. De hecho... —Elend calló, mirando a Vin. Luego continuó—: De hecho, dile que quiero discutir el futuro de Luthadel y que quiero presentarle a alguien especial.

Ham se echó a reír.

—Ah, no hay nada como llevar a una chica a casa para presentársela a papá.

—Sobre todo cuando esa chica es casualmente la alomántica más peligrosa de todo el Dominio Central.

—¿Crees que accederá a que ella vaya? —preguntó Dockson.

—Si no lo hace, no hay trato. Asegúrate de que lo sepa. De todas formas, creo que accederá. Straff tiene la costumbre de subestimarme... probablemente por buenos motivos. No obstante, apuesto que ese sentimiento se extiende también a Vin. Seguramente está convencido de que no es tan buena como dice todo el mundo.

—Straff tiene su propio nacido de la bruma para protegerlo —terció Vin—. Será justo que Elend me lleve consigo. Y, si estoy allí, podré sacarlo si algo va mal.

Ham volvió a echarse a reír.

—Probablemente no sea una retirada muy digna... transportado a un lugar seguro a hombros de Vin.

—Será mejor que morir —dijo Elend, tratando obviamente de no darle importancia, pero ruborizándose un poco al mismo tiempo.

Me ama, pero sigue siendo un hombre, pensó Vin. ¿Cuántas veces he herido su orgullo por ser una nacida de la bruma mientras que él es simplemente una persona normal? Un hombre inferior nunca se habría enamorado de mí. Pero ¿no se merece una mujer a la que piense que puede proteger? Una mujer que parezca más... ¿una mujer?

Vin se acomodó de nuevo en su sillón, buscando el calor de su comodidad. Era el sillón del estudio de Elend, donde él leía. ¿No se merecía también una mujer que compartiera sus intereses, a quien leer no le pareciera un suplicio? ¿Una mujer con la que pudiera hablar sobre sus brillantes teorías políticas?

¿Por qué estoy pensando tanto en nuestra relación últimamente?, pensó Vin.

«No pertenecemos a su mundo —había dicho Zane—. Nuestro sitio está aquí, en las brumas. Tu lugar no está con ellos...»

—Hay algo más que quería mencionar, majestad —dijo Dockson—. Deberías reunir la Asamblea. Están impacientes por hablar contigo... de algo sobre monedas falsas que se han introducido en Luthadel.

—Ahora mismo no tengo tiempo para asuntos ciudadanos —respondió Elend—. El principal motivo por el que creé la Asamblea fue para que se ocupara de estos temas. Envíales un mensaje diciéndoles que confío en su juicio. Pide disculpas en mi nombre y explícales que me estoy encargando de la defensa de la ciudad. Intentaré comparecer en la reunión de la Asamblea la semana que viene.

Dockson asintió y garabateó una nota para sí.

—Aunque hay algo más que deberíamos tener en cuenta —advirtió—. Al reunirte con Straff, perderás tu poder sobre la Asamblea.

—No es un parlamento oficial —dijo Elend—, solo una reunión informal. La resolución anterior seguirá siendo firme.

—Sinceramente, majestad, dudo que ellos lo vean de esa forma. Sabes lo enfadados que están por no poder hacer nada hasta que decidas parlamentar.

—Lo sé. Pero el riesgo merece la pena. Necesitamos reunirnos con Straff. Una vez hecho eso, podré regresar con buenas noticias para la Asamblea, o eso espero. En ese sentido, puedo argumentar que la resolución no se ha cumplido. Por ahora, la reunión sigue adelante.

Muy decidido, en efecto, pensó Vin. *Está cambiando...*

Tenía que dejar de pensar en ese tipo de cosas. Se concentró en otro asunto. La conversación derivó hacia el modo concreto en que Elend podía manipular a Straff, y cada uno de los miembros de la banda le dio consejos para llevar a cabo el timo de manera eficaz. Vin, sin embargo, los observaba buscando discrepancias en sus personalidades, tratando de decidir si alguno de ellos podía ser un espía kandra.

¿Se comportaba Clubs de manera más silenciosa que de costumbre? ¿El cambio de forma de hablar de Fantasma se debía a la madurez, o a que el kandra tenía problemas para remedar su argot? ¿Era Ham, tal vez, demasiado jovial? También parecía dedicarse menos que antes a sus jueguecitos filosóficos. ¿Era debido a que se había vuelto más serio o a que el kandra no sabía imitarlo adecuadamente?

Aquello era inútil. Si le daba demasiadas vueltas encontraría discrepancias en cualquiera. Sin embargo, al mismo tiempo, todos parecían ser ellos mismos. La gente era demasiado compleja para reducirla a simples tendencias de personalidad. Además, el kandra tenía que ser bueno... muy bueno, con toda una vida de entrenamiento en el arte de imitar a los demás, y probablemente llevaba planeando su intrusión mucho tiempo.

Todo quedaba entonces en manos de la alomancia. Con todas las actividades relacionadas con el asedio y sus estudios de la Profundidad, Vin no había tenido oportunidad de sondear a sus amigos. Mientras lo pensaba, admitió que la excusa de la falta de tiempo era pobre. La verdad era que probablemente se estaba distrayendo porque la idea de que uno de la banda, de su primer grupo de amigos, fuera un traidor le resultaba demasiado inquietante.

Tenía que superarlo. Si de verdad había un espía en el grupo, sería el final. Si los reyes enemigos descubrían los trucos que Elend estaba planeando...

Quemó bronce de prueba. Inmediatamente sintió un pulso alomántico de Brisa, el querido e incorregible Brisa. Era tan bueno con la alomancia que ni siquiera Vin podía detectar su contacto la mayor parte de las veces, pero también era compulsivo respecto al uso de su poder.

En aquel momento no lo estaba usando con ella. Vin cerró los ojos, concentrándose. Una vez, hacía mucho tiempo, Marsh había intentado entrenarla en el delicado arte de usar bronce para leer los pulsos alománticos. Entonces ella no había comprendido la magnitud de la tarea que había emprendido.

Cuando un alomántico quemaba un metal desprendía un latido invisible, como un tamborileo que solo captaba otro alomántico que quemara bronce. El ritmo de esos pulsos (la rapidez de los latidos, la manera en que «sonaban») indicaba exactamente qué metal se estaba quemando.

Requería práctica, pero a Vin se le iba dando mejor interpretar los pulsos. *Si me concentro más...* Percibió una pauta que la inundaba, un latido doble en cada pulso. Los sintió orientados hacia su derecha. Los pulsos iban dirigidos hacia otra cosa, hacia algo que los estaba absorbiendo.

Elend. Brisa estaba centrado en Elend. No era de extrañar, dada la actual discusión. Brisa siempre empujaba a la gente con la que se relacionaba.

Satisfecha, Vin se acomodó en su asiento. Pero entonces vaciló. *Marsh dio a entender que había mucho más en el bronce de lo que la gente pensaba. Me pregunto...*

Cerró los ojos, ignorando el hecho de que cualquiera de los otros pudiera considerar sus acciones extrañas, y se concentró de nuevo en los pulsos alománticos. Avivó bronce, concentrándose tanto que sintió que iba a darle dolor de cabeza. Había una... vibración en los pulsos. Pero no estaba segura de qué podía significar eso.

¡Concéntrate!, se dijo. Sin embargo, los pulsos se negaban tozudamente a dar más información.

Bien, pensó. *Haré trampas.* Apagó su estaño (casi siempre lo tenía encendido un poquito) y luego buscó en su interior y quemó el decimocuarto metal. El duraluminio.

Los pulsos alománticos se volvieron tan fuertes, tan potentes, que podría haber jurado que sentía las vibraciones haciéndola pedazos. Sonaban como golpes de un tambor enorme justo a su lado. Pero recibió algo de ellos.

Ansiedad, nerviosismo, preocupación, inseguridad, ansiedad, nerviosismo, preocupación...

Desapareció, el bronce gastado en una enorme llamarada de poder. Vin abrió los ojos; nadie de la sala la estaba mirando excepto OreSeur.

Se sentía agotada. El dolor de cabeza que había predicho la asaltó con toda su potencia, resonando en su cabeza como el hermano pequeño del tambor que había desterrado. Sin embargo, se aferró a la información que había entrevisto. No se había producido con palabras, sino con sensaciones... y su primer temor fue que Brisa estuviera haciendo aparecer esas emociones. Ansiedad, nerviosismo, preocupación. De todas formas, inmediatamente advirtió que Brisa era un aplacador. Si se concentraba en las emociones, serían las que estaba aligerando. Las que aplacaba con sus poderes.

Miró entonces a Elend. *¡Vaya..., está haciendo que Elend se sienta* *más confiado!* Si Elend se erguía un poco más, era porque Brisa lo estaba ayudando en silencio. Aplacando la ansiedad y la preocupación. Y Brisa lo lograba mientras discutía y hacía sus habituales comentarios burlones.

Vin estudió al hombre gordezuelo, ignorando su dolor de cabeza, experimentando una nueva sensación de admiración. Siempre le había intrigado un poco la situación de Brisa en la banda. Los otros hombres eran, hasta cierto punto, idealistas. Incluso Clubs, bajo su fachada refunfuñona, siempre le había parecido un hombre sólidamente bueno.

Brisa era diferente. Manipulador, un poco egoísta..., parecía que se había unido a la banda por el desafío, no porque quisiera realmente ayudar a los skaa. Pero Kelsier siempre había dicho que había elegido con cuidado a su grupo, escogiendo a los hombres por su integridad, no solo por su habilidad.

Tal vez Brisa no era ninguna excepción después de todo. Vin lo vio apuntar con su bastón a Ham mientras decía algo vanidoso. Y, sin embargo, por dentro era completamente diferente.

Eres un buen hombre, Brisa, pensó, sonriendo para sí. *E intentas ocultarlo con todas tus fuerzas.*

Y además no era el impostor. Ella lo sabía desde el principio, naturalmente: *Brisa* no estaba en la ciudad cuando el kandra había hecho el cambio. Sin embargo, tener una segunda confirmación alivió un poco su carga.

Si podía eliminar a algunos de los demás...

Elend se despidió de la banda después de la reunión. Dockson fue a escribir las cartas requeridas, Ham a seguridad, Clubs de vuelta a entrenar a los soldados, y Brisa a intentar aplacar a la Asamblea por la falta de asistencia de Elend.

Vin salió del estudio, tras dirigirle una mirada, y luego observó a Tindwyl. *Todavía recelas de ella, ¿eh?,* pensó Elend divertido. Le asintió para tranquilizarla y Vin frunció el ceño, un poco molesta. Él la habría dejado quedarse, pero..., bueno, enfrentarse a Tindwyl era ya bastante embarazoso.

Vin salió de la habitación, con el perro lobo kandra a su lado. *Parece que cada vez está más unida a esa criatura,* pensó Elend con satisfacción. Era bueno saber que alguien la vigilaba.

Vin cerró la puerta y Elend suspiró, frotándose el hombro. Varias semanas de entrenamiento con la espada y el bastón estaban pasándole factura, y tenía todo el cuerpo magullado. Trató de impedir que se notara que le dolía... o, más bien, que Tindwyl lo viera demostrarlo. *Al menos he demostrado que estoy aprendiendo*, pensó. *Ha tenido que notarlo.*

—¿Bien? —preguntó.

—Ha sido una vergüenza —dijo Tindwyl, de pie ante su silla.

—Eso te gusta decir —contestó Elend, y se dispuso a recoger una pila de libros. Tindwyl decía que tenía que dejar que los criados limpiaran el estudio, algo a lo que él siempre se había resistido. El desorden de libros y papeles le parecía adecuado, y no quería que nadie más los tocara.

Sin embargo, con ella allí de pie mirándolo, era difícil no ser consciente del desorden. Puso otro libro en el montón.

—Te habrás dado cuenta de lo bien que me ha ido —dijo Elend—. He conseguido que me dejen ir al campamento de Straff.

—Eres el rey, Elend Venture —dijo Tindwyl, los brazos cruzados—. Nadie te «deja» hacer nada. El primer cambio de actitud tiene que ser el tuyo: tienes que dejar de pensar que necesitas el permiso o el acuerdo de los que te siguen.

—Un rey debería gobernar por consentimiento de sus ciudadanos —dijo Elend—. No seré otro lord Legislador.

—Un rey debería ser fuerte —respondió Tindwyl con firmeza—. Acepta un consejo, pero solo cuando lo pide. Deja claro que la decisión final es suya, no de sus consejeros. Tienes que controlar mejor a tus asesores. Si ellos no te respetan, entonces tus enemigos no lo harán tampoco... y las masas no lo harán nunca.

—Ham y los demás me respetan.

Tindwyl alzó una ceja.

—¡Sí que lo hacen!

—¿Cómo te llaman?

Elend se encogió de hombros.

—Son mis amigos. Usan mi nombre.

—O una aproximación. ¿No es cierto, «El»?

Elend se ruborizó y amontonó un último libro.

—¿Quieres que obligue a mis amigos a dirigirse a mí por mi título?

—Sí —dijo Tindwyl—. Sobre todo en público. Deben dirigirse a ti como «majestad», o al menos como «mi señor».

—Dudo que Ham lo encaje bien. Tiene algunos problemas con la autoridad.

—Los superará —dijo Tindwyl, pasando el dedo por una estantería. No necesitó enseñárselo a Elend para que este supiera que había polvo en la yema.

—¿Y tú? —la desafió Elend.

—¿Yo?

—Me llamas «Elend Venture», no «majestad».

—Yo soy diferente.

—Bueno, no veo por qué. Puedes llamarme «majestad» a partir de ahora.

Tindwyl sonrió taimadamente.

—Muy bien, majestad. Ya puedes abrir los puños. Vas a tener que trabajar eso: un hombre de Estado no debería dar pistas visuales de su nerviosismo.

Elend bajó la cabeza y relajó las manos.

—Muy bien.

—Además —continuó Tindwyl—, sigues dando demasiados rodeos al hablar. Hace que parezcas tímido y vacilante.

—Estoy esforzándome en eso.

—No pidas disculpas a menos que vaya en serio. Y no pongas excusas. No las necesitas. A menudo se juzga a los líderes por cómo soportan la responsabilidad. Como rey, todo lo que suceda en tu reino, no importa quién cometa el hecho, es culpa tuya. Eres incluso responsable de hechos inevitables como terremotos y tormentas.

—O ejércitos —dijo Elend.

Tindwyl asintió.

—O ejércitos. Tu responsabilidad es encargarte de estas cosas y, si algo sale mal, es culpa tuya. Simplemente, tienes que aceptarlo.

Elend asintió y tomó un libro.

—Y ahora, hablemos de culpas —dijo Tindwyl, sentándose—. Deja de limpiar. Ese no es trabajo para un rey.

Elend suspiró y soltó el libro.

—La culpa no es propia de un rey —dijo Tindwyl—. Tienes que dejar de sentir lástima de ti mismo.

—¡Acabas de decirme que todo lo que sucede en el reino es culpa mía!

—Lo es.

—¿Cómo puedo entonces no sentirme culpable?

—Tienes que confiar en que tus acciones son las más convenientes —explicó Tindwyl—. Tienes que saber que no importa lo mal que se pongan las cosas, serían peor sin ti. Cuando sucedan desastres, acepta la responsabilidad, pero no te revuelques en el fango ni te compadezcas de ti mismo. No se te permite ese lujo. La culpa es para gente inferior. Tú simplemente tienes que hacer lo que se espera de ti.

—¿Y es...?

—Hacer que todo mejore.

—Magnífico —dijo Elend llanamente—. ¿Y si fracaso?

—Entonces acepta la responsabilidad, y haz que todo sea mejor al segundo intento.

Elend puso los ojos en blanco.

—¿Y si no consigo que las cosas mejoren? ¿Y si en realidad no soy el mejor hombre para el cargo de rey?

—Entonces abandona —dijo Tindwyl—. El suicidio es el método preferible..., suponiendo, claro, que tengas un heredero. Un buen rey sabe que no hay que romper la sucesión.

—Por supuesto. Así que estás diciendo que debería matarme.

—No. Te estoy diciendo que te enorgullezcas de ti mismo, majestad.

—Pues no lo parece. ¡Todos los días me dices lo mal rey que soy, y cómo sufrirá la gente por eso! Tindwyl, no soy el mejor hombre para este cargo. El mejor se hizo matar por el lord Legislador.

—¡Ya basta! —replicó Tindwyl—. Lo creas o no, majestad, eres la mejor persona para este puesto.

Elend soltó un bufido.

—Eres el mejor porque ocupas el trono. Si hay algo peor que un rey mediocre, es el caos..., que es lo que habría en el reino si tú no estuvieras en el trono. Nobles y campesinos te aceptan. Puede que no crean en ti, pero te aceptan. Retírate ahora, o incluso muere accidentalmente, y habrá confusión, colapso y destrucción. Pobremente entrenado o no, débil de carácter o no, blanco de burlas o no, eres todo lo que tiene este país. Eres el rey, Elend Venture.

—Yo... no estoy seguro de que estés consiguiendo que me sienta mejor, Tindwyl.

—No...

Elend alzó una mano.

—Sí, lo sé. No se trata de lo que yo sienta.

—No cabe la culpa. Acepta que eres rey, acepta que no puedes hacer nada constructivo para cambiarlo, y acepta la responsabilidad. Hagas lo que hagas, demuestra confianza.

Elend asintió.

—Arrogancia, majestad —dijo Tindwyl—. Los líderes de éxito comparten una tendencia común: creen que pueden hacer mejor el trabajo que nadie. La humildad está bien cuando consideras tu responsabilidad y tu deber, pero cuando llega el momento de tomar una decisión, no debes cuestionarte a ti mismo.

—Lo intentaré.

—Bien. Ahora quizá deberíamos pasar a otro tema. Dime, ¿por qué no te has casado con esa joven?

Elend frunció el ceño. *No me esperaba esto...*

—Es una pregunta muy personal, Tindwyl.

—Bien.

Elend frunció el ceño aún más, pero ella continuó sentada, expectante, clavando en él una de sus implacables miradas.

—No lo sé —dijo Elend por fin, sentándose en su sillón y suspirando—. Vin no es... como las otras mujeres.

Tindwyl alzó una ceja, y su voz se suavizó levemente.

—Creo que cuantas más mujeres conozcas, majestad, más comprobarás que eso es aplicable a todas ellas.

Elend asintió con tristeza.

—Sea como sea, las cosas no están bien así —dijo Tindwyl—. No me entrometeré más en vuestra relación, pero, como hemos discutido, las apariencias son muy importantes para un rey. No es adecuado que vean que tienes una amante. Soy consciente de que estas cosas eran comunes en la nobleza imperial. Los skaa, sin embargo, quieren ver algo mejor en ti. Tal vez porque muchos nobles eran muy casquivanos, los skaa siempre han valorado la monogamia. Desean desesperadamente que tú respetes sus valores.

—Tendrán que ser pacientes con nosotros —dijo Elend—. La verdad es que yo quiero casarme, pero es ella quien no quiere.

—¿Sabes por qué?

Elend negó con la cabeza.

—Ella... No logro entenderla muchas veces.

—Tal vez no sea adecuada para un hombre de tu posición.

Elend levantó bruscamente la cabeza.

—¿Qué significa eso?

—Tal vez necesites a una persona más refinada —dijo Tindwyl—. Estoy segura de que es buena guardaespaldas, pero como dama resulta...

—¡Basta! —replicó Elend—. Vin está bien tal como es.

Tindwyl sonrió.

—¿Qué? —exigió Elend.

—Te he estado insultando toda la tarde, majestad, y apenas te has molestado. Pero menciono a tu nacida de la bruma de manera ligeramente despreciativa y estás dispuesto a expulsarme.

—¿Y?

—Así que la amas.

—Naturalmente. No la comprendo, pero sí: la amo.

Tindwyl asintió.

—Te pido disculpas, entonces, majestad. Tenía que asegurarme.

Elend frunció el ceño y se relajó un poco en su asiento.

—Entonces, ¿esto ha sido una especie de prueba? ¿Querías ver cómo reaccionaría a lo que dijeras sobre Vin?

—Siempre te pondrán a prueba aquellos a quienes conozcas, majestad. Ya podrías ir acostumbrándote.

—Pero ¿por qué te preocupa mi relación con Vin?

—El amor no es fácil para los reyes, majestad —dijo Tindwyl con voz extrañamente amable—. Descubrirás que tu afecto por la muchacha puede causar muchos más problemas que ninguna de las otras cosas que hemos comentado.

—¿Y eso es un motivo para renunciar a ella? —preguntó Elend, envarado.

—No. No lo creo.

Elend estudió a la recia terrisana con sus rasgos cuadrados y su postura estirada.

—Eso... me resulta extraño, viniendo de ti. ¿Qué hay del deber real y las apariencias?

—Debemos hacer concesiones, excepcionalmente.

Interesante, pensó Elend. Nunca la habría considerado del tipo de las que ceden ni siquiera excepcionalmente. *Tal vez es un poco más profunda de lo que creía.*

—Bueno, ¿cómo van tus sesiones de entrenamiento?

Elend se frotó el brazo dolorido.

—Bien, supongo, pero...

Lo interrumpió un golpe en la puerta. El capitán Demoux entró un momento después.

—Majestad, ha llegado una visita del ejército de lord Cett.

—¿Un mensajero? —se extrañó Elend, poniéndose en pie.

Demoux pareció un poco cohibido.

—Bueno... más o menos. Dice que es la hija de lord Cett, y viene buscando a Brisa.

Nació de familia humilde, y, sin embargo, se casó con la hija de un rey.

21

El caro vestido de la joven (de fina seda roja con un chal y mangas de encaje) podría haberle aportado un aire de dignidad si no se hubiera abalanzado hacia Brisa en cuanto este entró en la sala. Agitando su clara melena occidental, dio un gritito de felicidad mientras rodeaba con los brazos el cuello de Brisa.

Tenía, tal vez, dieciocho años.

Elend miró a Ham, que no daba crédito a sus ojos.

—Bueno, parece que tenías razón en lo de Brisa y la hija de Cett —susurró Elend.

Ham sacudió la cabeza.

—No creía..., quiero decir, estaba bromeando, porque se trataba de Brisa. ¡No esperaba estar en lo cierto!

Brisa, por su parte, tuvo al menos la decencia de parecer terriblemente incómodo en brazos de la joven. Se hallaban en el atrio del palacio, el mismo lugar donde Elend había recibido al mensajero de su padre. Ventanales del suelo al techo dejaban entrar la luz de la tarde, y un grupo de criados esperaba a un lado de la sala órdenes de Elend.

Brisa miró a Elend a los ojos, profundamente ruborizado. *Creo que nunca lo había visto ponerse colorado*, pensó Elend.

—Querida mía —dijo Brisa, aclarándose la garganta—, ¿no deberías presentarte al rey?

La chica finalmente soltó a Brisa. Dio un paso atrás e hizo una reverencia a Elend con la gracia típica de los nobles. Era un poco ampulosa, con la melena a la moda anterior al Colapso, y tenía las mejillas encendidas de excitación. Era agradable, obviamente bien entrenada para la corte..., exactamente el tipo de chica que Elend había evitado durante toda su juventud.

—Elend —dijo Brisa—, permíteme presentarte a Allrianne Cett, hija de lord Ashweather Cett, rey del Dominio Occidental.

—Majestad —dijo Allrianne.

Elend asintió.

—Lady Cett... —Hizo una pausa, y, luego, esperanzado, continuó—: ¿Te envía tu padre como embajadora?

Allrianne vaciló.

—Mmm... no me envía exactamente, majestad.

—Oh, cielos —dijo Brisa, sacando un pañuelo para secarse la frente.

Elend miró a Ham y luego a la chica.

—Tal vez deberías explicarte —dijo, indicando los asientos. Allrianne asintió ansiosamente, pero se mantuvo cerca de Brisa mientras se sentaban. Elend mandó a los criados que trajeran vino fresco.

Tenía la sensación de que iba a necesitar beber algo.

—Busco asilo, majestad —dijo Allrianne, hablando con voz rápida—. Tuve que marcharme. Quiero decir... ¡Brisi tiene que haberte contado cómo es mi padre!

Brisa parecía incómodo, y Allrianne colocó una afectuosa mano sobre su rodilla.

—¿Cómo es tu padre? —preguntó Elend.

—¡Es tan manipulador, tan exigente! Expulsó a Brisi, y tuve que seguirlo. No estaba dispuesta a pasar otro instante más en ese campamento. ¡Un campamento de guerra! ¡Me trajo a mí, a una dama joven, a la guerra! ¿Sabes lo que es que te miren con lascivia todos los soldados que pasan? ¿Comprendes lo que es vivir en una tienda?

—Yo...

—Rara vez teníamos agua fresca —continuó Allrianne—. ¡Y no podía darme un baño decente por miedo a los soldados mirones! Durante nuestros viajes, no había nada que hacer en todo el terrible día sino estarse sentada en el carruaje y dar botes y botes y botes. Cielos, hasta que llegó Brisi no tuve una conversación refinada en semanas. Y luego, mi padre lo expulsó...

—¿Por...? —preguntó Ham ansiosamente.

Brisa tosió.

—Tuve que escaparme, majestad —dijo Allrianne—. ¡Tienes que darme asilo! Sé cosas que podrían ayudarte. Por ejemplo, sé cómo es el campamento de mi padre. ¡Apuesto a que no sabes que recibe suministros de la fábrica de conservas de Haverfrex! ¿Qué te parece?

—Mmm... impresionante —dijo Elend, dubitativo.

Allrianne asintió.

—¿Y has venido a buscar a Brisa? —preguntó Elend.

Allrianne se ruborizó un poco, mirando hacia un lado. Sin embargo, cuando habló, lo hizo con poco tacto.

—Tenía que volver a verlo, majestad. Es tan encantador, tan... maravilloso. No esperaba que mi padre comprendiera a un hombre como él.

—Ya veo.

—Por favor, majestad. Tienes que aceptarme. ¡Ahora que he dejado a mi padre, no tengo ningún otro sitio al que ir!

—Puedes quedarte... por el momento, al menos —dijo Elend, saludando con la cabeza a Dockson, que acababa de entrar por la puerta—. Pero, obviamente, has tenido un viaje difícil. ¿No querrías tener la oportunidad de refrescarte...?

—¡Oh, lo agradecería mucho, majestad!

Elend miró a Cadon, uno de los mayordomos del palacio, que estaba al fondo de la sala con otros criados. Asintió: las habitaciones estaban preparadas.

—Bien —dijo Elend, poniéndose en pie—. Cadon te conducirá a tus habitaciones. Cenaremos a las siete y podremos volver a hablar entonces.

—¡Gracias, majestad! —dijo Allrianne, levantándose de un salto.

Le dio otro abrazo a Brisa y luego avanzó, como si pretendiera hacer lo mismo con Elend. Por fortuna, se lo pensó mejor y permitió que los criados se la llevaran.

Elend se sentó. Brisa suspiró profundamente y se arrellanó con gesto cansado. Dockson se acercó y ocupó el puesto de la muchacha.

—Ha sido... inesperado —advirtió Brisa.

Se produjo una pausa embarazosa, los árboles del atrio se agitaban suavemente con la brisa al otro lado del balcón. Entonces, con un brusco alarido, Ham empezó a reírse, tanto que Elend, a pesar del peligro, a pesar de la gravedad del problema, no pudo evitar echarse a reír también.

—Oh, venga ya —rezongó Brisa, cosa que solo los hizo reír aún más. Tal vez fuese por la incongruencia de la situación, tal vez porque necesitaba liberar la tensión, pero Elend se rio con tantas ganas que estuvo a punto de caerse de su asiento. A Ham no le iba mucho mejor, e incluso Dockson esbozó una sonrisa.

—No consigo verle la gracia a la situación —dijo Brisa—. La hija de lord Cett, un hombre que está ahora mismo asediando nuestro hogar, acaba de pedir asilo en la ciudad. ¡Si Cett no estaba decidido a matarnos antes, desde luego que lo estará ahora!

—Lo sé —dijo Elend, inspirando profundamente—. Lo sé. Es que...

—Es tu pinta abrazado por ese pimpollo cortesano —dijo Ham—. ¡No se me ocurre nada más embarazoso que verte enfrentado a una joven irracional!

—Esto complica más la situación —comentó Dockson—. Aunque no estoy acostumbrado a que seas tú quien nos cause problemas de esta naturaleza, Brisa. Sinceramente, creía que podríamos evitar relaciones femeninas no planeadas ahora que Kel ya no está con nosotros.

—No es culpa mía —se defendió Brisa—. El afecto de esa chica está completamente fuera de lugar.

—Eso seguro —murmuró Ham.

—Muy bien —dijo una nueva voz—. ¿Qué era esa cosa rosa que acabo de encontrarme en el pasillo?

Elend se volvió y se encontró a Vin en la puerta, cruzada de brazos. *Qué silenciosa es... ¿Por qué camina tan furtiva, incluso en el palacio?* Vin nunca llevaba zapatos que hicieran ruido, ni faldas cuya tela pudiera rozar, ni nada de metal en la ropa que pudiera tintinear o ser objeto de empujones alománticos.

—No era rosa, querida —dijo Brisa—. Era rojo.

—Se parece bastante —respondió Vin, avanzando—. Les estaba soltando un sermón a los criados sobre la temperatura de su baño y asegurándose de que anotaran sus platos favoritos.

Brisa suspiró.

—Es Allrianne. Probablemente tengamos que buscarnos un nuevo maestro repostero... o eso, o empezar a pedir postres. Es bastante exigente en ese aspecto.

—Allrianne Cett es la hija de lord Cett —explicó Elend mientras Vin, ignorando las sillas, se sentaba en el borde de un macetón que había a su lado y apoyaba una mano en su brazo—. Al parecer, Brisa y ella son algo así como una pareja.

—¿Disculpa? —rezongó Brisa.

Vin, sin embargo, arrugó la nariz.

—Qué repulsivo, Brisa. Tú eres viejo. Ella es joven.

—No hubo ninguna relación —replicó Brisa—. Además, no soy tan viejo... ni ella es tan joven.

—Hablaba como si tuviera doce años —dijo Vin.

Brisa puso los ojos en blanco.

—Allrianne era una niña de la corte rural, un poco inocente, un poco malcriada, pero no se merece que se hable así de ella. Es bastante inteligente, en las circunstancias adecuadas.

—Entonces, ¿hubo algo entre vosotros? —lo pinchó Vin.

—Por supuesto que no —dijo Brisa—. Bueno, nada real, aunque podría haberse interpretado mal. Se interpretó mal, de hecho, cuando su padre descubrió... Da igual, ¿quién eres tú para hablar, Vin? Creo recordar a cierta jovencita suspirando por el viejo Kelsier hace unos cuantos años.

Elend alzó la cabeza al oír el comentario.

Vin se ruborizó.

—Nunca perseguí a Kelsier.

—¿Ni siquiera al principio? —preguntó Brisa—. Venga, ¿a un hombre intrépido como él? Te salvó de recibir una paliza a manos del antiguo jefe de tu banda, te aceptó...

—Estás enfermo —declaró Vin, cruzándose de brazos—. Kelsier era como un padre para mí.

—Con el tiempo, tal vez, pero...

Elend levantó una mano.

—Basta —dijo—. Esta discusión es inútil.

Brisa bufó, pero guardó silencio. *Tindwyl tiene razón*, pensó Elend. *Me escuchan si actúo como ellos esperan que lo haga.*

—Tenemos que decidir qué vamos a hacer —dijo.

—La hija del hombre que nos amenaza podría ser una moneda de cambio muy poderosa —dijo Dockson.

—¿Quieres decir tenerla como rehén? —preguntó Vin, entornando los ojos.

Dockson se encogió de hombros.

—Alguien tiene que decir lo obvio, Vin.

—No es realmente una rehén —intervino Ham—. Ha venido a nosotros, después de todo. Dejar que se quede podría tener el mismo efecto que retenerla.

—Eso podría enfrentarnos a Cett —dijo Elend—. Nuestro plan original era hacerle creer que éramos sus aliados.

—Podríamos devolverla, entonces —propuso Dockson—. Eso nos haría avanzar mucho en las negociaciones.

—¿Y su petición? —preguntó Brisa—. La muchacha no era feliz en el campamento de su padre. ¿No deberíamos al menos considerar sus deseos?

Todos los ojos se volvieron hacia Elend. Vaciló. Hacía apenas unas semanas hubieran seguido discutiendo. Le parecía extraño que empezaran tan rápidamente a mirarlo en busca de decisiones.

¿Quién era él? ¿Un hombre que por casualidad había acabado en el trono? ¿Un pobre sustituto de su brillante líder? ¿Un idealista que no había considerado los peligros de su filosofía? ¿Un necio? ¿Un niño? ¿Un impostor?

Lo mejor que tenían.

—Ella se queda —dijo Elend—. Por ahora. Tal vez nos veamos obligados a devolverla más tarde, pero será una distracción útil para el ejército de Cett. Que suden un poco. Eso nos concederá más tiempo.

Los miembros de la banda asintieron, y Brisa pareció aliviado.

Haré lo que pueda, tomaré las decisiones tal como crea que deben tomarse, pensó Elend. *Y luego aceptaré las consecuencias.*

Podía conversar con los mejores filósofos y tenía una memoria impresionante. Casi tan buena como la mía. Sin embargo, no discutía.

22

Caos y estabilidad, la bruma era ambas cosas. En la tierra había un imperio, dentro de ese imperio había una docena de reinos fragmentados, dentro de esos reinos había ciudades, pueblos, aldeas, plantaciones. Y por encima de todos ellos, dentro de todos ellos, alrededor de todos ellos, estaba la bruma. Era más constante que el sol, pues las nubes no podían ocultarla. Era más poderosa que las tormentas, pues superaba la furia de cualquier elemento. Siempre estaba allí. Cambiante, pero eterna.

El día era un suspiro impaciente que esperaba la noche. Cuando la oscuridad llegó, sin embargo, Vin descubrió que las brumas ya no la calmaban como antes.

Nada parecía seguro. La noche había sido su refugio, pero ya hacía tiempo que Vin se descubría mirando hacia atrás, buscando contornos fantasmales. Elend había sido su paz, pero estaba cambiando. Ella había podido proteger a los seres que amaba... pero cada vez tenía más miedo de que las fuerzas que actuaban contra Luthadel estuvieran más allá de su capacidad para detenerlas.

Nada la asustaba más que su propia impotencia. Durante su infancia había dado por hecho que no podía cambiar las cosas, pero Kelsier le había hecho sentirse orgullosa de sí misma.

Si no podía proteger a Elend, ¿de qué servía?

Todavía hay algunas cosas que puedo hacer, pensó con determinación. Se agazapó silenciosamente en un alféizar, con las borlas de la capa de bruma colgando, agitándose suavemente con el viento. Bajo ella, las antorchas chisporroteaban delante de la fortaleza Venture, iluminando a una pareja de guardias de Ham. Permanecían en alerta ante las cambiantes brumas, demostrando una diligencia impresionante.

Los guardias no podían verla allí arriba: apenas podían a seis metros de distancia con la densa bruma. No eran alománticos. Además del núcleo de la banda, Elend tenía acceso a apenas media docena de brumosos, cosa que hacía que fuera alománticamente débil comparado con la mayoría de los nuevos reyes del Imperio Final. Se suponía que Vin compensaba la diferencia.

Las llamas de las antorchas oscilaron cuando se abrieron las puertas, y una figura salió del palacio. La voz de Ham resonó queda en las brumas cuando saludó a los guardias. Un motivo, quizá el principal, por el que los guardias eran tan diligentes era la existencia de Ham. Podía ser un poco anarquista de corazón, pero era un líder muy bueno si se le daba un equipo pequeño. Aunque sus guardias no eran los soldados más disciplinados y acicalados que Vin hubiese visto, eran ferozmente leales.

Ham habló con los hombres un rato, luego se despidió y se internó en las brumas. El pequeño patio situado entre la fortaleza y su muralla albergaba un par de puestos de guardia y patrulla, y Ham los visitaba por turno. Caminó osadamente en la oscuridad, confiando en la tenue luz de las estrellas para guiarse en vez de cegarse con una antorcha. Una costumbre de ladrón.

Vin sonrió, saltó en silencio al suelo y echó a andar detrás de Ham. Él siguió caminando, ignorando su presencia. *¿Cómo sería tener solo un poder alomántico?*, pensó Vin. *Poder hacerte más fuerte, pero tener el oído tan poco fino como una persona normal.* Habían pasado solo dos años, pero ya había aprendido a confiar ciegamente en sus habilidades.

Ham continuó adelante y Vin lo siguió discretamente, hasta que se produjo la emboscada. Vin se tensó, avivando su bronce.

OreSeur aulló de repente, saltando de una pila de cajas. El kandra era una oscura silueta en la noche y su ladrido inhumano atemorizó incluso a Vin. Ham se dio media vuelta, maldiciendo en voz baja.

Y por instinto avivó peltre. Concentrada en su bronce, Vin confirmó que los pulsos procedían decididamente de él. Ham se giró, buscando en la noche, mientras OreSeur aterrizaba. Vin, sin embargo, se limitó a sonreír. La alomancia de Ham significaba que no era un impostor. Podía tachar otro nombre de la lista.

—No pasa nada, Ham —dijo, acercándose.

Ham bajó despacio su bastón de duelos.

—¿Vin? —preguntó, entornando los ojos en la niebla.

—Soy yo. Lo siento, has asustado a mi perro. Se pone nervioso por la noche.

Ham se relajó.

—Nos pasa a todos, supongo. ¿Algo de particular esta noche?

—No que yo sepa. Te lo haré saber.

Ham asintió.

—Te lo agradeceré... aunque dudo que me necesites. Soy capitán de la guardia, pero eres tú quien hace todo el trabajo.

—Eres más valioso de lo que crees, Ham. Elend confía en ti. Desde que Telden, Jastes y los demás lo dejaron, necesita un amigo.

Ham asintió. Vin se volvió y contempló las brumas, donde Ore-Seur esperaba sentado. Parecía sentirse cada vez más cómodo con su cuerpo de perro lobo.

Ahora que sabía que Ham no era el impostor, había algo que necesitaba discutir con él.

—Ham —dijo—, que protejas a Elend es más importante de lo que crees.

—Estás hablando del impostor —respondió Ham tranquilamente—. Me ha hecho buscar a todo el personal de palacio para ver quién pudo haber desaparecido durante unas cuantas horas ese día. Pero es una tarea difícil.

Ella asintió.

—Hay algo más, Ham. Me he quedado sin atium.

Él guardó silencio un momento y luego ella lo oyó maldecir entre dientes.

—Moriré la próxima vez que me enfrente a un nacido de la bruma —dijo.

—No a menos que tenga atium —respondió Ham.

—¿Qué posibilidades hay de que alguien envíe a un nacido de la bruma sin atium a luchar contra mí?

Él vaciló.

—Ham, necesito encontrar un modo de luchar contra alguien que queme atium. Dime que conoces una manera.

Ham se encogió de hombros en la oscuridad.

—Hay montones de teorías, Vin. Una vez tuve una larga conversación con Brisa al respecto... aunque él se pasó todo el rato quejándose de que lo estaba molestando.

—¿Bien? —preguntó Vin—. ¿Qué puedo hacer?

Ham se frotó la barbilla.

—La mayoría de la gente coincide en que la mejor forma de matar a un nacido de la bruma que tenga atium es sorprenderlo.

—Eso no sirve de nada si me ataca él primero.

—Bueno, quitando la sorpresa, no hay mucho. Algunos piensan que se podría matar a un nacido de la bruma que utilice atium si lo pillas en una situación inevitable. Es como un juego de estrategia: a veces el único modo de tomar una pieza es acorralarla para que, no importa hacia dónde se mueva, muera.

»Pero conseguir eso con un nacido de la bruma es bastante difícil. La cosa es que el atium permite al nacido de la bruma ver el futuro... Sabe si un movimiento lo atrapará y por eso puede evitar la situación. Se supone que el metal amplía su mente de algún modo también.

—Así es. Cuando quemo atium, a menudo esquivo antes de advertir los ataques que vienen.

Ham asintió.

—Bien, ¿qué más?

—Eso es todo, Vin. Los violentos hablan mucho de este tema: todos tenemos miedo de enfrentarnos a un nacido de la bruma. Esas son tus dos opciones: sorprenderlo o acorralarlo. Lo siento.

Vin frunció el ceño. Ninguna opción le serviría de mucho si caía en una emboscada.

—Bueno, tengo que ponerme en marcha. Prometo que te informaré si dejo algún cadáver.

Ham se echó a reír.

—¿Y si tratas de evitar tener que dejar alguno, eh? Solo el lord Legislador sabe lo que haría este reino si te perdiéramos...

Vin asintió, aunque no estaba segura de cuánto podía verla Ham en la oscuridad. Le hizo un gesto a OreSeur y se dirigió hacia la muralla de la fortaleza, dejando al hombre en el camino empedrado.

—Ama —dijo OreSeur cuando hubieron subido a la muralla—, ¿puedo saber cuál era el propósito de sorprender así a maese Hammond? ¿Es que te gusta asustar a tus amigos?

—Era una prueba —dijo Vin, deteniéndose junto a una almena y contemplando la ciudad.

—¿Una prueba, ama?

—Para ver si usaba alomancia. De esa forma he confirmado que no es él el impostor.

—Ah —dijo el kandra—. Muy astuto, ama.

Vin sonrió.

—Gracias —contestó. Una patrulla de la guardia se les acercaba. Como no quería que los vieran, Vin señaló la caseta de piedra. Dio un salto, empujando una moneda, y aterrizó encima. OreSeur saltó tras ella, usando su extraña musculatura kandra para impulsarse tres metros.

Vin se sentó a pensar, con las piernas cruzadas, y OreSeur se tendió a su lado, asomando las patas por el borde del tejado. Mientras estaban allí, Vin advirtió un detalle. *OreSeur me dijo que un kandra no conseguía poderes de alomancia si se comía a un alomántico... pero ¿puede un kandra ser alomántico por sí mismo? Nunca terminé esa conversación.*

—Eso me indica si una persona es un kandra, ¿no? —preguntó, volviéndose hacia OreSeur—. Tu gente no tiene poderes alománticos, ¿verdad?

OreSeur no respondió.

—¿OreSeur?

—No estoy obligado a responder a esa pregunta, ama.

Sí, pensó Vin con un suspiro. *El Contrato. ¿Cómo se supone que voy a capturar al otro kandra si OreSeur no quiere responder a ninguna de mis preguntas?* Se echó hacia atrás, llena de frustración, y contempló las interminables brumas usando su capa como almohada.

—Tu plan funcionará, ama —dijo OreSeur tranquilamente.

Vin vaciló, volvió la cabeza hacia él. OreSeur yacía con la cabeza sobre las patas delanteras, contemplando la ciudad.

—Si sientes alomancia en alguien, entonces no será un kandra.

Vin sintió una vacilante reticencia en sus palabras, y OreSeur no la miró. Era como si hablara a regañadientes, dando información que hubiera preferido guardarse.

¡Qué lleno está de secretos!, pensó Vin.

—Gracias —dijo.

OreSeur encogió sus hombros caninos.

—Sé que preferirías no tener que tratar conmigo —dijo ella—. Los dos preferiríamos mantener las distancias. Pero tendremos que hacer que las cosas funcionen.

OreSeur volvió a asentir, y luego giró ligeramente la cabeza y la miró.

—¿Por qué me odias?

—Yo no te odio —respondió Vin.

OreSeur alzó una ceja perruna. Había una sabiduría en aquellos ojos, una comprensión, que sorprendieron a Vin. Nunca había visto tales cosas en él antes.

—Yo... —Vin apartó la mirada—. Es que no he superado el hecho de que te comieras el cuerpo de Kelsier.

—No es por eso —dijo OreSeur, volviendo a contemplar la ciudad—. Eres demasiado lista para que eso te moleste.

Vin frunció el ceño, indignada, pero el kandra no la estaba mirando. Se volvió a mirar las brumas.

¿Por qué ha sacado el tema?, pensó Vin. *Estábamos empezando a llevarnos bien*. Ella estaba dispuesta a olvidar.

¿De verdad quieres saberlo? Bien.

—Es porque lo sabías.

—¿Disculpa, ama?

—Lo sabías —dijo Vin, todavía contemplando las brumas—. Eras el único miembro de la banda que sabía que Kelsier iba a morir. Te dijo que iba a dejarse matar y que tú deberías tomar sus huesos.

—Oh —respondió OreSeur en voz baja.

—¿Por qué no dijiste nada? Sabías lo que sentíamos por Kelsier. ¿No consideraste decirnos que el idiota planeaba matarse? ¿No se te pasó por la cabeza que podríamos haberlo detenido, que podríamos haber encontrado otro modo?

—Estás siendo muy brusca, ama.

—Bueno, querías saberlo. Fue peor después de su muerte. Cuando te convertiste en mi sirviente, por orden suya. Ni siquiera hablaste nunca de lo que habías hecho.

—El Contrato, ama —dijo OreSeur—. No deseas oírlo, quizá, pero yo estaba atado. Kelsier no deseaba que conocierais sus planes, así que yo no podía decíroslo. Ódiame si es preciso, pero yo no lamento mis acciones.

—No te odio. —*Lo he superado*—. Pero, sinceramente, ¿no pudiste incumplir el Contrato por su propio bien? Serviste a Kelsier durante dos años. ¿No te dolía saber que iba a morir?

—¿Por qué debería importarme si muere un amo u otro? —dijo OreSeur—. Siempre hay otro amo que ocupa su lugar.

—Kelsier no era ese tipo de amo.

—¿Ah, no?

—No.

—Pido disculpas, ama —dijo OreSeur—. Creeré entonces lo que se me ordena.

Vin abrió la boca para responder, pero la cerró. Si él estaba decidido a seguir pensando como un necio, estaba en su derecho. Continuaría recelando de sus amos, igual que...

Igual que ella recelaba de él. Por mantener su palabra, por aferrarse a su Contrato.

Desde que lo conozco, no he hecho otra cosa que tratarlo mal, pensó Vin. *Primero, cuando era Renoux, reaccioné contra su arrogante porte... pero ese porte no era suyo, formaba parte del papel que tenía que representar. Luego, como OreSeur, lo evité. Lo odié incluso, por haber dejado morir a Kelsier. Ahora lo he obligado a tomar el cuerpo de un animal.*

Y, en dos años, las únicas veces que le he preguntado por su pasado ha sido para obtener más información sobre su pueblo y poder encontrar al impostor.

Vin contempló las brumas. De todos los miembros de la banda, solo OreSeur había sido un extraño. No lo invitaban a sus reuniones. No había obtenido un puesto en el gobierno. Había ayudado tanto como cualquiera de ellos, desempeñando un papel vital: el del «espíritu» de Kelsier, que había regresado de la tumba para incitar a los skaa a su rebelión definitiva. Sin embargo, mientras los demás tenían títulos, amistades y deberes, lo único que OreSeur había ganado por derrocar al Imperio Final era otra ama.

Un ama que lo odiaba.

No me extraña que reaccione como lo hace.

Las últimas palabras de Kelsier regresaron a su mente: *Tienes mucho que aprender de la amistad, Vin...* Kel y los demás la habían invitado a entrar en la banda, la habían tratado con dignidad y aprecio, incluso cuando no se lo merecía.

—OreSeur, ¿cómo era tu vida antes de que te reclutara Kelsier?

—No comprendo qué tiene eso que ver con encontrar al impostor, ama.

—No es que tenga nada que ver, pero me parece que tal vez debería empezar a conocerte mejor.

—Mis disculpas, ama, pero no quiero que me conozcas.

Vin suspiró. *Se acabó el intento.*

Pero..., bueno, Kelsier y los demás no la habían rechazado cuando había sido antipática con ellos. Había algo familiar en las palabras de OreSeur. Algo que reconoció.

—Anonimato —dijo Vin en voz baja.

—¿Ama?

—Anonimato. Ocultarte, incluso cuando estás con otros. Permanecer callado sin molestar a nadie. Obligarte a permanecer apartado... emocionalmente, al menos. Es una forma de vida. Una protección.

OreSeur no dijo nada.

—Estás al servicio de unos amos —dijo Vin—. Hombres duros que temen tu competencia. El único modo de impedir que te odien es asegurarte de que no te presten atención. Así que te haces parecer pequeño y débil. No una amenaza. Pero a veces dices algo equivocado, o dejas que se note la rebeldía.

Se volvió hacia OreSeur. Él la estaba mirando en silencio.

—Sí —dijo por fin, volviéndose a mirar la ciudad.

—Ellos te odian —dijo Vin en voz baja—. Te odian a causa de tus poderes, porque no pueden obligarte a romper tu palabra, o porque les preocupa que seas demasiado fuerte para controlarte.

—Tienen miedo de ti —dijo OreSeur—. Están paranoicos, aterrados, aunque te utilicen con la idea de que ocupes su lugar. A pesar del Contrato, a pesar de saber que ningún kandra rompería su sagrado juramento, te temen. Y los hombres odian lo que temen.

—Y por eso encuentran excusas para golpearte —contestó Vin—. A veces, incluso tus esfuerzos por seguir siendo inofensivo parecen provocarlos. Odian tu habilidad, odian el hecho de no tener motivos para golpearte, así que te golpean.

OreSeur se volvió de nuevo hacia ella.

—¿Cómo sabes estas cosas?

Vin se encogió de hombros.

—No solo tratan así a sus kandra, OreSeur. De la misma manera trataban los jefes de bandas a una chica joven..., una anomalía en un mundo de ladrones lleno de hombres. Una niña que tenía una extraña habilidad para lograr que pasaran las cosas, para influir en la gente, para oír lo que no debía, para moverse de manera más silenciosa y rápida que los demás. Una herramienta y una amenaza al mismo tiempo.

—Yo... no me había dado cuenta, ama...

Vin frunció el ceño. ¿*Cómo puede no conocer mi pasado? Sabía que yo era una ladrona callejera. ¿O no?* Por primera vez, Vin advirtió cómo debía haberla visto OreSeur dos años antes, cuando la había conocido. Había llegado a la zona después de que la reclutaran; probablemente había supuesto que formaba parte del equipo de Kelsier desde hacía años, como los demás.

—Kelsier me reclutó unos días antes de que te conociera —dijo Vin—. Bueno, en realidad no me reclutó. Más bien me rescató. Me pasé la infancia sirviendo en una banda de ladrones tras otra, siempre trabajando para los hombres de peor reputación y más peligrosos, pues eran los únicos que aceptaban a un par de vagabundos como mi hermano y yo. Los líderes listos descubrieron que yo era una buena herramienta. No estoy segura de si descubrieron que era alomántica o no... Algunos probablemente lo hicieron, otros pensaron que tenía «suerte». Fuera como fuese, me necesitaban. Y eso les hizo odiarme.

—¿Y por eso te pegaban?

Vin asintió.

—El último, especialmente. Fue entonces cuando empecé a comprender cómo usar la alomancia, aunque no sabía lo que era. Pero Camon lo sabía. Y me odiaba al mismo tiempo que me utilizaba. Creo que temía que descubriera cómo usar plenamente mis poderes. Y ese día tuvo miedo de que fuera a matarlo... —Vin volvió la cabeza y miró a OreSeur—. A matarlo y ocupar su lugar como jefe de la banda.

OreSeur permaneció en silencio, sentado ahora sobre sus cuartos traseros, observándola.

—Los kandra no son los únicos a quienes los humanos tratan mal —dijo Vin en voz baja—. Somos muy buenos maltratándonos también unos a otros.

OreSeur bufó.

—Contigo, al menos, tenían que contenerse por miedo a que los mataras. ¿Te ha pegado alguna vez un amo que sabe que, no importa lo fuerte que te golpee, no vas a morirte? Todo lo que tiene que hacer es conseguirte unos huesos nuevos y estarás listo para servirle otra vez al día siguiente. Somos el sirviente definitivo: puedes matarnos a golpes por la mañana y hacer que te sirvamos la cena esa misma noche. Todo el sadismo a ningún coste.

Vin cerró los ojos.

—Comprendo. Yo no era un kandra, pero tenía peltre. Creo que Camon sabía que podía golpearme mucho más fuerte de lo que debería haber hecho.

—¿Por qué no escapaste? —preguntó OreSeur—. No tenías ningún Contrato que te atara.

—Yo... no lo sé. Las personas son extrañas, OreSeur, y la lealtad a menudo es retorcida. Me quedé con Camon porque era familiar, y temía más dejarlo que marcharme. Esa banda era cuanto tenía. Mi hermano se había ido y me aterraba estar sola. Ahora que lo pienso, me resulta extraño.

—A veces una mala situación sigue siendo mejor que la alternativa. Hiciste lo necesario para sobrevivir.

—Quizá —dijo Vin—. Pero hay un modo mejor, OreSeur. Yo no lo supe hasta que Kelsier me encontró, pero la vida no tiene que ser así. No tienes que pasarte años enteros desconfiando, permaneciendo en las sombras y manteniéndote aparte.

—Si eres humano, tal vez. Yo soy un kandra.

—Puedes confiar. No tienes que odiar a tus amos.

—No los odio a todos, ama.

—Pero no confías en ellos.

—No es nada personal, ama.

—Sí que lo es. No confías en nosotros porque tienes miedo de que te hagamos daño. Eso lo comprendo: me pasé meses con Kelsier preguntándome cuándo volverían a hacerme daño. —Hizo una pausa—. Pero, OreSeur, no nos traicionó nadie. Kelsier tenía razón. Me parece increíble incluso ahora, pero los hombres de la banda (Ham, Dockson, Brisa) son buena gente. Y, aunque uno me traicionara, seguiría confiando en ellos. Puedo dormir por las noches, OreSeur. Puedo sentir paz, puedo reír. La vida es diferente. Mejor.

—Tú eres humana —insistió OreSeur, tozudo—. Puedes tener amigos porque no les preocupa que te los comas, ni ninguna otra tontería.

—No pienso eso de ti.

—¿No? Ama, acabas de admitir que recelas de mí porque me comí a Kelsier. Aparte de eso, odias el hecho de que cumpliera mi Contrato. Tú, al menos, has sido sincera.

»Los seres humanos nos encuentran preocupantes. Odian que nos comamos a los suyos, aunque solo tomemos cuerpos que ya están muertos. Os inquieta que tomemos vuestra forma. No me digas que no has oído las leyendas sobre mi pueblo. Espectros de la bruma, nos llaman: criaturas que roban la forma de los hombres que se internan en las brumas. ¿Crees que un monstruo así, una leyenda para asustar a los niños, podría ser aceptado jamás en vuestra sociedad?

Vin frunció el ceño.

—Esa es la razón del Contrato, ama —dijo OreSeur, la voz áspera al hablar a través de los labios del perro—. ¿Te preguntas por qué simplemente no escapamos? ¿Por qué no nos mezclamos con vuestra sociedad y pasamos inadvertidos? Lo intentamos. Hace mucho tiempo, cuando el Imperio Final era nuevo. Tu gente nos encontró y empezaron a destruirnos. Usaron a nacidos de la bruma para cazarnos, pues había muchos más alománticos en aquellos días. Tu gente nos odiaba porque temía que pudiéramos sustituirla. Fuimos casi por completo aniquilados... y entonces ideamos lo del Contrato.

—Pero ¿qué diferencia hay? —preguntó Vin—. Seguís haciendo las mismas cosas, ¿no?

—Sí, pero ahora las hacemos por orden vuestra —respondió OreSeur—. A los hombres les gusta el poder, y les encanta controlar algo poderoso. Nuestro pueblo se ofreció a servir e ideamos un férreo contrato, un contrato que todos los kandra juraron cumplir. No mataremos a los hombres. Tomaremos los huesos solo cuando se nos ordene. Serviremos a nuestros amos con obediencia absoluta.

»Empezamos a hacer esas cosas, y los hombres dejaron de matarnos. Siguieron odiándonos y temiéndonos... pero también supieron que podían darnos órdenes.

»Nos convertimos en vuestras herramientas. Mientras seguimos estando sometidos, ama, sobrevivimos. Y por eso obedezco. Romper el Contrato sería traicionar a mi pueblo. No podemos combatiros, no mientras tengáis a nacidos de la bruma, y por eso debemos serviros.

Nacidos de la bruma. ¿Por qué son tan importantes los nacidos de la bruma? OreSeur estaba dando a entender que podían encontrar a los kandra...

Vin no hizo ningún comentario al respecto; comprendió que, si señalaba ese detalle, OreSeur volvería a encerrarse en sí mismo. Así que, en cambio, se incorporó y lo miró a los ojos en la oscuridad.

—Si lo deseas, te liberaré de tu Contrato.

—¿Y qué cambiaría eso? —preguntó OreSeur—. Solo encontraría otro Contrato. Según nuestras leyes, debo esperar otra década antes de tener libertad... y solo dos años, y durante ese tiempo no podré salir de la patria kandra. Hacer lo contrario sería correr peligro.

—Entonces, acepta al menos mis disculpas. Fui una idiota al enfadarme contigo por haber cumplido tu Contrato.

—Eso sigue sin arreglar las cosas, ama. Aún tengo que llevar este maldito cuerpo de perro... ¡No tengo ninguna personalidad ni huesos que imitar!

—Yo pensaba que agradecerías la oportunidad para ser simplemente tú mismo.

—Me siento desnudo —dijo OreSeur. Permaneció en silencio un instante; luego agachó la cabeza—. Pero... tengo que admitir que hay ventajas en estos huesos. No había advertido lo poco sospechoso que me harían ser.

Vin asintió.

—Ha habido momentos en mi vida en que hubiese dado cualquier cosa por tomar la forma de un perro y seguir viviendo ignorada.

—Pero ¿ya no?

Vin negó con la cabeza.

—No. Casi nunca, al menos. Antes pensaba que todo el mundo era como tú dices: lleno de odio, capaz de causar dolor. Pero hay buena gente en el mundo, OreSeur. Ojalá pudiera demostrártelo.

—Hablas de ese rey tuyo —dijo OreSeur, mirando hacia la fortaleza.

—Sí. Y de otros.

—¿De ti?

Vin sacudió la cabeza.

—No, de mí no. No soy una buena persona, ni una mala persona. Solo estoy aquí para matar.

OreSeur la observó un instante, luego volvió a acomodarse.

—De todas formas —dijo—, no eres el peor amo que he tenido. Esto es, tal vez, un cumplido entre nuestra gente.

Vin sonrió, pero sus propias palabras la habían dejado un poco inquieta: *Solo estoy aquí para matar*.

Contempló las hogueras de los ejércitos ante la ciudad. Una parte de Vin, la parte que había sido entrenada por Reen, la parte que de vez en cuando usaba su voz en el fondo de su mente, susurró que había otro modo de combatir a esos ejércitos. En vez de confiar en políticas y parlamentos, la banda podría usarla a ella. Enviarla en una silenciosa visita por la noche para dejar muertos a su paso a reyes y generales de los ejércitos.

Pero sabía que Elend no aprobaría una cosa así. Estaría en contra de utilizar el miedo para motivar, ni siquiera a sus enemigos. Señalaría que, si mataba a Straff o a Cett, estos serían sustituidos por otros hombres, aún más hostiles hacia la ciudad.

A pesar de todo, parecía una respuesta brutalmente lógica. Vin anhelaba hacerlo, aunque fuera por hacer algo distinto a esperar y hablar. No era una persona capaz de aguantar un asedio.

No, pensó. Yo no soy así. No quiero ser como era Kelsier. Dura. Implacable. Puedo ser mejor. Alguien capaz de confiar como confía Elend.

Descartó la parte de sí misma que quería asesinar a Straff y Cett y centró su atención en otras cosas. Se concentró en su bronce, buscando signos de alomancia. Aunque le gustaba ir de «patrulla» por la zona, lo cierto era que permaneciendo en un mismo sitio resultaba igualmente eficaz. Los asesinos probablemente estarían vigilando las puertas principales, pues era allí donde empezaban las patrullas y esperaba la mayor concentración de soldados.

De todas formas, le pareció que divagaba. Había fuerzas moviéndose en el mundo, y Vin no estaba segura de querer formar parte de ellas.

¿Cuál es mi lugar?, pensó. No creía haberlo descubierto, no cuando empezó a hacerse pasar por Valette Renoux, ni actuando como guardaespaldas del hombre al que amaba. Nada encajaba del todo.

Cerró los ojos, quemando estaño y bronce, sintiendo el contacto de la bruma impulsada por el viento sobre su piel. Y, extrañamente, sintió algo más, algo muy leve. Detectó en la distancia pulsos alománticos. Eran tan tenues que casi los pasó por alto.

Eran como los pulsos del espíritu de bruma. También a él lo percibía, mucho más cerca. En el tejado de un edificio de la ciudad. Se estaba acostumbrando a su presencia, aunque no tenía más remedio. Mientras solo estuviera observando...

Una vez trató de matar a uno de los compañeros del Héroe, pensó Vin. *Lo apuñaló, de algún modo. O eso decía el libro de viajes.*

Pero ¿qué era ese pulso distante? Era suave... aunque poderoso. Como un tambor lejano. Vin apretó los párpados, concentrándose.

—¿Ama? —dijo OreSeur, irguiéndose de repente.

Vin abrió los ojos.

—¿Qué?

—¿No has oído eso?

Vin se enderezó.

—¿Qué...?

Entonces lo captó. Pisadas ante la muralla, no muy lejos. Se asomó y advirtió una oscura figura caminando por la calle hacia la fortaleza. Estaba tan concentrada en su bronce que había apagado por completo los sonidos reales.

—Buen trabajo —dijo, acercándose al borde del tejado de la caseta de los guardias. Solo entonces advirtió algo importante: OreSeur había tomado la iniciativa. La había alertado del peligro sin que le hubiera ordenado específicamente que escuchara.

Era poca cosa, pero parecía un gran paso.

—¿Qué te parece? —preguntó en voz baja, observando la figura. No llevaba antorcha y parecía muy cómodo en la bruma.

—¿Un alomántico? —preguntó OreSeur, agazapado junto a ella.

Vin negó con la cabeza.

—No hay pulso alomántico.

—Entonces puede ser un nacido de la bruma —dijo OreSeur. Todavía no sabía que ella era capaz de perforar las nubes de cobre—. Es demasiado alto para ser tu amigo Zane. Ten cuidado, ama.

Vin asintió, lanzó una moneda y se zambulló en las brumas. OreSeur saltó de la caseta detrás de ella, y luego de la muralla, cubriendo los seis metros hasta el suelo.

Desde luego le gusta probar los límites de esos huesos, pensó Vin. Naturalmente, si una caída no lo mataba, tal vez comprendiera su valor.

Se guio tirando de los clavos de un tejado de madera y aterrizó a corta distancia de la oscura figura. Sacó sus cuchillos y preparó sus metales, asegurándose de que tenía duraluminio. Entonces cruzó en silencio la calle.

Sorpresa, pensó. La sugerencia de Ham todavía la ponía nerviosa. No podía depender siempre de la sorpresa. Siguió al hombre, estudiándolo. Era alto, muy alto. De hecho, esa túnica...

Vin se detuvo.

—¿Sazed? —preguntó, desconcertada.

El terrisano se volvió, su rostro ahora visible a sus ojos amplificados por el estaño. Sonrió.

—Ah, lady Vin —dijo con su voz sabia y familiar—. Estaba empezando a preguntarme cuánto tardarías en encontrarme. Eres...

Se interrumpió cuando ella lo envolvió en un emotivo abrazo.

—¡No pensaba que fueras a regresar tan pronto!

—No planeaba regresar, lady Vin —dijo Sazed—. Pero los acontecimientos no me permiten evitar este lugar, creo. Ven, tenemos que hablar con su majestad. Tengo noticias de naturaleza muy desconcertante.

Vin se apartó, miró su amable rostro y advirtió el cansancio en sus ojos. Estaba agotado. Llevaba la túnica sucia y olía a ceniza y sudor. Sazed solía ser muy meticuloso, incluso cuando viajaba.

—¿Qué ocurre?

—Problemas, lady Vin —respondió él en voz baja—. Problemas y preocupaciones.

En Terris lo rechazaron, pero él logró liderarlos.

23

—El rey Lekal dijo que tenía veinte mil criaturas en su ejército —dijo Sazed con voz calma.

¡Veinte mil!, pensó Elend, anonadado. Eso era casi tan peligroso como los cincuenta mil hombres de Straff. Probablemente más.

Los sentados a la mesa guardaron silencio y Elend miró a los demás. Estaban en la cocina del palacio, donde un par de cocineros preparaban a toda prisa una cena tardía para Sazed. La blanca cocina tenía un rincón lateral con una modesta mesa donde comían los criados. No era sorprendente que Elend nunca hubiera cenado en esa zona, pero Sazed había insistido en que no despertaran a los criados necesarios para servir en el comedor principal, aunque al parecer no había tomado nada en todo el día.

Así que estaban sentados en taburetes bajos, esperando, mientras los cocineros trabajaban lo bastante lejos para no escuchar la conversación susurrada que tenía lugar en el rincón. Vin estaba sentada al lado de Elend, con un brazo alrededor de su cintura y su perro lobo kandra en el suelo, a sus pies. Brisa estaba sentado al otro lado del rey, con aspecto un tanto desaliñado: le había molestado que lo despertasen. Ham ya estaba despierto, como el propio Elend. Habían tenido que trabajar en otra propuesta, una carta que Elend enviaría a la Asamblea para explicarles que iba a tener un encuentro informal con Straff, no una reunión oficial.

Dockson acercó un taburete y eligió un sitio apartado de Elend, como de costumbre. Clubs estaba en su parte del banco, desplomado, aunque Elend no podía decir si su postura se debía al cansancio o a su pesimismo habitual. Eso dejaba a Fantasma, que estaba un poco apartado, sentado a una de las mesas de servir y de vez en cuando alargaba un brazo para robar comida a los irritados cocineros. Elend advirtió con diversión que tonteaba sin éxito con una adormilada pinche de la cocina.

Y luego estaba Sazed. El terrisano se hallaba sentado directamente frente a Elend, con el tranquilo control que solo él era capaz de conseguir. Su ropa estaba manchada de polvo y tenía un aspecto raro sin sus pendientes (para no tentar a los ladrones, supuso Elend), pero llevaba limpias la cara y las manos. Incluso sucio por el viaje, Sazed seguía transmitiendo una sensación de pulcritud.

—Pido disculpas, majestad —dijo—. Pero creo que lord Lekal no es de fiar. Comprendo que fuisteis amigos antes del Colapso, pero su actual estado parece un poco... inestable.

Elend asintió.

—¿Cómo crees que los controla?

Sazed sacudió la cabeza.

—No sabría decirlo, majestad.

—Tengo hombres en la guardia que vinieron del sur después del Colapso —intervino Ham—. Eran soldados y servían en una guarnición cerca de un campamento koloss. El lord Legislador no llevaba muerto un día y las criaturas ya se habían vuelto locas. Atacaron todo lo que había cerca: aldeas, guarniciones, ciudades.

—Lo mismo sucedió en el noroeste —dijo Brisa—. Las tierras de lord Cett se han llenado de refugiados que huían de los koloss salvajes. Cett trató de reclutar a la guarnición de koloss que había cerca de sus tierras, y lo siguieron durante algún tiempo. Pero entonces sucedió algo y atacaron a su ejército. Tuvo que matarlos a todos... Perdió a casi dos mil soldados para matar a una pequeña guarnición de quinientos koloss.

El grupo volvió a guardar silencio, mientras el parloteo del personal de cocina sonaba más alto. *Quinientos koloss mataron a dos mil hombres*, pensó Elend. *Y las fuerzas de Jastes constan de veinte mil bestias. Lord Legislador...*

—¿Cuánto tiempo hace de eso? —preguntó Clubs—. ¿Y a qué distancia sucedió?

—He tardado algo más de una semana en llegar hasta aquí —dijo Sazed—. Aunque me pareció que el rey Lekal llevaba allí acampado algún tiempo. Obviamente viene hacia aquí, aunque no sé a qué velocidad pretende marchar.

—Probablemente no esperaba que los otros dos ejércitos llegaran antes —advirtió Ham.

Elend asintió.

—¿Qué hacemos, entonces?

—No veo que podamos hacer nada, majestad —dijo Dockson, sacudiendo la cabeza—. El informe de Sazed no me da muchas esperanzas de que podamos razonar con Jastes. Y, con el asedio ya en marcha, poco puede hacerse.

—Podría darse la vuelta e irse —dijo Ham—. Con dos ejércitos aquí ya...

Sazed pareció vacilar.

—Sabía lo de los dos ejércitos, lord Hammond. Parecía confiar en sus koloss por encima de los ejércitos humanos.

—Con veinte mil, probablemente podría con cualquiera de esos otros dos ejércitos —dijo Clubs.

—Pero tendría problemas con ambos —dijo Ham—. Ese sería un buen motivo para detenerme, si fuera él. El hecho de aparecer con un montón de volátiles koloss podría preocupar lo suficiente a Cett y Straff para que unieran fuerzas contra él.

—Lo cual nos vendría bien —dijo Clubs—. Cuanto más luchen los otros, mejor estaremos.

Elend se echó hacia atrás en su asiento. Sentía el acecho de la ansiedad, y se alegró de tener a Vin junto a él, abrazándolo, aunque no dijera mucho. A veces se sentía más fuerte simplemente con su presencia. *Veinte mil koloss.* Esa sola amenaza lo atemorizaba más que ninguno de los otros dos ejércitos.

—Esto podría ser buena cosa —dijo Ham—. Si Jastes perdiera el control de esas bestias cerca de Luthadel, cabe la posibilidad de que atacaran a alguno de esos ejércitos.

—De acuerdo —dijo Brisa, cansado—. Creo que nos hace falta ganar tiempo, estirar este asedio hasta que llegue el ejército koloss. Un ejército más en liza solo implica más ventaja para nosotros.

—No me gusta la idea de tener koloss en la zona —dijo Elend, estremeciéndose levemente—. No importa la ventaja que saquemos. Si atacan la ciudad...

—Yo digo que nos preocupemos de eso cuando lleguen, si lo hacen —repuso Dockson—. Por ahora, tenemos que continuar con nuestro plan tal como está previsto. Con suerte, la presencia inminente de los koloss hará que Straff esté más dispuesto a negociar con su majestad.

Elend asintió. Straff había accedido a reunirse y habían fijado una fecha para la que faltaban unos cuantos días. Los miembros de la Asamblea estaban furiosos porque no había consultado con ellos el día y el sitio, pero poco podían hacer al respecto.

—Bueno —dijo Elend, suspirando—. ¿Dijiste que tenías más noticias, Saz? Mejores, espero.

Sazed vaciló. Un cocinero de palacio por fin se acercó a servirle un plato de comida: cebada al vapor con tiras de carne y unos lagets especiados. El aroma fue suficiente para que Elend sintiera un poco de hambre. Hizo un gesto de agradecimiento al jefe de cocina, que había insistido en preparar la comida él mismo a pesar de lo intempestivo de la hora. El hombre llamó a su vez al personal y se dispuso a marcharse.

Sazed esperó en silencio a que todos estuvieran lejos y no pudieran oírlo.

—Dudo si mencionar esto, majestad, pues tus cargas ya parecen bastante grandes.

—Bien puedes decírmelo.

Sazed asintió.

—Me temo que hayamos expuesto el mundo a algo cuando matamos al lord Legislador, majestad. A algo inesperado.

Brisa alzó cansada una ceja.

—¿Inesperado? Quieres decir... ¿aparte de koloss salvajes, déspotas hambrientos de poder y bandidos?

Sazed vaciló.

—Hablo de asuntos algo más difusos, me temo. Sucede algo extraño con las brumas.

Al lado de Elend, Vin se irguió levemente.

—¿Qué quieres decir?

—He estado siguiendo una cadena de hechos —explicó Sazed. Bajó la cabeza mientras hablaba, como cohibido—. Podríamos decir que he estado llevando a cabo una investigación. Veréis, he oído hablar de numerosos casos de brumas que surgen durante el día.

Ham se encogió de hombros.

—Eso pasa a veces. Hay días de niebla, sobre todo en otoño.

—No me refiero a eso, lord Hammond —dijo Sazed—. Hay una diferencia entre la bruma y la niebla corriente. Cuesta verla, tal vez, pero un ojo entrenado la capta. La bruma es más densa y... bueno...

—Se mueve en volutas más grandes —dijo Vin en voz baja—.

Como ríos en el cielo. Nunca se queda flotando en un solo sitio: flota con la brisa, como si la compusiera.

—Y no puede entrar en los edificios —dijo Clubs—. Ni en las tiendas. Se evapora poco después de hacerlo.

—Sí —contestó Sazed—. Cuando escuché por primera vez esos informes sobre la bruma diurna, supuse que las supersticiones de la gente estaban escapando a su control. He conocido a muchos skaa que se negaban a salir de día cuando había niebla. Sin embargo, sentí curiosidad, así que seguí la pista de los informes hasta una aldea del sur. Estuve enseñando allí durante algún tiempo y nunca recibí confirmación de las historias. Así que me fui de ese lugar. —Frunció levemente el ceño—. Majestad, por favor no creas que estoy loco. Durante esos viajes pasé por un valle apartado y vi lo que juro que era bruma, no niebla. Se movía por el paisaje, arrastrándose hacia mí. A plena luz del día.

Elend miró a Ham, que se encogió de hombros.

—A mí no me mires.

Brisa resopló e intervino.

—Te está preguntando tu opinión, querido amigo.

—Bueno, pues no tengo ninguna.

—Vaya filósofo que estás hecho.

—No soy filósofo —dijo Ham—. Me gusta pensar en esas cosas.

—Bueno, entonces piensa en esto —le recomendó Brisa.

Elend miró a Sazed.

—¿Estos dos siempre se han comportado así?

—Sinceramente, no estoy seguro, majestad —respondió Sazed, con una leve sonrisa—. No los conozco desde hace mucho más tiempo que tú.

—Sí, siempre han sido así —dijo Dockson, suspirando—. En todo caso, han empeorado con los años.

—¿No tienes hambre? —preguntó Elend, indicando el plato de Sazed.

—Puedo comer cuando termine esta conversación.

—Sazed, ya no eres ningún sirviente —dijo Vin—. No tienes que preocuparte por ese tipo de cosas.

—No se trata de servir o no, lady Vin —contestó Sazed—. Es una cuestión de educación.

—Sazed —dijo Elend.

—¿Sí, majestad?

El rey señaló el plato.

—Come. Puedes ser educado en otro momento. Ahora pareces desnutrido... y estás entre amigos.

Sazed dirigió una mirada de extrañeza a Elend.

—Sí, majestad —dijo, y levantó un cuchillo y una cuchara.

—Ahora bien —empezó a decir Elend—, ¿qué importa que vieras bruma durante el día? Sabemos que las cosas que dicen los skaa no son ciertas: no hay ningún motivo para temer las brumas.

—Puede que los skaa sean más sabios de lo que creemos, majestad —dijo Sazed, dando pequeños y cuidadosos bocados a la comida—. Parece que la bruma ha estado matando gente.

—¿Qué? —preguntó Vin, inclinándose hacia delante.

—Yo nunca lo he visto, lady Vin —dijo Sazed—. Pero sí que he visto sus efectos, y he recogido varios testimonios. Todos coinciden en que la bruma ha estado matando gente.

—Eso es ridículo —dijo Brisa—. La bruma es inofensiva.

—Eso es lo que pensaba, lord Ladrian. Sin embargo, varios de los informes son bastante detallados. Los incidentes siempre tuvieron lugar durante el día, y todos hablan de cómo la bruma se enroscó en torno a un desafortunado individuo, que luego murió... normalmente de un ataque. Yo mismo recopilé las entrevistas con los testigos.

Elend frunció el ceño. No hubiese dado crédito a la noticia de haber sido otro hombre, pero Sazed... no era alguien a quien se pudiera ignorar. Vin, sentada junto a Elend, seguía la conversación con interés, mordiéndose levemente el labio inferior. Extrañamente, no ponía objeciones a las palabras de Sazed... aunque los demás parecían reaccionar como lo había hecho Brisa.

—No tiene sentido, Saz —dijo Ham—. Ladrones, nobles y alománticos se han internado siempre en las brumas.

—Así es, lord Hammond —asintió Sazed—. La única explicación que se me ocurre tiene que ver con el lord Legislador. No había escuchado ningún informe importante de muertes en la bruma antes del Colapso, pero he tenido pocos problemas para encontrarlos a partir de entonces. Los informes se concentran en los Dominios Exteriores, pero los incidentes parece que se mueven hacia el interior. Encontré un... incidente muy preocupante hace varias semanas, al sur, donde todos los habitantes de una aldea quedaron atrapados en sus chozas por las brumas.

—Pero ¿qué puede tener que ver la muerte del lord Legislador con las brumas? —preguntó Brisa.

—No estoy seguro, lord Ladrian —respondió Sazed—. Pero es la única conexión que he podido conjeturar.

Brisa frunció el ceño.

—Preferiría que no me llamaras así.

—Pido disculpas, lord Brisa —dijo Sazed—. Sigo acostumbrado a llamar a la gente por su nombre completo.

—¿Te llamas Ladrian? —preguntó Vin.

—Desgraciadamente. Nunca me ha gustado, y con el querido Sazed poniendo la palabra «lord» delante..., bueno, la aliteración lo hace todavía más atroz.

—¿Soy yo, o nos estamos yendo por las ramas más de lo habitual esta noche? —dijo Elend.

—Suele pasarnos cuando estamos cansados —respondió Brisa con un bostezo—. Sea como sea, nuestro buen terrisano debe haber malinterpretado los hechos. La bruma no mata.

—Solo puedo informar de lo que he descubierto —dijo Sazed—. Tendré que seguir investigando.

—Entonces, ¿te quedarás? —preguntó Vin, claramente esperanzada.

Sazed asintió.

—¿Y la enseñanza? —preguntó Brisa, agitando una mano—. Cuando te marchaste, recuerdo que dijiste algo de pasarte el resto de la vida viajando, o alguna tontería por el estilo.

Sazed se ruborizó un poco y volvió a bajar la cabeza.

—Me temo que ese deber tendrá que esperar.

—Puedes quedarte todo el tiempo que quieras, Sazed —dijo Elend, dirigiendo una dura mirada a Brisa—. Si lo que dices es verdad, entonces harás un servicio mayor a través de tus estudios que con tus viajes.

—Tal vez —dijo Sazed.

—Aunque probablemente podrías haber elegido un lugar más seguro para instalarte —le dijo Ham, risueño—. Un lugar que no esté acosado por dos ejércitos y veinte mil koloss.

Sazed sonrió y Elend soltó una risa forzada. *Ha dicho que los incidentes con las brumas se desplazan hacia dentro, hacia el centro del imperio. Hacia nosotros.*

Otra cosa más de la que preocuparse.

—¿Qué ocurre? —preguntó de pronto una voz. Elend se volvió hacia la cocina, donde se encontraba una despeinada Allrianne—. He oído voces. ¿Hay una fiesta?

—Estábamos tratando asuntos de Estado, querida —dijo Brisa rápidamente.

—La otra chica está aquí. —Allrianne señaló a Vin—. ¿Por qué no me habéis invitado?

Elend frunció el ceño. *¿Ha oído voces? Las habitaciones de los invitados no están cerca de las cocinas.* Y Allrianne iba vestida con una sencilla túnica de noble. Se había tomado la molestia de quitarse la ropa de dormir, pero se había dejado el pelo despeinado. *¿Tal vez para parecer más inocente?*

Estoy empezando a pensar como Vin, se dijo Elend con un suspiro. Como para corroborar sus pensamientos, advirtió que Vin miraba a la nueva chica entornando los ojos.

—Vuelve a tus aposentos, querida —aplacó Brisa—. No molestes a su majestad.

Allrianne suspiró dramáticamente, pero se dio la vuelta e hizo lo que le pedían, marchándose pasillo abajo. Elend se volvió hacia Sazed, que observaba a la muchacha con curiosidad, y le dirigió una mirada que significaba «pregunta más tarde». El terrisano continuó comiendo. Unos instantes después, el grupo empezó a disolverse. Vin se quedó con Elend mientras los demás se marchaban.

—No me fío de esa muchacha —dijo Vin cuando un par de criados recogieron la mochila de Sazed y lo acompañaron a su habitación.

Elend sonrió y se volvió a mirarla.

—¿Tengo que decirlo?

Ella puso los ojos en blanco.

—Lo sé. «No te fías de nadie, Vin.» Esta vez tengo razón. Iba vestida, pero despeinada. Tiene que haberlo hecho intencionadamente.

—Me he dado cuenta.

—¿Sí? —Vin parecía impresionada.

Elend asintió.

—Debió oír a los criados despertando a Brisa y Clubs, y por eso se levantó. Eso significa que se ha pasado una buena media hora escuchando. Se revolvió el pelo para que pensáramos que acababa de llegar.

Vin abrió la boca, luego la cerró, estudiándolo.

—Estás mejorando —dijo.

—Eso, o la señorita Allrianne no es muy buena.

Vin sonrió.

—Sigo tratando de comprender por qué no la has oído —dijo Elend.

—Los cocineros hacían demasiado ruido —respondió Vin—. Además, estaba un poco distraída con lo que Sazed contaba.

—¿Y qué opinas de eso?

Vin vaciló.

—Te lo diré más tarde.

—Muy bien —dijo Elend. A los pies de Vin, el kandra se levantó y desperezó su cuerpo de perro lobo. *¿Por qué ha insistido ella en traer a OreSeur a la reunión? No hace ni unas semanas que no podía soportar a la criatura.*

El perro lobo se volvió a mirar las ventanas de la cocina. Vin siguió su mirada.

—¿Vas a salir? —preguntó Elend.

Vin asintió.

—No me fío de esta noche. Estaré cerca de tu balcón, por si hay problemas.

Lo besó y se retiró. Elend la vio marchar, preguntándose por qué Vin había estado tan interesada en las las historias de Sazed, preguntándose qué era lo que no estaba contándole.

Basta, se dijo. Tal vez estaba aprendiendo sus lecciones demasiado bien... De toda la gente de palacio, Vin era la última de la que tenía que recelar. Sin embargo, cada vez que creía que estaba empezando a comprenderla, se daba cuenta de lo poco que la entendía.

Y eso lo hacía todo un poco más deprimente. Con un suspiro, se dio la vuelta para regresar a sus habitaciones, donde su carta a medio terminar para la Asamblea le esperaba.

Tal vez no debería haber hablado de las brumas, pensó Sazed siguiendo a un criado escaleras arriba. *Ahora he preocupado al rey con algo que tal vez solo sea una suposición mía.*

Llegaron a lo alto de las escaleras y el criado le preguntó si deseaba que le prepararan un baño. Sazed negó con la cabeza. En otras circunstancias hubiera agradecido la oportunidad de asearse. Sin embargo, haber ido corriendo hasta el Dominio Central, ser capturado por los koloss y luego marchar hasta Luthadel lo había dejado al borde del agotamiento. Apenas había tenido fuerzas para comer. Ahora tan solo quería dormir.

El criado asintió y condujo a Sazed hasta un pasillo lateral.

¿Y si estaba imaginando relaciones inexistentes? Todos los eruditos sabían que uno de los mayores peligros de la investigación era el deseo de encontrar una respuesta concreta. Sazed no se había inventado los testimonios, pero ¿había exagerado su importancia? ¿Qué tenía en realidad? ¿Las palabras de un hombre asustado que había visto morir a su amigo entre colvulsiones? ¿El testimonio de un lunático, enloquecido hasta el punto del canibalismo? Seguía vigente el hecho de que Sazed nunca había visto que las brumas mataran a nadie.

El criado lo condujo a una habitación de invitados, y Sazed, agradecido, le dio las buenas noches y vio cómo se marchaba sosteniendo una vela, pues le había dejado la lámpara. Durante la mayor parte de su vida, Sazed había pertenecido a la clase de los sirvientes apreciados por su refinado sentido del deber y el decoro. Había estado al cargo de mansiones y casas adineradas, supervisando la labor de criados como el que acababa de acompañarlo a sus habitaciones.

Otra vida, pensó. Siempre le había frustrado un poco que sus deberes de mayordomo le dejaran poco tiempo para el estudio. Qué irónico resultaba que, después de ayudar a derrocar al Imperio Final, tuviera todavía menos.

Iba a empujar la puerta y abrirla, pero se detuvo casi de inmediato. Ya había una luz encendida dentro de la habitación.

¿Han dejado una lámpara encendida para mí?, se preguntó. Lentamente, abrió la puerta. Alguien le estaba esperando.

—Tindwyl —dijo Sazed en voz baja. Ella estaba sentada junto al escritorio de la habitación, tranquila y vestida de punta en blanco, como siempre.

—Sazed —respondió ella mientras él entraba y cerraba la puerta. De repente, Sazed fue todavía más consciente de sus ropas sucias.

—Respondiste a mi petición.

—Y tú ignoraste la mía.

Sazed no la miró a los ojos. Se acercó y dejó la lámpara sobre el escritorio.

—Me he fijado en la ropa nueva del rey, y parece que ha ganado cierta confianza. Lo has hecho bien, creo.

—No hemos hecho más que empezar —dijo ella, quitándole importancia—. Tenías razón respecto a él.

—El rey Venture es muy buena persona —dijo Sazed, acercándose a la palangana para lavarse la cara. Agradeció el agua fría; tratar con Tindwyl iba a agotarlo aún más.

—Las buenas personas pueden ser reyes terribles —advirtió Tindwyl.

—Pero las malas personas no pueden ser buenos reyes —dijo Sazed—. Es mejor empezar con una buena persona y trabajar el resto, creo.

—Tal vez —dijo Tindwyl. Lo observó con su dura expresión de costumbre. Otros la consideraban fría, incluso severa. Pero Sazed nunca la había considerado así. Teniendo en cuenta lo que había vivido, le parecía notable, incluso sorprendente, que demostrara tanta confianza. ¿Cómo lo conseguía?

—Sazed, Sazed... ¿Por qué has regresado al Dominio Central? Sabes las indicaciones que te dio el Sínodo. Se supone que tendrías que estar en el Dominio Oriental, enseñando a la gente de las fronteras de las tierras abrasadas.

—Es allí donde estaba. Y ahora estoy aquí. El sur podrá apañárselas sin mí durante algún tiempo, creo.

—¿Sí? —preguntó Tindwyl—. ¿Y quién les enseñará técnicas de regadío para que puedan producir comida suficiente para sobrevivir a los meses de frío? ¿Quién les explicará los principios básicos para redactar leyes para que puedan gobernarse a sí mismos? ¿Quién les enseñará a recuperar su fe y sus creencias perdidas? Siempre te ha apasionado.

Sazed soltó la toalla.

—Volveré para enseñarles cuando esté seguro de que no tengo un trabajo más importante que hacer.

—¿Qué trabajo más importante podría haber? —preguntó Tindwyl—. Es el deber de nuestra vida, Sazed. Es el trabajo de todo nuestro pueblo. Sé que Luthadel es importante para ti, pero aquí no encontrarás nada. Yo cuidaré de tu rey. Tienes que irte.

—Aprecio tu trabajo con el rey Venture —dijo Sazed—. Sin embargo, mi curso de acción tiene poco que ver con él. Tengo que investigar otras cosas.

Tindwyl frunció el ceño y le dirigió una fría mirada.

—Sigues buscando esa conexión fantasma tuya. Esa locura de las brumas.

—Está pasando algo extraño, Tindwyl.

—No —dijo Tindwyl, suspirando—. ¿Es que no lo ves, Sazed? Te pasaste diez años trabajando para derrocar el Imperio Final. Ahora no sabes contentarte con un trabajo normal, y por eso te has inventado una amenaza grandiosa para el mundo. Tienes miedo de ser irrelevante.

Sazed bajó la cabeza.

—Tal vez. Si tienes razón, entonces pediré perdón al Sínodo. Tendré que pedir perdón de todas formas, creo.

—Oh, Sazed —dijo ella, sacudiendo levemente la cabeza—. No puedo entenderte. Tiene sentido que jóvenes apasionados como Vedzan y Rindel no escuchen los consejos del Sínodo. Pero tú eres el alma de lo que significa ser de Terris: tan tranquilo, tan humilde, tan cuidadoso y respetuoso. Tan sabio. ¿Por qué eres tú quien desafía continuamente a nuestros líderes? No tiene sentido.

—No soy tan sabio como crees, Tindwyl —dijo Sazed con voz queda—. Soy simplemente un hombre que debe hacer aquello en lo que cree. Ahora mismo, creo que hay peligro en las brumas y debo investigar mis impresiones. Tal vez sea simplemente arrogancia y necedad. Pero prefiero que se me conozca como necio y arrogante que poner en peligro a los habitantes de esta tierra.

—No encontrarás nada.

—Entonces se demostrará que estoy equivocado —dijo Sazed. Se volvió para mirarla a los ojos—. Pero te pido que recuerdes que la última vez que desobedecí al Sínodo, el resultado fue el colapso del Imperio Final y la libertad de nuestro pueblo.

Los labios de Tindwyl se convirtieron en una fina línea mientras fruncía el entrecejo. No le gustaba que le recordaran ese hecho; a ninguno de los guardadores le gustaba. Sostenían que Sazed se había equivocado al desobedecer, pero no podían castigarlo por su éxito.

—No te comprendo —repitió ella tranquilamente—. Deberías ser un líder de nuestro pueblo, Sazed. No nuestro mayor rebelde y disidente. Todo el mundo quiere respetarte... pero no pueden. ¿Debes desafiar todas las órdenes que se te dan?

Él sonrió débilmente, pero no respondió.

Tindwyl suspiró y se puso en pie. Iba hacia la puerta, pero se detuvo y le tomó la mano al pasar. Lo miró a los ojos un instante; entonces él apartó la mano.

Ella sacudió la cabeza y se marchó.

Ordenaba a reyes, y aunque no buscó ningún imperio, se volvió más grande que todos los habidos.

24

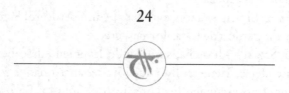

Está sucediendo algo, pensó Vin, sentada entre las brumas en el tejado de la fortaleza Venture.

Sazed no era dado a exageraciones. Era meticuloso, y eso se notaba en sus gestos, su limpieza, incluso en la forma de hablar. Y era todavía más meticuloso cuando se trataba de sus estudios. Vin se sentía inclinada a creer en sus descubrimientos.

Y, desde luego, ella había visto cosas en las brumas. Cosas peligrosas. ¿Podía el espíritu de bruma explicar las muertes que relataba Sazed? *Pero, si ese es el caso, ¿por qué no habló Sazed de figuras en la bruma?*

Suspiró, cerró los ojos y quemó bronce. Podía oír al espíritu, acechando cerca. Y también podía oír el extraño latido en la distancia. Abrió los ojos, dejando su bronce encendido, y sacó algo del bolsillo y lo desplegó: una hoja del libro. A la luz del balcón de Elend, y con estaño, pudo leer fácilmente el texto.

Apenas duermo unas cuantas horas cada noche. Debemos continuar adelante, viajando cuanto podamos cada día, pero cuando finalmente me acuesto, el sueño me elude. Los mismos pensamientos que me preocupan durante el día aumentan en la quietud de la noche.

Y, por encima de todo, oigo los golpeteos de las alturas, los pulsos de las montañas. Atrayéndome con cada latido.

Vin se estremeció. Le había pedido a uno de los buscadores de Elend que quemara bronce, y él le dijo que no había oído nada en el norte. ¿Podía Vin oír un ritmo que nadie más era capaz de captar? Nadie excepto un hombre muerto hacía mil años.

Un hombre que todo el mundo suponía que era el Héroe de las Eras.

Te estás comportando como una tonta, se dijo, volviendo a doblar el papel. *Sacas conclusiones precipitadas.* A su lado, OreSeur se removió, tumbado en silencio y contemplando la ciudad.

Y, sin embargo, ella seguía pensando en las palabras de Sazed. Algo estaba sucediendo con las brumas. Algo malo.

Zane no la encontró en el tejado de la fortaleza Hasting.

Se detuvo en las brumas, silencioso. Pensaba que iba a encontrarla esperando, pues aquel había sido el lugar de su último combate. Solo pensar en ello le hacía envararse expectante.

Durante los meses de entrenamiento siempre se habían reunido en el lugar donde él acababa por perderla. Sin embargo, había regresado a ese lugar varias noches y no la había encontrado nunca. Frunció el ceño, pensando en las órdenes de Straff, y en la necesidad.

Con el tiempo, probablemente le ordenarían que matara a la muchacha. No estaba seguro de qué le molestaba más: si su creciente reticencia a considerar esa posibilidad o su creciente preocupación por no poder derrotarla.

Podría ser ella, pensó. *Lo que finalmente me permita resistir. Lo que me convenza de... dejarlo.*

No podía explicar por qué necesitaba un motivo. Una parte de sí mismo simplemente lo achacaba a su locura, aunque su faceta racional lo consideraba una excusa patética. En el fondo, admitía que Straff era todo cuanto había conocido. Zane no podría marcharse hasta que supiera que tenía a otra persona en quien confiar.

Se alejó de la fortaleza Hasting. Ya había esperado suficiente: era hora de buscarla. Arrojó varias monedas y recorrió la ciudad un rato. Y, naturalmente, la encontró en el tejado de la fortaleza Venture, vigilando a su necio hermano.

Zane rodeó la fortaleza, manteniéndose lo suficientemente apartado para que ni siquiera los ojos amplificados por el estaño pudieran verlo. Aterrizó en la parte posterior del tejado y avanzó con sigilo. Se acercó a ella, que estaba sentada en el borde. El aire permanecía en silencio.

Finalmente, ella se dio la vuelta con un leve respingo. Zane hubiese jurado que podía sentirlo cuando no tendría que haber podido hacerlo.

Fuera como fuese, lo había descubierto.

—Zane —dijo Vin llanamente, identificando su silueta. Él iba vestido de negro, como de costumbre, sin capa de bruma.

—He estado esperando. En el tejado de la fortaleza Hasting. Esperando a que vinieras.

Ella suspiró, sin quitarle ojo de encima, pero se relajó levemente.

—No estoy de humor para entrenar ahora mismo.

—Lástima —dijo él, después de observarla. Se acercó, obligando a Vin a ponerse cautelosamente en pie. Se detuvo junto al borde del tejado y contempló el balcón iluminado de Elend.

Vin miró a OreSeur. Estaba tenso, observándolos alternativamente a ella y a Zane.

—Te preocupas mucho por él —susurró Zane.

—¿Por Elend? —preguntó Vin.

Zane asintió.

—Aunque te utiliza.

—Ya hemos tenido esta discusión, Zane. No me está utilizando.

Zane la miró a los ojos, su postura recta y confiada en la noche. *Es tan fuerte...* pensó ella. *Está tan seguro de sí mismo. Es tan diferente de...* Frenó sus pensamientos.

Zane se dio la vuelta.

—Dime, Vin, cuando eras más joven, ¿deseaste alguna vez tener poder?

Vin ladeó la cabeza y frunció el ceño. Era una extraña pregunta.

—¿Qué quieres decir?

—Creciste en las calles. Cuando eras más joven, ¿deseaste tener poder? ¿Soñabas con ser capaz de liberarte, de matar a aquellos que te maltrataban brutalmente?

—Por supuesto que sí.

—Y ahora tienes ese poder —dijo Zane—. ¿Qué diría la niña Vin si pudiera verte? ¿Una nacida de la bruma que se doblega y se inclina ante la voluntad de otro? ¿Poderosa y al mismo tiempo servil?

—Ahora soy una persona diferente, Zane. Me gustaría pensar que he aprendido cosas desde que era una niña.

—He descubierto que los instintos de los niños son a menudo los más sinceros —dijo Zane—. Los más naturales.

Vin no respondió.

Zane se volvió a contemplar la ciudad, sin que al parecer le preocupara darle la espalda. Vin lo observó, luego lanzó una moneda. Chocó contra el tejado de metal, y él de inmediato se volvió a mirarla.

No, pensó Vin, *no se fía de mí.*

Se volvió de nuevo, y Vin lo observó. Comprendía lo que quería decir, pues una vez había pensado como lo hacía él. Se preguntó en qué clase de persona podría haberse convertido si hubiera ganado acceso pleno a sus poderes sin, al mismo tiempo, aprender de la banda de Kelsier lo que era la amistad y la confianza.

—¿Qué harías, Vin? —preguntó él, girándose hacia ella—. Suponiendo que no tuvieras ninguna restricción, suponiendo que tus acciones no tuvieran ninguna repercusión.

Ir al norte. No tuvo que meditarlo. *Descubrir cuál es la causa de esos latidos.* Sin embargo, se lo calló.

—No lo sé —dijo en cambio.

—Él la miró.

—Veo que no me tomas en serio. Te pido disculpas por hacerte perder el tiempo.

Zane se volvió para marcharse, caminando directamente entre OreSeur y ella. Vin lo miró y sintió una súbita puñalada de preocupación. Había ido a buscarla, dispuesto a hablar en vez de a luchar... y ella había desperdiciado la oportunidad. Nunca iba a ganarlo para su causa si no hablaba con él.

—¿Quieres saber qué haría? —preguntó; su voz resonó en las silenciosas brumas.

Zane se detuvo.

—Si pudiera utilizar mis poderes como quisiera... ¿Sin repercusiones? Lo protegería.

—¿A tu rey? —preguntó Zane, volviéndose.

Vin asintió bruscamente.

—Estos hombres que vienen contra él con sus ejércitos... tu amo, ese hombre llamado Cett. Los mataría. Usaría mi poder para asegurarme de que nadie pudiera amenazar a Elend.

Zane asintió en silencio, y ella vio respeto en sus ojos.

—¿Y por qué no lo haces?

—Porque...

—Veo confusión en tu mirada —dijo Zane—. Sabes que tus instintos son acertados... y, sin embargo, te contienes. A causa de él.

—Habría repercusiones, Zane. Si yo matara a esos hombres, sus ejércitos podrían atacar. Ahora mismo, la diplomacia todavía puede dar frutos.

—Tal vez. Hasta que él te pida que mates a alguien.

Vin resopló.

—Elend no actúa así. No me da órdenes, y a las únicas personas que mato es a las que intentan matarlo a él.

—¿Sí? —dijo Zane—. Puede que no actúes obedeciendo sus órdenes, Vin, pero te abstienes de hacerlo. Eres su juguete. No lo digo para insultarte: verás, soy un juguete tanto como lo eres tú. Ninguno de los dos puede liberarse. No solo.

De repente, la moneda que Vin había arrojado saltó al aire, volando hacia Zane. Ella se tensó, pero simplemente se posó en la mano que la esperaba.

—Es interesante —dijo él, haciendo girar la moneda entre sus dedos—. Muchos nacidos de la bruma dejan de ver el valor de las monedas. Para nosotros, simplemente se convierten en algo que utilizamos para saltar. Es fácil olvidar el valor de algo cuando lo ves tan a menudo. Cuando se convierte en algo corriente y conveniente. Cuando se convierte... en solo una herramienta.

Lanzó la moneda hacia arriba e hizo que se perdiera en la noche.

—Debo irme —dijo, volviéndose.

Vin alzó una mano. Verlo usar la alomancia la hizo darse cuenta de que había otro motivo por el que quería hablar con él. Había pasado mucho tiempo desde la última vez que había hablado con otro nacido de la bruma, con alguien que comprendiera sus poderes. Alguien que fuera como ella.

Pero le pareció que deseaba con demasiada desesperación que él se quedara. Así que lo dejó marchar, y continuó su vigilancia.

No engendró hijos, y, sin embargo, toda la humanidad se convirtió en su progenie.

25

Vin tenía el sueño muy ligero, herencia de su juventud. Las bandas de ladrones trabajaban juntas por necesidad, y todo aquel que no pudiera proteger sus posesiones era considerado indigno de ellas. Vin, naturalmente, estaba en la parte inferior de la jerarquía, y aunque no tenía muchas posesiones que proteger, siendo una muchachita joven en un entorno mayoritariamente masculino tenía otros motivos para despertarse al menor ruido.

Así que cuando se despertó tras un silencioso ladrido de advertencia, reaccionó instintivamente. Apartó las mantas y echó mano al frasquito que tenía sobre la mesilla de noche. No dormía con metales en su interior: muchos de los metales alománticos eran, hasta cierto punto, venenosos. Era inevitable que tuviera que afrontar ese peligro, pero le habían advertido que quemara las sobras de metal al final de cada día.

Apuró el frasquito mientras cogía las dagas de obsidiana ocultas bajo la almohada. La puerta de la habitación se abrió y entró Tindwyl. La terrisana se detuvo en el acto cuando vio a Vin agazapada al pie de la cama, a unos palmos de distancia, las dagas gemelas destellando, el cuerpo tenso.

Tindwyl alzó una ceja.

—Así que estás despierta.

—Ahora.

La terrisana sonrió.

—¿Qué haces en mis aposentos? —preguntó Vin.

—Vengo a despertarte. Se me ocurrió que debíamos ir de compras.

—¿De compras?

—Sí, querida —dijo Tindwyl, disponiéndose a abrir las cortinas. Era mucho más temprano de la hora a la que Vin solía despertar—. Por lo que he oído, vas a reunirte con el padre de su majestad mañana. Querrás un vestido adecuado para la ocasión, supongo.

—Ya no uso vestidos.

¿Cuál es tu juego?

Tindwyl se volvió y la miró.

—¿Duermes vestida?

Vin asintió.

—¿No tienes ninguna camarera que te ayude?

Vin negó con la cabeza.

—Muy bien, pues —dijo Tindwyl, dándose la vuelta para salir de la habitación—. Báñate y cámbiate. Saldremos cuando estés lista.

—No recibo órdenes de ti.

Tindwyl se detuvo junto a la puerta y se volvió. Entonces su rostro se suavizó.

—Sé que no, niña. Puedes venir conmigo si lo deseas: la elección es tuya. Sin embargo, ¿de verdad quieres reunirte con Straff Venture vestida con pantalones y camisa?

Vin vaciló.

—Al menos ven a curiosear —dijo Tindwyl—. Te ayudará a despejar la mente.

Finalmente, Vin asintió. Tindwyl volvió a sonreír y se marchó.

Vin miró a OreSeur, que estaba sentado al pie de la cama.

—Gracias por la advertencia.

El kandra se encogió de hombros.

En otros tiempos, Vin no habría podido imaginarse viviendo en un lugar como la fortaleza Venture. La joven Vin había estado acostumbrada a los cubiles ocultos, las chozas skaa y algún callejón ocasional. Ahora vivía en un edificio lleno de vidrieras tintadas, rodeada de poderosas murallas y grandes arcos.

Naturalmente, han pasado muchas cosas que no me esperaba, pensó mientras bajaba las escaleras. *¿Por qué pensar en ellas ahora?*

Había estado pensando mucho últimamente sobre su juventud entre las bandas de ladrones, y los comentarios de Zane, por ridículos que fueran, la acuciaban. ¿Pertenecía Vin a un lugar como esa fortaleza? Tenía muchas habilidades, pero pocas eran tan deslumbrantes en aquellos salones. Las suyas eran más bien habilidades propias de callejones manchados de ceniza.

Suspiró, con OreSeur a su lado, mientras se dirigía hacia la puerta sur, donde Tindwyl le había dicho que la estaría esperando. Allí el pasillo era ancho, enorme, y desembocaba directamente en el patio. Había un porche cubierto para carruajes, que podían acceder directamente hasta la entrada para dejar y recoger a sus pasajeros; de esa forma, los nobles no quedaban expuestos a los elementos.

Al acercarse, su estaño le permitió oír voces. Una era Tindwyl, la otra...

—No he traído mucho —dijo Allrianne—. Un par de cientos de arquillas. Pero necesito tener algo que ponerme. ¡No puedo sobrevivir eternamente con vestidos prestados!

Vin se detuvo antes de llegar al último tramo del pasillo.

—El regalo del rey será suficiente para pagar un vestido, querida —dijo Tindwyl, reparando en Vin—. Ah, aquí está.

Fantasma, con aspecto hosco, esperaba con las dos mujeres. Iba vestido con el uniforme de la guardia de palacio, aunque llevaba la chaqueta desabrochada y los pantalones flojos. Vin avanzó despacio.

—No esperaba compañía —dijo.

—La joven Allrianne ha recibido una educación cortesana —dijo Tindwyl—. Conoce la moda actual y podrá aconsejarte en la compra.

—¿Y Fantasma?

Tindwyl se volvió a mirar al muchacho.

—Será nuestro porteador.

Bueno, eso explica su humor, pensó Vin.

—Vamos —dijo Tindwyl yendo hacia el patio. Allrianne se apresuró a seguirla, caminando con paso liviano y gracioso. Vin miró a Fantasma, quien se encogió de hombros, y ambos las siguieron también.

—¿Cómo te has metido en esto? —le susurró Vin a Fantasma.

—Me levanté demasiado temprano para ir a buscar comida —rezongó Fantasma—. Doña Dominante me vio, sonrió como un perro lobo y dijo: «Necesitaremos tus servicios esta tarde, jovencito.»

Vin asintió.

—No bajes la guardia y mantén tu estaño encendido. Recuerda: estamos en guerra.

Fantasma obedeció al momento. Tan cerca de él como estaba, Vin captó fácilmente e identificó los pulsos alománticos de su estaño, lo que significaba que él no era el espía.

Otro tachado de la lista, pensó. *Al menos este viaje no será una total pérdida de tiempo.*

Un carruaje los esperaba junto a las puertas principales. Fantasma se sentó al lado del cochero y las mujeres ocuparon el asiento posterior. Vin se sentó dentro, y OreSeur subió y se acomodó en el asiento, junto a ella. Allrianne y Tindwyl se sentaron enfrente. Allrianne miró a OreSeur con el ceño fruncido, arrugando la nariz.

—¿Tiene que sentarse el animal con nosotras?

—Sí —dijo Vin, mientras el carruaje empezaba a moverse.

Allrianne esperaba obviamente más explicaciones, pero Vin no le dio ninguna. Al final, Allrianne se volvió a mirar por la ventanilla.

—¿Seguro que estaremos a salvo, viajando solo con un criado, Tindwyl?

Tindwyl miró a Vin.

—Oh, creo que estaremos bien.

—Ah, bueno —dijo Allrianne, mirando de nuevo a Vin—. ¡Eres alomántica! ¿Son ciertas las cosas que dicen?

—¿Qué cosas?

—Bueno, dicen que mataste al lord Legislador, para empezar. Y que eres una especie de... hmm... bueno... —Allrianne se mordió los labios—. Bueno, que eres un poco inestable.

—¿Inestable?

—Y peligrosa. Pero, bueno, no puede ser cierto. Quiero decir, vas a venir de compras con nosotras, ¿no?

¿Está intentando provocarme a propósito?

—¿Siempre llevas esa ropa? —preguntó Allrianne.

Vin iba vestida con sus habituales pantalones grises y su camisa parda.

—Es más fácil para luchar.

—Sí, pero... bueno —Allrianne sonrió—. Supongo que por eso estamos aquí hoy, ¿verdad, Tindwyl?

—Sí, querida —respondió Tindwyl. Había estado estudiando a Vin durante toda la conversación.

¿Te gusta lo que ves?, pensó Vin. *¿Qué es lo que quieres?*

—Debes de ser la noble más extraña que he conocido —declaró

Allrianne—. ¿Te criaste lejos de la corte? Yo sí, pero mi madre se ocupó de enseñarme bien. Naturalmente, intentó hacer de mí una dama atractiva para que así mi padre pudiera usarme para forjar una alianza. Allrianne sonrió. Había pasado algún tiempo desde que Vin se había visto obligada a tratar con mujeres como ella. Recordaba las horas pasadas en la corte, fingiendo ser Valette Renoux. A menudo, cuando pensaba en aquellos días, recordaba las cosas malas. El desdén con que la habían tratado los cortesanos, su propia incomodidad en aquel papel.

Pero también había habido cosas buenas. Elend era una de ellas. Nunca lo hubiese conocido de no haberse hecho pasar por noble. Y los bailes, con sus colores, su música y sus vestidos, tenían un claro encanto. Las gráciles danzas, las cuidadosas interacciones, las salas perfectamente decoradas...

Esas cosas ya no existen, se dijo. *No tenemos tiempo para bailes ni reuniones frívolas, no cuando el dominio está al borde del hundimiento.*

Tindwyl seguía mirándola.

—¿Y bien? —preguntó Allrianne.

—¿Qué?

—¿Te criaste lejos de la corte?

—No soy noble, Allrianne. Soy skaa.

Allrianne palideció, luego se ruborizó y después se llevó los dedos a los labios.

—¡Oh! ¡Pobrecilla!

Los oídos amplificados de Vin le permitieron oír algo a su lado: una leve risa de OreSeur, tan suave que solo un alomántico podría haberla escuchado.

Resistió las ganas de fulminar al kandra con la mirada.

—No fue tan malo —dijo.

—¡Pero, bueno, no me extraña que no sepas vestirte! —dijo Allrianne.

—Sé vestirme. Incluso poseo unos cuantos vestidos —dijo Vin. *Aunque no me he puesto ninguno desde hace meses...*

Allrianne asintió, aunque obviamente no la creía.

—También Brisi es skaa —dijo—. O medio skaa. Me lo dijo. Menos mal que no se lo dijo a papá... Papá nunca ha sido amable con los skaa.

Vin no respondió.

Al cabo de un rato llegaron a la calle Kenton y la multitud obstaculizó el paso del carruaje. Vin bajó la primera y OreSeur saltó al empedrado tras ella. Vin observó la ajetreada muchedumbre. La calle del mercado estaba abarrotada, aunque no tanto como la última vez que la había visitado. Saltaba a la vista que la gente procuraba mantener sus quehaceres diarios a pesar de la amenaza exterior. ¿Qué remedio les quedaba? El asedio se había prolongado ya varias semanas. La vida tenía que continuar. Vin echó un vistazo a los precios de las tiendas cercanas mientras las otras dos mujeres bajaban del carruaje.

Cinco arquillas por una cesta de manzanas pochas, pensó con insatisfacción. *La comida se está convirtiendo ya en un problema.* Por fortuna, Elend tenía depósitos de almacén. Pero ¿cuánto durarían las reservas durante el asedio? No todo el invierno que se acercaba, desde luego..., no cuando gran parte del grano del dominio seguía sin cosecharse en las plantaciones exteriores.

El tiempo tal vez sea ahora nuestro aliado, pero acabará por volverse contra nosotros. Tenían que conseguir que esos dos ejércitos lucharan entre sí. De otro modo, los habitantes de la ciudad morirían de hambre antes de que los soldados hubiesen intentado tomar las murallas.

Fantasma saltó del carruaje y se reunió con ellas mientras Tindwyl observaba la calle.

—Allí —dijo Tindwyl, señalando una sastrería.

Allrianne se adelantó presurosa. Tindwyl la siguió, caminando con modesto decoro.

—Una joven ansiosa, ¿verdad? —preguntó la terrisana.

Vin se encogió de hombros. La noble rubia ya había atraído la atención de Fantasma, que la seguía a paso vivo. Naturalmente, no era difícil atraer la atención de Fantasma. Solo hacía falta tener pechos y oler bien... y lo segundo a veces era opcional.

Tindwyl sonrió.

—Probablemente no ha tenido oportunidad de ir de compras desde que partió con el ejército de su padre hace semanas.

—Lo dices como si hubiera vivido una ordalía terrible —dijo Vin—. Y todo porque no ha podido ir de compras.

—Está claro que le gusta —respondió Tindwyl—. Sin duda comprendes lo que es que te aparten de lo que amas.

Vin se encogió de hombros mientras llegaban a la tienda.

—Me cuesta trabajo sentir simpatía por una boba cortesana que ha sido trágicamente apartada de sus vestidos.

Tindwyl frunció el ceño mientras entraban en la tienda. OreSeur se quedó fuera.

—No seas tan dura con la chica. Es producto de su educación, igual que tú. Si la juzgas por sus frivolidades, entonces estás haciendo lo mismo que aquellos que te juzgan basándose en la sencillez de tu ropa.

—Me gusta que la gente me juzgue basándose en la sencillez de mi ropa —dijo Vin—. Así no espera demasiado.

—Comprendo. Entonces, ¿no has echado esto de menos? —Tindwyl indicó el interior de la tienda.

Vin miró. La habitación era un estallido de colores y tejidos, encajes y terciopelos, corpiños y faldas. Todo estaba sazonado con un leve perfume. Entre los maniquíes de colores vivos, Vin, por un instante, se sintió transportada de nuevo a los bailes. A la época en que era Valette. A la época en que tenía una excusa para ser Valette.

—Dicen que te gustaba la sociedad noble —comentó Tindwyl, avanzando. Allrianne se encontraba ya en la tienda, pasando los dedos por una pieza de tela y hablando con el sastre con voz firme.

—¿Quién te ha dicho eso? —preguntó Vin.

Tindwyl se volvió hacia ella.

—Vaya, tus amigos, querida. Es curioso... dicen que dejaste de usar vestidos unos meses después del Colapso. Todos se preguntan por qué. Dicen que parecía que te gustaba vestirte como una mujer, pero supongo que estaban equivocados.

—No —dijo Vin—. Tenían razón.

Tindwyl alzó una ceja y se detuvo junto a un maniquí que llevaba un vestido verde brillante, ribeteado con encajes y muy ensanchado por debajo con varias enaguas.

Vin se acercó a contemplar el precioso atuendo.

—Empezaba a gustarme vestir así. Ese era el problema.

—No veo ningún inconveniente en ello, querida.

Vin se apartó del vestido.

—Esa no soy yo. Nunca lo fui..., era solo un papel. Cuando se usa un vestido como este es demasiado fácil olvidar quién eres.

—¿Y estos vestidos no pueden formar parte de quien eres realmente?

Vin negó con la cabeza.

—Los vestidos y atuendos de gala forman parte de quien es ella.

—Señaló con la cabeza a Allrianne—. Yo tengo que ser otra persona. Más dura.

No tendría que haber venido.

Tindwyl le colocó una mano sobre el hombro.

—¿Por qué no te has casado con él, niña?

Vin alzó la cabeza bruscamente.

—¿Qué clase de pregunta es esa?

—Una pregunta sincera —dijo Tindwyl. Parecía mucho menos dura que en otras ocasiones. Naturalmente, en esas ocasiones casi siempre se dirigía a Elend.

—Eso no es asunto tuyo.

—El rey me ha pedido que le ayude a mejorar su imagen —dijo Tindwyl—. Y yo he decidido hacer algo más. Quiero hacer de él un verdadero rey, si puedo. Creo que tiene un gran potencial. Sin embargo, no podrá desarrollarlo hasta que no esté más seguro de ciertas facetas de su vida. De ti, en concreto.

—Yo...

Vin cerró los ojos, recordando su propuesta de matrimonio. Aquella noche, en el balcón, mientras la ceniza caía suavemente. Recordó su terror. Sabía, por supuesto, adónde iba la relación. ¿Por qué se había asustado tanto?

Ese fue el día en que dejó de usar vestidos.

—No tendría que habérmelo pedido —dijo en voz baja, abriendo los ojos—. No puede casarse conmigo.

—Te ama, niña —dijo Tindwyl—. En cierto modo, es una pena: todo esto sería mucho más fácil si pudiera sentirse de otro modo. Sin embargo, tal como están las cosas...

Vin negó con la cabeza.

—No soy adecuada para él.

—Ah. Ya veo.

—Necesita a otra persona —dijo Vin—. Alguien mejor. Una mujer que pueda ser reina, no solo su guardaespaldas. Alguien... —Vin sintió que se le encogía el estómago—. Alguien más parecido a ella.

Tindwyl miró a Allrianne, que se reía de los comentarios que hacía el viejo sastre mientras le tomaba las medidas.

—Se enamoró de ti, niña.

—Cuando fingía ser como ella.

Tindwyl sonrió.

—De cualquier forma, dudo que puedas ser como Allrianne, no importa cuánto practiques.

—Tal vez —dijo Vin—. Sea como fuere, era mi actuación cortesana lo que él amaba. No sabía lo que yo era realmente.

—¿Y te ha abandonado ahora que lo sabe?

—Bueno, no. Pero...

—La gente es mucho más complicada de lo que parece —dijo Tindwyl—. Allrianne, por ejemplo, es joven y ansiosa... y tal vez un poquito charlatana. Pero sabe más de la corte de lo que muchos puedan pensar, y parece saber reconocer lo que hay de bueno en una persona. Es un talento del que muchos carecen.

»Tu rey es un humilde erudito y pensador, pero tiene la voluntad de un guerrero. Es un hombre con valor para luchar, y creo que aún te quede por descubrir lo mejor de él. El aplacador Brisa es un hombre cínico y burlón... hasta que mira a la joven Allrianne. Entonces se suaviza, y una se pregunta cuánto de su dureza es fingida. —Tindwyl hizo una pausa y miró a Vin—. Y tú eres mucho más de lo que estás dispuesta a aceptar, niña. ¿Por qué solo prestas atención a una parte de ti misma, si tu Elend ve mucho más?

—¿De eso se trata? —preguntó Vin—. ¿Intentas convertirme en una reina para Elend?

—No, niña. Deseo ayudarte a convertirte en quienquiera que seas. Ahora, ve a que te tomen las medidas para que puedas probarte algunos vestidos.

¿Quienquiera que sea?, pensó Vin, frunciendo el ceño. Dejó que la alta terrisana la empujara, y el anciano sastre sacó su cinta y empezó a medir.

Unos instantes y un probador más tarde, Vin regresó a la sala luciendo un recuerdo. Un vestido de seda azul con encaje blanco, ajustado en la cintura y el busto, pero con una falda amplia y ahuecada. Las numerosas enaguas le conferían una forma triangular que le cubría los pies por completo y terminaba rozando el suelo.

Era terriblemente poco práctico. Crujía cuando se movía y tenía que tener cuidado cuando pisaba para no tropezar o rozar una superficie sucia. Pero era hermoso, y la hizo sentirse hermosa. Casi esperaba que una banda empezara a tocar y que Sazed se colocara a su lado como un centinela protector, y que Elend apareciera en la distancia, holgazaneando y viendo a las parejas bailar mientras él hojeaba un libro.

Vin avanzó, dejando que el sastre viera dónde el vestido le ajustaba y dónde le quedaba flojo, y Allrianne dejó escapar una exclamación de asombro cuando la vio. El viejo sastre se apoyó en su bastón y dictó notas a un joven ayudante.

—Muévete un poco más, mi señora —pidió—. Déjame ver cómo te queda cuando haces algo más que caminar en línea recta.

Vin giró suavemente, apoyándose en un pie, tratando de recordar los movimientos de baile que le había enseñado Sazed.

Nunca llegué a bailar con Elend, advirtió, dando un paso de lado, como siguiendo una música que solo ella pudiera recordar. *Siempre encontraba una excusa para librarse.*

Giró, probando el contacto del vestido. Pensaba que habría perdido el instinto. Sin embargo, ahora que volvía a usar un vestido, le sorprendió lo fácil que era recuperar aquellas costumbres: pisar suavemente, volviéndose para que la parte inferior del vestido se agitara solo un poco...

Vaciló. El sastre ya no estaba dictando. La observaba en silencio, sonriente.

—¿Qué? —preguntó Vin, ruborizándose.

—Lo siento, mi señora —dijo él, volviéndose para recoger el cuaderno de su ayudante e indicando al muchacho que se marchara con un gesto—. Pero creo que no he visto jamás a nadie moverse con tanta gracia. Como un... suspiro.

—Me halagas.

—No, niña —dijo Tindwyl, de pie a un lado—. Tiene razón. Te mueves con una gracia que la mayoría de las mujeres solo pueden envidiar.

El sastre volvió a sonreír, y se volvió cuando su ayudante se acercó con unas muestras cuadradas de telas de diferentes colores. El anciano empezó a buscar entre ellas con su mano ajada, y Vin se acercó a Tindwyl, con las manos en los costados, tratando de impedir que el traicionero vestido volviera a controlarla.

—¿Por qué eres tan amable conmigo? —preguntó en voz baja.

—¿Por qué no debería serlo?

—Porque eres dura con Elend. No lo niegues: os he escuchado en vuestras lecciones. Te pasas el tiempo insultándolo y despreciándolo. Pero ahora finges ser amable.

Tindwyl sonrió.

—No estoy fingiendo, niña.

—Entonces, ¿por qué eres tan dura con Elend?

—El muchacho fue educado como el hijo mimado de un gran señor —dijo Tindwyl—. Ahora que es rey, necesita escuchar unas cuantas verdades. —Hizo una pausa y miró a Vin de arriba abajo—. Creo que tú ya has tenido suficiente de eso en la vida.

El sastre se acercó con sus muestrarios de tela y los desplegó sobre una mesita.

—Bueno, mi señora —dijo, indicando una combinación con un dedo torcido—. Creo que a tu tez le sentará particularmente bien un tono oscuro. ¿Un bonito granate, tal vez?

—¿Qué tal negro? —preguntó Vin.

—Cielos, no —dijo Tindwyl—. Nada de negro o gris para ti, niña.

—¿Y qué tal este, entonces? —preguntó Vin, señalando una muestra azul oscuro. Era casi el mismo tono que llevaba la noche en que había conocido a Elend, hacía tanto tiempo.

—Ah, sí —dijo el sastre—. Quedaría maravilloso con tu piel clara y tu pelo oscuro. Mmm, sí. Ahora habrá que decidir el estilo. Lo necesitas para mañana por la noche, según ha dicho la terrisana, ¿no?

Vin asintió.

—Ah, bien. Habrá que modificar uno de los vestidos ya confeccionados, pero creo que tengo uno de este color. Tendremos que entallarlo bastante, pero podemos trabajar toda la noche para una belleza como la tuya, ¿verdad, muchacho? Ahora, en cuanto al estilo...

—Este va bien, supongo —dijo Vin, contemplándose. El vestido era como los que había llevado en los bailes previos.

—Bueno, no estamos buscando que quede simplemente «bien», ¿no? —dijo el sastre con una sonrisa.

—¿Y si le quitamos algunas enaguas? —propuso Tindwyl, tirando de los lados del vestido de Vin—. Y tal vez podríamos subirle un poco el dobladillo, para que pueda moverse con más libertad.

—¿Podrías hacerlo?

—Por supuesto —dijo el sastre—. El chico dice que las faldas más finas son más populares en el sur, aunque en cuestión de modas siguen yendo un poco por detrás de Luthadel. —Hizo una pausa—. Aunque no creo que en Luthadel estén ya interesados por las modas...

—Ensancha los puños de las mangas —dijo Tindwyl—. Y cose en ellas un par de bolsillos para llevar artículos personales.

El anciano asintió mientras su silencioso ayudante anotaba la sugerencia.

—El pecho y la cintura pueden quedar ajustados, pero no impedirle los movimientos —continuó Tindwyl—. Lady Vin necesita moverse con libertad.

El anciano se detuvo.

—¿Lady Vin? —preguntó. Miró con más atención a Vin, entornando los ojos, y entonces se volvió hacia su ayudante. El muchacho asintió en silencio.

—Ya veo... —dijo el hombre, palideciendo; la mano le tembló un poco más. La colocó sobre el puño del bastón, como para darse más estabilidad—. Yo... lo siento si te he ofendido, mi señora. No lo sabía.

Vin volvió a ruborizarse. *Otro motivo por el que no debería ir de compras.*

—No —dijo, tranquilizando al hombre—. No pasa nada. No me has ofendido.

Él se relajó levemente, y Vin vio que Fantasma se acercaba.

—Parece que nos han encontrado —dijo Fantasma, señalando hacia el escaparate.

Vin miró más allá de los maniquíes y las piezas de tela y vio que en el exterior se había congregado una multitud. Tindwyl observó a Vin con curiosidad.

Fantasma sacudió la cabeza.

—¿Cómo te has hecho tan popular?

—Maté a su dios —dijo Vin en voz baja, rodeando un maniquí para ocultarse de docenas de ojos ansiosos.

—Yo también ayudé —dijo Fantasma—. ¡El mismísimo Kelsier me puso mi apodo! Pero a nadie le importa el pobre Fantasma.

Vin estudió la habitación buscando ventanas. *Tiene que haber una puerta trasera. Pero claro, puede que haya gente en el callejón.*

—¿Qué haces? —preguntó Tindwyl.

—Tengo que irme. Escapar de ellos.

—¿Por qué no sales y les hablas? —preguntó Tindwyl—. Obviamente, les interesa mucho verte.

Allrianne salió de un probador, con un vestido amarillo y azul, y se volvió dramáticamente. Se frustró cuando vio que ni siquiera llamaba la atención de Fantasma.

—No voy a salir ahí fuera —dijo Vin—. ¿Por qué iba a querer hacer algo así?

—Necesitan esperanza —respondió Tindwyl—. Y tú puedes dársela.

—Una esperanza falsa. Solo los animaría a pensar en mí como en una especie de objeto de culto.

—Eso no es cierto —dijo Allrianne de repente, avanzando y asomándose a la ventana sin el menor temor—. Esconderte en los rincones, llevar ropa extraña y ser misteriosa... Así es como has conseguido esa sorprendente reputación. Si la gente supiera lo ordinaria que eras antes, no perdería tanto la cabeza por verte.—Hizo una pausa, entonces miró hacia atrás—. Yo... uh, no pretendía decir lo que...

Vin se ruborizó.

—Yo no soy Kelsier, Tindwyl. No quiero que la gente me adore. Solo quiero que me dejen en paz.

—Algunas personas no tienen esa opción, niña —dijo Tindwyl—. Abatiste al lord Legislador. Te entrenó el Superviviente, y eres la consorte del rey.

—No soy su consorte —dijo Vin, colorada—. Solo somos...

Lord Legislador, ni siquiera yo comprendo nuestra relación. ¿Cómo voy a poder explicarla?

Tindwyl alzó una ceja.

—Muy bien —dijo Vin, suspirando, y dio un paso adelante.

—Iré contigo —dijo Allrianne, agarrando a Vin del brazo como si fueran amigas desde la infancia. Vin se resistió, pero no se le ocurrió ningún modo de zafarse sin hacer una escena.

Salieron de la tienda. La multitud ya era grande y crecía a medida que más y más gente se acercaba a curiosear. La mayoría eran skaa con ropa de trabajo marrón manchada de ceniza o sencillos vestidos grises. Los de la primera fila retrocedieron cuando Vin salió, dejándole sitio, y un murmullo de asombro y excitación recorrió la multitud.

—Vaya —dijo Allrianne en voz baja—. Sí que son un montón...

Vin asintió. OreSeur estaba sentado en el mismo sitio que antes, junto a la puerta, y la observaba con una curiosa expresión perruna.

Allrianne sonrió a la multitud, vacilante.

—Puedes, ya sabes, repelerlos o algo así si las cosas se ponen feas, ¿no?

—No será necesario —dijo Vin, librándose por fin de la presa de

Allrianne y aplacando un poco con su poder a la multitud para calmarla. Después dio un paso al frente, tratando de controlar su nerviosismo. Ya no necesitaba esconderse cuando se hallaba en público, pero estar delante de una multitud como esa..., bueno, casi estuvo a punto de darse la vuelta y meterse de nuevo en la sastrería.

Sin embargo, una voz la detuvo. Quien hablaba era un hombre de mediana edad, con la barba manchada de ceniza y una sucia gorra negra en las manos. Era un hombre fuerte, probablemente un obrero de las fábricas. Su suave voz contrastaba con su poderosa constitución.

—Dama Heredera. ¿Qué será de nosotros?

El terror, la incertidumbre que había en la voz del hombretón eran tan penosos que Vin vaciló. Él la miraba con los ojos llenos de esperanza, como la mayoría.

Son tantos... pensó Vin. *Creía que la Iglesia del Superviviente era poco numerosa.* Miró al hombre, que seguía retorciendo nerviosamente su gorra. Abrió la boca, pero... no pudo hacerlo. No podía decirle que no sabía lo que iba a suceder; no podía explicarles a aquellos ojos que no era la salvadora que necesitaban.

—Todo saldrá bien —se oyó decir, aumentando su poder aplacador, tratando de librarlos de parte del miedo.

—¡Pero los ejércitos, Dama Heredera! —dijo una de las mujeres.

—Tratan de intimidarnos —dijo Vin—. Pero el rey no lo permitirá. Nuestras murallas son fuertes, igual que nuestros soldados. Podremos soportar este asedio.

La multitud guardó silencio.

—Uno de esos ejércitos está liderado por el padre de Elend, Straff Venture —dijo Vin—. Elend y yo vamos a reunirnos con Straff mañana. Lo convenceremos para que sea nuestro aliado.

—¡El rey va a rendirse! —dijo una voz—. Lo he oído. Va a cambiar la ciudad por su vida.

—No —replicó Vin—. ¡Él nunca haría eso!

—¡No luchará por nosotros! —exclamó una voz—. No es ningún soldado. ¡Es un político!

Otras voces expresaron su acuerdo. La reverencia desapareció a medida que parte de la gente empezaba a gritar sus preocupaciones y otros pedían ayuda. Los disidentes continuaron acusando a Elend, gritando que era imposible que pudiera protegerlos.

Vin se llevó las manos a los oídos, tratando de evitar a la multitud, el caos.

—¡Basta! —gritó, empujando con acero y latón. Varias personas retrocedieron, y vio una oleada en la multitud mientras botones, monedas y hebillas eran empujados hacia atrás.

La multitud guardó súbitamente silencio.

—¡No consentiré que habléis mal de nuestro rey! —dijo Vin, avivando su latón y aumentando su poder aplacador—. Es un buen hombre y un buen líder. Ha sacrificado mucho por vosotros... Vuestra libertad se debe a las largas horas que ha pasado redactando leyes, y vuestra prosperidad se debe a su trabajo asegurando las rutas de comercio y los acuerdos con los mercaderes.

Muchos miembros de la multitud agacharon la cabeza. El hombre barbudo que Vin tenía delante, sin embargo, continuó retorciendo su gorra, mirándola.

—Solo están asustados, Dama Heredera. Con razón.

—Os protegeremos —replicó Vin. *Pero ¿qué estoy diciendo?*—. Elend y yo encontraremos un modo. Detuvimos al lord Legislador. Podemos detener a esos ejércitos...

Guardó silencio, sintiéndose una tonta.

Sin embargo, la multitud respondió. Algunos estaban todavía claramente insatisfechos, pero muchos parecían calmados. La gente empezó a dispersarse, aunque algunos avanzaron con niños pequeños de la mano o en brazos. Vin se detuvo, nerviosa. Kelsier a menudo se reunía con los skaa y tomaba en brazos a los niños, como dándoles su bendición. Pronunció una rápida despedida y volvió a la tienda, tirando de Allrianne.

Tindwyl esperaba dentro, asintiendo con satisfacción.

—Les he mentido —dijo Vin, cerrando la puerta.

—No, no lo has hecho —respondió Tindwyl—. Te has mostrado optimista. La verdad o la falsedad de lo que has dicho está todavía por demostrar.

—No sucederá. Elend no puede derrotar tres ejércitos, ni siquiera con mi ayuda.

Tindwyl alzó una ceja.

—Entonces deberías marcharte. Escapar, dejar que la gente se enfrente sola a los ejércitos.

—No quería decir eso.

—Bien, entonces toma una decisión. Entrega la ciudad o cree en ella. Sinceramente, vosotros dos... —Sacudió la cabeza.

—Creí que no ibas a ser dura conmigo —advirtió Vin.

—A veces me cuesta —dijo Tindwyl—. Vamos, Allrianne. Terminemos con tus vestidos.

Así lo hicieron. Sin embargo, en ese momento, como traicionando las promesas de seguridad de Vin, varios tambores de advertencia empezaron a sonar en la muralla de la ciudad.

Vin se quedó quieta, mirando por la ventana, más allá de la ansiosa multitud.

Uno de los ejércitos había iniciado el ataque. Maldiciendo, Vin corrió al fondo de la tienda para quitarse el incómodo vestido.

Elend subió a la muralla de la ciudad, casi tropezando con su bastón de duelo con las prisas. Dejó atrás la escalera y corrió hasta la parte superior de la muralla, sujetándose el bastón contra el costado con una imprecación.

La muralla estaba sumida en el caos. Los hombres corrían llamándose. Algunos habían olvidado la armadura; otros, el arco. Tantos eran los que intentaban subir detrás de Elend que habían bloqueado la escalera, y el rey vio desesperado cómo los hombres se congregaban en las aberturas de abajo, creando un atasco aún mayor de cuerpos en el patio.

Se dio la vuelta y vio a un gran grupo de hombres de Straff, miles de ellos, correr hacia la muralla. Elend se hallaba cerca de la Puerta de Estaño, la más cercana al ejército de Straff. Vio un grupo distinto de soldados corriendo hacia la Puerta de Peltre, situada un poco más al este.

—¡Arqueros! —gritó—. Soldados, ¿dónde están vuestros arcos?

Su voz se perdió entre los gritos. Los capitanes intentaban organizar a los hombres, pero al parecer demasiados infantes habían corrido a la muralla dejando a un montón de arqueros atrapados abajo, en el patio.

¿Por qué?, pensó Elend, desesperado, volviéndose hacia el ejército enemigo. *¿Por qué ataca? ¡Habíamos acordado reunirnos!*

¿Se había enterado tal vez del plan de Elend de jugar en ambos lados del conflicto? Posiblemente había en efecto un espía en su círculo íntimo.

Fuera como fuese, Elend vio desanimado cómo el ejército se acercaba a la muralla. Un capitán consiguió hacer disparar una patética andanada de flechas, pero no sirvió de mucho. A medida que el ejército se aproximaba, las flechas empezaron a rebasar la muralla, mezcladas con monedas voladoras. Straff tenía alománticos en el grupo.

Elend maldijo y se puso a cubierto tras uno de los parapetos mientras las monedas rebotaban contra la piedra. Unos cuantos soldados cayeron. Soldados de Elend. Muertos porque él había sido demasiado orgulloso para rendir la ciudad.

Se asomó con cuidado a la muralla. Un grupo de hombres con un ariete se acercaba, sus cuerpos cuidadosamente protegidos por otros hombres con escudos. Esa protección probablemente significaba que los que manejaban el ariete eran violentos, una sospecha que quedó confirmada por el ruido del ariete cuando se estampó contra la puerta. No era el golpe de unos hombres corrientes.

A continuación, siguieron los garfios. Arrojados contra la muralla por los lanzamonedas de abajo, cayeron con más precisión que si hubieran sido lanzados. Los soldados se dispusieron a repelerlos, pero las monedas saltaron hacia arriba, llevándose a los hombres casi con la misma rapidez con que hacían el intento. La puerta continuó resistiendo los envites, pero Elend dudó que fuera a durar mucho.

Y así caemos, pensó. *Sin apenas resistencia.*

Y no había nada que pudiera hacer. Se sintió impotente, obligado a seguir agachado para que su uniforme no hiciera de él un blanco. Toda su política, todos sus preparativos, todos sus sueños y planes. Desaparecidos.

Y, entonces, apareció Vin. Aterrizó en la parte superior de la muralla, respirando entrecortadamente, entre un grupo de heridos. Las flechas y monedas que se le acercaban se desviaban en el aire. Los hombres corrieron a su alrededor, disponiéndose a soltar los garfios y arrastrar a los heridos a lugar seguro. Con sus cuchillos, Vin cortó las cuerdas y las lanzó hacia abajo. Miró a Elend a los ojos con gesto decidido, y luego hizo un amago de saltar por la muralla para enfrentarse a los violentos del ariete.

Elend alzó una mano, pero otra persona habló.

—¡Vin, espera! —gritó Clubs, que terminaba de subir las escaleras.

Ella se detuvo. Elend nunca había oído una orden tan decidida por parte del general cojo.

Las flechas dejaron de volar. Los golpes se calmaron. Elend se levantó, vacilante, y vio con el ceño fruncido cómo el ejército se retiraba hacia su campamento, cruzando los campos cubiertos de ceniza. Dejaron un par de cadáveres atrás: los hombres de Elend habían conseguido alcanzar a unos cuantos con sus flechas. Su propio ejército había sufrido bajas mayores: unas dos docenas de hombres parecían estar heridos.

—¿Qué...? —preguntó Elend, volviéndose hacia Clubs.

—No han emplazado las escalas —dijo Clubs, contemplando al ejército en retirada—. No ha sido un ataque real.

—¿Qué ha sido entonces? —preguntó Vin.

—Una prueba. Es común en la guerra: una escaramuza para ver cómo responde tu enemigo, para sondear su táctica y sus preparativos.

Elend se volvió y vio que los desorganizados soldados dejaban sitio a los médicos para que atendieran a los heridos.

—Una prueba —dijo, mirando a Clubs—. Mi deducción es que no lo hemos hecho muy bien.

Clubs se encogió de hombros.

—Mucho peor de lo que deberíamos. Tal vez esto asuste a los muchachos y haga que presten más atención en las maniobras.

Hizo una pausa, y Elend pudo ver algo que no estaba expresando: preocupación.

Elend se asomó a la muralla y contempló al ejército que se retiraba. De repente, todo tuvo sentido. Era exactamente el tipo de movimiento que le gustaba hacer a su padre.

La reunión con Straff tendría lugar tal como habían planeado. Sin embargo, antes Straff quería que Elend supiera algo.

Puedo tomar esta ciudad en cualquier momento, parecía decir el ataque. *Es mía, no importa lo que hagas. Recuérdalo.*

Se vio obligado a ir a la guerra por un malentendido... y siempre dijo
que no era un guerrero, pero llegó a combatir tan bien como cualquiera.

26

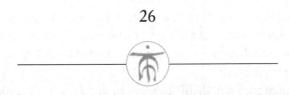

—Esto no es una buena idea, ama. —OreSeur estaba sentado sobre
sus cuartos traseros, viendo cómo Vin abría una caja grande y plana.

—Elend piensa que es el único modo —dijo ella, levantando la tapa.
Dentro estaba el lujoso vestido azul. Lo sacó, advirtiendo su peso relativamente liviano. Se acercó al biombo y empezó a desnudarse.

—¿Y el ataque a las murallas de ayer? —preguntó OreSeur.

—Eso fue una advertencia —contestó ella, mientras se desabro-
chaba la camisa—, no un ataque en serio.

Aunque, al parecer, había inquietado bastante a la Asamblea. Tal
vez ese era el objetivo. Clubs podía decir lo que quisiera sobre estrategia y poner a prueba las murallas, pero desde el punto de vista de Vin
lo que Straff había conseguido era provocar más caos dentro de
Luthadel.

Solo unas pocas semanas de asedio, y la ciudad estaba ya a punto
de venirse abajo. La comida era terriblemente cara y Elend se había
visto obligado a abrir los silos de la ciudad. La gente estaba nerviosa.
Algunos pensaban que el ataque había sido una victoria para Luthadel, considerando buena señal que el ejército hubiera sido rechazado.
La mayoría, sin embargo, estaba todavía más asustada que antes.

Pero, de nuevo, Vin se encontró ante un dilema. ¿Cómo reaccionar ante una fuerza tan abrumadora? ¿Acobardarse, o seguir luchando por la vida? Straff había puesto a prueba las murallas, cierto, pero
había mantenido a la mayor parte de su ejército replegado y en posición, por si Cett intentaba aprovecharse y atacarlo al mismo tiempo.
Lo que quería era información, e intimidar a la ciudad.

—Sigo sin saber si esta reunión es una buena idea —dijo OreSeur—.
Dejando aparte el ataque, Straff no es un hombre en quien se pueda

confiar. Kelsier me hizo estudiar a todos los nobles importantes de la ciudad cuando me estaba preparando para convertirme en lord Renoux. Straff es traicionero y duro, incluso para ser un humano.

Vin suspiró, quitándose los pantalones, y luego tiró de la enagua del vestido. No era tan ajustada como otras y le dejaba mucho espacio para mover muslos y piernas. *De momento, muy bien.*

La objeción de OreSeur era lógica. Una de las primeras cosas que Vin había aprendido en la calle era a evitar situaciones de las que fuera difícil huir. Se rebelaba instintivamente contra la idea de entrar en el campamento de Straff.

Sin embargo, Elend había tomado su decisión. Y Vin comprendía que tenía que apoyarlo. De hecho, incluso estaba de acuerdo con el gesto. Straff quería intimidar a toda la ciudad, pero en realidad no era tan amenazador como creía. No mientras tuviera que preocuparse por Cett.

A Vin ya la habían intimidado lo suficiente a lo largo de su vida. En cierto modo, el ataque de Straff a las murallas la hacía sentirse aún más decidida a manipularlo para sus propios fines. Ir a su campamento parecía una locura a primera vista, pero cuanto más lo pensaba, más se daba cuenta de que era la única forma de llegar a Straff. Tenía que verlos débiles, tenía que sentir que sus tácticas amedrentadoras habían funcionado. Era la única forma de que ellos pudieran ganar.

Eso implicaba hacer algo que no le gustaba. Significaba estar rodeada, entrar en el cubil del enemigo. No obstante, si Elend conseguía salir del campamento a salvo, sería un espaldarazo para la moral de la ciudad. Aparte de eso, Ham y el resto de la banda confiarían más en él. Nadie hubiese cuestionado la idea de que Kelsier entrara a negociar en un campamento enemigo; de hecho, probablemente hubiesen esperado que regresara de las negociaciones tras haber convencido de algún modo a Straff para que se rindiera.

Solo tengo que asegurarme de que vuelva sano y salvo, pensó Vin, poniéndose el vestido. *Straff puede hacer gala de toda la fuerza que quiera: nada de eso importará si somos nosotros quienes dirigen sus ataques.*

Asintió para sí, alisándose el vestido. Luego salió de detrás del biombo y se estudió en el espejo. Aunque el sastre obviamente había seguido un modelo tradicional, la falda no formaba una campana perfecta desde el talle, sino que se acampanaba a partir de las rodillas y, aunque las mangas eran ajustadas con bocamangas anchas, llevaba aberturas en los hombros y podía doblar la cintura, lo que le permitía una amplia gama de movimientos.

Vin se estiró un poco, saltando, torciéndose. Le sorprendió lo liviano que era el vestido y lo bien que se movía con él. Naturalmente, ninguna falda era ideal para combatir, pero aquella suponía una notable mejora en comparación con las abultadas creaciones que había llevado en las fiestas un año antes.

—¿Bien? —preguntó, dándose la vuelta.

OreSeur alzó una ceja perruna.

—¿Qué?

—¿Qué te parece?

OreSeur ladeó la cabeza.

—¿Por qué me lo preguntas?

—Porque me importa tu opinión.

—El vestido es muy bonito, ama. Aunque, para ser sincero, siempre he pensado que ese tipo de ropa es un poco ridícula. Toda esa tela y esos colores no parecen muy prácticos.

—Sí, lo sé —dijo Vin, usando un par de pasadores de zafiros para apartarse el pelo del rostro y sujetárselo—. Pero... bueno, me había olvidado de lo divertido que puede ser vestir estos atuendos.

—No comprendo por qué, ama.

—Eso es porque eres un hombre.

—En realidad, soy un kandra.

—Pero eres un kandra varón.

—¿Cómo lo sabes? —preguntó OreSeur—. No es fácil distinguir el género en mi pueblo, ya que nuestras formas son fluidas.

Vin lo miró, alzando una ceja.

—Lo noto.

Luego se volvió hacia su joyero. No tenía muchas joyas. Aunque la banda le había proporcionado un buen montón durante sus días como Valette, había entregado la mayoría a Elend para contribuir a sufragar sus proyectos. Sin embargo, se había quedado con unas cuantas de sus favoritas, como si supiera que algún día iba a necesitar que adornaran un vestido.

Solo voy a ponérmelo una vez, pensó. *Esta sigo sin ser soy yo.*

Se puso un brazalete de zafiros. Como los pasadores, no contenía metal alguno: las gemas estaban montadas sobre una gruesa pieza de madera que se ajustaba con un cierre del mismo material. Lo único metálico que llevaría encima, por tanto, serían sus monedas, su frasquito de metales y su único pendiente. Lo conservaba, por sugerencia de Kelsier, como un trozo de metal para empujar en una emergencia.

—Ama —dijo OreSeur, sacando con la pata algo de debajo de la cama. Una hoja de papel—. Eso se ha caído de la caja cuando la has abierto.

La sujetó con dos dedos de sus sorprendentemente diestras zarpas, y se la tendió.

Vin tomó el papel. Decía:

Dama Heredera:
He reforzado el corpiño y la pechera para darte apoyo, y el corte de la falda es para que no aletee, por si necesitas saltar. Llevas bolsillos para los frascos de metal en ambos puños, además de pliegues de tela para esconder una daga atada a cada antebrazo. Espero que las modificaciones te parezcan las adecuadas.

FELDEU, sastre

Vin estudió las mangas. Eran gruesas y anchas, y la manera en que apuntaban hacia los lados las convertía en escondites perfectos. Aunque le quedaban ajustadas en los brazos, en los antebrazos eran más holgadas, y localizó dónde podría guardar las dagas.

—Parece que ya había hecho vestidos para nacidas de la bruma —comentó OreSeur.

—Probablemente —dijo Vin. Se acercó al espejo para aplicarse un poco de maquillaje, y descubrió que varias de sus almohadillas se habían secado. *Supongo que hace demasiado tiempo que no hago esto.*

—¿A qué hora nos marcharemos, ama? —preguntó OreSeur.

Vin calló un momento.

—Lo cierto es que no pensaba llevarte. Sigo queriendo mantenerte oculto a la gente de palacio, y creo que parecería muy sospechoso si llevo a mi perro en este viaje.

OreSeur guardó silencio un instante.

—Oh —dijo—. Naturalmente. Buena suerte entonces, ama.

Vin sintió una pequeña punzada de decepción; esperaba que pusiera más pegas. Apartó a un lado la emoción. ¿Por qué iba a reprochárselo? Había sido él quien le había señalado los peligros de ir al campamento.

OreSeur simplemente se tumbó, apoyando la cabeza sobre las patas mientras ella seguía maquillándose.

—Pero, El —dijo Ham—, al menos deberías permitirnos enviarte en tu propio carruaje.

Elend negó con la cabeza, enderezándose la chaqueta mientras se miraba en el espejo.

—Para eso haría falta un cochero, Ham.

—Eso es. Y sería yo.

—Un solo hombre no supondría ninguna diferencia a la hora de sacarnos de ese campamento. Y cuanta menos gente me acompañe, de menos gente tendremos que preocuparnos Vin y yo.

Ham sacudió la cabeza.

—El, yo...

Elend le puso una mano en el hombro.

—Agradezco tu preocupación, Ham. Pero puedo hacer esto. Si hay un hombre en el mundo a quien pueda manipular es mi padre. Saldré de esto haciendo que crea que tiene la ciudad en el bolsillo.

Ham suspiró.

—Está bien.

—Ah, una cosa más —dijo Elend, dubitativo.

—¿Sí?

—¿Te importaría llamarme Elend en vez de solo «El»?

Ham se echó a reír.

—No creo que me cueste.

Elend sonrió agradecido. *No es lo que Tindwyl quería, pero es un comienzo. Nos ocuparemos del «majestad» más adelante.*

La puerta se abrió y entró Dockson.

—Elend —dijo—. Esto acaba de llegar para ti.

Le enseñó una hoja de papel.

—¿De la Asamblea?

Dockson asintió.

—No les ha hecho ninguna gracia que faltaras a la reunión de esta tarde.

—Bueno, no puedo cambiar la cita con Straff solo porque ellos quieran reunirse un día antes —dijo Elend—. Diles que los visitaré cuando vuelva.

Dockson asintió y luego se dio media vuelta cuando escuchó un roce. Se apartó con una extraña expresión en el rostro al ver a Vin entrar por la puerta.

Llevaba un vestido... un precioso vestido azul más estilizado de lo que era común en la corte. En su pelo negro chispeaban un par de pasadores de zafiros y ella parecía... distinta. Más femenina... o más bien, más segura de su feminidad.

Cuánto ha cambiado desde la primera vez que la vi, pensó Elend, sonriendo. Habían pasado de eso casi dos años. Entonces ella era una muchacha, aunque con las experiencias de alguien mucho mayor. Ahora era una mujer, una mujer muy peligrosa, pero que aún lo miraba con ojos un poco dubitativos, un poco inseguros.

—Preciosa —susurró Elend. Ella sonrió.

—¡Vin! —dijo Ham, volviéndose—. ¡Llevas un vestido!

Vin se ruborizó.

—¿Qué esperabas, Ham? ¿Que fuera a conocer al rey del Dominio Septentrional vistiendo pantalones?

—Bueno... La verdad es que sí.

Elend se echó a reír.

—Solo porque tú insistas en ir a todas partes vestido con ropa informal, Ham, no significa que todo el mundo lo haga. Sinceramente, ¿no te cansas de esos chalecos?

Ham se encogió de hombros.

—Son cómodos. Y sencillos.

—Y fríos —dijo Vin, frotándose los brazos—. Me alegro de haber pedido un vestido con mangas.

—Dale gracias al tiempo —dijo Ham—. Cualquier escalofrío que tengas les parecerá mucho peor a los soldados de esos ejércitos.

Elend asintió. El invierno había empezado oficialmente. El clima probablemente no empeoraría lo suficiente para ser más que una leve incomodidad (rara vez nevaba en el Dominio Central), pero las noches de frío sin duda no mejorarían la moral.

—Bueno, vámonos —dijo Vin—. Cuanto antes acabemos con esto, mejor.

Elend dio un paso hacia delante, sonriendo, y tomó a Vin de las manos.

—Te lo agradezco, Vin —dijo en voz baja—. Y estás preciosa de verdad. Si no fuéramos de cabeza a la perdición, me sentiría tentado a ordenar que celebraran un baile esta misma noche para tener la oportunidad de lucirte.

Vin sonrió.

—¿Ir de cabeza a la perdición te complace?

—Supongo que he pasado demasiado tiempo con la banda.

Se inclinó para besarla, pero ella soltó un grito y dio un salto atrás.

—Me he pasado casi una hora maquillándome —exclamó—. ¡Nada de besos!

Elend se echó a reír mientras el capitán Demoux asomaba la cabeza por la puerta.

—Majestad, el carruaje ha llegado.

Elend miró a Vin. Ella asintió.

—Vamos —dijo él.

Desde el carruaje que Straff había enviado a recogerlos, Elend distinguió a un solemne grupo en la muralla viéndolos alejarse. El sol empezaba a ponerse.

Nos ordena que vayamos a verlo por la tarde; tendremos que regresar cuando hayan salido las brumas, pensó Elend. *Una forma astuta de señalar cuánto poder tiene sobre nosotros.*

Era la manera de ser de su padre. Un movimiento similar al ataque a la muralla del día anterior. Para Straff, todo era cuestión de imagen. Elend había visto a su padre en la corte, y lo había visto manipular incluso a los obligadores. Al asegurarse el contrato para gestionar la mina de atium del lord Legislador, Straff Venture había jugado a un juego aún más peligroso que sus amigos nobles. Y había jugado muy bien a ese juego. No había tenido en cuenta que Kelsier introduciría el caos en la combinación, pero ¿quién lo había hecho?

Desde el Colapso, Straff se había asegurado el reino más estable y poderoso del Imperio Final. Era un hombre diestro y cuidadoso que sabía planificar durante años para conseguir lo que quería. Y ese era el hombre al que Elend tenía que manipular.

—Pareces preocupado —dijo Vin. Estaba sentada frente a él en una recatada postura digna de una dama. Era como si ponerse un vestido, de algún modo, imbuyera en ella nuevos modales. O solo despertara los antiguos: en su momento, había sido capaz de hacerse pasar por noble lo bastante bien como para engañar a Elend.

—No pasará nada —dijo—. Straff no te hará ningún daño. Incluso si las cosas salen mal, no se atreverá a convertirte en un mártir.

—Oh, no me preocupa mi seguridad —admitió Elend.

Vin alzó una ceja.

—¿Por?

—Porque te tengo a ti —dijo Elend con una sonrisa—. Vales por un ejército, Vin.

Eso no pareció consolarla.

—Ven aquí —dijo, haciéndose a un lado y señalando el asiento.

Ella se levantó y se cambió de sitio, pero se detuvo a mirarlo.

—El maquillaje.

—Tendré cuidado —prometió Elend.

Ella asintió, se sentó y dejó que la abrazara.

—Ten cuidado también con el pelo. Y con tu chaqueta, no te la vayas a manchar.

—¿Desde cuándo eres tan consciente de la moda?

—Es el vestido —dijo Vin con un suspiro—. En cuanto me lo he puesto me he acordado de todas las lecciones de Sazed.

—Me gusta cómo te sienta este vestido.

Vin negó con la cabeza.

—¿Qué? —preguntó Elend mientras el carruaje daba un brinco y la acercaba un poco más. *Otro nuevo perfume*, pensó. *Al menos esa es una costumbre que no ha perdido.*

—Esta no soy yo, Elend —dijo en voz baja—. Este vestido, estos modales. Son mentira.

Elend no dijo nada.

—¿Alguna objeción? —dijo Vin—. Todo el mundo piensa que digo tonterías.

—No lo sé —respondió Elend con sinceridad—. Usar esta nueva ropa me hizo sentir diferente, así que lo que dices tiene sentido. Si llevar vestidos te parece mal, entonces no los lleves. Quiero que seas feliz, Vin.

Ella sonrió y lo miró. Entonces alzó la cabeza y lo besó.

—Creía que habías dicho que nada de besos.

—Tuyos —dijo ella—. Yo soy una nacida de la bruma: los nacidos de la bruma somos más precisos.

Elend sonrió, aunque no tenía motivos para estar alegre. La conversación, sin embargo, le permitía no sentirse apurado.

—A veces me siento incómodo con esta ropa. Todo el mundo espera mucho más de mí cuando la llevo. Esperan un rey.

—Cuando yo llevo este vestido, esperan una dama. Se llevan una decepción cuando me encuentran a mí.

—Si alguien se siente decepcionado contigo es demasiado obtuso para ser tenido en cuenta —dijo Elend—. No quiero que seas como ellos, Vin. No son sinceros. No les importa. Me gusta cómo eres.

—Tindwyl cree que puedo ser ambas cosas. Mujer y nacida de la bruma.

—Tindwyl es sabia. Un poco brutal pero sabia. Deberías escucharla.

—Acabas de decirme que te gusto como soy.

—Y es así. Pero me gustarías de todas formas, Vin. Te amo. La cuestión es ¿cómo te gustas a ti misma?

Esto la hizo vacilar.

—La ropa no cambia realmente a nadie —dijo Elend—. Pero cambia el modo en que los demás reaccionan ante ti. Son palabras de Tindwyl. Creo... creo que el truco está en convencerse a uno mismo de que te mereces las reacciones que obtienes. Puedes llevar los vestidos de la corte, Vin, pero haz que sean tuyos. No te preocupes si no das a la gente lo que quiere. Dale quien eres, y que eso sea suficiente. —Hizo una pausa, sonriente—. A mí me funcionó.

Ella le devolvió la sonrisa y se apoyó con cuidado en él.

—Muy bien —dijo—. Ya basta de inseguridad por el momento. Repasemos. Háblame más de la forma de ser de tu padre.

—Es un perfecto noble imperial. Implacable, astuto y enamorado del poder. ¿Recuerdas mi... experiencia cuando tenía trece años?

Vin asintió.

—Bien, mi padre es muy aficionado a los burdeles skaa. Creo que le gustaba lo fuerte que se sentía al poseer a una muchacha sabiendo que la matarían por su pasión. Tiene varias docenas de amantes entre las nobles inferiores y, si no lo satisfacen, las elimina.

Vin murmuró por lo bajo en respuesta al comentario.

—Es igual con sus aliados políticos. Nadie se alía con la Casa Venture: acceden a dejarse dominar por la Casa Venture. Si no estabas dispuesto a ser nuestro esclavo, entonces no conseguías ningún contrato con nosotros.

Vin asintió.

—He conocido a jefes de banda así.

—¿Y cómo sobreviviste cuando repararon en ti?

—Procurando no llamar la atención. Arrastrándome por el suelo cuando pasaban y sin darles nunca un motivo para desafiarme. Exactamente lo mismo que tú planeas hacer esta noche.

Elend asintió.

—Ten cuidado —dijo Vin—. No dejes que Straff piense que te estás burlando de él.

—Muy bien.

—Y no prometas demasiado. Actúa como si intentaras parecer duro. Deja que piense que te obliga a hacer lo que quieres: le gustará.

—Veo que tienes experiencia en esto.

—Demasiada —dijo Vin—. Pero ya lo has oído otras veces.

Elend asintió. Habían planeado aquel encuentro una y otra vez. Simplemente tenía que hacer lo que la banda le había enseñado. *Que Straff piense que somos débiles. Démosle a entender que le entregaremos la ciudad, pero solo si antes nos ayuda contra Cett.*

Elend vio por la ventana que se acercaban al ejército de Straff. *¡Qué grande es!*, pensó. *¿Dónde aprendió mi padre a administrar una fuerza como esa?*

Elend había esperado, tal vez, que la falta de experiencia militar de su padre se tradujera en un ejército pobremente dirigido. Sin embargo, las tiendas estaban colocadas siguiendo un trazado cuidadoso y los soldados llevaban el uniforme bien cuidado. Vin se acercó a su ventana y observó con ojos ávidos, demostrando mucho más interés del que se habría atrevido a demostrar una noble imperial.

—Mira —señaló.

—¿Qué? —preguntó Elend, inclinándose.

—Un obligador.

Elend miró por encima del hombro de ella y divisó al antiguo sacerdote imperial, con la piel alrededor de sus ojos tatuada en una amplia pauta, dirigiendo a una fila de soldados ante una de las tiendas.

—Así que es eso. Está usando a obligadores para dirigir su ejército.

Vin se encogió de hombros.

—Tiene sentido. Ellos sabrán cómo manejar grandes grupos de gente.

—Y cómo abastecerlos —dijo Elend—. Sí, es una buena idea... pero no deja de ser sorprendente. Implica que todavía necesita a los obligadores... y que todavía está sujeto a la autoridad del lord Legislador. La mayoría de los otros reyes expulsaron a los obligadores en cuanto pudieron.

Vin frunció el ceño.

—¿No dijiste que a tu padre le gustaba el poder?

—Y así es. Pero también le gusta tener herramientas poderosas. Siempre tiene un kandra, y un historial de asociaciones con alománticos peligrosos. Cree que puede controlarlos... y probablemente cree lo mismo de los obligadores.

El carruaje frenó y se detuvo ante una gran tienda. Straff Venture salió de ella unos momentos más tarde.

El padre de Elend siempre había sido un hombre corpulento, robusto y de porte imponente. La nueva barba acentuaba esa imagen y efecto. Llevaba un traje ajustado y de buen corte, como los que había intentado que Elend llevara de niño. Había sido entonces cuando Elend había empezado a vestir con desaliño, los botones desabrochados, las chaquetas demasiado grandes: cualquier cosa que lo diferenciara de su padre.

El desafío de Elend nunca había dado frutos. Había molestado a Straff con pequeñas travesuras y actuado como un necio cuando sabía que podía librarse. Nada de todo aquello había supuesto ninguna diferencia.

No hasta aquella última noche. Luthadel en llamas, la rebelión skaa escapando al control, amenazando con derribar todo el imperio. Una noche de caos y destrucción, con Vin atrapada en algún lugar.

Entonces Elend se había enfrentado a Straff Venture.

No soy el mismo niño al que dabas órdenes, padre. Vin le dio un apretón en el brazo, y Elend bajó del carruaje cuando el cochero abrió la puerta. Straff esperaba en silencio, con una extraña expresión en el rostro cuando Elend extendió una mano para ayudar a bajar a Vin.

—Has venido —dijo Straff.

—Pareces sorprendido, padre.

Straff sacudió la cabeza.

—Veo que sigues siendo tan idiota como siempre, muchacho. Ahora estás en mi poder..., podría matarte con un gesto. —Alzó el brazo, como para hacerlo.

Ahora es el momento, pensó Elend, con el corazón desbocado.

—Siempre he estado en tu poder, padre. Podrías haberme matado hace meses, podrías haber tomado mi ciudad por puro capricho. No veo que el hecho de haber venido aquí cambie nada.

Straff vaciló.

—Hemos venido a cenar —dijo Elend—. Esperaba tener la oportunidad de que conocieras a Vin, y esperaba poder discutir ciertos... asuntos de particular importancia para ti.

Straff frunció el ceño.

Eso es, pensó Elend. *Pregúntate si tengo alguna oferta que hacer. Sabes que el primero que descubra sus cartas pierde.*

Straff no desaprovecharía la oportunidad de ganar, ni siquiera una oportunidad dudosa como la que Elend representaba. Probablemente calculaba que no había nada verdaderamente importante que Elend pudiera decir. Pero ¿cómo podía estar seguro? ¿Qué tenía que perder?

—Ve y confírmale a mi cocinero que seremos tres para cenar —le dijo Straff a un criado.

Elend dejó escapar un suspiro contenido.

—¿Esa muchacha es tu nacida de la bruma, entonces? —preguntó Straff.

Elend asintió.

—Bonita —dijo Straff—. Dile que deje de aplacar mis emociones.

Vin se ruborizó.

Straff indicó la tienda con un gesto. Elend guio a Vin, aunque ella miró por encima del hombro, pues no le gustaba la idea de darle la espalda a Straff.

Demasiado tarde para eso, pensó Elend.

El interior de la tienda era lo que Elend esperaba de su padre: repleta de cojines y muebles elegantes, muy pocos de los cuales Straff usaba. Amueblaba para dar impresión de poder. Como las enormes fortalezas de Luthadel, lo que rodeaba a un noble era una expresión de su importancia.

Vin esperó junto a Elend en silencio, tensa, en el centro de la sala.

—Es bueno —susurró—. He sido tan sutil como he podido y sin embargo ha advertido mi contacto.

Elend asintió.

—También es un ojo de estaño —dijo con voz normal—. Así que probablemente nos está escuchando.

Elend miró hacia la puerta. Straff entró al cabo de un momento, sin dar ninguna muestra de haber oído a Vin ni de lo contrario. Un grupo de sirvientes entró poco después, cargando con una gran mesa para cenar.

Vin inhaló profundamente. Los sirvientes eran skaa, skaa imperiales, según la vieja tradición. Vestían harapos y tenían moratones de una paliza reciente. Cumplían su tarea con la mirada gacha.

—¿Por qué la reacción, muchacha? —preguntó Straff—. Oh, claro. Eres skaa, ¿verdad? A pesar del bonito vestido. Elend es muy amable. Yo no te dejaría llevar algo así.

Ni ninguna otra cosa, implicaba su tono.

Vin dirigió una mirada a Straff, pero se acercó un poco más a Elend y lo agarró del brazo. Una vez más, las palabras de Straff eran solo una pose; Straff era cruel, pero solo si le servía de algo. Quería que Vin se sintiera incómoda.

Cosa que parecía estar consiguiendo. Elend frunció el ceño, bajó la cabeza y captó el atisbo de una leve sonrisa en sus labios.

Brisa me dijo que Vin es más sutil con la alomancia que la mayoría de los aplacadores, recordó. *Mi padre es bueno, pero que detecte su contacto... Ella lo ha permitido, claro.*

Elend miró a Straff, que golpeó a uno de los criados skaa cuando salía.

—Espero que ninguno sea pariente tuyo —le dijo a Vin—. No han sido muy diligentes últimamente. Puede que tenga que ejecutar a unos cuantos.

—Ya no soy skaa —dijo Vin en voz baja—. Soy noble.

Straff se echó a reír. Ya había descartado a Vin como amenaza. Sabía que era una nacida de la bruma, tenía que haber oído que era peligrosa, y, sin embargo, la consideraba débil y sin importancia.

Es buena en esto, pensó Elend, asombrado. Los criados empezaron a traer un festín impresionante, dadas las circunstancias. Mientras esperaban, Straff se volvió hacia un ayuda de cámara.

—Llama a Hoselle —ordenó—. Y dile que sea rápida.

Parece menos reservado de lo que recuerdo, pensó Elend. En los días del lord Legislador, un buen noble se mantenía serio y controlado en público, aunque muchos se dedicaran a extravagancias en privado. Bailaban y tenían una tranquila conversación cenando en un baile, por ejemplo, pero disfrutaban de las putas y se emborrachaban a altas horas de la noche.

—¿Por qué la barba, padre? —preguntó Elend—. La última vez que lo consulté, no estaban de moda.

—Yo impongo ahora la moda, muchacho —dijo Straff—. Siéntate.

Elend advirtió que Vin esperaba respetuosamente a que él se sentara antes de ocupar su lugar. Consiguió parecer ligeramente nerviosa: miraba a Straff a los ojos, pero siempre hacía un gesto instintivo, como si una parte de ella quisiera apartar la mirada.

—Ahora dime por qué estás aquí —dijo Straff.

—Creía que era obvio, padre. He venido a discutir sobre nuestra alianza.

Straff alzó una ceja.

—¿Alianza? Acabamos de reconocer ambos que tu vida es mía. No veo ninguna necesidad de aliarme contigo.

—Tal vez —dijo Elend—. Pero hay otros factores en juego. Supongo que no esperabas la llegada de Cett.

—Cett tiene muy poca importancia —respondió Straff, concentrándose en la cena: grandes trozos de carne poco hecha. Vin arrugó la nariz, aunque Elend no hubiese sabido decir si aquello formaba parte de su actuación o no.

Elend cortó su filete.

—Un hombre con un ejército casi tan grande como el tuyo no puede tener poca importancia, padre.

Straff se encogió de hombros.

—No será ningún problema para mí cuando tome las murallas de la ciudad. Me las entregarás como parte de nuestra alianza, supongo.

—¿E invitar a Cett a atacarnos? —dijo Elend—. Sí, tú y yo juntos podríamos con él, pero ¿por qué seguir a la defensiva? ¿Por qué dejar que debilite nuestras fortificaciones y, posiblemente, continúe con este asedio hasta que nuestros dos ejércitos pasen hambre? Tenemos que atacarlo, padre.

Straff hizo una mueca.

—¿Crees que necesito tu ayuda para hacerlo?

—La necesitas si quieres derrotarlo con cierta garantía de éxito —dijo Elend—. Podemos derrotarlo fácilmente juntos... pero nunca solos. Nos necesitamos mutuamente. Ataquemos, tú dirigiendo tu ejército, yo dirigiendo el mío.

—¿Por qué estás tan ansioso? —preguntó Straff, entornando los ojos.

—Porque quiero demostrar algo. Mira, los dos sabemos que vas a arrebatarme Luthadel. Pero si antes cabalgamos juntos contra Cett, parecerá que yo quería aliarme contigo desde el principio. Podré entregarte la ciudad sin parecer un completo bufón. Podré alegar que traje a mi padre para ayudarnos contra el ejército que sabía que venía. Te entrego la ciudad y vuelvo a convertirme en tu heredero. Ambos conseguimos lo que queremos. Pero solo después de que Cett haya muerto.

Straff vaciló. Elend veía que sus palabras estaban surtiendo efecto. *Sí*, pensó. *Crees que soy el mismo muchacho que dejaste... excéntrico, ansioso por oponerse a ti por razones tontas. Y guardar las apariencias es muy típico de los Venture.*

—No —dijo Straff.

Elend se sobresaltó.

—No —repitió Straff, volviendo a su comida—. No vamos a hacerlo así, muchacho. Yo decidiré cuándo ataco a Cett... si lo hago.

¡Esto tendría que haber funcionado!, pensó Elend. Estudió a Straff, tratando de juzgar qué iba mal. Su padre no parecía del todo decidido.

Necesito más información, pensó. Miró a Vin, que hacía girar algo entre los dedos. El tenedor. Lo miró a los ojos y dio un golpecito con el cubierto.

Metal, pensó Elend. *Buena idea*. Miró a Straff.

—Has venido por el atium —dijo—. No tienes que conquistar mi ciudad para conseguirlo.

Straff se inclinó hacia delante.

—¿Por qué no lo has gastado?

—Nada atrae más rápido a los tiburones que la sangre fresca, padre. Gastar grandes cantidades de atium solo indicaría con toda seguridad que lo tengo..., una mala idea, considerando lo mucho que nos costó acallar esos rumores.

Hubo un súbito movimiento en la puerta de la tienda y entró una joven azorada. Llevaba un vestido de baile rojo, y el pelo largo recogido en una larga trenza. Tendría unos quince años.

—Hoselle —dijo Straff, señalando la silla que tenía a su lado.

La muchacha asintió, obediente, y corrió a sentarse junto a Straff. Iba muy maquillada y el vestido era escotado. Elend tuvo pocas dudas sobre su relación con Straff.

Straff sonrió y masticó su comida, tranquilo, con modales de caballero. La muchacha se parecía un poco a Vin: el mismo rostro almendrado, el mismo cabello oscuro, los mismos finos rasgos y la delgada constitución. Era una declaración. *Tengo una como la tuya, solo que más joven y más bonita.* Aparentando otra vez.

Fue ese momento, esa chispa en los ojos de Straff, lo que recordó a Elend más que ninguna otra cosa por qué odiaba a su padre.

—Tal vez podamos hacer un trato, muchacho. Entrégame el atium, y yo me encargaré de Cett.

—Traértelo llevará tiempo —dijo Elend.

—¿Por qué? El atium no es pesado.

—Hay mucho.

—No tanto para no poder meterlo en una carreta y enviármelo —dijo Straff.

—Es más complicado que eso.

—No creo que lo sea —dijo Straff, sonriendo—. Es que no quieres dármelo.

Elend frunció el ceño.

—No lo tenemos —susurró Vin.

Straff se volvió.

—No lo hemos encontrado —dijo ella—. Kelsier derrocó al lord Legislador para poder conseguir ese atium. Pero nunca pudimos averiguar dónde estaba el metal. Probablemente ni siquiera estaba en la ciudad.

No me esperaba esto..., pensó Elend. Naturalmente, Vin tendía a hacer las cosas por instinto, como decían que hacía Kelsier. Toda la planificación del mundo podía irse al traste estando Vin cerca... pero normalmente lo hacía mejor.

Straff permaneció en silencio un momento. Parecía creer a Vin.

—Así que en realidad no tienes nada que ofrecerme.

Tengo que hacerme el débil, recordó Elend. *Necesito que piense que puede tomar la ciudad cuando quiera, pero también que no merece la pena hacerlo ahora.* Empezó a dar golpecitos en la mesa con el índice, tratando de parecer nervioso. *Si Straff piensa que no tenemos el atium... entonces será mucho menos probable que se arriesgue a atacar la ciudad. Menos ganancia. Por eso lo ha dicho Vin.*

—Vin no sabe de qué habla —dijo Elend—. He escondido el atium, incluso de ella. Estoy seguro de que podemos acordar algo, padre.

—No —dijo Straff, y ahora parecía divertido—. Es verdad que no lo tienes. Zane dijo..., pero, bueno, no creí...

Straff sacudió la cabeza, volviéndose hacia su comida. La muchacha que tenía al lado no comió; permaneció callada, como el adorno que se suponía que era. Straff dio un largo sorbo de vino y dejó escapar un suspiro de satisfacción. Miró a su niña amante.

—Déjanos —dijo.

Ella inmediatamente hizo lo que le ordenaban.

—Tú también —le dijo a Vin.

Vin se envaró un poco. Miró a Elend.

—No pasa nada —dijo él, lentamente.

Ella vaciló antes de asentir. Straff suponía poco peligro para Elend, y ella era una nacida de la bruma. Si algo salía mal, llegaría a Elend rápidamente. Y, si se marchaba, conseguirían lo que querían: que Elend pareciera menos poderoso. Así estaría en mejor situación para negociar con Straff. O eso esperaban.

—Esperaré fuera —dijo Vin en voz baja, retirándose.

No era un simple soldado. Era un caudillo encarnado, un hombre a quien el destino mismo parecía apoyar.

27

—Muy bien —dijo Straff, soltando el tenedor—. Seamos sinceros, muchacho. Estoy casi convencido a hacerte matar sin más.

—¿Ejecutarías a tu único hijo? —preguntó Elend.

Straff se encogió de hombros.

—Me necesitas —dijo Elend—. Para ayudarte a combatir a Cett. Puedes matarme, pero no ganarías nada. Seguirías teniendo que tomar Luthadel por la fuerza y Cett seguiría en disposición de atacarte, y de derrotarte, puesto que estarías debilitado.

Straff sonrió, cruzándose de brazos e inclinándose hacia delante, de forma que dominó la mesa.

—Te equivocas en ambas cosas, muchacho. Primero, creo que, si te matara, el siguiente líder de Luthadel sería más comprensivo. Tengo ciertos intereses en la ciudad que indican que es así. Segundo, no necesito tu ayuda para combatir a Cett. Él y yo ya tenemos un trato.

Elend vaciló.

—¿Qué?

—¿Qué crees que he estado haciendo estas últimas semanas? ¿Sentarme y esperar a merced de tus caprichos? Cett y yo hemos intercambiado amabilidades. No le interesa la ciudad: solo quiere el atium. Accedimos a dividir lo que encontráramos en Luthadel, y luego trabajar juntos para tomar el resto del Imperio Final. Él conquistará el norte y el oeste, y yo, el este y el sur. Un hombre muy comprensivo, Cett.

Es un farol, pensó Elend con razonable certeza. Aquello no era propio de Straff: no querría aliarse con alguien tan similar a él en fuerza. Straff temía demasiado la traición.

—¿Piensas que voy a creérmelo? —dijo Elend.

—Cree lo que quieras.

—¿Y los koloss que vienen de camino? —preguntó Elend, usando una de sus mejores bazas.

Eso hizo callar a Straff.

—Si deseas tomar Luthadel antes de que lleguen los koloss, padre —dijo Elend—, entonces pienso que te conviene ser un poco más comprensivo con el hombre que ha venido a ofrecerte todo lo que anhelas. Solo pido una cosa: déjame tener una victoria. Déjame combatir a Cett, asegurar mi legado. Luego podrás quedarte con la ciudad.

Straff se lo pensó, durante tanto tiempo que Elend se atrevió a esperar haber ganado. No obstante, su padre acabó por negar con la cabeza.

—No, creo que no. Correré el riesgo con Cett. No sé por qué está dispuesto a dejar que me quede con Luthadel, pero no parece preocuparle mucho.

—¿Y a ti sí? —dijo Elend—. Sabes que no tenemos el atium. ¿Qué te importa ahora la ciudad?

Straff se inclinó un poco más hacia delante. Elend olió en su aliento las especias de la cena.

—Ahí es donde te equivocas conmigo, muchacho. Por eso, aunque hubieras podido prometerme ese atium, nunca habrías salido de este campamento esta noche. Cometí un error hace un año. Si me hubiera quedado en Luthadel, sería yo quien estaría sentado en ese trono. En cambio, eres tú. No me imagino por qué... Supongo que un Venture débil seguía siendo la mejor alternativa.

Straff era todo lo que Elend siempre había odiado del antiguo imperio. Presuntuoso. Cruel. Arrogante.

Debilidad, pensó Elend, calmándose. *No puedo mostrarme amenazador.* Se encogió de hombros.

—Es solo una ciudad, padre. Desde mi posición, no importa ni la mitad que tu ejército.

—Es más que una ciudad. Es la ciudad del lord Legislador... y allí está mi hogar. Mi fortaleza. Me consta que la estás usando como palacio.

—No tenía ningún otro sitio al que ir.

Straff volvió a su comida.

—Muy bien —dijo, entre bocados de carne—. Al principio pensé que eras un idiota por venir esta noche, pero ahora no estoy tan seguro. Tienes que haber comprendido lo inevitable.

—Eres más fuerte —dijo Elend—. No puedo enfrentarme a ti.

Straff asintió.

—Me has impresionado, muchacho. Vestido de manera adecuada, con una amante nacida de la bruma, manteniendo el control de la ciudad... Voy a dejarte vivir.

—Gracias.

—Y, a cambio, tú vas a entregarme Luthadel.

—En cuanto nos encarguemos de Cett.

Straff se echó a reír.

—No, no es así como funcionan las cosas, muchacho. No estamos negociando. Tú acatas mis órdenes. Mañana, cabalgaremos juntos hasta la ciudad y ordenarás que abran las puertas. Mi ejército marchará y tomará el mando, y Luthadel se convertirá en la nueva capital de mi reino. Si no molestas y haces lo que yo diga, te volveré a nombrar heredero.

—No podemos hacer eso —contestó Elend—. He ordenado que no se te abran las puertas bajo ningún concepto.

Straff hizo una pausa.

—Mis consejeros pensaron que podrías intentar usar a Vin como rehén para obligarme a entregar la ciudad —dijo Elend—. Si vamos juntos, darán por hecho que me estás amenazando.

El ánimo de Straff se ensombreció.

—Más vale que no lo hagan.

—Lo harán. Conozco a esos hombres, padre. Estarán ansiosos por encontrar una excusa para quitarme la ciudad.

—Entonces, ¿por qué has venido aquí?

—Para lo que te he dicho. Para negociar una alianza contra Cett. Puedo entregarte Luthadel... pero sigo necesitando tiempo. Antes, eliminemos a Cett.

Straff empuñó el cuchillo de la cena por el mango y lo estampó contra la mesa.

—¡He dicho que esto no es una negociación! Nada de exigencias, muchacho. ¡Podría mandarte matar!

—Solo estoy aclarando las cosas, padre —dijo Elend rápidamente—. No quiero...

—Te has vuelto sibilino —dijo Straff, entornando los ojos—. ¿Qué esperabas conseguir con este juego? Al venir a mi campamento sin traer nada que ofrecer... —Hizo una pausa, luego continuó—: Nada que ofrecer excepto esa muchacha. Es bonita, sí.

Elend se ruborizó.

—Eso no te dará la llave de la ciudad. Recuerda, mis consejeros pensaron que podrías intentar amenazarla.

—Bien —exclamó Straff—. Morirás, y yo tomaré la ciudad por la fuerza.

—Y Cett te atacará por la retaguardia. Te atrapará contra nuestra muralla y te obligará a luchar rodeado.

—Sufriría cuantiosas pérdidas —dijo Straff—. No podría tomar la ciudad y mantenerla después de eso.

—Incluso debilitado tendría más posibilidades de arrebatárnosla que si esperara y luego intentara quitártela a ti.

Straff se puso en pie.

—Tendré que correr ese riesgo. Te dejé atrás una vez. No volverás a escapar, muchacho. Esos malditos skaa tenían que haberte matado y haberme librado de ti.

Elend se puso en pie también. Sin embargo, pudo ver la decisión en los ojos de Straff.

No está funcionando, pensó, y empezó a sentir pánico.

Aquel plan había sido una maniobra, pero no esperaba fallar él. De hecho, había jugado bien sus cartas. Pero algo iba mal... algo inesperado que seguía sin comprender. ¿Por qué se resistía tanto Straff?

Soy demasiado nuevo en esto, pensó Elend. Irónicamente, de haber dejado que su padre le instruyera mejor de niño, habría sabido cuál era el fallo. De pronto advirtió la gravedad de su situación. Rodeado de un ejército hostil. Separado de Vin.

Iba a morir.

—¡Espera! —dijo a la desesperada.

—Ah —sonrió Straff—. ¿Por fin comprendes dónde te has metido?

Había deleite en la sonrisa de Straff. Ansiedad. Siempre había disfrutado haciendo daño a los demás, aunque a Elend rara vez se lo había hecho. El decoro siempre lo había detenido.

El decoro potenciado por el lord Legislador. En aquel momento Elend vio la muerte en los ojos de su padre.

—No has tenido nunca intención de dejarme vivir —dijo Elend—. Aunque te hubiera dado el atium, aunque te hubiera entregado la ciudad...

—Ya estabas muerto en el momento en que decidí venir hasta

aquí, muchacho idiota. Pero te doy las gracias por haberme traído a esa chica. La poseeré esta noche. Veremos si grita tu nombre o el mío cuando la...

Elend se echó a reír.

Se reía de desesperación, por la ridícula situación en la que se había metido, se reía de preocupación y temor... pero sobre todo se reía de la idea de Straff intentando forzar a Vin.

—No tienes ni idea de lo necio que pareces —dijo Elend.

Straff se ruborizó.

—Por eso, muchacho, seré el doble de duro con ella.

—Eres un cerdo, padre. Un hombre repulsivo y enfermizo. Creías que eras un líder brillante, pero apenas eres competente. Casi conseguiste que destruyeran nuestra casa. ¡Solo la muerte del lord Legislador te salvó!

Straff llamó a sus guardias.

—¡Puede que tomes Luthadel, pero la perderás! Puede que yo haya sido un mal rey, pero tú serás un rey terrible. El lord Legislador era un tirano, pero también era un genio. Tú no eres ni una cosa ni la otra. Solo eres un pobre egoísta que agotará sus propios recursos y acabará muerto de una puñalada por la espalda.

Straff señaló a Elend a los soldados que entraban. Elend no se movió. Había crecido con aquel hombre, había sido criado por él, torturado por él. Y, a pesar de todo, Elend nunca le había abierto su mente. Se había rebelado con la timidez de un adolescente, pero nunca había dicho la verdad.

Y hacerlo le hizo sentirse bien.

Tal vez hacerme el débil ha sido el error con Straff. Siempre le ha gustado aplastar cosas.

Y de repente Elend supo lo que tenía que hacer. Sonrió y miró a Straff a los ojos.

—Mátame, padre —dijo—, y tú también morirás.

—Mátame, padre —dijo Elend—, y tú también morirás.

Vin vaciló. Estaba ante la tienda, en la oscuridad de la noche recién llegada. Se hallaba junto a los soldados de Straff, pero estos habían acudido a su orden. Se había movido en la oscuridad y se encontraba al lado de la cara norte de la tienda, viendo las sombras moverse en su interior.

Estaba a punto de irrumpir. Elend no lo había estado haciendo muy bien, y no porque fuera mal negociador. Simplemente, era demasiado honrado por naturaleza. No era difícil notar cuándo iba de farol, sobre todo si lo conocías.

Pero aquella nueva declaración era diferente. No era que Elend se las intentara dar de listo, ni un estallido furioso como el de unos momentos antes. De repente, parecía tranquilo y lleno de aplomo.

Vin esperó en silencio, las dagas en la mano, tensa en las brumas junto a la tienda iluminada. Algo le decía que tenía que concederle a Elend unos momentos más.

Straff se rio de la amenaza de su hijo.

—Eres un necio, padre. ¿Crees que he venido aquí a negociar? ¿Crees que trataría voluntariamente con alguien como tú? No. Me conoces y sabes que no. Sabes que nunca me sometería a ti.

—Entonces, ¿a qué has venido? —preguntó Straff.

Vin casi podía ver la sonrisa de Elend.

—Para acercarme a ti, padre..., y para traer a mi nacida de la bruma al mismo corazón de tu campamento.

Silencio.

Finalmente, Straff se echó a reír.

—¿Me amenazas con esa chiquilla famélica? Si esa es la gran nacida de la bruma de Luthadel de la que he oído hablar, entonces me siento enormemente decepcionado.

—Eso es porque ella quiere que te sientas así —dijo Elend—. Piensa, padre. Te mostraste receloso, y la chica confirmó esos recelos. Pero, si es tan buena como dicen los rumores, y sé que has oído los rumores, ¿cómo es que advertiste su contacto sobre tus emociones?

»La has pillado aplacándote, y lo has dicho. Luego no has vuelto a sentir su contacto, así que has dado por hecho que se había acobardado. Pero a partir de ese momento te has sentido confiado. Cómodo. Has descartado a Vin como amenaza... pero ¿despreciaría ningún hombre sensato a una nacida de la bruma, por pequeña o silenciosa que sea? De hecho, cabría pensar que es a los asesinos pequeños a los que hay que prestar más atención.

Vin sonrió. *Astuto*, pensó. Recurrió a su poder, encendiendo las emociones de Straff mientras avivaba metal y sacudía su ira. Straff jadeó, súbitamente aturdido. *Píllalo, Elend.*

—Miedo —dijo Elend.

Ella aplacó la furia de Straff y la convirtió en miedo.

—Pasión.

Vin obedeció.

—Calma.

Lo aplacó todo. Dentro de la tienda, vio la sombra envarada de Straff. Un alomántico no podía forzar a una persona a hacer nada, y normalmente los fuertes empujones o tirones sobre una emoción eran menos efectivos, ya que alertaban al objetivo de que algo iba mal. En ese caso, sin embargo, Vin quería que Straff supiera con toda seguridad que ella estaba vigilando.

Vin sonrió, apagando su estaño. Entonces quemó duraluminio y aplacó las emociones de Straff con explosiva presión, borrando toda capacidad de sensación dentro de él. Su sombra se tambaleó ante el ataque.

Vin se quedó sin latón un momento después, y volvió a encender su estaño mientras contemplaba las siluetas negras recortadas en la tela de la tienda.

—Es poderosa, padre —dijo Elend—. Es más poderosa que ningún alomántico que hayas conocido. Mató al lord Legislador. Fue entrenada por el Superviviente de Hathsin. Y si tú me matas, ella te matará a ti.

Straff se enderezó y la tienda quedó en silencio de nuevo.

Sonaron pisadas. Vin se volvió, agazapándose, alzando su daga.

Una figura familiar se dibujaba en las brumas nocturnas.

—¿Por qué no puedo sorprenderte nunca? —preguntó tranquilamente Zane.

Vin se encogió de hombros y se volvió hacia la tienda, pero se situó de manera que no perdía a Zane de vista. Él se acercó y se agazapó a su lado, contemplando las sombras.

—No es una amenaza muy útil —dijo por fin Straff en el interior—. Morirás, aunque tu nacida de la bruma se me lleve por delante.

—Ah, padre —dijo Elend—. Me equivocaba respecto a tu interés por Luthadel. Sin embargo, tú también te equivocas conmigo: siempre te has equivocado conmigo. No me importa morir, no si eso trae seguridad a mi pueblo.

—Cett se encargará de la ciudad si yo muero —dijo Straff.

—Creo que mi pueblo podrá contra él —dijo Elend—. Después de todo, su ejército es menor.

—¡Esto es una tontería! —exclamó Straff. Pero no ordenó a sus soldados que siguieran avanzando.

—Mátame, y morirás tú también —dijo Elend—. Y no solo tú. Tus generales. Tus capitanes. Incluso tus obligadores. Ella tiene orden de mataros a todos.

Zane se acercó a Vin, y sus pies hicieron crujir levemente la hierba aplastada del suelo del campamento.

—Ah —susurró—. Qué astuto. No importa lo fuerte que sea tu enemigo, no puede atacarte si le pones un cuchillo en la garganta.

Zane se acercó aún más y Vin lo miró, sus rostros separados apenas por unos centímetros. Él sacudió la cabeza entre las tenues brumas.

—Pero, dime, ¿por qué la gente como tú y como yo tenemos que ser siempre los cuchillos?

Dentro de la tienda, Straff empezaba a preocuparse.

—Nadie es tan poderoso, muchacho —dijo—. Ni siquiera un nacido de la bruma. Puede que ella consiga matar a algunos de mis generales, pero nunca llegaría hasta mí. Tengo a mi propio nacido de la bruma.

—¿Sí? —dijo Elend—. ¿Y por qué no la ha matado? ¿Porque tiene miedo de atacar? Si me matas, padre, si haces un amago de avanzar hacia mi ciudad, entonces ella dará comienzo a la masacre. Morirán hombres como los prisioneros ante las fuentes en un día de ejecución.

—Creía que habías dicho que él estaba por encima de estas cosas —susurró Zane—. Dijiste que no eras su herramienta. Dijiste que no te usaría como asesina...

Vin se agitó, incómoda.

—Es un farol, Zane. Nunca haría algo así.

—Es una alomántica como nunca has visto, padre —dijo Elend, la voz apagada por la tienda—. La he visto luchar contra otros alománticos...; ninguno de ellos puede tocarla siquiera.

—¿Es eso cierto? —preguntó Zane.

Vin no respondió. De hecho, Elend no la había visto atacar a otros alománticos.

—Me vio atacar a algunos soldados una vez, y le he contado mis batallas con otros alománticos.

—Ah —dijo Zane en voz baja—. Así que entonces es solo una pequeña mentira. Están bien cuando uno es rey. Muchas cosas lo están.

¿Explotar a una persona para salvar a todo un reino? ¿Qué líder no pagaría un precio tan bajo? Tu libertad a cambio de su victoria.

—No me está utilizando —dijo Vin.

Zane se levantó. Vin se giró levemente, observando con atención cómo se perdía en las brumas, alejándose de las tiendas, las antorchas y los soldados. Zane se detuvo un poco más allá y miró al cielo. Incluso con la luz de las tiendas y las hogueras, el campamento estaba rodeado de brumas. Giraban alrededor de todos ellos. Entre ellas, la luz de las antorchas y las hogueras parecía insignificante. Eran como brasas moribundas.

—¿Qué es esto para él? —dijo Zane, abarcando con una mano su alrededor—. ¿Puede acaso comprender las brumas? ¿Puede acaso comprenderte?

—Me ama —dijo Vin, mirando de nuevo las siluetas recortadas. Habían guardado silencio durante un momento. Straff estaba obviamente considerando las amenazas de Elend.

—¿Te ama o le encanta tenerte? —preguntó Zane.

—Elend no es así. Es un buen hombre.

—Bueno o no, tú no eres como él —dijo Zane, y su voz resonó en sus oídos amplificados por el estaño—. ¿Puede comprender cómo es ser uno de nosotros? ¿Puede saber las cosas que nosotros sabemos, amar las cosas que amamos? ¿Ha visto esto alguna vez?

Señaló al cielo. Más allá de las brumas brillaban luces como motas diminutas. Estrellas invisibles al ojo normal. Solo una persona que quemara estaño podía atravesar las brumas y verlas brillar.

Vin recordó la primera vez que se las había mostrado Kelsier. Recordó lo aturdida que se había quedado al enterarse de que las estrellas estaban allí siempre, invisibles, más allá de las brumas...

Zane continuó señalando hacia arriba.

—¡Lord Legislador! —susurró Vin, apartándose de la tienda. A través del remolino de brumas, a la luz de la tienda, vio algo en el brazo de Zane.

Tenía la piel llena de marcas blancas. Cicatrices.

Zane bajó inmediatamente el brazo, ocultando dentro de la manga la carne marcada.

—Estuviste en los Pozos de Hathsin —dijo Vin en voz baja—. Como Kelsier.

Zane apartó la mirada.

—Lo siento —dijo Vin.

Zane se volvió, sonriendo en la noche. Era una sonrisa firme, confiada. Avanzó un paso.

—Yo te comprendo, Vin. —Le hizo una leve reverencia y se marchó de un salto, desapareciendo en las brumas.

Dentro de la habitación, Straff le habló a Elend.

—Vete. Márchate de mi campamento.

El carruaje se marchó. Straff estaba de pie ante la tienda, ajeno a las brumas, todavía un poco desconcertado.

Lo he dejado marchar. ¿Por qué lo he dejado marchar?

Sin embargo, todavía notaba el contacto de la muchacha martilleándolo. Una emoción tras otra como un remolino traicionero en su interior, y luego... nada. Como una mano enorme que agarrara su alma y apretara para someterla dolorosamente. Le había hecho sentirse como pensaba que debían sentirse los muertos.

Ningún alomántico podía ser tan poderoso.

Zane la respeta, pensó Straff. *Y todo el mundo dice que ella mató al lord Legislador. Esa criatura diminuta. No puede ser.*

Parecía imposible. Y así era como ella quería que pareciese.

Todo iba muy bien. La información proporcionada por el espía kandra de Zane era acertada: Elend intentaba firmar una alianza. Lo aterrador era que Straff podría haber seguido adelante, convencido de que Elend no tenía ninguna importancia, si el espía no hubiera enviado el aviso.

Incluso así, Elend lo había vencido. Straff estaba preparado incluso para su treta de mostrarse débil, pero había fallado de todas formas.

Ella es tan poderosa...

Una figura vestida de negro surgió de las brumas y se acercó a Straff.

—Parece que hayas visto un fantasma, padre —dijo Zane con una sonrisa—. ¿El tuyo, tal vez?

—¿Había alguien más ahí fuera, Zane? —preguntó Straff, demasiado aturdido para replicar—. ¿Otra pareja de nacidos de la bruma, tal vez, ayudándola?

Zane negó con la cabeza.

—No. Ella es así de fuerte. —Se volvió para regresar a las brumas.

—¡Zane! —llamó Straff, haciendo que se detuviera—. Vamos a cambiar de planes. Quiero que la mates.

Zane se dio media vuelta.

—Pero...

—Es demasiado peligrosa. Además, ahora tenemos la información que queríamos. No tienen el atium.

—¿Los crees? —preguntó Zane.

Straff vaciló. Después de lo concienzudamente que había sido manipulado esa noche, no podía confiar en nada de lo que hubiera descubierto.

—No —decidió—. Pero lo encontraremos de otra manera. Quiero muerta a esa chica, Zane.

—¿Vamos a atacar en serio la ciudad, entonces?

Straff estuvo a punto de dar inmediatamente la orden de que sus soldados se prepararan para un asalto a la mañana siguiente. El ataque preliminar había salido bien, demostrando que las defensas no eran gran cosa. Straff podría tomar esa muralla, y luego usarla contra Cett.

Sin embargo, las últimas palabras de Elend antes de marcharse aquella noche lo hacían dudar. *Envía a tus ejércitos contra mi ciudad, padre*, había dicho el muchacho, *y morirás. Has sentido su poder: sabes lo que puede hacer. Puedes tratar de esconderte, puedes incluso conquistar mi ciudad. Pero ella te encontrará. Y te matará. Tu única opción es esperar. Me pondré en contacto contigo cuando mis ejércitos estén preparados para atacar a Cett. Actuaremos juntos, como dije antes.*

Straff no podía depender de eso. El muchacho había cambiado; de algún modo, se había vuelto más fuerte. Si Elend y él atacaban juntos, Straff no se hacía ninguna ilusión de lo rápidamente que sería traicionado. Pero Straff no podía atacar Luthadel mientras la chica estuviera viva. No conociendo su fuerza, tras haber sentido su contacto en sus emociones.

—No —respondió finalmente a la pregunta de Zane—. No atacaremos. No hasta que la mates.

—Eso podría resultar más difícil de lo que parece, padre —dijo Zane—. Necesitaré ayuda.

—¿Qué clase de ayuda?

—Un equipo de asalto. Alománticos que no puedan ser rastreados.

Zane estaba hablando de un grupo concreto. La mayoría de los alománticos eran fáciles de identificar a causa de su noble linaje. Straff, sin embargo, tenía acceso a algunos recursos especiales. Había un motivo por el que tenía tantas amantes: docenas y docenas de ellas. Algunos pensaban que era debido a su carácter lujurioso.

No se trataba de eso en absoluto. Más amantes significaban más hijos. Y más hijos nacidos de un linaje noble como el suyo significaban más alománticos. Solo había engendrado a un nacido de la bruma, pero había engendrado a muchos brumosos.

—Así se hará —dijo Straff.

—Es posible que no sobrevivan al encuentro, padre —le advirtió Zane, todavía envuelto en las brumas.

Aquella horrible sensación regresó. La sensación de vacío, el horrible conocimiento de que alguien tenía el absoluto control de sus emociones. Nadie debía tener tanto control sobre él. Especialmente Elend.

Tendría que estar muerto. Vino derecho a mí. Y lo dejé marchar.

—Deshazte de ella —dijo Straff—. Haz lo que sea necesario, Zane. Lo que sea.

Zane asintió. Luego se marchó con paso satisfecho.

Straff regresó a su tienda y mandó llamar a Hoselle de nuevo. Se parecía bastante a la chica de Elend. Le haría bien recordarse a sí mismo que la mayoría de las veces tenía el control.

Sentado en el carruaje, Elend se sentía un poco aturdido. *¡Sigo vivo!*, pensó con creciente excitación. *¡Lo conseguí! Convencí a Straff para que dejara en paz la ciudad.* Al menos temporalmente. La seguridad de Luthadel dependía de que Straff siguiera temiendo a Vin. Pero... bueno, cualquier victoria era enorme para Elend. No le había fallado a su pueblo. Era su rey, y su plan, por alocado que pudiera haber parecido, había funcionado. La pequeña corona que llevaba en la cabeza de pronto no le parecía tan pesada como antes.

Vin estaba sentada frente a él. No parecía ni por asomo tan satisfecha como podría haber estado.

—¡Lo hemos conseguido, Vin! —dijo Elend—. No ha sido como planeamos, pero ha funcionado. Straff no se atreverá a atacar la ciudad.

Ella asintió en silencio.

Elend frunció el ceño.

—Hmm, es gracias a ti que la ciudad estará a salvo. Lo sabes, ¿verdad? Si no hubieras estado allí..., bueno, claro que, de no ser por ti, todo el Imperio Final seguiría esclavizado.

—Porque maté al lord Legislador —dijo ella en voz baja.

Elend asintió.

—Pero fue gracias al plan de Kelsier, a las habilidades de la banda, a la fuerza de voluntad del pueblo que se liberó el imperio. Yo solo empuñé el cuchillo.

—Haces que parezca una cosa sin importancia, Vin. ¡Y no lo es! Eres una alomántica fantástica. Ham siempre dice que ya ni siquiera puede derrotarte en una pelea sucia, y has mantenido el palacio a salvo de los asesinos. ¡No hay nadie como tú en todo el Imperio Final!

Curiosamente sus palabras hicieron que ella se encogiera un poco más en el rincón. Se volvió a mirar por la ventana y contempló las brumas.

—Gracias —dijo en voz baja.

Elend arrugó el entrecejo. *Cada vez que empiezo a pensar que sé lo que pasa por su cabeza...* Se cambió de asiento y la rodeó con un brazo.

—Vin, ¿qué ocurre?

Ella guardó silencio, hasta que por fin sacudió la cabeza y forzó una sonrisa.

—No es nada, Elend. Tienes derecho a estar entusiasmado. Has estado brillante allí dentro... Dudo que incluso Kelsier pudiera haber manipulado tan bien a Straff.

Elend sonrió y la atrajo hacia sí, impaciente, mientras el carruaje avanzaba hacia la ciudad oscura. Las hojas de la Puerta de Estaño se abrieron vacilantes, y Elend vio a un grupo de hombres de pie en el patio. Ham alzó una linterna en las brumas.

Elend no esperó a que el carruaje se detuviera. Abrió la portezuela y saltó en marcha. Sus amigos empezaron a sonreír ansiosamente. Las puertas se cerraron de golpe.

—¿Ha funcionado? —preguntó Ham, vacilante, mientras Elend se acercaba—. ¿Lo has logrado?

—Más o menos —respondió Elend con una sonrisa, entrechocando las manos con Ham, Brisa, Dockson y, por último, con Fantasma. Incluso el kandra, OreSeur, estaba allí. Se acercó al carruaje, esperando a

Vin—. La finta inicial no ha salido muy bien... Mi padre no ha picado con lo de la alianza. ¡Pero entonces le he dicho que lo mataría!

—Espera. ¿Y eso ha sido una buena idea? —preguntó Ham.

—Pasamos por alto uno de nuestros más grandes recursos, amigos —dijo Elend mientras Vin bajaba del carruaje. Se volvió y la señaló agitando una mano—. ¡Tenemos un arma que no pueden igualar! Straff esperaba que yo le suplicara, y estaba preparado para controlar la situación. Sin embargo, cuando mencioné lo que les sucedería a él y a su ejército si despertaba la furia de Vin...

—Mi querido amigo —dijo Brisa—. ¿Entraste en el campamento del rey más fuerte del Imperio Final, y lo amenazaste?

—¡Sí que lo hice!

—¡Brillante!

—¡Lo sé! —dijo Elend—. Le dije a mi padre que iba a permitirme salir de su campamento y que iba a dejar Luthadel en paz, o de lo contrario haría que Vin los matara a él y a todos los generales de su ejército.

Rodeó a Vin con un brazo. Ella sonrió al grupo, pero Elend notó que algo seguía preocupándola.

No cree que yo haya hecho un buen trabajo. Ha visto un modo mejor de manipular a Straff, pero no quiere que me desanime.

—Bueno, supongo que no necesitaremos un nuevo rey —dijo Fantasma con una sonrisa—. Y yo que esperaba ocupar el puesto...

Elend se echó a reír.

—No pretendo dejar el sitio vacante de momento. Haremos saber a la gente que Straff se ha echado atrás, al menos temporalmente. Eso debería levantar un poco la moral. Luego, trataremos con la Asamblea. Es de esperar que aprueben una resolución que me permita reunirme con Cett como acabo de hacer con Straff.

—¿Por qué no vamos a celebrarlo al palacio? —preguntó Brisa—. Por muy aficionado que sea a las brumas, dudo que el patio sea un lugar adecuado para discutir de estos temas.

Elend le dio una palmada en la espalda y asintió. Ham y Dockson se reunieron con Vin y con él mientras los demás subían al carruaje en el que habían llegado. Elend miró extrañado a Dockson. Normalmente, el hombre hubiese elegido otro vehículo: aquel que no ocupara Elend.

—Sinceramente, Elend —dijo Ham mientras ocupaba su asiento—. Estoy impresionado. Casi esperaba tener que asaltar ese campamento para rescatarte.

Elend sonrió, mirando a Dockson, que se sentó cuando el carruaje inició la marcha. Abrió la mochila y sacó un sobre sellado. Alzó la cabeza y miró a Elend a los ojos.

—Esto ha llegado para ti de parte de los miembros de la Asamblea hace un rato, majestad.

Elend vaciló. Luego tomó el sobre y rompió el sello.

—¿Qué es?

—No estoy seguro —dijo Dockson—. Pero... ya he empezado a oír rumores.

Vin se inclinó hacia delante y leyó por encima del brazo de Elend mientras él escrutaba la hoja de papel, que decía:

> Majestad:
>
> Esta nota es para informaros de que, por unanimidad, la Asamblea ha decidido acogernos al artículo de la Carta Magna para retiraros la confianza. Agradecemos vuestros esfuerzos en beneficio de la ciudad, pero la situación actual exige un tipo diferente de liderazgo al que su majestad puede proporcionar. Damos este paso sin ninguna hostilidad, pero con resignación. No vemos otra alternativa, y debemos actuar por el bien de Luthadel. Lamentamos informaros de esto por carta.

Seguía la firma de los veintitrés miembros de la Asamblea.

Elend bajó el papel, anonadado.

—¿Qué? —preguntó Ham.

—Acabo de ser depuesto —dijo Elend en voz baja.

FIN DE LA SEGUNDA PARTE

TERCERA PARTE

REY

Dejó ruinas a su paso, pero fue olvidado. Creó reinos y luego los destruyó, mientras creaba el mundo de nuevo.

28

—A ver si lo entiendo correctamente —dijo Tindwyl, tranquila y con amabilidad a la vez que severa y con desaprobación—. ¿Hay un artículo en la Constitución del reino que permite a la Asamblea derrocar a su rey?

Elend se encogió un poco.

—Sí.

—¿Y tú mismo lo redactaste? —preguntó Tindwyl.

—En su mayor parte —admitió Elend.

—¿Escribiste en tu propia ley que podías ser depuesto? —repitió Tindwyl. Su grupo, al que se habían unido en los carruajes Clubs, Tindwyl y el capitán Demoux, estaba reunido en el estudio de Elend. Eran tantos que faltaban sillas, y Vin se había sentado en silencio, apartada, sobre un montón de libros, tras haberse vuelto a poner pantalones y camisa. Tindwyl y Elend estaban de pie, pero los demás estaban sentados: Brisa tenso, Ham relajado y Fantasma tratando de equilibrarse en su silla mientras la apoyaba sobre dos patas.

—Introduje ese artículo adrede —dijo Elend. Se encontraba en el centro de la habitación, con un brazo apoyado contra el cristal de su enorme vidriera, contemplando sus oscuros fragmentos—. Esta tierra se marchitó bajo la mano de un gobernante opresivo durante mil años. Durante ese tiempo, los filósofos y pensadores soñaron con un gobierno donde un mal legislador pudiera ser depuesto sin derramamiento de sangre. Yo ocupé su trono a través de una serie de acontecimientos impredecibles e insospechados, y no me pareció justo imponer de manera unilateral mi voluntad, o la voluntad de mis descendientes, sobre el pueblo. Quise iniciar un modo de gobierno cuyos monarcas fueran responsables ante sus súbditos.

A veces habla como uno de esos libros que lee, pensó Vin. *No como un hombre normal, sino como si recitara el texto de una página.*

Recordó las palabras de Zane como un susurro en su mente. *No eres como él.* Rechazó la idea.

—Con respeto, majestad —dijo Tindwyl—, esta es una de las tonterías más grandes que he visto hacer a un líder.

—Fue por el bien del reino.

—Fue una auténtica idiotez —replicó Tindwyl—. Un rey no se somete a los caprichos de otro órgano de gobierno. ¡Es valioso para su pueblo porque es la autoridad absoluta!

Vin rara vez había visto a Elend tan apenado, y lamentó la tristeza de sus ojos. Sin embargo, se sentía en parte rebelde y feliz. Ya no era rey. Ahora tal vez no se esforzaran tanto en matarlo. Tal vez pudiera ser de nuevo tan solo Elend y pudieran marcharse. Irse a alguna parte. A un lugar donde las cosas no fueran tan complicadas.

—De todas formas, hay que hacer algo —dijo Dockson en medio del silencio—. Discutir la sensatez de decisiones pasadas tiene poca relevancia ahora mismo.

—De acuerdo —dijo Ham—. Así que la Asamblea ha intentado darte la patada. ¿Qué vamos a hacer al respecto?

—Obviamente, no podemos permitir que se salgan con la suya —dijo Brisa—. ¡Vaya, el pueblo derrocó a un gobierno hace un año! Es una mala costumbre.

—Tenemos que preparar una respuesta, majestad —dijo Dockson—. Algo que desenmascare esta maniobra engañosa, realizada mientras negociabas por la seguridad de la ciudad. Ahora que lo pienso, está claro que prepararon esa reunión para que tú no pudieras asistir y defenderte.

Elend asintió, contemplando todavía el oscuro cristal.

—Probablemente ya no hay ninguna necesidad de llamarme majestad, Dox.

—Tonterías —dijo Tindwyl, los brazos cruzados, de pie junto a una estantería—. Sigues siendo el rey.

—He perdido el mandato del pueblo.

—Sí, pero todavía tienes el mandato de los ejércitos —dijo Clubs—. Eso te convierte en rey; no importa lo que diga la Asamblea.

—Exactamente —dijo Tindwyl—. Leyes idiotas aparte, sigues conservando una posición de poder. Necesitamos declarar la ley marcial, restringir los movimientos dentro de la ciudad. Tomar el control de los puntos clave y secuestrar a los miembros de la Asamblea para que tus enemigos no puedan organizar la resistencia contra ti.

—Pondré a mis hombres en la calle antes del amanecer —dijo Clubs.

—No —dijo Elend tranquilamente.

Hubo una pausa.

—¿Majestad? —preguntó Dockson—. Es lo mejor que podemos hacer. No podemos permitir que esta facción contraria a ti gane impulso.

—No es una facción, Dox. Son los representantes electos de la Asamblea.

—Una Asamblea que tú fundaste, mi querido amigo —dijo Brisa—. Tienen poder porque tú se lo diste.

—La ley les da poder, Brisa —respondió Elend—. Y todos estamos sometidos a ella.

—Tonterías —dijo Tindwyl—. Como rey, tú eres la ley. Una vez aseguremos la ciudad, podrás convocar la Asamblea y explicar a sus miembros que necesitas su apoyo. Los que no estén de acuerdo pueden ser retenidos hasta que pase la crisis.

—No —dijo Elend, con algo más de firmeza—. No haremos nada de eso.

—¿Eso es todo, entonces? —preguntó Ham—. ¿Te rindes?

—No voy a rendirme, Ham —dijo Elend, volviéndose por fin para mirar al grupo—. Pero no voy a usar los ejércitos de la ciudad para presionar a la Asamblea.

—Perderás el trono —dijo Brisa.

—Sé razonable, Elend —insistió Ham.

—¡No seré la excepción a mis propias leyes!

—No seas necio —dijo Tindwyl—. Deberías...

—Tindwyl, responde a mis ideas como desees, pero no me vuelvas a llamar necio. ¡No consentiré que me menosprecies porque expreso mi opinión!

Tindwyl vaciló, la boca entreabierta. Entonces frunció los labios y tomó asiento. Vin sintió un silencioso arrebato de satisfacción. *Tú lo entrenaste, Tindwyl,* pensó con una sonrisa. *¿Vas a quejarte si te planta cara?*

Elend avanzó unos pasos y apoyó las manos sobre la mesa mientras contemplaba al grupo.

—Sí, responderemos. Dox, escribe una carta informando a la Asamblea de nuestra decepción y nuestra sensación de haber sido traicionados...; infórmales de nuestro éxito con Straff y carga las tintas de su culpa lo más que puedas.

»Los demás haremos planes. Recuperaremos el trono. Como se ha dicho, conozco la ley. Yo la redacté. Hay modos de salir de esta. Esos modos, sin embargo, no incluyen enviar nuestros ejércitos para asegurar la ciudad. ¡No seré como los tiranos que están dispuestos a quitarnos Luthadel! No obligaré al pueblo a hacer mi voluntad, aunque sepa que es lo mejor para ellos.

—Majestad —dijo Tindwyl con cuidado—, no hay nada inmoral en asegurar el poder durante un tiempo de caos. La gente reacciona de forma irracional durante esos períodos. Es uno de los motivos por los que necesitan líderes fuertes. Te necesitan a ti.

—Solo si me quieren, Tindwyl.

—Perdóname, majestad, pero esa declaración me parece un poco ingenua.

Elend sonrió.

—Tal vez lo sea. Puedes hacer que cambie de modo de vestir y de aspecto, pero no puedes cambiarme el alma. Haré lo que considere correcto... y eso incluye dejar que la Asamblea me deponga, si así lo decide.

Tindwyl frunció el ceño.

—¿Y si no puedes recuperar el trono por medios legítimos?

—Entonces aceptaré el hecho. Y haré lo que pueda para ayudar al reino de todas formas.

Se acabó lo de marcharnos, pensó Vin. Sin embargo, no pudo dejar de sonreír. Parte de lo que amaba de Elend era su sinceridad. Su sencillo amor por el pueblo de Luthadel, su determinación por hacer lo que fuera bueno para ellos era lo que lo diferenciaba de Kelsier. Incluso en el martirio, Kelsier mostró una pizca de arrogancia. Se aseguró de ser recordado como pocos hombres que hubieran vivido jamás.

Pero Elend..., para él, gobernar el Dominio Central no era cuestión de fama ni de gloria. Por primera vez, completa y sinceramente, Vin decidió algo: Elend era mucho mejor rey de lo que habría sido Kelsier nunca.

—Yo... no estoy seguro de qué pensar de esta experiencia, ama —susurró una voz junto a ella. Vin titubeó y agachó la cabeza al darse cuenta de que había empezado a acariciar, distraída, las orejas de Ore-Seur.

Apartó la mano con un sobresalto.

—Lo siento.

OreSeur se encogió de hombros y volvió a apoyar la cabeza sobre las patas.

—Bueno, dices que hay un modo legal de volver a recuperar el trono —dijo Ham—. ¿Cómo lo hacemos?

—La Asamblea tiene un mes para elegir un nuevo rey —contestó Elend—. No hay nada en la ley que diga que el nuevo rey no pueda ser el anteriormente depuesto. Y, si no toman una decisión por mayoría concluido ese plazo, el trono vuelve a mí durante un mínimo de un año.

—Complicado —dijo Ham, frotándose la barbilla.

—¿Qué esperabas? —dijo Brisa—. Es la ley.

—No me refería a la ley en sí —contestó Ham—. Me refería a conseguir que la Asamblea elija a Elend o no elija a nadie. No lo habrían depuesto si no tuvieran ya a otra persona en mente para el trono.

—No necesariamente —dijo Dockson—. Tal vez simplemente lo han hecho como advertencia.

—Tal vez —dijo Elend—. Caballeros, creo que es una señal. He estado ignorando a la Asamblea... Pensamos que nos habíamos encargado de ellos, pues había conseguido que firmaran la propuesta que me permitía parlamentar. Sin embargo, no nos dimos cuenta de que una manera que tenían de librarse de esa propuesta era elegir un nuevo rey, y luego lograr que haga lo que desean. —Suspiró y sacudió la cabeza—. He de admitir que nunca he sido muy bueno manejando la Asamblea. No me considera un rey, sino uno de los suyos... y por eso no les cuesta verse ocupando mi lugar. Apuesto a que uno de los miembros ha convencido a los demás para que lo pongan en el trono.

—Entonces hagámosle desaparecer —dijo Ham—. Estoy seguro de que Vin podría...

Elend frunció el ceño.

—Estaba bromeando, El.

—¿Sabes, Ham? —le advirtió Brisa—. Lo único gracioso de tus chistes es que carecen de sentido del humor.

—Lo dices solo porque normalmente apareces tú al final.

Brisa puso los ojos en blanco.

—Me parece que estas reuniones serían más productivas si alguien se olvidara de invitar a esos dos —murmuró OreSeur en voz baja, obviamente contando con que el estaño permitiera a Vin escucharlo.

Ella sonrió.

—No son tan malos —susurró.

OreSeur la miró.

—Vale —dijo Vin—. Nos distraen un poco.

—Siempre podría comerme a uno si lo deseas —dijo OreSeur—. Eso podría acelerar las cosas.

Vin alzó una ceja. OreSeur tenía una extraña sonrisa en los labios.

—Humor kandra, ama. Mis disculpas. Podemos ser un poquito torvos.

Vin sonrió.

—Probablemente no sabrían muy bien de todas formas. Ham es demasiado delgado y no quieras saber las cosas que Brisa se pasa el tiempo comiendo...

—No estoy tan seguro —dijo OreSeur—. Después de todo, «Ham» tiene nombre de jamón. Y en cuanto al otro... —Señaló la copa de vino que Brisa tenía en la mano—. Parece muy aficionado a marinarse por su cuenta.

Elend estuvo rebuscando entre sus libros hasta que encontró varios volúmenes relevantes de leyes... incluido el de leyes para Luthadel que él mismo había escrito.

—Majestad —dijo Tindwyl, recalcando el término—. Tienes dos ejércitos a las puertas, y un grupo de koloss viene de camino hacia el Dominio Central. ¿De verdad crees que tienes tiempo para una batalla legal?

Elend soltó los libros y acercó su silla a la mesa.

—Tindwyl, tengo dos ejércitos a las puertas, los koloss vienen a presionarlos y yo mismo soy el principal obstáculo para impedir que los líderes de esta ciudad entreguen el reino a uno de los invasores. ¿De verdad crees que es una coincidencia que me hayan depuesto ahora?

Varios miembros del grupo alzaron la cabeza, y Vin ladeó la suya al escuchar estas palabras.

—¿Crees que uno de los invasores podría estar detrás de esto? —preguntó Ham, frotándose la barbilla.

—¿Qué haríais, si fuerais ellos? —dijo Elend, abriendo un libro—. No podéis atacar la ciudad porque os costará demasiados soldados. El asedio ya ha durado semanas, vuestras tropas tienen frío y los hombres que Dockson contrató han estado atacando las barcazas de suministros del canal, amenazando vuestra intendencia. Añadamos que sabéis que un gran contingente de koloss viene de camino... y, bueno, tiene sentido. Si los espías de Straff y Cett sirven de algo, sabrán que la Asamblea capituló y decidió entregar la ciudad al primer ejército que llegue. Los asesinos no han conseguido matarme, pero si hubiera otra manera de eliminarme...

—Sí —dijo Brisa—. Parece propio de Cett. Volver la Asamblea contra ti, poner a un simpatizante en el trono y luego hacer que abra las puertas.

Elend asintió.

—Y mi padre parecía reacio a aliarse conmigo esta noche, como si tuviera algún otro plan para hacerse con la ciudad. No puedo estar seguro de cuál de los dos monarcas está detrás de este movimiento, Tindwyl, pero desde luego no podemos pasar por alto la posibilidad. Esto no es una distracción: es parte de la misma estrategia de asedios que hemos estado combatiendo desde que llegaron esos ejércitos. Si puedo recuperar el trono, entonces Straff y Cett sabrán que soy el único con el que pueden trabajar... y es de esperar que eso los predisponga a aliarse conmigo a la desesperada, sobre todo ya que los koloss se acercan. —Dicho eso, Elend empezó a hojear un montón de libros. Su depresión parecía remitir ante aquel nuevo reto teórico—. Podría haber otros artículos relevantes en la ley —murmuró—. Necesito estudiarlos. Fantasma, ¿invitaste a Sazed a esta reunión?

Fantasma se encogió de hombros.

—No conseguí despertarlo.

—Se está recuperando del viaje hasta aquí —dijo Tindwyl, apartando su atención de Elend y sus libros—. Es propio de los guardadores.

—¿Necesita rellenar una de sus mentes de metal? —preguntó Ham.

La expresión de Tindwyl se ensombreció.

—¿Os lo ha explicado, entonces?

Ham y Brisa asintieron.

—Ya veo —dijo Tindwyl—. De todas formas, no podría ayudarte en este asunto, majestad. Yo te he ayudado un poco en cuestiones de gobierno porque es mi deber entrenar a los líderes en el conocimiento del pasado. Sin embargo, los guardadores viajeros como Sazed no participan en asuntos políticos.

—¿Asuntos políticos? —preguntó Brisa—. ¿Te refieres, tal vez, a derrocar al Imperio Final?

Tindwyl cerró la boca y apretó los labios.

—No deberías animarlo a romper sus votos —dijo por fin—. Si fuerais sus amigos, os daríais cuenta, creo.

—¿Sí? —preguntó Brisa, señalándola con su copa de vino—. Personalmente, creo que estáis molestos porque os ha desobedecido, pero al final acabó liberando a vuestro pueblo.

Tindwyl miró a Brisa con frialdad, los párpados entornados, tiesa. Permanecieron así lo que pareció una eternidad.

—Empuja mis emociones todo lo que quieras, aplacador —dijo Tindwyl—. Mis sentimientos son míos. No tendrás ningún éxito.

Brisa volvió a beber, murmurando algo sobre los «malditos terrisanos».

Elend no prestaba atención a la discusión. Ya tenía cuatro libros abiertos sobre la mesa y estaba hojeando un quinto. Vin sonrió, recordando los días, no muy lejanos, en que la cortejaba tumbándose en un sillón cercano y abriendo un libro.

Es el mismo hombre, pensó. *Y este hombre me amó antes de saber que yo era una nacida de la bruma. Me amó incluso después de descubrir que yo era una ladrona e intentaba robarle. Tengo que recordar eso.*

—Vamos —le susurró a OreSeur, y se puso en pie mientras Brisa y Ham se enzarzaban en otra discusión. Necesitaba tiempo para pensar y las brumas estaban todavía recientes.

Esto sería mucho más fácil si yo no fuera tan hábil, pensó Elend divertido, rebuscando entre sus libros. *Redacté demasiado bien la ley.*

Siguió con el dedo un párrafo concreto, releyéndolo mientras el grupo se marchaba lentamente. No podía recordar si les había dicho que se marcharan o no. Tindwyl probablemente lo reprendería por eso.

Aquí, pensó, dando un golpecito con el dedo a la página. *Podría tener base para pedir una nueva votación si alguno de los miembros de la Asamblea llegó tarde a la reunión, o si votaron los ausentes.*

El voto para deponerlo tenía que ser unánime... a excepción, claro, del suyo.

Se detuvo al advertir movimiento. Tindwyl era la única persona que quedaba en la habitación. Elend alzó la cabeza con resignación. *Probablemente me lo tengo merecido...*

—Pido disculpas por mi falta de respeto, majestad —dijo ella.

Elend frunció el ceño. *Eso no me lo esperaba.*

—Tengo la costumbre de tratar a la gente como si fueran niños —continuó Tindwyl—. Supongo que no debería sentirme orgullosa.

—Es...

Elend se detuvo. Tindwyl le había enseñado a no excusar nunca los defectos de la gente. Podía aceptar que la gente fallara, incluso perdonarla, pero si perdonaba los defectos entonces nunca cambiaría.

—Acepto tu disculpa —dijo.

—Has aprendido rápido, majestad.

—No he tenido elección —dijo Elend con una sonrisa—. Naturalmente, no cambié lo bastante rápido para la Asamblea.

—¿Cómo has dejado que sucediera algo así? —preguntó ella en voz baja—. Incluso considerando nuestro desacuerdo acerca de cómo hay que llevar el gobierno, yo pensaba que esos miembros de la Asamblea tendrían que estar a tu favor. Te deben su poder.

—Los ignoré, Tindwyl. A los hombres poderosos, amigos o no, no les gusta ser ignorados.

Ella asintió.

—Aunque tal vez deberíamos detenernos a reflexionar sobre tus éxitos, en vez de concentrarnos simplemente en tus fracasos. Vin me ha dicho que la reunión con tu padre salió bastante bien.

Elend sonrió.

—Lo asustamos y se sometió. Me encantó hacerle algo así a Straff. Pero creo que puedo haber ofendido a Vin de algún modo.

Tindwyl alzó una ceja.

Elend soltó su libro y se inclinó hacia delante, con los brazos apoyados sobre la mesa.

—Se ha comportado de un modo extraño en el camino de vuelta. Apenas he podido conseguir que hablara conmigo. No estoy seguro del porqué.

—Tal vez estaba cansada, nada más.

—No creo que Vin se canse jamás —dijo Elend—. Siempre está en movimiento, siempre está haciendo algo. A veces me preocupa que piense que soy perezoso. Tal vez por eso... —Se calló, y luego sacudió la cabeza.

—Ella no piensa que seas perezoso, majestad —dijo Tindwyl—. Se negó a casarse contigo porque no se considera digna de ti.

—Tonterías. Vin es una nacida de la bruma, Tindwyl. Sabe que vale por diez hombres como yo.

—Entiendes muy poco de mujeres, Elend Venture..., sobre todo de mujeres jóvenes. Para ellas, su competencia tiene poquísimo que ver con lo que piensan de sí mismas. Vin es insegura. Cree que no merece estar contigo..., no porque no crea merecerte como persona, sino más bien porque no está convencida de que merezca ser feliz. Ha llevado una vida muy confusa y difícil.

—¿Cómo estás tan segura de esto?

—He criado a varias hijas, majestad —dijo Tindwyl—. Sé de lo que hablo.

—¿Hijas? —preguntó Elend—. ¿Tienes hijos?

—Naturalmente.

—Yo no...

Los terrisanos que había conocido eran eunucos, como Sazed. Una mujer como Tindwyl, por supuesto, no podía pertenecer a esa categoría, pero había supuesto que los programas de reproducción del lord Legislador la habrían afectado de algún modo.

—De todas formas, debes tomar algunas decisiones, majestad. Tu relación con Vin va a ser difícil. Ella tiene ciertos asuntos que causarán más problemas de los que te causaría una mujer más convencional.

—Ya hemos discutido esto —dijo Elend—. No estoy buscando una mujer más convencional. Amo a Vin.

—No estoy dando a entender que tengas que buscarte a otra —contestó Tindwyl tranquilamente—. Simplemente te instruyo, como me han pedido que haga. Tienes que decidir hasta qué punto vas a dejar que la chica, y tu relación con ella, te distraigan.

—¿Qué te hace pensar que estoy distraído?

Tindwyl alzó una ceja.

—Te he preguntado por tu éxito con lord Venture esta noche, y de lo único que has querido hablar es de lo que sintió Vin durante el regreso a casa.

Elend vaciló.

—¿Qué es más importante para ti, majestad? —preguntó Tindwyl—. ¿El amor de esta chica o el bien de tu pueblo?

—No voy a responder a una pregunta como esa.

—Con el tiempo, puede que no tengas elección —dijo Tindwyl—. Es una cuestión a la que se enfrentan todos los reyes tarde o temprano, me temo.

—No —respondió Elend—. No hay motivos para que no pueda amar a Vin y proteger a mi pueblo. He estudiado demasiados dilemas hipotéticos para dejarme enredar en una trampa como esta.

Tindwyl se encogió de hombros y se puso en pie.

—Cree lo que quieras, majestad. Sin embargo, yo veo ya un dilema, y no me parece que sea hipotético.

Inclinó la cabeza levemente en gesto de deferencia, y se marchó de la habitación, dejándolo con sus libros.

Hubo otras pruebas que relacionaban a Alendi con el Héroe de las Eras. Cosas más pequeñas, cosas que solo alguien entrenado en la tradición de la Anticipación hubiera advertido. La marca de nacimiento en su brazo. La manera en que su pelo se volvió gris cuando apenas tenía veinticinco años. La manera de hablar, la manera de tratar a la gente, la manera de gobernar.

Simplemente, parecía encajar.

29

—Dime, ama —preguntó OreSeur, tumbado perezosamente, la cabeza sobre las patas—, llevo con los humanos un buen montón de años. Tenía la impresión de que necesitaban dormir regularmente. Supongo que estaba equivocado.

Vin estaba sentada en un saliente de piedra de la muralla, con una pierna recogida contra el pecho, la otra colgando en el vacío. Las torres de la fortaleza Hasting eran sombras oscuras en las brumas a su derecha y a su izquierda.

—Yo duermo —dijo.

—Ocasionalmente. —OreSeur bostezó, sacando la lengua. ¿Estaba adoptando más modales caninos?

Vin miró hacia el este, sobre la ciudad dormida de Luthadel. Había fuego en la distancia, una luz creciente demasiado grande para ser producto del hombre. Había llegado el amanecer. Otra noche había pasado, casi una semana después de que Elend y ella visitaran el campamento de Straff. Zane todavía no había aparecido.

—Estás quemando peltre, ¿verdad? —preguntó OreSeur—. ¿Para permanecer despierta?

Vin asintió. Quemando un poco de peltre, su fatiga era solo una molestia menor. Podía sentirla en su interior, si se concentraba, pero no tenía ningún poder sobre ella. Sus sentidos eran agudos, su cuerpo seguía fuerte. Ni siquiera el frío de la noche le resultaba molesto. Sin embargo, en el momento en que apagara su peltre, sentiría todo el agotamiento de golpe.

—Eso no puede ser sano, ama. Apenas duermes tres o cuatro horas al día. Nadie, sea nacido de la bruma, hombre o kandra, puede vivir así mucho tiempo.

Vin agachó la cabeza. ¿Cómo podía explicar su extraño insomnio? Debía superarlo; ya no tenía que temer a los otros miembros de la banda que la rodeaban. Sin embargo, no importaba cuánto se agotara, cada vez le costaba más y más trabajo dormir. ¿Cómo podía hacerlo con aquel suave golpeteo en la distancia?

Por algún motivo, parecía estar acercándose. ¿O simplemente se hacía más fuerte? «Oigo los golpeteos rítmicos de las alturas, los pulsos de las montañas.» Palabras del libro de viaje.

¿Cómo podía dormir sabiendo que el espíritu la observaba desde la bruma, ominoso y lleno de odio? ¿Cómo podía dormir cuando había ejércitos que amenazaban con masacrar a sus amigos, cuando a Elend le habían arrebatado su reino, cuando todo lo que creía conocer y amar se volvía confuso y oscuro?

«Cuando finalmente me acuesto, el sueño me elude. Los mismos pensamientos que me preocupan durante el día aumentan en la quietud de la noche.»

OreSeur volvió a bostezar.

—No va a venir, ama.

Vin se volvió, frunciendo el ceño.

—¿A qué te refieres?

—Este es el sitio donde te enfrentaste a Zane la última vez —dijo OreSeur—. Estás esperando a que venga.

Vin vaciló.

—Me vendría bien un poco de ejercicio —dijo por fin.

Las luces continuaron creciendo en el este, iluminando lentamente las brumas. Estas, sin embargo, persistieron, reacias a ceder ante el sol.

—No deberías permitir que ese hombre te influya tanto, ama. No creo que sea la persona que crees que es.

Vin frunció el ceño.

—Es mi enemigo. ¿Qué otra cosa puedo creer?

—No lo tratas como a un enemigo, ama.

—Bueno, no ha atacado a Elend —dijo Vin—. Tal vez Zane no esté totalmente bajo el control de Straff.

OreSeur permaneció en silencio, la cabeza sobre las patas. Luego volvió la mirada.

—¿Qué? —preguntó Vin.

—Nada, ama. Creeré lo que se me dice.

—Oh, no —dijo Vin, girándose en el saliente para mirarlo—. No me vengas otra vez con esa excusa. ¿Qué estabas pensando?

OreSeur suspiró.

—Estaba pensando, ama, que tu obsesión por Zane es desconcertante.

—¿Obsesión? Tan solo lo estoy vigilando. No me gusta tener otro nacido de la bruma, enemigo o no, correteando por mi ciudad. ¿Quién sabe qué podría estar tramando?

OreSeur frunció el ceño, pero no dijo nada.

—¡OreSeur, si tienes cosas que decir, habla!

—Pido disculpas, ama. No estoy acostumbrado a charlar con mis amos... sobre todo sinceramente.

—No pasa nada. Puedes hablar.

—Bueno, ama —dijo OreSeur, levantando la cabeza—. No me gusta ese Zane.

—¿Qué sabes de él?

—Lo mismo que tú —admitió OreSeur—. Sin embargo, la mayoría de los kandra son muy buenos jueces de carácter. Cuando practicas la imitación durante tanto tiempo como yo, aprendes a ver el corazón de los hombres. No me gusta lo que he visto de Zane. Parece demasiado satisfecho consigo mismo. Parece demasiado deliberada la forma en que se hizo amigo tuyo. Me hace sentir incómodo.

Vin se sentó en el saliente, con las piernas abiertas y las manos ante ellas con las palmas hacia abajo, descansando en la fría piedra. *Puede que tenga razón.*

Pero OreSeur no había volado con Zane, no se había entrenado en las brumas. Aunque no era culpa suya, OreSeur era igual que Elend. No era alomántico. Ninguno de los dos podía comprender qué era volar con un empujón de acero, avivar estaño y experimentar la súbita sacudida de cinco sentidos amplificados. No podían saberlo. No podían comprender.

Vin se echó hacia atrás. Observó al perro lobo a la luz del amanecer. Había algo que quería mencionarle, y ese parecía un momento tan bueno como cualquier otro.

—OreSeur, puedes cambiar de cuerpo, si quieres.

El perro lobo alzó una ceja.

—Tenemos esos huesos que encontramos en el palacio —dijo Vin—. Puedes usarlos, si estás cansado de ser un perro.

—No podría usarlos —contestó OreSeur—. No he digerido su cuerpo... no sabría la disposición adecuada de músculos y órganos para que la persona tuviera el aspecto correcto.

—Bueno, entonces podemos buscarte un criminal.

—Creía que te gustaban estos huesos.

—Me gustan. Pero no quiero que estés en un cuerpo que te hace infeliz.

OreSeur bufó.

—Mi felicidad no es importante.

—Para mí lo es. Podríamos...

—Ama —interrumpió OreSeur.

—¿Sí?

—Conservaré estos huesos. Me he acostumbrado a ellos. Es muy frustrante cambiar de forma a menudo.

Vin vaciló.

—Muy bien —dijo por fin.

OreSeur asintió.

—Aunque, hablando de cuerpos, ama, ¿estás pensando en volver al palacio? No todos tenemos la constitución de un nacido de la bruma..., algunos también necesitamos comer y dormir de vez en cuando.

Desde luego, ahora se queja mucho más, pensó Vin. Sin embargo, esa actitud le parecía un buen signo: significaba que OreSeur se sentía más cómodo con ella. Lo suficiente para decirle cuándo pensaba que se estaba comportando como una tonta.

¿Por qué pierdo el tiempo con Zane?, pensó, y se levantó y volvió la mirada hacia el norte. La bruma era todavía moderadamente densa y apenas pudo distinguir el ejército de Straff, todavía concentrado en el canal norte, manteniendo el asedio. Estaba allí como una araña, esperando el momento adecuado para saltar.

Elend, pensó. *Debería centrarme más en Elend.* Sus mociones para descartar la decisión de la Asamblea, o para forzar una nueva votación, habían fracasado todas. Y, testarudamente legal como siempre, Elend continuaba aceptando sus fracasos. Seguía pensando que tenía una posibilidad de convencer a la Asamblea para que lo eligiera rey... o al menos para que no optara por nadie más para el puesto.

Y por eso redactaba discursos y hacía planes con Brisa y Dockson. Esto le dejaba poco tiempo para Vin, y era bueno. Lo último que necesitaba era que ella lo distrajera. Era algo en lo que no podía ayudarlo, algo que no podía combatir ni espantar.

Su mundo es de papeles, libros, leyes y teorías, pensó. *Cabalga las palabras como yo cabalgo las brumas. Siempre me preocupa que no pueda comprenderme... pero ¿puedo yo comprenderlo realmente a él?*

OreSeur se levantó, se desperezó y apoyó las patas sobre la balaustrada para poder mirar al norte, como Vin.

Ella sacudió la cabeza.

—A veces, desearía que Elend no fuera tan... bueno, tan noble. La ciudad no necesita esta confusión ahora mismo.

—Hizo lo adecuado, ama.

—¿Eso crees?

—Naturalmente. Tenía un contrato. Su deber es cumplir ese contrato, no importa a qué precio. Debe servir a su amo..., en este caso la ciudad, aunque ese amo le obligue a hacer algo muy desagradable.

—Es una forma muy kandra de ver las cosas.

OreSeur la miró, alzando una ceja canina, como diciendo: «Bueno, ¿y qué esperabas?» Ella sonrió. Tenía que aguantarse la risa cada vez que veía aquella expresión en su cara de perro.

—Vamos —dijo—. Volvamos al palacio.

—Excelente —contestó OreSeur, incorporándose—. Esa carne que aparté debe de estar ya perfecta.

—A menos que las criadas hayan vuelto a encontrarla —dijo Vin con una sonrisa.

La expresión de OreSeur se ensombreció.

—Creía que ibas a advertírselo.

—¿Y qué podría decirles? —preguntó Vin, divertida—. Por favor, no tiréis esta carne rancia, a mi perro le gusta comérsela.

—¿Por qué no? Cuando imito a un humano casi nunca consigo comer bien, pero los perros comen carne añeja a veces, ¿no?

—Sinceramente, no lo sé.

—La carne añeja es deliciosa.

—Querrás decir podrida.

—Añeja —insistió OreSeur, mientras ella lo tomaba en brazos para llevarlo abajo. La cima de la fortaleza Hasting tenía sus buenos treinta metros de altura, demasiada para que OreSeur pudiera saltar, y el único camino para bajar era a través de la fortaleza abandonada. Era mejor llevarlo en brazos.

—La carne añeja es como el vino añejo o el queso añejo —continuó OreSeur—. Sabe mejor cuando tiene unas cuantas semanas.

Supongo que es uno de los efectos secundarios de ser pariente de los carroñeros, pensó Vin. Saltó de la muralla arrojando unas cuantas monedas. Sin embargo, cuando se disponía a impulsarse, con OreSeur convertido en una pesada carga en sus brazos, vaciló. Se volvió una vez más a contemplar el ejército de Straff. Ya era plenamente visible; el sol había rebasado por completo el horizonte. No obstante, unos cuantos jirones insistentes de bruma tintineaban en el aire, como intentando desafiar al sol, para continuar cubriendo la ciudad y repeler la luz del día.

¡Lord Legislador!, pensó Vin, golpeada por una repentina revelación. Había estado tanto tiempo dándole vueltas al problema que había empezado a sentirse frustrada. Y, sin embargo, cuando lo olvidaba se le presentaba la respuesta. Como si su subconsciente hubiera seguido desmenuzándolo.

—¿Ama? —preguntó OreSeur—. ¿Va todo bien?

Vin entreabrió la boca, ladeando la cabeza.

—Creo que acabo de comprender qué era la Profundidad.

Pero he de continuar sin entrar en tantos detalles. El espacio es limitado. Los otros forjamundos debieron considerarse humillados cuando acudieron a mí, admitiendo que estaban equivocados sobre Alendi. Incluso entonces, empezaba a dudar de mi declaración original.
Pero me sentí lleno de orgullo.

30

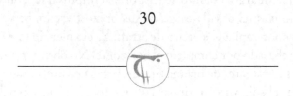

«Escribo ahora este archivo en una plancha de metal porque tengo miedo —leyó Sazed—. Miedo por mí mismo, sí... admito ser humano. Si Alendi regresa del Pozo de la Ascensión, estoy seguro de que mi muerte será uno de sus primeros objetivos.» No es un hombre malvado, pero sí implacable. Debido, creo, a lo que ha vivido. No obstante, también temo que todo lo que he conocido caiga en el olvido, que mi historia caiga en el olvido. Y temo por el mundo que habrá de venir. Temo que Alendi fracase. Temo la ruina que traiga la Profundidad.

Todo vuelve al pobre Alendi. Me siento mal por él y por todas las cosas que se ha visto obligado a soportar. Por aquello en lo que ha sido obligado a convertirse. Pero dejadme comenzar por el principio. Conocí a Alendi en Khlennium; entonces era un muchachito y aún no había sido deformado por una década como caudillo de ejércitos.

La altura de Alendi me sorprendió la primera vez que lo vi. Se trataba de un hombre de pequeña estatura, pero que parecía superar a todos los demás, un hombre que imponía respeto. Curiosamente fue la sencilla ingenuidad de Alendi lo que me llevó al principio a hacerme amigo suyo. Lo empleé como ayudante durante sus primeros meses en la gran ciudad.

No me convencí hasta años más tarde de que Alendi era el Héroe de las Eras. El Héroe de las Eras, al que llamaban Rabzeen en Khlennium, el Anamnesor.

Salvador.

Cuando por fin lo comprendí, cuando por fin relacioné todos los signos de la Anticipación con Alendi, me entusiasmé. Sin embargo, cuando anuncié mi descubrimiento a los otros forjamundos, me trataron con desdén. Oh, cómo desearía ahora haberles hecho caso. Y, sin embargo, todo el que me conozca comprenderá que no había ninguna posibilidad de que me rindiera tan fácilmente. Cuando encuentro algo que investigar, soy tenaz en mi empeño.

Yo había decidido que Alendi era el Héroe de las Eras, y pretendía demostrarlo. Tendría que haber cedido a la voluntad de los demás; no tendría que haber insistido en acompañar a Alendi para ser testigo de sus viajes. Era inevitable que el propio Alendi descubriera lo que yo creía que era.

Sí, fue él quien difundió después los rumores. Yo nunca podría haber hecho lo que él hizo: convencer y persuadir al mundo de que era en efecto el Héroe. No sé si él mismo se lo creía, pero hizo que los demás creyeran que tenía que ser él.

Si la religión de Terris y la creencia en la Anticipación, no se hubieran extendido más allá de nuestra gente... Si al menos la Profundidad no hubiera llegado cuando lo hizo, trayendo una amenaza que empujó a los hombres a la desesperación tanto en sus actos como en sus creencias... Si al menos hubiera ignorado a Alendi cuando estaba buscando un ayudante, hace tantos años...

Sazed dejó de transcribir el calco. Todavía quedaba mucho por hacer: era sorprendente cuánto había conseguido escribir ese Kwaan en una plancha de acero relativamente pequeña.

Sazed contempló su trabajo. Se había pasado todo el viaje hasta el norte deseando que llegara el momento de empezar por fin a trabajar en el calco. En parte estaba preocupado. ¿Parecerían las palabras del muerto tan importantes sentado en una habitación bien iluminada como lo habían parecido allá en las mazmorras del convento de Seran?

Estudió otra parte del documento, leyendo unos cuantos párrafos escogidos. Los que le resultaban de particular importancia.

Al ser yo quien encontró a Alendi, me convertí en alguien importante. Sobre todo, entre los forjamundos.

Había un lugar para mí en la tradición de la Anticipación: me consideré el Anunciador, el profeta que habría de descubrir, según lo predicho, al Héroe de las Eras. Renunciar entonces a Alendi habría sido renunciar a mi nueva posición, a ser aceptado por los demás. Y por eso no lo hice.

Pero lo hago ahora. Que se sepa que yo, Kwaan, forjamundos de Terris, soy un fraude.

Sazed cerró los ojos. Forjamundos. El título le resultaba conocido: la orden de los guardadores se había fundado sobre los recuerdos y esperanzas de las leyendas de Terris. Los forjamundos habían sido maestros, feruquimistas que recorrían las tierras transmitiendo conocimientos. Habían sido una de las principales inspiraciones para la orden secreta de los guardadores.

Y ahora tenía un documento redactado por la propia mano de un forjamundos.

Tindwyl va a enfadarse mucho conmigo, pensó Sazed, abriendo los ojos. Ya había leído todo el calco, pero necesitaría estudiarlo durante algún tiempo. Memorizarlo. Cotejarlo con otros documentos. Ese fragmento de escritura (tal vez unas veinte páginas en total) podría fácilmente tenerlo entretenido durante meses, incluso años.

Los postigos de su ventana se sacudieron. Sazed alzó la cabeza. Se hallaba en sus aposentos del palacio, un grupo de habitaciones decoradas con gusto, demasiado lujosas para alguien que se había pasado la vida siendo un sirviente. Se levantó, se acercó a la ventana, descorrió el pestillo y abrió los postigos. Sonrió al encontrar a Vin agazapada en el alféizar.

—Hmm... hola —dijo Vin. Llevaba su capa de la bruma, una camisa gris y pantalones negros. A pesar de que ya era de día, quedaba claro que no se había acostado tras sus correrías nocturnas—. Deberías dejar la ventana sin correr el pestillo. No puedo entrar si está cerrada. Elend se enfadó conmigo porque rompo demasiados pestillos.

—Trataré de recordarlo, lady Vin —dijo Sazed, indicándole que entrara.

Vin atravesó ágilmente la ventana de un salto; la capa crujió.

—¿Tratarás de recordarlo? —preguntó—. Nunca te olvidas de nada. Ni siquiera de las cosas que no tienes guardadas en una mente de metal.

Se ha vuelto mucho más atrevida en los meses que he estado fuera, pensó Sazed mientras ella se acercaba a su escritorio y echaba un vistazo a su trabajo.

—¿Qué es esto? —preguntó, todavía mirando el escritorio.

—Lo encontré en el convento de Seran, lady Vin —dijo Sazed, acercándose. Se sentía tan bien vistiendo de nuevo túnicas limpias, teniendo un lugar tranquilo y cómodo donde estudiar... ¿Era un mal hombre por preferir eso a viajar?

Un mes, pensó. *Me concederé un mes para estudiar. Luego le pasaré el proyecto a otro.*

—¿Qué es? —repitió Vin, recogiendo el calco.

—Por favor, lady Vin —dijo Sazed, lleno de aprensión—. Es muy frágil. El calco podría ensuciarse...

Vin asintió, dejó el papel sobre la mesa y escrutó la traducción. En otra época hubiese evitado todo aquello que oliera a escritura, pero parecía intrigada.

—¡Menciona la Profundidad! —exclamó, emocionada.

—Entre otras cosas —dijo Sazed, reuniéndose con ella junto a la mesa. Se sentó, y Vin se acercó a uno de los cómodos sillones bajos de la habitación. Sin embargo, no se sentó como una persona normal; saltó y se sentó en el respaldo, apoyando los pies en el cojín.

—¿Qué? —preguntó, advirtiendo al parecer la sonrisa de Sazed.

—Solo me hacían gracia las tendencias de los nacidos de la bruma, lady Vin. Tenéis problemas para sentaros..., parece que siempre tenéis que encaramaros. Supongo que se debe a vuestro increíble sentido del equilibrio.

Vin frunció el ceño, pero decidió ignorar el comentario.

—Sazed, ¿qué era la Profundidad?

Él entrelazó los dedos y miró a la joven mientras reflexionaba.

—¿La Profundidad, lady Vin? Creo que es un tema de mucho debate. Supuestamente era algo grande y poderoso, aunque algunos eruditos han descartado la leyenda entera, considerándola una invención del lord Legislador. Hay algunos motivos para creer en esa teoría, opino, pues los únicos archivos de esa época son los que controlaba el Ministerio de Acero.

—Pero el libro de viaje menciona la Profundidad —dijo Vin—. Y esa cosa que estás traduciendo también.

—En efecto, lady Vin. Pero, incluso entre aquellos que suponen que la Profundidad fue real sigue habiendo mucho debate. Algunos se aferran a la historia oficial del lord Legislador y consideran que la Profundidad era una bestia horrible y sobrenatural..., un dios oscuro, si quieres. Otros no están de acuerdo con esta interpretación extrema. Piensan que la Profundidad era más mundana..., un ejército de algún tipo, tal vez invasores de otra tierra. El Dominio Lejano, durante los tiempos previos a la Ascensión, estaba al parecer poblada por varias razas de hombres primitivos y belicosos.

Vin estaba sonriendo. Él la miró intrigado, pero la muchacha tan solo sonrió.

—Le hice a Elend la misma pregunta —explicó— y apenas recibí una frase por respuesta.

—Su majestad es experto en otras áreas: la historia previa a la Ascensión puede ser un tema demasiado denso incluso para él. Además, todo el que pregunte a un guardador sobre el pasado debería estar preparado para una conversación extensa, supongo.

—Yo no me quejo —dijo Vin—. Continúa.

—No hay mucho más que decir... o, más bien, hay mucho más que decir, pero dudo que tenga importancia. ¿Era la Profundidad un ejército? ¿Fue, tal vez, el primer ataque de los koloss, como algunos teorizan? Eso explicaría muchas cosas... La mayoría de las historias coinciden en que el lord Legislador obtuvo poder al derrotar a la Profundidad en el Pozo de la Ascensión. Tal vez se ganó el apoyo de los koloss y luego los empleó como ejército.

—Sazed, no creo que la Profundidad fueran los koloss.

—¿No?

—Creo que era la bruma.

—Esa teoría existe, en efecto —asintió Sazed.

—¿Sí? —preguntó Vin, un poco decepcionada.

—Por supuesto, lady Vin. Durante los mil años de reinado del Imperio Final, pocas posibilidades hay que no hayan sido barajadas, creo. La teoría de la bruma ya ha sido propuesta, pero entraña varios grandes problemas.

—¿Como cuáles?

—Bueno, para empezar, se dice que el lord Legislador derrotó a la Profundidad. Sin embargo, la bruma sigue aquí. Además, si la Profundidad era simplemente bruma, ¿por qué llamarla por un nombre tan oscuro? Por supuesto, otros señalan que mucho de lo que conocemos o hemos oído de la Profundidad procede de la cultura oral, y algo muy común puede adquirir propiedades místicas cuando se transmite verbalmente a través de generaciones. La Profundidad podría por tanto referirse no solo a la bruma, sino al hecho de su aparición o alteración.

»Sin embargo, el mayor inconveniente de la teoría de la bruma es la maldad. Si nos fiamos de los relatos (y tenemos muy poca cosa más en lo que basarnos) la Profundidad era terrible y destructora. La bruma parece poco peligrosa.

—Pero ahora mata.

—Sí, lady Vin. Eso parece.

—¿Y si lo hacía antes pero el lord Legislador lo impidió de algún modo? Tú mismo dijiste que pensabas que hicimos algo, algo que cambió la bruma, cuando matamos al lord Legislador.

Sazed asintió.

—Los problemas que he estado investigando son bastante terribles, cierto. No obstante, no veo que puedan ser una amenaza del mismo grado que la Profundidad. Algunas personas han muerto en las brumas, pero muchas eran gente mayor o de constitución débil. La bruma deja a mucha gente en paz. —Calló y unió los pulgares—. Pero no estaría bien que no admitiera cierto mérito en la sugerencia, lady Vin. Tal vez incluso unas cuantas muertes pudieron haber sido suficientes para causar el pánico. El peligro podría haberse exagerado al pasar de un narrador a otro... y quizá las muertes eran más numerosas entonces. No he podido recopilar suficiente información para estar seguro de nada todavía.

Vin no respondió. *Oh, cielos*, pensó Sazed, suspirando para sí. *La he aburrido. Tengo que tener más cuidado, y vigilar mi vocabulario y mi expresión. Después de tantos viajes entre los skaa, cabría esperar que hubiera aprendido...*

—¿Sazed? —preguntó Vin, pensativa—. ¿Y si lo estamos enfocando desde un punto de vista equivocado? ¿Y si las muertes aleatorias en las brumas no fueran el problema?

—¿Qué quieres decir, lady Vin?

Ella permaneció en silencio un momento, ausente, dando golpecitos con un pie contra el cojín del sillón. Finalmente, alzó la cabeza y lo miró a los ojos.

—¿Qué sucedería si las brumas se mantuvieran durante el día de modo permanente?

Sazed reflexionó un instante.

—No habría luz —continuó Vin—. Las plantas morirían, la gente pasaría hambre. Sería la muerte... el caos.

—Supongo —dijo Sazed—. Quizá esa teoría podría resultar válida.

—No es una teoría —contestó Vin, saltando del sillón—. Es lo que sucedió.

—¿Tan segura estás ya? —preguntó Sazed, divertido.

Vin asintió cortante, y se reunió con él en la mesa.

—Tengo razón —dijo con su brusquedad característica—. Lo sé.

Se sacó algo de un bolsillo del pantalón, y luego acercó un banco para sentarse junto a Sazed. Desplegó la hoja arrugada y la alisó en la mesa.

—Son citas del libro —dijo. Señaló un párrafo—. Aquí el lord Legislador habla sobre cómo los ejércitos eran inútiles contra la Profundidad. Al principio, pensé que eso significaba que los ejércitos no habían podido derrotarla... pero mira la forma de expresarlo. «Las espadas de mis ejércitos son inútiles.» ¿Qué hay más inútil que tratar de blandir una espada contra la bruma? —Señaló otro párrafo—. Dejó destrucción a su paso, ¿no? Murieron millares. Pero nunca dice que la Profundidad los atacara. Dice que murieron «a causa de» ella. Tal vez lo hemos planteado mal todo el tiempo. Esta gente no fue aplastada ni devorada. Murieron de hambre porque su tierra estaba siendo tragada lentamente por las brumas.

Sazed estudió el papel. Ella parecía muy segura. ¿Es que no sabía nada de las técnicas adecuadas de investigación? ¿De preguntar, de estudiar, de postular e idear respuestas?

Por supuesto que no, se reprendió Sazed. *Creció en las calles... No usa técnicas de investigación. Solo usa el instinto. Y, normalmente, acierta.*

Volvió a alisar el papel y leyó su contenido.

—¿Lady Vin? ¿Escribiste esto tú misma?

Ella se ruborizó.

—¿Por qué todo el mundo se sorprende por eso?

—Es que no parece propio de ti, lady Vin.

—Me habéis corrompido —dijo ella—. Mira, no hay ni un solo comentario en este papel que contradiga la idea de que la Profundidad era la bruma.

—No contradecir un argumento y demostrarlo son cosas distintas, señora.

Ella hizo un gesto de indiferencia.

—Tengo razón, Sazed. Sé que la tengo.

—¿Qué te parece entonces este argumento? —preguntó Sazed, señalando una línea—. El Héroe da a entender que puede sentir la Profundidad como algo vivo. La bruma no está viva.

—Bueno, gira alrededor de quien usa la alomancia.

—No es lo mismo, creo. Dice que la Profundidad estaba loca... destructoramente loca. Que era maligna.

Vin vaciló.

—Hay algo, Sazed —admitió.

Él frunció el ceño.

Ella señaló otra sección de las notas.

—¿Reconoces estos párrafos?

«No es una sombra. Esta cosa oscura que me sigue, la cosa que solo yo puedo ver... no es realmente una sombra. Es negruzca y transparente, pero no tiene un contorno sólido como de una sombra. Es insustancial, retorcida e informe. Como si estuviera hecha de niebla negra.

»O de bruma, tal vez.»

—Sí, lady Vin. El Héroe vio una criatura que lo seguía. Atacó a uno de sus compañeros.

Vin lo miró a los ojos.

—La he visto, Sazed.

Él sintió un escalofrío.

—Está ahí fuera. Cada noche, en las brumas. Observándome. Puedo sentirla con alomancia. Y, si me acerco lo suficiente, puedo verla. Es como si estuviera formada de la bruma misma; insustancial, y, sin embargo, allí está.

Sazed guardó silencio un momento, sin saber qué pensar.

—Crees que estoy loca.

—No, lady Vin —respondió él tranquilamente—. No creo que ninguno de nosotros pueda acusar a nadie de locura..., no considerando lo que está sucediendo. Pero... ¿estás segura?

Ella asintió con firmeza.

—Aunque sea cierto —dijo Sazed—, no responde a mi pregunta. El autor del libro vio a esa misma criatura y no la identificó con la Profundidad. No era la Profundidad, por tanto. La Profundidad era otra cosa..., algo peligroso, algo que podía sentir como maligno.

—Ese es el misterio, entonces —dijo Vin—. Tenemos que comprender por qué habló de las brumas de esa manera. Entonces sabremos...

—¿Saber qué, lady Vin?

Vin apartó la mirada. No respondió y prefirió pasar a otro tema.

—Sazed, el Héroe nunca hizo lo que se suponía que tenía que hacer. Rashek lo mató. Y cuando Rashek adquirió el poder en el Pozo, no lo entregó como tenía que haber hecho: se lo guardó para sí.

—Cierto.

—Y las brumas han empezado a matar gente. Han empezado a aparecer durante el día. Es... como si las cosas volvieran a repetirse. Así que... tal vez eso significa que el Héroe de las Eras tendrá que venir de nuevo.

Ella lo miró, un poco... ¿avergonzada? *Ah...* pensó Sazed, cayendo en la cuenta. Vin veía cosas en la niebla. El anterior Héroe había visto las mismas cosas.

—No estoy seguro de que sea un razonamiento válido, señora.

Vin resopló.

—¿Por qué no puedes decir «te equivocas» como la gente normal?

—Pido disculpas, lady Vin. En mi extensa formación como sirviente, me enseñaron a evitar las confrontaciones. Sin embargo, no creo que estés equivocada. Pero también pienso que, tal vez, no has considerado cabalmente tu postura.

Vin se encogió de hombros.

—¿Qué te hace pensar que el Héroe de las Eras regresará?

—No lo sé. Cosas que pasan, cosas que siento. Las brumas vuelven, y alguien tiene que detenerlas.

Sazed pasó los dedos por la sección traducida del calco, examinando sus palabras.

—No me crees —dijo Vin.

—No es eso, lady Vin. Es que no suelo apresurarme en las decisiones.

—Pero has pensado en el Héroe de las Eras, ¿verdad? Era parte de vuestra religión..., la religión perdida de Terris, aquello para lo que se fundaron los guardadores, lo que tenéis que intentar descubrir.

—Es cierto —admitió Sazed—. No obstante, no sabemos mucho sobre las profecías que nuestros antepasados usaron para encontrar a su

Héroe. Además, la investigación que he estado haciendo últimamente sugiere que hubo algún error en sus interpretaciones. Si los mayores teólogos de Terris anteriores a la Ascensión fueron incapaces de identificar adecuadamente a su Héroe, ¿cómo vamos a hacerlo nosotros?

Vin guardó silencio.

—No tendría que haberlo mencionado —dijo por fin.

—No, lady Vin, no pienses eso, por favor. Pido disculpas... Tus teorías tienen gran mérito. Simplemente, es que tengo mente de erudito, y debo poner en tela de juicio y considerar la información que se me ofrece. Creo que me gusta demasiado discutir.

Vin alzó la cabeza y sonrió levemente.

—¿Otro motivo por el que nunca fuiste un buen mayordomo terrisano?

—Indudablemente —dijo él con un suspiro—. Mi actitud también tiende a causarme conflictos con los otros miembros de mi orden.

—¿Como con Tindwyl? —preguntó Vin—. No pareció alegrarse cuando se enteró de que nos habías hablado de la feruquimia.

Sazed asintió.

—Para tratarse de un grupo dedicado al conocimiento, los guardadores pueden ser bastante reacios a dar información sobre sus poderes. Cuando el lord Legislador todavía vivía, cuando los guardadores eran perseguidos, la precaución era lógica, creo. Pero ahora que estamos a salvo de todo eso, parece que a mis hermanos y hermanas les resulta difícil abandonar la costumbre del secretismo.

Vin asintió.

—No parece que le caigas muy bien a Tindwyl. Dice que vino por sugerencia tuya, pero cada vez que alguien te menciona, parece... muy fría.

Sazed suspiró. ¿Le caía mal a Tindwyl? Pensó que tal vez el hecho de que Tindwyl no consiguiese que él le cayera mal era parte del problema.

—Simplemente está decepcionada conmigo, lady Vin. No estoy seguro de cuánto sabes de mi historia, pero llevaba trabajando contra el lord Legislador unos diez años antes de que Kelsier me reclutara. Los otros guardadores pensaron que ponía en peligro mis mentecobres, y a la orden misma. Creían que los guardadores debían permanecer al margen, esperando el día en que el lord Legislador cayera, pero sin buscar que eso sucediera.

—Me parece un poco cobarde.

—Ah, pero era una política muy prudente. Verás, lady Vin, si me hubieran capturado, hay muchas cosas que podría haber revelado. Los nombres de otros guardadores, la localización de nuestros escondites, los medios por los que conseguimos ocultarnos en la cultura de Terris. Mis hermanos y hermanas trabajaron durante muchas décadas para que el lord Legislador creyera que la feruquimia había sido exterminada por completo. Exponiéndome podría haberlo estropeado todo.

—Eso habría sido malo si hubiéramos fracasado —dijo Vin—. No lo hicimos.

—Podríamos haberlo hecho.

—Pero no lo hicimos.

Sazed sonrió. A veces, en un mundo de debates, preguntas y dudas propias, la sencilla tosquedad de Vin resultaba refrescante.

—De todas formas —continuó—, Tindwyl es miembro del Sínodo..., un grupo de guardadores mayores que guía nuestra secta. Me he rebelado contra el Sínodo varias veces. Y, al regresar a Luthadel, los estoy desafiando una vez más. Ella tiene buenos motivos para estar descontenta conmigo.

—Bueno, yo aseguraría que estás haciendo lo adecuado —contestó Vin—. Te necesitamos.

—Gracias, lady Vin.

—No creo que tengas que hacer caso a Tindwyl. Es de las que actúan como si supieran más de lo que saben.

—Es muy sabia.

—Es dura con Elend.

—Probablemente porque es lo mejor para él —dijo Sazed—. No la juzgues demasiado a la ligera, niña. Si parece implacable es porque ha tenido una vida muy dura.

—¿Una vida dura? —preguntó Vin, guardándose las notas en el bolsillo.

—Sí, lady Vin. Verás, Tindwyl se ha pasado casi toda la vida siendo una madre de Terris.

Vin vaciló con la mano en el bolsillo, sorprendida.

—¿Quieres decir... que era una reproductora?

Sazed asintió. El programa reproductor del lord Legislador incluía a unos cuantos individuos seleccionados utilizados para dar a luz niños... con el objetivo de erradicar la feruquimia de la población.

—Tindwyl tuvo, según los últimos cómputos, más de veinte hijos —dijo Sazed—. Cada uno de un padre diferente. Tuvo el primero con catorce años, y se pasó toda la vida siendo poseída repetidamente por hombres desconocidos hasta que se quedaba embarazada. Y, a causa de las drogas de fertilidad que los maestros criadores le obligaban a tomar, a menudo paría gemelos y trillizos.

—Yo... comprendo —dijo Vin en voz baja.

—No eres la única que ha tenido una infancia terrible, lady Vin. Tindwyl es posiblemente la mujer más fuerte que conozco.

—¿Cómo pudo soportarlo? Creo... creo que yo me habría quitado la vida.

—Es una guardadora —dijo Sazed—. Sufrió la indignidad porque sabía que hacía un gran servicio a su pueblo. Verás, la feruquimia es hereditaria. La posición de Tindwyl como madre aseguraba generaciones futuras de feruquimistas en nuestro pueblo. Irónicamente, es exactamente el tipo de persona que los maestros criadores supuestamente intentaban evitar que se reprodujera.

—Pero ¿cómo sucedió una cosa así?

—Los criadores supusieron que habían eliminado la feruquimia de la población. Intentaron crear otras tendencias en los terrisanos: docilidad, templanza. Nos criaron como a caballos de raza, y fue un gran golpe cuando el Sínodo consiguió que eligieran a Tindwyl para su programa.

»Naturalmente, Tindwyl tiene muy poca formación en feruquimia. Afortunadamente, recibió algunas de las mentecobres que los guardadores llevamos. Así, durante sus muchos años de encierro, pudo estudiar y leer biografías. Fue solo durante la última década, concluidos ya sus años fértiles, cuando pudo unirse a otros guardadores y trabar amistad con ellos. —Sazed negó con la cabeza—. En comparación, los demás hemos conocido una vida de libertad, creo.

—Magnífico —murmuró Vin, poniéndose en pie y bostezando—. Otro motivo para que te sientas culpable.

—Deberías dormir, lady Vin —le recomendó Sazed.

—Unas cuantas horas —dijo Vin, saliendo por la puerta y dejándolo solo una vez más con sus estudios.

En el fondo, puede que mi orgullo nos haya condenado a todos.

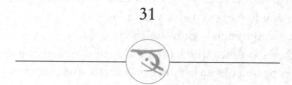

31

Philen Frandeu no era skaa. Nunca había sido un skaa. Los skaa fabricaban cosas o las cultivaban. Philen las vendía. Había una enorme diferencia.

Oh, algunas personas lo llamaban skaa. Incluso en aquellos momentos, podía ver esa palabra en los ojos de algunos otros miembros de la Asamblea. Miraban a Philen y sus compañeros mercaderes con el mismo desdén que a los ocho obreros skaa que formaban parte de la Asamblea. ¿No se daban cuenta de que los dos grupos eran completamente diferentes?

Philen se rebulló un poco en el banco. Al menos, el salón de la Asamblea debería tener unos asientos cómodos. Estaban esperando a algunos miembros; el reloj del rincón decía que todavía faltaban quince minutos para que empezara la reunión. Extrañamente, uno de los que todavía no habían llegado era el propio Venture. El rey Elend solía llegar temprano.

Ya no es rey, pensó Philen con una sonrisa. *Solamente el joven Elend Venture.* Era un nombre mediocre, no tan bueno como el del propio Philen. Aunque claro, él se había llamado «Lin» hasta hacía año y medio. Philen Frandeu era el nombre que se había puesto después del Colapso. Le encantaba que los otros hubieran aprendido a llamarlo así sin vacilar. Pero ¿por qué no iba a tener un nombre grandioso? Un nombre de alcurnia. ¿No era Philen tan bueno como cualquiera de los «nobles» que estaban sentados allí en sus sitios?

Oh, era igual de bueno. Mejor, incluso. Sí, lo habían llamado skaa... pero durante aquellos años habían acudido a él, y por eso sus arrogantes miradas despectivas carecían de poder. Había visto su inseguridad. Lo necesitaban. A un hombre al que llamaban skaa. Pero también era mercader. Un mercader que no era noble. Algo que se suponía que no tenía que existir en el perfecto imperio del lord Legislador.

Los mercaderes nobles tenían que trabajar con los obligadores y, donde había obligadores, no podía hacerse nada ilegalmente. Y ahí entraba Philen. Había sido una especie de... intermediario. Un hombre capaz de concertar acuerdos entre partes interesadas que, por diversos motivos, querían evitar los ojos vigilantes de los obligadores del lord Legislador. Philen no había formado parte de ninguna banda de ladrones..., no, eso era demasiado peligroso. Y demasiado mundano.

Había nacido con un ojo para las finanzas y el comercio. Le dabas dos piedras y tenía una cantera al final de la semana. Le dabas el radio de una rueda y lo convertía en un bello carruaje tirado por caballos. Dos mazorcas de maíz, y acababa con un enorme cargamento de grano dirigido a los mercados del Dominio Lejano. Los nobles eran quienes se encargaban del comercio, naturalmente, pero era Philen quien estaba detrás de todo. Tenía un enorme imperio propio.

Y, sin embargo, seguían sin verlo. Llevaba un traje tan bueno como el que más; ahora que podía comerciar abiertamente, se había convertido en uno de los hombres más ricos de Luthadel. Pero los nobles lo ignoraban, solo porque carecía de pedigrí.

Bien, ya verían. Después de la reunión de aquel día..., sí, ya verían. Philen contempló la multitud, buscando ansiosamente a la persona que había ocultado entre ella. Más tranquilo, miró a los nobles de la Asamblea, que charlaban a cierta distancia, en sus asientos. Uno de sus últimos miembros, lord Ferson Penrod, acababa de llegar. El anciano se acercó al estrado, pasando junto a los demás y saludando a cada uno de ellos.

—Philen —dijo Penrod, al reparar en él—. Un nuevo traje, ya veo. El chaleco rojo te sienta bien.

—¡Lord Penrod! Vaya, tiene usted buen aspecto. ¿Se ha recuperado de la indisposición de anoche?

—Sí, se me pasó rápido —dijo Penrod, asintiendo con su cabeza coronada de pelo plateado—. Solo era una ligera afección estomacal.

Lástima, pensó Philen, sonriendo.

—Bueno, será mejor que nos sentemos. Aunque veo que el joven Venture no ha llegado...

—Sí —dijo Penrod, frunciendo el ceño. Había sido el más difícil de convencer para que votara contra Venture; parecía apreciar al muchacho. Había cedido al final. Todos lo habían hecho.

Penrod continuó su camino y se reunió con los demás nobles. El viejo idiota probablemente pensaba que iba a acabar siendo rey. Bueno, Philen tenía otros planes para ese trono. No era el trasero de Philen el que se sentaría en él, por supuesto: no tenía ningún interés en gobernar un país. Parecía una manera terrible de ganar dinero. Vender cosas. Eso era mucho mejor, más estable, y era menos probable perder la cabeza.

Oh, pero Philen tenía planes. Los había tenido siempre. Tenía que tratar de no mirar de nuevo la multitud. Así que se volvió a estudiar la Asamblea. Habían llegado todos menos Venture. Siete nobles, ocho comerciantes y ocho obreros skaa: veinticuatro, con Venture. La división en tres grupos se suponía que daba a los villanos más poder, ya que superaban en número a los nobles. Ni siquiera Venture había comprendido que los comerciantes no eran skaa.

Philen arrugó la nariz. Aunque los miembros skaa de la Asamblea normalmente se lavaban antes de ir a las reuniones, notaba en ellos el hedor de las fraguas, las fábricas y las tiendas. Hombres que hacían cosas. Philen tendría que asegurarse de que volvieran a ser puestos en su sitio cuando aquello terminara. Una Asamblea era una idea interesante, pero debía estar compuesta solo por aquellos que se lo merecían. Hombres como Philen.

Lord Philen, pensó. *Dentro de poco.*

Con suerte, Elend llegaría tarde. Así tal vez se ahorrarían su discurso. Philen podía imaginar cómo iba a ser de todas formas.

Hmm, esto..., bueno, veamos, esto no ha sido justo. Yo debería ser rey. Dejadme leeros un libro para explicar por qué. Hmm, esto... ¿podéis por favor dar más dinero para los skaa?

Philen sonrió.

El hombre que estaba a su lado, Getrue, le dio un codazo.

—¿Crees que aparecerá? —susurró.

—Probablemente, no. Debe saber que no lo queremos. Lo echamos a patadas, ¿no?

Getrue se encogió de hombros. Había ganado peso desde el Colapso..., un montón.

—No sé, Lin. Quiero decir... No pretendíamos... Es que él era... Los ejércitos... Tenemos que tener un rey fuerte, ¿no? Alguien que impida que la ciudad caiga.

—Naturalmente. Y no me llamo Lin.

Getrue se ruborizó.

—Lo siento.

—Hicimos lo adecuado —continuó Philen—. Venture es un hombre débil. Un necio.

—Yo no diría eso. Tiene buenas ideas... —Getrue agachó la cabeza, incómodo.

Philen bufó, mirando el reloj. Era la hora, aunque no podía oír las campanadas por el ruido de la muchedumbre.

Las reuniones de la Asamblea eran multitudinarias desde la caída de Venture. Había bancos ante el estrado, repletos de gente, sobre todo skaa. Philen no estaba seguro de por qué les permitían asistir. No podían votar ni nada.

Más tonterías de Venture, pensó, sacudiendo la cabeza. Al fondo de la sala, detrás de la multitud, frente al estrado, había dos grandes puertas que dejaban pasar la roja luz del sol. Philen hizo un gesto con la cabeza y unos hombres las cerraron. La multitud guardó silencio.

Philen se levantó para dirigirse a la Asamblea.

—Bueno, puesto que...

Las puertas de la sala se abrieron de golpe. Un hombre vestido de blanco apareció, acompañado de un grupo de personas, recortado por la luz roja. Elend Venture. Philen ladeó la cabeza, frunciendo el ceño.

El ex rey avanzó, con la blanca capa ondeando. Su nacida de la bruma iba a su lado, como de costumbre, pero llevaba vestido. Por las pocas veces que Philen había hablado con ella, había esperado verla comportarse con torpeza con un atuendo de noble. Sin embargo, parecía llevarlo bien, y caminaba con gracia. De hecho, le pareció bastante atractiva.

Al menos hasta que Philen la miró a los ojos. No miraba con aprecio a los miembros de la Asamblea, y Philen desvió la mirada. Venture había traído a todos sus alománticos: los antiguos hampones de la banda del Superviviente. Al parecer, quería recordar a todo el mundo quiénes eran sus amigos. Hombres poderosos. Hombres aterradores.

Hombres que mataban dioses.

Y Elend tenía no a uno, sino a dos terrisanos con él. Uno era solo una mujer (Philen nunca había visto a una terrisana hasta entonces), pero no por eso era menos impresionante. Todos habían oído hablar de cómo los mayordomos habían dejado a sus señores después del Colapso: se habían negado a seguir siendo sirvientes. ¿Dónde había encontrado Venture no a uno, sino a dos mayordomos de túnica pintoresca para servirle?

La multitud permaneció en silencio, observando a Venture. Algunos parecían incómodos. ¿Cómo iban a tratar a ese hombre? Otros parecían... ¿asombrados? ¿Era eso? ¿A quién podía asombrar Elend Venture aunque fuera bien afeitado, bien peinado, llevara ropa nueva y...? Philen frunció el ceño. ¿Era eso que llevaba un bastón de duelos? ¿Y un perro lobo a su lado?

¡Ya no es rey!, volvió a recordarse Philen.

Venture se acercó al estrado. Se volvió e indicó a los suyos, a los ocho, que se sentaran con los guardias. Venture entonces se dio la vuelta y miró a Philen.

—Philen, ¿querías decir algo?

Philen se dio cuenta de que todavía estaba de pie.

—Yo... tan solo...

—¿Eres el canciller de la Asamblea? —preguntó Elend.

Philen vaciló.

—¿Canciller?

—El rey preside las reuniones de la Asamblea —dijo Elend—. Ahora no tenemos rey... y por eso, según la ley, la Asamblea debería haber elegido un canciller que llame a los oradores, adjudique los tiempos de intervención y cuyo voto pueda deshacer los empates. —Calló, mirando a Philen—. Alguien tiene que liderar. De lo contrario, será el caos.

A su pesar, Philen se puso nervioso. ¿Sabía Venture que había organizado la votación contra él? No, no lo sabía, no podía saberlo. Miraba a cada uno de los miembros de la Asamblea por turno, a los ojos. No había en él ni rastro del muchacho jovial y ridículo que había asistido a esas reuniones hasta entonces. Allí de pie, con el uniforme militar, firme en vez de vacilante..., casi parecía una persona distinta.

Por lo visto has encontrado un asesor, pensó Philen. *Un poco tarde. Espera...*

Philen se sentó.

—Lo cierto es que no hemos tenido oportunidad de elegir a un canciller —dijo—. Íbamos a hacerlo.

Elend asintió, mientras una docena de instrucciones diferentes resonaban en su cabeza. Mantén contacto visual. Usa expresiones sutiles, pero firmes. Que no parezca que tienes prisa, pero tampoco vaciles. Siéntate sin agitarte, no arrastres los pies, mantén una postura recta, no cierres los puños cuando estés nervioso...

Dirigió una rápida mirada a Tindwyl. Ella asintió con la cabeza. *Adelante, El,* se dijo. *Que noten las diferencias que hay en ti.*

Se dispuso a tomar asiento y saludó con la cabeza a los otros siete nobles de la Asamblea.

—Muy bien —dijo, tomando la palabra—. Entonces, ¿puedo proponer a un canciller?

—¿Tú mismo? —preguntó Dridel, uno de los nobles; su mueca de desdén era permanente, según recordaba Elend. Era una expresión pasablemente apropiada para alguien con un rostro afilado y un cabello oscuro como los suyos.

—No —respondió Elend—. No soy imparcial en el protocolo de hoy. Por tanto, propongo a lord Penrod. Es un hombre honrado como no hay otro, y creo que podemos confiar en que medie en nuestras discusiones.

El grupo permaneció en silencio durante un momento.

—Parece lógico —dijo por fin Hettel, un forjador.

—¿Todos a favor? —preguntó Elend, levantando la mano. Contó dieciséis manos: todos los skaa, la mayoría de los nobles, solo uno de los comerciantes. Eran la mayoría.

Elend se volvió hacia lord Penrod.

—Creo que eso significa que estás al cargo, Ferson.

El anciano asintió apreciativamente y se puso en pie para inaugurar formalmente la sesión, algo que Elend había hecho una vez. Los modales de Penrod eran cultivados, su postura fuerte, iba ataviado con su elegante traje. Elend no pudo evitar sentir un poco de envidia al ver a Penrod hacer con tanta naturalidad las cosas que él se estaba esforzando por aprender.

Tal vez sería mejor rey que yo. Tal vez... No, se dijo con firmeza. *Tengo que tener confianza. Penrod es un hombre decente y un noble impecable, pero esas cosas no crean un líder. No ha leído lo que he leído yo, y no comprende la teoría legal como yo lo hago. Es un buen hombre, pero sigue siendo producto de su sociedad. No considera animales a los skaa, pero nunca podrá considerarlos sus iguales.*

Penrod terminó y se volvió hacia Elend.

—Lord Venture, tú convocaste esta reunión. Creo que la ley te concede la oportunidad de dirigirte el primero a la Asamblea.

Elend asintió, agradecido, y se puso en pie.

—¿Serán veinte minutos suficiente tiempo? —preguntó Penrod.

—Deberían serlo —dijo Elend, cambiando de sitio con Penrod. Se detuvo junto al atril. A su derecha, la sala estaba repleta de gente que se agitaba, tosía, susurraba. Había tensión: era la primera vez que Elend se enfrentaba al grupo que lo había traicionado.

»Como muchos de vosotros sabéis —dijo a los veintitrés miembros de la Asamblea—, regresé hace poco de una reunión con Straff Venture, el señor de la guerra, que, desgraciadamente, es mi padre. Me gustaría informar de ese encuentro. Como se trata de una reunión a puertas abiertas, evitaré en mi informe mencionar asuntos delicados para la seguridad nacional.

Hizo una breve pausa y vio las miradas de confusión que ya esperaba. Finalmente, Philen el mercader se aclaró la garganta.

—¿Sí, Philen? —preguntó.

—Todo esto está muy bien, Elend. Pero ¿no vas a referirte al asunto que nos ha traído aquí?

—El motivo por el que nos reunimos, Philen, es para discutir cómo mantener Luthadel a salvo y próspera —dijo Elend—. Creo que la gente está más preocupada por esos ejércitos... y deberíamos, principalmente, dirigirnos a sus preocupaciones. Los asuntos del liderazgo de la Asamblea pueden esperar.

—Yo... comprendo —dijo Philen, claramente confuso.

—El tiempo es tuyo, lord Venture —dijo Penrod—. Procede como quieras.

—Gracias, canciller —dijo Elend—. Deseo dejar muy claro que mi padre no va a atacar la ciudad. Puedo comprender la preocupación de la gente, sobre todo después del ataque preliminar de la semana pasada contra nuestras murallas. Eso, sin embargo, fue solo una prueba: Straff teme que atacar demasiado en serio comprometa todos sus recursos.

»Durante nuestra reunión, Straff me dijo que había hecho una alianza con Cett. Sin embargo, creo que se trataba de un farol..., aunque, desgraciadamente, sea un farol con mordiente. Sospecho que, en efecto, planeaba atacarnos, a pesar de la presencia de Cett. Ese ataque ha sido suspendido.

—¿Por qué? —preguntó uno de los obreros representantes—. ¿Porque eres su hijo?

—En realidad, no. Straff no es de los que dejan que las relaciones familiares interfieran en sus decisiones. —Elend hizo una pausa y miró a Vin. Estaba empezando a comprender que a ella no le gustaba ser la que amenazara con el cuchillo la garganta de Straff, pero le había dado permiso para mencionarla en su discurso.

Sin embargo...

Dijo que no importaba. ¡No voy a elegir mi deber por encima de ella!

—Vamos, Elend —dijo Philen—. Basta de comedia. ¿Qué le prometiste a Straff para que mantuviera a su ejército fuera de la ciudad?

—Lo amenacé. Compañeros miembros de la Asamblea, cuando me enfrenté a mi padre me di cuenta de que nosotros, como grupo, hemos ignorado uno de nuestros mayores recursos. Nos consideramos un cuerpo honorable, creado por el mandato del pueblo. Sin embargo, no estamos aquí por nada que hayamos hecho ninguno de nosotros. Solo hay un motivo por el que tenemos el puesto que ocupamos... y ese motivo es el Superviviente de Hathsin. —Elend miró a los ojos a los miembros de la Asamblea mientras continuaba—. En ocasiones he pensado lo mismo que vosotros. El Superviviente es ya una leyenda, y no podemos esperar emularlo. Tiene poder sobre este pueblo, un poder mayor que el nuestro, aunque esté muerto. Nos sentimos celosos. Incluso inseguros. Son sentimientos humanos y naturales. Los líderes los tienen como cualquier otra persona..., quizá incluso más.

»Caballeros, no podemos permitirnos seguir pensando así. El legado del Superviviente no pertenece a un grupo, ni a esta ciudad sola. Es nuestro progenitor, el padre de todo el que es libre en esta tierra. Aceptemos o no su autoridad religiosa, tenemos que admitir que sin su valentía y sacrificio no disfrutaríamos de nuestra libertad actual.

—¿Qué tiene eso que ver con Straff? —replicó Philen.

—Todo —contestó Elend—. Pues, aunque el Superviviente ya no está, su legado permanece. Sobre todo, en su aprendiz. —Elend indicó a Vin—. Es la nacida de la bruma más poderosa que existe..., algo que Straff sabe ahora por propia experiencia. Caballeros, conozco el temperamento de mi padre. No atacará esta ciudad mientras tema la venganza de una fuente que no puede detener. Ahora comprende que, si ataca, incurrirá en la ira de la heredera del Superviviente..., una ira que ni siquiera el mismísimo lord Legislador pudo soportar.

Elend guardó silencio y prestó atención a las conversaciones en susurros que tenían lugar entre la multitud. La noticia de lo que acababa de decir llegaría al populacho, y le daría fuerzas. Tal vez, incluso llegaría al ejército de Straff a través de los espías que Elend sabía que tenía que tener entre el público. Ya había visto al alomántico de su padre sentado entre el público, el llamado Zane.

Y cuando la noticia llegara al ejército de Straff, los hombres tal vez se lo pensaran dos veces antes de obedecer ninguna orden para atacar. ¿Quién querría enfrentarse a la misma fuerza que había destruido al lord Legislador? Era una esperanza débil —lo más probable era que las tropas de Straff no se creyeran del todo las historias procedentes de Luthadel—, pero cada pequeño esfuerzo por debilitar la moral sería valioso.

Tampoco le venía mal a Elend que lo asociaran un poco más con el Superviviente. Iba a tener que superar su inseguridad: Kelsier había sido un gran hombre, pero estaba muerto. Elend tendría que hacer cuanto estuviera en su mano para encargarse de que el legado del Superviviente continuara.

Pues eso sería lo mejor para su pueblo.

Vin escuchaba el discurso de Elend con un nudo en el estómago.

—¿Estás de acuerdo con esto? —susurró Ham, inclinándose hacia ella, mientras Elend daba un informe más detallado de su visita a Straff.

Vin se encogió de hombros.

—Lo que sea que ayude al reino.

—Nunca te sentiste cómoda con la forma en que Kel se estableció entre los skaa..., ninguno de nosotros lo estuvo.

—Es lo que Elend necesita.

Tindwyl, que estaba sentada en la fila de delante, se volvió y les dirigió una dura mirada. Vin esperaba alguna recriminación por susurrar durante la sesión de la Asamblea, pero al parecer la terrisana tenía un tipo diferente de reproche en mente.

—El rey —ella seguía refiriéndose a Elend como tal— necesita esta conexión con el Superviviente. Elend tiene muy poca autoridad en la que apoyarse, y Kelsier es ahora mismo el hombre más amado y celebrado de todo el Dominio Central. Al dar a entender que el gobierno fue fundado por el Superviviente, el rey consigue que la gente se lo piense dos veces antes de entrometerse.

Ham asintió, pensativo. Vin, sin embargo, agachó la cabeza. *¿Cuál es el problema? Hace poco empezaba a preguntarme si yo era el Héroe de las Eras, ¿y ahora me preocupa la notoriedad que me está dando Elend?*

Quemó bronce, incómoda, sintiendo el pulso lejano. Se volvía cada vez más fuerte...

¡Basta!, se dijo. *Sazed no cree que el Héroe vaya a regresar, y conoce las historias mejor que nadie. Fue una tontería, de todas formas. Necesito concentrarme en lo que está pasando aquí.*

Después de todo, Zane estaba entre el público.

Vin buscó su rostro cerca del fondo de la sala, y una suave luz de estaño (no lo suficiente para cegarla) le permitió estudiar sus rasgos. Zane no la estaba mirando a ella, sino a la Asamblea. ¿Trabajaba siguiendo órdenes de Straff o esa asistencia era cosa suya? Straff y Cett sin duda tenían espías entre el público... y, naturalmente, Ham había mezclado también guardias entre la gente. Zane la irritó, sin embargo. ¿Por qué no se volvía hacia ella? ¿No estaba...?

Zane la miró a los ojos. Sonrió levemente y luego volvió a estudiar a Elend.

Vin sintió un escalofrío a su pesar. ¿Significaba eso que no la estaba evitando? *¡Concéntrate!*, se dijo. *Tienes que prestar atención a lo que está diciendo Elend.*

Sin embargo, él casi había terminado. Concluyó su discurso con unos cuantos comentarios sobre cómo pensaba que podían mantener desequilibrado a Straff. Una vez más, no pudo entrar demasiado en detalles: no sin revelar secretos. Miró el gran reloj del rincón: había terminado tres minutos antes de lo previsto. Se dispuso a abandonar el atril.

Lord Penrod se aclaró la garganta.

—Elend, ¿no te olvidas de algo?

Elend se detuvo, y luego se volvió a mirar a la Asamblea.

—¿Qué quieres que diga?

—¿No tienes ninguna opinión? —preguntó uno de los obreros skaa—. ¿Sobre... lo que pasó en la última reunión?

—Recibisteis mi misiva —dijo Elend—. Sabéis lo que siento respecto al asunto. No obstante, este foro público no es lugar para hacer acusaciones ni denuncias. La Asamblea es un cuerpo demasiado noble para ese tipo de cosas. Desearía que la Asamblea no hubiera escogido un momento de peligro para dar voz a sus preocupaciones, pero no podemos alterar lo que ha sucedido.

Se dispuso de nuevo a sentarse.

—¿Eso es todo? —preguntó uno de los skaa—. ¿Ni siquiera vas a argumentar en tu favor, a intentar persuadirnos para que volvamos a nombrarte?

Elend volvió a detenerse.

—No —dijo—. No, creo que no. Me habéis hecho saber vuestra opinión y estoy decepcionado. Sin embargo, sois los representantes elegidos por el pueblo. Creo en el poder que se os ha concedido.

»Si tenéis preguntas, o desafíos, gustosamente me defenderé. No obstante, no voy a ponerme a predicar mis virtudes. Todos me conocéis. Sabéis lo que puedo hacer, y lo que pretendo hacer, por esta ciudad y por las poblaciones aledañas. Que ese sea mi argumento.

Regresó a su asiento. Vin pudo ver que Tindwyl empezaba a fruncir el ceño. Elend no había dado el discurso que habían preparado entre ambos, que ofrecía a la Asamblea los argumentos que obviamente estaba esperando.

¿Por qué el cambio?, se preguntó Vin. Estaba claro que Tindwyl no consideraba que fuera una buena idea. Y, sin embargo, extrañamente, Vin confiaba más en el instinto de Elend que en el de Tindwyl.

—Bien —dijo lord Penrod, acercándose de nuevo al atril—. Gracias por ese informe, lord Venture. No estoy seguro de que tengamos otros asuntos del día...

—¿Lord Penrod? —preguntó Elend.

—¿Sí?

—¿No deberías tal vez iniciar las candidaturas?

Lord Penrod frunció el ceño.

—Las candidaturas a rey, Penrod —replicó Philen.

Vin vaciló, observando al comerciante. *Parece muy al tanto de todo*, advirtió.

—Sí —dijo Elend, mirando también a Philen—. Para que la Asamblea escoja un nuevo rey hay que presentar a los candidatos al menos tres días antes de la votación. Sugiero que hagamos ahora las nominaciones, para poder votar lo más pronto posible. La ciudad sufre cada día sin un líder. —Elend calló, luego sonrió—. A menos, naturalmente, que pretendáis dejar pasar el mes sin elegir a un nuevo rey...

Es bueno confirmar que sigue queriendo la corona, pensó Vin.

—Gracias, lord Venture —dijo Penrod—. Lo haremos ahora, pues... Y, ¿cómo lo hacemos exactamente?

—Cada miembro de la Asamblea puede hacer una nominación, si lo desea —dijo Elend—. Para que no nos sobrecarguemos con opciones, yo recomendaría que todos hagamos uso de la moderación y elijamos solamente a alguien que honrada y sinceramente creamos que será el mejor rey. Si tenéis una nominación que hacer, podéis levantaros y anunciarlo al resto del grupo.

Penrod asintió y regresó a su asiento. Sin embargo, no había acabado de sentarse cuando uno de los skaa se levantó.

—Yo propongo a lord Penrod.

Elend tendría que haberlo esperado, pensó Vin, *después de proponer a Penrod como canciller. ¿Por qué darle semejante autoridad a un hombre que sabía que iba a ser su mayor competidor por el trono?*

La respuesta era sencilla. Porque Elend sabía que lord Penrod era la mejor opción para canciller. *A veces es incluso demasiado honrado*, pensó Vin, no por primera vez. Se volvió a estudiar al skaa que había nominado a Penrod. ¿Por qué los skaa se unían tan rápidamente detrás de un noble?

Sospechaba que seguía siendo demasiado pronto. Los skaa estaban acostumbrados a ser dirigidos por los nobles, e incluso a pesar de su libertad eran tradicionalistas..., más tradicionalistas, de hecho, que los nobles. Un hombre como Penrod (tranquilo, imponente) parecía mejor dotado para ser rey que un skaa.

Con el tiempo, tendrán que superarlo, pensó Vin. *Al menos, lo harán si alguna vez van a convertirse en las personas que Elend quiere que sean.*

La sala permaneció en silencio, sin que se hiciera ninguna otra nominación. Unas cuantas personas del público tosieron, e incluso los susurros se habían apagado ya. Finalmente, lord Penrod se levantó.

—Yo propongo a lord Venture —dijo.

—Ah... —susurró alguien detrás de Vin.

Se volvió y vio a Brisa.

—¿Qué? —susurró.

—Brillante —contestó Brisa—. ¿No lo ves? Penrod es un hombre de honor. O al menos tanto como lo son los nobles..., lo que significa que insiste en que se le considere un hombre de honor. Elend ha propuesto a Penrod como canciller.

Esperando, a cambio, que Penrod se sintiera obligado a proponer a Elend para rey, se dijo Vin. Miró a Elend y advirtió una leve sonrisa en sus labios. ¿Había preparado de verdad esa jugada? Parecía un movimiento sutil digno del propio Brisa.

Brisa sacudió la cabeza apreciativamente.

—No solo Elend no ha tenido que nominarse a sí mismo, cosa que le habría hecho parecer desesperado, sino que ahora todos en la Asamblea piensan que el hombre al que respetan, el hombre que probablemente elegirían como rey, preferiría que Elend tenga ese título. Brillante.

Penrod se sentó, y la sala permaneció en silencio. Vin sospechaba que también había hecho la nominación para no acceder al trono sin oposición. Probablemente toda la Asamblea pensaba que Elend merecía una oportunidad para recuperar su título; simplemente, Penrod era lo suficientemente honrado para expresarlo en voz alta.

Pero ¿qué hay de los comerciantes? Tienen que tener su propio plan. Elend pensaba que probablemente Philen era quien había organizado la votación contra él. Querían a uno de los suyos en el trono, alguien que pudiera abrir las puertas de la ciudad a cualquiera de los reyes que los estuviese manipulando... o al que pagara mejor.

Vin estudió al grupo de ocho hombres vestidos con trajes incluso más elegantes que los de los nobles. Todos parecían estarse sometiendo a los caprichos de un solo hombre. ¿Qué planeaba Philen?

Uno de los comerciantes hizo amago de levantarse, pero Philen le dirigió una dura mirada. El hombre no se levantó. Philen permaneció sentado, en silencio, con un bastón de duelos cruzado sobre el regazo. Finalmente, cuando la mayoría hubo advertido que el comerciante miraba a los reunidos, se puso lentamente en pie.

—Yo tengo mi propuesta —dijo.

Alguno de los skaa bufó.

—¿Quién está siendo ahora melodramático, Philen? —dijo uno de los asamblearios—. Adelante, hazlo: nomínate a ti mismo.

Philen alzó una ceja.

—No, no voy a nominarme a mí mismo.

Vin frunció el ceño y vio confusión en los ojos de Elend.

—Aunque me halaga —continuó Philen—, no soy más que un simple comerciante. No, creo que el rey debe ser alguien más especializado. Dime, lord Venture, ¿solo podemos proponer a miembros de la Asamblea?

—No —contestó Elend—. El rey no tiene que pertenecer a la Asamblea: yo acepté el puesto después. El principal deber del rey es crear la ley, y luego hacerla cumplir. La Asamblea es solo un consejo asesor con cierto poder compensatorio. El rey puede ser cualquiera... Lo cierto es que esperaba que el título fuera hereditario. No esperaba... que ciertos artículos fueran invocados tan rápidamente.

—Ah, sí —dijo Philen—. Bien, pues. Creo que el título deber ser para alguien que tenga práctica con él. Alguien que se haya mostrado hábil en el liderazgo. ¡Por tanto, propongo a lord Ashweather Cett para ser nuestro rey!

¿*Qué*?, pensó Vin, incrédula, mientras Philen se volvía y señalaba al público. Un hombre allí sentado se despojó de su capa de skaa y reveló un traje y un rostro barbudo.

—Oh, cielos... —dijo Brisa.

—¿Es él de verdad? —preguntó Vin mientras un murmullo recorría la sala.

Brisa asintió.

—Oh, es él. Lord Cett en persona. —Calló y la miró—. Creo que tenemos problemas.

Mis hermanos nunca me habían prestado mucha atención: opinaban que mi trabajo y mis intereses no eran los adecuados para un forjamundos. No entendían de qué modo mi trabajo, el estudio de la naturaleza en vez del de la religión, beneficiaba al pueblo de las catorce tierras.

32

Vin permaneció en silencio, tensa, observando a la multitud. *Cett no puede haber venido solo*, pensó.

Y entonces los vio, ahora que sabía lo que estaba buscando. Soldados entre la gente, vestidos de skaa, formando un pequeño cordón protector alrededor del asiento de Cett. El rey no se levantó, aunque un joven sentado a su lado sí que lo hizo.

Tal vez treinta guardias, pensó Vin. *Puede que no sea lo suficientemente loco para venir solo... pero ¿entrar en la ciudad que estás asediando?* Era una osadía rayana en la estupidez. Naturalmente, muchos habían dicho lo mismo de la visita de Elend al campamento de Straff.

Pero Cett no se hallaba en la misma posición que Elend. No estaba desesperado, no corría peligro de perderlo todo. Excepto que... tenía un ejército más pequeño que el de Straff, y los koloss se aproximaban. Si Straff se aseguraba el supuesto tesoro de atium, los días de Cett como caudillo en occidente estarían sin duda contados. Ir a Luthadel tal vez no había sido un acto de desesperación, sino la acción de un hombre que tenía la mano ganadora. Cett estaba apostando fuerte.

Y parecía disfrutar.

Cett sonrió mientras la sala esperaba en silencio, los miembros de la Asamblea y el público estaban demasiado desconcertados por igual. Finalmente hizo un gesto a algunos de sus soldados disfrazados, y los hombres llevaron la silla en la que estaba sentado al estrado. Los asamblearios susurraron comentarios, volviéndose hacia sus ayudantes o compañeros, buscando confirmación sobre la identidad de Cett. La mayoría de los nobles ni siquiera pestañearon, lo cual era, en opinión de Vin, confirmación más que suficiente.

—No es lo que me esperaba —le susurró a Brisa mientras los soldados subían al estrado.

—¿Nadie te había dicho que es un lisiado? —preguntó Brisa.

—No solo eso —dijo Vin—. No lleva traje.

Cett vestía pantalones y camisa, pero en vez de la casaca típica de los nobles llevaba una gastada chaqueta negra.

—Y esa barba. No puede haberse dejado una barba así en un año: debía llevarla antes del Colapso.

—Solo conocías a los nobles de Luthadel, Vin —intervino Ham—. El Imperio Final era grande, con montones de sociedades diferentes. No todo el mundo viste como lo hacen aquí.

Brisa asintió.

—Cett era el noble más poderoso de su zona, así que no tenía que preocuparse por la tradición ni por el decoro. Hacía lo que se le antojaba, y la nobleza local lo imitaba. Había cien cortes distintas con cien diferentes pequeños «Lores Legisladores» en el imperio, y cada región tenía su propia dinámica política.

Vin se volvió hacia el estrado. Cett estaba sentado en su silla, sin hablar todavía. Finalmente, lord Penrod se incorporó.

—Esto ha sido completamente inesperado, lord Cett.

—¡Bien! —dijo Cett—. ¡Después de todo, eso pretendía!

—¿Deseas dirigirte a la Asamblea?

—Creía haberlo hecho ya.

Penrod se aclaró la garganta, y los oídos amplificados de Vin oyeron un murmullo despectivo entre los nobles acerca de los «nobles occidentales».

—Tienes diez minutos, lord Cett —dijo Penrod, tomando asiento.

—Bien —dijo Cett—. Porque, al contrario que ese muchacho de allá, pretendo deciros exactamente por qué deberíais nombrarme rey.

—¿Y por qué? —preguntó uno de los comerciantes.

—¡Porque tengo un ejército a vuestras malditas puertas! —exclamó Cett con una carcajada.

La Asamblea pareció sorprenderse.

—¿Es una amenaza, Cett? —preguntó Elend, sin perder la calma.

—No, Venture —replicó Cett—. Solo estoy siendo sincero..., algo que los nobles del centro parecéis evitar a toda costa. Una amenaza es solo una promesa a la inversa. ¿Qué le has dicho a esta gente? ¿Que tu amante le puso un cuchillo a Straff en la garganta? Bueno, ¿no estabas dando a entender que, si no eras elegido, retirarías a tu nacida de la bruma y dejarías que destruyeran la ciudad?

Elend se ruborizó.

—Por supuesto que no.

—Por supuesto que no —repitió Cett. Tenía una voz potente, descarada, implacable—. Bueno, yo no finjo, y no me escondo. Mi ejército está aquí y mi intención es tomar esta ciudad. Sin embargo, preferiría que me la entregarais.

—Usted, señor, es un tirano —dijo Penrod llanamente.

—¿Y? Soy un tirano con cuarenta mil soldados: el doble de los que tenéis protegiendo estas murallas.

—¿Y qué nos impide tomarte como rehén? —preguntó uno de los otros nobles—. Parece que te has entregado.

Cett soltó una carcajada.

—Si no regreso a mi campamento esta noche, mi ejército tiene orden de atacar y arrasar la ciudad de inmediato. ¡No importa a qué precio! Probablemente será aniquilado luego por el de Venture... ¡Pero a esas alturas a mí no me importará ya, ni a vosotros! Todos estaremos muertos.

La sala quedó en silencio.

—¿Ves, Venture? —preguntó Cett—. Las amenazas funcionan maravillosamente.

—¿Sinceramente esperas que te nombremos rey?

—La verdad es que sí —respondió Cett—. Mira, con veinte mil soldados sumados a mis cuarenta mil, podríamos defender las murallas de Straff... Incluso podríamos detener a ese ejército de koloss.

De inmediato comenzaron los susurros, y Cett alzó una tupida ceja, volviéndose hacia Elend.

—No les has hablado de los koloss, ¿verdad?

Elend no respondió.

—Bueno, pronto se enterarán —dijo Cett—. De todas formas, no veo que tengáis más opción que elegirme a mí.

—No eres un hombre de honor —dijo Elend simplemente—. El pueblo espera más de sus líderes.

—¿No soy un hombre de honor? —preguntó Cett, divertido—.

¿Y tú lo eres? Déjame hacerte una pregunta directa, Venture. En el curso de esta sesión, ¿ha estado aplacando alguno de tus alománticos a los miembros de la Asamblea?

Elend miró a un lado, hacia donde estaba Brisa. Vin cerró los suyos. *No, Elend, no...*

—Sí, lo han hecho —admitió.

Vin oyó gemir a Tindwyl entre dientes.

—Y —continuó Cett—, ¿puedes decir sinceramente que nunca has dudado de ti mismo? ¿Nunca te has preguntado si eras un buen rey?

—Creo que todo líder se pregunta esas cosas —respondió Elend.

—Bueno, yo no —dijo Cett—. Siempre he sabido lo que significaba estar al mando... y siempre he hecho todo cuanto había que hacer para asegurarme de conservar el poder. Sé cómo hacerme fuerte, y eso significa que sé cómo hacer que aquellos que se asocian conmigo sean fuertes también.

»Este es el trato. Me entregáis la corona, y yo me hago cargo de todo. Conservaréis vuestros títulos... y los miembros de la Asamblea que no tienen un título lo obtendrán. Además, conservaréis la cabeza. Os aseguro que es un trato mucho mejor que el que os ofrecerá Straff.

»El pueblo tiene que seguir trabajando, y yo me encargaré de que se alimente este invierno. Todo volverá a la normalidad, a ser como antes de que comenzara esta locura hace un año. Los skaa trabajan, la nobleza administra.

—¿Crees que volverán a someterse a eso? —preguntó Elend—. Después de todo por lo que hemos luchado, ¿crees que simplemente dejaré que obligues a la gente a volver a la esclavitud?

Cett sonrió tras su tupida barba.

—Tengo la impresión de que eso no es decisión tuya, Elend Venture.

Elend guardó silencio.

—Quiero reunirme con cada uno de vosotros —dijo Cett a los miembros de la Asamblea—. Si lo permitís, deseo mudarme a Luthadel con algunos de mis hombres. Digamos, una fuerza de unos cinco mil..., los suficientes para sentirme a salvo, pero que no supongan ningún verdadero peligro para vosotros. Estableceré mi residencia en una de las fortalezas abandonadas y esperaré vuestra decisión hasta la semana que viene. Durante ese tiempo me reuniré con cada uno de vosotros por turno y le explicaré los... beneficios de elegirme como vuestro rey.

—Sobornos —escupió Elend.

—Por supuesto. Sobornos para toda la gente de esta ciudad: ¡y el principal soborno será la paz! Eres muy dado a poner nombres, Venture. «Esclavos», «amenazas», «honor»... «Soborno» es solamente una palabra. Visto de otra forma, un soborno es solo la garantía de una promesa.

Cett sonrió. Los miembros de la Asamblea guardaron silencio.

—¿Votamos entonces si lo dejamos entrar en la ciudad? —preguntó Penrod.

—Cinco mil hombres son demasiados —dijo uno de los skaa.

—Cierto —dijo Elend—. De ningún modo podemos dejar entrar tropas extranjeras en Luthadel.

—No me gusta nada —dijo otro.

—¿Cómo? —dijo Philen—. Un monarca en nuestra ciudad será menos peligroso que fuera, ¿no? Y, además, Cett nos ha prometido títulos a todos.

El grupo se quedó meditativo.

—¿Por qué no me dais la corona ahora? —dijo Cett—. Abrid las puertas a mi ejército.

—No podéis —dijo Elend de inmediato—. No hasta que haya un rey... A menos que recibas un voto unánime ahora mismo.

Vin sonrió. La unanimidad no se daría mientras Elend perteneciera a la Asamblea.

—Bah —dijo Cett, pero obviamente fue lo bastante listo para no insultar más al cuerpo legislativo—. Entonces permitid que me instale en la ciudad.

Penrod asintió.

—¿Todos a favor de permitir a lord Cett establecer su residencia con... digamos... mil soldados?

Diecinueve miembros de la asamblea levantaron la mano. Elend no fue uno de ellos.

—Entonces está decidido —dijo Penrod—. Volveremos a reunirnos dentro de dos semanas.

Esto no puede estar sucediendo, pensó Elend. *Creía que Penrod podía suponer un desafío, y Philen algo menos. Pero... ¿uno de los mismos tiranos que amenaza la ciudad? ¿Cómo han podido? ¿Cómo pueden considerar siquiera su sugerencia?*

Elend se levantó y agarró a Penrod por el brazo cuando se disponía a bajar del estrado.

—Ferson —dijo en voz baja—, esto es una locura.

—Tenemos que considerar la opción, Elend.

—¿Considerar vender al pueblo de esta ciudad a un tirano?

La expresión de Penrod se volvió fría, y se zafó del brazo de Elend.

—Escucha, muchacho —dijo tranquilamente—. Eres un buen hombre, pero siempre has sido un idealista. Te has dedicado a los libros y la filosofía. Yo me he pasado la vida luchando en la política con los miembros de la corte. Tú entiendes de teorías; yo entiendo a las personas. —Se volvió, y señaló con la cabeza al público—. Míralos, muchacho. Están aterrorizados. ¿De qué les sirven tus sueños cuando están pasando hambre? Hablas de libertad y justicia cuando dos ejércitos se disponen a masacrar a sus familias. —Se volvió hacia Elend y lo miró a los ojos—. El sistema del lord Legislador no era perfecto, pero mantenía al pueblo a salvo. Ya ni siquiera tenemos eso. Tus ideales no van a derrotar a esos ejércitos. Cett puede que sea un tirano, pero puestos a elegir entre Straff y él, elijo a Cett. Probablemente le habríamos entregado la ciudad hace semanas si tú no nos hubieras detenido.

Penrod se despidió de Elend con un gesto y se giró para unirse a un pequeño grupo de nobles que ya se marchaban. Elend se quedó allí en silencio, rememorando un pasaje del libro Estudios sobre la revolución, de Ytves.

«Hemos visto un curioso fenómeno asociado a los grupos rebeldes que pretenden desgajarse del Imperio Final y ser autónomos. En casi ningún caso el lord Legislador necesitó enviar a sus ejércitos para reconquistar a los rebeldes. Para cuando llegaron sus agentes, los grupos se habían derrotado solos.

»Por lo visto los rebeldes encontraron el caos de la transición más difícil de aceptar que la tiranía que habían conocido antes. Alegremente dieron de nuevo la bienvenida a la autoridad, incluso a la autoridad represiva, pues para ellos era mucho menos dolorosa que la incertidumbre.»

Vin y los demás se reunieron con él en el estrado, y Elend le pasó un brazo por los hombros mientras contemplaba a la gente salir del edificio. Cett estaba rodeado de un grupito de asamblearios, concertando sus encuentros con ellos.

—Bueno —dijo Vin en voz baja—. Sabemos que es un nacido de la bruma.

Elend se volvió hacia ella.

—¿Has sentido la alomancia en él?

Vin negó con la cabeza.

—No.

—Entonces, ¿cómo lo sabes?

—Bueno, míralo —dijo Vin, indicando con la mano—. Actúa como si no pudiera andar... Esto tiene que ser algún tipo de tapadera. ¿Qué hay más inocente que un paralítico? ¿Se te ocurre un modo mejor de ocultar el hecho de ser un nacido de la bruma?

—Vin, querida —dijo Brisa—, Cett es paralítico desde la infancia, cuando una enfermedad le dejó las piernas inútiles. No es ningún nacido de la bruma.

Vin alzó una ceja.

—Esa es una de las mejores tapaderas que he oído.

Brisa puso los ojos en blanco, pero Elend sonrió.

—¿Y ahora qué, Elend? —preguntó Ham—. No podemos afrontar las cosas de la misma manera ahora que Cett ha entrado en la ciudad.

Elend asintió.

—Tenemos que hacer planes. Vamos a...

Guardó silencio cuando un joven se separó del grupo de Cett y se le acercó. Era el mismo hombre que estaba sentado junto a Cett.

—El hijo de Cett —susurró Brisa—. Gneorndin.

—Lord Venture —dijo Gneorndin, inclinando levemente la cabeza. Tenía más o menos la misma edad que Fantasma—. Mi padre desea saber cuándo te gustaría reunirte con él.

Elend alzó una ceja.

—No tengo ninguna intención de unirme a la fila de miembros de la Asamblea que esperan los sobornos de Cett, muchacho. Dile a tu padre que él y yo no tenemos nada que discutir.

—¿No? —preguntó Gneorndin—. ¿Y qué hay de mi hermana? La que habéis secuestrado.

Elend frunció el ceño.

—Sabes que eso no es cierto.

—Aun así, a mi padre le gustaría hablar de ese tema —dijo Gneorndin, dirigiendo una mirada hostil a Brisa—. Además, cree que una conversación entre vosotros dos sería lo mejor para los intereses de la ciudad. Te reuniste con Straff en su campamento... No me digas que no estás dispuesto a hacer lo mismo con Cett en tu propia ciudad.

Elend vaciló. *Olvida tus prejuicios, se dijo. Tienes que hablar con este hombre, aunque solo sea por la información que obtendrás de la reunión.*

—Muy bien —anunció—. Me reuniré con él.

—¿Para cenar, dentro de una semana? —preguntó Gneorndin.

Elend asintió, cortante.

Al ser yo quien encontró a Alendi, me convertí en una persona importante. Sobre todo entre los forjamundos.

33

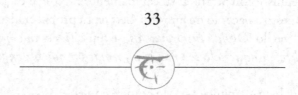

Vin yacía boca abajo, cruzada de brazos, apoyando en ellos la cabeza mientras estudiaba una hoja de papel desplegada en el suelo. Considerando el caos de los últimos días, era sorprendente que volver a sus estudios le pareciera un alivio.

Un alivio pequeño, sin embargo, pues los estudios planteaban sus propios problemas. *La Profundidad ha regresado*, pensó. *Aunque las brumas solo maten de vez en cuando, han empezado a volverse hostiles de nuevo. Eso significa que el Héroe de las Eras tiene que regresar también, ¿no?*

¿Pensaba sinceramente que podría ser ella? Cuando lo consideraba, le parecía ridículo. Pero escuchaba el golpeteo en su cabeza, veía al espíritu en las brumas...

¿Y qué había de aquella noche, hacía más de un año, en que se había enfrentado al lord Legislador? Esa noche en que, de algún modo, atrajo las brumas hacia sí, quemándolas como si fueran metal.

No es suficiente, se dijo. *Fue un hecho fortuito, un hecho que nunca he podido repetir, no implica que yo sea una salvadora mítica.* Ni siquiera conocía la mayoría de las profecías sobre el Héroe. El libro mencionaba que se suponía que sus orígenes eran humildes... pero eso describía a todo skaa del Imperio Final. Se suponía que tenía un linaje real desconocido, pero eso convertía a todos los mestizos de la ciudad en candidatos. De hecho, habría apostado a que la mayoría de los skaa tenían algún noble como progenitor.

Suspiró y sacudió la cabeza.

—¿Ama? —preguntó OreSeur, volviéndose. Estaba encima de una silla, con las patas apoyadas en la ventana, contemplando la ciudad.

—Profecías, leyendas, predicciones —dijo Vin, golpeando con la palma de la mano la hoja de notas—. ¿Qué sentido tiene? ¿Por qué creen los terrisanos en estas cosas? ¿No debería la religión enseñar algo práctico?

OreSeur se sentó en la silla.

—¿Qué puede ser más práctico que tener conocimiento acerca del futuro?

—Si dijeran algo útil, estaría de acuerdo. Pero incluso el libro reconoce que las profecías de Terris podían ser entendidas de muchas formas distintas. ¿Para qué sirven las promesas que pueden ser interpretadas tan libremente?

—No desprecies las creencias de nadie porque no las comprendas, ama.

Vin bufó.

—Hablas como Sazed. En parte empiezo a pensar que todas estas profecías y leyendas fueron creadas por sacerdotes que querían ganarse la vida.

—¿Solo en parte? —preguntó OreSeur, divertido.

Vin asintió.

—La parte de mí que creció en las calles, la parte que siempre está esperando un engaño.

Esa parte no quería reconocer las otras cosas que sentía.

Los golpeteos se hacían cada vez más fuertes.

—Las profecías no tienen por qué ser un engaño, ama —dijo OreSeur—. Ni siquiera, realmente, una promesa para el futuro. Pueden ser simplemente una expresión de esperanza.

—¿Qué sabes tú de esas cosas? —preguntó Vin, despectiva, mientras apartaba la hoja.

Hubo un momento de silencio.

—Nada, por supuesto, ama —dijo OreSeur al cabo de un rato.

Vin se volvió hacia el perro.

—Lo siento, OreSeur. No pretendía... Bueno, he estado distraída últimamente...

Tump. Tump. Tump.

—No tienes que disculparte conmigo, ama. Solo soy un kandra.

—Sigues siendo una persona. Aunque tengas aliento de perro.

OreSeur sonrió.

—Tú escogiste estos huesos para mí, ama. Debes atenerte a las consecuencias.

—Los huesos puede que tengan algo que ver —dijo Vin, poniéndose en pie—. Pero me parece que esa carroña que comes no ayuda mucho. Sinceramente, vamos a tener que darte hojitas de menta para que las mastiques.

OreSeur alzó una ceja perruna.

—¿Y no crees que un perro con buen aliento llamaría la atención?

—Solo si besas a alguien en un futuro cercano —dijo Vin, devolviendo los papeles a la mesa.

OreSeur se rio en voz baja, a su estilo canino, y continuó contemplando la ciudad.

—¿Ha terminado ya la procesión? —preguntó Vin.

—Sí, ama. Es difícil de ver, incluso desde aquí arriba. Pero parece que lord Cett ha terminado de mudarse. Desde luego, ha traído un montón de carros.

—Es el padre de Allrianne —dijo Vin—. A pesar de lo mucho que se queja esa muchacha de las instalaciones del ejército, apuesto a que a Cett le gusta viajar con comodidad.

OreSeur asintió. Vin se volvió, se apoyó en la mesa y lo observó, pensando en lo que había dicho antes. «Expresión de esperanza.»

—Los kandra tenéis una religión, ¿verdad? —aventuró.

OreSeur se volvió bruscamente. Eso era suficiente confirmación.

—¿La conocen los guardadores?

OreSeur se alzó sobre sus patas traseras, apoyando las delanteras en el alféizar.

—No tendría que haber hablado.

—No tienes nada que temer. No revelaré tu secreto. Pero no veo por qué tiene que seguir siéndolo.

—Es un asunto kandra, ama. No sería de interés para nadie más.

—Pues claro que sí —dijo Vin—. ¿No lo ves, OreSeur? Los guardadores creen que la última religión independiente fue destruida por el lord Legislador hace siglos. Si los kandra consiguieron conservar una, eso sugiere que el control teológico del lord Legislador sobre el Imperio Final no era absoluto. Eso tiene que significar algo.

OreSeur vaciló, ladeando la cabeza, como si no hubiera reflexionado sobre ese asunto.

¿Su control teológico no era absoluto?, pensó Vin, un poco sorprendida de sus palabras. *Lord Legislador... empiezo a hablar como Sazed y Elend. He estudiado demasiado últimamente.*

—De todas formas, ama, preferiría que no mencionaras esto a tus amigos guardadores. Probablemente empezarían a hacer preguntas incómodas.

—Son así —asintió Vin—. ¿Acerca de qué tiene profecías tu pueblo, por cierto?

—No creo que quieras saberlo, ama.

Vin sonrió.

—Hablan de derrocarnos, ¿verdad?

OreSeur se sentó y ella casi pudo sentir que su rostro perruno se ruborizaba.

—Mi... pueblo lleva mucho tiempo con el Contrato, ama. Sé que te resulta difícil comprender por qué vivimos con esta carga, pero nos parece necesaria. Sin embargo, soñamos con un día en que no lo sea.

—¿Cuando todos los humanos estén sometidos a vosotros?

OreSeur desvió la mirada.

—Cuando estén todos muertos.

—Caramba.

—Las profecías no son literales, ama —dijo OreSeur—. Son metáforas..., expresiones de esperanza. O, al menos, así es como las he entendido siempre. Tal vez las profecías de Terris sean lo mismo. Manifestaciones de una creencia según la cual, si la gente corre peligro, los dioses envían a un Héroe a protegerla. En este caso, la vaguedad sería intencionada... y lógica. Las profecías nunca han pretendido significar algo concreto, sino más bien dar voz a un sentimiento general. Una esperanza compartida.

Si las profecías no eran concretas, ¿por qué solo ella percibía los tamborileos?

Basta, se dijo. *Te apresuras a sacar conclusiones.*

—Todos los humanos muertos. ¿Cómo morimos? ¿Nos matan los kandra?

—Pues claro que no —respondió OreSeur—. Nosotros somos fieles a nuestro Contrato, incluso en la religión. Las historias dicen que os matáis vosotros solos. Sois de Ruina, después de todo, mientras los kandra somos de Conservación. Se supone que vosotros... destruís el mundo, creo. Usando a los koloss como peones.

—Parece que lo sientes por ellos —comentó Vin, divertida.

—Los kandra tienen en buen concepto a los koloss, ama. Hay un lazo entre nosotros: ambos pueblos comprendemos lo que es ser es-

clavo, ambos somos ajenos a la cultura del Imperio Final, ambos...
—calló.

—¿Qué? —preguntó Vin.

—¿Puedo no seguir hablando? Ya he dicho demasiado. Me incomodas, ama.

Vin se encogió de hombros.

—Todos necesitamos tener secretos. —Miró hacia la puerta—. Aunque hay uno que todavía tengo que desvelar.

OreSeur saltó de la silla y se unió a ella cuando iba hacia la puerta.

Todavía había un espía en algún lugar del palacio. Vin se había visto obligada a ignorar ese hecho demasiado tiempo.

Elend se asomó al pozo. La oscura boca, muy ancha para facilitar las idas y venidas de numerosos skaa, parecía unas grandes fauces abiertas con labios de piedra dispuestos a engullirlo. Miró hacia un lado, donde Ham hablaba con un grupo de sanadores.

—Nos dimos cuenta por primera vez cuando tanta gente empezaba a quejarse de diarrea y dolores abdominales —dijo el médico—. Los síntomas eran inusitadamente fuertes, mi señor. Ya hemos perdido a varios por la enfermedad.

Ham miró a Elend, el ceño fruncido.

—Todos los que enfermaron vivían en esta zona —continuó el médico—. Y sacaban el agua de este pozo o del de la plaza cercana.

—¿Habéis avisado a lord Penrod y la Asamblea? —preguntó Elend.

—Hmm, no, mi señor. Pensamos que tú...

Ya no soy rey, pensó Elend. Sin embargo, no podía decirlo en voz alta, no a ese hombre que buscaba ayuda.

—Yo me encargaré —dijo, suspirando—. Puedes regresar con tus pacientes.

—Tenemos la clínica llena, mi señor.

—Entonces aprópiate de una de las mansiones vacías de los nobles —dijo Elend—. Hay de sobra. Ham, envíale a algunos guardias para que ayuden a trasladar a los enfermos y acondicionen el edificio.

Ham asintió, llamó a un soldado y le dijo que reuniera a veinte hombres del palacio para que se unieran al médico. Este sonrió aliviado y se inclinó ante Elend antes de marcharse.

Ham se acercó al pozo.

—¿Coincidencia?

—Difícilmente —respondió Elend, agarrándose al borde lleno de frustración—. La cuestión es, ¿quién lo ha envenenado?

—Cett acaba de llegar a la ciudad —dijo Ham, frotándose la barbilla—. Habría sido fácil enviar a algunos soldados para que echaran el veneno sin llamar la atención.

—Parece más bien cosa de mi padre. Para aumentar nuestra tensión, su manera de desquitarse por dejarlo en ridículo en su campamento. Además, tiene a ese nacido de la bruma que podría haber echado fácilmente el veneno.

Naturalmente, a Cett le habían hecho lo mismo: Brisa había envenenado su suministro de agua antes de llegar a la ciudad. Elend apretó los dientes. En realidad, no había forma de saber quién estaba detrás del ataque.

Fuera como fuese, los pozos envenenados significaban problemas. Había otros en la ciudad, por supuesto, pero eran igualmente vulnerables. La gente tal vez tuviera que empezar a sacar agua del río, lodosa, mucho menos saludable puesto que estaba contaminada por los desperdicios de ambos campamentos y de la ciudad misma.

—Coloca guardias en estos pozos —añadió Elend, agitando una mano—. Ciérralos, cuelga advertencias y di a los médicos que vigilen con especial atención cualquier otro brote.

Cada vez las cosas se nos ponen más y más difíciles, pensó mientras Ham asentía. *A este paso nos vendremos abajo antes de que termine el invierno.*

Después de detenerse a tomar una cena fría, durante la cual el comentario acerca de que algunos criados habían enfermado la dejó preocupada, Vin fue a ver a Elend, que acababa de regresar de recorrer la ciudad con Ham. Después Vin y OreSeur continuaron su misión original: encontrar a Dockson.

Lo localizaron en la biblioteca del palacio. La habitación había sido en su momento el estudio personal de Straff; por algún motivo, a Elend parecía divertirle su nuevo uso.

Personalmente, a Vin no le parecía el emplazamiento de la biblioteca tan divertido como su contenido. O como su falta de contenido, más bien. Aunque la habitación estaba repleta de estanterías, casi todas mostraban signos de haber sido saqueadas por Elend. Las hileras de libros estaban llenas de huecos, pues sus compañeros habían sido retirados uno a uno, como si Elend fuera un depredador que abatiera lentamente una manada.

Vin sonrió. Probablemente no pasaría mucho tiempo antes de que Elend robara todos los libros de la pequeña biblioteca, se llevara los tomos a su estudio y luego los olvidara en uno de sus montones con la idea de devolverlos algún día. A pesar de todo quedaban muchos volúmenes: libros de contabilidad, balances y cuadernos de cuentas, cosas que Elend normalmente encontraba de poco interés.

Dockson estaba sentado al escritorio de la biblioteca, escribiendo en un libro de cuentas. Advirtió su llegada y le sonrió, pero volvió a sus anotaciones, pues al parecer no quería perder punto. Vin esperó a que terminara, con OreSeur a su lado.

De todos los miembros de la banda, Dockson era el que parecía haber cambiado más durante el año transcurrido. Recordaba la primera impresión que le había causado, allá en el cubil de Camon. Dockson era la mano derecha de Kelsier y el más «realista» de los dos. Y, sin embargo, Dockson siempre usaba un tono irónico y daba la sensación de que disfrutaba de su papel de hombre honrado. Más que contrastar con Kelsier, lo complementaba.

Kelsier estaba muerto. ¿En qué lugar dejaba eso a Dockson? Vestía como siempre un traje de noble y le sentaba mejor que a ningún miembro de la banda. De haberse afeitado la barba, hubiera podido pasar por noble; no un rico cortesano, sino un lord de mediana edad que hubiera vivido toda la vida comerciando con una gran casa.

Escribía en sus libros de cuentas, pero siempre lo había hecho. Seguía representando el papel de responsable de la banda. Entonces, ¿en qué era distinto? Era la misma persona, hacía las mismas cosas. Pero parecía diferente. La risa había desaparecido; el silencioso disfrute de la excentricidad de aquellos que lo rodeaban. Sin Kelsier, Dockson había pasado de ser templado a... aburrido.

Y eso hacía recelar a Vin.

Hay que hacerlo, pensó, sonriéndole a Dockson mientras él soltaba su pluma y le indicaba que tomara asiento.

Vin se sentó. OreSeur se acercó a su silla. Dockson miró al perro y sacudió levemente la cabeza.

—Es una bestia maravillosamente adiestrada, Vin —dijo—. Creo que nunca había visto un perro igual.

¿Lo sabe?, se preguntó Vin, alarmada. *¿Un kandra sería capaz de reconocer a otro en el cuerpo de un perro?* No, no podía ser. De lo contrario, OreSeur hubiese podido encontrar al impostor para ella. Así que simplemente sonrió y acarició la cabeza de OreSeur.

—Hay un adiestrador en el mercado. Enseña a los perros lobo a ser protectores..., a quedarse con niños pequeños y mantenerlos a salvo del peligro.

Dockson asintió.

—¿A qué debo esta visita?

Vin se encogió de hombros.

—Ya nunca charlamos, Dox.

Dockson se acomodó en su asiento.

—Puede que no sea el mejor momento para charlar. Tengo que preparar las finanzas reales para entregárselas a otro, por si la votación es desfavorable a Elend.

¿Podría un kandra encargarse de las cuentas?, se preguntó Vin. *Sí. Lo habrían sabido, se habrían preparado.*

—Lo siento —dijo—. No pretendía molestarte, pero Elend ha estado muy ocupado últimamente y Sazed tiene ese proyecto...

—No importa —contestó Dockson—. Puedo dedicarte unos minutos. ¿Qué te ocurre?

—Bueno, ¿recuerdas aquella conversación que tuvimos antes del Colapso?

Dockson frunció el ceño.

—¿Cuál?

—Ya sabes..., la de tu infancia.

—Oh —dijo Dockson, asintiendo—. Sí, ¿qué pasa?

—Bueno, ¿sigues pensando igual?

Dockson reflexionó, tamborileando lentamente con los dedos sobre la mesa. Vin esperó, tratando de que no se notara su tensión. La conversación en cuestión había sido entre los dos y, durante la misma, Dockson le había contado cuánto odiaba a la nobleza.

—Supongo que no —dijo Dockson—. Ya no. Kel siempre decía que le dabas demasiada importancia a la nobleza, Vin. Pero empezaste a hacerle cambiar incluso a él al final. No, no creo que haya que destruir por completo a la sociedad noble. No todos son monstruos, como pensaba antes.

Vin se relajó. Él no solo estaba al tanto de la conversación, sino de los detalles que habían discutido. Era la única que estaba con él. Eso tenía que significar que no era el kandra, ¿no?

—Se trata de Elend, ¿verdad? —preguntó Dockson.

Vin se encogió de hombros.

—Supongo.

—Sé que te gustaría que él y yo nos lleváramos mejor, Vin. Pero, considerándolo todo, creo que lo estamos haciendo bastante bien. Es un hombre decente: eso lo reconozco. Tiene algunos defectos como líder: le falta arrojo, presencia.

No es como Kelsier.

—Pero no quiero verle perder el trono —prosiguió Dockson—. Ha tratado bien a los skaa, para ser un noble.

—Es una buena persona, Dox —dijo ella en voz baja.

Dockson apartó la mirada.

—Lo sé. Pero..., bueno, cada vez que hablo con él veo a Kelsier negando con la cabeza. ¿Sabes cuánto tiempo soñamos Kel y yo con derribar al lord Legislador? Los otros miembros de la banda pensaban que el plan de Kelsier era una pasión reciente, algo que se le había ocurrido en los Pozos. Pero era más antigua, Vin. Mucho más antigua.

»Siempre odiamos a los nobles, Kel y yo. Cuando éramos jóvenes y planeábamos nuestros primeros golpes queríamos ser ricos... pero también queríamos hacerles daño. Hacerles daño por quitarnos las cosas a las que no tenían derecho. Mi amor... La madre de Kelsier... Todas las monedas que robábamos, todos los nobles que dejábamos muertos en algún callejón. Era nuestra forma de hacer la guerra. Nuestra manera de castigarlos.

Vin no dijo nada. Eran ese tipo de historias, esos recuerdos de un pasado violento lo que siempre la había hecho sentirse un poco incómoda con Kelsier... y con la persona en que él pretendía que se convirtiera. Era este sentimiento lo que la hacía dudar, aunque su instinto le susurraba que debía ir a vengarse de Straff y Cett con cuchillos en la noche.

Dockson conservaba parte de aquella dureza. Kel y Dox no eran malvados, pero tenían una vena vengativa. La opresión los había cambiado de maneras que no podían ser remediadas por medio de la paz, ni de reformas ni de recompensas.

Dockson sacudió la cabeza.

—Y fuimos y lo pusimos en el trono. No puedo dejar de pensar que Kel se enfadaría conmigo por dejar gobernar a Elend, no importa lo buena persona que sea.

—Kelsier cambió al final —dijo Vin en voz baja—. Tú mismo lo has dicho, Dox. ¿Sabías que le salvó la vida a Elend?

Dockson se volvió, el ceño fruncido.

—¿Cuándo?

—El último día. Durante la lucha con el inquisidor. Kel protegió a Elend, que vino a buscarme.

—Debió de pensar que era uno de los prisioneros.

Vin negó con la cabeza.

—Sabía quién era Elend, y sabía que yo lo amaba. Al final, Kelsier estuvo dispuesto a admitir que merece la pena proteger a un buen hombre, no importa quiénes hayan sido sus padres.

—Me resulta difícil de aceptar, Vin.

—¿Por qué?

Dockson la miró a los ojos.

—Porque si admito que Elend no tiene ninguna culpa por lo que su gente le hizo a la mía, entonces debo admitir que soy un monstruo por las cosas que les hice a ellos.

Vin se estremeció. En aquellos ojos vio la verdad tras la transformación de Dockson. Vio la muerte de su risa. Vio la culpa. Los asesinatos.

Este hombre no es ningún impostor.

—Encuentro poca dicha en este gobierno, Vin —dijo Dockson en voz baja—, porque sé lo que hicimos para crearlo. La cuestión es que volvería a hacerlo. Me digo que es porque creo en la libertad de los skaa. Sin embargo, todavía me paso las noches en vela, satisfecho por lo que les hicimos a nuestros antiguos gobernantes. Su sociedad socavada, su dios muerto. Ahora lo saben.

Vin asintió. Dockson bajó la cabeza, como avergonzado, una emoción que ella rara vez le había visto expresar. No parecía haber nada más que decir. Dockson permaneció sentado en silencio mientras ella se marchaba, con la pluma y el libro olvidados sobre la mesa.

—No es él —dijo Vin, recorriendo un pasillo vacío, mientras trataba de apartar de su mente el sonido terrible de la voz de Dockson.

—¿Estás segura, ama? —preguntó OreSeur.

Vin asintió.

—Está al corriente de una conversación privada que tuvimos antes del Colapso.

OreSeur guardó silencio un instante.

—Ama —dijo por fin—, mis hermanos pueden ser muy concienzudos.

—Sí, pero ¿cómo pudo saber él una cosa así?

—A menudo interrogamos a la gente antes de tomar sus huesos, ama —explicó OreSeur—. Nos reunimos con ellos varias veces, en sitios distintos, y encontramos modos de hablar de su vida. También hablamos con sus amigos y conocidos. ¿Le has contado a alguien esa conversación que tuviste con Dockson?

Vin se detuvo y se apoyó en la pared de piedra del pasillo.

—Tal vez a Elend —admitió—. Creo que se lo mencioné también a Sazed, justo después de tenerla. Eso fue hace casi dos años.

—Pudo bastar, ama. No podemos aprenderlo todo sobre una persona, pero tratamos de descubrir cosas como estas: conversaciones privadas, secretos, información confidencial... para poder mencionarlas en los momentos adecuados y resultar más convincentes.

Vin frunció el ceño.

—Hay... otras cosas también, ama —dijo OreSeur—. Vacilo porque no quiero que imagines a tus amigos sufriendo. Sin embargo, es común que nuestro amo, el que se encarga de dar muerte, torture a su víctima para sacarle información.

Vin cerró los ojos. Dockson parecía tan real... Su conciencia de culpa, sus reacciones... Eso no podía ser falso, ¿no?

—Maldita sea —susurró, abriendo los ojos. Se dio media vuelta y suspiró mientras abría los postigos de una ventana. Fuera estaba oscuro y las brumas se enroscaron ante ella cuando se apoyó en el alféizar de piedra y contempló el patio, dos plantas más abajo.

—Dox no es alomántico —dijo—. ¿Cómo puedo averiguar con certeza si es el impostor o no?

—No lo sé, ama. Nunca es una tarea fácil.

Vin no dijo nada. Ausente, se quitó el pendiente de bronce, el pendiente de su madre, y jugueteó con él viendo cómo reflejaba la luz entre sus dedos. Hubo un tiempo en que estuvo bañado en plata, pero se había gastado casi por completo.

—Odio esto —susurró por fin.

—¿Qué, ama?

—Esta... desconfianza —dijo—. Odio recelar de mis amigos. Creía que había acabado con todos esos recelos. Siento como si un cuchillo se retorciera en mi interior, y se me clava más profundamente cada vez que me enfrento a alguien de la banda.

OreSeur se sentó a su lado y ladeó la cabeza.

—Pero, ama, has conseguido descartar a varios de ellos como impostores.

—Sí —dijo Vin—. Pero eso solo estrecha el campo..., me acerca un paso más a descubrir cuál de ellos está muerto.

—¿Y eso no es bueno?

Vin sacudió la cabeza.

—No quiero que sea ninguno de ellos, OreSeur. No quiero recelar de ellos, no quiero descubrir que teníamos razón...

OreSeur no respondió al principio; la dejó mirar por la ventana, mientras las brumas lentamente caían al suelo a su alrededor.

—Eres sincera —dijo por fin.

Ella se dio la vuelta.

—Pues claro que lo soy.

—Lo siento, ama. No quería insultarte. Es que..., bueno, he sido kandra de muchos amos. Tantos recelan y odian a cuantos los rodean que había empezado a pensar que tu especie era incapaz de confiar.

—Eso es una tontería —dijo Vin, volviéndose de nuevo hacia la ventana.

—Lo sé —contestó OreSeur—. Pero la gente suele creer en tonterías, si le dan suficientes pruebas. Sea como sea, te pido disculpas. No sé cuál de tus amigos está muerto, pero lamento que uno de mi especie te haya causado este dolor.

—Sea quien sea, solo está cumpliendo su Contrato.

—Sí, ama. El Contrato.

Vin frunció el ceño.

—¿Hay algún modo de que puedas averiguar qué kandra tiene un Contrato en Luthadel?

—Lo siento, ama. Eso no es posible.

—Me lo figuraba. ¿Es posible que lo conozcas, sea quien sea?

—Los kandra son un grupo muy cerrado, ama —dijo OreSeur—. Y nuestro número es pequeño. Hay bastantes posibilidades de que lo conozca muy bien.

Vin dio un golpecito en el alféizar, frunciendo el ceño mientras intentaba decidir si esa información era útil.

—Sigo sin creer que sea Dockson —dijo por fin, y volvió a ponerse el pendiente—. Lo ignoraremos por ahora. Si no encuentro otras pistas, volveremos...

Guardó silencio porque algo llamó su atención. Una figura caminaba por el patio, sin ninguna luz.

Ham, pensó. Pero no andaba como él.

Empujó la pantalla de una lámpara que colgaba de la pared cerca de ella. Se cerró de golpe, la llama vaciló y el pasillo se sumió en la oscuridad.

—¿Ama? —preguntó OreSeur mientras Vin subía a la ventana, avivando estaño para escrutar en la noche.

Decididamente no es Ham, pensó.

Su primer pensamiento fue para Elend: la invadió el súbito terror de que los asesinos hubieran llegado mientras ella charlaba con Dockson. Pero era temprano y Elend estaría todavía hablando con sus consejeros. Era una hora improbable para asesinar a nadie.

¿Y solo un hombre? No era Zane, a juzgar por su altura.

Probablemente sea solo un guardia, pensó. *¿Por qué tengo que ser tan paranoica?*

Sin embargo..., contempló la figura que paseaba por el patio y su instinto hizo el resto. El hombre se movía con precaución, como si se sintiera incómodo..., como si no quisiera ser visto.

—A mis brazos —le dijo a OreSeur, lanzando una moneda por la ventana.

El kandra obedeció y ella saltó por la ventana, cayó ocho metros y aterrizó con la moneda. Soltó a OreSeur e indicó las brumas. El kandra la siguió de cerca mientras ella se internaba en la oscuridad, encogida, escondida, tratando de echar un buen vistazo a la solitaria figura. El hombre caminaba a paso vivo hacia un lateral del palacio, donde estaba la entrada de los criados. Cuando pasó ante ella pudo por fin verle el rostro.

¿El capitán Demoux?

Se sentó, agazapada, con OreSeur, junto a unas cajas de madera.

¿Qué sabía realmente de Demoux? Era uno de los rebeldes skaa reclutados por Kelsier hacía casi dos años. Había sido un buen soldado, y su ascenso fue rápido. Era uno de los hombres leales que se habían quedado atrás cuando el resto del ejército había seguido a Yeden a su perdición.

Después del Colapso, se había quedado con la banda hasta convertirse en el segundo de Ham, quien le había entrenado a conciencia... Lo cual podía explicar por qué salía de noche sin antorcha o sin linterna. Pero, incluso así...

Si yo fuera a sustituir a alguien de la banda, pensó Vin, *no elegiría a un alomántico: eso haría que el impostor fuera demasiado fácil de localizar. Elegiría a una persona corriente, que no tuviera que tomar decisiones ni llamara la atención. Alguien cercano a la banda, pero no necesariamente miembro integrante de ella. Alguien que esté siempre cerca en las reuniones importantes, pero a quien los otros no conozcan demasiado bien...*

Sintió un ligero escalofrío. Si el impostor era Demoux, eso significaba que ninguno de sus buenos amigos había sido asesinado. Y significaba que el amo del kandra era aún más listo de lo que ella pensaba.

Demoux rodeó la fortaleza y ella lo siguió en silencio. Fuera lo que fuese que hacía esa noche, ya había terminado, porque se dirigió hacia una de las entradas en el lateral del edificio y saludó a los guardias allí apostados.

Vin permaneció en la oscuridad. Demoux les había hablado a los guardias, así que no había salido del palacio a escondidas. Y, sin embargo..., reconocía la postura sigilosa, los movimientos nerviosos. Estaba inquieto por algo.

Es él, pensó. *Él es el espía.*

Pero ¿qué podía hacer al respecto?

Había un lugar para mí en la tradición de la Anticipación: me consideré el Anunciador, el profeta que habría de descubrir, según lo predicho, al Héroe de las Eras. Renunciar entonces a Alendi habría sido renunciar a mi nueva posición, a ser aceptado por los demás.

Y por eso no lo hice.

34

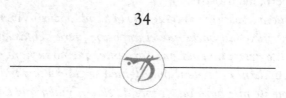

—Eso no funcionará —dijo Elend, sacudiendo la cabeza—. Necesitamos una decisión unánime (menos el voto de la persona que será destituida, naturalmente) para deponer a un miembro de la Asamblea. Nunca conseguiremos expulsar a los ocho mercaderes.

Ham parecía un poco abatido. Elend sabía que le gustaba considerarse un filósofo y, de hecho, tenía una buena cabeza para el pensamiento abstracto. Sin embargo, no era un erudito. Le gustaba plantear preguntas y pensar respuestas, pero no tenía experiencia en estudiar un texto detalladamente, investigando su significado y sus consecuencias.

Elend miró a Sazed, que estaba sentado a la mesa con un libro abierto. El guardador tenía al menos una docena de volúmenes a su alrededor, aunque, sorprendentemente, perfectamente ordenados, con el lomo orientado hacia el mismo lado y la cubierta brillante. Los montones de libros de Elend estaban siempre distribuidos al azar, con páginas de notas asomando en ángulos extraños.

Era sorprendente cuántos libros cabían en una habitación si no querías moverte mucho. Ham estaba sentado en el suelo, con un montoncito de libros al lado, aunque se pasaba casi todo el tiempo expresando una idea tras otra. Tindwyl ocupaba una silla, pero no estudiaba. A la terrisana le parecía perfectamente aceptable formar a Elend para ser rey; sin embargo, se negaba a investigar y hacer sugerencias sobre cómo conservar el trono. A su entender, eso hubiera sido cruzar una frontera invisible entre la educación y la política.

Menos mal que Sazed no es así, pensó Elend. *Si lo fuera, el lord*

Legislador todavía estaría al mando, posiblemente. De hecho, Vin y yo estaríamos muertos casi con toda seguridad. Fue Sazed quien la rescató cuando estaba prisionera de los inquisidores. No yo.

No le gustaba pensar en aquello. Su frustrado intento de rescate parecía una metáfora de todo lo que había hecho mal en la vida. Siempre había tenido buenas intenciones, pero rara vez había podido llevarlas a cabo. Eso iba a cambiar.

—¿Y esto, majestad?

El que hablaba era la otra persona presente en la sala, un erudito llamado Noorden. Elend trató de ignorar los intrincados tatuajes que el hombre llevaba alrededor de los ojos, indicativos de su antigua vida como obligador. Usaba grandes anteojos para ocultar los tatuajes, pero en su momento había ocupado un puesto relativamente importante en el Ministerio de Acero. Podía renunciar a sus creencias, pero los tatuajes permanecerían siempre.

—¿Qué has encontrado? —preguntó Elend.

—Información sobre lord Cett, majestad —respondió Noorden—. La encontré en uno de los libros de cuentas que te llevaste del palacio del lord Legislador. Parece que Cett no es tan indiferente a la política de Luthadel como le gustaría que creyéramos.

Noorden se rio para sí ante la idea. Elend nunca había conocido a un obligador alegre. Tal vez por eso Noorden no había abandonado la ciudad como la mayoría de los suyos; desde luego, no parecía encajar en sus filas. Era uno de los pocos hombres que Elend había podido encontrar para que sirvieran como escribas y burócratas en su nuevo reino.

Elend estudió la página de Noorden. Aunque estaba llena de números en vez de estarlo de palabras, su mente de erudito detectó fácilmente la información. Cett había hecho un montón de negocios con Luthadel. La mayor parte usando casas menores como tapadera. Así tal vez había engañado a los nobles, pero no a los obligadores, que tenían que ser informados de los términos de cada acuerdo.

Noorden le pasó el libro a Sazed, quien estudió los números.

—Bien —dijo Noorden—. Lord Cett quería hacernos creer que no tiene vínculo alguno con Luthadel. La barba y la actitud tan solo sirven para reforzar esa impresión. Sin embargo, siempre ha tenido la mano metida en los asuntos de aquí.

Elend asintió.

—Tal vez comprendió que no se puede evitar la política fingiendo que no formas parte de ella. Es imposible que pudiera conseguir tanto poder como obtuvo sin algunos contactos políticos de peso.

—Y, entonces, ¿qué se puede deducir de todo esto? —preguntó Sazed.

—Que Cett es mucho más diestro en el juego de lo que quiere que crea la gente —dijo Elend, se puso en pie y pasó por encima de una pila de libros para volver a su sillón—. Pero creo que eso quedó bastante claro por la manera en que nos manipuló a mí y a la Asamblea ayer.

Noorden se echó a reír.

—Tendrías que haber visto la cara que se os puso a todos, majestad. ¡Cuando Cett se descubrió, unos cuantos nobles dieron un brinco en sus asientos! Creo que los demás os quedasteis demasiado conmocionados para...

—¿Noorden?

—¿Sí, majestad?

—Por favor, concéntrate en la tarea que nos ocupa.

—Hmm, sí, majestad.

—¿Sazed? —dijo Elend—. ¿Qué opinas?

Sazed dejó de leer su libro, una versión codificada y con anotaciones de la Constitución de la ciudad escrita por el propio Elend. El terrisano sacudió la cabeza.

—Hiciste un buen trabajo, creo. Veo muy pocas maneras de impedir el nombramiento de lord Cett, si la Asamblea lo elige.

—¿Demasiado competente por su propio bien? —dijo Noorden.

—Un problema que, desgraciadamente, rara vez he tenido —dijo Elend, sentándose y frotándose los ojos.

¿Es así como se siente Vin todo el tiempo?, se preguntó. Dormía menos que él y siempre se estaba moviendo de un lado a otro, corriendo, luchando, espiando. Sin embargo, siempre parecía descansada. Elend estaba empezando a agotarse al cabo de solo un par de días de duro estudio.

Concéntrate, se dijo. *Tienes que conocer a tus enemigos para combatirlos. Tiene que haber una salida.*

Dockson estaba todavía redactando cartas para los otros miembros de la Asamblea. Elend quería reunirse con aquellos que estuvieran dispuestos. Por desgracia, tenía la sensación de que serían pocos. Habían votado para deponerlo, y ahora se les presentaba una opción que parecía una salida fácil a sus problemas.

—Majestad... —dijo Noorden lentamente—. ¿No crees que, tal vez, deberíamos dejar que Cett ocupara el trono? Quiero decir, ¿tan malo sería?

Elend se quedó quieto. Uno de los motivos por los que había recurrido al antiguo obligador era que Noorden ofrecía siempre un punto de vista distinto. No era un skaa, ni uno de los nobles. No era un ladrón. Era solo un menudo estudioso que se había unido al Ministerio porque le había ofrecido una opción distinta a la de convertirse en comerciante.

Para él la muerte del lord Legislador había sido una catástrofe que había destruido su forma de vida. No era un mal hombre, pero no comprendía verdaderamente la penosa situación de los skaa.

—¿Qué piensas de las leyes que he hecho, Noorden? —preguntó Elend.

—Son brillantes, majestad —respondió Noorden—. Agudas representaciones de los ideales enunciados por antiguos filósofos, con elementos sólidos de realismo moderno.

—¿Respetará Cett esas leyes?

—No lo sé. Ni siquiera lo he visto nunca.

—¿Qué te dice tu instinto?

Noorden vaciló.

—No —dijo por fin—. No es el tipo de hombre que gobierne según la ley. Solo hará lo que quiera.

—Solo traería el caos —dijo Elend—. Mira la información que tenemos de su patria y de los lugares que ha conquistado. Son un caos. Ha dejado un batiburrillo de alianzas y promesas vagas; las amenazas de invasión actúan como el hilo que apenas lo sujeta todo. Darle el gobierno de Luthadel solo nos prepararía para otro colapso.

Noorden se rascó la mejilla, y luego asintió pensativo y volvió a su lectura.

Puedo convencerlo a él, pensó Elend. *Si pudiera hacer lo mismo con los miembros de la Asamblea...*

Pero Noorden era un erudito: pensaba igual que Elend. Los hechos lógicos eran suficientes para él, y una promesa de estabilidad era más poderosa que una de riqueza. La Asamblea era completamente distinta. Los nobles querían regresar a lo que conocían; los mercaderes veían una oportunidad para conseguir los títulos que siempre habían envidiado, y los skaa simplemente tenían miedo de ser víctimas de una matanza brutal.

Y, sin embargo, incluso así, estaba generalizando. Lord Penrod se veía a sí mismo como el patriarca de la ciudad, el noble experto, aquel a quien necesitaban para que aportara un poco de templanza conservadora en la resolución de sus problemas. Kinaler, uno de los obreros del acero, estaba preocupado porque el Dominio Central necesitaba estar en buenos términos con los reinos que lo rodeaban, y veía una alianza con Cett como la mejor manera de proteger Luthadel a la larga.

Cada uno de los veintitrés miembros de la Asamblea tenía sus propias ideas, objetivos y problemas. Eso era lo que Elend había pretendido; las ideas florecían en ese entorno. Simplemente, no había previsto que tantas ideas entraran en conflicto con las suyas propias.

—Teníais razón, Ham —dijo, volviéndose.

Ham alzó una ceja.

—Al principio de todo esto, tú y los demás quisisteis aliaros con uno de los ejércitos y entregar la ciudad a cambio de mantenerla a salvo del otro.

—Me acuerdo.

—Bueno, eso es lo que quiere la gente —dijo Elend—. Con o sin mi aprobación, parece que van a entregarle la ciudad a Cett. Tendríamos que haber seguido vuestro plan.

—¿Majestad? —lo llamó Sazed en voz baja.

—¿Sí?

—Mis disculpas, pero tu deber no es hacer lo que quiere la gente.

Elend parpadeó.

—Hablas igual que Tindwyl.

—He conocido a poca gente tan sabia como ella, majestad —dijo Sazed, mirándola.

—Bueno, pues no estoy de acuerdo con ninguno de vosotros —respondió Elend—. Un líder solo debería actuar con el consentimiento de la gente a la que gobierna.

—No estoy en desacuerdo con eso, majestad —dijo Sazed—. O, al menos, creo en la teoría. Sin embargo, sigo sin creer que tu deber sea hacer lo que la gente desea. Tu deber es liderarlos lo mejor que puedas, siguiendo los dictados de tu conciencia. Debes ser fiel, majestad, al hombre que deseas ser. Si ese hombre no es aquel que el pueblo desea que lo lidere, entonces elegirá a otro.

Elend vaciló. *Bueno, claro, si no soy una excepción a mis propias leyes, no debería serlo tampoco a mi propia ética.* Las palabras de Sazed eran en realidad una repetición de lo que Tindwyl había dicho sobre confiar en uno mismo, pero la explicación del terrisano parecía mejor. Más sincera.

—Tratar de adivinar lo que la gente desea de ti solo conducirá al caos, creo —manifestó Sazed—. No puedes contentarlos a todos, Elend Venture.

La pequeña ventana de ventilación del estudio se abrió de golpe y Vin entró, arrastrando consigo un hilillo de bruma. Cerró la ventana y contempló la habitación.

—¿Más? —preguntó, incrédula—. ¿Has encontrado más libros?

—Por supuesto.

—¿Cuántas cosas de esas se han escrito? —preguntó, exasperada.

Elend abrió la boca, pero se detuvo al ver el brillo de sus ojos. Finalmente, tan solo suspiró.

—Eres un caso perdido —dijo, volviendo a su carta.

Un momento después Vin aterrizó sobre una de sus pilas de libros, consiguiendo de algún modo mantenerse en equilibrio. Las borlas de su capa de bruma colgaron a su alrededor, emborronando la tinta de su carta.

Elend suspiró.

—Ay —dijo Vin, recogiéndose la capa—. Lo siento.

—¿De verdad es necesario ir dando saltos todo el tiempo, Vin? —preguntó Elend.

Vin se bajó.

—Lo siento —repitió, mordiéndose los labios—. Sazed dice que es porque a los nacidos de la bruma nos gusta estar en alto para ver lo que pasa.

Elend asintió y continuó con la carta. Prefería redactarla personalmente, pero iba a necesitar un escriba que la pasara a limpio. Sacudió la cabeza. *Tanto por hacer...*

Vin lo observó mientras escribía. Sazed seguía leyendo, igual que uno de los escribas de Elend, el obligador. Estudió al hombre, que se encogió un poco en su asiento. Sabía que ella nunca se había fiado de él. Los sacerdotes no debían ser alegres.

Ardía en deseos de contarle a Elend lo que había descubierto sobre Demoux, pero vaciló. Había demasiada gente, y en realidad no tenía ninguna prueba: solo su instinto. Así que se contuvo y contempló los montones de libros.

La habitación permaneció en silencio. Tindwyl estaba sentada con los ojos levemente entornados: probablemente estudiaba mentalmente alguna antigua biografía. Incluso Ham estaba leyendo, aunque pasaba de un libro a otro, saltando de tema. Vin consideró que también debía leer algo. Pensó en las notas que había tomado sobre la Profundidad y el Héroe de las Eras, pero no fue capaz de sacarlas.

No podía hablarle de Demoux todavía, pero sí de otra cosa que había descubierto.

—Elend —dijo—. Tengo que decirte algo.

—¿Sí?

—Oí hablar a los criados cuando OreSeur y yo fuimos a cenar. Algunas personas que conocen han caído enfermas últimamente... un montón. Creo que alguien puede haber estado manipulando nuestros suministros.

—Sí —dijo Elend, todavía escribiendo—. Lo sé. Han envenenado varios pozos de la ciudad.

—¿Eso han hecho?

Él asintió.

—¿No te lo he dicho antes, cuando has venido a verme? Ham y yo hemos estado allí.

—No me lo has dicho.

—Creía que lo había hecho —dijo Elend, frunciendo el ceño.

Vin negó con la cabeza.

—Te pido disculpas —dijo él, se inclinó y la besó, y luego volvió a escribir.

¿Y un beso se supone que lo arregla todo?, pensó ella, sombría, sentándose en un montón de libros.

Era una tontería: en realidad no había ningún motivo para que Elend se lo contara de inmediato. Y, sin embargo, la conversación la había hecho sentirse extraña. Antes, él le hubiera pedido que hiciera algo al respecto. Ahora, al parecer se las arreglaba solo.

Sazed suspiró y cerró su libro.

—Majestad, no encuentro ningún fallo. He leído tus leyes seis veces ya.

Elend asintió.

—Me lo temía. La única ventaja que podríamos sonsacar de las leyes sería malinterpretándolas adrede..., cosa que no haré.

—Eres un buen hombre, majestad. Si hubieras visto un fallo en la ley, lo habrías arreglado. Aunque no hubieras encontrado los fallos, uno de nosotros lo habría hecho cuando nos preguntaste nuestra opinión.

Deja que lo llame «majestad», pensó Vin. Antes trataba de impedir que lo hicieran. ¿Por qué los deja hacerlo ahora?

Era extraño que Elend empezara por fin a considerarse rey después de que le hubieran quitado el trono.

—Espera —dijo Tindwyl, los ojos entornados todavía—. ¿Leíste esta ley antes de que fuera ratificada, Sazed?

Sazed se ruborizó.

—Lo hizo —dijo Elend—. De hecho, las ideas y sugerencias de Sazed fueron capitales para ayudarme a redactar el código actual.

—Ya veo —dijo Tindwyl con los labios apretados.

Elend frunció el ceño.

—Tindwyl, no has sido invitada a esta reunión. Estás molesta. Tu consejo ha sido bien apreciado, pero no permitiré que insultes a un amigo y huésped de mi casa, aunque tus insultos sean indirectos.

—Pido disculpas, majestad.

—No me pidas disculpas a mí. Pídele disculpas a Sazed, o sal de esta habitación.

Tindwyl permaneció sentada un momento; luego se levantó y salió de la habitación. Elend no pareció ofendido. Simplemente, continuó redactando su carta.

—No tenías que hacer eso, majestad —dijo Sazed—. Lo que Tindwyl opina de mí tiene buena base, creo.

—Haré lo que considere adecuado, Sazed —dijo Elend, sin dejar de escribir—. No te ofendas, amigo mío, pero ya está bien de dejar que la gente te trate mal. No lo soportaré en mi casa: al insultar tu contribución a mis leyes, me insultó a mí también.

Sazed asintió y tomó otro libro.

Vin guardó silencio. *Está cambiando tan rápido. ¿Cuánto tiempo hace que llegó Tindwyl? ¿Dos meses?* Ninguna de las cosas que Elend decía era tan distinta de lo que hubiese dicho antes... aunque la forma de decirlas era completamente diferente. Era firme, exigente de un modo que implicaba que esperaba respeto.

Es la pérdida del trono, el peligro de los ejércitos, pensó Vin. *Las presiones lo están obligando a cambiar, a apretar el paso y dirigir o ser aplastado. Sabía lo de los pozos.* ¿Qué otras cosas habría descubierto y no le había contado?

—¿Elend? He seguido pensando en la Profundidad.

—Eso es maravilloso, Vin —dijo él, sonriéndole—. Pero ahora mismo no tengo tiempo...

Vin asintió y le sonrió. Sin embargo, sus pensamientos no eran tan risueños. *No es inseguro, como era antes. No tiene que apoyarse tanto en la gente. Ya no me necesita.*

Era una idea estúpida. Elend la amaba, lo sabía. Su aptitud no la convertiría en menos valiosa para él. Y, sin embargo, no podía acallar su preocupación. Ya la había dejado una vez, cuando intentaba sopesar las necesidades de su casa en relación con su amor por ella, y eso había estado a punto de destruirla.

¿Qué sucedería si él la abandonaba ahora?

No lo hará, se dijo. *Eso sería impropio de él.*

Pero también las buenas personas tenían relaciones fracasadas, ¿no? La gente se distanciaba, sobre todo la gente que era muy distinta. A su pesar, a pesar de toda su confianza, Vin oyó una vocecita interior.

Déjalo tú antes, pareció susurrar en su cabeza Reen, su hermano. *Será menos doloroso.*

Vin oyó un roce en el exterior. Se irguió levemente, pero el sonido había sido demasiado suave para que los demás lo oyeran. Se levantó y se acercó a la ventana.

—¿Vuelves a salir de patrulla? —preguntó Elend.

Ella se volvió, luego asintió.

—Podrías explorar las defensas de Cett en la fortaleza Hasting —dijo Elend.

Vin asintió. Elend le sonrió y volvió a sus cartas. Vin abrió la ventana y salió a la noche. Zane estaba sumergido en las brumas, con los pies apenas apoyados en el zócalo de piedra que corría bajo la ventana. Se mantenía en ángulo oblicuo, los pies contra la pared, el cuerpo inclinado hacia la noche.

Vin miró hacia un lado y advirtió el pedazo de metal del que Zane estaba tirando para mantenerse en aquella postura. Otra hazaña. Él le sonrió.

—¿Zane? —susurró.

Zane miró hacia arriba, y Vin asintió. Un segundo más tarde, los dos aterrizaron sobre el tejado de metal de la fortaleza Venture.

Vin se volvió hacia él.

—¿Dónde has estado?

Zane atacó.

Vin dio un salto atrás, sorprendida, mientras Zane se abalanzaba hacia delante, girando en un negro remolino de cuchillos chispeantes. Aterrizó al otro lado del tejado, tensa. *¿Una lucha, entonces?*, pensó.

Zane golpeó y su cuchillo se le acercó peligrosamente al cuello mientras ella esquivaba a un lado. Había algo diferente en sus ataques en aquella ocasión. Algo más peligroso.

Vin maldijo y sacó sus propias dagas dando un salto atrás para esquivar otro ataque. Mientras ella se apartaba, un tajo de Zane surcó el aire y cortó la punta de una borla de su capa de bruma.

Vin volvió a enfrentarse a él. Zane avanzó, pero sin adoptar ninguna postura de combate. Parecía confiado, despreocupado, como si fuera a ver a una vieja amiga y no a entablar una pelea.

Muy bien, pues, pensó ella, saltando hacia delante con las dagas dispuestas.

Zane avanzó confiadamente y giró levemente a un lado, esquivando un cuchillo con facilidad. Con una mano le agarró a ella la otra sin ningún esfuerzo, deteniendo el golpe.

Vin se detuvo. Nadie era tan bueno. Zane bajó sus ojos oscuros hacia ella. Sereno. Tranquilo.

Estaba quemando atium.

Vin se zafó de su presa dando un salto atrás. Él la dejó ir, y vio cómo aterrizaba, agazapada, el sudor perlando su frente. Vin sintió una súbita punzada de terror, un sentimiento animal, primario. Había temido aquel día desde el momento en que supo del atium. Era el temor de saber que estaba indefensa a pesar de todas sus habilidades.

Era el terror de saber que iba a morir.

Se dio la vuelta para escapar, pero Zane se interpuso incluso antes de que empezara a moverse. Sabía lo que iba a hacer antes que ella misma. La agarró por el hombro desde atrás, tiró de ella y la arrojó al suelo.

Vin se estampó contra el tejado de metal, jadeando de dolor. Zane se alzó sobre ella y la miró como si esperara algo.

¡No me derrotará de esta forma!, pensó Vin, exasperada. *¡No me matará como a una rata atrapada!*

Lanzó una cuchillada contra su pierna, pero fue inútil. Él apartó la pierna levemente, de modo que el golpe ni siquiera rozó la tela de sus pantalones. Era como una niña mantenida a raya por un enemigo mucho más grande y poderoso. Así era como debía sentirse una persona normal cuando trataba de luchar contra ella.

Zane esperó inmóvil en la oscuridad.

—¿Qué? —exigió ella por fin.

—Es verdad que no lo tenéis —dijo él suavemente—. El alijo de atium del lord Legislador.

—No —respondió ella.

—No tenéis nada.

—Usé la última perla el mismo día que combatí a los asesinos de Cett.

Él permaneció de pie un instante y luego se volvió, apartándose. Vin se sentó, el corazón redoblando, la mano temblorosa. Se obligó a ponerse en pie y luego se agachó y recuperó sus dagas caídas. Una se había roto contra el tejado de cobre.

Zane se volvió hacia ella, silencioso, cubierto por la bruma.

Zane la observó en la oscuridad, vio su miedo... y también su determinación.

—Mi padre quiere que te mate —dijo.

Ella se levantó, mirándolo, todavía temerosa. Era fuerte y controlaba bien el miedo. La información de su espía, las palabras que Vin había pronunciado mientras visitaba la tienda de Straff eran ciertas. No había atium del que apoderarse en la ciudad.

—¿Por eso te has mantenido a distancia? —preguntó.

Él asintió, apartándose.

—¿Bien? ¿Por qué me dejas vivir?

—No estoy seguro —admitió Zane—. Puede que te mate todavía. Pero... no tengo por qué hacerlo. No tengo que cumplir su orden. Podría llevarte conmigo... Eso surtiría el mismo efecto.

Se volvió hacia ella. Vin, con el ceño fruncido, era una figura pequeña y silenciosa en medio de la bruma.

—Ven conmigo —dijo él—. Los dos podríamos irnos. Straff perdería a su nacido de la bruma, y Elend, a la suya. Podríamos negarles a ambos sus herramientas. Y podríamos ser libres.

Ella no respondió inmediatamente. Por fin, negó con la cabeza.

—Esto... esto que hay entre nosotros, Zane. No es lo que piensas.

—¿Qué quieres decir? —dijo él, dando un paso adelante.

Ella lo miró.

—Amo a Elend, Zane. De verdad.

¿Y crees que eso significa que no puedes sentir nada por mí?, pensó Zane. *¿Qué hay de esa expresión que veo en tus ojos, esa ansia? No, no es tan fácil como das a entender, ¿verdad? Nunca lo es.*

Y, sin embargo, ¿qué otra cosa había esperado? Se dio la vuelta.

—Tiene lógica. Así ha sido siempre.

—¿Qué se supone que significa eso? —preguntó ella.

Elend...

—Mátalo —susurró Dios.

Zane cerró los ojos. Ella no se dejaría engañar; no una mujer que había crecido en las calles, una mujer amiga de ladrones y timadores. Eso era lo difícil. Ella tenía que ver las cosas que aterraban a Zane.

Tenía que saber la verdad.

—¿Zane? —preguntó Vin. Todavía estaba un poco aturdida por el ataque, pero era de las luchas de las que se recuperaba rápidamente.

—¿No notas el parecido? —preguntó Zane, volviéndose—. La misma nariz, la misma forma de cara. Llevo el pelo más corto que él, pero es igualmente rizado. ¿Tan difícil es de ver?

Vin se quedó sin aliento.

—¿En quién más confiaría Straff Venture como su nacido de la bruma? —preguntó Zane—. ¿Por qué si no me dejaría acercarme, por qué si no se sentiría tan cómodo incorporándome a sus planes?

—Eres su hijo —susurró Vin—. El hermano de Elend.

Zane asintió.

—Elend...

—No sabe nada de mí —dijo Zane—. Pregúntale por las costumbres sexuales de nuestro padre en alguna ocasión.

—Me lo ha contado. A Straff le gusta tener amantes.

—Por más de un motivo —dijo Zane—. Más mujeres significan más hijos. Más hijos significan más alománticos. Más alománticos significan más posibilidades de tener un hijo nacido de la bruma que sea tu asesino.

La bruma impulsada por el viento los cubrió. En la distancia, la armadura de un soldado chasqueaba mientras patrullaba.

—Mientras vivió el lord Legislador, yo nunca podría haber heredado —dijo Zane—. Ya sabes lo estrictos que eran los obligadores. Crecí en las sombras, ignorado. Tú viviste en las calles..., supongo que fue terrible. Pero piensa lo que fue ser un carroñero en tu propio hogar, sin que tu padre te reconociera, tratado como un mendigo. Piensa en lo que es ver a tu hermano, un chico de tu misma edad, crecer rodeado de privilegios. Piensa en lo que es ver su desdén por las cosas que tú ansías tener. Comodidad, tranquilidad, amor...

—Debes odiarlo —susurró Vin.

—¿Odiarlo? No. ¿Por qué odiar a un hombre por lo que es? Elend no me ha hecho nada, no directamente. Además, con el tiempo, Straff encontró un motivo para necesitarme... cuando mis poderes se manifestaron y él finalmente encontró lo que había estado buscando desde hacía veinte años. No, no odio a Elend. A veces, sin embargo, lo envidio. Lo tiene todo. Y aun así... me parece que no lo sabe apreciar en su justa medida.

Vin permaneció en silencio.

—Lo siento.

Zane sacudió bruscamente la cabeza.

—No te compadezcas de mí, mujer. Si yo fuera Elend, no sería un nacido de la bruma. No comprendería las brumas, ni sabría lo que es crecer solo y odiado. —Se volvió para mirarla a los ojos—. ¿No crees que un hombre aprecia más el amor cuando se ha visto forzado durante tanto tiempo a no tenerlo?

—Yo...

Zane se dio la vuelta para contemplar las brumas.

—De todas formas, no he venido aquí esta noche a lamentarme de mi infancia. He venido con una advertencia.

Vin se envaró.

—Hace muy poco —dijo Zane—, mi padre dejó que varios cientos de refugiados atravesaran su barricada para llegar a la ciudad. ¿Sabes lo del ejército koloss?

Vin asintió.

—Atacó y saqueó la ciudad de Suisna.

Vin sintió un sobresalto de temor. Suisna estaba tan solo a un día de Luthadel. Los koloss estaban cerca.

—Los refugiados acudieron a mi padre en busca de ayuda —dijo Zane—. Él los envió a vosotros.

—Para que la gente de la ciudad tenga más miedo —dijo Vin—. Y seguir menguando nuestros recursos.

Zane asintió.

—He querido advertirte. De los refugiados, y de mis órdenes. Piensa en mi oferta, Vin. Piensa en ese hombre que dice amarte. Sabes que no te comprende. Si te marchas, será lo mejor para ambos.

Vin frunció el ceño. Zane inclinó levemente la cabeza y saltó a la noche, empujándose contra el tejado de metal. Ella seguía sin creer lo que le decía de Elend. Lo notaba en sus ojos.

Bueno, ya tendría pruebas. Pronto lo vería. Pronto comprendería lo que Elend Venture pensaba verdaderamente de ella.

Pero lo hago ahora. Que se sepa que yo, Kwaan, forjamundos de Terris, soy un fraude.

35

Parecía que iba a un baile.

El precioso vestido granate habría encajado a la perfección en las fiestas a las que había asistido en los meses anteriores al Colapso. No era tradicional, pero tampoco pasado de moda. Los cambios tan solo hacían que resultara llamativo.

Las modificaciones le dejaban mayor libertad de movimientos, podía caminar con más gracia, girarse con más naturalidad. Eso, a su vez, la hacía sentirse aún más hermosa.

Ante el espejo, Vin pensó en lo que habría significado llevar el vestido en un baile de verdad. Ser ella misma, no Valette, la molesta muchacha de la nobleza campesina. Ni siquiera Vin, la ladrona skaa. Ser ella misma.

O, al menos, ser como se imaginaba. Confiada porque aceptaba su lugar como nacida de la bruma. Confiada porque aceptaba su lugar como la que había abatido al lord Legislador. Confiada porque sabía que el rey la amaba.

Tal vez podría ser ambas, pensó Vin, pasando las manos por el vestido, sintiendo el suave satén.

—Estás preciosa, niña —dijo Tindwyl.

Vin se volvió, sonriendo vacilante.

—No tengo ninguna joya. Le di las últimas a Elend para ayudar a alimentar a los refugiados. Además, no eran del color adecuado para este vestido.

—Muchas mujeres usan joyas para ocultar su propia simpleza —dijo Tindwyl—. Tú no tienes esa necesidad.

La terrisana estaba de pie en su postura habitual, con las manos unidas, los anillos y pendientes chispeando. Ninguna de sus joyas tenía gemas; de hecho, la mayoría estaban hechas de materiales sencillos. Hierro, cobre, peltre. Metales feruquímicos.

—No has ido a ver a Elend últimamente —dijo Vin, volviéndose hacia el espejo y usando unos cuantos pasadores de madera para recogerse el pelo.

—El rey se aproxima rápidamente al punto en que ya no necesita mi instrucción.

—¿Tan cerca está ya de ser como los hombres de tus biografías? —preguntó Vin.

Tindwyl se echó a reír.

—Cielos, no, niña. Está muy lejos de eso.

—Pero...

—He dicho que ya no necesitaría mi instrucción. Está aprendiendo que solo puede basarse hasta cierto punto en las palabras de los demás, y ha llegado el momento en que tendrá que aprender más por su cuenta. Te sorprendería, niña, las cosas que un buen líder sabe simplemente por experiencia.

—Me parece muy distinto —dijo Vin en voz baja.

—Lo es —respondió Tindwyl, avanzando hasta ponerle una mano sobre el hombro—. Se está convirtiendo en el hombre que siempre supo que tendría que ser... Lo que pasa es que no conocía el camino. Aunque soy dura con él, creo que lo habría encontrado aunque yo no hubiera venido. Un hombre solo puede dar tumbos durante un tiempo hasta que se cae o se endereza.

Vin se miró en el espejo, hermosa con su vestido granate.

—Y yo tengo que convertirme en esto. Por él.

—Por él —reconoció Tindwyl—. Y por ti misma. Hacia ahí te encaminabas antes de distraerte.

Vin se volvió.

—¿Vas a venir con nosotros esta noche?

Tindwyl negó con la cabeza.

—No es mi lugar. Ahora ve a reunirte con tu rey.

Esta vez, Elend no quiso entrar en el cubil de su enemigo sin una escolta adecuada. Doscientos soldados formaban en el patio para acompañarlo a la cena de Cett, y Ham, armado de pies a cabeza, haría de guardaespaldas personal. Fantasma sería el cochero. Eso dejaba solo a Brisa, quien comprensiblemente estaba un poco nervioso ante la perspectiva de acudir a la cena.

—No tienes por qué venir —le dijo Elend al hombretón mientras se reunían en el patio.

—¿No? Bueno, entonces me quedaré aquí. ¡Que disfrutes de la cena!

Elend frunció el ceño.

Ham le dio una palmada en el hombro.

—¡Ya deberías saber que a este no puedes dejarle opciones, Elend!

—Bueno, lo he dicho en serio —dijo Elend—. Nos vendría bien un aplacador, pero no tiene que venir si no quiere.

Brisa pareció aliviado.

—Ni siquiera te sientes un poco culpable, ¿eh? —preguntó Ham.

—¿Culpable? —replicó Brisa, con la mano apoyada en su bastón—. Mi querido Hammond, ¿me has visto alguna vez expresar emociones tan aburridas y poco inspiradas? Además, tengo la sensación de que Cett será más amistoso si no me tiene cerca.

Probablemente tiene razón, pensó Elend mientras el carruaje se detenía.

—Elend —dijo Ham—. ¿No crees que llevar a doscientos soldados con nosotros es..., bueno, un poco obvio?

—Fue Cett quien dijo que deberíamos ser sinceros con nuestras amenazas —contestó Elend—. Bueno, yo diría que doscientos hombres son una muestra conservadora de cuánto me fío de él. Seguirá superándonos cinco a uno.

—Pero tendrás a una nacida de la bruma sentada cerca de él —dijo una suave voz desde detrás.

Elend se volvió hacia Vin, sonriente.

—¿Cómo puedes moverte tan silenciosamente llevando un vestido así?

—He estado practicando —dijo ella, cogiéndolo del brazo.

Lo curioso es que posiblemente así ha sido, pensó él, inhalando su perfume, e imaginó a Vin recorriendo los pasillos del palacio con un ampuloso vestido de baile.

—Bueno, deberíamos ponernos en marcha —dijo Ham. Les indicó a Vin y Elend que subieran al carruaje, y dejaron a Brisa en las escalinatas del palacio.

Después de un año de pasar de noche ante la fortaleza Hasting, con sus ventanas a oscuras, verlas de nuevo iluminadas le pareció buena cosa.

—Nunca llegamos a asistir juntos a ningún baile —dijo Elend, a su lado.

Vin dejó de contemplar la fortaleza, cada vez más cercana. A su alrededor, el carruaje se bamboleaba al compás de varios cientos de pies marchando y la tarde ya empezaba a oscurecerse.

—Nos encontramos en los bailes varias veces —continuó Elend—, pero nunca tuve oportunidad de recogerte en mi carroza.

—¿Realmente es tan importante? —preguntó Vin.

Elend se encogió de hombros.

—Todo es parte de la experiencia. O lo era. Había una cómoda formalidad en todo aquello: el caballero que llegaba para acompañar a la dama, y luego todo el mundo viéndolos entrar y evaluando el aspecto de la pareja. Lo hice docenas de veces con docenas de mujeres, pero nunca con la que habría hecho especial la experiencia.

Vin sonrió.

—¿Crees que volveremos a celebrar bailes alguna vez?

—No lo sé, Vin. Aunque sobrevivamos a todo esto..., bueno, ¿podrías bailar mientras tanta gente pasa hambre?

Probablemente estaba pensando en los cientos de refugiados agotados del viaje, a quienes los soldados de Straff habían despojado de alimento y equipo, amontonados en el almacén que Elend había encontrado para ellos.

Antes bailabas, pensó ella. *Y la gente también pasaba hambre entonces.* Pero era una época distinta: Elend no era rey. De hecho, pensándolo bien, Vin nunca lo había visto bailar en aquellas fiestas. Estudiaba y se reunía con sus amigos, planeando cómo hacer del Imperio Final un lugar mejor.

—Tiene que haber un modo de que sean posibles ambas cosas —dijo Vin—. Tal vez podamos celebrar bailes y pedir a los nobles que asistan que donen dinero para alimentar a la gente.

Elend sonrió.

—Probablemente gastaríamos el doble en la fiesta que lo que obtendríamos con las donaciones.

—Y el dinero que gastáramos sería para los mercaderes skaa.

Elend se quedó pensativo, y Vin sonrió para sí. *Qué extraño que yo haya acabado con el único noble comedido de la ciudad.* Qué pareja formaban: una nacida de la bruma que se sentía culpable por arrojar monedas y un noble que pensaba que los bailes eran demasiado caros. Era asombroso que Dockson pudiera sacarles dinero a ambos para mantener la ciudad en marcha.

—Nos preocuparemos por eso más tarde —dijo Elend mientras las puertas de la fortaleza Hasting se abrían, revelando a un destacamento de soldados en formación.

«Puedes traer a tus soldados si quieres —parecía querer decir la exhibición—, que yo tengo más.» En realidad, era una extraña alegoría de la propia Luthadel. Los doscientos hombres de Elend estaban rodeados por los mil de Cett..., quienes, a su vez, estaban rodeados por los veinte mil de Luthadel. La ciudad estaba a su vez rodeada por casi cien mil soldados. Capa tras capa de soldados, todos esperando en tensión a que se iniciara el combate. Los bailes y fiestas escaparon de la mente de Vin.

Cett no los recibió en la puerta. De eso se ocupó un simple soldado de uniforme.

—Tus soldados pueden quedarse aquí —dijo el hombre mientras se acercaban a la entrada principal. En otra época la gran sala de columnas estaba decorada con hermosos tapices y alfombras, pero Elend los había requisado para subvencionar su gobierno. Cett, obviamente, no había traído recambios y el interior de la fortaleza era un poco austero. Parecía más un castillo del frente de batalla que una mansión.

Elend se volvió e hizo una seña a Demoux. El capitán ordenó a sus hombres que esperaran dentro. Vin esperó un instante, esforzándose por no mirar a Demoux. Si era el kandra, como le decía su instinto, era peligroso tenerlo demasiado cerca. Ansiaba arrojarlo a una mazmorra.

Y, sin embargo, un kandra no podía hacer daño a los humanos, así que no era una amenaza directa. Estaba allí simplemente para transmitir información. Además, ya sabía sus secretos más delicados; tenía poco sentido que actuara ahora, que mostrara las cartas tan rápidamente. Si esperaba, vería adónde iba cuando saliera de la ciudad, y entonces tal vez descubriera a qué ejército o a qué facción de la ciudad entregaba sus informes. Y descubrir qué datos había entregado.

Y por eso se controló, esperando. Ya llegaría el momento de intervenir.

Ham y Demoux destacaron a sus hombres, y luego una pequeña guardia de honor de la que formaban parte Ham, Fantasma y Demoux se congregó para quedarse con Vin y Elend. El soldado de Cett, tras un gesto de Elend, los condujo por un pasillo lateral.

No vamos hacia los ascensores, pensó Vin.

El salón de baile de Hasting se encontraba en el piso superior de la torre central de la fortaleza; siempre que había asistido a fiestas en el edificio había subido en uno de los cuatro ascensores tirados por humanos. O bien Cett no quería desperdiciar mano de obra o...

Escogió la fortaleza más alta de la ciudad, pensó Vin. *Es la que tiene menos ventanas también.* Si Cett retiraba todos los ascensores y los dejaba arriba, sería muy difícil para una fuerza invasora hacerse con la fortaleza.

Por fortuna, no parecía que esa noche fueran a subir del todo. Después de dos tramos de escaleras de piedra de caracol —Vin tuvo que aplanarse el vestido por los lados para que no rozara las paredes—, su guía los condujo hasta una gran sala circular rodeada de ventanales, cuyo espacio solo interrumpían las columnas de sostén del techo. La habitación era tan ancha como la torre misma.

¿Un salón de baile secundario, tal vez?, se preguntó Vin, admirando su belleza. El cristal no estaba iluminado, aunque sospechaba que había huecos para las candilejas del exterior. Cett no parecía preocuparse por ese tipo de cosas. Había ordenado disponer una gran mesa en el centro de la sala, a cuya cabecera estaba sentado. Ya estaba comiendo.

—Llegáis tarde —le dijo a Elend—, así que he empezado sin vosotros.

Elend frunció el ceño. Al ver este gesto de enojo, Cett soltó una carcajada y alzó un muslito de pollo.

—¡Pareces más molesto por mi falta de etiqueta que por el hecho de haber traído un ejército para conquistarte, muchacho! Pero supongo que así es la gente de Luthadel. Siéntate antes de que me coma todo esto yo solo.

Elend tendió un brazo hacia Vin para guiarla hasta la mesa. Fantasma se colocó junto a la escalera, sus oídos de ojo de estaño atentos al peligro. Ham situó a sus diez hombres en una posición desde donde pudieran vigilar las únicas entradas a la sala: la de las escaleras y la puerta que usaban los criados.

Cett ignoró a los soldados. Tenía un grupo de guardaespaldas situados en la pared del fondo, pero parecía no preocuparle que los hombres de Ham los superaran ligeramente en número. Su hijo, el joven que lo había ayudado en la reunión de la Asamblea, estaba a su lado, esperando en silencio.

Uno de los dos tiene que ser un nacido de la bruma, pensó Vin. *Y sigo creyendo que es Cett.*

Elend la ayudó a sentarse y luego ocupó el asiento contiguo, de modo que ambos estaban directamente frente a Cett, quien apenas dejó de comer mientras los criados traían los platos de Vin y Elend.

Muslitos de pollo y verdura en salsa, pensó Vin. *Quiere que sea una comida pringosa..., quiere que Elend se sienta incómodo.*

Elend no empezó a comer de inmediato. Permaneció en silencio, observando a Cett con expresión pensativa.

—Maldita sea —dijo Cett—. Es una buena comida. ¡No tienes ni idea de lo difícil que es comer bien cuando se está de viaje!

—¿Por qué querías hablar conmigo? —preguntó Elend—. Sabes que no me convencerás de que vote por ti.

Cett se encogió de hombros.

—Pensé que podría ser interesante.

—¿Se trata de tu hija?

—¡Lord Legislador, no! —dijo Cett con una carcajada—. Quédate con esa tonta, si quieres. El día que se escapó fue una de las pocas alegrías que he tenido este último mes.

—¿Y si amenazo con hacerle daño? —preguntó Elend.

—No lo harás.

—¿Estás seguro?

Cett sonrió a través de su tupida barba y se inclinó hacia Elend.

—Te conozco, Venture. Te he estado observando, vigilando, durante meses. Y encima fuiste lo suficientemente amable para enviar a uno de tus amigos a espiarme. ¡Aprendí un montón sobre ti gracias a él!

Elend pareció preocupado.

Cett se rio.

—Sinceramente, ¿creías que no iba a reconocer a uno de los miembros de la banda del Superviviente? ¡Los nobles de Luthadel parece que pensáis que todos los que no son de esta ciudad somos tontos!

—Y, sin embargo, escuchaste a Brisa —dijo Elend—. Le dejaste unirse a ti, escuchaste su consejo. Y luego lo perseguiste cuando descubriste que había intimado con tu hija..., esa por la que dices no sentir ningún afecto.

—¿Te dijo que abandonó el campamento por eso? —preguntó Cett, riendo—. ¿Porque lo pillé con Allrianne? Cielos, ¿qué me importa a mí si la muchacha lo sedujo?

—¿Crees que ella lo sedujo a él? —preguntó Vin.

—Por supuesto. Sinceramente, solo pasé unas semanas con él, pero incluso yo sé lo inútil que es con las mujeres.

Elend asimiló toda la información de golpe. Observó a Cett con los ojos entornados.

—Entonces, ¿por qué lo perseguiste?

Cett se arrellanó.

—Intenté que cambiara de bando. Se negó. Supuse que matarlo sería preferible a dejarlo regresar contigo. Pero es notablemente ágil para un hombre de su tamaño.

Si Cett es de verdad un nacido de la bruma, es imposible que Brisa escapara sin que él se lo impidiera, pensó Vin.

—Así que ya ves, Venture —dijo Cett—. Te conozco. Te conozco mejor, tal vez, de lo que tú te conoces... porque sé lo que tus amigos piensan de ti. Hace falta ser un hombre extraordinario para ganarse la lealtad de una comadreja como Brisa.

—Así que piensas que no le haré daño a tu hija —dijo Elend.

—Sé que no se lo harás. Eres sincero... y eso me gusta de ti. Por desgracia, la sinceridad es muy fácil de explotar... Sabía, por ejemplo, que admitirías que Brisa estaba aplacando a la multitud. —Cett sacudió la cabeza—. Los hombres sinceros no están hechos para ser reyes, muchacho. Es una maldita lástima, pero es así. Por eso tengo que quitarte el trono.

Elend guardó silencio un momento. Finalmente, miró a Vin. Ella tomó su plato y lo olfateó con sus sentidos alománticos.

Cett se echó a reír.

—¿Crees que voy a envenenarte?

—La verdad es que no —dijo Elend mientras Vin soltaba el plato. No era tan buena como algunos, pero había aprendido a notar los olores obvios.

—No usarías veneno —dijo Elend—. No es tu forma de ser. Parece que eres un hombre bastante sincero.

—Solo soy tosco. Ahí está la diferencia.

—No te he oído decir una mentira todavía.

—Es porque no me conoces lo suficientemente bien para discernir las mentiras que digo —dijo Cett. Alzó varios dedos manchados de grasa—. Ya te he dicho tres esta noche, muchacho. Buena suerte a la hora de averiguar cuáles.

Elend se detuvo a estudiarlo.

—Estás jugando conmigo.

—¡Pues claro que sí! —dijo Cett—. No lo ves, muchacho. Por eso no deberías ser rey. Deja el trabajo para hombres que comprenden su propia corrupción: no dejes que te destruya.

—¿Por qué te importa? —preguntó Elend.

—Porque preferiría no matarte.

—Entonces no lo hagas.

Cett sacudió la cabeza.

—Las cosas no funcionan así, muchacho. Si tienes una oportunidad para consolidar tu poder, o para conseguir más, mejor que la aproveches. Y yo lo haré.

La mesa volvió a quedar en silencio. Cett miró a Vin.

—¿Ningún comentario de la nacida de la bruma?

—Maldices mucho —dijo Vin—. Se supone que eso no puede hacerse delante de las damas.

Cett se echó a reír.

—Eso es lo gracioso que tiene Luthadel, muchacha. Les preocupa lo que es «adecuado» cuando la gente puede verlos... pero no les parece mal ir a violar a un par de mujeres skaa cuando se acaba la fiesta. Al menos yo maldigo en la cara.

Elend seguía sin tocar la comida.

—¿Qué pasará si ganas la votación al trono?

Cett se encogió de hombros.

—¿Quieres una respuesta sincera?

—Siempre.

—Primero, te haré asesinar —dijo Cett—. No puedo permitir que los antiguos reyes estén dando la lata.

—¿Y si me retiro? Si me abstengo de votar.

—Retírate, vota por mí y luego sal de la ciudad, y te permitiré vivir.

—¿Y la Asamblea? —preguntó Elend.

—Será disuelta. Es un incordio. En el momento en que das poder a una comisión, acabas en un lío.

—La Asamblea da poder al pueblo —dijo Elend—. Eso es lo que debería proporcionar un gobierno.

Sorprendentemente, Cett no se rio del comentario. En cambio, se inclinó de nuevo hacia delante, apoyando un brazo sobre la mesa y descartando un muslito de pollo a medio comer.

—Esa es la cuestión, muchacho. Dejar que el pueblo se gobierne a sí mismo está bien cuando todo es felicidad y brillantez; pero ¿qué haces cuando tienes dos ejércitos a las puertas? ¿Qué haces cuando hay una banda de koloss enloquecidos destruyendo aldeas en tu frontera? No vivimos tiempos en que puedas tener una Asamblea que te deponga. —Cett sacudió la cabeza—. El precio es demasiado alto. Cuando no puedes tener a la vez libertad y seguridad, muchacho, ¿qué eliges?

Elend guardó silencio.

—Tomo mi propia decisión —dijo por fin—. Y dejo que los demás tomen también la suya.

Cett sonrió, como si esperara esa respuesta. Empezó a comer otro muslito de pollo.

—Pongamos que me marcho —dijo Elend—. Y pongamos que tú ocupas el trono, proteges la ciudad y disuelves la Asamblea. ¿Luego qué? ¿Qué pasará con el pueblo?

—¿Por qué te importa tanto?

—¿Tienes que preguntarlo? —dijo Elend—. Creía que me «comprendías».

Cett sonrió.

—Volveré a poner a los skaa a trabajar, como hacía el lord Legislador. Sin paga, nada de una clase de campesinos emancipados.

—No puedo aceptar eso.

—¿Por qué no? Es lo que quieren. Les diste una oportunidad... y decidieron expulsarte. Ahora van a elegir ponerme a mí en el trono. Saben que el gobierno del lord Legislador era lo mejor. Un grupo debe gobernar, y otro debe servir. Alguien tiene que cultivar la comida y trabajar en las fraguas, muchacho.

—Tal vez —dijo Elend—. Pero te equivocas en una cosa.

—¿En cuál?

—No van a votar por ti —dijo Elend, poniéndose en pie—. Van a elegirme a mí. Entre la libertad y la esclavitud, elegirán la libertad. Los hombres de la Asamblea son los mejores de esta ciudad y tomarán la mejor decisión para su pueblo.

Cett hizo una pausa y luego se echó a reír.

—¡Lo mejor que tienes, muchacho, es que puedes decir una cosa así en serio!

—Me marcho, Cett —dijo Elend, haciendo un gesto con la cabeza a Vin.

—Oh, siéntate, Venture —dijo Cett, señalando la silla de Elend—. No te hagas el indignado porque esté siendo sincero contigo. Todavía tenemos cosas que discutir.

—¿Como cuáles?

—El atium.

Elend se quedó callado un momento, como tragándose su malestar. Cett no habló inmediatamente, así que Elend finalmente se sentó y empezó a comer. Vin picoteó en silencio su comida. Mientras lo hacía, estudió los rostros de los soldados y criados de Cett. Tenía que haber alománticos entre ellos. Descubrir cuántos podría darle ventaja a Elend.

—Tu pueblo pasa hambre —dijo Cett—. Y, si mis espías valen su precio, acaba de llegarte otro montón de bocas. No puedes durar mucho bajo este asedio.

—¿Y? —preguntó Elend.

—Yo tengo comida. Un montón: más de la que mi ejército necesita. Artículos envasados, empaquetados con el nuevo método que desarrolló el lord Legislador. De larga duración. Nada se estropea. Realmente, una maravilla de la tecnología. Estaría dispuesto a cambiar un poco...

Elend vaciló, el tenedor a medio camino de sus labios. Entonces lo bajó y se echó a reír.

—¿Sigues creyendo que tengo el atium del lord Legislador?

—Pues claro que lo tienes —dijo Cett, frunciendo el ceño—. ¿Dónde si no podría estar?

Elend sacudió la cabeza y dio un bocado a una patata empapada en salsa.

—Aquí no, desde luego.

—Pero... los rumores...

—Brisa difundió esos rumores —dijo Elend—. Creía que habías

descubierto por qué se unió a tu grupo. Quería que vinieras a Luthadel para impedir que Straff tomara la ciudad.

—Pero Brisa hizo todo lo que pudo para impedir que yo viniera aquí —dijo Cett—. Descartó los rumores, trató de distraerme, le... —Cett guardó silencio, y luego soltó una carcajada—. ¡Creía que había ido solo a espiar! Parece que los dos nos subestimamos mutuamente.

—A mi pueblo seguiría viniéndole bien esa comida —dijo Elend.

—Y la tendrá... siempre y cuando yo sea rey.

—Está pasando hambre ahora.

—Y su sufrimiento será tu carga —dijo Cett, con expresión dura—. Veo que ya me has juzgado, Elend Venture. Me consideras un buen hombre. Te equivocas. La sinceridad no me hace menos tirano. Maté a millares para asegurar mi gobierno. Impuse cargas a los skaa que harían que incluso la mano del lord Legislador pareciera amable. Me aseguré de permanecer en el poder. Haré lo mismo aquí.

Los hombres guardaron silencio. Elend comió, pero Vin solo jugueteó con la comida. Si había pasado por alto un veneno, quería que uno de ellos permaneciera alerta. Todavía quería descubrir a aquellos alománticos, y solo había un modo de asegurarse. Apagó su cobre y quemó bronce.

No había ninguna nube de cobre ardiendo; al parecer, a Cett no le importaba si alguien reconocía a sus hombres como alománticos. Dos de los suyos quemaban peltre. Sin embargo, no eran soldados: ambos fingían ser miembros del servicio. También había un ojo de estaño pulsando en la otra sala, escuchando.

¿Por qué esconder a violentos como criados y no usar cobre para ocultar sus pulsos? Además, no había aplacadores ni encendedores. Nadie intentaba influir en las emociones de Elend. Ni Cett ni su joven ayudante estaban quemando ningún metal. O no eran alománticos, o temían quedar al descubierto. Solo para asegurarse, Vin avivó su bronce, buscando penetrar alguna nube de cobre oculta que pudiera haber cerca. Era comprensible que Cett hubiera emplazado algunos alománticos como distracción y luego ocultado a otros dentro de una nube.

No encontró nada. Satisfecha por fin, continuó picoteando su comida. *¿Cuántas veces ha demostrado ser útil este poder que tengo, el de penetrar nubes de cobre?* Había olvidado lo que era ser incapaz de sentir los pulsos alománticos. Aquella pequeña capacidad, por simple que pareciera, proporcionaba una ventaja inmensa. Y lo más probable era que el lord Legislador y sus inquisidores hubieran podido hacerlo desde el principio. ¿Qué otros trucos desconocía Vin, qué otros secretos habían muerto con el lord Legislador?

Sabía la verdad sobre la Profundidad, pensó Vin. *Debía saberla. Trató de advertirnos, al final...*

Elend y Cett hablaban de nuevo. ¿Por qué no podía concentrarse en los problemas de la ciudad?

—Así que no tenéis atium —dijo Cett.

—No que estemos dispuestos a vender.

—¿Habéis registrado la ciudad?

—Una docena de veces.

—Las estatuas —dijo Cett—. Tal vez el lord Legislador ocultó el metal fundiéndolo y luego modelándolo.

Elend negó con la cabeza.

—Lo pensamos. Las estatuas no son de atium ni están huecas..., lo que habría sido un buen sitio para ocultar metal a ojos alománticos. Pensamos que a lo mejor estaba escondido en algún lugar del palacio, pero incluso las agujas de las torres son de simple hierro.

—Cuevas, túneles...

—Nada que hayamos podido encontrar. Hemos tenido patrullas de alománticos buscando grandes fuentes de metal. Hemos hecho todo lo que se nos ha ocurrido, Cett, hasta abrir agujeros en la tierra. Créeme. Llevamos trabajando bastante tiempo en este problema.

Cett asintió, suspirando.

—Bueno, supongo que retenerte para pedir rescate sería inútil.

Elend sonrió.

—Ni siquiera soy rey, Cett. Lo único que conseguirías sería que la Asamblea no te votara.

Cett se echó a reír.

—Supongo entonces que tendré que dejarte marchar.

Alendi no fue nunca el Héroe de las Eras. En el mejor de los casos, he exagerado sus virtudes, creando un héroe donde no había ninguno. En el peor, me temo que se ha corrompido todo aquello en lo que creemos.

36

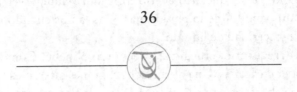

En su día, ese almacén había alojado espadas y armaduras, dispersas y amontonadas en el suelo como una especie de tesoro místico. Sazed recordaba haberlo recorrido, maravillado de los preparativos que Kelsier había hecho sin alertar a ninguno de los miembros de su banda. Aquellas armas habían surtido a los rebeldes la víspera de la muerte del Superviviente y permitido la toma de la ciudad.

Esas armas estaban guardadas en taquillas y bastidores. En su lugar, un puñado de personas abatidas y desesperadas se arrebujaban en las pocas mantas que habían podido encontrar. Eran muy pocos hombres, ningún soldado; Straff había incorporado a los soldados a su ejército. Los demás, los débiles, los enfermos, los heridos, habían sido enviados a Luthadel en el convencimiento de que Elend no los rechazaría.

Sazed caminaba entre ellos ofreciendo el consuelo que podía. No tenían muebles, e incluso las mudas de ropa se estaban volviendo escasas en la ciudad. Los comerciantes, comprendiendo que la ropa de abrigo sería un valor añadido durante el inminente invierno, habían empezado a subir los precios de todos sus productos, no solo de los alimentos.

Sazed se arrodilló junto a una mujer sollozante.

—Paz, Genedere —dijo; su mentecobre le permitió recordar el nombre de la mujer.

Ella negó con la cabeza. Había perdido tres hijos en el ataque de los koloss, y dos más en la huida a Luthadel. Ahora, el último (el bebé que había llevado en brazos todo el camino) estaba enfermo. Sazed recogió a la criatura, estudiando con atención sus síntomas. Poco había cambiado desde el día anterior.

—¿Hay esperanza, maese terrisano? —preguntó Genedere.

Sazed contempló al bebé, delgado y con los ojos vidriosos. Las posibilidades no eran muchas. ¿Cómo podía decirle una cosa así?

—Mientras respire, hay esperanza, buena mujer —dijo—. Le pediré al rey que aumente tu porción de comida. Necesitas fuerzas para amamantarlo. Tienes que mantenerlo abrigado. Mantente cerca del fuego y usa un paño húmedo para mojarle los labios cuando no coma. Tiene gran necesidad de líquido.

Genedere asintió, aturdida, y recuperó el bebé. Cómo deseaba Sazed poder darle más. Una docena de religiones diferentes se le pasaron por la cabeza. Se había pasado toda la vida tratando de animar a la gente para que creyera en algo distinto al lord Legislador. Sin embargo, por algún motivo, en ese momento le resultaba difícil predicarle alguna a Genedere.

Era distinto antes del Colapso. Cada vez que hablaba de una religión, Sazed experimentaba una sutil sensación de rebelión. Aunque la gente no aceptara las cosas que enseñaba (y rara vez lo hacía), sus palabras traían el recuerdo de una época en que existían otras creencias distintas a la doctrina del Ministerio de Acero.

Ya no había nada contra lo que rebelarse. El enorme pesar que veía en los ojos de Genedere le impedía hablar de religiones muertas, de dioses largamente olvidados. El esoterismo no aliviaría el dolor de esta mujer.

Sazed se levantó y se acercó a otro grupo de gente.

—¿Sazed?

El terrisano se volvió. No había advertido que Tindwyl entraba en el almacén. Las puertas de la gran estructura estaban cerradas contra la noche y las hogueras proporcionaban una luz inconsistente. Habían abierto agujeros en el techo para que saliera el humo; al alzar la cabeza se veían hilillos de bruma entrando en la sala, aunque se evaporaban antes de llegar al suelo.

Los refugiados no solían mirar hacia arriba.

—Llevas aquí casi todo el día —dijo Tindwyl. La habitación estaba notablemente silenciosa, teniendo en cuenta la gente que había en ella. Las hogueras chisporroteaban y cada cual permanecía en silencio, sumido en su dolor o su aturdimiento.

—Hay muchos heridos —respondió Sazed—. Soy el más adecuado para cuidar de ellos, creo. No estoy solo: el rey ha enviado a otros y lord Brisa está aquí, aplacando la desesperación de esta gente.

Señaló con la cabeza hacia Brisa, que estaba sentado en una silla, supuestamente leyendo un libro. Parecía terriblemente fuera de lugar en aquella habitación, con su elegante terno. Sin embargo, su simple presencia, en opinión de Sazed, decía algo notable.

Esta pobre gente, pensó. *Tuvieron una vida terrible bajo el gobierno del lord Legislador. Ahora les han quitado incluso lo poco que tenían.* Y eran un número muy reducido: cuatrocientos en comparación con los cientos de miles que aún vivían en Luthadel.

¿Qué sucedería cuando se vaciaran los últimos silos? Ya corrían rumores sobre pozos envenenados, y Sazed acababa de oír que también habían saboteado algunos de sus almacenes de grano. ¿Qué le sucedería a esa gente? ¿Cuánto tiempo continuaría el asedio?

De hecho, ¿qué ocurriría cuando el asedio terminara? ¿Qué sucedería cuando los ejércitos finalmente empezaran a atacar y saquear? ¿Qué destrucción, qué pesar causarían los soldados en su búsqueda del atium oculto?

—Te preocupas por ellos —dijo Tindwyl en voz baja, acercándose.

Sazed se volvió hacia ella. Luego agachó la cabeza.

—No tanto como debería, quizá.

—No —dijo Tindwyl—. Lo noto. Me confundes, Sazed.

—Por lo visto tengo talento para eso.

—Pareces cansado. ¿Dónde está tu mentebronce?

De repente, Sazed sintió la fatiga. La había estado ignorando, pero sus palabras parecieron golpearlo como una ola, barriéndolo.

Suspiró.

—Usé casi toda mi capacidad para permanecer en vela en la carrera hasta Luthadel. Estaba tan ansioso por llegar...

Sus casi estudios habían languidecido. Con los problemas de la ciudad y la llegada de los refugiados no había tenido mucho tiempo. Además, ya había transcrito el calco. Nuevos trabajos requerirían cotejar detalladamente otras obras, buscando pistas. Probablemente, ni siquiera tendría tiempo para...

Frunció el ceño, advirtiendo la extraña expresión de los ojos de Tindwyl.

—Muy bien —dijo ella, suspirando—. Enséñamelo.

—¿Que te enseñe...?

—Lo que has encontrado. El descubrimiento que te instó a cruzar corriendo dos dominios. Enséñamelo.

De repente, todo pareció hacerse más ligero. Su fatiga, su preocupación, incluso su pesar.

—Me encantaría —dijo en voz baja.

Otro trabajo bien hecho, pensó Brisa, felicitándose, mientras veía a los dos terrisanos salir del almacén.

La mayoría de la gente, ni siquiera los nobles, no comprendía lo que era aplacar las emociones. Lo consideraban una especie de control mental, e incluso aquellos que sabían más suponían que era algo terrible e invasivo.

Brisa nunca lo había visto así. Aplacar no era un acto invasivo. De serlo, entonces la interacción corriente con otra persona lo era también. Cuando se aplacaba bien, no se violaba más la intimidad de una persona de lo que lo hacía una mujer que llevara una túnica escotada o alguien que hablara en tono imperativo. Las tres cosas producían reacciones corrientes, comprensibles y (lo más importante) naturales en la gente.

Como Sazed, por ejemplo. ¿Era «invadirlo» hacer que se sintiera menos fatigado para que pudiera aplicar mejor sus cuidados? ¿Estaba mal aplacar su dolor, solo un poquito, para que pudiera enfrentarse mejor al sufrimiento?

Tindwyl era un ejemplo aún mejor. Tal vez algunos llamaran a Brisa entrometido por aplacar su sentido de la responsabilidad, y su decepción, cuando veía a Sazed. Pero Brisa no había creado las emociones que la decepción había estado cubriendo. Emociones como la curiosidad. El respeto. El amor.

No, si aplacar hubiera sido simple «control mental», Tindwyl se habría apartado de Sazed en cuanto los dos se hubieran alejado de la zona de influencia de Brisa. Pero él sabía que no lo haría. Había tomado una decisión crucial, y Brisa no había tomado esa decisión por ella. El momento llevaba semanas construyéndose; se habría dado con o sin Brisa.

Él había contribuido simplemente a adelantarlo.

Sonriendo para sí, Brisa comprobó su reloj de bolsillo. Todavía le quedaban unos cuantos minutos y se acomodó en su silla, enviando una ola de aplacamiento general para aliviar el dolor y la pena de la gente. Concentrándose en tantos a la vez, no podía ser muy concreto: algunos se encontrarían un poco aturdidos emocionalmente si los empujaba con demasiada fuerza. Pero sería bueno para el grupo en conjunto.

No leía su libro; en realidad, no comprendía cómo Elend y los demás se pasaban tanto tiempo con aquellas cosas terriblemente aburridas. Brisa solo podía leer si no había gente alrededor. Por eso, volvió a hacer lo que estaba haciendo antes de que Sazed hubiera atraído su atención. Estudió a los refugiados, tratando de discernir qué sentía cada uno.

Ese era otro de los errores de aplacar. La alomancia no era tan importante como el talento a la hora de observar. Cierto, tener un toque sutil no venía mal. Sin embargo, aplacar no le daba al alomántico la habilidad de conocer los sentimientos de nadie. Eso tenía que averiguarlo Brisa por su cuenta.

Todo se reducía a lo que era natural. Incluso el skaa más inexperto se daba cuenta de que estaba siendo aplacado si emociones inesperadas empezaban a brotar en su interior. La verdadera sutileza era animar emociones naturales, haciendo con cuidado que las restantes fueran menos poderosas. La gente era un mosaico de sentimientos; en general, lo que creían estar sintiendo en un momento dado se refería solo a las emociones que más los dominaban en ese instante.

El aplacador cuidadoso veía lo que había debajo de la superficie. Comprendía lo que sentía un hombre, aunque ese hombre mismo no entendiera (ni reconociera) esas emociones. Era el caso de Sazed y Tindwyl.

Extraña pareja, esa, pensó Brisa para sí, aplacando absorto a uno de los skaa para relajarlo mientras intentaba dormir. *El resto de la banda está convencido de que esos dos son enemigos. Pero el odio rara vez crea tanta amargura y frustración. No, esas dos emociones surgen de problemas completamente distintos. Pero ¿no se supone que Sazed es eunuco? Me pregunto cómo ha pasado esto...*

Dejó de cavilar cuando las puertas del almacén se abrieron. Elend entró, por desgracia acompañado de Ham. Vestía uno de sus uniformes blancos, con guantes y espada. El blanco era muy simbólico: con toda la ceniza y el hollín de la ciudad, un hombre de blanco llamaba bastante la atención. Los uniformes de Elend tenían que fabricarse con tejidos especiales resistentes a la ceniza, y aun así había que lavarlos cada día. El resultado hacía que mereciera la pena el esfuerzo.

Brisa manejó inmediatamente las emociones de Elend para que estuviera menos cansado, menos inseguro... aunque lo segundo era casi innecesario ya, en parte debido a la terrisana; a Brisa le impresionaba su habilidad para hacer que la gente se sintiera diferente, teniendo en cuenta que no era alomántica.

Brisa dejó las emociones de disgusto y piedad de Elend; ambas eran apropiadas, considerando el entorno. Sin embargo, empujó un poquito a Ham para volverlo menos peleón; Brisa no estaba de humor para discutir con él en ese momento. Se levantó cuando los dos hombres se acercaron. La gente alzó la cabeza al ver a Elend, y su presencia de algún modo les dio una esperanza que Brisa no podía emular con la alomancia. Susurraron, llamando «rey» a Elend.

—Brisa —saludó Elend—. ¿Está aquí Sazed?

—Me temo que acaba de marcharse.

Elend parecía distraído.

—Ah, bueno. Lo buscaré más tarde.

Elend contempló la habitación con cara de pocos amigos.

—Ham, mañana quiero que reúnas a los mercaderes de ropa de la calle Kenton y los traigas aquí a ver esto.

—Puede que no les guste, Elend —dijo Ham.

—Espero que no. Pero veremos qué les parecen sus precios cuando vean este lugar. Comprendo los precios de la comida, considerando su escasez. Sin embargo, no hay más motivo que la avaricia para negarle la ropa a la gente.

Ham asintió, aunque Brisa notó la reticencia en su postura. ¿Se daban cuenta los demás de lo extrañamente poco beligerante que era Ham? Le gustaba discutir con sus amigos, pero rara vez llegaba a ninguna conclusión con sus reflexiones. Además, detestaba por completo pelear con desconocidos; a Brisa siempre le había parecido un extraño atributo en alguien a quien se contrataba esencialmente para golpear a la gente. Aplacó a Ham un poquito para que le preocupara menos enfrentarse a los comerciantes.

—No vas a quedarte aquí toda la noche, ¿verdad, Brisa? —preguntó Elend.

—¡Lord Legislador, no! —exclamó Brisa—. Mi querido amigo,

tienes suerte de haber conseguido que viniera. Sinceramente, este no es lugar para un caballero. La suciedad, la atmósfera deprimente... ¡y no hablemos ya del olor!

Ham frunció el ceño.

—Brisa, algún día tienes que aprender a pensar en los demás.

—Mientras pueda pensar en ellos a distancia, Hammond, no me importará dedicarme a esa actividad.

Ham sacudió la cabeza.

—Eres un caso perdido.

—¿Vuelves entonces al palacio? —preguntó Elend.

—Pues sí —dijo Brisa, comprobando su reloj.

—¿Necesitas que te lleve?

—Traje mi propio carruaje.

Elend asintió y se volvió hacia Ham; los dos se marcharon por donde habían venido, hablando de la próxima reunión de Elend con los otros miembros de la Asamblea.

Brisa entró en el palacio un poco más tarde. Saludó a los guardias de la puerta, aplacando su fatiga mental. Ellos se irguieron en respuesta, vigilando las brumas con renovado vigor. No duraría mucho, pero pequeños toques como ese eran como una segunda naturaleza para Brisa.

Se estaba haciendo tarde y había poca gente en los pasillos. Se fue a las cocinas, dando un empujoncito mental a las sirvientas para volverlas más charlatanas. Eso haría que su trabajo de limpieza se les pasara más rápido. Detrás de las cocinas encontró una pequeña habitación de piedra con una mesita iluminada por un par de sencillas lámparas. Era uno de los solitarios comedores del palacio, casi un cubículo.

Clubs estaba sentado en un rincón, con la pierna coja estirada sobre el banco. Miró a Brisa con una mueca.

—Llegas tarde.

—Tú has llegado temprano —dijo Brisa, sentándose en el banco frente a él.

—Es lo mismo —rezongó Clubs.

Había una segunda copa en la mesa, junto a una botella de vino. Brisa se desabrochó el chaleco, suspiró y se sirvió una copa mientras apoyaba las piernas en el banco.

Clubs bebió su vino.

—¿Tienes levantada tu nube? —preguntó Brisa.

—¿A tu alrededor? —respondió Clubs—. Siempre.

Brisa sonrió, dio un sorbo y se relajó. Cuando Clubs quemaba cobre, las capacidades de todos los alománticos eran invisibles para los que quemaban bronce. Pero lo más importante, al menos para Brisa, era que quemar cobre hacía que Clubs fuera inmune a todo tipo de alomancia emocional.

—No comprendo por qué eso te hace tan feliz —dijo Clubs—. Creía que te gustaba jugar con las emociones.

—Y me gusta.

—Entonces, ¿por qué vienes a beber conmigo cada noche?

—¿Te molesta la compañía?

Clubs no respondió. Venía a ser su forma de decir que no le molestaba. Brisa lanzó una mirada al malhumorado general. La mayoría de los miembros de la banda se mantenían apartados de Clubs, a quien Kelsier había reclutado en el último momento, después de que capturaran y decapitaran al ahumador que solían usar antes.

—¿Sabes lo que significa ser un aplacador, Clubs? —preguntó Brisa.

—No.

—Te proporciona un poder notable. Es una sensación maravillosa influir en los que te rodean, sentir siempre que tienes una mano en cómo reaccionará la gente.

—Parece maravilloso —comentó Clubs, sin ninguna emoción.

—Y, sin embargo, te afecta. Me paso la mayor parte de la vida observando a la gente... retorciendo. Empujando, y aplacando. Eso me ha cambiado. Ya no... miro a la gente de la misma manera. Es difícil ser amigo de alguien cuando lo ves como una cosa que puedes influir y cambiar.

Clubs rezongó.

—Por eso nunca te veíamos con mujeres.

Brisa asintió.

—No puedo evitarlo. Siempre toco las emociones de los que me rodean. Y así, cuando una mujer me ama...

Le gustaba pensar que no las invadía. Sin embargo, ¿cómo podía confiar en alguien que dijera que lo amaba? ¿Era a él o a su alomancia a lo que respondían?

Clubs llenó su copa.

—Eres mucho más tonto de lo que pareces.

Brisa sonrió. Aunque Clubs era inmune a su toque, siempre era completamente claro con sus emociones: rezongaba por todo. Manipularlo a través de medios no alománticos había resultado una infructuosa pérdida de tiempo.

Brisa contempló su vino.

—Lo divertido es que estuviste a punto de no unirte a la banda por mí.

—Malditos aplacadores —murmuró Clubs.

—Pero eres inmune a nosotros.

—A tu alomancia, tal vez —dijo Clubs—. Pero eso no es lo único que sabéis hacer. Un hombre siempre tiene que mantenerse al tanto con los aplacadores.

—Entonces, ¿por qué dejas que venga a tomar vino contigo todas las noches?

Clubs guardó silencio un instante y Brisa pensó que no iba a responder. Finalmente, Clubs murmuró:

—No eres tan malo como la mayoría.

Brisa tomó un sorbo de vino.

—Es el cumplido más sincero que he recibido jamás.

—No dejes que te afecte.

—Oh, creo que ya es demasiado tarde —dijo Brisa, apurando su copa—. Esta banda... el plan de Kel... ya ha hecho un buen trabajo al respecto.

Clubs asintió, expresando su acuerdo.

—¿Qué nos ha pasado, Clubs? Me uní a Kel por el desafío. Nunca supe por qué lo hiciste tú.

—Por el dinero.

Brisa asintió.

—Su plan fracasó, su ejército fue destruido y nosotros nos quedamos. Luego él murió y seguimos quedándonos. Este maldito reino de Elend está condenado, lo sabes.

—No duraremos otro mes —dijo Clubs. No era simple pesimismo; Brisa conocía a la gente lo bastante como para saber cuándo alguien hablaba en serio.

—Y, sin embargo, aquí estamos. Me he pasado todo el día haciendo que los skaa se sintieran mejor por el hecho de que hayan masacrado a sus familias. Tú te pasas los días entrenando a soldados que, con tu ayuda o sin ella, apenas durarán unos segundos contra un enemigo decidido. Seguimos a un muchacho que no tiene ni idea de lo mala que es su situación. ¿Por qué?

Clubs sacudió la cabeza.

—Kelsier. Nos dio una ciudad, nos hizo creer que éramos responsables de su protección.

—Pero nosotros no somos de esa clase de gente —dijo Brisa—. Somos ladrones y timadores. No debería importarnos. Quiero decir... ¡He llegado al punto de aplacar a las sirvientas para que sean más felices trabajando! Bien podría empezar a vestirme de rosa e ir por ahí repartiendo flores. Probablemente podría hacer bulto en las bodas.

Clubs bufó. Entonces alzó su copa.

—Por el Superviviente —dijo—. Maldito sea por conocernos mejor de lo que nos conocemos a nosotros mismos.

Brisa alzó su copa.

—Maldito sea —accedió.

Los dos guardaron silencio. Hablar con Clubs tendía a convertirse en..., bueno, no hablar. Sin embargo, Brisa era feliz. Aplacar era maravilloso; le hacía ser quien era. Pero también era trabajo. Ni siquiera los pájaros vuelan sin descanso.

—Ahí estás.

Brisa abrió los ojos de golpe. Allrianne estaba en la entrada de la habitación, justo al borde de la mesa. Vestía de celeste; ¿de dónde había sacado tantos vestidos? Su maquillaje era, naturalmente, perfecto, y llevaba un lazo en el pelo. Aquel largo pelo rubio, común en el oeste pero casi desconocido en el Dominio Central, y aquella figura alegre y tentadora...

El deseo floreció inmediatamente en su interior. *¡No!*, pensó Brisa. *¡Le doblas la edad! Eres un viejo pervertido. ¡Pervertido!*

—Allrianne —dijo, incómodo—, ¿no deberías estar acostada?

Ella puso los ojos en blanco, apartando sus piernas del banco para poder sentarse a su lado.

—Son solo las nueve, Brisa. Tengo dieciocho años, no diez.

Bien podrías tenerlos, pensó él, apartando la mirada, tratando de concentrarse en otra cosa. Sabía que debía ser más fuerte, que no debía dejar que la muchacha se le acercase, pero no hizo nada cuando ella se le arrimó y tomó un sorbo de su copa.

Él suspiró y rodeó sus hombros con un brazo. Clubs tan solo meneó la cabeza, con el esbozo de una sonrisa en los labios.

—Bueno —dijo Vin en voz baja—, eso responde a una pregunta.

—¿Ama? —dijo OreSeur, sentado frente a ella al otro lado de la mesa en la habitación oscura. Con sus oídos de alomántica, Vin podía oír exactamente lo que estaba pasando en el cubículo de al lado.

—Allrianne es alomántica.

—¿De verdad?

Vin asintió.

—Lleva encendiendo las emociones de Brisa desde que llegó, haciendo que se sienta más atraído por ella.

—Cabe suponer que él se da cuenta —dijo OreSeur.

—Cabría suponerlo —contestó Vin. Probablemente no tendría que haberle hecho tanta gracia. La muchacha podía ser una nacida de la bruma... aunque la idea de aquella muñeca volando entre las brumas le parecía ridícula.

Lo cual es probablemente lo que quiere que piense, se dijo. *Tengo que recordar a Kliss y a Shan: ninguna de las dos resultó ser la persona que yo creía.*

—Brisa probablemente no sabe que sus emociones no son naturales. Debía sentirse atraído por ella ya.

OreSeur cerró la boca y ladeó la cabeza: su versión canina de un gesto de preocupación.

—Lo sé —reconoció Vin—. Pero al menos sabemos que no es él quien está utilizando la alomancia para seducirla. Sea como sea, es irrelevante. Clubs no es el kandra.

—¿Cómo puedes saber eso, ama?

Vin vaciló. Clubs siempre tenía encendido su cobre cuando estaba con Brisa: era una de las pocas ocasiones en que lo usaba. Era difícil saber si alguien estaba quemando cobre. Después de todo, si encendían sus metales, se ocultaban por defecto.

Pero Vin podía penetrar en las nubes de cobre. Percibía a Allrianne encendiendo emociones; incluso podía sentir un leve golpeteo surgir del propio Clubs: el pulso alomántico del cobre, algo que Vin sospechaba que poca gente aparte de ella y el lord Legislador había oído jamás.

—Lo sé —dijo Vin.

—Si tú lo dices, ama. Pero... ¿no habías decidido ya que el espía era Demoux?

—Quería asegurarme con Clubs de todas formas. Antes de hacer algo drástico.

—¿Drástico?

Vin guardó silencio un momento. No tenía muchas pruebas, pero contaba con su instinto... y ese instinto le decía que Demoux era el espía. Su forma de moverse a hurtadillas esa noche..., la lógica de haberlo elegido a él..., todo encajaba.

Se levantó. Las cosas se estaban poniendo demasiado peligrosas, eran demasiado delicadas. No podía seguir ignorándolo.

—Vamos —dijo, saliendo del cubículo—. Es hora de meter a Demoux en prisión.

—¿Cómo que lo has perdido? —preguntó Vin en la puerta de la habitación de Demoux.

El criado se ruborizó.

—Mi señora, lo siento. Lo vigilé, como me dijiste... pero salió de patrulla. ¿Tendría que haberlo seguido? Quiero decir, ¿no crees que habría parecido sospechoso?

Vin maldijo para sus adentros. Sin embargo, sabía que no tenía mucho derecho a estar enfadada. *Tendría que habérselo dicho directamente a Ham*, pensó, llena de frustración.

—Mi señora, se marchó hace solo unos minutos —dijo el criado.

Vin miró a OreSeur y se encaminó pasillo abajo. En cuanto llegaron a una ventana, Vin saltó a la oscura noche, seguida del perro, y cubrió la corta distancia que la separaba del patio.

La última vez lo vi regresar por la puerta de los jardines del palacio, pensó, corriendo a través de la bruma. Allí encontró a un par de soldados de guardia.

—¿Ha pasado por aquí el capitán Demoux? —preguntó, irrumpiendo en su círculo de luz.

Ellos alzaron la cabeza, primero sorprendidos, luego confusos.

—¿Dama Heredera? —preguntó uno de ellos—. Sí, acaba de salir de patrulla hace un par de minutos.

—¿Iba solo?

Ellos asintieron.

—¿No es un poco extraño?

Ellos se encogieron de hombros.

—Sale solo a veces —dijo uno—. Nosotros no hacemos preguntas. Es nuestro superior, después de todo.

—¿Por dónde ha ido?

Uno de los soldados señaló, y Vin echó a correr, con OreSeur a su lado. *Tendría que haberlo vigilado mejor. Tendría que haber contratado espías de verdad para que le echaran un ojo. Tendría...*

Se detuvo. Delante de ella, entre las brumas, una figura transitaba por una calle tranquila. Demoux.

Vin lanzó una moneda y se impulsó al aire, pasando por encima de su cabeza, hasta aterrizar en el tejado de un edificio. Él continuó su camino, ajeno. Demoux o kandra, ninguno tenía poderes alománticos.

Vin se detuvo, las dagas desenfundadas, dispuesta a saltar. Pero... seguía sin tener ninguna prueba. La parte de ella que Kelsier había transformado, la parte que había aprendido a confiar, pensó en el Demoux que conocía.

¿Creo de verdad que es el kandra?, pensó. *¿O quiero que lo sea, para no tener que sospechar de mis verdaderos amigos?*

Él continuó caminando. El oído agudizado por el estaño de Vin captaba fácilmente sus pisadas. Detrás, OreSeur se encaramó al tejado y se acercó a sentarse junto a ella.

No puedo atacar sin más, pensó. *Al menos tengo que observar, ver adónde va. Obtener pruebas.* Tal vez aprender algo en el proceso.

Hizo una seña a OreSeur, y los dos siguieron en silencio a Demoux por los tejados. Pronto, Vin advirtió algo extraño: un parpadeo de luz iluminaba las brumas unas cuantas calles más allá, convirtiendo los edificios en sombras espectrales. Miró a Demoux, siguiéndolo con los ojos mientras se dirigía a un callejón y avanzaba hacia la luz.

¿Qué...?

Vin saltó del tejado. Solo le hicieron falta tres brincos para llegar a la fuente de la luz. Una modesta hoguera chisporroteaba en el centro de una placita. Los skaa se acurrucaban a su alrededor, un poco asustados de las brumas. Vin se sorprendió al verlos. No había visto a los skaa salir a las brumas desde la noche del Colapso.

Demoux entró por un callejón, saludando a varios skaa. A la luz de la hoguera Vin confirmó que era él... o al menos un kandra con su rostro.

Había unas doscientas personas en la plaza. Demoux hizo ademán de sentarse en el empedrado, pero alguien le acercó rápidamente una silla. Una joven le trajo una jarra de algo humeante, que él aceptó agradecido.

Vin saltó a un tejado, manteniéndose agachada para que la luz de la hoguera no la delatara. Llegaron más skaa, casi todos en grupos, pero algunos valientes lo hicieron solos.

Oyó un sonido a su espalda y Vin se volvió mientras OreSeur, que al parecer apenas había podido terminar el salto, trepaba el último tramo del borde hasta el tejado. Miró la calle, sacudió la cabeza y se reunió con ella. Vin se llevó un dedo a los labios y señaló al creciente grupo de personas. OreSeur ladeó la cabeza, pero no dijo nada.

Finalmente, Demoux se puso en pie, sujetando la humeante taza. La gente se congregó a su alrededor, sentada en las frías piedras, arrebujada en mantas o capas.

—No deberíamos temer a las brumas, amigos míos —dijo Demoux. Su voz no era la de un líder enérgico, ni la de un comandante decidido, sino la de un joven endurecido, un poco vacilante, pero igualmente convincente—. El Superviviente nos lo enseñó —continuó—: Sé que es muy difícil pensar en las brumas sin recordar historias de espectros u otros horrores. Pero el Superviviente nos dio las brumas. Deberíamos tratar de recordarlo, a través de ellas.

Lord Legislador... pensó Vin, asombrada. *Es uno de ellos... ¡Un miembro de la Iglesia del Superviviente!* Vaciló, sin saber qué pensar. ¿Era el kandra o no lo era? ¿Por qué iba el kandra a reunirse con un grupo de personas como esas? Pero... ¿por qué iba a hacerlo el propio Demoux?

—Sé que es difícil sin el Superviviente —dijo Demoux—. Sé que tenéis miedo de los ejércitos. Confiad en mí, lo sé. Yo también los veo. Sé que sufrís con este asedio. Yo... no sé si puedo deciros que no os preocupéis. El Superviviente padeció grandes penalidades: la muerte de su esposa, su prisión en los Pozos de Hathsin. Pero sobrevivió. Esa es la cuestión, ¿no? Tenemos que seguir viviendo, no importa lo difícil que sea. Venceremos al final. Igual que lo hizo él.

Estaba de pie con la taza en las manos, muy distinto a los predicadores skaa que Vin había visto. Antes de morir, Kelsier había ordenado a OreSeur que apareciera llevando sus huesos ante hombres enardecidos, para fundar su religión; o, más precisamente, para fundar la revolución de donde había surgido la religión. Kelsier había necesitado a hombres capaces de entusiasmar a sus seguidores, de acicatearlos para que alcanzaran un clamor destructor.

Demoux era diferente. No gritaba, hablaba con calma. Sin embargo, la gente le prestaba atención. Estaban sentados en el suelo a su alrededor, mirándolo con ojos esperanzados, incluso con adoración.

—La Dama Heredera —susurró uno de ellos—. ¿Qué hay de ella?

—Lady Vin tiene una gran responsabilidad —dijo Demoux—. Se nota el peso que acarrea, y cuánto la frustran los problemas de la ciudad. Es una mujer sencilla, y no creo que le guste el politiqueo de la Asamblea.

—Pero nos protegerá, ¿verdad?

—Sí —respondió Demoux—. Sí, creo que lo hará. A veces, creo que es aún más poderosa que el Superviviente. ¿Sabéis que él solo tuvo dos años para practicar ser un nacido de la bruma? Ella apenas ha tenido ese tiempo.

Vin se volvió. *Todo gira sobre lo mismo*, pensó. *Parecen racionales hasta que hablan de mí, y entonces...*

—Ella nos traerá la paz, algún día —dijo Demoux—. La Heredera traerá de vuelta el sol, detendrá la caída de las cenizas. Pero tenemos que sobrevivir hasta entonces. Y tenemos que luchar. Toda la obra del Superviviente era ver muerto al lord Legislador y liberarnos. ¿Qué gratitud mostramos si huimos ahora que han llegado los ejércitos?

»Decidles a vuestros representantes en la Asamblea que no queréis que lord Cett, ni siquiera lord Penrod, sean vuestro rey. La votación tendrá lugar dentro de un día, y tenemos que asegurarnos de que el hombre adecuado es nombrado rey. El Superviviente eligió a Elend Venture, y es a él a quien debemos seguir.

Esto es nuevo, pensó Vin.

—Lord Elend es débil —dijo uno de los skaa—. No nos defenderá.

—Lady Vin lo ama —respondió Demoux—. Ella no amaría a un hombre débil. Penrod y Cett os tratan como solían tratar a los skaa, y por eso creéis que son fuertes. Pero eso no es fuerza: es opresión. ¡Tenemos que ser mejores que eso! ¡Tenemos que confiar en el juicio del Superviviente!

Vin se relajó contra el reborde del tejado, mientras la tensión cedía un poco. Si Demoux era realmente el espía, entonces no iba a darle ninguna prueba de ello aquella noche. Así que guardó sus cuchillos y descansó cruzada de brazos en el borde del tejado. El fuego chispeaba en la fría noche de invierno, proyectando columnas de humo que se mezclaban con la bruma, y Demoux continuó hablando con su voz tranquila y razonable, predicando a la gente sobre Kelsier.

Ni siquiera es realmente una religión, pensó Vin mientras escuchaba. *La teología es tan simple... No como las complejas creencias de las que habla Sazed.*

Demoux enseñaba conceptos básicos. Ponía a Kelsier como modelo, hablaba de supervivencia y de soportar penalidades. Vin comprendía por qué las palabras directas atraían a los skaa. La gente solo tenía dos opciones: seguir esforzándose o rendirse. Las enseñanzas de Demoux les daban una excusa para seguir viviendo.

Los skaa no necesitaban rituales, oraciones, ni códigos. Todavía no. Eran demasiado inexpertos con la religión en general para querer esas cosas. Pero, cuanto más escuchaba, más comprendía Vin la Iglesia del Superviviente. Era lo que necesitaban; elevaba lo que los skaa ya conocían (una vida llena de dificultades) a un plano superior, más optimista.

Y las enseñanzas estaban todavía evolucionando. La deificación de Kelsier era de esperar; incluso la reverencia que le tenían a ella era comprensible. Pero ¿de dónde sacaba Demoux la promesa de que Vin detendría la ceniza y traería de vuelta el sol? ¿Cómo sabía predicar sobre la hierba verde y los cielos azules, describir el mundo tal como era tan solo en alguno de los textos más crípticos?

Describía un extraño mundo de colores y belleza, un lugar ajeno y difícil de concebir, pero igualmente maravilloso. Las flores y las plantas verdes eran cosas extrañas para esa gente; incluso a Vin le costaba imaginarlas, y eso que había oído las descripciones de Sazed.

Demoux estaba dando a los skaa un paraíso. Tenía que ser algo completamente aparte de la experiencia normal, pues el mundo en el que vivían no era un lugar de esperanza. No con un invierno sin comida acercándose, no con ejércitos amenazadores y el gobierno convertido en un torbellino.

Vin se marchó cuando Demoux terminó por fin la reunión. Vaciló un instante, tratando de decidir cómo se sentía. Había estado muy segura respecto a Demoux, pero ahora sus recelos parecían infundados. Él salía de noche, cierto, pero ahora comprendía qué estaba haciendo. Además, había actuado de manera muy sospechosa al salir. Al reflexionar sobre ello, le parecía que un kandra sabría cómo hacer las cosas de una forma mucho más natural.

No es él, pensó. *O, si lo es, no va a ser tan fácil de desenmascarar como pensaba.* Frunció el ceño, frustrada. Finalmente, suspiró, se puso en pie y se fue al otro lado del tejado. OreSeur la siguió, y Vin lo miró.

—Cuando Kelsier te dijo que tomaras su cuerpo —le dijo—, ¿qué quiso que predicaras a esta gente?

—¿Ama? —preguntó OreSeur.

—Te ordenó aparecer como si fueras él regresado de la tumba.

—Sí.

—Bueno, ¿qué te hizo decir?

OreSeur se encogió de hombros.

—Cosas muy sencillas, ama. Les dije que había llegado el momento de la rebelión. Les dije que yo, Kelsier, había regresado para darles esperanza en la victoria.

Represento aquello que nunca has podido matar, no importa cuánto lo hayas intentado. Fueron las últimas palabras de Kelsier, dichas a la cara del lord Legislador. *Yo soy la esperanza.*

Yo soy la esperanza.

¿Era extraño que este concepto fuera el centro de la Iglesia erigida a su alrededor?

—¿Te hizo enseñar cosas como las que hemos oído decir a Demoux? ¿Que la ceniza ya no caería y que el sol se volvería amarillo?

—No, ama.

—Es lo que pensaba —dijo Vin, mientras oía un roce en la calle. Se asomó al borde del edificio y vio que Demoux regresaba al palacio.

Vin saltó al callejón tras él, que la oyó y se dio media vuelta, la mano en el bastón de duelo.

—Paz, capitán —dijo Vin, incorporándose.

—¿Lady Vin? —preguntó él, sorprendido.

Ella asintió, acercándose para que pudiera verla mejor en la noche. La débil luz de las antorchas todavía iluminaba el aire desde atrás y los jirones de bruma jugueteaban con las sombras.

—No sabía que fueras miembro de la Iglesia del Superviviente.

Él agachó la cabeza. Aunque era dos palmos más alto que Vin, pareció encogerse un poco.

—Yo... sé que te hace sentir incómoda. Lo siento.

—No importa. Haces algo bueno con esa gente. Elend apreciará tu lealtad.

Demoux alzó la cabeza.

—¿Tienes que decírselo?

—Tiene que saber lo que cree la gente, capitán. ¿Por qué quieres que lo mantenga en secreto?

Demoux suspiró.

—Es que... no quiero que el grupo piense que voy por ahí dando sermones a la gente. Ham piensa que predicar sobre el Superviviente es una tontería, y lord Brisa dice que el único motivo que hay para animar a la gente a que se una a la Iglesia es volverla más maleable.

Vin lo observó en la oscuridad.

—Crees de verdad, ¿no?

—Sí, mi señora.

—Pero conociste a Kelsier. Estuviste con nosotros casi desde el principio. Sabes que no es ningún dios.

Demoux alzó la cabeza, con un poco de desafío en los ojos.

—Murió para derrocar al lord Legislador.

—Eso no lo convierte en divino.

—Nos enseñó a sobrevivir, a tener esperanza.

—Sobrevivisteis antes —dijo Vin—. La gente tenía esperanza antes de que Kelsier fuera arrojado a esos pozos.

—No como la tenemos ahora —respondió Demoux—. Además... él tenía poder, mi señora. Lo sentí.

Vin vaciló. Conocía la historia: Kelsier había usado a Demoux como ejemplo para el resto del ejército en un combate con un escéptico, dirigiendo sus golpes con alomancia, haciendo que pareciera que Demoux tenía poderes sobrenaturales.

—Oh, ahora sé lo que es la alomancia —dijo Demoux—. Pero... lo sentí empujando mi espada ese día. Lo sentí utilizarme, hacerme más de lo que era. Creo que todavía puedo sentirlo a veces. Reforzando mi brazo, guiando mi hoja...

Vin frunció el ceño.

—¿Recuerdas la primera vez que nos vimos?

Demoux asintió.

—Sí. Viniste a las cuevas donde nos ocultábamos el día en que el ejército fue destruido. Yo estaba de guardia. ¿Sabes, mi señora? Incluso entonces, supe que Kelsier vendría por nosotros. Sabía que vendría y que recogería a los que habíamos sido fieles y nos guiaría de vuelta a Luthadel.

Fue a esas cuevas porque yo lo obligué. Quería hacerse matar combatiendo a un ejército él solo.

—La destrucción del ejército fue una prueba —dijo Demoux, contemplando las brumas—. Estos ejércitos..., el asedio... son solo pruebas. Para ver si sobrevivimos o no.

—¿Y la ceniza? —preguntó Vin—. ¿Dónde has oído que dejaría de caer?

Demoux se volvió hacia ella.

—El Superviviente nos enseñó eso, ¿no?

Vin negó con la cabeza.

—Mucha gente lo está diciendo —dijo Demoux—. Debe de ser cierto. Encaja con todo lo demás: el sol amarillo, el cielo azul, las plantas...

—Sí, pero ¿dónde oíste por primera vez esas cosas?

—No estoy seguro, mi señora.

¿Dónde oíste que sería yo quien las trajera de vuelta?, pensó Vin, pero de algún modo no fue capaz de expresar en voz alta la pregunta. De cualquier manera, conocía la respuesta. Demoux no lo sabía. Los rumores se estaban propagando. Sería difícil rastrear su fuente.

—Vuelve al palacio —dijo—. Tendré que decirle a Elend lo que he visto, pero le pediré que no se lo cuente al resto de la banda.

—Gracias, mi señora —respondió Demoux, inclinando la cabeza.

Se dio media vuelta y se marchó presuroso. Un segundo más tarde, Vin oyó un golpe tras ella: OreSeur, que saltaba a la calle.

Vin se volvió.

—Estaba segura de que era él.

—¿Ama?

—El kandra —dijo Vin—. Creía que lo había descubierto.

—¿Y?

Negó con la cabeza.

—Es como Dockson... Creo que Demoux sabe demasiado para estar fingiendo. Me parece... real.

—Mis hermanos...

—Son muy hábiles —dijo Vin con un suspiro—. Sí, lo sé. Pero no vamos a arrestarlo. No esta noche, al menos. Lo vigilaremos, pero ya no creo que sea él.

OreSeur asintió.

—Vamos —dijo Vin, volviéndose de nuevo en la dirección hacia la que había partido Demoux—. Quiero ver cómo está Elend.

Y así, llego a la esencia de mi argumento. Pido disculpas. Incluso grabando mis palabras en acero, aquí sentado y arañando en esta cueva helada, tengo tendencia a divagar.

37

Sazed contempló los postigos de la ventana, advirtiendo los vacilantes rayos de luz que empezaban a asomar entre las rendijas. *¿Ya es de día?*, pensó. *¿Hemos estudiado toda la noche?* Parecía imposible. No había liberado vigilia de ninguna mentebronce, pero aun así se sentía más atento, más vivo de lo que se había sentido en mucho tiempo.

Tindwyl estaba sentada en la silla junto a él. La mesa de Sazed estaba llena de papeles sueltos y tenía dos tinteros con sus respectivas plumas a punto para ser utilizados. No había libros: los guardadores no tenían necesidad de ellos.

—¡Ah! —dijo Tindwyl, tomó una pluma y empezó a escribir. Tampoco parecía cansada, pero probablemente había recurrido a su mentebronce.

Sazed la observó escribir. Casi parecía joven de nuevo; no había visto semejante entusiasmo en ella desde que los reproductores la habían abandonado hacía unos diez años. Ese día, terminado su gran trabajo, finalmente se unió a sus compañeros guardadores. Sazed fue el encargado de ponerla al día acerca del conocimiento descubierto y recopilado durante sus treinta años de enclaustramiento y partos.

Tindwyl no tardó mucho en conseguir un puesto en el Sínodo. Para entonces Sazed ya había sido expulsado de sus filas.

La mujer dejó de escribir.

—El párrafo es de una biografía del rey Wednegon —dijo—. Fue uno de los últimos caudillos que se resistió al lord Legislador de manera significativa.

—Sé quién fue —dijo Sazed, sonriendo.

Ella vaciló.

—Por supuesto.

Obviamente, no estaba acostumbrada a estudiar con alguien que tenía acceso a tanta información como ella. Le entregó el escrito a Sazed; incluso disponiendo de índices mentales y notas, era más fácil escribir el párrafo que esperar a que él lo buscara en sus propias mentecobres.

Pasé mucho tiempo con el rey durante sus últimas semanas de vida.

Parecía frustrado, como cabe imaginar. Sus soldados nada podían contra los koloss del Conquistador, y sus hombres habían sido derrotados varias veces desde Torre Abatida. Sin embargo, el rey no echaba la culpa a sus soldados. Consideraba que sus problemas tenían otro origen: la comida.

Mencionó esta idea varias veces durante aquellos últimos días. Pensaba que, si hubiéramos tenido más comida, podría haber aguantado. De aquello, Wednegon echaba la culpa a la Profundidad. Pues, aunque la Profundidad había sido derrotada (o al menos debilitada), su contacto había vaciado los almacenes de alimentos de Darrelnai.

Su pueblo no podía cultivar alimentos y resistir a la vez a los ejércitos demoníacos del Conquistador. En el fondo, cayeron por eso.

Sazed asintió lentamente.

—¿Cuánto tenemos de este texto?

—No mucho —respondió Tindwyl—. Seis o siete páginas. Esta es la única sección en que se menciona la Profundidad.

Sazed guardó silencio un instante y releyó el párrafo. Finalmente, miró a Tindwyl.

—Piensas que lady Vin tiene razón, ¿verdad? Piensas que la Profundidad era la bruma.

Tindwyl asintió.

—Estoy de acuerdo —dijo Sazed—. Como mínimo, lo que ahora llamamos «la Profundidad» era una especie de cambio en la bruma.

—¿Y tus argumentos de antes?

—Tus palabras y mis estudios han demostrado que eran erróneos

—dijo Sazed, soltando el papel—. No deseaba que esto fuera cierto, Tindwyl.

Ella alzó una ceja.

—¿Desafiaste al Sínodo otra vez para ir en busca de algo que ni siquiera tú querías creer?

Él la miró a los ojos.

—Hay una diferencia entre temer algo y desearlo. El retorno de la Profundidad podría destruirnos. Yo no quería esta información... pero tampoco podía dejar pasar la oportunidad de descubrirla.

Tindwyl desvió la mirada.

—No creo que esto vaya a destruirnos, Sazed. Has hecho un gran descubrimiento, eso lo admito. Los escritos de Kwaan nos dicen mucho. De hecho, si la Profundidad era la bruma, entonces nuestra comprensión de la Ascensión del lord Legislador ha aumentado enormemente.

—¿Y si las brumas se están haciendo más fuertes? —preguntó Sazed—. ¿Y si, al matar al lord Legislador, destruimos también la fuerza que las mantenía encadenadas?

—No tenemos ninguna prueba de que las brumas aparezcan de día —dijo Tindwyl—. Y de la posibilidad de que estén matando gente solo tenemos tus escasamente sólidas teorías.

Sazed apartó la mirada. Sobre la mesa, sus dedos habían emborronado las apresuradas notas de Tindwyl.

—Es cierto —dijo.

La mujer suspiró suavemente en la sombría habitación.

—¿Por qué nunca te defiendes, Sazed?

—¿Qué defensa tengo?

—Tienes que tener alguna. ¡Te disculpas y pides perdón, pero tu aparente culpa nunca parece cambiar tu conducta! ¿Nunca has pensado que, tal vez, si fueras más decidido, podrías estar dirigiendo el Sínodo? Te expulsaron porque te negaste a plantear argumentos en tu propia defensa. Eres el rebelde más contrito que he conocido.

Sazed no respondió. Se volvió hacia un lado y vio su mirada de preocupación. Sus hermosos ojos. *Pensamientos necios*, se dijo, apartando la mirada. *Siempre lo has sabido. Algunas cosas son para los demás, pero nunca para ti.*

—Tenías razón respecto al lord Legislador, Sazed —dijo Tindwyl—. Podrías haber convencido a los demás para que te siguieran.

Sazed negó con la cabeza.

—No soy un hombre de una de tus biografías, Tindwyl. En realidad, ni siquiera soy un hombre.

—Eres mejor hombre que ellos, Sazed —respondió Tindwyl en voz baja—. Lo frustrante es que nunca he podido averiguar por qué.

Guardaron silencio. Sazed se levantó y se acercó a la ventana; abrió los postigos y dejó entrar la luz. Luego apagó la lámpara de la habitación.

—Me marcharé hoy —dijo Tindwyl.

—¿Marcharte? Los ejércitos no te dejarán pasar.

—No pensaba en pasar, Sazed. Planeo visitarlos. He puesto al corriente al joven lord Venture; tengo que ofrecer la misma ayuda a sus oponentes.

—Ah... —dijo Sazed—. Comprendo. Tendría que haberme dado cuenta.

—Dudo que me escuchen como lo ha hecho él —dijo Tindwyl, y un atisbo de afecto asomó a su voz—. Venture es un buen hombre.

—Un buen rey.

Tindwyl no respondió. Miró la mesa, con sus anotaciones esparcidas, cada una sacada de sus diversas mentecobres, garabateada con prisa y luego leída una y otra vez.

¿Qué ha sido esta noche, entonces? ¿La noche de estudiar, la noche de compartir pensamientos y descubrimientos?

Ella seguía siendo hermosa. Su pelo castaño empezaba a encanecer, pero era largo y liso. Tenía el rostro marcado por toda una vida de dificultades que no habían podido con ella. Y los ojos... ojos penetrantes, con el conocimiento y el amor al aprendizaje que solo un guardador podía sentir.

No tendría que pensar en estas cosas, volvió a decirse Sazed. *No tienen sentido. Nunca lo tuvieron.*

—Debes irte, entonces —dijo, volviéndose.

—Una vez más, te niegas a discutir.

—¿Qué sentido tendría discutir? Eres una persona sabia y decidida. Debes guiarte por tu propia conciencia.

—A veces, la gente solo parece decidida porque no tiene otra opción mejor.

Sazed se volvió hacia ella. La habitación permaneció en silencio: los únicos sonidos procedían del patio. Tindwyl estaba sentada a la luz, con su brillante túnica cada vez más iluminada a medida que la oscuridad menguaba. Parecía estar dando a entender algo, algo que él no esperaba oír de ella.

—Estoy confundido —dijo Sazed, sentándose de nuevo lentamente—. ¿Qué hay de tu deber como guardadora?

—Es importante —admitió ella—. Pero... hay excepciones de vez en cuando. Este calco que has traído..., bueno, quizá merece ser estudiado más a fondo antes de que me marche.

Sazed la observó, tratando de leer en sus ojos. *¿Qué es lo que siento?*, se preguntó. ¿Confusión? ¿Aturdimiento? ¿Miedo?

—No puedo ser lo que deseas, Tindwyl —manifestó—. No soy un hombre.

Ella agitó una mano, indiferente.

—Ya he tenido suficientes «hombres» y partos a lo largo de los años, Sazed. He cumplido mi deber con el pueblo de Terris. Me gustaría apartarme de ellos un tiempo, creo. Una parte de mí está resentida con ellos, por lo que me han hecho.

Sazed abrió la boca para hablar, pero ella alzó una mano.

—Lo sé, Sazed. Yo acepté ese deber, y me alegro de mi servicio. Pero... durante los años que pasé sola, reuniéndome con los guardadores solo en ocasiones, encontraba frustrante que todos sus planes parecieran encaminados a mantener el estatus de pueblo conquistado.

»Solo vi a un hombre impulsar al Sínodo a tomar medidas. Mientras los demás planeaban cómo mantenerse ocultos, un hombre quería atacar. Mientras los demás decidían la mejor manera de engañar a los reproductores, un hombre quería planear la caída del Imperio Final. Cuando volví a reunirme con mi gente, descubrí que ese hombre seguía luchando. Solo. Condenado por confraternizar con ladrones y rebeldes, aceptó en silencio su castigo.

Ella sonrió.

—Ese hombre nos liberó a todos.

Le apretó la mano. Sazed permaneció sentado, aturdido.

—Los hombres sobre los que leí, Sazed, no eran hombres que se sentaran a planear la mejor manera de esconderse. Lucharon, buscaron la victoria. A veces fueron intrépidos, y otros hombres los tildaron de locos. Sin embargo, al final, después de contar los cadáveres, eran hombres que cambiaban las cosas.

La luz entró de lleno en la habitación, y ella se sentó, sosteniendo la mano de él entre las suyas. Parecía... ansiosa. ¿Había visto Sazed alguna vez esa emoción en ella? Era fuerte, la mujer más fuerte que conocía. No podía ser aprensión lo que veía en sus ojos.

—Dame una excusa, Sazed —susurró.

—Me... gustaría mucho que te quedaras —dijo Sazed, una mano en las de ella, la otra sobre la mesa, los dedos temblando levemente.

Tindwyl alzó una ceja.

—Quédate —dijo Sazed—. Por favor.

Tindwyl sonrió.

—Muy bien... me has convencido. Volvamos entonces a nuestros estudios.

Elend recorría la muralla a la luz de la mañana. La espada que llevaba a la cadera tintineaba al rozar contra la piedra a cada paso.

—Casi pareces un rey —comentó una voz.

Elend se volvió para ver cómo Ham subía los últimos escalones. El aire era frío, la escarcha todavía cubría la piedra que estaba a la sombra. Se acercaba el invierno. Quizá había llegado ya. Sin embargo, Ham no llevaba capa, solo chaleco, pantalones y sandalias como de costumbre.

Me pregunto si sabe lo que es el frío, pensó Elend. *Peltre. Qué talento tan formidable.*

—Dices que casi parezco un rey —dijo Elend, volviendo a pasear por la muralla mientras Ham se reunía con él—. Supongo que la ropa de Tindwyl ha hecho maravillas con mi imagen.

—No me refería a la ropa —contestó Ham—. Hablaba de la expresión de tu rostro. ¿Cuánto tiempo llevas aquí?

—Horas. ¿Cómo me has encontrado?

—Los soldados. Empiezan a considerarte su comandante, Elend. Montan guardia mejor donde tú estás: se yerguen un poco más cuando estás cerca, pulen sus armas si saben que vas a pasar a su lado.

—Creía que no pasabas mucho tiempo con ellos.

—Oh, nunca he dicho eso. Paso un montón de tiempo con los soldados... Es que no soy lo suficientemente intimidador para ser su comandante. Kelsier siempre quiso que fuera general. Creo que en el fondo pensaba que ser amigo de la gente era inferior a liderarla. Tal vez tuviera razón: la gente necesita líderes. Pero yo no quiero serlo.

—Yo sí —dijo Elend, sorprendido de sus propias palabras.

Ham se encogió de hombros.

—Probablemente sea buena cosa. Después de todo, eres rey.

—Más o menos.

—Sigues llevando la corona.

Elend asintió.

—Me parecía mal no hacerlo. Sé que parece una tontería..., hace poco tiempo que la llevo. Pero la gente necesita saber que todavía hay alguien al mando. Unos cuantos días más, por lo menos.

Continuaron paseando. En la distancia, Elend vio una sombra en el terreno: el tercer ejército había llegado por fin siguiendo a los refugiados. Sus exploradores no estaban seguros de por qué los koloss habían tardado tanto en llegar a Luthadel. Sin embargo, el triste relato de los aldeanos ofrecía algunas pistas.

Los koloss no habían atacado a Straff ni a Cett. Esperaban. Al parecer, Jastes tenía suficiente control sobre ellos para mantenerlos a raya. Y por eso se habían unido al asedio: otra bestia esperando la oportunidad de saltar sobre Luthadel.

Cuando no puedes tener a la vez libertad y seguridad, ¿qué eliges?

—Pareces sorprendido de darte cuenta de que quieres estar al mando —dijo Ham.

—Es que nunca había expresado antes en voz alta tal deseo. Qué arrogante suena, cuando lo digo en voz alta. Quiero ser rey. No quiero que otro ocupe mi lugar. Ni Penrod, ni Cett... ni nadie. El puesto es mío. La ciudad es mía.

—No sé si «arrogante» es el calificativo adecuado, El. ¿Por qué quieres ser rey?

—Para proteger a este pueblo. Para velar por su seguridad... y por sus derechos. Pero también para asegurarme de que los nobles no acaben en el bando equivocado de otra rebelión.

—Eso no es arrogancia.

—Lo es, Ham. Pero es una arrogancia comprensible. No creo que un hombre pueda gobernar sin ella. De hecho, creo que es lo que me ha faltado durante casi todo mi reinado. Arrogancia.

—Confianza en uno mismo.

—Un modo más bonito de expresar lo mismo —dijo Elend—. Puedo hacerlo mejor para este pueblo que ningún otro. Solo tengo que encontrar un modo de demostrarlo.

—Lo harás.

—Eres un optimista, Ham.

—Y tú también.

Elend sonrió.

—Cierto. Pero este oficio me está cambiando.

—Bueno, si quieres conservar el trabajo, deberíamos volver a estudiar. Nos queda solo un día.

Elend negó con la cabeza.

—He leído todo lo que he podido, Ham. No me aprovecharé de la ley, así que no hay ningún motivo para buscar fallos, y estudiar otros libros en busca de inspiración no sirve de nada. Necesito tiempo para pensar. Tiempo para pasear.

Continuaron haciéndolo. Elend distinguió algo en la distancia. Un grupo de soldados enemigos estaba haciendo algo que no podía determinar. Llamó a uno de sus hombres.

—¿Qué hacen? —preguntó.

El soldado se protegió de la luz con una mano y aguzó la vista.

—Parece otra escaramuza entre los hombres de Cett y los de Straff, majestad.

Elend alzó una ceja.

—¿Eso sucede a menudo?

El soldado se encogió de hombros.

—Cada vez más, últimamente. Normalmente las patrullas de exploradores se encuentran y estallan conflictos. Dejan unos cuantos cadáveres cuando se retiran. Nada de importancia, majestad.

Elend asintió y despidió al hombre. *Bastante importante*, pensó. *Esos ejércitos deben de estar tan tensos como nosotros. A los soldados no puede gustarles tanto tiempo de asedio, sobre todo con clima invernal.*

Estaban cerca. La llegada de los koloss solo causaría más caos. Si manejaba bien la situación, Straff y Cett se verían obligados a enfrentarse. *¡Solo necesito un poco más de tiempo!*, pensó, mientras continuaba su paseo con Ham.

Antes tenía que recuperar el trono. Sin esa autoridad, no era nada... y no podía hacer nada.

El problema roía su mente. No obstante, mientras paseaba algo le distrajo; esta vez dentro de las murallas en vez de en el exterior. Ham tenía razón: los soldados se erguían un poco más cuando Elend se acercaba a sus posiciones. Lo saludaron, y él asintió, caminando con una mano en el pomo de la espada, tal como le había enseñado a hacer Tindwyl.

Si conservo mi trono, se lo deberé a esa mujer, pensó. Naturalmente, ella lo reprendería por tener esa idea. Le diría que conservaba su trono porque lo merecía, porque era rey. Al cambiar, simplemente había usado los recursos que tenía a mano para poder superar todos sus retos.

No estaba seguro de conseguir ver las cosas de esa manera. Pero en su última lección del día anterior (de algún modo sabía que era la última) le había enseñado solo una cosa nueva: que no había ningún molde para ser rey. No sería como los reyes del pasado, igual que no podía ser como Kelsier.

Sería Elend Venture. Sus raíces estaban en la filosofía, así que sería recordado como erudito; mejor que usara eso en su provecho, o no sería recordado en absoluto. Ningún rey podía admitir sus debilidades, pero hacía bien admitiendo sus puntos fuertes.

¿Y cuáles son los míos? ¿Por qué debería ser yo quien gobierne esta ciudad y las que la rodean?

Sí, era un erudito... y un optimista, como había señalado Ham. No era un maestro duelista, aunque estaba mejorando bastante en ese aspecto. No era un diplomático excelente, aunque sus reuniones con Straff y Cett demostraban que podía defenderse bien.

¿Qué era?

Un noble que amaba a los skaa. Siempre le habían fascinado, incluso antes del Colapso, antes de conocer a Vin y a los demás. Una de sus reflexiones políticas favoritas era intentar demostrar que no eran distintos de los hombres de noble cuna. Era idealista, incluso un poco ingenuo si lo pensaba... y, siendo sincero, su interés por los skaa antes del Colapso había sido en buena parte académico. Eran unos desconocidos, y por eso le parecían exóticos e interesantes.

Sonrió. *Me pregunto qué habrían pensado los obreros de las plantaciones si alguien les hubiera dicho que eran «exóticos».*

Pero entonces se produjo el Colapso: la rebelión predicha en sus libros y teorías cobraba vida. Sus creencias no habían podido continuar siendo meras abstracciones académicas. Y había llegado a conocer a los skaa, no solo a Vin y a los de la banda, sino a los obreros y criados. Había visto la esperanza que empezaba a crecer en ellos. Había visto el despertar del orgullo, del valor en la gente de la ciudad, y eso le conmovía.

No los abandonaría.

Eso es lo que soy, pensó Elend, deteniéndose en su paseo por la muralla. *Un idealista. Un idealista melodramático que, a pesar de sus libros y doctrinas, nunca ha sido un noble muy bueno.*

—¿Qué? —preguntó Ham, deteniéndose junto a él.

Elend se volvió.

—Tengo una idea.

Este es el problema. Aunque al principio creí en Alendi, más tarde recelé. Parecía que encajaba con los signos, cierto. Pero, bueno, ¿cómo puedo explicarlo?
¿Podía ser que encajara demasiado bien?

38

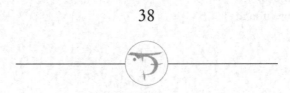

¿Cómo puede parecer tan confiado cuando yo estoy tan nerviosa?, pensó Vin, de pie junto a Elend, mientras el Salón de la Asamblea empezaba a llenarse. Habían llegado temprano; esta vez, Elend había dicho que quería parecer al mando al ser quien saludara a cada miembro de la Asamblea según fuera llegando.

Ese día tendría lugar la votación para escoger al rey.

Vin y Elend se hallaban en el estrado, saludando a los asambleístas a medida que entraban por la puerta lateral de la sala. A nivel del suelo, los bancos empezaban a estar llenos; las primeras filas, como siempre, repletas de guardias.

—Estás preciosa hoy —dijo Elend, mirando a Vin.

Ella se encogió de hombros. Se había puesto su vestido blanco, un modelo vaporoso con unas cuantas capas diáfanas en la parte superior. Como sus otros vestidos, estaba diseñado para que pudiera moverse a sus anchas, y hacía juego con la nueva ropa de Elend, sobre todo por el bordado oscuro de las mangas. No llevaba joyas, pero sí unos cuantos pasadores blancos de madera para el cabello.

—Es extraño lo rápido que una se acostumbra de nuevo a estos vestidos.

—Me alegro de que hayas cambiado —dijo Elend—. Los pantalones y la camisa son propios de ti... pero esta también eres tú. La parte de ti que recuerdo de los bailes, cuando apenas nos conocíamos.

Vin sonrió con tristeza mirándolo, mientras la multitud congregada se volvía un poco más lejana.

—Nunca llegaste a bailar conmigo.

—Lo siento —contestó él, acariciándole levemente el brazo—. No hemos tenido mucho tiempo para nosotros últimamente, ¿verdad?

Vin negó con la cabeza.

—Me encargaré de eso. Cuando esta confusión se haya terminado, cuando el trono esté seguro, podremos dedicarnos a nosotros mismos.

Vin asintió, y entonces se volvió bruscamente al advertir movimiento a su espalda. Un miembro de la Asamblea cruzaba el estrado.

—Estás nerviosa —dijo Elend, frunciendo un poco el ceño—. Aún más que de costumbre. ¿Qué se me escapa?

Vin sacudió la cabeza.

—No lo sé.

Elend saludó al miembro de la Asamblea, uno de los representantes skaa, con un firme apretón de manos. Vin permaneció a su lado, su anterior tristeza evaporándose como las brumas mientras su mente regresaba al ahora. *¿Qué me tiene inquieta?*

La sala estaba repleta: todo el mundo quería ser testigo de los acontecimientos del día. Elend se había visto obligado a colocar guardias en las puertas para mantener el orden. Pero no era solo el número de gente lo que ponía nerviosa a Vin. Era lo... equivocado de la situación. Todos se congregaban como carroñeros alrededor de un cadáver putrefacto.

—Esto es un error —dijo, agarrando por el brazo a Elend cuando el hombre de la Asamblea se marchaba—. Los gobiernos no deberían cambiar de mano basándose en las argumentaciones lanzadas desde un atril.

—Que no haya sido así en el pasado no significa que no deba ocurrir —dijo Elend.

Vin negó con la cabeza.

—Algo va a salir mal, Elend. Cett te sorprenderá, y tal vez Penrod lo haga también. Hombres como ellos no se quedarán quietos ni permitirán que una votación decida su futuro.

—Lo sé —contestó Elend—. Pero no son los únicos capaces de causar sorpresa.

Vin lo miró, intrigada.

—¿Estás planeando algo?

Él vaciló antes de mirarla.

—Yo..., bueno, Ham y yo ideamos algo anoche. Un plan. He intentado encontrar un modo de contártelo, pero no he tenido tiempo. Tuvimos que actuar con rapidez.

Vin frunció el ceño, aprensiva. Iba a decir algo, pero calló y estudió su mirada. Elend parecía un poco avergonzado.

—¿Qué? —preguntó.

—Bueno... tiene que ver contigo y tu reputación. Iba a pedirte permiso, pero...

Vin sintió un ligero escalofrío. Tras ellos, el último miembro de la Asamblea tomó asiento, y Penrod se levantó para dirigir la reunión. Miró a Elend y se aclaró la garganta.

Elend maldijo entre dientes.

—Mira, no tengo tiempo de explicarlo —dijo—. Pero en realidad no es gran cosa..., puede que ni siquiera me valga muchos votos. Pero, bueno, tenía que intentarlo. Y no cambia nada. Entre nosotros, quiero decir.

—¿Qué?

—¿Lord Venture? —dijo Penrod—. ¿Estás preparado para iniciar la sesión?

La sala permaneció en silencio. Vin y Elend estaban de pie en el centro del estrado, entre el atril y los asientos de los miembros de la Asamblea. Ella lo miró, dividida entre el temor, la confusión y una leve sensación de traición.

¿Por qué no me lo has dicho?, pensó. *¿Cómo puedo estar preparada si no me cuentas lo que planeas? Y... ¿por qué me miras así?*

—Lo siento —dijo Elend, y se dispuso a ocupar su asiento.

Vin se quedó de pie, sola ante el público. En otro tiempo tanta atención la habría aterrorizado. Todavía la hacía sentirse incómoda. Ladeó la cabeza y se dirigió hacia los asientos del fondo y su sitio vacío.

Ham no estaba. Vin frunció el ceño y se dio la vuelta mientras Penrod abría la sesión. *Allí*, pensó. Localizó a Ham entre el público, sentado tranquilamente con un grupo de skaa que conversaban en voz baja, pero ni siquiera con estaño pudo Vin distinguir lo que decían en medio de la multitud. Brisa estaba con unos cuantos soldados de Ham, al fondo de la sala. Daba igual que conocieran o no el plan de Elend: estaban demasiado lejos para que se lo preguntara.

Molesta, se arregló las faldas y se sentó. No se había sentido tan ciega desde...

Desde aquella noche hace un año, justo antes de descubrir el plan de Kelsier, cuando creí que todo se desplomaba a mi alrededor.

Quizá eso era buena señal. ¿Habría ideado Elend algún subterfugio de brillantez política de última hora? No importaba realmente que no lo hubiera comentado con ella: probablemente de todas formas no hubiese comprendido su fundamentación.

Pero... siempre había compartido sus planes conmigo hasta ahora. Penrod continuó hablando, probablemente para prolongar su tiempo delante de la Asamblea. Cett estaba sentado en primera fila, rodeado por una veintena de soldados, con aire de satisfacción. Y bien podía estar satisfecho. Por lo que ella había oído, iba a ganar la votación con facilidad.

Pero ¿qué estaba planeando Elend?

Penrod se votará a sí mismo, pensó Vin. *Igual que Elend. Quedan veintidós votos. Los mercaderes apoyarán a Cett, como los skaa. Tienen demasiado miedo a ese ejército para votar otra cosa.*

Eso nos deja solo a la nobleza. Algunos votarán por Penrod, que es el noble más poderoso de la ciudad y tiene a muchos asambleístas como aliados políticos desde hace tiempo. Pero aunque se haga con la mitad de los nobles, cosa que no creo que ocurra, ganará Cett. Él solo necesita una mayoría de dos tercios para llegar al trono.

Ocho mercaderes, ocho skaa. Dieciséis hombres de parte de Cett. Iba a ganar. ¿Qué podía hacer Elend?

Penrod terminó por fin su discurso de apertura.

—Pero, antes de votar —dijo—, me gustaría ofrecer la palabra a los candidatos para una alocución final si así lo desean. Lord Cett, ¿quieres ser el primero?

Entre el público, Cett negó con la cabeza.

—He hecho mis ofertas y mis amenazas, Penrod. Todos sabéis que tenéis que votar por mí.

Vin frunció el ceño. Parecía seguro de sí mismo, y sin embargo... Escrutó la multitud y sus ojos se posaron en Ham, que hablaba con el capitán Demoux. Y sentado junto a ellos estaba uno de los hombres que la habían seguido en el mercado. Un sacerdote del Superviviente.

Vin se volvió para estudiar a los miembros de la Asamblea. Los representantes skaa parecían incómodos. Miró a Elend, quien se levantó para ocupar su lugar en el atril. Había recuperado su antigua confianza y el uniforme blanco le daba un aspecto regio. Seguía llevando la corona.

No cambia nada entre nosotros... Lo siento, había dicho.

Se serviría de su reputación para conseguir votos. Su reputación era la reputación de Kelsier, y solo a los skaa les importaba realmente. Y solo había una forma fácil de influir en ellos...

—Te has unido a la Iglesia del Superviviente, ¿no? —susurró.

Las reacciones de los asamblearios skaa, la lógica del momento, las palabras de Elend de antes... todo cobraba sentido de pronto. Si Elend se unía a la Iglesia, los miembros skaa de la Asamblea quizá temieran votar en su contra. Y Elend no necesitaba dieciséis votos para conseguir el trono: si había empate, ganaba. Con los ocho skaa y su propio voto, los otros nunca podrían expulsarlo.

—Muy astuto —susurró.

El plan tal vez no funcionara. Dependería de cuánto poder tuviera la Iglesia del Superviviente sobre los asamblearios skaa. Sin embargo, aunque algunos de aquellos skaa votaran contra Elend, todavía quedaban los nobles que votarían por Penrod. Si lo hacían los suficientes, Elend buscaría el empate y conservaría el trono.

El único precio sería su integridad.

Era injusto, se dijo Vin. Si Elend se había unido a la Iglesia del Superviviente, se aferraría a las promesas que hubiera hecho. Y, si la Iglesia del Superviviente obtenía el respaldo oficial, podría volverse tan fuerte en Luthadel como lo había sido el Ministerio de Acero. Y... ¿cómo cambiaría eso la manera en que Elend la veía?

Elend le había asegurado que aquello no cambiaría nada entre ellos.

Aturdida, lo oyó empezar a hablar y sus alusiones a Kelsier ahora le parecieron obvias. Sin embargo, lo único que sintió fue una leve sensación de ansiedad. Era lo que Zane había dicho. Ella era el cuchillo. Un tipo diferente de cuchillo, pero un arma de todas formas. El medio por el que Elend protegería la ciudad.

Tendría que haber estado furiosa, o al menos asqueada. ¿Por qué seguían sus ojos recorriendo la multitud? ¿Por qué no podía concentrarse en lo que estaba diciendo Elend, en cómo la estaba ensalzando? ¿Por qué estaba de pronto tan nerviosa?

¿Por qué se movían tan sutilmente aquellos hombres alrededor de la sala?

—Por eso, con la bendición del Superviviente, os pido que votéis por mí —dijo Elend.

Esperó en silencio. Era un movimiento drástico; unirse a la Iglesia del Superviviente ponía a Elend bajo la autoridad espiritual de un grupo externo. Pero tanto Ham como Demoux lo habían considerado una buena idea. Elend se había pasado casi todo el día anterior informando a los ciudadanos skaa de su decisión.

Parecía una buena maniobra. Lo único que le preocupaba era Vin. La miró. A ella no le gustaba el lugar que ocupaba en la Iglesia del Superviviente, y que Elend se uniera a ella significaba, técnicamente, que aceptaba su papel en las creencias de la misma. Trató de mirarla a los ojos y sonreír, pero no lo estaba mirando. Observaba al público.

Elend frunció el ceño. Vin se levantó.

Un hombre apartó de repente de un empujón a dos soldados de la primera fila y luego dio un salto sobrenatural hasta aterrizar en el estrado. El hombre sacó un bastón de duelo.

¿Qué?, pensó Elend desconcertado. Por fortuna, los meses pasados entrenando por orden de Tindwyl habían despertado en él instintos que no sabía que tenía. Cuando el violento lo atacó, Elend esquivó y rodó. Golpeó el suelo, se giró y vio cómo el hombretón se abalanzaba hacia él enarbolando el bastón.

Un destello de encajes blancos y faldas revoloteó en el aire por encima de Elend. Vin golpeó con los pies al violento y lo lanzó hacia atrás mientras giraba con la falda ondeando en el aire.

El hombre rezongó. Vin aterrizó de golpe directamente delante de Elend. El Salón de la Asamblea resonó con los gritos y alaridos.

Vin apartó el atril de una patada.

—Ponte detrás de mí —susurró, y una daga de obsidiana destelló en su mano derecha.

Elend asintió, vacilante, y desenvainó la espada mientras se ponía en pie. El violento no estaba solo: tres grupitos de hombres armados se movían por la sala. Uno atacó la fila delantera, distrayendo a los guardias de allí. Otro grupo subía al estrado. El tercero parecía ocupado entre la multitud. Los soldados de Cett.

El violento se había levantado. No parecía haber sufrido mucho con la patada de Vin.

Asesinos, pensó Elend. *Pero ¿quién los envía?*

El hombre sonrió mientras se le unían cinco amigos más. El caos imperaba en la sala; los miembros de la Asamblea se dispersaban, sus guardaespaldas corrían a rodearlos. La lucha en la parte delantera del estrado impedía que nadie huyera por aquel lado. Los miembros de la Asamblea se amontonaban en la entrada lateral. Los atacantes, sin embargo, no parecían molestarse con ellos.

Solo tenían ojos para Elend.

Vin se mantuvo en posición, esperando a que los hombres atacaran, amenazadora a pesar del vestido de encaje. A Elend le pareció oírla gruñir en voz baja.

Los hombres atacaron.

Vin se abalanzó hacia delante para atacar con la daga al primer violento. Pero el hombre tenía demasiado alcance y la ahuyentó sin problemas trazando un arco con su bastón. Había seis hombres en total: tres eran obviamente violentos, lo que quería decir que los otros tres eran probablemente lanzamonedas o atraedores. Un fuerte componente de controladores de metal. Alguien no quería que ella terminara la pelea con monedas en un abrir y cerrar de ojos.

No comprendían que ella jamás utilizaría monedas en aquella situación, no con Elend tan cerca y con la sala tan repleta de gente. Las monedas no podían desviarse con seguridad. Si Vin disparaba un puñado a sus enemigos, morirían personas al azar.

Tenía que matar rápido a esos tipos. Ya se estaban desplegando, rodeándolos a ella y a Elend. Se movían por parejas: un violento y un lanzamonedas en cada equipo. Atacarían por los flancos tratando de llegar hasta Elend.

Vin recurrió al hierro, tirando de la espada de Elend para sacarla de su vaina. La asió por la empuñadura y la lanzó contra uno de los equipos. El lanzamonedas se la devolvió de un empujón, y ella, a su vez, la empujó a un lado, haciéndola girar hacia la segunda pareja de alománticos.

Uno de ellos la empujó de nuevo hacia ella. Vin tiró desde atrás, arrancando la vaina de punta metálica de las manos de Elend y lanzándola por el aire. La vaina pasó al vuelo junto a la espada. Esta vez, los lanzamonedas enemigos tiraron de ambas simultáneamente hacia el público que huía.

Los hombres gritaron desesperados mientras tropezaban y trataban de salir de la sala. Vin apretó los dientes. Necesitaba un arma mejor.

Arrojó una daga de cristal contra una pareja de asesinos y saltó hacia otra, girando bajo el arma del violento que la atacaba. El lanzamonedas no llevaba metal encima: solo estaba allí para impedirle matar al violento con monedas. Probablemente suponían que sería fácil derrotar a Vin, si se veía privada de la posibilidad de lanzar monedas. El violento hizo girar su bastón, tratando de alcanzarla con el extremo. Ella agarró el arma, dio un tirón y saltó empujando las gradas de la Asamblea que tenía detrás. Golpeó al violento en el pecho con los pies y lo pateó con fuerza avivando peltre. El hombre gemía. Vin se empujó hacia los clavos de las gradas con todas sus fuerzas.

El violento consiguió permanecer en pie. Pareció completamente sorprendido de que Vin se estuviera alejando de él llevándose su bastón.

Vin aterrizó y giró hacia Elend, que se había procurado un arma (un bastón de duelo) y tuvo el buen sentido de colocarse contra una pared. A la derecha se acurrucaban algunos miembros de la Asamblea, rodeados por sus guardias. La sala estaba demasiado llena, las salidas eran demasiado pequeñas para que todos escaparan.

Los miembros de la Asamblea no hicieron ningún amago de ayudar a Elend.

Uno de los asesinos soltó un grito, señalando, cuando Vin se empujó en las gradas hacia ellos y se colocó delante de Elend. Dos violentos alzaron sus armas mientras Vin giraba en el aire, tirando con suavidad de los goznes de una puerta para darse impulso. Su vestido aleteó al aterrizar.

Tengo que dar las gracias al sastre, pensó, alzando el bastón. Quería rasgarse el vestido de todas formas, pero los violentos se le echaron encima con demasiada rapidez. Bloqueó ambos golpes a la vez y luego se lanzó entre los hombres, avivando peltre, moviéndose incluso más rápido que ellos.

Uno maldijo, tratando de hacer girar su bastón. Vin le rompió la pierna antes de que pudiera hacerlo. Cayó con un aullido, y ella saltó sobre su espalda, clavándolo al suelo mientras lanzaba un revés contra el segundo violento, que lo bloqueó y blandió su arma contra ella para quitarla de encima de su compañero.

Elend atacó. Los movimientos del rey, sin embargo, parecían torpes en comparación con los de los hombres que avivaban peltre. El violento giró casi con indiferencia, desviando el arma de Elend sin ninguna dificultad.

Vin soltó una maldición mientras caía. Lanzó su bastón contra el violento, obligándolo a apartarse de Elend. Apenas lo había esquivado cuando llegó al suelo, se puso en pie de un brinco y sacó una segunda daga. Se abalanzó hacia delante antes de que el violento pudiera volverse contra Elend.

Una lluvia de monedas voló hacia ella. No podía empujarlas, no con tanta gente alrededor. Gritó, colocándose entre las monedas y Elend, y empujó hacia los lados, dividiéndolas lo mejor que pudo para que se esparcieran y chocaran contra la pared. Sintió un destello de dolor en el hombro a pesar de todo.

¿De dónde ha sacado las monedas?, pensó con frustración. Al mirar a un lado, vio al lanzamonedas junto a un atemorizado miembro de la Asamblea al que había obligado a entregarle su faltriquera.

Vin apretó los dientes. Todavía podía mover el brazo. Eso era lo que importaba. Gritó y se lanzó contra el violento más cercano. Sin embargo, el tercero había recuperado su arma, la que Vin le había arrojado, y daba un rodeo con su lanzamonedas para intentar sorprenderla por atrás.

Uno a uno, pensó Vin.

El violento más cercano blandió su arma. Ella tenía que sorprenderlo. Así que no esquivó ni bloqueó. Se limitó a recibir el golpe en el costado, quemando duraluminio y peltre para resistir. Algo crujió en su interior al recibir el golpe, pero con duraluminio fue lo bastante fuerte para resistirlo. La madera se astilló y ella continuó avanzando hasta clavar su daga en el cuello del violento.

El hombre cayó, dejando al descubierto a un sorprendido lanzamonedas. El peltre de Vin se había consumido con el duraluminio, y el dolor floreció como un amanecer en su costado. A pesar de todo, liberó su daga mientras el violento caía, todavía moviéndose lo bastante rápido para alcanzar al lanzamonedas en el pecho.

Luego retrocedió tambaleándose, jadeando y sujetándose el costado mientras los dos hombres morían a sus pies.

Queda un violento, pensó con cierta desesperación. *Y dos lanzamonedas.*

Elend me necesita. Con el rabillo del ojo vio a uno de los lanzamonedas arrojarle a Elend un puñado de monedas. Gritó, empujándolas, y oyó maldecir al hombre.

Se dio la vuelta, contando con que las líneas azules de su acero la advirtieran de si el lanzamonedas trataba de arrojarle algo más a Elend, y se sacó de la manga, donde lo llevaba bien atado para impedir que se lo arrancaran de un tirón, su frasco de metal. Sin embargo, mientras le quitaba el tapón el frasco salió volando de su mano temblorosa. El segundo lanzamonedas sonrió mientras se lo arrebataba, lo volcaba y desparramaba su contenido por el suelo.

Vin gruñó, pero empezaba a estar aturdida. Necesitaba peltre. Sin él, la profunda herida del hombro a causa de la moneda (la manga de encaje estaba roja de sangre) y el dolor aplastante en su costado eran demasiado. Casi no podía pensar.

Un bastón trató de alcanzarle la cabeza. Se apartó, rodando. Sin embargo, ya no tenía la gracia ni la velocidad del peltre. Podría haber esquivado el golpe de un hombre normal, pero el ataque de un alomántico era otra cosa.

¡No tendría que haber quemado duraluminio!, pensó. La jugada le había permitido matar a dos asesinos, pero la había dejado demasiado indefensa. El bastón voló hacia ella

Algo grande chocó contra el violento, arrastrándolo al suelo en un rugiente remolino de patas. Vin se incorporó mientras el violento golpeaba a OreSeur en la cabeza, haciendo crujir su cráneo. Sin embargo, el hombre sangraba y maldecía, y había soltado el bastón. Vin lo agarró por un extremo, se puso en pie y apretó los dientes para golpear en la cara al violento con el extremo opuesto. El hombre recibió el golpe con una maldición y le puso una zancadilla que logró derribarla.

Cayó junto a OreSeur. El perro lobo, extrañamente, sonreía. Tenía una herida en el hombro.

No, una herida no. Una abertura en la carne... con un frasco de metal oculto dentro. Vin lo agarró, rodando, manteniéndolo oculto mientras el violento se ponía en pie. Tragó el líquido y los copos de metal que contenía. En el suelo, ante ella, vio la sombra del violento descargando un poderoso revés.

El peltre avivó la fuerza en su interior y sus heridas se volvieron meros zumbidos molestos. Se hizo a un lado mientras caía el bastón, que golpeó el suelo y arrancó astillas de madera. Vin se levantó y descargó un puñetazo en el brazo de su sorprendido oponente.

No fue suficiente para romperle los huesos, pero obviamente le dolió. El violento, que ya había perdido dos dientes, gimió de dolor.

A un lado, Vin vio a OreSeur ponerse en pie, con su mandíbula de perro colgando de una manera antinatural. Le hizo un gesto de asentimiento: el violento seguramente pensaba que estaba muerto debido a la fractura del cráneo.

Más monedas volaron hacia Elend. Ella las apartó sin mirar siquiera. OreSeur golpeó al violento por detrás, que giró sorprendido en el momento en que Vin atacaba. El bastón del hombre pasó a medio palmo de su cabeza y golpeó el espinazo de OreSeur. Ella le plantó la mano delante de la cara al individuo, pero, sin embargo, no descargó un puñetazo, que de poco habría servido contra un violento.

Tenía el dedo extendido y una puntería impecable. El ojo del violento saltó cuando le clavó el dedo en la cuenca. Entonces retrocedió de un salto mientras el hombre gritaba y se llevaba una mano a la cara. Le descargó un puñetazo en el pecho, derribándolo, saltó por encima de la forma caída de OreSeur y recogió su daga del suelo.

El violento murió, agarrándose agónicamente la cara, con la daga clavada en el pecho.

Vin se dio la vuelta buscando desesperadamente a Elend, que había recogido una de las armas del violento caído y mantenía a raya a los dos lanzamonedas restantes, que al parecer habían desistido de arrojarle monedas que ella desviaba. En cambio, habían sacado bastones de duelo para atacarlo directamente. El entrenamiento de Elend había sido suficiente para mantenerlo con vida... pero solo porque sus oponentes tenían que vigilar a Vin para asegurarse de que ella no tratara de usar monedas.

Vin dio una patada al bastón del hombre al que acababa de matar y lo atrapó al vuelo. Un lanzamonedas gritó cuando se abalanzó contra ellos con un alarido y haciendo girar su arma. Uno pudo reaccionar y se empujó en las gradas para apartarse. El arma de Vin, de todas formas, lo alcanzó en el aire, lanzándolo a un lado. El siguiente golpe alcanzó a su compañero, que había intentado escabullirse.

Elend respiraba entrecortadamente, con el uniforme desordenado.

Le ha ido mejor de lo que esperaba, admitió Vin, doblándose, tratando de juzgar la gravedad de la contusión de su costado. Necesitaba vendarse el hombro. La moneda no había alcanzado el hueso, pero la hemorragia le...

—¡Vin! —gritó Elend.

Alguien muy fuerte la agarró de pronto por atrás. Vin se quedó sin respiración mientras la arrojaban al suelo.

El primer violento. Le había roto la pierna y luego se había olvidado de él...

El hombre le rodeó el cuello con ambas manos, apretando mientras se arrodillaba sobre ella con las piernas contra su torso y la cara contraída de furia. Sus ojos parecían a punto de reventar, la adrenalina se mezclaba con el peltre.

Vin jadeó en busca de aire. Revivió lo acontecido años atrás, las palizas recibidas por hombres que la avasallaban. Camon, y Reen, y una docena más.

¡No!, pensó, avivando peltre, debatiéndose. Sin embargo, él la tenía inmovilizada y era mucho más corpulento que ella. Mucho más fuerte. Elend descargó su bastón contra la espalda del hombre, pero el violento apenas dio un respingo.

Vin no podía respirar. Le aplastaba la garganta. Trató de separar las manos del violento, pero era como siempre había dicho Ham. Su pequeño tamaño era una gran ventaja en la mayoría de las situaciones, pero, cuando se trataba de fuerza bruta, no podía competir con un hombre musculoso. Trató de tirar de sí misma hacia un lado, pero la tenaza del hombre era demasiado fuerte, su propio peso demasiado pequeño en comparación.

Se debatió en vano. Todavía tenía duraluminio: quemarlo solo consumía los otros metales, no el duraluminio en sí, pero la última vez había estado a punto de no poder contarlo. Si no eliminaba pronto al violento se quedaría sin peltre una vez más.

Elend golpeó, gritando en busca de ayuda, pero su voz sonaba lejana. El violento apretó el rostro contra el de Vin, y ella vio su furia. En ese momento, increíblemente, se le ocurrió una idea. *¿Dónde he visto antes a este hombre?*

La visión se le nubló. Mientras el violento apretaba, se acercó más, y más, y más...

No tenía elección. Quemó duraluminio y avivó peltre. Separó las manos de su oponente y le dio un cabezazo en la cara.

La cabeza del hombre explotó casi con la misma facilidad que antes el ojo había saltado.

Vin jadeó y se quitó de encima el cadáver decapitado. Elend retrocedió, con el traje y la cara manchados de rojo. Ella se levantó del suelo. El peltre se consumía y veía borroso, pero a pesar de todo vio una emoción en el rostro de Elend, pura como la sangre en su brillante uniforme blanco.

Espanto.

No, rogó mientras se desvanecía. *Por favor, Elend, eso no...*

Cayó de bruces, incapaz de mantenerse consciente.

Elend se sentó con el traje destrozado, las manos en la frente y el caos del Salón de la Asamblea, fantasmagóricamente vacío, a su alrededor.

—Vivirá —dijo Ham—. No está tan malherida. O... bueno, no está malherida para ser Vin. Solo necesita un montón de peltre y las atenciones de Sazed. Dice que ni siquiera tiene las costillas rotas, solo fisuradas.

Elend asintió, ausente. Algunos soldados estaban retirando los cadáveres, entre ellos los de los seis hombres que Vin había matado, incluido el último...

Elend cerró los ojos.

—¿Qué? —preguntó Ham.

Elend abrió los ojos y cerró el puño para impedir que la mano le temblara.

—Sé que has visto un montón de batallas, Ham —dijo—. Pero yo no estoy acostumbrado a ellas. No estoy... —Se volvió mientras los soldados se llevaban el cadáver sin cabeza.

Ham vio cómo arrastraban al muerto.

—Solo la había visto luchar una vez —dijo Elend en voz baja—. En el palacio, hace un año. Empujó a unos cuantos hombres contra las paredes. No fue como esto en absoluto.

Ham se sentó junto a Elend en uno de los bancos.

—Es una nacida de la bruma, El. ¿Qué esperabas? Un simple violento puede acabar fácilmente con diez hombres... con docenas, si tiene un lanzamonedas que lo apoye. Un nacido de la bruma... Bueno, ellos son como un ejército de una sola persona.

Elend asintió.

—Lo sé, Ham. Sé que mató al lord Legislador. Incluso me contó cómo se enfrentó a varios inquisidores de Acero. Pero... nunca había visto...

Volvió a cerrar los ojos. La imagen de Vin acercándose a él, al final, con su hermoso vestido blanco lleno de sangre y vísceras del hombre al que acababa de matar de un cabezazo...

Lo ha hecho para protegerme, pensó. *Pero no por eso es menos preocupante. Tal vez incluso lo sea más.*

Abrió los ojos. No podía permitirse distracciones: tenía que ser fuerte. Era el rey.

—¿Crees que los ha enviado Straff? —preguntó Elend.

Ham asintió.

—¿Quién si no? Iban por Cett y por ti. Supongo que tu amenaza de matar a Straff no fue tan amedrentadora como pensábamos.

—¿Cómo está Cett?

—A duras penas ha escapado con vida. Han matado a la mitad de sus soldados. En la refriega, Demoux y yo ni siquiera hemos podido ver lo que estaba pasando en el estrado contigo y con Vin.

Elend asintió. Ham había llegado cuando Vin ya se había encargado de los asesinos. Solo había necesitado unos minutos para eliminarlos a los seis.

Ham guardó silencio un instante. Finalmente, se volvió hacia Elend.

—Lo admito, El. Estoy impresionado. No he visto la pelea, pero sí los resultados. Una cosa es luchar contra seis alománticos y otra es hacerlo mientras tratas de proteger a una persona normal e impedir que hieran a la gente que te rodea. Y ese último hombre...

—¿Te acuerdas de cuando salvó a Brisa? —preguntó Elend—. Estaba muy lejos, pero juro que la vi lanzar los caballos por los aires con la alomancia. ¿Has oído alguna vez algo igual?

Ham negó con la cabeza.

Elend no dijo nada durante un momento.

—Creo que tenemos que hacer algunos planes. Con lo que ha sucedido hoy, no podemos...

Ham alzó la cabeza cuando Elend calló.

—¿Qué pasa?

—Un mensajero —dijo Elend, señalando hacia la puerta.

En efecto, el hombre se presentó a los soldados y fue escoltado hasta el estrado. Elend se puso en pie y se acercó a recibir al hombrecillo, que llevaba el escudo de Penrod en la casaca.

—Mi señor —dijo el hombre, inclinándose—. Me han enviado a informarte de que la votación tendrá lugar en la mansión de lord Penrod.

—¿La votación? —preguntó Ham—. ¿Qué tontería es esta? ¡Han estado a punto de matar a su majestad, hoy!

—Lo siento, mi señor —dijo el ayudante—. Simplemente me han encargado que transmitiera el mensaje.

Elend suspiró. Esperaba que, con la confusión, Penrod no se acordara de que se había acabado el plazo.

—Si no eligen a un nuevo rey hoy, Ham, conservaré la corona. Ya han agotado su período de gracia.

Ham suspiró.

—¿Y si hay más asesinos? Vin estará en cama unos cuantos días, como mínimo.

—No puedo contar con que me proteja siempre —dijo Elend—. Vamos.

—Yo voto por mí mismo —dijo lord Penrod.

No es ninguna sorpresa, pensó Elend. Estaba sentado en el cómodo salón de Penrod entre un grupo de aturdidos miembros de la Asamblea, ninguno de los cuales, por suerte, había resultado herido durante el ataque. Varios tenían vasos en la mano, y había un ejército de guardias asegurando el perímetro, mirándose unos a otros, en estado de máxima alerta. En la abarrotada habitación también se encontraban Noorden y otros tres escribas, quienes, según la ley, serían testigos de la votación.

—Yo también voto por lord Penrod —dijo lord Dukaler.

Tampoco es de extrañar, pensó Elend. *Me pregunto cuánto le ha costado a Penrod.*

La mansión Penrod no era una fortaleza, pero estaba lujosamente decorada. La comodidad del sillón que Elend ocupaba era un alivio de las tensiones del día. Sin embargo, Elend temía que fuera demasiado cómodo. Le sería muy fácil quedarse dormido...

—Yo voto por Cett —dijo lord Habren.

Elend alzó la cabeza. Era el segundo voto por Cett, y lo ponía a tres de Penrod.

Todos se volvieron hacia Elend.

—Yo voto por mí mismo —dijo, tratando de aparentar una firmeza que le resultaba difícil mantener después de todo lo sucedido. Los comerciantes votaron a continuación. Elend se acomodó, preparado para la esperada ristra de votos por Cett.

—Yo voto por Penrod —dijo Philen.

Elend se irguió, alertado. *¿Qué?*

El siguiente comerciante votó también por Penrod. Y el siguiente, y el siguiente. Elend se quedó de piedra. *¿Qué he pasado por alto?*, pensó. Miró a Ham, quien se encogió de hombros, confundido.

Philen miró a Elend, sonriendo amablemente. Elend no supo si había amargura o satisfacción en esa mirada. *¿Han cambiado de bando? ¿Tan rápido?* Philen había sido quien había colado a Cett en la ciudad.

Elend contempló la fila de comerciantes, tratando con poco éxito de medir sus reacciones. Cett no había asistido a la reunión: se había marchado a la fortaleza Hasting para que le curaran las heridas.

—Yo voto por lord Venture —dijo Haws, el primero de la facción skaa. Esto también provocó una conmoción en la sala. Haws miró a Elend a los ojos, y asintió. Era un firme creyente de la Iglesia del Superviviente, y aunque los diferentes predicadores de la religión estaban empezando a no estar de acuerdo en cómo organizar a sus seguidores, todos coincidían en que un creyente en el trono sería mejor para ellos que entregar la ciudad a Cett.

Habrá que pagar un precio por esta alianza, pensó Elend mientras los skaa votaban. Conocían la reputación de honradez de Elend, y él no traicionaría su confianza.

Les había dicho que se convertiría en un miembro declarado de su secta. No les había prometido creer, pero sí devoción. Seguía sin estar seguro de qué había cedido exactamente, pero todos sabían que se necesitaban mutuamente.

—Yo voto por Penrod —dijo Jasten, un obrero del canal.

—Y yo también —dijo Thurts, su hermano.

Elend apretó los dientes. Sabía que serían un problema: nunca les había gustado la Iglesia del Superviviente. Pero cuatro de los skaa le habían dado ya su voto. Con solo los dos restantes tenía buenas posibilidades de lograr un empate.

—Yo voto por Venture —dijo el siguiente.

—Y yo también —dijo el último skaa. Elend le dirigió al hombre, Vet, una sonrisa de agradecimiento.

El resultado era de quince votos para Penrod, dos para Cett y siete para Elend. Un callejón sin salida. Elend se recostó levemente, apoyando la cabeza contra el acolchado respaldo del sillón, y suspiró.

Tú has hecho tu trabajo, Vin. Y yo el mío. Ahora tenemos que conservar a este país de una pieza.

—¿Se me permite cambiar mi voto? —preguntó una voz.

Elend abrió los ojos. Era lord Habren, uno de los que habían votado a favor de Cett.

—Quiero decir, está claro que Cett no va a ganar —habló Habren, ruborizándose un poco. El joven era un primo lejano de la familia Elariel, y probablemente por eso había conseguido su escaño. El apellido todavía significaba poder en Luthadel.

—No estoy seguro de si puedes cambiarlo o no —dijo lord Penrod.

—Bueno, prefiero que mi voto valga algo. Solo hay dos votos a favor de Cett, después de todo.

La habitación se quedó en silencio. Uno a uno, los miembros de la Asamblea se volvieron hacia Elend. Noorden, el escriba, lo miró a los ojos. Había una cláusula que permitía cambiar el voto, siempre y cuando el canciller no hubiera dado por cerrado oficialmente el escrutinio..., cosa que, en efecto, no había hecho.

La cláusula no era conocida; Noorden era probablemente el único en la sala aparte de Elend que conocía la ley lo bastante a fondo para interpretarla. Asintió levemente, sin dejar de mirar a Elend a los ojos. Se callaría la boca.

Elend guardó silencio en una habitación llena de hombres que confiaban en él, aunque lo rechazaran. Podría hacer lo que proponía Noorden. Podía no decir nada, o decir que no lo sabía.

—Sí —dijo en voz baja—. La ley te permite cambiar tu voto, lord Habren. Puedes hacerlo solo una vez, y debes hacerlo antes de que se dé a conocer oficialmente el ganador. Todos los demás tienen el mismo derecho.

—Entonces voto por lord Penrod —dijo Habren.

—Y yo también —dijo lord Hue, el otro que había votado por Cett.

Elend cerró los ojos.

—¿Algún cambio más? —preguntó lord Penrod.

Nadie habló.

—Entonces —dijo Penrod—, son diecisiete votos a mi favor y siete votos por lord Venture. Cierro oficialmente la votación y humildemente acepto vuestro nombramiento como rey. Serviré lo mejor que pueda en el ejercicio de esta función.

Elend se puso en pie y, lentamente, se quitó la corona.

—Toma —dijo, colocándola sobre la repisa—. La necesitarás.

Hizo un gesto a Ham, y se marchó sin mirar a los hombres que lo habían rechazado.

FIN DE LA TERCERA PARTE

CUARTA PARTE

CUCHILLOS

Sé lo que argumentaréis. Estamos hablando de la Anticipación, de cosas predichas, de promesas hechas por nuestros grandes profetas de antaño. Naturalmente, el Héroe de las Eras encajará en las profecías. Encajará a la perfección. Esa es la idea.

39

Straff Venture cabalgaba tranquilamente en el brumoso crepúsculo. Aunque hubiese preferido ir en un carruaje, le parecía importante viajar a caballo y presentar a las tropas una imagen imponente. Zane, y no era de extrañar, prefería caminar. Trotaba junto al caballo de Straff. Los dos dirigían un grupo de cincuenta soldados.

Incluso teniendo a los soldados cerca, Straff se sentía indefenso. No era solo por las brumas, y no era solo por la oscuridad. Todavía recordaba el contacto de la muchacha en sus emociones.

—Me has fallado, Zane —dijo.

El nacido de la bruma alzó la cabeza, y, quemando estaño, Straff distinguió su ceño fruncido.

—¿Fallado?

—Venture y Cett viven todavía. Y encima enviaste a la muerte a un puñado de mis mejores alománticos.

—Te advertí que podrían morir —dijo Zane.

—Por un propósito, Zane —dijo Straff severamente—. ¿Por qué necesitabas a un grupo de alománticos secretos si ibas a enviarlos a una misión suicida en medio de una reunión pública? Puede que creas que nuestros recursos son ilimitados, pero te aseguro que esos seis hombres no pueden ser sustituidos.

Straff había necesitado décadas de trabajo con sus amantes para reunir a tantos alománticos ocultos. Había sido un trabajo placentero, pero trabajo de todas formas.

En un intrépido gambito, Zane había destruido a una tercera parte de los hijos alománticos de Straff.

¡Mis hijos muertos, nuestra jugada descubierta y esa... criatura de Elend todavía vive!

—Lo siento, padre —dijo Zane—. Creía que el caos y la multitud aislarían a la muchacha y le impedirían usar monedas. Estaba convencido de que funcionaría.

Straff frunció el ceño. Sabía bien que Zane se consideraba más competente que su padre: ¿qué nacido de la bruma no hubiera pensado tal cosa? Solo con una equilibrada mezcla de sobornos, amenazas y manipulación mantenía a Zane bajo control.

Sin embargo, al margen de lo que pensara Zane, Straff no era ningún necio. Supo en aquel mismo momento que el joven estaba ocultando algo. *¿Por qué enviar a esos hombres a la muerte?*, pensó Straff. *Debía de pretender que fracasaron, o los habría ayudado a combatir a la muchacha.*

—No —dijo Zane en voz baja, hablando para sí como hacía a veces—. Es mi padre... —Se calló y alzó bruscamente la cabeza—. No. A ellos tampoco.

Lord Legislador, pensó Straff mirando al loco susurrante que lo acompañaba. *¿Dónde me he metido?* Zane se volvía cada vez más impredecible. ¿Había enviado a esos hombres a morir por celos, por sed de violencia, o simplemente se sentía hastiado? Straff no creía que se hubiera vuelto contra él, pero era difícil asegurarlo. Fuera como fuese, no le gustaba tener que confiar en Zane para que sus planes funcionaran. No le gustaba tener que confiar en Zane para nada.

Zane miró a Straff y dejó de hablar. Ocultaba bien su locura, casi siempre. Era tan bueno ocultándola que a veces Straff la olvidaba. Sin embargo, seguía acechando bajo la superficie. Zane era la herramienta más peligrosa que Straff había usado jamás. La protección de un nacido de la bruma se imponía al peligro de la locura de Zane. A duras penas.

—No tienes que preocuparte, padre —dijo Zane—. La ciudad seguirá siendo tuya.

—Mientras esa mujer viva, nunca será mía —dijo Straff. Se estremeció.

Tal vez se trata de eso. El ataque de Zane fue tan descarado que todos en la ciudad saben que yo estaba detrás, y cuando ese demonio de nacida de la bruma se recupere vendrá por mí para vengarse. Pero si ese es el objetivo de Zane, ¿por qué no me mata él mismo? Lo que ha-

cía Zane no tenía sentido. No tenía que tenerlo. Esa era, tal vez, una de las ventajas de estar loco.

Zane sacudió la cabeza.

—Creo que te sorprenderás, padre. De un modo u otro, pronto no tendrás nada que temer de Vin.

—Ella cree que intenté asesinar a su amado rey.

Zane sonrió.

—No, no lo creo. Es demasiado lista para creer eso.

¿Demasiado lista para ver la verdad?, pensó Straff. Sin embargo, sus oídos amplificados por el estaño oyeron roces en las brumas. Alzó una mano para detener la comitiva. En la distancia apenas pudo distinguir las manchas fluctuantes de las antorchas de la muralla. Estaban cerca de la ciudad, incómodamente cerca.

La procesión de Straff esperó en silencio. Entonces, de las brumas, ante ellos, surgió un hombre a caballo acompañado de cincuenta soldados propios. Ferson Penrod.

—Straff —dijo Penrod, asintiendo.

—Ferson.

—Tus hombres lo hicieron bien —dijo Penrod—. Me alegro de que tu hijo no tuviera que morir. Es un buen chico. Un mal rey, pero un buen hombre.

Un montón de hijos míos han muerto hoy, pensó Straff. *El hecho de que Elend siga vivo no es afortunado... Es irónico.*

—¿Vas a entregar ya la ciudad? —preguntó.

Penrod asintió.

—Philen y sus mercaderes quieren garantías de que tendrán un título que iguale el que les prometió Cett.

Straff agitó una mano.

—Me conoces, Ferson. —*Prácticamente solías humillarte ante mí en las fiestas cada semana*—. Siempre cumplo los acuerdos comerciales. Sería un idiota si no satisficiera a esos mercaderes... Ellos son quienes me pagarán los tributos de este dominio.

Penrod asintió con la cabeza.

—Me alegro de que pudiéramos llegar a un acuerdo, Straff. No me fío de Cett.

—Dudo que te fíes de mí.

Penrod sonrió.

—Pero a ti te conozco, Straff. Eres uno de nosotros: un noble de

Luthadel. Además, has forjado el reino más estable de los dominios. Eso es lo que todos buscamos en estos momentos. Un poco de estabilidad para este pueblo.

—Hablas casi como ese necio hijo mío.

Penrod calló un segundo, luego sacudió la cabeza.

—Tu hijo no es ningún necio, Straff. Es solo un idealista. En realidad, me entristece ver caer su pequeña utopía.

—Si te entristeces por él, Ferson, entonces también tú eres un idiota.

Penrod se envaró. Straff sostuvo la orgullosa mirada del hombre hasta que el otro bajó los ojos. El intercambio fue sencillo, casi insignificante... pero sirvió de recordatorio.

Straff se echó a reír.

—Vas a tener que acostumbrarte a ser un pez pequeño de nuevo, Ferson.

—Lo sé.

—Anímate —dijo Straff—. Suponiendo que este traspaso de poder se haga como prometiste, no tendrá que morir nadie. Quién sabe, tal vez te deje conservar esa corona tuya.

Penrod alzó la mirada.

—Durante mucho tiempo esta tierra no tuvo reyes —dijo Straff tranquilamente—. Tenía algo más grande. Bueno, yo no soy el lord Legislador... pero puedo ser emperador. ¿Quieres conservar la corona y gobernar como rey a mis órdenes?

—Depende del coste, Straff —contestó Penrod con cierta precaución.

No está completamente sometido, entonces. Penrod siempre había sido muy listo: el noble más importante que se había quedado en Luthadel, y su juego había funcionado.

—El coste es exorbitante —dijo Straff—. Ridículamente.

—El atium —sugirió Penrod.

Straff asintió.

—Elend no lo ha encontrado, pero está ahí, en alguna parte. Fui yo quien extrajo esas geodas: mis hombres se pasaron décadas cosechándolas y llevándolas a Luthadel. Sé cuánto recogimos y sé que la cantidad que volvió a los nobles es mínima. El resto está en esa ciudad.

Penrod asintió.

—Veré qué puedo encontrar, Straff.

Straff alzó una ceja.

—Tienes que recuperar la práctica, Ferson.

Penrod vaciló durante unos instantes. Finalmente inclinó la cabeza.

—Veré qué puedo encontrar, mi señor.

—Bien. Ahora, ¿qué noticias traes de la amante de Elend?

—Se desplomó después de la pelea —dijo Penrod—. Tengo una espía entre el personal de cocina y dice que le llevó un cuenco de guiso a su habitación. Lo devolvieron frío.

Straff frunció el ceño.

—¿Podría esta mujer tuya suministrarle algo a la nacida de la bruma?

Penrod palideció un poco.

—Yo... no creo que eso sea aconsejable, mi señor. Además, ya conoces la constitución de los nacidos de la bruma.

Tal vez está realmente incapacitada, pensó Straff. *Si actuamos...* El frío contacto de ella en sus emociones le volvió a la memoria. Aturdimiento. Nada.

—No tienes nada que temer de ella, mi señor.

Straff alzó una ceja.

—No tengo miedo, soy cauteloso. No entraré en esa ciudad hasta que mi seguridad esté garantizada. Y hasta que así sea, tu ciudad corre peligro por culpa de Cett. O, peor, ¿qué pasaría si esos koloss deciden atacar, Ferson? Estoy en negociaciones con su líder y parece capaz de controlarlos. Por ahora. ¿Has visto alguna vez los resultados de una matanza koloss?

Probablemente, no. Straff no los había visto hasta hacía muy poco. Penrod tan solo negó con la cabeza.

—Vin no te atacará. No si la Asamblea vota ponerte al mando de la ciudad. La transferencia será perfectamente legal.

—Dudo que le preocupe la legalidad.

—Tal vez —dijo Penrod—. Pero a Elend sí. Y, donde él manda, la muchacha obedece.

A menos que tenga tan poco control sobre ella como yo sobre Zane, pensó Straff estremeciéndose. Dijera lo que dijese Penrod, Straff no iba a tomar la ciudad hasta que aquella horrible criatura hubiera sido eliminada. Para ello solo podía confiar en Zane.

Y esa idea lo asustaba casi tanto como la propia Vin.

Sin más discusiones, Straff le hizo un gesto a Penrod, despidiéndolo. Penrod se dio la vuelta y regresó a las brumas con su séquito. Incluso con su estaño, Straff apenas oyó a Zane aterrizar a su lado. Se volvió a mirar al nacido de la bruma.

—¿De verdad crees que te entregará el atium si lo encuentra? —preguntó Zane en voz baja.

—Tal vez. Tiene que saber que no podrá conservarlo..., no tiene el poder militar para proteger un tesoro como ese. Y, si no me lo entrega..., bueno, probablemente sería más fácil quitarle el atium que encontrarlo por mi cuenta.

Zane pareció considerar satisfactoria la respuesta. Esperó unos momentos, contemplando las brumas. Entonces miró a Straff con una expresión curiosa.

—¿Qué hora es?

Straff consultó su reloj de bolsillo, algo que ningún nacido de la bruma llevaría. Era demasiado metal.

—Las once y diecisiete —dijo.

Zane asintió y se volvió a mirar la ciudad.

—Ya debería haber hecho efecto.

Straff frunció el ceño. Entonces empezó a sudar. Avivó estaño, cerrando los ojos. *¡Allí!*, pensó, advirtiendo una debilidad en su interior.

—¿Más veneno? —preguntó, evitando que el miedo se le notara en la voz, obligándose a no perder la calma.

—¿Cómo lo haces, padre? —preguntó Zane—. Creía con toda seguridad que este te pasaría inadvertido. Y, sin embargo, aquí estás, como si nada.

Straff empezaba a sentirse débil.

—No hace falta ser un nacido de la bruma para detectarlos, Zane —replicó.

Zane se encogió de hombros, sonriendo de aquella manera tan aterradora: agudamente inteligente pero extrañamente inestable. Se limitó a cabecear.

—Vuelves a ganar —dijo, y se abalanzó hacia el cielo agitando las brumas a su paso.

Straff hizo inmediatamente dar la vuelta a su caballo, tratando de mantener el decoro mientras lo acicateaba de regreso al campamento.

Podía sentir el veneno. Lo sentía robarle la vida. Lo sentía amenazándolo, superándolo...

Cabalgó, quizá demasiado rápido. Es difícil parecer fuerte cuando te estás muriendo. Finalmente, echó a galopar. Dejó atrás a sus guardias, que lo llamaron sorprendidos hasta que echaron a correr para no perderlo.

Straff ignoró sus quejas. Espoleó el caballo. Notaba que el veneno lo aturdía. ¿Cuál había usado Zane? ¿Gurespectro? No, había que inyectarlo. ¿Tómfola, tal vez? O... quizá había encontrado un veneno que Straff ni siquiera conocía.

Esperaba que no fuera ese el caso. Si Straff no conocía el veneno, entonces Amaranta probablemente tampoco, y no podría incorporar el antídoto a su poción curativa.

Las luces del campamento iluminaron las brumas. Los soldados dieron la voz cuando Straff se acercaba y a punto estuvo de ser empalado por uno de sus hombres, que apuntó su lanza contra el caballo al galope. Por fortuna el hombre lo reconoció a tiempo. Straff lo arrolló a pesar de que bajó la lanza.

Straff fue directamente a su tienda. A esas alturas sus soldados se dispersaban, preparándose para una invasión o algún tipo de ataque. Era imposible que pudiera ocultarle aquello a Zane.

Tampoco podría ocultar mi muerte.

—¡Mi señor! —dijo un capitán, corriendo hacia él.

—Trae a Amaranta —ordenó Straff, bajando del caballo.

El soldado vaciló.

—¿Tu amante, mi señor? ¿Por qué...?

—¡Ahora! —ordenó Straff, abriendo la puerta de su tienda. Se detuvo nada más entrar, con las piernas temblorosas, mientras la puerta volvía a cerrarse. Se frotó la frente con una mano vacilante. Demasiado sudor.

¡Maldita sea!, pensó frustrado. *Tengo que matarlo, contenerlo... Tengo que hacer algo. ¡No puedo gobernar así!*

Pero ¿qué? Había permanecido noches despierto, había malgastado días tratando de decidir qué hacer con Zane. El atium que usaba para sobornarlo ya no parecía una buena motivación. La iniciativa de Zane de masacrar a los hijos de Straff en un intento obviamente inútil de matar a la amante de Elend demostraba que ya no era de fiar, ni siquiera en cierta medida.

Amaranta llegó con sorprendente rapidez e inmediatamente empezó a preparar su antídoto. Poco después, mientras Straff engullía el espantoso bebedizo y sentía al instante sus efectos curativos, llegó a una incómoda conclusión.

Zane tenía que morir.

Y sin embargo... algo en todo esto resultaba muy conveniente. Parecía como si hubiéramos construido un héroe a la medida de nuestras profecías en vez de permitir que surgiera uno de manera natural. Esta era mi inquietud, lo que debería haberme hecho vacilar cuando mis hermanos finalmente acudieron a mí, dispuestos a creer por fin.

40

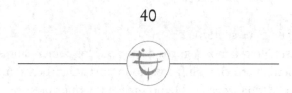

Elend estaba sentado junto a su cama.

Eso la consolaba. Aunque dormía profundamente, una parte de Vin sabía que él estaba allí, cuidándola. Era extraño notar sus atenciones, pues era ella quien solía encargarse de la protección.

Así que, cuando por fin despertó, no la sorprendió encontrarlo sentado en la silla, junto a la cama, leyendo en silencio a la tenue luz de las velas. No despertó sobresaltada ni escrutó el cuarto con aprensión. Se sentó despacio, apretando la sábana bajo sus brazos, y luego tomó un sorbo de agua del vaso que le habían dejado junto a la cama.

Elend cerró el libro y se volvió hacia ella, sonriente. Vin contempló aquellos suaves ojos buscando atisbos del horror que había visto antes. Del disgusto, el terror, la conmoción. Sabía que era un monstruo. ¿Cómo podía sonreír tan amablemente?

—¿Por qué? —preguntó en voz baja.

—¿Por qué, qué? —respondió él.

—¿Por qué estás aquí? No me estoy muriendo... Eso lo recuerdo.

Elend se encogió de hombros.

—Solo quería estar cerca de ti.

Ella no dijo nada. Un brasero de carbón ardía en un rincón, aunque necesitaba más combustible. El invierno se acercaba y parecía que iba a ser frío. Ella solo llevaba un camisón; había pedido a las criadas que no le pusieran nada, pero para entonces los sedantes de Sazed ya habían empezado a surtir efecto y no había tenido fuerzas para discutir.

Acercó la manta. Solo entonces se dio cuenta de algo que debería haber advertido antes.

—¡Elend! No llevas tu uniforme.

Él miró lo que llevaba: un traje de noble de su antiguo guardarropa, con un chaleco granate sin botones. La chaqueta le quedaba demasiado grande. Se encogió de hombros.

—Ya no es necesario continuar con la charada, Vin.

—¿Cett es rey? —preguntó ella, sintiéndose deprimida.

Elend negó con la cabeza.

—Penrod.

—Eso no tiene sentido.

—Lo sé. No estamos seguros de por qué los comerciantes traicionaron a Cett... pero en realidad ya no importa. Penrod es mucha mejor opción de todas formas. Mejor que Cett, y que yo.

—Sabes que eso no es verdad.

Elend se arrellanó, meditativo.

—No sé, Vin. Creía que era el mejor. Sin embargo, mientras ideaba todo tipo de planes para impedir que el trono fuera a parar a manos de Cett no consideré ni una sola vez el único que le habría derrotado claramente: dar mi apoyo a Penrod, juntar nuestros votos. ¿Y si mi arrogancia nos hubiera traído a Cett? No pensé en el pueblo.

—Elend... —dijo ella, posando una mano sobre su brazo.

Y él dio un respingo.

Fue leve, casi imperceptible, y lo enmendó rápidamente. Pero el daño estaba hecho. Daño que ella había causado, daño en él. Finalmente había visto lo que ella era. Se había enamorado de una mentira.

—¿Qué? —dijo, mirándola a la cara.

—Nada —respondió Vin. Apartó la mano. Algo se quebró en su interior.

Lo amo tanto. ¿Por qué? ¿Por qué le dejé verlo? ¡Si hubiera podido elegir...!

Te está traicionando, susurró la voz de Reen en el fondo de su mente. *Todos te dejarán tarde o temprano, Vin.*

Elend suspiró y se volvió hacia los postigos de la habitación. Estaban cerrados, manteniendo a raya las brumas, aunque Vin vio la oscuridad del otro lado.

—La cuestión, Vin —dijo en voz baja—, es que nunca pensé que se acabaría así. Confié en ellos hasta el final. El pueblo, la Asamblea que el pueblo eligió, creí que haría lo adecuado. Cuando no me eligieron, me sorprendí. No debería haberlo hecho. Sabíamos que era una posibilidad remota. Quiero decir, ya me habían expulsado una vez. Pero me convencí a mí mismo de que solo había sido una advertencia. En el fondo de mi corazón creía que iban a devolverme el trono. —Sacudió la cabeza—. Ahora tengo que admitir que mi fe en ellos era infundada, o tengo que confiar en su decisión.

Por eso lo amaba: por su bondad, por su sencilla honradez. Cosas tan extrañas y exóticas para una skaa callejera como su propia naturaleza de nacida de la bruma lo era para la mayoría de la gente. Ni siquiera entre los hombres buenos del grupo de Kelsier, ni siquiera entre los mejores de la nobleza había conocido a un hombre como Elend Venture. Un hombre que prefería creer que el pueblo que lo había destronado estaba intentando hacer lo adecuado.

En ocasiones se había sentido como una idiota por enamorarse del primer noble al que había conocido. Pero se daba cuenta de que su amor por Elend no era producto de la simple conveniencia ni de la proximidad, sino que era debido a la naturaleza de aquel hombre. El hecho de que ella lo hubiera encontrado primero era un caso de increíble fortuna.

Y... se había acabado. Al menos había dejado de ser lo que una vez fuera. Pero siempre había sabido que acabaría así. Por eso había rechazado su propuesta matrimonial, hacía ya un año. No podía casarse con él. O, más bien, no podía permitir que él se casara con ella.

—Conozco la tristeza de tu mirada, Vin —dijo Elend con suavidad.

Ella lo miró, sorprendida.

—Podemos superarlo —dijo él—. El trono no lo era todo. En realidad, tal vez estemos mejor así. Hicimos lo que pudimos. Ahora le toca a otro el turno de intentarlo.

Ella sonrió débilmente. No lo sabe. Nunca debe saber cuánto me duele esto. Es un buen hombre..., intentaría obligarse a seguir amándome.

—Pero deberías seguir descansando —dijo Elend.

—Estoy bien —respondió ella, desperezándose. Le dolían el costado y el cuello, pero el peltre ardía en su interior y ninguna de sus heridas era grave—. Necesito... —Calló al darse cuenta. Se irguió, y el repentino movimiento hizo que palideciera de dolor. El día anterior era un borrón confuso, pero...—. ¡OreSeur! —exclamó, apartando las mantas.

—Está bien, Vin —dijo Elend—. Es un kandra. Los huesos rotos no significan nada para él.

Ella se detuvo, incorporada a medias en la cama, sintiéndose de pronto como una idiota.

—¿Dónde está?

—Digiriendo un nuevo cuerpo —sonrió Elend.

—¿Por qué sonríes?

—Nunca hasta ahora había oído a nadie expresar preocupación por un kandra.

—Bueno, no veo por qué no —dijo Vin, volviendo a meterse en la cama—. OreSeur arriesgó su vida por mí.

—Es un kandra, Vin —repitió Elend—. No creo que esos hombres pudieran haberlo matado; dudo incluso que un nacido de la bruma pudiera hacerlo.

Vin vaciló. Ni siquiera un nacido de la bruma... ¿Qué la inquietaba de esa declaración?

—Da igual —dijo—. Siente dolor. Recibió dos fuertes golpes por mi culpa.

—Solo cumplía su Contrato.

Su Contrato... OreSeur había atacado a un humano. Había incumplido su Contrato. Por ella.

—¿Qué? —preguntó Elend.

—Nada —respondió Vin rápidamente—. Háblame de los ejércitos.

Elend la miró, pero permitió que la conversación cambiara de rumbo.

—Cett sigue atrincherado en la fortaleza Hasting. No estamos seguros de cuál será su reacción. La Asamblea no lo eligió, lo cual no puede ser bueno. Y, sin embargo, no ha protestado... Tiene que haberse dado cuenta de que está atrapado aquí dentro.

—Tal vez creyó de veras que íbamos a elegirlo —dijo Vin, frunciendo el ceño—. ¿Por qué, si no, entró en la ciudad?

Elend negó con la cabeza.

—Fue una maniobra extraña. De todas formas, he aconsejado a la Asamblea que intente hacer un trato con él. Me parece que cree que el atium no está en la ciudad, y que, en realidad, no hay ningún motivo para querer Luthadel.

—Excepto por el prestigio.

—No merece la pena perder un ejército por eso —dijo Elend—. Ni la vida.

Vin asintió.

—¿Y tu padre?

—Callado. Es extraño, Vin. Esto no es propio de él. Esos asesinos eran muy descarados. No sé cómo interpretarlo.

—Los asesinos —dijo Vin, sentándose en la cama—. ¿Los habéis identificado?

Elend negó con la cabeza.

—Nadie los reconoce.

Vin frunció el ceño.

—Tal vez no estamos tan familiarizados con los nobles del Dominio Septentrional como creíamos —dijo Elend.

No, pensó Vin. *No. Si eran de una ciudad tan cercana como Urteau, la sede de Straff, algunos tendrían que ser conocidos, ¿no?*

—Me pareció reconocer a uno —dijo Vin, finalmente.

—¿A cuál?

—Al... último.

Elend vaciló.

—Ah. Bueno, supongo que ahora no podremos identificarlo.

—Elend, lamento que tuvieras que ver eso.

—¿Qué? —preguntó Elend—. Vin, he visto la muerte otras veces. Estaba obligado a ver las ejecuciones del lord Legislador, ¿recuerdas? —Hizo una pausa—. Aunque lo que tú hiciste no fue eso, por supuesto.

Por supuesto.

—Estuviste sorprendente —dijo Elend—. Si no hubieras detenido a esos alománticos yo estaría muerto, y es probable que Penrod y los otros miembros de la Asamblea hubieran corrido el mismo destino. Salvaste el Dominio Central.

Siempre tenemos que ser los cuchillos...

Elend sonrió y se puso en pie.

—Toma —dijo caminando hasta un lado de la habitación—. Está frío, pero Sazed ha dicho que debías comértelo cuando despertaras. —Regresó con un cuenco de caldo.

—¿Sazed lo ha enviado? —preguntó Vin, escéptica—. ¿Está drogado, entonces?

Elend sonrió.

—Me ha dicho que no lo probara..., que contenía suficientes sedantes para dejarme inconsciente un mes. Hace falta mucho para atontaros a los que sois capaces de quemar peltre.

Dejó el cuenco en la mesita de noche. Vin lo miró con los párpados entornados. A Sazed probablemente le preocupaba que, a pesar de sus heridas, fuera a salir de ronda por la noche si la dejaban a su aire. Tal vez tuviera razón. Con un suspiro, Vin aceptó el cuenco y empezó a tomar sorbos.

Elend sonrió.

—Enviaré a alguien para que traiga más carbón para la estufa —dijo—. Tengo cosas que hacer.

Vin asintió, y él se marchó cerrando la puerta tras de sí.

Cuando Vin despertó, vio que Elend seguía allí. Estaba de pie en la penumbra, observándola. Fuera seguía oscuro. Los postigos de la ventana estaban abiertos y la bruma cubría el suelo de la habitación.

Los postigos están abiertos.

Vin se enderezó y se volvió hacia la figura del rincón. No era Elend.

—Zane —dijo con voz monótona.

Él dio un paso adelante. Era fácil ver el parecido entre él y Elend, ahora que sabía buscarlo. Tenían la misma mandíbula, el mismo pelo rizado oscuro. Incluso tenían una constitución similar desde que Elend hacía ejercicio.

—Duermes demasiado profundamente —dijo Zane.

—Incluso una nacida de la bruma necesita dormir para sanar.

—No tendrías que haber resultado herida, para empezar —dijo Zane—. Tendrías que haber podido matar a esos hombres con facilidad, pero te distrajiste con mi hermano e intentando que la gente de la sala no sufriera ningún daño. Esto te ha hecho él: te ha cambiado, para que ya no puedas ver lo que hace falta hacer y solo veas lo que él quiere que hagas.

Vin alzó una ceja mientras palpaba con disimulo bajo la almohada. Por fortuna, allí estaba su daga. *No me ha matado mientras dormía*, pensó. *Eso tiene que ser una buena señal.*

Él avanzó otro paso. Vin se envaró.

—¿Cuál es tu juego, Zane? Primero me dices que has decidido no matarme. Luego envías a un grupo de asesinos. ¿Y ahora qué? ¿Has venido a terminar el trabajo?

—Nosotros no enviamos a esos asesinos, Vin —dijo Zane tranquilamente.

Ella hizo una mueca.

—Cree lo que quieras —dijo Zane, avanzando otro paso hasta quedar junto a la cama, una alta figura negra y solemne—. Pero mi padre sigue aterrorizado por tu culpa. ¿Se arriesgaría a tu venganza por haber intentado matar a Elend?

—Fue una maniobra. Esperaba que esos asesinos me mataran.

—¿Por qué usarlos? —preguntó Zane—. Me tiene a mí: ¿por qué usar a un puñado de brumosos para atacarte en una sala abarrotada si podría hacer que yo usara atium de noche para matarte?

Vin vaciló.

—Vin —dijo él—, vi sacar los cadáveres del Salón de la Asamblea, y reconocí a algunos hombres del séquito de Cett.

¡Eso es!, pensó Vin. *¡Ahí es donde vi al violento al que aplasté la cara! Estaba en la fortaleza Hasting, asomado a la cocina mientras comíamos con Cett, fingiendo ser un criado.*

—Pero los asesinos atacaron también a Cett...

Vin guardó silencio. Era una estrategia básica entre los ladrones: si no querías levantar sospechas mientras robabas las tiendas que había alrededor de la tuya, te asegurabas de «robarte» también a ti mismo.

—Los asesinos que atacaron a Cett eran todos hombres normales —dijo Vin—, no alománticos. Me pregunto qué les diría. ¿Que les permitirían «rendirse» cuando terminara la pelea? Pero ¿por qué fingir un ataque? Era el favorito para el trono.

Zane negó con la cabeza.

—Penrod hizo un trato con mi padre, Vin. Straff prometió a la Asamblea riquezas muy superiores a las que podía proporcionar Cett. Por eso los comerciantes cambiaron su voto. Cett debió de enterarse de su traición. Tiene bastantes espías en la ciudad.

Vin se sentó, anonadada. *¡Naturalmente!*

—Y el único modo de que Cett pudiera ganar...

—Era enviar a los asesinos —asintió Zane—. Tenían que atacar a los tres candidatos, matar a Penrod y a Elend, y dejarlo a él, Cett, con vida. La Asamblea hubiese creído que Straff los había traicionado, y Cett se hubiese convertido en rey.

Vin agarró el cuchillo con mano temblorosa. Se estaba cansando de juegos. Elend había estado a punto de morir. Ella a punto de fracasar.

Una parte de ella, una parte ardiente, quería hacer lo que anhelaba. Salir a matar a Cett y Straff, eliminar el peligro de la manera más eficaz posible.

No, se dijo. *Así actuaba Kelsier. Yo no soy así. Así no actuaría Elend.*

Zane se dio la vuelta y miró la pequeña cascada de brumas que entraba por los postigos abiertos.

—Tendría que haber llegado antes a la pelea. Estaba fuera, con la gente que llegó demasiado tarde para encontrar asiento. Ni siquiera supe lo que estaba pasando hasta que todos empezaron a salir.

Vin alzó una ceja.

—Casi pareces sincero, Zane.

—No tengo ningún deseo de verte muerta —dijo él, volviéndose—. Y desde luego no quiero que Elend sufra ningún daño.

—¿No? ¿Aunque es quien ha disfrutado de todos los privilegios mientras tú sufrías desprecios y encierros?

Zane negó con la cabeza.

—No es así. Elend es... puro. A veces, cuando lo oigo hablar, me pregunto si yo hubiera podido ser como él de haber sido mi infancia diferente. —En la oscura habitación, la miró a los ojos—. Estoy... destrozado, Vin. Loco. Nunca podré ser como Elend. Pero matarlo no me cambiaría. Probablemente que él y yo hayamos sido criados por separado es lo mejor: es mucho mejor que no sepa nada de mí. Es mejor que siga siendo como es. Inmaculado.

—Yo...

Vin se quedó sin palabras. ¿Qué podía decir? Notaba sinceridad en los ojos de Zane.

—Yo no soy Elend —dijo Zane—. Nunca lo seré: no formo parte de su mundo. Pero no creo que deba formar parte de él. Ni tú. Después de la lucha, conseguí entrar en el Salón de la Asamblea. Vi a Elend junto a ti, al final. Vi la expresión de sus ojos.

Ella se volvió.

—No es culpa suya ser lo que es —dijo Zane—. Como decía, es puro. Pero eso lo hace distinto a nosotros. He tratado de explicártelo. Ojalá pudieras haber visto esa expresión en sus ojos...

La vi, pensó Vin. No quería recordarla, pero la había visto. Aquella terrible expresión de horror; una reacción a algo espantoso y extraño, algo incomprensible.

—No puedo ser Elend —dijo Zane en voz baja—, pero tú no quieres que lo sea.

Dejó algo que llevaba en la mano sobre la mesilla de noche.

—La próxima vez, te aconsejo que estés preparada.

Vin recogió el objeto cuando Zane se acercaba a la ventana. La bolita de metal rodó en su palma. No era perfectamente esférica, pero era suave, como una pepita de oro. Supo lo que era sin tener que tragarla.

—¿Atium?

—Cett puede enviar a otros asesinos —dijo Zane, saltando al alféizar.

—¿Me lo das? —preguntó ella—. ¡Hay suficiente para quemar dos minutos!

Era una pequeña fortuna que hubiese valido veinte mil arquillas antes del Colapso. Con la escasez de atium...

Zane se volvió hacia ella.

—Mantente a salvo —dijo, y se lanzó a las brumas.

A Vin no le gustaba estar herida. Lógicamente, sabía que los demás opinaban igual; después de todo, ¿a quién podía gustarle sentir dolor y debilidad? Sin embargo, cuando los demás enfermaban los notaba frustrados, no aterrorizados.

Cuando enfermaba, Elend se pasaba el día en cama, leyendo libros. Ham, unos cuantos meses antes, había recibido un mal golpe durante un ejercicio y había gritado de dolor, pero había guardado reposo durante varios días sin que tuvieran que insistirle mucho.

Vin empezaba a ser como ellos. Podía yacer en cama como estaba haciendo, sabiendo que nadie intentaría cortarle la garganta mientras estuviera demasiado débil para pedir ayuda. De todas formas, anhelaba levantarse, que vieran que no estaba malherida. No fuera a ser que alguien pensara lo contrario y tratara de aprovechar la ventaja.

¡Ya no es así!, se dijo. Fuera había luz, y aunque Elend había vuelto a visitarla varias veces, en aquel momento estaba fuera. Sazed había ido a comprobar el estado de sus heridas, y le había suplicado que permaneciera en cama durante «al menos un día más». Luego había vuelto a sus estudios. Con Tindwyl.

¿Qué ha pasado con esos dos, que antes se odiaban?, pensó, molesta. *Ahora apenas los veo.*

La puerta se abrió. Vin se alegró de comprobar que respondía instintivamente: se tensó de inmediato, buscando sus dagas. El costado dolorido protestó por el súbito movimiento.

No entró nadie.

Vin frunció el ceño, todavía tensa, hasta que una cabeza perruna asomó por encima de los pies de la cama.

—¿Ama? —dijo una voz familiar, medio gruñido.

—¿OreSeur? ¡Llevas el cuerpo de otro perro!

—Naturalmente, ama —dijo OreSeur, saltando a la cama—. ¿Qué otra cosa podría tener?

—No lo sé —dijo Vin, guardándose las dagas—. Cuando Elend dijo que le habías pedido un cuerpo, supuse que habías pedido el de un humano. Quiero decir, todo el mundo vio «morir» a mi perro.

—Sí —contestó OreSeur—, pero será fácil explicar que te buscaste un nuevo animal de compañía. Ahora se espera que tengas perro, y no tenerlo probablemente haría que la gente se fijara.

Vin no dijo nada. Había vuelto a ponerse pantalones y camisa, a pesar de las protestas de Sazed. Sus vestidos estaban colgados en la otra habitación, aunque faltaba uno. A veces, cuando los miraba, le parecía ver el precioso vestido blanco colgado entre ellos, manchado de sangre. Tindwyl estaba equivocada: Vin no podía ser a la vez una dama y una nacida de la bruma. El horror que había visto en los ojos de Elend era suficiente prueba para ella.

—No tenías por qué tomar el cuerpo de un perro, OreSeur —dijo Vin en voz baja—. Prefiero que seas feliz.

—No importa, ama. Me he... aficionado a este tipo de huesos. Debería explorar un poco más sus ventajas antes de volver a los humanos.

Vin sonrió. OreSeur había elegido otro perro lobo, una bestia enorme. Su color era diferente: más negro que gris, sin ninguna mancha blanca. Le dio su aprobación.

—OreSeur... —dijo, apartando la mirada—. Gracias por lo que hiciste por mí.

—Cumplo mi Contrato.

—He estado en otras peleas —dijo Vin—. Nunca interviniste en ellas.

OreSeur no respondió de inmediato.

—No, no lo hice.

—¿Por qué esta vez?

—Hice lo que me pareció adecuado, ama.

—¿Aunque contraviniera el Contrato?

OreSeur se sentó orgullosamente sobre sus cuartos traseros.

—Yo no he incumplido mi Contrato —dijo con firmeza.

—Pero atacaste a un humano.

—No lo maté. Nos advierten que nos mantengamos al margen de las peleas, para no matar accidentalmente a un humano. De hecho, la mayoría de mis hermanos piensan que ayudar a alguien a matar se puede considerar lo mismo que hacerlo, y lo consideran un incumplimiento de Contrato. Las palabras son claras, sin embargo. Yo no hice nada malo.

—¿Y si ese hombre al que atacaste se hubiera roto el cuello?

—Entonces habría regresado con los míos para ser ejecutado —dijo OreSeur.

Vin sonrió.

—Entonces arriesgaste tu vida por mí.

—En pequeña medida, supongo —dijo OreSeur—. Las posibilidades de que mis acciones causaran directamente la muerte de ese hombre eran muy pequeñas.

—Gracias, de todas formas.

OreSeur inclinó la cabeza, aceptando el agradecimiento.

—Ejecutado —dijo Vin—. Entonces, ¿se os puede matar?

—Pues claro, ama. No somos inmortales.

Vin lo miró.

—No diré nada concreto, ama. Como puedes imaginar, prefiero no revelar las debilidades de mi especie. Baste decir que existen.

Vin asintió, pero frunció el ceño, pensativa, y se acurrucó. Algo seguía teniéndola en vilo, algo que Elend había dicho, algo sobre las acciones de OreSeur...

—Pero no podrían haberte matado con espadas o bastones, ¿verdad?

—Cierto —respondió OreSeur—. Aunque nuestra carne se parece a la vuestra, y aunque sentimos dolor, que nos golpeen no nos causa un efecto irreparable.

—Entonces, ¿por qué tenéis miedo? —dijo Vin, encontrando por fin lo que la molestaba.

—¿Ama?

—¿Por qué ideó tu pueblo el Contrato? ¿Por qué someteros a la humanidad? Si nuestros soldados no podían heriros, ¿por qué preocuparos por nosotros?

—Tenéis la alomancia.

—Entonces, ¿la alomancia puede mataros?

—No —dijo OreSeur, sacudiendo la cabeza—. No puede. Pero tal vez deberíamos cambiar de tema. Lo siento, ama. Es un terreno muy peligroso para mí.

—Comprendo —suspiró Vin—. Es frustrante. Hay tanto que no sé... sobre la Profundidad, sobre la política legal... ¡Incluso sobre mis propios amigos!

Se sentó y miró al techo. *Y sigue habiendo un espía en el palacio. Demoux o Dockson, probablemente. ¿Debería ordenar que los encarcelen a ambos durante algún tiempo? ¿Haría Elend una cosa así?*

OreSeur la estaba mirando, consciente de su frustración. Finalmente suspiró.

—Tal vez haya algunas cosas de las que pueda hablar, ama, si tengo cuidado. ¿Qué sabes del origen de los kandra?

Vin se enderezó.

—Nada.

—No existíamos antes de la Ascensión.

—¿Quieres decir que os creó el lord Legislador?

—Es lo que enseña nuestra tradición. No estamos seguros de cuál fue nuestro propósito. Tal vez íbamos a ser espías del Padre.

—¿Padre? —dijo Vin—. Parece extraño oír hablar de él de esa manera.

—El lord Legislador nos creó, ama. Somos sus hijos.

—Y yo lo maté. Me parece... que tendría que pedir disculpas.

—Que fuera nuestro Padre no significa que aceptáramos todo lo que hizo, ama. ¿No puede un humano amar a su padre y sin embargo pensar que no es una buena persona?

—Supongo.

—La teología kandra sobre el Padre es compleja —dijo OreSeur—. Incluso a nosotros nos cuesta comprenderla a veces.

Vin frunció el ceño.

—¿OreSeur? ¿Qué edad tienes?

—Soy viejo —dijo él simplemente.

—¿Más viejo que Kelsier?

—Mucho más. Pero no tanto como estás pensando. No recuerdo la Ascensión.

Vin asintió.

—¿Por qué me cuentas esto?

—Por tu pregunta inicial, ama. ¿Por qué nos sometemos al Contrato? Bueno, dime: si tú fueras el lord Legislador, y tuvieras sus poderes, ¿habrías creado servidores sin un modo de controlarlos?

Vin asintió lentamente, comprendiendo.

—El Padre pensó poco en los kandra a partir del segundo siglo tras su Ascensión —dijo OreSeur—. Tratamos de ser independientes durante una época, pero fue como te expliqué, la humanidad nos temió. Sintió rencor. Y algunos se enteraron de nuestras debilidades. Cuando mis antepasados consideraron sus opciones, prefirieron la servidumbre voluntaria a la esclavitud forzada.

Él los creó, pensó Vin. Siempre había compartido un poco la idea de Kelsier respecto al lord Legislador: que era más hombre que deidad. Pero, si realmente había creado una especie completamente nueva, entonces tenía que haber algo de divinidad en él.

El poder del Pozo de la Ascensión, pensó. *Lo tomó para sí... pero no duró. Debió de agotarse, y rápidamente. De otro modo, ¿para qué hubiese necesitado ejércitos conquistadores?*

Un estallido inicial de poder: la habilidad de crear, de cambiar... quizá de salvar. Había contenido las brumas, y en el proceso había hecho que la ceniza empezara a caer y el cielo se volviera rojo. Había creado a los kandra para servirle... y probablemente también a los koloss. Tal vez incluso hubiera creado a los alománticos.

Y después de eso, había vuelto a ser un hombre normal. Más o menos. Aun así, el lord Legislador había conservado una cantidad de poder inusitada como alomántico, y había logrado mantener el control sobre sus creaciones... e impedir de algún modo que las brumas mataran.

Hasta que Vin acabó con él. Desde entonces los koloss campaban a sus anchas y las brumas habían regresado. Los kandra no estaban bajo su control en aquel momento y por eso habían continuado como estaban. Pero había incorporado en ellos un método de control, por si los necesitaba. Un modo de hacer que los kandra le sirvieran...

Vin cerró los ojos e indagó levemente con sus sentidos alománticos. OreSeur había dicho que la alomancia no surtía efecto sobre los kandra... Pero ella sabía algo del lord Legislador, algo por lo que se había distinguido de otros alománticos: su inaudito poder le había permitido hacer cosas que de otro modo no hubiera podido hacer, como atravesar las nubes de cobre e influir en los metales que estaban dentro del cuerpo de alguien. Tal vez así era como controlaba a los kandra, y de eso hablaba OreSeur. Del motivo por el que temían a los nacidos de la bruma.

No porque los nacidos de la bruma pudieran matarlos, sino porque podían hacer algo más. Esclavizarlos, de algún modo. Tentativamente, probando lo que él había dicho antes, Vin recurrió a su poder y aplacó las emociones de OreSeur. No sucedió nada.

Puedo hacer las mismas cosas que el lord Legislador, pensó ella. *Puedo atravesar las nubes de cobre. Tal vez, si empujo un poco más...*

Se concentró y empujó sus emociones aplacando poderosamente. Tampoco sucedió nada. Tal como él le había dicho. Vin permaneció sentada un momento y luego, impulsivamente, quemó duraluminio y probó a dar un último y masivo empujón.

OreSeur dejó escapar de inmediato un aullido tan bestial e inesperado que Vin se puso en pie de un salto, conmocionada, avivando peltre.

OreSeur cayó sobre la cama, estremeciéndose.

—¡OreSeur! —dijo ella, arrodillándose y agarrándole la cabeza—. ¡Lo siento!

—He dicho demasiado... —murmuró él, todavía temblando—. Sabía que había dicho demasiado.

—No pretendía hacerte daño.

Los temblores remitieron, y OreSeur guardó silencio un momento, respirando entrecortadamente. Finalmente, libró la cabeza de sus brazos.

—Lo que pretendieras no tiene importancia, ama —dijo llanamente—. El error ha sido mío. Por favor, no vuelvas a hacerlo.

—Lo prometo. Lo siento.

Él sacudió la cabeza y se bajó de la cama.

—Ni siquiera deberías haber podido hacerlo. Tienes cosas extrañas, ama: eres como los alománticos de antaño, de antes de que con el paso de las generaciones menguara su poder.

—Lo siento —repitió Vin, sintiéndose impotente. *Me salvó la vida, casi faltó a su Contrato, y yo le hago esto...*

OreSeur se encogió de hombros.

—Está hecho. Tengo que descansar. Te sugiero que hagas lo mismo.

Después de eso, empecé a ver otros problemas.

41

—«Escribo ahora este archivo en una plancha de metal —leyó Sazed en voz alta—, porque tengo miedo. Miedo por mí mismo, sí... admito ser humano. Si Alendi regresa del Pozo de la Ascensión, estoy seguro de que mi muerte será uno de sus primeros objetivos. No es un hombre malvado, pero sí implacable. Debido, creo, a lo que ha vivido.»

—Eso coincide con lo que sabemos de Alendi por el libro de viaje —dijo Tindwyl—. Suponiendo que Alendi sea el autor del libro.

Sazed miró su montón de notas, repasando mentalmente lo más básico. Kwaan había sido un antiguo erudito de Terris. Había descubierto a Alendi, un hombre al que empezó a considerar, a través de sus estudios, el Héroe de las Eras, una figura profética terrisana. Alendi le había escuchado y se había convertido en un líder político. Había conquistado gran parte del mundo y luego viajado al norte, al Pozo de la Ascensión. Para entonces Kwaan al parecer había cambiado de opinión respecto a Alendi... y había tratado de impedir que llegara al Pozo.

Todo encajaba. Aunque el autor del libro nunca mencionaba su propio nombre, estaba claro que se trataba de Alendi.

—Supongo que es una buena deducción —dijo Sazed—. El libro incluso habla de Kwaan y del distanciamiento entre ambos.

Estaban sentados juntos en las habitaciones de Sazed. Él había solicitado, y conseguido, un escritorio más grande para sus innumerables notas y apuntes de teorías. Junto a la puerta estaban los restos de la cena: una sopa que habían tomado a toda prisa. Sazed anhelaba llevar los platos a la cocina, pero no había sido capaz de renunciar todavía al trabajo.

—Continúa —le pidió Tindwyl, acomodándose en su asiento. Sazed nunca la había visto tan relajada. Los aros que adornaban los lóbulos de sus orejas eran de varios colores, uno de oro o cobre seguido de uno de estaño o hierro; adornos sencillos pero hermosos.

—¿Sazed?

Él dio un respingo.

—Disculpa —dijo, y regresó a su lectura—. «No obstante, también temo que todo lo que he conocido caiga en el olvido, que mi historia caiga en el olvido. Y temo por el mundo que habrá de venir. Temo que mis planes fracasen. Temo la ruina que traiga la Profundidad.»

—Espera —dijo Tindwyl—. ¿Por qué temía eso?

—¿Por qué no? La Profundidad (suponemos que es la bruma) estaba matando a la gente. Sin la luz del sol, las cosechas no crecían y los animales no podían pastar.

—Pero si Kwaan temía la Profundidad, no tendría que haberse opuesto a Alendi —dijo Tindwyl—. Subía al Pozo de la Ascensión para derrotar a la Profundidad.

—Sí —dijo Sazed—. Pero entonces Kwaan estaba convencido de que Alendi no era el Héroe de las Eras.

—Pero ¿qué importaba eso? No hacía falta una persona concreta para detener las brumas: el éxito de Rashek lo demuestra. Toma, sáltatelo todo hasta el final. Lee el párrafo sobre Rashek.

Sazed leyó:

Tengo un joven sobrino llamado Rashek. Odia a todo Khlennium con la pasión de la envidiosa juventud. Odia a Alendi aún más profundamente, a pesar de que no se conocen, porque Rashek se siente traicionado debido a que uno de nuestros opresores ha sido elegido Héroe de las Eras.

Alendi necesitará guías para cruzar las montañas de Terris. He encargado a Rashek que se asegure de que él y sus amigos de confianza son los guías elegidos. Rashek debe intentar guiar a Alendi en la dirección equivocada, para desanimarlo o, de lo contrario, hacerlo fallar en su búsqueda. Alendi no sabe que ha sido engañado.

Si Rashek no consigue desviar a Alendi, he instruido al muchacho para que mate a mi antiguo amigo. Es una esperanza remota. Alendi ha sobrevivido a asesinos, guerras y catástrofes. Y, sin embargo, espero que en las montañas heladas de Terris pueda finalmente ser detenido. Espero un milagro.

Alendi no debe alcanzar el Pozo de la Ascensión, pues no se le debe permitir hacerse con el poder para sí mismo.

Tindwyl se recostó en su asiento, frunciendo el ceño.

—¿Qué ocurre? —preguntó Sazed.

—Algo no encaja en todo esto, creo. Pero no sé decirte exactamente qué.

Sazed volvió a escrutar el texto.

—Reduzcámoslo a hechos simples, entonces. Rashek, el hombre que se convirtió en lord Legislador, era sobrino de Kwaan.

—Sí —dijo Tindwyl.

—Kwaan envía a Rashek a desviar, o incluso a matar, a su antiguo amigo Alendi el Conquistador... un hombre que escala las montañas de Terris para encontrar el Pozo de la Ascensión.

Tindwyl asintió.

—Kwaan hace tal cosa porque teme lo que pueda suceder si Alendi toma para sí el poder del Pozo.

Tindwyl alzó un dedo.

—¿Por qué temía eso?

—Parece un miedo lógico, creo.

—Demasiado lógico —respondió Tindwyl—. O, más bien, perfectamente racional. Pero, dime, Sazed. Cuando leíste el libro de Alendi, ¿te dio la impresión de que era del tipo que toma el poder para sí mismo?

Sazed negó con la cabeza.

—Más bien todo lo contrario. Por eso es tan confuso el libro, en parte: no entendemos por qué el hombre que se retrata en él había hecho lo que suponíamos que hizo. Creo que eso es, en parte, lo que terminó llevando a Vin a deducir que el lord Legislador no era Alendi sino Rashek, su porteador.

—Y Kwaan dice que conocía bien a Alendi —dijo Tindwyl—. De hecho, en este mismo calco halaga al hombre en varias ocasiones. Lo llama buena persona, me parece.

—Sí —dijo Sazed, encontrando el párrafo—. «Es un buen hombre; a pesar de todo, es un buen hombre. Un hombre sacrificado. En realidad, todas sus acciones, todas las muertes, la destrucción y el dolor que ha causado lo han herido profundamente.»

—Así que Kwaan conocía bien a Alendi —dijo Tindwyl—. Y tenía un buen concepto de él. También, presumiblemente, conocía bien a su sobrino Rashek. ¿Ves mi problema?

Sazed asintió lentamente.

—¿Por qué enviar a un hombre de temperamento salvaje, un hombre cuyas motivaciones son la envidia y el odio, a matar a otro al que consideras bueno y digno? Es una decisión extraña.

—Exactamente —dijo Tindwyl, apoyando los brazos sobre la mesa.

—Pero Kwaan dice aquí mismo: «dudo que, si Alendi llega al Pozo de la Ascensión, tome el poder, y luego, en nombre de un bien mayor, renuncie a él».

Tindwyl sacudió la cabeza.

—No tiene sentido, Sazed. Kwaan escribió varias veces sobre su temor a la Profundidad, pero luego trató de frustrar la esperanza de detenerla enviando a un joven lleno de odio a matar a un líder respetado y presumiblemente sabio. Kwaan prácticamente preparó a Rashek para que se hiciera con el poder... Si dejar que Alendi se hiciera con él era tan preocupante, ¿por qué no temía que Rashek pudiera hacer lo mismo?

—Tal vez simplemente vemos las cosas con la claridad de quienes observan los hechos que ya han tenido lugar —dijo Sazed.

Tindwyl negó con la cabeza.

—Se nos escapa algo, Sazed. Kwaan es un hombre muy lógico, incluso reflexivo; se nota en su prosa. Fue quien descubrió a Alendi, y el primero en considerarlo el Héroe de las Eras. ¿Por qué volverse contra él como lo hizo?

Sazed asintió, repasando su traducción del calco. Kwaan había conseguido prestigio por descubrir al Héroe. Encontró el párrafo que estaba buscando: «Había un lugar para mí en la tradición de la Anticipación: me consideré el Anunciador, el profeta que habría de descubrir, según lo predicho, al Héroe de las Eras. Renunciar entonces a Alendi habría sido renunciar a mi nueva posición, a ser aceptado por los demás. Y por eso no lo hice.»

—Tuvo que suceder algo dramático —dijo Tindwyl—. Algo que le hizo volverse contra su antiguo amigo, la fuente de su propia fama. Algo que sacudió tanto su conciencia que estuvo dispuesto a arriesgarse a oponerse al monarca más poderoso de la tierra. Algo tan aterrador que corrió un riesgo ridículo al enviar a este Rashek en una misión asesina.

Sazed hojeó sus notas.

—Teme tanto la Profundidad como lo que sucederá si Alendi se hace con el poder. Sin embargo, parece que no puede decidir cuál es la amenaza mayor, y ninguna de las dos está más presente en la narración que la otra. Sí, veo el problema. ¿Crees que tal vez Kwaan estaba intentando dar a entender algo con la inconsistencia de sus propios argumentos?

—Tal vez —dijo Tindwyl—. La información es muy escasa. ¡No puedo juzgar a un hombre sin conocer el contexto en que vivió!

Sazed alzó la cabeza y la miró.

—Tal vez hemos estudiado demasiado —dijo—. ¿Hacemos un descanso?

Tindwyl negó con la cabeza.

—No tenemos tiempo, Sazed.

Él la miró a los ojos. Tenía razón en ese punto.

—Tú también lo sientes, ¿verdad? —preguntó ella.

Sazed asintió.

—Esta ciudad caerá pronto. Las fuerzas que nos rodean..., los ejércitos, los koloss, la confusión civil...

—Me temo que será más violento de lo que esperan tus amigos, Sazed —dijo Tindwyl en voz baja—. Parecen creer que podrán continuar haciendo malabarismos con sus problemas.

—Son un grupo de optimistas —dijo él con una sonrisa—. No están acostumbrados a la derrota.

—Esto será peor que la revolución. He estudiado estas cosas, Sazed. Sé lo que pasa cuando un conquistador toma una ciudad. Morirá gente. Mucha gente.

A Sazed sus palabras le dieron escalofríos. Había tensión en Luthadel; la guerra llegaba a la ciudad. Tal vez un ejército entraría con la bendición de la Asamblea, pero los demás atacarían igualmente. Las murallas de Luthadel se teñirían de rojo cuando el asedio terminara por fin.

Y temía que el fin estuviera muy, muy cercano.

—Tienes razón —dijo, volviendo a las notas que había sobre la mesa—. Tenemos que continuar estudiando. Debemos recopilar más datos sobre la tierra antes de la Ascensión, para que tengas el contexto que te hace falta.

Ella asintió, un poco fatalista. No se trataba de una tarea que pudieran completar con el tiempo que tenían. Descifrar el significado del calco, compararlo con el libro y relacionarlo con el contexto del período histórico era una empresa erudita que requería el trabajo de años.

Los guardadores tenían muchos conocimientos... pero, sobre aquel tema, eran casi demasiados. Llevaban tanto tiempo recopilando y transmitiendo archivos, historias, mitos y leyendas, que hacían falta años para que un guardador recitara las obras recopiladas a un nuevo iniciado.

Por fortuna, el montón de información tenía índices y sumarios creados por los guardadores. Además, estaban las notas e índices personales de cada guardador, que sin embargo solo ayudaban a este a comprender cuánta información tenía. El mismo Sazed se había pasado la vida leyendo, memorizando e indexando religiones. Cada noche, antes de dormir, leía alguna porción de una nota o una historia. Probablemente era el erudito más experto que había en religiones previas a la Ascensión, y sin embargo le parecía saber muy poco.

Y sumado a todo aquello, estaba la inherente poca fiabilidad de su información. Gran parte procedía del relato oral de gente sencilla, que hacía lo que podía por recordar cómo había sido su vida en otros tiempos... o, más bien, cómo habían vivido sus abuelos. Los guardadores no se habían instituido hasta finales del segundo siglo del reinado del lord Legislador. Para entonces, la forma pura de muchas religiones ya había sido aniquilada.

Sazed cerró los ojos, decantó en su cabeza otro índice de su mentecobre y empezó a repasar. No había mucho tiempo, cierto, pero Tindwyl y él eran guardadores. Estaban acostumbrados a iniciar tareas que otros tendrían que finalizar.

Elend Venture, depuesto rey del Dominio Central, se encontraba en el balcón de su fortaleza contemplando la enorme ciudad de Luthadel. Aunque aún no habían caído las primeras nieves, el tiempo era frío. Llevaba una capa atada por delante, pero no le cubría el rostro. El frío le azotaba las mejillas mientras el viento lo barría, agitándole la capa. De las chimeneas de las casas brotaba humo que se congregaba como una ominosa sombra sobre la ciudad, antes de elevarse para mezclarse con el cielo rojo ceniciento.

Por cada casa de la que salía humo, había dos de las que no salía.

Muchas probablemente estaban vacías; la ciudad ya no contaba con la población que un día tuvo. Sin embargo, Elend sabía que muchas de las casas sin humo seguían habitadas. Y heladas.

Tendría que haber podido hacer más por ellos, pensó, los ojos abiertos al viento frío y penetrante. *Tendría que haber encontrado un medio de conseguir más carbón; tendría que haber conseguido protegerlos a todos.*

Era humillante, incluso deprimente, admitir que el lord Legislador lo había hecho mejor que él. A pesar de ser un tirano despiadado, el lord Legislador al menos había impedido que una proporción importante de población pasara hambre o frío. Había controlado a los ejércitos y mantenido la delincuencia en un nivel manejable.

Al noreste esperaba el ejército koloss. No había enviado ningún emisario a la ciudad, pero era más aterrador que los ejércitos humanos. El frío no los espantaría; a pesar de su piel desnuda, al parecer los koloss no advertían los cambios de temperatura. Aquel último ejército era el más temible: más peligroso, más impredecible e intratable. Los koloss no negociaban.

No hemos prestado suficiente atención a esa amenaza, pensó de pie en el balcón. *Había tanto que hacer, tanto de lo que preocuparse, que no pudimos concentrarnos en un ejército que podría ser tan peligroso para nuestros enemigos como para nosotros.*

Cada vez parecía menos probable que los koloss fueran a atacar a Cett o a Straff. Aparentemente, Jastes los controlaba lo suficiente para mantenerlos a la espera de lanzarse contra Luthadel.

—Mi señor —dijo una voz a su espalda—. Por favor, vuelve dentro. El viento es desapacible. No tiene sentido morir de frío.

Elend se volvió. El capitán Demoux esperaba diligente en la habitación junto con otro guardaespaldas. Después del intento de asesinato, Ham había insistido en que Elend nunca estuviera desprotegido. Elend no se había quejado, aunque sabía que ya había pocos motivos para la cautela. Straff no querría matarlo ahora que no era rey.

Qué diligente, pensó, estudiando el rostro de Demoux. *¿Por qué me parece juvenil? Tenemos casi la misma edad.*

—Muy bien —dijo, entrando en la habitación. Mientras Demoux cerraba las puertas del balcón, Elend se quitó la capa. El traje que llevaba le sentaba mal, aunque había ordenado que lo limpiaran y plancharan. El chaleco le quedaba demasiado ajustado porque ejercitarse con la espada estaba modificando lentamente su cuerpo, mientras que la casaca le quedaba ancha—. Demoux —continuó—, ¿cuándo será la próxima reunión del Superviviente?

—Esta noche, mi señor.

Elend asintió. Se lo temía; sería una noche muy fría.

—Mi señor, ¿sigues queriendo venir?

—Naturalmente —dijo Elend—. Di mi palabra de que me uniría a vuestra causa.

—Eso fue antes de que perdieras la votación, mi señor.

—Eso no tiene nada que ver. Voy a unirme a vuestro movimiento porque es importante para los skaa, Demoux, y quiero comprender la voluntad de mi... del pueblo. Os prometí dedicación, y la tendréis.

Demoux parecía un poco confuso, pero no dijo nada más. Elend miró su mesa, pensando en estudiar un poco, pero le resultaba difícil motivarse en la habitación helada. Así que abrió la puerta y salió al pasillo. Sus guardias lo siguieron.

Decidió no ir a las habitaciones de Vin. Ella necesitaba descanso, y no le haría ningún bien que él se asomara a verla cada media hora. Así que se dirigió a un pasillo distinto.

Los pasillos secundarios de la fortaleza Venture eran de piedra, oscuros y estrechos, tortuosos como laberintos. Tal vez porque había crecido en esos pasillos, se sentía a salvo en sus oscuros y angostos confines. Eran el lugar perfecto para un joven que no quería ser encontrado. En la actualidad los usaba por otro motivo: eran un lugar perfecto para dar largos paseos. Caminó sin un rumbo concreto, apaciguando su frustración con el sonido de sus propios pasos.

No puedo arreglar los problemas de esta ciudad, se dijo. *Tengo que dejar que Penrod se encargue de eso: es a él a quien quiso el pueblo.*

Eso tendría que haberle facilitado las cosas. Le permitía concentrarse en su propia supervivencia, le daba tiempo para revitalizar su relación con Vin. Ella parecía distinta últimamente. Elend trataba de decirse que era solo por sus heridas, pero notaba en Vin algo más profundo. Algo en la manera en que lo miraba, algo en la manera en que reaccionaba a su afecto. Y, a su pesar, solo se le ocurría una cosa que hubiese cambiado.

Elend ya no era rey.

Vin no era superficial. No le había mostrado más que devoción y amor durante el año y medio que llevaban juntos. Y, sin embargo,

¿cómo podía no reaccionar, aunque fuera inconscientemente, a su colosal fracaso? Durante el intento de asesinato, la había visto pelear. La había visto realmente, por primera vez. Hasta ese día, no se había dado cuenta de lo impresionante que era. No era tan solo una guerrera, ni tampoco era una simple alomántica. Era una fuerza, como un trueno o el viento. La forma en que había matado a aquel último hombre, aplastándole la cabeza con la suya...

¿Cómo podría amar a un hombre como yo? Ni siquiera he sabido conservar el trono. Redacté las mismas leyes que me han depuesto.

Suspiró, y continuó caminando. Le parecía que tendría que estar devanándose los sesos, tratando de encontrar un modo de convencer a Vin de que era digno de ella. Pero intentando convencerla parecería todavía más incompetente. No se podían corregir los errores pasados, sobre todo porque no conseguía ver que hubiese cometido ningún verdadero error. Lo había hecho lo mejor posible, y había resultado insuficiente.

Se detuvo en un cruce. Antes, enfrascarse en un libro le hubiera bastado para calmarse. Estaba nervioso. Tenso. Un poco como suponía que se sentía Vin casi siempre.

Tal vez pueda aprender de ella, pensó. *¿Qué haría Vin en mi situación?* Desde luego no iría paseando por ahí, rumiando y compadeciéndose de sí misma. Elend frunció el ceño y contempló un pasillo iluminado por las fluctuantes lámparas de aceite, solo la mitad de las cuales estaban encendidas. Luego echó a andar con paso decidido hacia unas habitaciones en concreto.

Llamó con suavidad y no obtuvo ninguna respuesta. Finalmente asomó la cabeza. Sazed y Tindwyl estaban sentados en silencio a una mesa llena de papeles y libros. Los dos tenían la mirada perdida, la mirada vidriosa de alguien que ha recibido un golpe. La mano de Sazed reposaba sobre la mesa. La de Tindwyl reposaba sobre la suya.

Sazed de repente volvió a la realidad y miró a Elend.

—¡Lord Venture! Lo siento. No te he oído entrar.

—No importa, Saz —dijo Elend, entrando en la habitación. Entonces Tindwyl se recuperó también y apartó la mano de la de Sazed. Elend hizo un gesto a Demoux y a su compañero, que lo seguían aún, para que permanecieran fuera, y luego cerró la puerta.

—Elend —dijo Tindwyl, con su típico retintín de disgusto—. ¿Cuál es tu propósito al molestarnos? Ya has demostrado sobradamente tu incompetencia... No veo la necesidad de seguir discutiendo.

—Esta sigue siendo mi casa, Tindwyl —replicó Elend—. Insúltame una vez más y te echaré de aquí.

Tindwyl alzó una ceja.

Sazed palideció.

—Lord Venture —se apresuró a decir—. No creo que Tindwyl pretendiera...

—No importa, Sazed —dijo Elend, alzando una mano—. Me estaba poniendo a prueba para ver si había vuelto a mi anterior estado de insultabilidad.

Tindwyl se encogió de hombros.

—He oído informes de que recorrías los pasillos del palacio como un niño perdido.

—Esos informes son ciertos —dijo Elend—. Pero no significa que haya perdido completamente mi orgullo.

—Bien —dijo Tindwyl, indicando una silla—. Siéntate, si quieres.

Elend asintió, arrastró la silla y tomó asiento ante ellos.

—Necesito consejo.

—Ya te he dado lo que podía darte —dijo Tindwyl—. De hecho, quizá haya hecho demasiado. Mi presencia continuada aquí hace que parezca que estoy tomando partido.

—Ya no soy rey. Por tanto, no tengo bando. Solo soy un hombre en busca de la verdad.

Tindwyl sonrió.

—Haz tus preguntas, entonces.

Sazed escuchaba la conversación con interés.

Lo sé, pensó Elend. *Yo tampoco estoy seguro de comprender nuestra relación.*

—Este es mi problema: he perdido el trono, esencialmente, porque no estaba dispuesto a mentir.

—Explícate —dijo Tindwyl.

—Tuve la oportunidad de callarme un detalle de la ley. En el último momento, pude haber logrado que la Asamblea me aceptara como rey. En cambio, di una información que era cierta, y que acabó costándome el trono.

—No me sorprende.

—No esperaba que te sorprendiera. Ahora, ¿crees que fui un necio al hacer lo que hice?

—Sí.

Elend asintió.

—Pero ese momento de franqueza no fue el que te costó el trono, Elend Venture —dijo Tindwyl—. Ese momento fue un pequeño detalle, demasiado pequeño para achacarle tu sonoro fracaso. Perdiste el trono porque no quisiste ordenar a tus ejércitos que aseguraran la ciudad, porque insististe en dar a la Asamblea demasiada libertad y porque no empleaste asesinos ni otras formas de presión. En resumen, Elend Venture, perdiste el trono porque eres un buen hombre.

Elend negó con la cabeza.

—¿No se puede entonces ser un hombre que sigue su conciencia y un buen rey?

Tindwyl frunció el ceño, pensativa.

—Haces una pregunta antigua, lord Venture —dijo Sazed en voz baja—. Una pregunta que monarcas, sacerdotes y hombres humildes marcados por el destino se han preguntado siempre. No sé si hay una respuesta.

—¿Debería haber mentido, Sazed?

—No —respondió el terrisano, sonriendo—. Tal vez otro hombre en tu misma situación debería haberlo hecho. Pero un hombre debe ser coherente consigo mismo. Has tomado tus decisiones en la vida, y cambiarte a ti mismo en el último momento, mentir, habría ido en contra de quien eres. Es mejor para ti haber hecho lo que hiciste y perder el trono, creo.

Tindwyl frunció el ceño.

—Sus ideales son bonitos, Sazed. Pero ¿qué hay del pueblo? ¿Y si la gente muere porque Elend no fue capaz de controlar su propia conciencia?

—No deseo discutir contigo, Tindwyl —dijo Sazed—. Simplemente, mi opinión es que eligió bien. Tiene derecho a escuchar su conciencia, y luego confiar en que la providencia rellene los agujeros causados por el conflicto entre la moralidad y la lógica.

La providencia.

—Te refieres a Dios —dijo Elend.

—Sí.

Elend sacudió la cabeza.

—¿Qué es Dios, Sazed, sino un subterfugio de los obligadores?

—¿Por qué tomas las decisiones que tomas, Elend Venture?

—Porque son adecuadas.

—¿Y por qué son adecuadas?

—No lo sé —dijo Elend con un suspiro, arrellanándose. Captó una mirada de desaprobación de Tindwyl, pero la ignoró y no cambió de postura. No era rey: podía despatarrarse si quería—. Hablas de Dios, Sazed, pero ¿no predicas cien religiones diferentes?

—Trescientas.

—Bueno, ¿en cuál crees?

—Creo en todas.

Elend negó con la cabeza.

—Eso no tiene sentido. Solo me mostraste media docena, pero vi que son incompatibles.

—No es mi posición juzgar la verdad, lord Venture —dijo Sazed, sonriendo—. Simplemente la transmito.

Elend sonrió. *Sacerdotes... A veces, hablar con Sazed es como hablar con un obligador.*

—Elend —dijo Tindwyl, suavizando su tono—. Creo que manejaste esta situación de manera equivocada. Sin embargo, Sazed tiene un argumento de peso. Fuiste fiel a tus propias convicciones, y eso es un atributo regio, creo.

—¿Y qué debo hacer ahora?

—Lo que desees. Nunca fue mi misión decirte lo que tienes que hacer. Simplemente te enseñé lo que hicieron en el pasado hombres que estuvieron en tu lugar.

—¿Y qué habrían hecho ellos? —preguntó Elend—. Esos grandes líderes tuyos, ¿cómo habrían reaccionado en mi situación?

—Es una pregunta absurda —dijo ella—. Ellos no se habrían encontrado en esta situación, porque, para empezar, no habrían perdido su título.

—¿De eso se trata, entonces? ¿Del título?

—¿No estamos discutiendo eso?

Elend no respondió. *¿Qué crees que convierte a un hombre en un buen rey?*, le había preguntado una vez a Tindwyl. *La confianza. Un buen rey es aquel en quien su pueblo confía... y que merece esa confianza,* había respondido ella.

Elend se levantó.

—Gracias, Tindwyl.

Tindwyl frunció el ceño, confundida, y luego se volvió hacia Sazed. Él alzó la cabeza y miró a Elend a los ojos. Entonces sonrió.

—Vamos, Tindwyl —dijo—. Debemos regresar a nuestros estudios. Creo que su majestad tiene trabajo que hacer.

Tindwyl continuó con el ceño fruncido mientras Elend salía de la habitación. Sus guardias lo siguieron cuando echó a andar rápidamente pasillo abajo.

No volveré a ser como era, pensó Elend. *No continuaré vacilando y preocupándome. Tindwyl me enseñó demasiado bien a no hacerlo, aunque nunca me comprendiera realmente.*

Elend llegó a sus aposentos unos instantes más tarde. Entró directamente y abrió el armario. La ropa que Tindwyl había escogido para él, la ropa de un rey, estaba dentro.

Algunos de vosotros tal vez conozcáis mi fabulosa memoria. Es cierto: no necesito la mente de metal de un feruquimista para memorizar una hoja de texto en un instante.

42

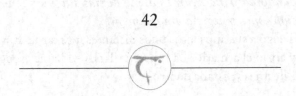

—Bien —dijo Elend, usando una barra de carbón para rodear otra sección del mapa de la ciudad que tenía delante—. ¿Qué tal aquí?

Demoux se rascó la barbilla.

—¿Grainfield? Es un barrio de nobles, mi señor.

—Lo era —dijo Elend—. Grainfield estaba lleno de casas de primos de los Venture. Cuando mi padre se marchó de la ciudad, lo hicieron la mayoría de ellos.

—Entonces supongo que encontraremos las casas llenas de refugiados skaa.

Elend asintió.

—Sácalos de allí.

—¿Disculpa, mi señor? —dijo Demoux.

Los dos se hallaban en el gran atrio para carruajes de la fortaleza Venture. Los soldados se movían a toda prisa en la espaciosa sala. Muchos no vestían uniforme; no trabajaban en asuntos oficiales de la ciudad. Elend ya no era rey, pero habían acudido a su llamada.

Eso quería decir algo, al menos.

—Tenemos que sacar a los skaa de esas casas —continuó Elend—. Las casas de los nobles suelen ser mansiones de piedra con un montón de habitaciones pequeñas. Son enormemente difíciles de calentar, pues requieren una chimenea o una estufa en cada habitación. Las casas de inquilinos de los skaa son deprimentes, pero tienen grandes chimeneas y habitaciones amplias.

Demoux asintió lentamente.

—El lord Legislador no podía permitir que sus obreros se congelaran —añadió Elend—. Esas casas de inquilinos son la mejor manera de procurar el bienestar de una gran población de gente con recursos limitados.

—Comprendo, mi señor —dijo Demoux.

—No los obligues, Demoux. Mi guardia personal, aunque se haya reforzado con voluntarios del ejército, no tiene autoridad oficial en la ciudad. Si una familia quiere quedarse en la casa de aristócratas que ocupa, déjala. Pero asegúrate de que sepa que hay una alternativa a la congelación.

Demoux asintió y se dispuso a transmitir la orden. Llegó un mensajero. El hombre tuvo que abrirse paso entre una marea organizada de soldados que recibían órdenes y trazaban planes.

Elend saludó con la cabeza al recién llegado.

—Estás con el grupo de demolición, ¿cierto?

El hombre asintió mientras hacía una reverencia. No iba de uniforme; era soldado, pero no de la guardia de Elend. Era un hombre joven, de mandíbula cuadrada, cabeza calva y sonrisa sincera.

—¿Te conozco? —dijo Elend.

—Te ayudé hace un año, mi señor —contestó el hombre—. Te conduje al palacio del lord Legislador para ayudarte a rescatar a lady Vin...

—Goradel —dijo Elend, recordando—. Eras el guardia personal del lord Legislador.

—Me uní a tu ejército a partir de ese día. Me pareció que era lo que había que hacer.

Elend sonrió.

—Ya no es mi ejército, Goradel, pero te agradezco que vengas a ayudarnos hoy. ¿Qué noticias traes?

—Tenías razón, mi señor —dijo Goradel—. Los skaa ya han saqueado las casas vacías en busca de muebles. Pero no han pensado en las paredes. La mitad de las mansiones abandonadas tienen los muros forrados de madera por dentro, y un montón de las casas de inquilinos son de madera. La mayoría tiene el techo de madera.

—Bien —dijo Elend. Contempló al grupo de hombres convocados. No les había contado sus planes: simplemente había pedido voluntarios para que le ayudaran con unos trabajos. No esperaba que acudieran centenares.

—Parece que estamos reuniendo a un buen grupo, mi señor —dijo Demoux, acercándose.

Elend asintió, y dio permiso a Goradel para retirarse.

—Podremos intentar llevar a cabo un plan aún más ambicioso que el que había planeado.

—Mi señor, ¿estás seguro de que quieres empezar a derribar la ciudad a nuestro alrededor?

—O perdemos edificios o perdemos a gente, Demoux —contestó Elend—. Tendrán que ser los edificios.

—¿Y si el rey trata de detenernos?

—Entonces, obedeceremos. Pero no creo que lord Penrod ponga pegas. Está demasiado ocupado intentando que la Asamblea apruebe una ley para entregar la ciudad a mi padre. Además, probablemente lo mejor para él sea tener a estos hombres aquí, trabajando, que sentados en los barracones preocupándose.

Demoux guardó silencio. Elend hizo lo mismo: ambos sabían lo precaria que era su situación. Había pasado muy poco tiempo desde el intento de asesinato y la transferencia de poder, y la ciudad era un caos. Cett seguía enclaustrado en la fortaleza Hasting, y sus ejércitos habían tomado posiciones para atacar la ciudad. Luthadel era como un hombre con un cuchillo en la garganta. Cada vez que respiraba, le cortaba la piel.

Poco puedo hacer al respecto, pensó Elend. *Tengo que asegurarme de que la gente no se muera de frío en las próximas noches.* Sentía el terrible frío a pesar de la luz del día, la capa y el refugio. Había mucha gente en Luthadel, pero si conseguía suficientes hombres para derribar los edificios, podría hacer algún bien.

—¡Mi señor!

Elend se volvió para ver cómo se acercaba un hombre con un poblado bigote.

—Ah, Felt —dijo—. ¿Traes noticias?

El hombre se ocupaba del problema de la comida envenenada, sobre todo de cómo estaba colándose en la ciudad.

—Así es, mi señor —asintió el explorador—. Interrogamos a los refugiados con un alomántico encendedor, y nada. Luego me puse a pensar. Los refugiados me parecieron una posibilidad demasiado obvia. ¿Extraños en la ciudad? Naturalmente, serían los primeros de quienes sospecharíamos. Supuse que, con todos los problemas que ha habido con los pozos y la comida y todo lo demás, alguien tenía que estar entrando y saliendo de la ciudad.

Elend asintió. Habían vigilado estrechamente a los soldados de Cett en la fortaleza Hasting, y ninguno de ellos era responsable del sabotaje. El nacido de la bruma de Straff seguía siendo una posibilidad, pero Vin no creía que estuviera detrás de los envenenamientos. Elend esperaba que la pista, si podían dar con ella, los llevara hasta alguien de su propio palacio y que se descubriera qué miembro de su personal de servicio había sido sustituido por un kandra.

—¿Bien? —preguntó.

—Interrogué a los encargados de los pasos de la muralla —continuó Felt—. No creo que tengan la culpa.

—¿Pasos de la muralla?

Felt asintió.

—Pasajes ocultos para salir de la ciudad. Túneles y cosas similares.

—¿Esas cosas existen? —preguntó sorprendido Elend.

—Por supuesto, mi señor —dijo Felt—. Moverse entre ciudades era muy difícil para los ladrones skaa durante el reinado del lord Legislador. Todo el que entraba en Luthadel era sometido a un interrogatorio. Así que se buscaban formas de entrar a escondidas en la ciudad. La mayoría de esas vías han sido cortadas: aquellas por las que solía subir y bajar la gente con cuerdas, por las murallas. Unas cuantas siguen operativas, pero no creo que estén dejando entrar a los espías. Cuando el primer pozo fue envenenado, a todos los encargados de los pasos les entró la paranoia de que ibas a ir por ellos. Desde entonces solo han dejado salir de la ciudad a los que quieren huir del asedio, pero no entra nadie.

Elend frunció el ceño. No estaba seguro de qué pensar acerca de que estuvieran desobedeciendo su orden de cerrar las puertas y no dejar salir a nadie.

—A continuación —dijo Felt—, me centré en el río.

—Ya pensamos en eso —dijo Elend—. Las rejas que cubre el agua son todas seguras.

Felt sonrió.

—Sí que lo son. Envié a algunos hombres a bucear y encontraron varios candados en el fondo, manteniendo en su sitio las rejas.

—¿Qué?

—Alguien las ha abierto, mi señor, y luego las ha colocado en su sitio para que no sospecháramos. De esa forma, pueden entrar y salir nadando a placer.

Elend alzó una ceja.

—¿Quieres que sustituyamos las rejas? —preguntó Felt.

—No. No, cambia los candados y coloca guardias. La próxima vez que estos envenenadores intenten entrar en la ciudad, quiero que se queden atrapados.

Felt asintió y se marchó con una sonrisa en la cara. Sus talentos como espía no habían sido de mucha utilidad últimamente, y parecía disfrutar con las tareas que Elend le encargaba. Elend anotó mentalmente que tenía que pensar en poner a Felt a trabajar en la localización del espía kandra... suponiendo, claro, que el propio Felt no fuera el espía.

—Mi señor —dijo Demoux, acercándose—. Creo que podría darte una segunda opinión sobre cómo se producen los envenenamientos.

Elend se volvió.

—¿Sí?

Demoux asintió e indicó a un hombre que se acercara. Era joven, de unos dieciocho años, con la cara y la ropa sucias de los obreros skaa.

—Este es Larn —dijo Demoux—. Un miembro de mi congregación.

El joven inclinó la cabeza ante Elend, nervioso.

—Puedes hablar, Larn —dijo Demoux—. Dile a lord Venture lo que viste.

—Bueno, mi señor. Traté de informar de esto al rey. Al nuevo rey, quiero decir —se ruborizó, avergonzado.

—Muy bien. Continúa.

—Bueno, sus hombres me echaron. Dijeron que el rey no tenía tiempo para mí. Así que acudí a lord Demoux. Supuse que él me creería.

—¿Sobre qué? —preguntó Elend.

—Inquisidores, mi señor —dijo el hombre en voz baja—. He visto a uno en la ciudad.

Elend sintió un escalofrío.

—¿Estás seguro?

El joven asintió.

—He vivido en Luthadel toda mi vida, mi señor. Vi las ejecuciones muchas veces. Reconocería a cualquiera de esos monstruos. Lo vi. Los clavos en los ojos, alto, la túnica, moviéndose de noche. Cerca de la plaza del centro de la ciudad. Te lo prometo.

Elend compartió una mirada con Demoux.

—No es el único, mi señor —informó Demoux—. Algunos miembros de mi congregación dicen haber visto a un inquisidor en los alrededores de Kredik Shaw. Al principio no les hice caso, pero Larn es de fiar. Si dice que ha visto algo, es que lo ha visto. Es casi tan bueno como un ojo de estaño.

Elend asintió lentamente y ordenó que una patrulla de su guardia personal vigilara la zona indicada. Después volvió a centrarse en su empresa para recuperar madera. Dio órdenes, organizando a los hombres en equipos, y envió a algunos a empezar el trabajo y a otros a reunir reclutas. Sin combustible, muchas fraguas de la ciudad habían cerrado y los obreros estaban ociosos. Tendrían algo en lo que ocupar el tiempo.

Elend vio el empeño en los ojos de los hombres cuando empezaron a dispersarse. Conocía esa determinación, ese paso firme. Provenía de la satisfacción de hacer algo más que estar sentados esperando que el destino, o los reyes, actuaran.

Elend volvió al mapa e hizo unas cuantas anotaciones. Con el rabillo del ojo, vio entrar a Ham.

—¡Así que aquí están todos! —dijo Ham—. Los campos de entrenamiento están desiertos.

Elend alzó la cabeza, sonriendo.

—¿Has vuelto a ponerte el uniforme, entonces?

Elend miró su uniforme blanco. Diseñado para destacar en una ciudad sucia de ceniza.

—Sí.

—Lástima —dijo Ham con un suspiro—. Nadie tendría que llevar uniforme.

Elend alzó una ceja. El avance del implacable invierno había obligado a Ham, finalmente, a ponerse una camisa bajo el chaleco. Pero no llevaba ni capa ni abrigo.

Elend volvió al mapa.

—Me sienta bien —dijo—. Parece lo apropiado. Además, ese chaleco tuyo es un uniforme como cualquier otro.

—No, no lo es.

—¿No? —preguntó Elend—. Nada anuncia más a gritos a un violento que ir por ahí en invierno sin abrigo, Ham. Has usado tu indumentaria para influir en la reacción de la gente ante ti, para que sepa quién eres y lo que representas..., que es esencialmente para lo que sirve un uniforme.

Ham vaciló.

—Es una interesante forma de verlo.

—¿Qué? ¿Nunca has discutido algo así con Brisa?

Ham negó con la cabeza mientras se volvía a mirar a los grupos de hombres y escuchaba a los que Elend había nombrado para dar las órdenes.

Ha cambiado, pensó Elend. *Dirigir esta ciudad, lidiar con todo esto, lo ha cambiado incluso a él.* El violento era más solemne, estaba más concentrado. Por supuesto, él arriesgaba más según la ciudad fuese segura o no que el resto de la banda. A veces costaba recordar que, pese a su espíritu libre, Ham era un hombre de familia. No solía hablar mucho de Mardra ni de sus dos hijos. Elend sospechaba que era por costumbre: Ham había pasado gran parte de su matrimonio alejado de su familia para mantenerla a salvo.

Toda esta ciudad es mi familia, pensó Elend, viendo cómo los soldados partían a hacer su trabajo. Algunos pensaban probablemente que algo tan simple como reunir leña era una labor mundana, o de poca relevancia en una ciudad amenazada por tres ejércitos. Sin embargo, Elend sabía que el helado pueblo skaa recibiría el combustible con tanto agradecimiento como la salvación de los ejércitos.

La verdad era que Elend se sentía un poco como sus soldados. Sentía satisfacción, incluso entusiasmo por hacer algo, cualquier cosa, que sirviera de ayuda.

—¿Y si se produce el ataque de Cett? —preguntó Ham, mirando a los soldados—. Buena parte del ejército estará dispersa por la ciudad.

—Aunque tuviéramos mil hombres en mis equipos, no haría mella en nuestras fuerzas. Además, Clubs opina que habrá tiempo de sobra para reunirlos. Hemos preparado mensajeros. —Elend volvió a mirar el mapa—. Además, no creo que Cett vaya a atacar todavía. Está a salvo en la fortaleza. Nunca llegaremos a él: tendríamos que apartar a demasiados hombres de las defensas de la ciudad, y eso nos dejaría expuestos. De lo único que realmente tiene que preocuparse es de mi padre...

Elend se calló de pronto.

—¿Qué? —preguntó Ham.

—Por eso está Cett aquí —dijo Elend, parpadeando sorprendido—. ¿No lo ves? Se ha dejado a sí mismo sin opciones, adrede. Si Straff ataca, los ejércitos de Cett acabarán luchando junto a los nuestros. Su destino y el nuestro están unidos.

Ham frunció el ceño.

—Parece una maniobra desesperada.

Elend asintió, recordando el encuentro con Cett.

—Desesperada —dijo—. Es una buena descripción. Cett está desesperado por algún motivo..., un motivo que no he podido averiguar. De todas formas, al entrar aquí se sitúa con nosotros en contra de Straff, queramos la alianza o no.

—Pero ¿y si la Asamblea le entrega la ciudad a Straff? ¿Y si nuestros hombres se unen a él y atacan a Cett?

—Ese es el riesgo que corre —dijo Elend.

Cett nunca ha pretendido poder librarse de la confrontación que hay aquí, en Luthadel. Pretende tomar la ciudad o terminar destruido.

Aguarda, deseando que Straff ataque y temiendo que nos rindamos a él. Pero no puede ocurrir ninguna de esas dos cosas mientras Straff tenga miedo de Vin. Es un empate a tres bandas. Con los koloss como cuarto elemento que nadie sabe predecir.

Alguien tenía que hacer algo para romper el equilibrio.

—Demoux, ¿puedes hacerte cargo de esto?

El capitán Demoux miró alrededor y asintió.

Elend se volvió hacia Ham.

—Tengo una pregunta para ti, Ham.

El violento alzó una ceja.

—¿Hasta qué punto tienes ganas de hacer una locura en este momento?

Elend condujo su caballo a la salida del túnel y se asomó al desolado paisaje que rodeaba Luthadel. Se volvió y contempló la muralla. Era de esperar que los soldados hubieran recibido su mensaje y no lo confundieran con un espía o un explorador de cualquiera de los ejércitos enemigos. Prefería no acabar en las historias de Tindwyl como el ex rey que murió abatido por una flecha de sus propios hombres.

Ham ayudó a salir del túnel a una mujer pequeña y encogida. Como Elend había supuesto, Ham había encontrado un pasadizo adecuado en la muralla para sacarlos de la ciudad.

—Bien, aquí estáis —dijo la anciana, apoyada en su bastón.

—Gracias, buena mujer —contestó Elend—. Has servido bien a tu dominio hoy.

La mujer bufó, alzando una ceja. A Elend le daba la impresión de que estaba casi ciega del todo. Elend sonrió, sacó una bolsa y se la tendió. Ella la agarró con dedos retorcidos, pero sorprendentemente diestros, y examinó el contenido.

—¿Tres de más?

—Para que dejes aquí un explorador esperando nuestro regreso.

—¿Regreso? —preguntó la mujer—. ¿No escapáis?

—No. Tengo asuntos que tratar con uno de los ejércitos.

La mujer alzó de nuevo la ceja.

—Bueno, no es asunto de la abuela —murmuró, volviéndose hacia el agujero—. Por tres óbolos, puedo encontrar un nieto que espere aquí unas cuantas horas. Sabe el lord Legislador que tengo bastantes.

Ham la vio marchar con una chispa de afecto en los ojos.

—¿Cuánto tiempo hace que conoces este túnel? —preguntó Elend, viendo cómo un par de hombres fornidos cerraban la entrada oculta en la piedra. Medio excavado, medio tallado en la pared de la muralla, el túnel era una hazaña notable. Incluso después de haber oído a Felt hablar de la existencia de esos pasadizos, seguía sorprendiéndole atravesar uno que estaba a pocos minutos a caballo de la mismísima fortaleza Venture.

Ham se volvió hacia él mientras la falsa muralla se cerraba.

—Oh, lo sé desde hace años y años. La abuela Hilde solía darme dulces cuando era un crío. Naturalmente, en realidad solo era una forma barata de conseguir publicidad discreta, pero muy bien enfocada, para su paso de la muralla. Cuando crecí, solía usarlo para sacar a Mardra y los niños de la ciudad cuando venían de visita.

—Espera —dijo Elend—. ¿Creciste en Luthadel?

—Claro.

—¿En las calles, como Vin?

Ham negó con la cabeza.

—Como Vin, no —dijo con voz apagada, observando la muralla—. No creo que nadie creciera como Vin. Tuve padres skaa... Mi abuelo era noble. Me mezclé con los bajos fondos, pero tuve a mis padres durante buena parte de mi infancia. Además, era un niño... y bastante corpulento. —Se volvió hacia Elend—. Supongo que eso constituye una gran diferencia.

Elend asintió.

—No vas a clausurar este lugar, ¿verdad? —preguntó Ham.

Elend se volvió, sorprendido.

—¿Por qué tendría que hacerlo?

Ham se encogió de hombros.

—No parece exactamente el tipo de empresa honrada que tú aprobarías. Es muy probable que haya gente escapando de la ciudad todas las noches tratando de aprovechar este agujero. Se sabe que la abuela Hilde acepta el dinero y no hace preguntas... aunque refunfuñe un poco.

Ham tenía razón. *Probablemente no me hubiese hablado de este lugar de no haberle preguntado por él.* Sus amigos caminaban por un alambre, cerca de sus antiguos contactos con los bajos fondos; sin embargo, se esforzaban en construir el gobierno por cuya creación tanto habían sacrificado.

—No soy rey —dijo Elend, guiando a su caballo—. Lo que haga la abuela Hilde no es asunto mío.

Ham lo alcanzó con aspecto de alivio. Elend vio que su optimismo se esfumaba a medida que lo que estaban haciendo iba calando en él.

—No me gusta esto, El.

Dejaron de caminar mientras Elend montaba.

—Ni a mí tampoco.

Ham tomó aire y asintió.

Mis antiguos amigos nobles habrían tratado de hacerme desistir, pensó Elend, divertido. *¿Por qué me he rodeado de gente leal al Superviviente? Esperan que sus líderes corran riesgos demenciales.*

—Iré contigo —dijo Ham.

—No. No servirá de nada. Quédate aquí hasta que regrese. Si no lo hago, cuéntale a Vin lo sucedido.

—Claro, se lo contaré —dijo Ham amargamente—. Luego me dedicaré a arrancarme sus dagas del pecho. Asegúrate de que regresas, ¿de acuerdo?

Elend asintió, sin apenas prestarle atención. Sus ojos estaban concentrados en el ejército que se veía en la distancia. Un ejército sin tiendas, carruajes, carros de comida ni sirvientes. Un ejército que se había comido la vegetación del terreno en un amplio círculo alrededor de su posición. Los koloss.

El sudor hacía que las riendas estuvieran resbaladizas en sus manos. Aquello no era como cuando había ido al campamento de Straff y a la fortaleza de Cett. Esta vez estaba solo. Vin no podría sacarlo si las cosas iban mal; estaba todavía recuperándose de sus heridas y nadie más que Ham sabía lo que Elend estaba haciendo.

¿Qué le debo a la gente de esta ciudad?, pensó. *Me rechazaron. ¿Por qué sigo insistiendo en protegerlos?*

—Reconozco esa expresión, El —dijo Ham—. Volvamos.

Elend cerró los ojos, dejando escapar un suspiro. Los abrió y se lanzó al galope.

Habían pasado años desde que había visto a los koloss, una experiencia debida únicamente a la insistencia de su padre. Straff no se fiaba de las criaturas, y nunca le había gustado tener guarniciones de ellas en el Dominio Septentrional, a solo unos cuantos días de marcha de su ciudad natal de Urteau. Esos koloss eran un recordatorio, una advertencia del lord Legislador.

Elend espoleó a su caballo, como utilizando el impulso del animal para acicatear su propia fuerza de voluntad. Aparte de una breve visita a la guarnición de koloss de Urteau, todo lo que sabía de las criaturas lo había sacado de los libros. Pero la instrucción de Tindwyl había hecho mella en su antaño completa, y algo inocente, confianza en sus conocimientos.

Tendrá que bastarme la que me queda, pensó mientras se acercaba al campamento. Apretó los dientes, frenando su animal a medida que se aproximaba a un pelotón errante de koloss.

Eran como recordaba. Una criatura grande, la piel repugnantemente agrietada y rota por las marcas de crecimiento, dirigía a unas cuantas bestias de tamaño mediano, cuyos desgarros sangrantes empezaban a asomar en las comisuras de sus labios y los bordes de sus ojos. Un puñado de criaturas más pequeñas, la piel suelta y arrugada bajo los ojos y los brazos, acompañaba a sus superiores.

Elend refrenó su caballo y se acercó al trote a la bestia más grande.

—Llévame con Jastes.

—Baja del caballo —dijo el koloss.

Elend miró a la criatura directamente a los ojos. Montado, era casi de la misma altura.

—Llévame con Jastes.

El koloss lo miró con aquellos ojos como cuentas ilegibles. Tenía

una arruga de un ojo a otro, por encima de la nariz, y una arruga se-
cundaria que le llegaba hasta las fosas nasales; la nariz tan apretada
que se le torcía y se le aplastaba, desviada a varios centímetros del centro de la cara y pegada al hueso.

Ese era el momento crucial. Según los libros la criatura haría lo
que le ordenaban o simplemente lo atacaría. Elend esperó, tenso.

—Ven —replicó el koloss, volviéndose hacia el campamento. El
resto de las criaturas rodearon el caballo, y la bestia corcoveó, nerviosa. Elend sujetó las riendas con fuerza e instó al animal a avanzar. Respondió con miedo.

Tendría que haberse sentido mejor tras esa pequeña victoria, pero
la tensión tan solo aumentó. Se acercaban al campamento. Era como
ser engullido. Como dejar que un corrimiento de tierras te arrollara.
Los koloss alzaban la cabeza al verlo pasar, observándolo con sus ojos
rojos e inexpresivos. Muchos otros continuaban en silencio alrededor
de las hogueras donde cocinaban, ajenos a todo, como hombres que
han nacido cortos de sesera.

Otros peleaban. Se mataban entre sí luchando en el suelo ante sus
compañeros, a quienes poco importaban. Ningún filósofo, científico
o erudito había podido determinar exactamente qué irritaba a los koloss. La avaricia parecía una buena causa. Sin embargo, a veces atacaban cuando había comida de sobra y mataban a sus compañeros por el
pedazo de carne en su posesión. El dolor era otra buena causa, al parecer, al igual que el desafío a la autoridad. Reacciones viscerales, instin-
tivas. Y, sin embargo, parecía que había ocasiones en que atacaban sin
causa ni motivo.

Y, después de luchar, se expresaban tranquilamente, como si sus
acciones fueran perfectamente lógicas. Elend se estremeció al oír aulli-
dos y se dijo que probablemente no tendría problemas hasta que llegara a Jastes. Los koloss normalmente solo se atacaban entre sí.

A menos que entraran en un frenesí sangriento.

Descartó ese pensamiento y se concentró en las cosas que Sazed
había mencionado sobre su viaje al campamento koloss. Las criaturas
llevaban las anchas y brutales espadas de hierro que Sazed había des-
crito. Cuanto más grande era el koloss, más grande era la espada. Cuando un koloss alcanzaba tal tamaño que necesitaba una espada mayor,
solo tenía dos opciones: encontrar una que hubiera sido descartada, o
matar a alguien y quedarse con la suya. Una población de koloss podía

ser controlada burdamente aumentando o disminuyendo el número de espadas disponibles.

Ninguno de los eruditos sabía cómo se reproducían las criaturas.

Como Sazed le había explicado, los koloss llevaban unas extrañas bolsitas atadas a la espada. *¿Qué son?*, pensó Elend. Sazed dijo que los koloss más grandes tenían tres o cuatro. *Pero el que lidera mi grupo tiene casi veinte.* Incluso los koloss pequeños del grupo de Elend tenían tres bolsas.

Esa es la diferencia, pensó. *Haya lo que haya en esas bolsas, ¿podría ser el motivo por el que Jastes controla a las criaturas?*

No había forma de saberlo, excepto pedirle a un koloss una de las bolsas... y dudaba que fuera a dársela.

Mientras caminaba, advirtió otra cosa curiosa: algunos koloss llevaban ropa. Solo los había visto en taparrabos, como había confirmado Sazed. Sin embargo, muchos de aquellos koloss usaban pantalones, camisa o falda. No llevaban la talla que les correspondía, y la mayoría de las piezas les quedaban tan ajustadas que habían reventado. Otras eran tan anchas que tenían que atárselas. Elend vio a algunos de los koloss más grandes con una especie de pañuelos atados alrededor del brazo o la cabeza.

—Nosotros no somos koloss —dijo de repente el koloss jefe, volviéndose hacia Elend mientras caminaban.

Elend frunció el ceño.

—Explícate.

—Tú piensas que somos koloss —dijo, con los labios demasiado tirantes para pronunciar adecuadamente—. Somos humanos. Viviremos en tu ciudad. Os mataremos y luego la tomaremos.

Elend se estremeció, comprendiendo de dónde procedía la ropa que llevaban. Procedía de la aldea que los koloss habían atacado, aquella cuyos refugiados había acogido en Luthadel. Parecía tratarse de un nuevo grado de desarrollo del pensamiento koloss. ¿O siempre había estado reprimido por el lord Legislador? Elend el erudito estaba fascinado. El resto de su ser estaba simplemente horrorizado.

Su guía koloss se detuvo ante un grupo reducido de tiendas, las únicas estructuras de características similares del campamento. Entonces se dio la vuelta y gritó, sobresaltando al caballo. Elend luchó por impedir que su montura lo arrojase al suelo mientras el koloss saltaba y atacaba a uno de sus compañeros, golpeándolo con un puño enorme.

Elend ganó su pugna. El líder koloss, sin embargo, no.

Elend desmontó, acariciando el cuello del animal mientras el koloss atacado sacaba su espada del pecho de su antiguo líder. El superviviente, que ahora tenía varios cortes en la piel cuyo origen no eran los estiramientos, se agachó para recoger las bolsas atadas a la espalda del cadáver. Elend observó con muda fascinación cómo el koloss se levantaba y hablaba.

—Nunca fue un buen líder —dijo con voz pastosa.

No puedo dejar que estos monstruos ataquen mi ciudad, pensó Elend. *Tengo que hacer algo.* Tiró del caballo, dándoles la espalda a los koloss, mientras entraba en una zona apartada del campamento, vigilada por un grupo de nerviosos jóvenes de uniforme. Elend entregó las riendas a uno de ellos.

—Cuídamelo —dijo, continuando su camino.

—¡Espera! —le gritó un soldado—. ¡Alto!

Elend se volvió bruscamente para enfrentarse al hombre al que superaba en altura, quien intentaba apuntarlo con su lanza sin quitar ojo a los koloss. Elend no pretendía ser brusco; solo quería controlar su ansiedad y seguir adelante. La mirada que lanzó al soldado probablemente habría impresionado incluso a Tindwyl.

El soldado se detuvo.

—Soy Elend Venture. ¿Conoces ese nombre?

El hombre asintió.

—Puedes anunciarme a lord Lekal —dijo Elend—. Solo tienes que llegar a la tienda antes que yo.

El joven echó a andar, presuroso. Elend lo siguió con paso resuelto hasta una tienda ante la cual otros soldados inseguros montaban guardia.

¿Cómo les habrá afectado vivir rodeados de koloss siendo tan pocos?, pensó Elend. Sintiendo una punzada de piedad, no trató de forzar su entrada. Esperó con paciencia fingida hasta que una voz llamó desde el interior.

—Dejadle pasar.

Elend dejó atrás a los guardias y apartó la puerta de la tienda.

Los meses no habían sido amables con Jastes Lekal. De algún modo, los escasos mechones de pelo que le quedaban resultaban mucho más patéticos que una calvicie completa. Llevaba el traje arrugado y manchado, y tenía profundas ojeras. Caminaba de un lado para otro, y dio un leve respingo cuando Elend entró.

Entonces se detuvo un instante, con los ojos muy abiertos. Finalmente alzó una mano temblorosa para echarse hacia atrás un cabello que no tenía.

—¿Elend? ¿Qué te ha pasado, en nombre del lord Legislador?

—La responsabilidad, Jastes. Parece que ninguno de los dos estaba preparado para ella.

—Fuera —ordenó Jastes a los guardias, quienes obedecieron y bajaron la puerta al salir—. Ha pasado tiempo, Elend —dijo Jastes, riendo débilmente.

Elend asintió.

—Recuerdo aquellos días sentado en tu estudio o el mío, compartiendo un trago con Telden. Éramos tan inocentes... ¿verdad?

—Éramos inocentes, pero estábamos llenos de esperanza —dijo Elend.

—¿Quieres beber algo? —le ofreció Jastes, volviéndose hacia la mesa. Elend vio botellas y frascos en un rincón de la habitación. Todos estaban vacíos. Jastes puso una botella llena en la mesa y le sirvió una copa pequeña. La cantidad y el color claro indicaban que no se trataba de simple vino para cenar.

Elend aceptó la copa, pero no bebió.

—¿Qué ha sucedido, Jastes? ¿Cómo se convirtió el filósofo listo y reflexivo que yo conocía en un tirano?

—¿Tirano? —replicó Jastes, y apuró su copa de un solo trago—. No soy ningún tirano. Tu padre es el tirano. Yo solo soy realista.

—Estar sentado en medio de un ejército koloss no me parece una posición muy realista.

—Puedo controlarlos.

—¿Y Suisna? —preguntó Elend—. La aldea cuya población masacraron.

Jastes vaciló.

—Eso fue un desafortunado accidente.

Elend miró la copa que tenía en la mano y luego la vació, manchando de licor el polvoriento suelo de la tienda.

—Esto no es el estudio de mi padre, y ya no somos amigos. No llamaré amigo a ningún hombre que lidere algo como esto contra mi ciudad. ¿Qué ha sido de tu honor, Jastes Lekal?

Jastes bufó, mirando el líquido derramado.

—Ese ha sido siempre tu problema, Elend. Tan seguro, tan optimista, tan mojigato.

—Era nuestro optimismo... —dijo Elend, avanzando un paso—. ¡Queríamos cambiar las cosas, Jastes, no destruirlas!

—Ah, ¿sí? —replicó Jastes, revelando un temperamento que Elend no había visto nunca en su amigo—. ¿Quieres saber por qué estoy aquí, Elend? ¿Prestaste alguna vez atención a lo que estaba sucediendo en el Dominio Meridional mientras tú jugabas en Luthadel?

—Lamento lo que le sucedió a tu familia, Jastes.

—¿Lo lamentas? —dijo Jastes, tomando la botella de la mesa—. ¿Tú lo lamentas? Yo puse en práctica tus ideas, Elend. Hice todo lo que habíamos comentado. Libertad, honradez política. Confié en mis aliados en vez de aplastarlos para someterlos. ¿Y sabes qué sucedió?

Elend cerró los ojos.

—Los mataron a todos, Elend. Eso es lo que haces cuando tomas el poder. Matas a tus rivales y a sus familias..., incluso a las niñas pequeñas, incluso a los bebés. Y dejas sus cadáveres como advertencia. Esa es la buena política. ¡Así es como conservas el poder!

—Es fácil creer en algo si ganas siempre, Jastes —dijo Elend, abriendo los ojos—. Las pérdidas son lo que define la fe de un hombre.

—¿Pérdidas? ¿Mi hermana fue una pérdida?

—No, quiero decir...

—¡Basta! —exclamó Jastes, depositando de golpe la botella sobre la mesa—. ¡Guardias!

Dos hombres abrieron la puerta de la tienda y entraron en la habitación.

—Apresad a su majestad —ordenó Jastes, agitando una mano temblorosa—. Enviad un mensajero a la ciudad para decir que queremos negociar.

—Ya no soy rey, Jastes —dijo Elend.

Jastes se detuvo.

—¿Crees que vendría aquí a dejarme capturar si fuera rey? Me han depuesto. La Asamblea apeló a una cláusula de falta de confianza y eligió a un nuevo rey.

—Maldito idiota.

—Pérdidas, Jastes. No ha sido tan duro para mí como para ti, pero creo que te comprendo.

—Así que ese bonito traje y ese corte de pelo no te han salvado, ¿eh? —dijo Jastes mientras se pasaba una mano entre sus propios mechones.

—Toma a tus koloss y márchate, Jastes.

—Eso parece una amenaza. No eres rey, no tienes ejército y no veo a tu nacida de la bruma por aquí. ¿Qué fuerza tienes para amenazarme?

—Son koloss —dijo Elend—. ¿De verdad quieres que entren en la ciudad? Es tu hogar, Jastes..., o lo que lo fue una vez. ¡Hay miles de personas dentro!

—Puedo... controlar a mi ejército.

—No, dudo que puedas. ¿Qué sucedió, Jastes? ¿Decidieron que necesitaban un rey? ¿Decidieron que puesto que eso hacen los «humanos» ellos tenían que hacerlo también? ¿Qué llevan en esas bolsas?

Jastes no respondió.

Elend suspiró.

—¿Qué sucederá cuando uno de ellos se vuelva loco y te ataque?

Jastes negó con la cabeza.

—Lo siento, Elend —dijo en voz baja—. No puedo permitir que Straff consiga ese atium.

—¿Y mi pueblo?

Jastes vaciló un instante, luego bajó los ojos e hizo un gesto a los guardias. Uno puso una mano sobre el hombro de Elend.

Incluso el propio Elend se sorprendió de su reacción. Dio un codazo en la cara al hombre que le aplastó la nariz y derribó al otro de una patada en la pierna. Antes de que Jastes pudiera hacer otra cosa que gritar, Elend se abalanzó.

Se sacó de la bota un cuchillo de obsidiana, regalo de Vin, y agarró a Jastes por el hombro. Elend empezó a golpear a su gimoteante adversario para que retrocediera hasta quedar sobre la mesa y, sin pararse a pensar en lo que hacía, clavó el cuchillo en el hombro de su antiguo amigo.

Jastes soltó un estruendoso y patético grito.

—Si matarte fuera a servir para algo útil, lo haría ahora mismo —rugió Elend—. Pero no sé cómo controlas a esas criaturas, y no las quiero sueltas.

Los soldados entraron en la habitación. Elend no levantó la cabeza. Abofeteó a Jastes, acallando sus gritos de dolor.

—Escucha. No me importa si has sufrido, no me importa si ya no crees en la filosofía y no me importa si te haces matar jugando a la política con Straff y Cett.

»Pero me importa que amenaces a mi pueblo. Quiero que saques a tu ejército de mi dominio: ve a atacar las tierras de Straff, o las de Cett. Ambas están indefensas. Te prometo que no permitiré que tus enemigos consigan el atium.

»Y, como amigo, te doy un consejo. Piensa en esa herida del brazo durante algún tiempo, Jastes. Yo era tu mejor amigo, y he estado a punto de matarte. ¿Qué demonios haces en medio de un ejército entero de koloss enloquecidos?

Los soldados lo rodearon. Elend se incorporó, desclavó el cuchillo del cuerpo de Jastes y le dio la vuelta al hombre hasta que tuvo el arma contra su garganta.

Los guardias se detuvieron.

—Me marcho —dijo Elend, empujando al confundido Jastes ante sí y saliendo de la tienda. Advirtió con preocupación que apenas había media docena de guardias humanos. Sazed había contado más. ¿Dónde los había perdido Jastes?

No había ni rastro del caballo. Así que no quitó ojo a los guardias, empujando a Jastes hacia la invisible frontera entre el campamento humano y el de los koloss. Se dio la vuelta al llegar y arrojó a Jastes hacia sus hombres. Lo recogieron y uno le vendó el brazo. Otros hicieron amago de perseguir a Elend, pero se detuvieron, vacilantes.

Elend había cruzado al campamento koloss. Se quedó quieto, observando el patético grupo de jóvenes soldados, con Jastes en el centro. Incluso mientras lo atendían, Elend vio la expresión de los ojos de Jastes. Odio. No se marcharía. El hombre al que había conocido estaba muerto, había sido sustituido por aquel producto de un nuevo mundo que no tenía en buena consideración a los filósofos ni a los idealistas.

Elend se volvió y caminó entre los koloss. Un grupo de ellos se acercó rápidamente. ¿El mismo de antes? No podía decirlo con seguridad.

—Llevadme fuera —ordenó Elend, mirando a los ojos del koloss más grande del grupo. O bien Elend parecía más imponente o ese koloss se dejó manejar más fácilmente, pues no hubo discusión. La criatura simplemente asintió y salió del campamento mientras su equipo rodeaba a Elend.

El viaje ha sido una pérdida de tiempo, pensó Elend con frustración. *Lo único que he conseguido ha sido enfrentarme a Jastes. He arriesgado la vida para nada. ¡Si pudiera descubrir lo que hay en esas bolsas!*

Miró los koloss que lo rodeaban. Era un grupo típico, con individuos de varios tamaños, desde uno de metro y medio hasta una monstruosidad de tres. Caminaban encogidos, arrastrándose...

Elend todavía tenía el cuchillo en la mano.

Esto es una estupidez, pensó. Por algún motivo, eso no le impidió elegir al koloss más pequeño del grupo, inspirar profundamente y atacar.

El resto de los koloss se detuvieron a mirar. La criatura que Elend había escogido giró... pero en la dirección equivocada. Se volvió hacia el compañero koloss de tamaño más parecido al suyo, mientras Elend lo atacaba y le clavaba el cuchillo en la espalda.

A pesar de no medir más de metro y medio y de no ser corpulento, el koloss era increíblemente fuerte. Empujó a Elend, aullando de dolor. Elend, sin embargo, consiguió no soltar su daga.

No puedo permitir que coja esa espada, pensó, poniéndose en pie y hundiendo el cuchillo en el muslo de la criatura. El koloss volvió a caer, golpeó a Elend con un brazo y buscó la espada con la otra mano. Elend recibió el golpe en el pecho y cayó al suelo ceniciento.

Gimió, jadeando. El koloss desenvainó la espada, pero apenas podía mantenerse en pie. De las dos heridas manaba sangre roja. Parecía más brillante, más fulgurante que la de los humanos, pero podía ser por contraste con la piel azul oscuro.

El koloss, finalmente, consiguió erguirse, y Elend comprendió su error. Se había dejado llevar por la adrenalina de su enfrentamiento con Jastes, por la frustración de ser incapaz de detener a los ejércitos. Aunque llevaba una temporada entrenándose mucho, no era rival para un koloss.

Ya era demasiado tarde para preocuparse por eso.

Elend se apartó rodando cuando una espada gruesa como una porra golpeó el suelo a su lado. El instinto se impuso al terror y casi consiguió evitar el mandoble. Lo alcanzó de refilón en el costado, manchando de sangre su uniforme que había dejado de ser blanco, pero apenas sintió el corte.

Solo hay una manera de ganar una pelea con un cuchillo contra un tipo que tiene una espada..., pensó, agarrando su arma. La idea, curiosamente, no era de uno de sus entrenadores, ni siquiera de Vin. No estaba seguro de su procedencia, pero confió en ella.

Acércate tan rápido como puedas, y mata.

Elend atacó. El koloss hizo lo mismo. Elend vio el ataque, pero no tuvo tiempo de hacer nada. Solo pudo abalanzarse blandiendo el cuchillo, con los dientes apretados.

Clavó la hoja en un ojo del koloss, consiguiendo a duras penas mantenerse fuera del radio de alcance de la criatura. Incluso así, el mango de la espada lo golpeó en el estómago.

Ambos cayeron.

Elend gimió, consciente de la dura tierra cubierta de ceniza y de los hierbajos comidos hasta la raíz. Una rama caída le arañó la mejilla. Era extraño que advirtiera eso, dado el dolor que sentía en el pecho. Se puso en pie a trompicones. El koloss al que había atacado no se levantó. Sus compañeros permanecieron inmóviles, despreocupados, aunque sin despegar los ojos de él. Parecían querer algo.

—Se ha comido mi caballo —dijo Elend. Fue lo primero que se le pasó por la cabeza.

El grupo de koloss asintió. Elend avanzó tambaleándose, limpiándose la ceniza de la mejilla con una mano mientras se arrodillaba junto a la criatura muerta. Sacó el cuchillo del cadáver y volvió a guardárselo en la bota. A continuación, soltó las bolsas: aquel koloss tenía dos.

Finalmente, sin estar seguro de por qué, se cargó al hombro la gran espada de la criatura. Era tan pesada que apenas podía con ella, y desde luego no podría manejarla. *¿Cómo usa algo así una criatura tan pequeña?*

Los koloss lo vieron actuar sin hacer ningún comentario: luego lo acompañaron a la salida del campamento. Solo cuando se hubieron marchado abrió Elend una de las bolsas y miró en su interior.

No tendría que haberle sorprendido lo que encontró. Jastes había decidido controlar su ejército a la antigua usanza.

Les estaba pagando.

Los otros me llaman loco. Como he dicho, puede que sea cierto.

43

La bruma se colaba en la habitación oscura, desplomándose alrededor de Vin como una cascada mientras ella permanecía en la puerta abierta del balcón. Elend era un bulto inmóvil que dormía en su cama un poco más allá.

Al parecer, ama, le había explicado OreSeur, *fue él solo al campamento de los koloss. Tú estabas dormida, y ninguno de nosotros sabía sus intenciones. No creo que consiguiera persuadir a las criaturas de que no ataquen, pero regresó con información muy útil.*

OreSeur estaba sentado sobre los cuartos traseros, a su lado. No había preguntado por qué Vin había acudido a las habitaciones de Elend, ni por qué estaba allí contemplando en silencio al antiguo rey.

No podía protegerlo. Lo había intentado con todas sus fuerzas, pero la imposibilidad de mantener a salvo, aunque fuera a una persona, le resultaba tan evidente, tan tangible, que se sentía enferma.

Elend había hecho bien al salir. Era dueño de sus actos, competente, regio. Sus acciones le ponían en una situación más peligrosa incluso. El miedo había sido un compañero de Vin desde hacía tanto tiempo que se había acostumbrado a él, y rara vez le causaba ya ninguna reacción física. No obstante, al verlo allí dormido tranquilamente, notó que las manos le temblaban.

Lo salvé de los asesinos. Lo protegí. Soy una alomántica poderosa. ¿Por qué, entonces, me siento tan indefensa? Tan sola.

Dio un paso adelante, descalza y silenciosa para acercarse a la cama de Elend. Él no despertó. Vin se quedó allí un rato, mirándolo en su pacífico sueño.

OreSeur gruñó por lo bajo.

Vin se dio media vuelta. Había una figura en el balcón, erguida y negra, apenas una silueta incluso para sus ojos amplificados por el estaño. La bruma caía ante él remansándose en el suelo, extendiéndose como un musgo etéreo.

—Zane —susurró Vin.

—No está a salvo —dijo él, entrando lentamente en la habitación, empujando una ola de niebla.

Ella miró a Elend.

—No lo estará nunca.

—He venido a decirte que hay un traidor en vuestras filas.

Vin alzó la cabeza.

—¿Quién?

—El hombre, Demoux —dijo Zane—. Contactó con mi padre poco antes del intento de asesinato, ofreciéndose a abrir las puertas y entregar la ciudad.

Vin frunció el ceño. *Eso no tiene sentido.*

Zane avanzó un paso.

—Es obra de Cett, Vin. Es una serpiente, incluso entre los altos señores. No sé cómo sobornó a uno de vuestros hombres, pero sí sé que Demoux trató de provocar a mi padre para que atacara la ciudad durante la votación.

Vin vaciló. Si Straff hubiera atacado en ese momento, habría reforzado la impresión de que había enviado él a los asesinos.

—Elend y Penrod tenían que morir —continuó Zane—. Con la Asamblea sumida en el caos, Cett se habría hecho cargo de la situación, habría dirigido a sus fuerzas, junto con las vuestras, contra el ejército atacante de Straff. Se habría convertido en el salvador que protegió Luthadel de la tiranía de un invasor...

Vin permaneció en silencio. Que Zane lo dijera no significaba que fuese cierto. Sin embargo, sus investigaciones indicaban que Demoux era el traidor.

Había reconocido al asesino de la Asamblea, y era miembro del séquito de Cett, así que sabía que Zane estaba diciendo la verdad al menos en una cosa. Además, Cett ya había enviado asesinos alománticos con anterioridad: los que dos meses atrás habían obligado a Vin a usar sus últimos restos de atium. Zane le había salvado la vida durante esa pelea.

Cerró los puños, notando la frustración que le roía el pecho. *Si tiene razón, entonces Demoux está muerto y un enemigo kandra ha* estado en el palacio, pasando los días muy cerca de Elend. Aunque Zane mienta, seguimos teniendo a un tirano en la ciudad y otro fuera. A una fuerza de koloss salivando por el pueblo. Y Elend no me necesita. Porque no hay nada que yo pueda hacer.

—Comprendo tu frustración —susurró Zane, acercándose a la cama de Elend y contemplando a su hermano dormido—. Sigues haciéndole caso. Quieres protegerle, pero él no te deja.

Zane alzó la cabeza y la miró a los ojos. Ella vio en su mirada lo que no le decía.

Había algo que podía hacer..., lo que una parte de ella había querido hacer desde el principio. Aquello para lo que había sido entrenada.

—Cett estuvo a punto de matar al hombre que amas —dijo Zane—. Tu Elend hace lo que quiere. Bueno, hagamos lo que tú quieres hacer. —La miró a los ojos—. Hemos sido los cuchillos de otra gente demasiado tiempo. Demostrémosle a Cett por qué debería temernos.

Su furia, su frustración por el asedio, la instaban a hacer lo que sugería Zane. Sin embargo, vaciló. Su cabeza era un torbellino. Había matado, y bastante, hacía muy poco, y eso la había aterrorizado. Sin embargo, Elend corría riesgos, riesgos demenciales como ir por su cuenta al encuentro de un ejército de koloss. Era casi una traición. Vin trabajaba duro por protegerlo, esforzándose, exponiéndose. Y luego, apenas unos cuantos días después, él se internaba solo en un campamento lleno de monstruos.

Apretó los dientes. Una parte de ella le susurraba que, si Elend no tenía el buen juicio de mantenerse apartado del peligro, debería ir ella a asegurarse de eliminar toda amenaza contra él.

—Vamos —susurró.

Zane asintió.

—Ten en cuenta esto: no podemos limitarnos a asesinarlo. Otro señor de la guerra ocupará su lugar y liderará sus ejércitos. Tenemos que atacar con dureza. Tenemos que golpear al ejército con tanta fuerza que quien ocupe el lugar de Cett se asuste tanto que se bata en retirada.

Vin vaciló, apartando la mirada, las uñas clavadas en las palmas de las manos.

—Cuéntame. —Zane se acercó un paso—. ¿Qué te diría tu Kelsier que hicieras?

La respuesta era sencilla. Kelsier nunca se habría visto en aquella situación. Era un hombre duro, un hombre intolerante con cualquiera que amenazara a quienes amaba. Cett y Straff no habrían durado ni una sola noche en Luthadel sin sentir su cuchillo.

Una parte de ella siempre se había asombrado ante su implacable y expeditiva brutalidad.

Hay dos formas de que te mantengas a salvo, le susurró la voz de Reen. *Estar callada y ser tan inofensiva que la gente te ignore, o ser tan peligrosa que te tenga miedo.*

Miró a Zane a los ojos y asintió. Él sonrió, se puso en marcha y saltó por la ventana.

—OreSeur —susurró Vin—. Mi atium.

El perro vaciló, pero luego se acercó y se abrió el hombro.

—Ama... —dijo lentamente—. No lo hagas.

Vin miró a Elend. No podía protegerlo de todo. Pero podía hacer algo.

Cogió el atium de OreSeur. Sus manos ya no temblaban. Sintió frío.

—Cett amenaza todo lo que amo —susurró—. Pronto sabrá que hay algo en este mundo más terrible que sus asesinos. Algo más poderoso que su ejército. Algo más aterrador que el propio lord Legislador.

»Yo voy a por él.

Deber de la bruma, lo llamaban.

Cada soldado tenía que cumplir su turno y permanecer en la oscuridad con una antorcha chisporroteante. Alguien tenía que vigilar. Tenía que contemplar aquellas brumas revueltas y engañosas y preguntarse si había algo allí afuera. Observando.

Wellen sabía que lo había.

Lo sabía, pero nunca decía nada. Los soldados se reían de esas supersticiones. Tenían que salir a las brumas. Estaban acostumbrados a ellas. Sabían que no debían temerlas.

Supuestamente.

—Eh —dijo Jarloux, acercándose al borde de la muralla—. Wellen, ¿ves algo ahí fuera?

Naturalmente que no. Estaban junto a varias docenas de soldados más en el perímetro de la fortaleza Hasting, vigilando la muralla exterior, una fortificación baja de unos cinco metros de altura, que rodeaba el terreno. Su misión era buscar en las brumas cualquier cosa sospechosa.

«Sospechosa», esa era la palabra que empleaban. Todo era sospechoso. Era bruma. Aquella oscuridad cambiante, el vacío de caos y odio. Wellen nunca había confiado en ella. Estaban ahí fuera. Lo sabía.

Algo se movió en la oscuridad. Wellen retrocedió un paso, mirando el vacío, con el corazón en la garganta, y las manos le empezaron a sudar cuando alzó la lanza.

—Sí —dijo Jarloux, encogiendo los ojos—. Te juro que veo...

Llegó, como Wellen siempre había sabido que llegaría. Como un millar de mosquitos en un día de calor, como una andanada de flechas disparadas por un ejército entero. Las monedas se disgregaron en las almenas. Una muralla de muerte titilante, cientos de rastros zigzagueando a través de las brumas. El metal resonó contra la piedra, y los hombres gritaron de dolor.

Wellen retrocedió alzando la lanza, mientras Jarloux daba la alarma: murió a la mitad del grito, con una moneda en la garganta, escupiendo trozos de dientes mientras la moneda le salía por la nuca. Se desplomó, y Wellen se apartó del cadáver, sabiendo que era demasiado tarde para correr.

Las monedas se detuvieron. Silencio en el aire. Los hombres yacían moribundos o gimiendo a sus pies.

Entonces llegaron. Dos oscuras sombras de muerte en la noche. Cuervos en la bruma. Volaron por encima de Wellen con un crujido de tela negra.

Y lo dejaron atrás, solo entre los cadáveres de lo que antes fuera un escuadrón de cuarenta hombres.

Vin aterrizó agazapándose, con los pies descalzos sobre las frías piedras del patio de Hasting. Zane aterrizó erguido, de pie, como siempre, con su porte de confianza.

El peltre ardía dentro de Vin, dando a sus músculos la tensa energía de mil momentos de excitación. Ignoró sin dificultad el dolor de su herida. Su única perla de atium descansaba en su estómago, pero no la usó. Todavía no. No lo haría a menos que tuviera razón y Cett demostrara ser un nacido de la bruma.

—Iremos de abajo arriba —dijo Zane.

Vin asintió. La torre central de la fortaleza Hasting tenía muchos pisos de altura, y no podían saber dónde estaba Cett. Si empezaban por abajo, no podría escapar.

Además, subir sería más difícil. La energía de los miembros de Vin ansiaba ser liberada. Había esperado, contenida, demasiado tiempo. Estaba cansada de debilidades, cansada de ser contenida. Se había pasado meses siendo un cuchillo, sujeta inmóvil contra la garganta de alguien.

Era hora de cortar.

Los dos se abalanzaron hacia delante. Las antorchas empezaron a encenderse a su alrededor mientras los hombres de Cett, los que estaban acampados en el patio, respondían a la alarma. Las tiendas se abrieron y se cerraron, los hombres gritaron sorprendidos buscando el ejército que los atacaba. No tenían esa suerte.

Vin saltó hacia arriba y Zane giró, lanzando una bolsa de monedas a su alrededor. Cientos de trozos de cobre chispearon en el aire bajo ella, la fortuna de un campesino. Vin aterrizó con un susurro, y los dos empujaron, enviando con su poder las monedas hacia fuera. Los proyectiles iluminados por las antorchas atravesaron el campamento, derribando a los hombres adormilados y sorprendidos.

Vin y Zane continuaron hacia la torre central. Un escuadrón de soldados se había desplegado delante de ella. Todavía parecían desorientados, confusos y adormilados, pero iban armados. Llevaban armaduras de metal y armas de acero, una elección que habría resultado sabia si estuvieran enfrentándose de verdad a un ejército enemigo.

Zane y Vin se metieron entre los soldados. Zane lanzó una moneda al aire entre ellos. Vin recurrió a su poder y la empujó, sintiendo el peso de Zane, que también la empujaba.

Equilibrados, los dos empujaron en direcciones opuestas, lanzando su peso contra los petos de los soldados a cada lado. Avivando acero y peltre, sosteniendo firmemente al otro, sus empujones dispersaron a los soldados como si hubieran sido espantados por manos enormes. Las lanzas y espadas se retorcieron en la noche hasta caer al suelo. Los petos empujaron los cuerpos.

Vin apagó su acero cuando notó el peso de Zane abandonar la moneda. El chispeante trozo de metal cayó al suelo entre ambos, y Zane se giró, alzando la mano hacia el único soldado que quedaba en pie entre su posición y las puertas de la fortaleza.

Un escuadrón de soldados apareció detrás de Zane, pero se detuvo de golpe cuando él los empujó y envió la transferencia de peso directamente contra el soldado solitario. El desgraciado quedó aplastado contra las puertas de la fortaleza.

Sus huesos crujieron. Las puertas se abrieron de golpe y el soldado cayó en el vestíbulo. Zane cruzó la puerta y Vin lo siguió rápidamente: sus pies descalzos pasaron del áspero empedrado al liso mármol.

Había soldados esperando dentro. No llevaban armadura sino grandes escudos de madera para bloquear las monedas. Iban armados con estacas o espadas de obsidiana. Eran mataneblinos, hombres entrenados específicamente para combatir a los alománticos. Había una cincuentena de ellos.

Ahora empieza lo bueno, pensó Vin, saltando y empujando las bisagras de la puerta.

Zane se abrió camino empujando al mismo hombre que había empleado para abrir las puertas, y arrojó el cadáver contra un grupo de mataneblinos. Cuando el soldado chocó con ellos, Vin aterrizó en el centro de un segundo grupo. Giró en el suelo, dando patadas y avivando peltre, y derribó a cuatro hombres. Cuando los otros se disponían a golpear, empujó una moneda de su bolsa, liberándola y lanzándose con ella hacia arriba. Giró en el aire y agarró el bastón caído de un soldado zancadilleado.

La obsidiana golpeó el blanco mármol donde había estado un instante antes. Vin cayó y golpeó, atacando más rápido de lo que nadie podía, alcanzando orejas, barbillas y gargantas. Los cráneos crujieron. Los huesos se rompieron. Vin apenas había tenido que esforzarse y ya tenía en el suelo a sus diez oponentes.

Diez hombres... ¿No me dijo Kelsier una vez que tenía problemas con media docena de mataneblinos?

No había tiempo para pensar. Un gran grupo de soldados la atacó. Gritó y saltó hacia ellos descargando el bastón en la cara del primero con el que se topó. Los otros alzaron el escudo, sorprendidos, pero Vin sacó un par de dagas de obsidiana mientras aterrizaba. Las clavó en los muslos de dos de los hombres que tenía delante, y luego giró avanzando, atacando la carne allá donde la veía.

Con el rabillo del ojo detectó un nuevo foco de ataque, y alzó un brazo, bloqueando el bastón de madera que buscaba su cabeza. La madera crujió y ella abatió al hombre con un amplio golpe de daga, casi decapitándolo. Saltó hacia atrás mientras los otros avanzaban, se preparó, y luego tiró del cadáver armado que Zane había utilizado antes, atrayéndolo hacia sí.

Los escudos sirvieron de poco contra un proyectil tan grande. Vin aplastó el cadáver contra sus oponentes, derribándolos. A un lado vio a los restantes mataneblinos que habían atacado a Zane, de pie entre ellos, una columna negra con los brazos abiertos. La miró a los ojos y luego hizo un gesto indicando la parte posterior de la cámara.

Vin ignoró a los pocos mataneblinos restantes. Empujó el cadáver y se impulsó por el suelo. Zane saltó, empujando a su vez, abriéndose paso hacia las brumas por la ventana. Vin registró rápidamente las habitaciones del fondo: Cett no estaba en ellas. Se volvió y abatió a un esforzado mataneblino mientras corría hacia el ascensor.

No lo necesitaba. Se impulsó con una moneda hasta el segundo piso. Zane se encargaría del primero.

Vin aterrizó silenciosamente en el suelo de mármol. Oyó pasos que descendían por una escalera que había a su lado. Reconoció esa gran sala diáfana: era la cámara donde Elend y ella habían cenado con Cett. Estaba vacía, e incluso habían sacado la mesa, pero reconoció las vidrieras en círculo.

Los mataneblinos salieron de la cocina. A docenas. *Debe de haber otra escalera ahí detrás*, pensó Vin, corriendo hacia el hueco que tenía al lado. Sin embargo, de allí surgieron docenas de hombres más, y los dos grupos se dispusieron a rodearla.

Cincuenta contra una debía de parecerles una proporción suficiente a los hombres, que atacaron confiados. Vin miró las puertas abiertas de la cocina y no vio a Cett allí tampoco. Esa planta estaba despejada.

Cett ha traído a un montón de mataneblinos, pensó, retrocediendo en silencio hacia el centro de la sala. A excepción hecha de la escalera, las cocinas y las columnas, la sala estaba casi completamente rodeada por las vidrieras.

Había previsto mi ataque. O al menos lo intentó.

Vin se agachó cuando las oleadas de hombres la rodeaban. Alzó la cabeza, los ojos cerrados, y quemó duraluminio.

Entonces tiró.

Las vidrieras de toda la sala, sujetas por marcos de metal a los arcos, explotaron. Sintió los bastidores metálicos combarse hacia dentro, retorciéndose sobre sí mismos al antojo de su asombroso poder.

Imaginó las tintineantes lascas de cristal multicolor en el aire. Oyó a los hombres gritar cuando el cristal y el metal los golpearon y se clavaron en su carne.

Solo el círculo exterior de hombres moriría por la explosión. Vin abrió los ojos y saltó mientras una docena de bastones de duelo caían a su alrededor. Pasó a través de la andanada de golpes. Algunos la alcanzaron. No importaba. No podía sentir dolor en este momento.

Empujó contra un marco metálico roto y se impulsó por encima de las cabezas de los soldados para aterrizar fuera del amplio círculo de atacantes. Alzó una mano y agachó la cabeza.

Duraluminio y acero. Empujó. El mundo se sacudió.

Vin saltó a las brumas por una ventana rota y empujó la fila de cadáveres empalados por los marcos de metal. Los cuerpos salieron despedidos, golpeando a los hombres que aún estaban vivos en el centro.

Muertos, moribundos e ilesos fueron barridos de la sala, empujados por la ventana frente a Vin. Los cuerpos se retorcieron en las brumas, cincuenta hombres arrojados a la noche, dejando la sala vacía a excepción de las huellas de sangre y los trozos de cristal.

Vin tragó un frasco de metales mientras las brumas se arremolinaban a su alrededor; entonces se impulsó de vuelta hacia la fortaleza con la intención de entrar por una ventana del tercer piso. Mientras se acercaba, un cadáver salió despedido rompiendo la ventana y se perdió en la noche. Vio a Zane desaparecer por una ventana del otro lado. Aquel piso estaba despejado.

Había luces encendidas en el cuarto piso. Probablemente podrían haber ido allí directamente, pero ese no era el plan. Zane tenía razón. Necesitaban no solo matar a Cett. Tenían que aterrorizar a todo su ejército.

Vin empujó el cadáver que Zane había arrojado por la ventana, usando su armadura metálica como anclaje. Salió despedido, atravesó una ventana rota y Vin ascendió en ángulo, alejándose del edificio. Un rápido tirón la dirigió de vuelta cuando llegó a la altura que quería. Aterrizó en una ventana del cuarto piso y se agarró al alféizar de piedra, el corazón redoblando, respirando entrecortadamente. El viento invernal le helaba el sudor de la cara, a pesar del calor que ardía en su interior. Tragó saliva, con los ojos muy abiertos, y avivó peltre.

Nacida de la bruma.

Hizo añicos la ventana de golpe. Los soldados que había al otro lado saltaron hacia atrás, dándose la vuelta. Uno llevaba un cinturón con hebilla de metal. Murió el primero. Los otros veinte apenas supieron cómo reaccionar mientras la hebilla se abría paso zumbando entre sus filas, zigzagueando con los tirones y empujones de Vin. Habían sido entrenados, instruidos y tal vez incluso puestos a prueba contra alománticos.

Pero nunca habían luchado contra Vin.

Los hombres gritaron y cayeron, y Vin se cebó en ellos usando solamente la hebilla como arma. Dada la fuerza del peltre, el estaño, el acero y el hierro, el uso del atium parecía un despilfarro increíble. Incluso sin atium, Vin era un arma temible... un arma cuyo poder, hasta ese momento, ni siquiera ella había comprendido.

Nacida de la bruma.

El último hombre cayó. Vin se alzó entre ellos, experimentando una aturdidora sensación de satisfacción. Dejó que la hebilla del cinturón resbalara entre sus dedos. Golpeó la alfombra. Se hallaba en una habitación que, a diferencia del resto del edificio, estaba decorada: había en ella muebles y algunos pequeños adornos. Tal vez las cuadrillas de vaciado de Elend no habían llegado hasta allí antes de la llegada de Cett, o tal vez Cett había traído simplemente algunas de sus propiedades.

Tenía detrás la escalera y, delante, un hermoso panel de madera con una puerta: los apartamentos interiores. Avanzó en silencio, arrastrando la capa de bruma, y sacó de un tirón cuatro lámparas de sus apliques. Se abalanzaron hacia delante, y ella se apartó, dejando que chocaran contra la pared. El fuego se esparció por la pared, y la fuerza del impacto de las lámparas arrancó la puerta de sus goznes. Vin alzó una mano, empujándola para abrirla del todo.

El fuego se extendía a su alrededor mientras entraba en la otra habitación. La cámara, lujosamente decorada, estaba en silencio, el silencio espectral de dos figuras. Cett estaba sentado en una sencilla silla de madera, con la barba crecida, mal vestido y con aspecto muy, muy cansado. El joven hijo de Cett se interpuso entre Vin y su padre. El muchacho empuñaba un bastón de duelos.

¿Cuál es el nacido de la bruma?

El muchacho atacó. Vin agarró el arma y luego empujó al muchacho a un lado. Chocó contra la pared de madera y se desplomó. Vin lo miró.

—Deja a Gneorndin en paz, mujer —dijo Cett—. Haz lo que has venido a hacer.

Vin se volvió hacia el noble. Recordó su frustración, su furia, su fría y helada furia. Avanzó y agarró a Cett por la pechera del traje.

—Pelea conmigo —dijo, y lo empujó hacia atrás.

Cett se desplomó contra la pared y luego cayó al suelo. Vin preparó su atium, pero él no se levantó. Simplemente rodó de lado, tosiendo.

Vin se acercó y lo agarró por un brazo. Él cerró un puño, tratando de golpearla, pero era patéticamente débil. Vin dejó que los golpes la alcanzaran.

—Pelea conmigo —ordenó, empujándolo. Cett resbaló por el suelo y fue dando tumbos y golpeándose la cabeza hasta que se detuvo contra la pared en llamas. Un hilillo de sangre le corría por la frente. No se levantó.

Vin apretó los dientes y avanzó.

—¡Déjalo en paz! —El muchacho, Gneorndin, se plantó delante de Cett, alzando el bastón con mano temblorosa.

Vin se detuvo, ladeó la cabeza. La frente del muchacho estaba cubierta de sudor, y se tambaleaba. Lo miró a los ojos y vio en ellos un terror absoluto. Ese chico no era un nacido de la bruma. Sin embargo, le plantaba cara. Patéticamente, sin esperanza, protegía el cuerpo del caído Cett.

—Apártate, hijo —dijo Cett con voz cansada—. Aquí no puedes hacer nada.

El muchacho se puso a temblar y luego se echó a llorar.

Lágrimas, pensó Vin, notando una extraña sensación que le nublaba la mente. Alzó la mano y se sorprendió al encontrar huellas húmedas en sus propias mejillas.

—No tienes ningún nacido de la bruma —susurró.

Cett, que había logrado incorporarse a medias en el suelo, la miró a los ojos.

—Esta noche no nos hemos enfrentado a ningún alomántico —dijo ella—. ¿Los utilizaste a todos en el intento de asesinato del Salón de la Asamblea?

—Los únicos alománticos que tenía los envié contra ti hace meses —dijo Cett con un suspiro—. Eran todo lo que tenía, mi única esperanza de matarte. Ni siquiera eran de mi propia familia. Todo mi linaje ha sido corrompido por sangre skaa... Allrianne es la única alomántica que ha nacido entre nosotros desde hace siglos.

—Viniste a Luthadel...

—Porque Straff me hubiese eliminado tarde o temprano —dijo Cett—. Mi mejor posibilidad, muchacha, era matarte antes. Por eso los envié a todos contra ti. Cuando fracasé, supe que tenía que intentar tomar esta maldita ciudad y su atium para poder comprar algunos alománticos. No funcionó.

—Podrías habernos ofrecido una alianza.

Cett se echó a reír, y logró sentarse.

—En la política de verdad las cosas no funcionan así. Tomas, o te toman. Además, siempre he sido jugador. —La miró a los ojos—. Haz lo que has venido a hacer —repitió.

Vin se estremeció. No podía sentir sus lágrimas. Apenas podía sentir nada.

¿Por qué? ¿Por qué ya no le encuentro sentido a nada?

La habitación empezó a temblar. Vin se volvió hacia la pared del fondo. La madera temblaba entre espasmos, como un animal herido. Los clavos empezaron a saltar, abriéndose paso por los paneles: luego toda la pared se apartó de Vin. Maderas en llamas, astillas, clavos y tablas volaron por los aires alrededor del hombre vestido de negro. Zane se encontraba en la habitación de al lado, rodeado de muerte, con las manos en los costados.

De las yemas de sus dedos brotaba el rojo, cayendo con un goteo constante. Alzó la cabeza a través de los restos ardientes de la pared, sonriendo. Luego avanzó hacia la habitación de Cett.

—¡No! —dijo Vin, corriendo hacia él.

Zane se detuvo, sorprendido. Se desvió, esquivando fácilmente a Vin y yendo hacia Cett y el muchacho.

—¡Zane, déjalos! —dijo Vin, volviéndose y empujándose para cruzar la habitación. Intentó agarrarlo del brazo. La tela negra brillaba empapada en sangre, ninguna de la cual era suya.

Zane la esquivó. Se volvió a mirarla, con curiosidad. Ella le tendió la mano, pero él se apartó con sobrenatural habilidad, evitándola como el maestro espadachín cuando se enfrenta a un chiquillo.

Atium, pensó Vin. *Probablemente lo ha estado quemando todo el tiempo. Pero no lo necesitaba para luchar con esos hombres... No tenían ninguna posibilidad contra nosotros de todas formas.*

—Por favor —le pidió—. Déjalo.

Zane se volvió hacia Cett, que estaba sentado, expectante. El muchacho, a su lado, trataba de tirar de su padre.

Zane la volvió a mirar, la cabeza ladeada.

—Por favor —repitió Vin.

Zane frunció el ceño.

—Él sigue controlándote, entonces —dijo, decepcionado—. Pensé que, si podías luchar y ver lo poderosa que eras, te librarías del yugo de Elend. Supongo que me equivoqué.

Le dio la espalda a Cett y atravesó el agujero que había abierto. Vin lo siguió en silencio, aplastando con los pies las astillas de madera mientras se marchaba despacio, dejando atrás una fortaleza rota, un ejército destrozado y a un lord humillado.

Pero ¿no debe incluso un loco confiar en su propia mente, su propia experiencia, en vez de en la de los demás?

44

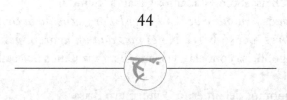

En la fría calma de la mañana, Brisa contemplaba un espectáculo desolador: el ejército de Cett se retiraba.

Brisa se estremeció y exhaló vaho mientras se volvía hacia Clubs. La mayoría de la gente no hubiese podido interpretar la mueca del rostro del general. Pero Brisa vio la piel tirante alrededor de los ojos de Clubs, cómo tamborileaba con los dedos en la fría muralla de piedra.

Clubs no era un hombre nervioso. Aquello significaba algo.

—¿Ya está, pues? —preguntó Brisa en voz baja.

Clubs asintió.

Brisa no lo comprendía. Todavía había dos ejércitos a sus puertas, seguían en tablas. Sin embargo, confiaba en la valoración de Clubs. O, más bien, confiaba en su propio conocimiento de la gente para fiarse de la valoración de Clubs.

El general sabía algo que él desconocía.

—Explícate, por favor.

—Esto acabará cuando Straff se dé cuenta —dijo Clubs.

—¿Se dé cuenta de qué?

—De que esos koloss terminarán el trabajo por él, si los deja.

Brisa calló un momento. *A Straff no le importa la gente de la ciudad: solo quiere tomarla por el atium. Y por la victoria simbólica.*

—Si Straff se retira... —dijo Brisa.

—Entonces los koloss atacarán —asintió Clubs—. Masacrarán a todo el que encuentren y destruirán la ciudad. Luego Straff podrá regresar y encontrar su atium cuando los koloss hayan terminado.

—Suponiendo que se marchen, amigo mío.

Clubs se encogió de hombros.

—Sea como sea, saldrá ganando. Straff se enfrentará a un enemigo debilitado en vez de a dos fuertes.

Brisa sintió un escalofrío y se arrebujó en su capa.

—Lo dices de una manera tan... directa.

—Estuvimos muertos en el momento en que ese primer ejército llegó aquí, Brisa. Solo estábamos ganando tiempo.

¿Por qué en nombre del lord Legislador frecuento la compañía de este hombre?, pensó Brisa. *No es más que un agorero pesimista.* Y, sin embargo, Brisa conocía a la gente. Esta vez Clubs no estaba exagerando.

—Demonios del infierno —murmuró Brisa.

Clubs asintió, apoyado contra la muralla, mientras contemplaba al ejército desaparecer de la vista.

—Trescientos hombres —dijo Ham, de pie en el estudio de Elend—. O, al menos, eso es lo que dicen nuestros exploradores.

—No es tan malo como me temía —respondió Elend. Se encontraban en el estudio de este último, siendo el otro único presente Fantasma, que estaba sentado junto a la mesa.

—El —dijo Ham—, Cett solo tenía mil hombres cuando entró en Luthadel. Eso significa que durante el ataque de Vin sufrió el treinta por ciento de bajas en menos de diez minutos. Incluso en un campo de batalla, la mayoría de los ejércitos se vienen abajo si sufren el treinta o el cuarenta por ciento de bajas en el curso de un día entero de lucha.

—Oh —respondió Elend, frunciendo el ceño.

Ham sacudió la cabeza, se sentó y se sirvió algo de beber.

—No lo entiendo, El. ¿Por qué lo atacó?

—Está loca —dijo Fantasma.

Elend abrió la boca para rebatir el comentario, pero le resultó difícil expresar sus sentimientos.

—No estoy seguro de por qué lo hizo —admitió finalmente—. Mencionó que no creía que a esos asesinos de la Asamblea los hubiera enviado mi padre.

Ham se encogió de hombros. Tenía un aspecto... demacrado. Enfrentarse a ejércitos y preocuparse por el destino de un reino no era lo suyo. Prefería ocuparse de asuntos menos ambiciosos.

Claro que yo preferiría estar en mi silla leyendo tan tranquilo, pensó Elend. *Hacemos lo que tenemos que hacer.*

—¿Alguna noticia de ella?

Fantasma negó con la cabeza.

—Tío Cascarrabias dice que tiene exploradores buscando por toda la ciudad; pero hasta ahora, nada.

—Si Vin no quiere ser encontrada... —dijo Ham.

Elend se puso a caminar de un lado a otro. No podía quedarse quieto; empezaba a pensar que debía tener el mismo aspecto que Jastes, caminando en círculos y pasándose la mano de vez en cuando por el pelo.

Sé firme, se dijo. *Puedes permitirte parecer preocupado, pero no inseguro.*

Continuó caminando, aunque redujo el paso y no compartió sus preocupaciones con Ham ni con Fantasma. ¿Y si Vin estaba herida? ¿Y si Cett la había matado? Sus exploradores habían visto poco del ataque de la noche anterior. Vin había estado implicada, eso era seguro, y había informes contradictorios acerca de que había luchado con otro nacido de la bruma. Había dejado la fortaleza con una de las plantas superiores en llamas... y, por algún motivo, había perdonado la vida a Cett.

Desde entonces nadie la había visto.

Elend cerró los ojos, se detuvo y apoyó una mano en el muro de piedra. *La he estado ignorando últimamente. También he ayudado a la ciudad... pero ¿de qué me servirá salvar Luthadel si la pierdo a ella? Es como si ya no la conociera. ¿O es que no la he conocido nunca?*

Se sentía extraño sin tenerla a su lado. Había aprendido a confiar en su sencilla brusquedad. Necesitaba su genuino realismo, su puro sentido de lo concreto para ayudarle a tener los pies en la tierra. Necesitaba abrazarla, para saber que había algo más importante que las teorías y los conceptos.

La amaba.

—No sé, El —dijo finalmente Ham—. Nunca he creído que Vin fuera una molestia, pero tuvo una infancia dura. Recuerdo una vez que se enfadó con la banda sin motivos, gritando y chillando sobre su infancia. Yo... no creo que sea completamente estable.

Elend abrió los ojos.

—Es estable, Ham —dijo con firmeza—. Y es más capaz que ninguno de nosotros.

Ham frunció el ceño.

—Pero...

—Tuvo un buen motivo para atacar a Cett —dijo Elend—. Confío en ella.

Ham y Fantasma intercambiaron una mirada, y el muchacho se encogió de hombros.

—No es únicamente lo de anoche, El —dijo Ham—. Algo le pasa a esa muchacha... y no solo mentalmente.

—¿A qué te refieres?

—¿Recuerdas el ataque en la Asamblea? Me dijiste que la viste recibir de pleno un golpe de bastón de un violento.

—¿Y? La tuvo en cama tres días enteros.

Ham sacudió la cabeza.

—Todas sus heridas: el costado, el hombro, estar a punto de ser estrangulada... Todo eso la tuvo en cama un par de días. Pero si realmente un violento la golpeó con tanta fuerza no tendría que haberse recuperado en días, Elend. Tendría que haber estado fuera de combate durante semanas. Tal vez más. No tendría que haber escapado sin las costillas rotas.

—Estaba quemando peltre.

—Y posiblemente el violento también.

Elend vaciló.

—¿Ves? —dijo Ham—. Si ambos estaban avivando peltre, entonces tendrían que haberse equiparado. Así que tenemos a Vin, una chica que no puede pesar más de cincuenta kilos, recibiendo un sopapo de un soldado entrenado tres veces más pesado. Y se recuperó con apenas unos días de descanso.

—Vin es especial —dijo Elend por fin.

—No discutiré eso. Pero también nos está ocultando cosas. ¿Quién era ese otro nacido de la bruma? Algunos informes indican que parece que estén colaborando.

Ella dijo que había otro nacido de la bruma en la ciudad, pensó Elend. *Zane, el mensajero de Straff. No lo ha mencionado desde hace mucho tiempo.*

Ham se frotó la frente.

—Todo se está haciendo pedazos a nuestro alrededor, El.

—Kelsier no lo hubiese permitido —murmuró Fantasma—. Cuando estaba aquí, incluso nuestros fracasos eran parte de su plan.

—El Superviviente está muerto —dijo Elend—. No llegué a conocerlo, pero he oído hablar lo suficiente sobre él para saber una cosa: no se rendía a la desesperación.

Ham sonrió.

—Eso sí que es verdad. Reía y bromeaba el día después de que perdiéramos todo nuestro ejército por un error de cálculo. Bastardo arrogante.

—Cruel —dijo Fantasma.

—No —respondió Ham, echando mano a su copa—. Yo antes pensaba lo mismo. Ahora... creo que era decidido, sin más. Kel siempre tenía la mirada puesta en el mañana, no importaba cuáles fueran las consecuencias.

—Bueno, nosotros tenemos que hacer lo mismo —dijo Elend—. Cett se ha ido... Penrod lo dejó marchar. No podemos cambiar ese hecho. Pero tenemos información sobre el ejército koloss.

—Oh, sobre eso —dijo Fantasma, buscando su bolsa. Lanzó algo sobre la mesa—. Tienes razón, son iguales.

La moneda dejó de rodar y Elend la recogió. Vio que Fantasma la había rayado con un cuchillo, raspando la pintura dorada hasta aparecer la madera. Era una pobre imitación de una arquilla: no era extraño que las falsificaciones hubieran sido tan fáciles de detectar. Solo un necio hubiese intentado hacerlas pasar por auténticas. Un necio, o un koloss.

Nadie estaba seguro de cómo las arquillas falsas de Jastes habían llegado a Luthadel; tal vez había tratado de dárselas a los campesinos o a los mendigos de su propio dominio. Fuera como fuese, quedaba claro lo que estaba haciendo. Había necesitado un ejército, que a su vez había requerido dinero. Había falsificado lo segundo para obtener lo primero. Solo los koloss podían haber picado con semejante truco.

—No lo entiendo —dijo Ham cuando Elend le pasó la moneda—. ¿Cómo es que los koloss han decidido de repente aceptar dinero? El lord Legislador no les pagaba nunca.

Elend guardó silencio un instante, recordando su experiencia en el campamento. «Somos humanos. Viviremos en tu ciudad.»

—Los koloss están cambiando, Ham. O tal vez nunca hemos llegado a comprenderlos. Sea como sea, tenemos que ser fuertes. Esto no ha terminado todavía.

—Me sería más fácil ser fuerte si supiera que nuestra nacida de la bruma no está loca. ¡Ni siquiera nos lo comentó!

—Lo sé —dijo Elend.

Ham se levantó, sacudiendo la cabeza.

—Hay un motivo por el que las Grandes Casas se mostraron siempre reacias a usar a sus nacidos de la bruma contra los demás. Las cosas se vuelven mucho más peligrosas. Si Cett tiene un nacido de la bruma y decide vengarse...

—Lo sé —repitió Elend, despidiéndolos a ambos.

Ham hizo una seña a Fantasma, y los dos se marcharon a hacerles una visita a Brisa y Clubs.

Todos están muy sombríos, pensó Elend, mientras iba a buscar algo de comer. *Es como si pensaran que estamos condenados a causa de un contratiempo. Pero la retirada de Cett es buena cosa. Uno de nuestros enemigos se marcha... y siguen quedando dos ejércitos ahí fuera. Jastes no atacará si haciéndolo es más vulnerable a Straff, y Straff le tiene demasiado miedo a Vin para hacer nada. De hecho, su ataque a Cett solo hará que mi padre se sienta más atemorizado. Tal vez Vin lo atacó por eso.*

—¿Majestad? —susurró una voz.

Elend se dio la vuelta y estudió el pasillo.

—Majestad —dijo una sombra, OreSeur—. Creo que la he encontrado.

Elend se hizo acompañar por unos cuantos guardias nada más. No quería explicar a Ham y a los demás de quién había obtenido la información: Vin seguía insistiendo en mantener la existencia de OreSeur en secreto.

Ham tiene razón en una cosa, pensó Elend mientras su carruaje se detenía. *Ella oculta algo. Lo hace siempre.*

Pero eso no impedía que Elend confiara en ella. Le hizo una seña a OreSeur y bajaron del carruaje. Ordenó a sus guardias que se retiraran mientras se acercaba a un edificio abandonado. Probablemente había sido la tienda de un mercader pobre, un negocio dirigido por la más baja nobleza, donde vendían artículos de primera necesidad a los obreros skaa a cambio de vales de comida, que a su vez podían ser cambiados por dinero del lord Legislador.

El edificio estaba en un sector al que las cuadrillas recogedoras de combustible de Elend no habían llegado todavía. Estaba claro que llevaba tiempo deshabitado. Lo habían saqueado ya hacía tiempo, y la ceniza que cubría el suelo tenía medio palmo de espesor. Un pequeño rastro de huellas se perdía hacia una escalera situada al fondo.

—¿Qué lugar es este? —preguntó Elend, frunciendo el ceño.

OreSeur se encogió de hombros.

—Entonces, ¿cómo sabías que estaba aquí?

—La seguí anoche, majestad. Vi la dirección que tomó. Después fue solo cuestión de buscar a fondo.

Elend frunció el ceño.

—Eso requiere mucha habilidad para seguir su rastro, kandra.

—Estos huesos tienen unos sentidos finísimos.

Elend asintió. La escalera conducía a un largo pasillo con varias habitaciones en los extremos. Elend empezó a recorrerlo, pero se detuvo. A un lado, el panel de la pared había sido descorrido y revelaba un pequeño cubículo. Oyó movimiento dentro.

—¿Vin? —preguntó, asomando la cabeza.

Había un cuartito oculto tras la pared, y Vin estaba sentada al fondo. Era más bien una alacena de un metro escaso de altura y ni siquiera Vin hubiese podido ponerse en pie. No le respondió. Permaneció sentada, apoyada contra la pared del fondo, con la cabeza vuelta de lado.

Elend entró a rastras en la pequeña cámara, manchándose las rodillas de ceniza. Apenas había espacio para entrar sin chocar con ella.

—¿Vin? ¿Te encuentras bien?

Estaba sentada, retorciendo algo entre los dedos. Y miraba la pared... miraba por un agujerito. Elend vio la luz del sol filtrarse por él.

Es una mirilla, advirtió. *Para vigilar la calle. Esto no es una tienda..., es una guarida de ladrones. O lo era.*

—Yo pensaba que Camon era un hombre terrible —dijo Vin en voz baja.

Elend vaciló, arrodillado y con las manos apoyadas en el suelo. Finalmente, logró sentarse, muy apretujado. Al menos Vin no parecía herida.

—¿Camon? —preguntó—. ¿El jefe de tu antigua banda, el de antes de Kelsier?

Vin asintió. Se apartó de la rendija y se abrazó las rodillas.

—Pegaba a la gente, mataba a aquellos que no le satisfacían. Incluso entre los delincuentes callejeros era brutal.

Elend frunció el ceño.

—Pero dudo que matara a tanta gente durante toda su vida como yo anoche.

Elend cerró los ojos. Luego los abrió y se acercó un poco más, hasta poner una mano sobre el hombro de Vin.

—Eran soldados enemigos, Vin.

—Fui como un niño en una habitación llena de hormigas —susurró Vin.

Él vio por fin lo que tenía entre los dedos. Era su pendiente, el sencillo botón de bronce que siempre llevaba. Lo miró, dándole vueltas.

—¿Te he contado alguna vez cómo conseguí esto? —preguntó. Él negó con la cabeza—. Me lo dio mi madre. No recuerdo cómo fue... me lo contó Reen. Mi madre... a veces oía voces. Mató a mi hermana, la asesinó. Y el mismo día me dio esto, uno de sus pendientes. Como si... como si me eligiera a mí en vez de a mi hermana. Un castigo para una, un retorcido regalo para la otra. —Vin sacudió la cabeza—. Mi vida entera ha sido muerte, Elend. La muerte de mi hermana, la muerte de Reen. Miembros de la banda muertos a mi alrededor, Kelsier caído ante el lord Legislador, y luego mi propia lanza atravesando el pecho del lord Legislador. Intento proteger, y me digo que estoy escapando de ella. Y entonces... hago algo como lo que hice anoche.

Sin saber qué más hacer, Elend la acercó hacia sí. Sin embargo, ella continuó envarada.

—Tenías un buen motivo para hacer lo que hiciste —dijo.

—No, no lo tenía. Solo quería hacerles daño. Quería asustarlos y obligarlos a dejarte en paz. Parece infantil, pero así me sentía.

—No es infantil, Vin —dijo Elend—. Fue una buena estrategia. Les hiciste a nuestros enemigos una exhibición de fuerza. Asustaste a uno de nuestros principales oponentes, y ahora mi padre tendrá aún más miedo de atacar. ¡Nos has conseguido más tiempo!

—A costa de las vidas de centenares de hombres.

—Soldados enemigos que asediaban nuestra ciudad. Hombres que protegían a un tirano que oprime a su pueblo.

—Eso mismo alegaba Kelsier cuando mataba a los nobles y a sus guardias —dijo Vin en voz baja—. Decía que estaban apoyando al Imperio Final, y que por tanto merecían morir. Me asustaba.

Elend no supo qué decir.

—Era como si se considerara a sí mismo un dios —susurró Vin—. Tomaba vidas, daba vidas cuando se le antojaba. No quiero ser como él, Elend. Pero todo parece empujarme en esa dirección.

—Hum...

Tú no eres como él, quiso decir Elend. Era cierto, pero las palabras se negaron a salir de su boca. Le sonaban vacías.

En cambio, se acercó a Vin, el hombro de ella contra su pecho, la cabeza de la muchacha bajo su barbilla.

—Ojalá supiera decir las cosas adecuadas, Vin —susurró—. Verte así pone en alerta mi instinto de protección. Solo quiero que todo sea mejor, quiero arreglarlo todo, pero no sé cómo. Dime qué he de hacer. ¡Solo dime cómo puedo ayudar!

Ella resistió un poco su abrazo al principio, pero luego suspiró y lo rodeó con sus brazos, apretando con fuerza.

—No puedes ayudarme en esto —dijo en voz baja—. Tengo que hacerlo sola. Hay... decisiones que tengo que tomar.

Él asintió.

—Tomarás las decisiones adecuadas, Vin.

—Ni siquiera sabes qué tengo que decidir.

—No importa. Sé que no puedo ayudarte..., ni siquiera he sabido conservar el trono. Eres diez veces más capaz que yo.

Ella le apretó el brazo.

—No digas esas cosas, por favor.

Él frunció el ceño ante la ansiedad reflejada en su voz, pero luego asintió.

—Muy bien. Pero, sea como sea, confío en ti, Vin. Toma tus decisiones: yo te apoyaré.

Ella asintió, relajándose un poco entre sus brazos.

—Creo... —dijo—. Creo que tengo que marcharme de Luthadel.

—¿Marcharte? ¿E ir adónde?

—Al norte. A Terris.

Elend se apoyó en la pared de madera. *¿Marcharse?*, pensó, con sentimientos encontrados. *¿Eso es lo que he conseguido estando tan distraído últimamente? ¿La he perdido?*

Sin embargo, acababa de decirle que apoyaría sus decisiones.

—Si crees que tienes que irte, Vin, entonces debes hacerlo.

—Si me marchara, ¿vendrías conmigo?

—¿Ahora?

Vin asintió, frotando la cabeza contra su pecho.

—No —dijo él por fin—. No podría dejar Luthadel, no con esos ejércitos ahí fuera todavía.

—Pero la ciudad te rechazó.

—Lo sé —suspiró él—. Pero... no puedo dejarlos, Vin. Me rechazaron, pero no los abandonaré.

Vin volvió a asentir, y algo le dijo a Elend que aquella era la respuesta que esperaba.

—Somos un desastre, ¿eh? —sonrió él.

—Un caso perdido —dijo ella en voz baja, suspirando mientras por fin se separaba de él. Parecía tan cansada... Fuera del cubículo, Elend oyó pasos. OreSeur apareció un momento después, asomando la cabeza en la cámara oculta.

—Tus guardias se están inquietando, majestad —le dijo a Elend—. Pronto vendrán a buscarte.

Elend asintió y se arrastró hasta la salida. En el pasillo, le ofreció una mano a Vin para ayudarla a salir. Ella la aceptó, salió, se puso en pie y se sacudió la ropa..., sus pantalones y su camisa de siempre.

¿Volverá alguna vez a llevar vestidos?, se preguntó él.

—Elend —dijo ella, rebuscando en un bolsillo—. Toma, puedes gastar esto si quieres.

Abrió la mano y depositó en la palma de él una perla.

—¿Atium? —preguntó Elend, incrédulo—. ¿De dónde lo has sacado?

—De un amigo.

—¿Y no lo quemaste anoche cuando luchaste contra todos esos soldados?

—No —dijo Vin—. Me lo tragué, pero al final no me hizo falta, así que lo saqué de nuevo.

¡Lord Legislador!, pensó Elend. *Ni siquiera se me había pasado por la cabeza que ella no tuviera atium. ¿Qué podría haber hecho si hubiera quemado este trocito?* La miró.

—Algunos informes aseguran que hay otro nacido de la bruma en la ciudad.

—Lo hay. Zane.

Elend le devolvió la perla.

—Entonces guarda esto. Puede que lo necesites para luchar con él.

—Lo dudo.

—Quédatelo de todas formas. Vale una pequeña fortuna... pero necesitaríamos una fortuna muy grande para que supusiera alguna diferencia en estos momentos. Además, ¿quién la compraría? Si la usara para sobornar a Straff o a Cett, tan solo reforzaría su creencia de que estoy escondiendo el atium de ellos.

Vin asintió y luego miró a OreSeur.

—Guarda esto —dijo, tendiéndole la perla—. Es tan grande que otro alomántico podría arrancármela si quisiera.

—La protegeré con mi vida, ama —respondió OreSeur, abriendo su hombro para acoger el trozo de metal.

Vin se volvió para bajar las escaleras con Elend y reunirse con los guardias de abajo.

Sé lo que he memorizado. Sé lo que ahora repiten los otros forja-mundos.

45

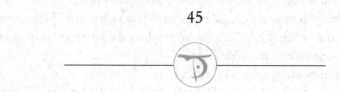

—El Héroe de las Eras no será de Terris —dijo Tindwyl, garaba-teando una nota al pie de su lista.

—Eso ya lo sabíamos —respondió Sazed—. Por el libro.

—Sí, pero el relato de Alendi era solo una referencia... una men-ción de tercera mano de los efectos de una profecía. He encontrado a alguien citando directamente la profecía.

—¿De verdad? —preguntó Sazed mostrando su entusiasmo—. ¿Dónde?

—En la biografía de Helenntion. Uno de los últimos supervivien-tes del Consejo de Khlennium.

—Escríbelo para mí —dijo Sazed, acercando su silla un poco más. Tuvo que parpadear varias veces mientras ella escribía, la cabeza nu-blada por un momento de fatiga.

¡No bajes la guardia!, se dijo. *No queda mucho tiempo. No queda mucho...*

Tindwyl lo soportaba un poco mejor que él, pero empezaba a agotarse porque daba cabezadas. Él había dormido un poco esa no-che, acurrucado en el suelo, pero ella había continuado. Por lo que Sazed sabía, llevaba más de una semana sin dormir.

«Se habló mucho del Rabzeen durante aquellos días —escribió Tindwyl—. Algunos decían que vendría a luchar contra el Conquista-dor. Otros decían que era el Conquistador. Helenntion no me hizo saber qué pensaba al respecto. Se dice que el Rabzeen es "el que no es de su pueblo, pero cumple todos sus deseos". Si es este el caso, enton-ces quizá sea el Conquistador. Se dice que era de Khlennium.»

Se detuvo ahí. Sazed frunció el ceño y releyó el texto. El último testimonio de Kwaan, el calco que Sazed había hecho en el convento de Seran, había demostrado ser útil en más de un sentido. Había proporcionado una clave.

No me convencí hasta años más tarde de que él era el Héroe de las Eras, había escrito Kwaan. *El Héroe de las Eras: al que llamaban Rabzeen en Khlennium, el Anamnesor.*

El calco era una clave de traducción, no entre idiomas sino entre sinónimos. Tenía sentido que hubiera otros nombres para el Héroe de las Eras; una figura tan importante, tan legendaria, tenía que tener muchos títulos. Sin embargo, se habían perdido muchas cosas de aquellos tiempos. El Rabzeen y el Anamnesor eran figuras mitológicas que a Sazed le resultaban vagamente familiares... pero solo eran dos entre decenas. Hasta el descubrimiento del calco, no había tenido forma de relacionar esos nombres con el Héroe de las Eras.

Ahora Tindwyl y él podían escrutar sus mentes de metal con los ojos abiertos. Tal vez, en el pasado, Sazed había leído este mismo párrafo de la biografía de Helenntion; se había saltado muchos de los antiguos archivos buscando referencias religiosas. Sin embargo, nunca hubiera podido darse cuenta de que el párrafo se refería al Héroe de las Eras, una figura de la cultura de Terris que el pueblo de los khlenni había rebautizado en su propia lengua.

—Sí... —dijo lentamente—. Esto es bueno, Tindwyl. Muy bueno.

Apoyó la mano sobre la de ella.

—Tal vez —respondió Tindwyl—, aunque esto no nos dice nada nuevo.

—Ah, pero la forma de expresión puede ser importante —dijo Sazed—. Las religiones a menudo son cuidadosas en la redacción de sus textos.

—Sobre todo con las profecías —contestó ella, frunciendo un poco el ceño. No le gustaba nada que oliera a superstición ni a profecía.

—Pensaba que ya no tenías ese prejuicio, teniendo en cuenta nuestra actual empresa.

—Recopilo información, Sazed. Por lo que dice de la gente y por lo que el pasado puede enseñarnos. Sin embargo, hay un motivo por el que estudié historia y no teología. No apruebo la perpetuación de las mentiras.

—¿Eso es lo que crees que yo hago cuando enseño religiones? —preguntó él, divertido.

Tindwyl se volvió a mirarlo.

—Un poco —admitió—. ¿Cómo puedes enseñar a la gente que recurra a los dioses de los muertos, Sazed? Esas religiones hicieron poco bien a su gente, y ahora sus profecías son polvo.

—Las religiones son una expresión de esperanza —dijo Sazed—. Esa esperanza le da fuerza a la gente.

—Entonces, ¿no crees? ¿Solo le das a la gente algo en lo que confiar, algo para engañarse?

—Yo no lo llamaría así.

—Entonces crees que los dioses que enseñas existen.

—Yo... creo que merecen ser recordados.

—¿Y sus profecías? —dijo Tindwyl—. Veo el valor erudito de lo que hacemos: sacar a relucir hechos del pasado podría darnos información sobre nuestros problemas actuales. Sin embargo, esto de predecir el futuro es, en principio, una tontería.

—Yo no diría eso. Las religiones son promesas..., promesas de que hay alguien observándonos, guiándonos. Las profecías, por tanto, son extensiones naturales de las esperanzas y los deseos de la gente. No son ninguna tontería.

—¿Tu interés es puramente académico, entonces? —preguntó Tindwyl.

—Yo no lo definiría de esa manera.

Tindwyl lo estudió, observando sus ojos. Frunció lentamente el entrecejo.

—Lo crees, ¿verdad? —preguntó—. Crees que esa chica es el Héroe de las Eras.

—Aún no lo he decidido.

—¿Cómo puedes considerar una cosa así, Sazed? —preguntó Tindwyl—. ¿No lo ves? La esperanza es una cosa buena, una cosa maravillosa, pero hay que tener esperanza en lo adecuado. Si perpetúas los sueños del pasado, entonces sofocas tus sueños del futuro.

—¿Y si los sueños del pasado son dignos de ser recordados?

Tindwyl sacudió la cabeza.

—Mira las probabilidades, Sazed. ¿Qué probabilidades existían de que acabáramos donde estamos, estudiando este calco, en la misma casa que el Héroe de las Eras?

—Las probabilidades son irrelevantes cuando se trata de predicciones.

Tindwyl cerró los ojos.

—Sazed... creo que la religión es una buena cosa y que la fe es una buena cosa, pero es una tontería buscar una guía en unas cuantas frases ambiguas. Mira lo que sucedió la última vez que alguien creyó haber encontrado a ese Héroe. El resultado fue el lord Legislador, el Imperio Final.

—De todas formas, no perderé la esperanza. Si tú no crees en las profecías, ¿por qué te esfuerzas tanto en descubrir información sobre la Profundidad y el Héroe?

—Es sencillo —dijo Tindwyl—. Obviamente nos enfrentamos a un peligro que se ha presentado antes, a un problema recurrente, como una epidemia que pasa solo para volver a declararse siglos más tarde. Los antiguos conocían este peligro y tenían información al respecto. Esa información, naturalmente, se desdibujó y se convirtió en leyendas, profecías e incluso en religiones. Por tanto, habrá pistas acerca de nuestra situación ocultas en el pasado. No es cuestión de predicciones, sino de investigación.

Sazed puso una mano sobre la suya.

—Creo que es algo en lo que tal vez no podamos ponernos de acuerdo. Vamos, regresemos a nuestros estudios. No podemos malgastar el tiempo que nos queda.

—No tendríamos que tener problemas —dijo Tindwyl, suspirando y arreglándose con la mano un mechón de pelo del rodete—. Al parecer, tu Héroe asustó a lord Cett anoche. La criada que ha traído el desayuno lo estaba diciendo.

—Estoy al tanto del suceso.

—Entonces las cosas mejoran para Luthadel.

—Sí —dijo Sazed—. Tal vez.

Ella frunció el ceño.

—No pareces convencido.

—No sé —dijo él, bajando la mirada—. No me parece que la marcha de Cett sea buena cosa, Tindwyl. Algo va muy mal. Tenemos que terminar este estudio.

Tindwyl ladeó la cabeza.

—¿Cuándo?

—Creo que deberíamos intentar tenerlo terminado para esta noche —dijo Sazed, mirando el montón de hojas desencuadernadas y amontonadas sobre la mesa. El montón contenía todas las notas tomadas, las ideas barajadas y las conexiones establecidas durante su maratón de estudio. Era una especie de libro, una guía acerca del Héroe de las Eras y la Profundidad. Un buen documento, fantástico incluso considerando el tiempo que habían tenido. No era definitivo, pero sí lo más importante que habían escrito.

Aunque no estuviera seguro de por qué.

—¿Sazed? —preguntó Tindwyl, frunciendo el ceño—. ¿Qué es esto?

Sacó del montón una hoja de borde ligeramente torcido. Cuando se la tendió, Sazed se sorprendió de que le faltara un trozo de la esquina inferior derecha.

—¿Lo has hecho tú? —preguntó ella.

—No —respondió Sazed. Tomó el papel. Era una de las transcripciones del calco; el trozo roto había eliminado la última frase. No había ni rastro del pedazo que faltaba.

Sazed alzó la cabeza y miró a Tindwyl a los ojos. Ella se volvió y empezó a rebuscar en los papeles. Sacó otra copia de la transcripción y la alzó.

Sazed sintió un escalofrío. Le faltaba la esquina.

—Lo referencié ayer —dijo Tindwyl en voz baja—. No he salido de la habitación más que unos minutos, y tú has estado siempre aquí.

—¿Saliste anoche? —preguntó Sazed—. Para ir al lavabo, mientras yo dormía.

—Tal vez. No lo recuerdo.

Sazed se quedó callado un momento, contemplando el papel. El pedazo que faltaba se parecía mucho al pedazo que también faltaba en el papel del primer montón. Tindwyl, al parecer con la misma idea, hizo coincidir ambas hojas. Encajaban a la perfección, incluso las más pequeñas marcas de las rasgaduras eran idénticas. Ni aunque las hubieran colocado una encima de la otra la coincidencia hubiese sido tan perfecta.

Ambos permanecieron en silencio, reflexionando. Luego se pusieron en marcha, rebuscando en sus fajos de papeles. Sazed tenía cuatro copias de la transcripción. A todas les faltaba exactamente el mismo pedazo.

—Sazed... —A Tindwyl le temblaba la voz. Alzó una hoja de papel con media transcripción, que terminaba a mitad de página. Habían abierto un agujero exactamente en el centro, eliminando exactamente la misma frase.

—¡El calco! —dijo Tindwyl. Pero Sazed ya se había puesto en movimiento. Saltó de la silla y corrió al arcón donde almacenaba sus mentes de metal. Con dedos temblorosos buscó la llave que llevaba al cuello, la arrancó de un tirón y abrió el arcón. Sacó el calco, lo desplegó delicadamente en el suelo. Apartó los dedos de pronto, como si lo hubieran mordido, al ver el desgarrón en la parte inferior. La misma frase, eliminada.

—¿Cómo es posible? —susurró Tindwyl—. ¿Cómo puede saber nadie tanto de nuestro trabajo... de nosotros?

—Y, sin embargo, ¿cómo pueden saber tan poco de nuestras habilidades? —repuso Sazed—. Tengo toda la transcripción almacenada en mi mente de metal. Puedo recordarla.

—¿Qué dice la frase que falta?

—«Alendi no debe alcanzar el Pozo de la Ascensión, pues no se le debe permitir hacerse con el poder para sí mismo.»

—¿Por qué eliminar la frase? —preguntó Tindwyl.

Sazed miró el calco. *Parece imposible...*

Sonó un ruido en la ventana. Sazed se dio media vuelta y recurrió instintivamente a su mentepeltre para incrementar su fuerza. Sus músculos se hincharon, la túnica le quedó estrecha.

Los postigos se abrieron de golpe. Vin estaba agazapada en el alféizar. Se detuvo al ver a Sazed y Tindwyl, quien al parecer también había decantado fuerza y había crecido hasta adquirir una constitución casi masculina.

—¿He hecho algo mal? —preguntó Vin.

Sazed sonrió, liberando su mentepeltre.

—No, niña —dijo—. Simplemente nos has asustado.

Miró a Tindwyl a los ojos, y ella empezó a recoger los pedazos de papel. Sazed plegó el calco; seguirían discutiendo más tarde.

—¿Has visto a alguien rondando cerca de mi habitación, lady Vin? —preguntó Sazed mientras guardaba el calco—. ¿Algún extraño... o incluso algún guardia?

—No —respondió Vin, entrando en la habitación. Iba descalza, como de costumbre, y no llevaba capa de bruma; rara vez lo hacía de día. Si había combatido la noche anterior, se había cambiado de ropa, porque no había manchas de sangre en sus prendas, ni siquiera de sudor—. ¿Quieres que busque a alguien sospechoso?

—Sí, por favor —dijo Sazed, cerrando el arcón—. Tememos que

alguien ha estado fisgoneando en nuestro trabajo, aunque el motivo se nos escapa.

Vin asintió con la cabeza y se quedó donde estaba mientras Sazed regresaba a su asiento. Lo miró primero a él y luego a Tindwyl, brevemente.

—Tengo que hablar contigo, Sazed.

—Creo que puedo dedicarte unos momentos. Pero he de advertirte de que mis estudios corren mucha prisa.

Vin asintió y miró a Tindwyl. Finalmente, ella suspiró y se levantó.

—Supongo que iré a ver cómo va el almuerzo.

Vin se relajó un poco cuando la puerta se cerró; luego se acercó a la mesa y se sentó en la silla de Tindwyl, con las piernas dobladas sobre el asiento.

—Sazed, ¿cómo sabes si estás enamorado?

Sazed parpadeó.

—Yo... creo que no soy la persona más indicada para hablar de este tema, lady Vin. Sé muy poco al respecto.

—Siempre dices esas cosas. Pero en realidad eres un experto en casi todo.

Sazed se echó a reír.

—En este caso, puedo asegurarte de que mi incompetencia es manifiesta, lady Vin.

—Con todo, tienes que saber algo.

—Un poquito, tal vez. Dime, ¿cómo te sientes cuando estás con el joven lord Venture?

—Quiero que me abrace —dijo Vin en voz baja, volviéndose hacia un lado y mirando por la ventana—. Quiero que me hable, aunque no comprenda lo que me dice. Cualquier cosa para que permanezca allí, a mi lado. Quiero ser mejor por su causa.

—Eso me parece una muy buena señal, lady Vin.

—Pero... —Vin agachó la cabeza—. No soy buena para él, Sazed. Me tiene miedo.

—¿Miedo?

—Bueno, al menos se siente incómodo conmigo. Vi la expresión de sus ojos cuando me vio luchar el otro día en el ataque a la Asamblea. Se apartó de mí, Sazed, horrorizado.

—Solo vio matar a un hombre —dijo Sazed—. Lord Venture es

algo inocente en estos asuntos, lady Vin. No fuiste tú la causa, creo: fue simplemente una reacción natural al horror de la muerte.

—Sea como sea, no quiero que me vea de esa forma —contestó Vin, mirando de nuevo por la ventana—. Quiero ser la chica que necesita: la chica que apoya sus planes políticos. La chica que puede ser hermosa cuando necesita llevarla del brazo, capaz de consolarlo cuando se siente frustrado. Pero yo no soy esa chica. Fuiste tú quien me instruyó para que actuara como una mujer de la corte, Saz, pero los dos sabemos que no se me daba demasiado bien.

—Y lord Venture se enamoró de ti porque no actuabas como las demás mujeres. A pesar de la intromisión de maese Kelsier, a pesar de que sabías que todos los nobles eran nuestros enemigos, Elend se enamoró de ti.

—No tendría que habérselo permitido —dijo Vin en voz baja—. Tengo que mantenerme apartada de él, Saz, por su propio bien. De esa forma, podrá enamorarse de otra. De alguien que le convenga más. De alguien que no vaya por ahí matando a cien personas por frustración. Alguien que merezca su amor.

Sazed se levantó y su túnica siseó mientras se acercaba a la silla de Vin. Se agachó hasta que sus ojos quedaron a la altura de los de ella, y puso una mano sobre su hombro.

—Oh, niña. ¿Cuándo dejarás de preocuparte y te dejarás amar sin más?

Vin negó con la cabeza.

—No es tan fácil.

—Pocas cosas lo son. Sin embargo, te diré una cosa, lady Vin. Hay que permitir que el amor fluya en ambos sentidos: si no, entonces no es verdadero amor, creo. Es otra cosa. Capricho, tal vez. Sea como sea, algunos nos convertimos demasiado rápidamente en mártires de nosotros mismos. Nos quedamos a un lado, observando, pensando que hacemos lo adecuado al no hacer nada. Tememos el dolor... el nuestro y el del otro. —Le apretó el hombro—. Pero... ¿es eso amor? ¿Es amor tomar por Elend la decisión de que no tiene sitio para ti? ¿O es amor permitirle que tome su propia decisión?

—¿Y si no soy buena para él?

—Debes amarlo lo suficiente para confiar en sus deseos, aunque no estés de acuerdo con ellos. Debes respetarlo..., no importa hasta qué punto creas que está equivocado, no importa lo poco que te gusten sus decisiones, debes respetar su deseo de tomarlas. Aunque una de ellas sea amarte.

Vin sonrió levemente, pero seguía pareciendo preocupada.

—Y... —dijo muy despacio—. ¿Y si hay alguien más? Para mí.

Ah...

Vin se envaró de inmediato.

—No debes decirle a Elend que he dicho eso.

—No lo haré —prometió Sazed—. ¿Quién es ese otro hombre?

Vin se encogió de hombros.

—Alguien... que se parece más a mí. El tipo de hombre con el que debería estar.

—¿Lo amas?

—Es fuerte —dijo Vin—. Me recuerda a Kelsier.

Así que hay otro nacido de la bruma, pensó Sazed. En aquel asunto, sabía que no debía tomar partido. No conocía lo suficiente a ese otro hombre para emitir un juicio... y se suponía que los guardadores proporcionaban información, pero evitaban dar consejos específicos.

Sin embargo, Sazed nunca había sido muy bueno siguiendo esa regla. No conocía al otro nacido de la bruma, cierto, pero conocía a Elend Venture.

—Niña, Elend es el mejor de los hombres, y tú has sido mucho más feliz desde que estás con él.

—Pero en realidad es el primer hombre al que he amado —dijo Vin con voz queda—. ¿Cómo sé que me conviene? ¿No debería prestar atención a un hombre más adecuado para mí?

—No lo sé, lady Vin. Sinceramente, no lo sé. Te he advertido lo ignorante que soy en esta cuestión. Pero ¿de verdad crees que vas a encontrar a un hombre mejor que lord Elend?

Ella suspiró.

—¡Es tan frustrante! ¡Debería preocuparme por la ciudad y la Profundidad, no por con qué hombre pasar las noches!

—Es difícil defender a los demás cuando nuestra propia vida es un caos.

—Tengo que decidirme —dijo Vin, poniéndose en pie y acercándose a la ventana—. Gracias, Sazed. Gracias por escucharme... Gracias por volver a la ciudad.

Sazed asintió, sonriendo. Vin se lanzó por la ventana abierta, empujándose contra un trozo de metal. Sazed suspiró, se frotó los ojos y se acercó a la puerta de la habitación y la abrió.

Tindwyl estaba al otro lado, cruzada de brazos.

—Creo que me sentiría más cómoda en la ciudad si no supiera que nuestra nacida de la bruma tiene las volátiles emociones de una adolescente —dijo.

—Lady Vin es más sensata de lo que crees.

—Sazed, he criado a quince hijas —dijo Tindwyl, entrando en la habitación—. Ninguna adolescente es sensata. Algunas lo ocultan mejor que otras.

—Entonces alégrate de que no te oyera espiándonos —respondió Sazed—. Normalmente es muy quisquillosa con esas cosas.

—Vin tiene un punto débil en lo que a la gente de Terris concierne —dijo Tindwyl, agitando la mano—. Posiblemente gracias a ti. Por lo visto aprecia mucho tu consejo.

—Eso parece.

—Creo que lo que le has dicho es muy sabio, Sazed —dijo Tindwyl, sentándose—. Habrías sido un padre excelente.

Azorado, Sazed inclinó la cabeza. Luego se dispuso a sentarse también.

—Deberíamos...

Llamaron a la puerta.

—¿Y ahora qué? —preguntó Tindwyl.

—¿No has pedido el almuerzo?

Tindwyl negó con la cabeza.

—Ni siquiera he dejado el pasillo.

Un segundo después Elend asomó la cabeza en la habitación.

—¿Sazed? ¿Podría hablar contigo un momentito?

—Naturalmente, lord Elend —dijo el terrisano, levantándose.

—Magnífico. —Elend entró en la habitación—. Tindwyl, puedes marcharte.

Ella puso los ojos en blanco y luego dirigió una mirada de exasperación a Sazed, pero acabó por levantarse y salir de la habitación.

—Gracias —dijo Elend mientras ella cerraba la puerta—. Por favor, siéntate.

Sazed así lo hizo, y Elend tomó aire, de pie, con las manos a la espalda. Había vuelto a ponerse el uniforme blanco y, a pesar de su evidente frustración, tenía un aspecto imponente.

Alguien me ha robado a mi amigo el erudito y lo ha sustituido por un rey, pensó Sazed.

—Supongo que se trata de lady Vin, ¿no, lord Elend?

—Sí —dijo Elend, echando a andar y gesticulando con una mano mientras hablaba—. No tiene sentido, Sazed. Lo espero..., demonios, cuento con ello. No es solo una mujer, es Vin. Pero no estoy seguro de cómo reaccionar. A ratos es cálida conmigo, como antes de que la ciudad estuviera en estos apuros, y de repente se envara y se muestra distante.

—Tal vez esté confundida ella misma.

—Tal vez —reconoció Elend—. Pero ¿no debería saber, al menos uno de nosotros, qué pasa con nuestra relación? Sinceramente, Saz, a veces pienso que somos demasiado diferentes para estar juntos.

Sazed sonrió.

—Oh, no sé, lord Elend. Te sorprendería lo parecido que pensáis los dos.

—Lo dudo —dijo Elend, caminando de nuevo—. Es una nacida de la bruma; yo solo un hombre normal. Ella creció en las calles; yo crecí en una mansión. Ella es lista y astuta; yo soy docto.

—Ella es enormemente competente, igual que tú —dijo Sazed—. Ella sufrió la opresión de su hermano, tú la de tu padre. Ambos odiabais el Imperio Final y lo combatisteis. Y ambos pensáis demasiado en lo que debería ser, en vez de en lo que es.

Elend vaciló y miró a Sazed.

—¿Qué significa eso?

—Significa que creo que estáis hechos el uno para el otro. No soy quién para hacer juicios, y, sinceramente, es solo la opinión de un hombre que no os ha visto mucho en los últimos meses. Pero creo que es la verdad.

—¿Y nuestras diferencias?

—A primera vista, la llave y la cerradura en la que encaja pueden parecer muy distintas —dijo Sazed—. Diferentes en su forma, diferentes en su función, diferentes en su diseño. El hombre que las mira sin conocer su verdadera naturaleza puede pensar que son opuestas, pues una sirve para abrir y la otra para mantener cerrado. Sin embargo, examinándolas con atención, se ve que sin una la otra no sirve para nada. El hombre sabio ve que la cerradura y la llave fueron creadas para el mismo propósito.

Elend sonrió.

—Tienes que escribir un libro alguna vez, Sazed. Esto es tan profundo como muchas otras cosas que he leído.

Sazed se ruborizó, pero miró el montón de papeles que había sobre la mesa. ¿Serían su legado? No estaba seguro de que sus escritos fueran profundos, pero constituían el intento más coherente que había hecho de escribir algo original. Cierto, la mayoría de las páginas contenían citas o referencias, pero buena parte del texto incluía también sus pensamientos y comentarios.

—Bueno, ¿qué debo hacer?

—¿Sobre lady Vin? Sugeriría que le des, y que te des, un poco más de tiempo.

—El tiempo es un tesoro en estos días, Saz.

—¿Cuándo no lo es?

—Cuando tu ciudad no está asediada por dos ejércitos, uno de ellos dirigido por un tirano megalómano y el otro por un necio intrépido.

—Sí —dijo Sazed—. Sí, puede que tengas razón. He de volver a mis estudios.

Elend frunció el ceño.

—¿En qué estás trabajando, por cierto?

—En algo poco relevante para tu problema actual, me temo. Tindwyl y yo estamos recopilando referencias sobre la Profundidad y el Héroe de las Eras.

—La Profundidad... Vin la mencionó también. ¿De verdad piensas que podría regresar?

—Creo que ya ha regresado, lord Elend. Nunca se marchó, en realidad. Creo que la Profundidad era... es las brumas.

—Pero, por qué... —dijo Elend, y entonces alzó una mano—. Leeré tus conclusiones cuando hayas terminado. No pudo permitirme distracciones en este momento. Gracias, Sazed, por tu consejo.

Sí, un rey, en efecto, pensó Sazed.

—Tindwyl, ya puedes entrar —dijo Elend—. Buenos días, Sazed.

Elend se volvió hacia la puerta y la abrió lentamente. Tindwyl entró, ocultando su rubor.

—¿Cómo sabías que estaba ahí fuera?

—Lo he supuesto —dijo Elend—. Eres tan mala como Vin. De cualquier forma, buenos días a ambos.

Tindwyl frunció el ceño mientras Elend se marchaba. Luego, miró a Sazed.

—Has hecho un buen trabajo con él —dijo Sazed.

—Demasiado bueno —respondió Tindwyl, sentándose—. Creo que si el pueblo le hubiera dejado al mando habría encontrado un modo de salvar la ciudad. Vamos, hay que regresar al trabajo... Esta vez he pedido el almuerzo, así que deberíamos avanzar lo máximo posible antes de que llegue.

Sazed asintió, se sentó y empuñó la pluma. Sin embargo, le resultó difícil concentrarse en el trabajo. Su mente regresaba una y otra vez a Vin y Elend. No estaba seguro de por qué le parecía tan importante que su relación funcionara. Tal vez fuese simplemente porque los dos eran amigos suyos y deseaba verles felices.

O tal vez era por otra cosa. Esos dos eran lo mejor que Luthadel tenía que ofrecer. La nacida de la bruma más poderosa de los bajos fondos skaa y el más noble líder de la cultura aristocrática. Se necesitaban mutuamente y el Imperio Final los necesitaba a ambos.

Además, estaba el trabajo que lo ocupaba. El pronombre usado en gran parte del lenguaje profético de Terris era neutro. La palabra concreta significaba «ello», aunque solía traducirse a los idiomas modernos como «él». Sin embargo, todos los «él» de su libro podrían haberse escrito igualmente como «ella». ¿Y si Vin era realmente el Héroe de las Eras?

Tengo que encontrar un modo de sacarlos de la ciudad, pensó Sazed, asaltado por una súbita idea. *Esos dos no deben estar aquí cuando caiga Luthadel.*

Apartó sus notas y de inmediato empezó a escribir una rápida serie de cartas.

Las dos cosas no son lo mismo.

46

Brisa olía la intriga a dos calles de distancia. Al contrario que muchos de sus compañeros ladrones, él no había nacido pobre ni se había visto forzado a vivir en los bajos fondos. Había crecido en un lugar mucho más peligroso: una corte aristocrática. Por fortuna, los otros miembros de la banda no lo trataban de manera distinta por su origen noble.

Era, por supuesto, porque no lo sabían.

Su educación le permitía comprender ciertas cosas. Cosas que dudaba que conociera ningún ladrón skaa, por competente que fuese. Las intrigas skaa eran brutales: cuestión de vida o muerte. Traicionabas a tus aliados por dinero, por poder, o por protegerte.

En las cortes nobles, la intriga era más abstracta. Las traiciones a menudo no terminaban con cada facción muerta, pero las ramificaciones podían extenderse durante generaciones. Era un juego; tanto, que al joven Brisa le había parecido refrescante la abierta brutalidad de los bajos fondos skaa.

Tomó un sorbo de su cálida jarra de vino especiado, mirando la nota que tenía entre los dedos. Había llegado a pensar que no tendría que preocuparse más por las conspiraciones de bandas: el grupo de Kelsier era un equipo casi enfermizamente unido, y Brisa hacía todo lo que sus poderes alománticos le permitían para que así fuera. Había visto lo que las luchas internas podían hacerle a una familia.

Por eso le sorprendió tanto recibir esa carta. A pesar de su burlona inocencia, captó fácilmente los signos. La prisa con que había sido redactada, emborronada en algunos puntos y sin pasar a limpio. Frases como «no hace falta contar esto a los demás» o «no deseo causar alarma». Las gotas sobrantes de cera, extendidas gratuitamente en la solapa del sobre, como para dar más protección contra ojos curiosos.

No había error en el tono de la misiva. Brisa había sido invitado a una reunión para conspirar. Pero ¿por qué, en nombre del lord Legislador, nada menos que Sazed quería que se reunieran en secreto?

Brisa suspiró, echó mano de su bastón de duelo y lo usó para sostenerse. A veces se mareaba un poco al levantarse; era un malestar menor que siempre había tenido, aunque parecía haber empeorado durante los últimos años. Miró por encima del hombro mientras su visión se despejaba. Allrianne seguía dormida en su cama.

Debería sentirme más culpable por ella, pensó, sonriendo a su pesar, mientras se ponía el chaleco y la casaca por encima de la camisa y los pantalones. *Pero... bueno, todos vamos a estar muertos dentro de unos días, de todas formas.* Pasar una tarde charlando con Clubs ayudaba a dar perspectiva a la vida de uno.

Brisa salió al pasillo y se internó por los sombríos pasillos inadecuadamente iluminados de la fortaleza Venture. *Sinceramente, entiendo la necesidad de ahorrar en lámparas de aceite, pero las cosas ya son bastante deprimentes ahora mismo sin que los pasillos estén oscuros.*

El punto de reunión estaba cerca. Brisa lo localizó fácilmente por los dos soldados que montaban guardia ante la puerta. Hombres de Demoux, soldados que informaban al capitán religiosamente.

Interesante, pensó Brisa, oculto en el pasillo lateral. Indagó con sus poderes alománticos y aplacó a los hombres, sustituyendo su relajación y aplomo por ansiedad y nerviosismo. Los guardias empezaron a inquietarse y a moverse. Finalmente, uno se volvió y abrió la puerta, comprobando el interior de la habitación. El movimiento permitió a Brisa ver que dentro solo había un hombre: Sazed.

Brisa esperó en silencio, tratando de decidir su siguiente movimiento. No había nada incriminatorio en la carta. ¿Podía tratarse simplemente de una treta de Elend? ¿Era un intento de descubrir qué miembros de la banda podían traicionarlo y cuáles no? Demasiado recelo para un chico de buena voluntad. Además, de ser aquel el caso, Sazed habría intentado que Brisa hiciera algo más que reunirse en un lugar clandestino.

La puerta se cerró y el soldado regresó a su puesto. *Puedo fiarme de Sazed, ¿verdad?*, pensó Brisa. ¿Estaría exagerando?

No: los guardias demostraban que a Sazed le preocupaba que se descubriera aquella reunión. Eso era sospechoso. De haber sido cualquier otro, Brisa habría acudido a Elend sin dudarlo. Pero Sazed...

Brisa suspiró y luego entró en el pasillo, dando golpecitos con el bastón contra el suelo. *Bien puedo ver qué tiene que decir. Además, si está planeando algo raro, casi merece la pena el riesgo de verlo.* A pesar de la carta, a pesar de las extrañas circunstancias, a Brisa le costaba imaginar al terrisano implicado en algo que no fuera completamente honrado.

Tal vez el lord Legislador había tenido el mismo problema.

Brisa saludó a los soldados, aplacando su ansiedad y devolviéndolos a un humor más templado. Había otro motivo por el que estaba dispuesto a arriesgarse a acudir a la reunión. Brisa empezaba a darse cuenta de lo peligrosa que era su situación. Luthadel caería pronto. Todos los instintos que había cultivado durante treinta años en los bajos fondos le decían que saliera corriendo.

Esa sensación lo predisponía a correr riesgos. El Brisa de unos cuantos años antes ya hubiese abandonado la ciudad. *Maldito seas, Kelsier*, pensó mientras abría la puerta.

Sazed alzó la cabeza, sorprendido. La habitación era espartana, con varias sillas y solo dos lámparas.

—Llegas temprano, lord Brisa —dijo Sazed, poniéndose rápidamente en pie.

—Pues claro —replicó Brisa—. Tenía que asegurarme de que esto no fuera algún tipo de trampa. —Hizo una pausa—. Esto no es ninguna trampa, ¿no?

—¿Trampa? ¿De qué estás hablando?

—Oh, no te escandalices tanto. Esto no es una simple reunión.

Sazed se apagó un poco.

—¿Tan... obvio es?

Brisa se sentó con el bastón cruzado sobre el regazo y miró de manera elocuente a Sazed, aplacándolo para hacerlo sentir un poco más cohibido.

—Puede que ayudaras a derrocar al lord Legislador, querido amigo... pero tienes mucho que aprender a la hora de ser sibilino.

—Pido disculpas —dijo Sazed, sentándose—. Simplemente quería que nos reuniéramos rápido, para discutir ciertos... temas delicados.

—Bueno, yo recomendaría que te deshagas de esos guardias —dijo Brisa—. Llaman la atención. Luego, enciende unas cuantas lámparas más y tráenos algo de comer y beber. Si entra Elend... Supongo que nos estamos escondiendo de Elend, ¿no?

—Sí.

—Bueno, si entra y nos ve sentados aquí a oscuras, mirándonos unos a otros de manera insidiosa, sabrá que se cuece algo. Cuanto menos natural es la ocasión, más natural hay que aparecer.

—Ah, comprendo. Gracias.

La puerta se abrió y Clubs entró cojeando. Miró a Brisa, luego a Sazed y después se acercó a una silla. Brisa miró a Sazed: no era ninguna sorpresa. Clubs estaba también obviamente invitado.

—Despide a esos guardias —ordenó Clubs.

—Inmediatamente, lord Cladent —dijo Sazed, y se levantó y corrió a la puerta. Habló brevemente con los guardias y regresó. Cuando se sentaba, Ham asomó la cabeza, receloso.

—Espera un momento —dijo Brisa—. ¿Cuánta gente va a venir a esta reunión secreta?

Sazed le indicó a Ham que se sentara.

—Todos los... miembros más experimentados de la banda.

—Quieres decir todos menos Elend y Vin —dijo Brisa.

—Tampoco he convocado a lord Lestibournes.

Sí, pero no es de Fantasma de quien nos estamos escondiendo.

Ham se sentó dubitativo, dirigiendo una mirada interrogativa a Brisa.

—Bien... ¿por qué exactamente nos reunimos a espaldas de nuestra nacida de la bruma y nuestro rey?

—Ya no es rey —advirtió una voz desde la puerta. Dockson entró—. De hecho, podría argumentarse que Elend ya no es líder de la banda. Ocupó ese puesto por casualidad... igual que el trono.

Ham se ruborizó.

—Sé que no te cae bien, Dox, pero no estoy aquí para hablar de traición.

—No hay traición ninguna si no hay trono que traicionar —dijo Dockson, sentándose—. ¿Qué vamos a hacer..., quedarnos aquí y ser criados de su casa? Elend no nos necesita. Tal vez sea hora de ofrecer nuestros servicios a lord Penrod.

—Penrod también es noble —dijo Ham—. No me vayas a decir que te cae mejor que Elend.

Dockson golpeó la mesa con un puño.

—No se trata de quién me caiga bien, Ham. ¡Se trata de encargarnos de que este maldito reino que Kelsier nos puso encima no caiga!

Hemos pasado año y medio limpiando su basura. ¿Quieres ver desperdiciado ese trabajo?

—Por favor, caballeros —dijo Sazed, tratando, sin éxito, de intervenir en la conversación.

—¿Trabajo, Dox? —dijo Ham, colorado—. ¿Qué trabajo has hecho tú? No te he visto hacer mucho aparte de sentarte y quejarte cada vez que alguien propone un plan.

—¿Quejarme? —replicó Dockson—. ¿Tienes idea de cuánto trabajo administrativo ha hecho falta para impedir que esta ciudad se desplome sola? ¿Qué has hecho tú, Ham? Te negaste a tomar el mando del ejército. ¡Lo único que haces es beber y pelear con tus amigos!

Ya basta, pensó Brisa, aplacándolos. *A este paso, nos estrangularemos unos a otros antes de que Straff pueda mandarnos ejecutar.* Dockson se acomodó en su asiento, agitando una mano despectiva ante Ham, que continuaba con el rostro congestionado. Sazed esperó, claramente preocupado por el arrebato. Brisa aplacó su inseguridad. *Estás al mando aquí, Sazed. Dinos qué ocurre.*

—Por favor —dijo Sazed—. No he pedido que nos reuniéramos aquí para discutir. Entiendo que todos estéis tensos..., es comprensible, dadas las circunstancias.

—Penrod va a entregarle nuestra ciudad a Straff —dijo Ham.

—Eso es mejor que dejarle que nos masacre —replicó Dockson.

—De hecho, no creo que tengamos que preocuparnos de que Straff nos masacre —dijo Brisa.

—¿No? —preguntó Dockson, frunciendo el ceño—. ¿Tienes información que no hayas compartido con nosotros, Brisa?

—Oh, venga ya, Dox —exclamó Ham—. Nunca te ha gustado no haber acabado al mando cuando Kel murió. Ese es el verdadero motivo por el que no te agrada Elend, ¿verdad?

Dockson se ruborizó, y Brisa suspiró y los abofeteó a ambos con un poderoso aplacamiento. Los dos dieron un leve respingo, como si los hubiera picado una avispa, aunque la sensación fue todo lo contrario. Sus emociones, antes volátiles, quedaron entumecidas y pasivas.

Ambos miraron a Brisa.

—Sí, por supuesto que os estoy aplacando. Sinceramente, sé que Hammond es un poco inmaduro... Pero ¿tú, Dockson?

Dockson se arrellanó, frotándose la frente.

—Puedes dejarlo, Brisa —dijo al cabo de un momento—. Me morderé la lengua.

Ham se limitó a rezongar con una mano sobre la mesa. Sazed observaba la conversación, algo desconcertado.

Así son los hombres acorralados, mi querido terrisano, pensó Brisa. *Esto es lo que pasa cuando pierden la esperanza. Pueden guardar las apariencias delante de los soldados, pero cuando están a solas con sus amigos...*

Sazed era terrisano; toda su vida había sido de opresión y pérdida. Pero esos hombres, Brisa incluido, estaban acostumbrados al éxito. Incluso si las probabilidades en su contra eran abrumadoras, se mostraban confiados. Eran del tipo de hombres capaces de enfrentarse a un dios con la esperanza de vencer. No aceptarían bien la derrota. Naturalmente, cuando perder significaba la muerte, ¿quién lo hacía?

—Los ejércitos de Straff se disponen a levantar el campamento —dijo Clubs por fin—. Lo hace con sutileza, pero los signos están ahí.

—Así que viene por la ciudad —dijo Dockson—. Mis hombres en el palacio de Penrod dicen que la Asamblea ha enviado a Straff misiva tras misiva, todas suplicándole que venga a ocupar Luthadel.

—No va a tomar la ciudad —dijo Clubs—. Al menos, no si es listo.

—Vin sigue siendo una amenaza —dijo Brisa—. Y no parece que Straff tenga un nacido de la bruma para protegerlo. Si entrara en Luthadel, dudo que haya nada que pueda hacer para impedir que ella le corte la garganta. Así que hará otra cosa.

Dockson frunció el ceño, y miró a Ham, que se encogió de hombros.

—En realidad es muy sencillo —dijo Brisa, dando un golpecito en la mesa con su bastón—. Incluso yo lo he comprendido. —Clubs hizo una mueca al oír estas palabras—. Si Straff hace creer que se retira, los koloss probablemente atacarán Luthadel por él. Son demasiado obtusos para comprender la amenaza de un ejército oculto.

—Si Straff se retira —dijo Clubs—, Jastes no podrá impedirles que tomen la ciudad.

Dockson parpadeó.

—Pero ellos...

—¿Sería una masacre? —preguntó Clubs—. Sí. Saquearían los barrios más ricos de la ciudad... y probablemente acabarían matando a la mayoría de los nobles.

—Eliminarían a los hombres con quienes Straff (contra su voluntad, conociendo su orgullo) se ha visto obligado a trabajar —añadió Brisa—. De hecho, hay muchas posibilidades de que esas criaturas maten a Vin. ¿Podéis imaginar que no se una a la lucha si los koloss nos invaden?

Todos guardaron silencio.

—Pero eso no ayudará realmente a Straff a conseguir la ciudad —dijo Dockson—. Seguirá teniendo que combatir contra los koloss.

—Sí —dijo Clubs, con el ceño fruncido—. Pero probablemente derribarán algunas puertas de la ciudad, por no mencionar que arrasarán las casas. Eso dejará a Straff con el campo despejado para atacar a un enemigo debilitado. Además, los koloss no son estrategas: para ellos, las murallas de la ciudad no tienen valor. Straff no podría pedir un escenario mejor.

—Lo considerarán un libertador —dijo Brisa en voz baja—. Si regresa en el momento oportuno, después de que los koloss hayan irrumpido en la ciudad y combatido a los soldados, pero antes de que hayan causado serios daños a los barrios skaa. Podría liberar al pueblo y establecerse como su protector, no su conquistador. Sabiendo cómo se siente la gente, creo que lo recibirían con los brazos abiertos. Ahora mismo, un líder fuerte significaría más para ellos que monedas en los bolsillos y derechos en la Asamblea.

Mientras el grupo reflexionaba sobre esto, Brisa miró a Sazed, que permanecía en silencio. Había dicho muy poco; ¿cuál era su juego? ¿Por qué convocar a la banda? ¿Era lo bastante sutil para saber que simplemente necesitaban tener una discusión sincera como aquella, sin la moral de Elend que los frenara?

—Podríamos dejar que Straff se la quedara —dijo Dockson por fin—. La ciudad, quiero decir. Podríamos prometerle controlar a Vin. Si las cosas van a acabar así...

—Dox —dijo Ham tranquilamente—, ¿qué pensaría Kel si te oyera hablar así?

—Podríamos entregarle la ciudad a Jastes Lekal —propuso Brisa—. Tal vez a él sí que podríamos persuadirlo para que tratara a los skaa con dignidad.

—¿Y dejar entrar a veinte mil koloss? —preguntó Ham—. Brisa, ¿has visto alguna vez de lo que esas criaturas son capaces?

Dockson dio un puñetazo en la mesa.

—Solo estoy planteando opciones, Ham. ¿Qué más vamos a hacer?

—Luchar —dijo Clubs—. Y morir.

La habitación volvió a quedar en silencio.

—Desde luego, sabes cómo acabar una conversación, amigo mío —dijo Brisa por fin.

—Hacía falta decirlo —murmuró Clubs—. No tiene sentido que sigamos engañándonos. No podemos vencer en la batalla, y siempre nos hemos dirigido a ella. Van a atacar la ciudad. Vamos a defenderla. Y perderemos.

»Os preguntáis si deberíamos rendirnos. Bueno, no vamos a hacerlo. Kel no nos lo hubiese permitido, así que nosotros tampoco nos lo permitiremos. Lucharemos, y moriremos con dignidad. Luego, la ciudad arderá... pero habremos hecho nuestra declaración. El lord Legislador nos sometió durante mil años, pero ahora los skaa tenemos orgullo. Combatimos. Resistimos. Y morimos.

—¿Para qué ha merecido entonces la pena? —dijo Ham con frustración—. ¿Por qué derrocar el Imperio Final? ¿Por qué matar al lord Legislador? ¿Por qué hacer nada si iba a acabar así? Con tiranos gobernando cada dominio; Luthadel, arrasada; los de nuestra banda, muertos.

—Porque alguien tenía que empezar —dijo Sazed suavemente—. Mientras el lord Legislador gobernaba, la sociedad no podía progresar. Mantenía una mano estabilizadora sobre el imperio, pero era también una mano opresora. La moda no cambió durante mil años, los nobles siempre trataron de cumplir los ideales del lord Legislador. La arquitectura y la ciencia no progresaron, pues el lord Legislador rechazaba los cambios y los inventos.

»Y los skaa no pudieron ser libres, pues él no lo permitía. Sin embargo, matarlo no liberó a nuestros pueblos, amigos míos. Solo el tiempo lo hará. Harán falta siglos, tal vez..., siglos de lucha, aprendizaje y crecimiento. Al principio, desgraciada e inevitablemente, las cosas serán muy difíciles. Peor aún que bajo el yugo del lord Legislador.

—Y nosotros moriremos por nada —dijo Ham, con el ceño fruncido.

—No —replicó Sazed—. Por nada no, lord Hammond. Moriremos para demostrar que hay skaa que no se someten, que no dan un paso atrás. Es un precedente importante, me parece. En las historias y leyendas, es un comportamiento inspirador. Si los skaa van a autogobernarse alguna vez, necesitarán sacrificios en los que puedan encontrar motivación. Sacrificios como el del mismo Superviviente.

Los hombres guardaron silencio.

—Brisa —dijo Ham—. Me vendría bien un poco más de confianza, ahora mismo.

—Naturalmente —respondió Brisa, y aplacó con cuidado la ansiedad y el miedo del hombre. El rostro de Ham perdió parte de su palidez y se sentó un poco más derecho. Por si acaso, Brisa dio al resto de la banda el mismo tratamiento.

—¿Desde cuándo lo sabes? —le preguntó Dockson a Sazed.

—Desde hace algún tiempo, lord Dockson.

—Pero no podías saber que Straff se retiraría y nos entregaría a los koloss. Solo Clubs lo dedujo.

—Mi conocimiento era general, lord Brisa —dijo Sazed, con voz tranquila—. No se refería específicamente a los koloss. Hace tiempo que pienso que esta ciudad caerá. Con toda sinceridad, me impresiona vuestro trabajo. Este pueblo tendría que haber sido derrotado hace tiempo. Habéis hecho algo grandioso..., algo que será recordado durante siglos.

—Suponiendo que alguien sobreviva para contarlo —puntualizó Clubs.

Sazed asintió.

—Por eso, precisamente, he convocado esta reunión. Hay pocas posibilidades de que quienes nos quedemos en la ciudad sobrevivamos: seremos necesarios para ayudar en la defensa y, si sobrevivimos al ataque koloss, Straff intentará ejecutarnos. Sin embargo, no es necesario que todos nos quedemos en la caída de Luthadel... Tal vez tendríamos que enviar a alguien a organizar futuras resistencias contra los señores de la guerra.

—Yo no dejaré a mis hombres —protestó Clubs.

—Ni yo —dijo Ham—. Aunque envié a mi familia bajo tierra ayer.

Eso significaba que los había obligado a marcharse, tal vez a ocultarse en las catacumbas de la ciudad, tal vez a huir por alguno de los pasos de la muralla. Ham no lo sabía... y así no podría dar a nadie su paradero. Las viejas costumbres eran difíciles de erradicar.

—Si esta ciudad cae, yo estaré aquí —dijo Dockson—. Es lo que Kel habría esperado. No me marcho.

—Yo me iré —dijo Brisa, mirando a Sazed—. ¿Es demasiado pronto para ofrecerme voluntario?

—Hmm, la verdad, lord Brisa, yo no...

Brisa alzó una mano.

—Tranquilo, Sazed. Creo que está claro quiénes piensas que deben marcharse. No los has invitado a la reunión.

Dockson frunció el ceño.

—¿Vamos a defender Luthadel hasta la muerte y quieres que nuestra única nacida de la bruma se marche?

Sazed asintió.

—Mis señores —dijo en voz baja—, los hombres de esta ciudad necesitarán nuestro liderazgo. Les dimos esta ciudad y los pusimos en esta situación. No podemos abandonarlos ahora. Pero... hay grandes cosas en juego en el mundo. Cosas superiores a nosotros, creo. Estoy convencido de que lady Vin forma parte de ellas.

»Aunque puedan ser desvaríos míos, no podemos permitir que lady Vin muera en esta ciudad. Es el eslabón más personal y fuerte del pueblo con el Superviviente. Se ha convertido en un símbolo para ellos, y con sus habilidades de nacida de la bruma tiene más probabilidades de poder escapar, y luego de sobrevivir a los ataques que sin duda enviará Straff contra ella. Será de gran valor en la futura lucha: puede moverse de manera rápida y sigilosa, y luchar sola causando mucho daño, como demostró anoche. —Sazed inclinó la cabeza—. Señores, os he convocado aquí hoy para que decidamos cómo convencerla de que escape cuando los demás nos quedemos a luchar. No será tarea fácil, me temo.

—Vin no dejará a Elend —dijo Ham—. Él tendrá que irse también.

—Justo lo que yo pensaba, lord Hammond.

Clubs se mordió los labios, pensativo.

—No será fácil convencer al muchacho para que huya. Sigue pensando que podemos ganar esta batalla.

—Y es posible que lo hagamos —dijo Sazed—. Señores, mi intención no es dejaros sin esperanza. Pero, dadas las circunstancias, la posibilidad de tener éxito...

—Lo sabemos, Sazed —dijo Brisa—. Comprendemos.

—Tiene que haber otros de la banda que puedan marcharse —dijo Ham, agachando la cabeza—. Aparte de ellos dos.

—Yo enviaría a Tindwyl con ellos —dijo Sazed—. Llevará a mi

pueblo muchos descubrimientos de gran importancia. También pienso enviar a lord Lestibournes. Servirá de poco en la batalla, y sus habilidades como espía podrían servir de ayuda a lady Vin y lord Elend cuando traten de organizar la resistencia entre los skaa.

»Sin embargo, esos cuatro no serán los únicos que sobrevivan. La mayoría de los skaa deberían quedar a salvo: Jastes Lekal parece controlar a sus koloss de algún modo. Aunque no pueda, Straff debería llegar a tiempo para proteger a los habitantes de la ciudad.

—Suponiendo que Straff esté planeando lo que cree Clubs —dijo Ham—. Podría tratarse de una retirada de verdad, para reducir sus pérdidas.

—Sea como sea, no muchos podrán salir —dijo Clubs—. Ni Straff ni Jastes permitirán que grandes grupos de personas abandonen la ciudad. Ahora mismo, la confusión y el miedo en las calles servirán a sus propósitos mejor que la despoblación. Puede que consigamos que algunos jinetes escapen, sobre todo si uno de esos jinetes es Vin. Los demás tendrán que correr el riesgo con los koloss.

Brisa sintió un nudo en el estómago. Clubs hablaba de manera tan brusca... tan cruel. Pero así era Clubs. Ni siquiera era pesimista; solo decía las cosas que pensaba que los demás no querían reconocer.

Algunos skaa sobrevivirán para convertirse en esclavos de Straff Venture, pensó Brisa. *Pero los que luchen, y los que han dirigido la ciudad este último año, están condenados. Eso me incluye a mí. Es cierto. Esta vez no hay salida.*

—¿Bien? —preguntó Sazed—. ¿Estamos de acuerdo en que esos cuatro deben marcharse?

Los miembros del grupo asintieron.

—Entonces, tracemos un plan para enviarlos fuera.

—Podríamos hacer creer a Elend que el peligro no es tan grande —añadió Dockson—. Si cree que a la ciudad le espera un asedio largo, podría estar dispuesto a ir con Vin a una misión, a alguna parte. No se darían cuenta de lo que sucediera aquí hasta que fuera demasiado tarde.

—Una buena sugerencia, lord Dockson —dijo Sazed—. Creo que también podríamos trabajar con el concepto de Vin del Pozo de la Ascensión.

La discusión continuó, y Brisa permaneció al margen, satisfecho. *Vin, Elend y Fantasma sobrevivirán*, pensó. *Tengo que convencer a Sa-*

zed de que permita a Allrianne ir con ellos. Contempló la habitación, advirtiendo una liberación de la tensión en las posturas de los demás. Dockson y Ham parecían en paz, e incluso Clubs asentía en silencio para sí, con aspecto satisfecho, mientras discutían las sugerencias.

El desastre estaba al caer. Pero, de algún modo, la posibilidad de que algunos escaparan (los miembros más jóvenes del grupo, los que aún eran lo bastante inexpertos para tener esperanza) hacía que todo fuera un poco más fácil de aceptar.

Envuelta en las brumas, Vin contemplaba las oscuras torres, columnas y torres de Kredik Shaw. En su cabeza resonaban dos sonidos. El espíritu de bruma y el otro sonido, más grande, más atronador.

Cada vez se volvía más acuciante.

Continuó su camino, ignorando los ritmos a medida que se acercaba a Kredik Shaw, la Colina de las Mil Torres, antigua morada del lord Legislador. Llevaba abandonada más de un año, pero ningún vagabundo se había instalado en ella. Era demasiado ominosa. Demasiado terrible. Recordaba demasiado a su antiguo dueño.

El lord Legislador había sido un monstruo. Vin recordaba bien la noche, más de un año antes, en que había ido a ese palacio con la intención de matarlo. De hacer el trabajo para el que Kelsier la había entrenado sin que se diera cuenta. Había atravesado este mismo patio, había pasado ante los guardias de la puerta.

Y los había dejado vivir. Kelsier hubiese entrado luchando. Pero Vin los convenció para que se marcharan, para que se unieran a la rebelión. El acto le salvó la vida cuando uno de aquellos mismos hombres, Goradel, condujo a Elend a los calabozos del palacio para ayudarlo a rescatarla.

En cierto modo, el Imperio Final había sido derrocado porque ella no había actuado como Kelsier.

Y, sin embargo, ¿podía basar futuras decisiones en una coincidencia como esa? Al mirar atrás, todo parecía perfectamente alegórico. Como un bonito cuento infantil con moraleja.

Vin nunca había escuchado esos cuentos de niña. Y había sobrevivido cuando otros muchos habían muerto. Por cada lección como la de Goradel, una docena terminaban en tragedia.

Y luego estaba Kelsier. Al final, había tenido razón. Su lección era muy distinta de la que enseñaban los cuentos infantiles. Kelsier se había mostrado dispuesto, incluso entusiasmado, cuando ejecutaba a aquellos que se interponían en su camino. Implacable. Buscaba el bien mayor; siempre había tenido la mirada puesta en la caída del imperio y en la proclamación de un reino como el de Elend.

Lo había conseguido. ¿Por qué no podía ella matar como él lo hacía, sabiendo que cumplía con su deber, sin remordimientos? Siempre la había asustado el gusto por el peligro de Kelsier. Sin embargo, ¿no era eso mismo lo que le había permitido tener éxito?

Se internó en los pasillos del palacio, dejando con los pies y las borlas de su capa huellas en el polvo. Las brumas, como siempre, se quedaron atrás. No entraban en los edificios... o, si lo hacían, no permanecían allí mucho tiempo. Con ellas, dejó atrás el espíritu de bruma.

Vin tenía que tomar una decisión. No le gustaba afrontar ese hecho, pero estaba acostumbrada a hacer cosas que no le gustaban. Así era la vida. Tampoco había querido combatir al lord Legislador, pero lo había hecho.

Pronto la oscuridad fue demasiado densa incluso para sus ojos de nacida de la bruma y tuvo que encender una linterna. Cuando lo hizo, le sorprendió ver que alguien más había transitado por esos pasillos. Sin embargo, fuera quien fuese, no se lo encontró mientras los recorría.

Entró en la cámara unos momentos más tarde. No estaba segura de qué la había atraído a Kredik Shaw, mucho menos a la cámara oculta de su centro. De todas maneras, había estado sintiendo desde hacía algún tiempo una especie de identificación con el lord Legislador. Sus paseos la habían traído hasta allí, a un lugar que no había visitado desde la noche en que matara al único dios que había conocido.

El lord Legislador se pasaba mucho tiempo en esa cámara oculta, un lugar que al parecer había construido para que le recordara su tierra natal. La cámara tenía una cúpula por techo. Las paredes estaban llenas de murales plateados y el suelo de insertos metálicos. Vin los ignoró y se acercó al elemento característico del centro de la sala, un pequeño edificio de piedra construido dentro de la cámara principal.

Allí Kelsier y su esposa habían sido encerrados muchos años antes, durante el primer intento de Kelsier de robar al lord Legislador. Mare había sido asesinada en los Pozos. Pero Kelsier había sobrevivido.

En aquella cámara Vin se había enfrentado por primera vez a un inquisidor y había estado a punto de morir. También a ese lugar había regresado meses más tarde en su primer intento de matar al lord Legislador. También en aquella ocasión había sido derrotada.

Entró en el pequeño edificio dentro del edificio. Solo constaba de una habitación. El suelo había sido levantado por los equipos de trabajo de Elend que buscaban el atium. Las paredes, sin embargo, estaban todavía en pie, con los recuerdos que el lord Legislador había dejado atrás. Alzó la linterna para mirarlas.

Alfombras. Pieles. Una pequeña flauta de madera. Las cosas de su pueblo, el pueblo de Terris, de mil años de antigüedad. ¿Por qué había construido su nueva ciudad de Luthadel, en el sur, cuando su tierra, el Pozo de la Ascensión mismo, estaban en el norte? Vin nunca lo había comprendido.

Tal vez había tenido que tomar una decisión. Rashek, el lord Legislador, se había visto obligado a tomar una decisión también. Podría haber continuado siendo lo que era, un pastor. Probablemente habría sido feliz con su gente.

Pero había decidido convertirse en algo más. Para hacerlo había cometido terribles atrocidades. Sin embargo, ¿podía ella reprocharle su decisión? Se había convertido en lo que consideraba necesario.

La decisión de Vin parecía más mundana, pero sabía que otras cosas (el Pozo de la Ascensión, la protección de Luthadel) no podrían ser tenidas en cuenta hasta que estuviera segura de lo que quería y de quién era. Y sin embargo, pensando en el Pozo de pie en esa habitación donde Rashek había pasado gran parte de su tiempo, los exigentes golpeteos en su cabeza parecían más fuertes que nunca.

Tenía que decidirse. Era con Elend con quien quería estar. Representaba la paz. La Felicidad. Zane, sin embargo, representaba aquello en lo que consideraba que tenía que convertirse. Por el bien de todos los implicados.

En el palacio del lord Legislador no había pistas ni respuestas. Unos momentos después, frustrada y sin saber muy bien por qué había ido allí siquiera, lo dejó atrás y regresó a las brumas.

Zane despertó con el sonido de una piqueta de la tienda golpeada a intervalos específicos. Su reacción fue inmediata.

Quemó acero y peltre. Siempre tragaba un poco antes de dormir. Sabía que la costumbre probablemente lo mataría algún día, envenenado por el metal.

Morir en algún día futuro era mejor, en opinión de Zane, que morir ese mismo día.

Saltó de su jergón, arrojando la manta hacia la abertura de la tienda. Apenas podía ver en la oscuridad de la noche. Mientras saltaba, oyó que algo se rasgaba. Estaban rompiendo las paredes de la tienda.

—¡Mátalos! —gritó Dios.

Zane cayó al suelo y agarró un puñado de monedas del cuenco que tenía junto a la cama. Oyó gritos de sorpresa mientras giraba y arrojaba las monedas a su alrededor.

Empujó. Las monedas alcanzaron la lona y, con un ruido sordo, continuaron su camino.

Y los hombres empezaron a gritar.

Zane se agazapó, esperando en silencio mientras la tienda se desplomaba a su alrededor. Alguien estaba rasgando la lona, a su derecha. Lanzó unas cuantas monedas y oyó un gruñido de dolor que lo satisfizo. En el silencio, con la lona extendida a su alrededor como una manta, oyó pasos huyendo.

Suspiró, se relajó y usó una daga para abrir la tienda. Salió a la noche brumosa. Aquel día se había acostado más tarde que de costumbre; probablemente era cerca de medianoche. Tal vez fuese hora de despertar, de todas maneras.

Caminó sobre la tienda desplomada, moviéndose sobre el jergón, ahora cubierto por la lona, y abrió un agujero para poder meter la mano y sacar un frasco de metal que había guardado en un bolsillo debajo. Se bebió los metales, y el estaño iluminó sus inmediaciones. Cuatro hombres yacían muertos o moribundos en torno a la tienda. Eran soldados, naturalmente: soldados de Straff. El ataque se había producido más tarde de lo que Zane esperaba.

Straff confía en mí más de lo que creía. Zane pasó por encima del cuerpo caído de un asesino, abrió un arcón y sacó su ropa. Se cambió sin hacer ruido y luego sacó del cofre una bolsita de monedas. *Debe de haber sido el ataque a la fortaleza de Cett,* pensó. *Al final Straff se ha convencido de que soy demasiado peligroso para dejarme con vida.*

Zane encontró a su hombre trabajando en silencio en una tienda cercana, supuestamente comprobando la tensión de uno de los vientos. Vigilaba cada noche, y cobraba por golpear una piqueta si veía que alguien se acercaba a la tienda de Zane. El nacido de la bruma le arrojó al hombre una bolsa de monedas y se internó en la oscuridad camino de la tienda de Straff, dejando atrás los canales con sus barcazas de suministros.

Su padre tenía algunas limitaciones. Straff era bueno haciendo planes a largo plazo, pero los detalles, las sutilezas, a menudo se le escapaban. Podía organizar un ejército y aplastar a sus enemigos. Sin embargo, le gustaba jugar con herramientas peligrosas. Como el atium de los Pozos de Hathsin. Como Zane.

Esas herramientas a menudo acababan hiriéndolo.

Zane se acercó a la tienda de Straff por uno de sus lados, abrió un agujero en la lona y entró. Straff lo estaba esperando. Zane tuvo que reconocerle el valor: esperaba la muerte con una mirada de desafío en los ojos. Zane se detuvo en el centro de la habitación, delante de su padre, que estaba sentado en su silla de madera.

—Mátalo —ordenó Dios.

Las lámparas ardían en los rincones, iluminando la lona. Los cojines y las mantas del fondo estaban arrugados; Straff había pasado una última noche con sus amantes favoritas antes de enviar a sus asesinos. El rey tenía su característico aspecto retador, pero Zane vio más. Vio un rostro demasiado húmedo de sudor, y unas manos temblando, como por alguna enfermedad.

—Tengo atium para ti —dijo Straff—. Enterrado en un sitio que solo yo conozco.

Zane permaneció en silencio, observando a su padre.

—Te proclamaré abiertamente mi heredero —dijo Straff—. Mañana, si quieres.

Zane no respondió. Straff continuó sudando.

—La ciudad es tuya —dijo Zane por fin, volviéndose.

Fue recompensado por un jadeo de sorpresa.

Zane miró hacia atrás. Nunca había visto una expresión de conmoción tan grande en el rostro de su padre. Casi valía la pena por todo lo demás.

—Retira a tus hombres, como tienes planeado —dijo Zane—, pero no regreses al Dominio Septentrional. Espera a que esos koloss invadan la ciudad, a que inutilicen las defensas y maten a los defensores. Luego podrás venir a rescatar Luthadel.

—Pero la nacida de la bruma de Elend...

—No estará —dijo Zane—. Se marcha conmigo esta noche. Adiós, padre.

Se dio media vuelta y se abrió paso por la abertura que había practicado.

—¿Zane? —llamó Straff.

Zane volvió a detenerse.

—¿Por qué? —preguntó Straff, mirando por la raja—. He enviado asesinos a matarte. ¿Por qué me dejas vivir?

—Porque eres mi padre —dijo Zane. Se volvió a mirar las brumas—. Un hombre no debe matar a su padre.

Con eso, Zane se despidió del hombre que lo había creado. Un hombre a quien él, a pesar de su locura, a pesar de los abusos que había sufrido durante años, amaba.

En las oscuras brumas lanzó una moneda y revoloteó sobre el campamento. Una vez fuera, aterrizó y localizó fácilmente la curva del canal que usaba como guía. Sacó un hatillo de tela del hueco de un árbol. Una capa de bruma, el primer regalo que le había hecho Straff, años antes, cuando Zane había abierto su conciencia. Para él, era demasiado preciosa para llevarla, para mancharla y gastarla.

Sabía que era un necio. Sin embargo, no podía evitar sentirse como se sentía. No se podía usar la alomancia emocional con uno mismo.

Desenvolvió la capa de bruma y sacó las cosas que esta envolvía: varios frascos de metal y una bolsa llena de perlas. Atium.

Permaneció arrodillado un buen rato. Luego, se llevó la mano al pecho, palpando por encima de las costillas. Donde latía su corazón.

Tenía un bulto grande allí. Siempre lo había tenido. No solía pensar en él: su mente divagaba cuando lo hacía. Sin embargo, era el verdadero motivo por el que no usaba capa.

No le gustaba la manera en que las capas rozaban la pequeña punta de la lanza que asomaba por su espalda, justo entre los omóplatos. La cabeza chocaba con su esternón y no se veía debajo de la ropa.

—Es hora de irse —dijo Dios.

Zane se incorporó, dejando atrás la capa de bruma. Se alejó del campamento de su padre, abandonando lo que había conocido, buscando en cambio a la mujer que habría de salvarlo.

47

Una parte de ella ni siquiera se sentía molesta por la cantidad de gente que había matado. Era esta misma indiferencia lo que aterrorizaba a Vin.

Estaba sentada en su balcón poco después de visitar Kredik Shaw, con la ciudad de Luthadel sumida en la oscuridad ante ella. Estaba rodeada de brumas, pero sabía que no podía esperar encontrar solaz en sus cambiantes pautas. Ya nada era sencillo.

El espíritu de la bruma la observaba, como siempre. Estaba demasiado lejos para verlo, pero lo percibía. Y, aún más fuerte que el espíritu de la bruma, percibía algo más. Aquel poderoso redoble, cada vez más fuerte. Al principio le había parecido lejano, pero ya no.

El Pozo de la Ascensión.

Eso tenía que ser. Podía sentir su poder regresando, fluyendo de vuelta al mundo, exigiendo ser tomado y utilizado. Vin miraba una y otra vez hacia el norte, hacia Terris, esperando ver algo en el horizonte. Un estallido de luz, un fuego ardiente, una tempestad de vientos. Algo. Pero solo había bruma.

No tenía éxito en nada desde hacía algún tiempo. Amor, protección, deber. *Me he distraído con demasiadas cosas.*

Demasiadas cosas exigían su atención, y había tratado de ocuparse de todas. Como resultado, no había conseguido nada. Su investigación de la Profundidad y el Héroe de las Eras permanecía en punto muerto desde hacía días, todavía en montoncitos de papeles repartidos por todo el suelo. Casi no sabía nada del espíritu de bruma: solo que la vigilaba y que el autor del libro de viajes lo había considerado peligroso. No había resuelto el asunto del espía de su grupo; no sabía si las acusaciones de Zane de que era Demoux eran verdaderas.

Y Cett continuaba con vida. Ni siquiera había podido llevar a cabo una masacre hasta el final. Era culpa de Kelsier. La había entrenado para que ocupara su lugar, pero ¿cómo podía hacer eso nadie?

¿Por qué siempre tenemos que ser el cuchillo de otro?, susurró en su cabeza la voz de Zane.

Sus palabras parecían tener sentido en ocasiones, pero también un defecto. Elend. Vin no era su cuchillo. Él no quería que asesinara ni que matara. Pero sus ideales lo habían dejado a él sin trono y a su ciudad, rodeada de enemigos. Si realmente amaba a Elend (si realmente amaba al pueblo de Luthadel), ¿no tendría que haber hecho más?

Los latidos resonaron en ella como los martillazos de un tambor del tamaño del sol. Quemaba bronce casi de manera continua, escuchando el ritmo, dejando que la meciera...

—¿Ama? —preguntó OreSeur—. ¿En qué estás pensando?

—En el fin —dijo Vin en silencio, contemplando la ciudad.

Silencio.

—¿El fin de qué, ama?

—No lo sé.

OreSeur se acercó al balcón, se internó en las brumas y se sentó a su lado. Ella empezaba a conocerlo lo suficiente para ver preocupación en sus ojos perrunos.

Suspiró, sacudiendo la cabeza.

—Tengo que tomar decisiones. Y no importa qué opción elija, significará un final.

OreSeur siguió un momento con la cabeza ladeada, callado.

—Ama —dijo por fin—, eso me parece extremadamente dramático.

Vin se encogió de hombros.

—¿No tienes ningún consejo que darme, entonces?

—Solo que tomes tu decisión.

Vin permaneció en silencio, luego sonrió.

—Sazed hubiera dicho algo sabio y consolador.

OreSeur frunció el ceño.

—No comprendo qué pinta en esta conversación, ama.

—Era mi mayordomo —dijo Vin—. Antes de marcharse, y antes de que Kelsier me pasara tu Contrato.

—Ah. Bueno, nunca me han gustado mucho los terrisanos, ama. Su orgulloso sentido de la servidumbre es muy difícil de imitar..., por no mencionar que sus músculos son demasiado correosos para saber bien.

Vin alzó una ceja.

—¿Has imitado a terrisanos? No me había parecido que eso tuviera demasiado sentido..., no eran influyentes durante los días del lord Legislador.

—Ah —dijo OreSeur—. Pero siempre estaban cerca de gente influyente.

Vin asintió y se puso en pie. Entró en la habitación vacía y encendió una lámpara, apagando su estaño. Las brumas cubrían el suelo, fluyendo sobre los fajos de papeles, y sus pies levantaron volutas en el cuarto.

Se detuvo. Aquello era un poco extraño. Las brumas no permanecían mucho tiempo puertas adentro. Elend decía que tenía que ver con el calor y los espacios cerrados. Vin siempre lo había achacado a algo más místico. Frunció el ceño, observándolas.

Incluso sin estaño, oyó el crujido.

Se dio media vuelta. Zane estaba de pie en el balcón, su figura era una silueta negra en las brumas. Dio un paso adelante, seguido por las brumas, como hacían alrededor de quien quemaba metal. Y, sin embargo... también parecían alejarse levemente de él.

OreSeur rezongó en voz baja.

—Es la hora —dijo Zane.

—¿La hora de qué? —preguntó Vin, soltando la lámpara.

—De marcharnos. De dejar a estos hombres y sus ejércitos. De dejar la lucha. De ser libres.

Libres.

—Yo... no sé, Zane —dijo Vin, desviando la mirada.

Lo oyó avanzar un paso.

—¿Qué le debes, Vin? No te conoce. Te teme. La verdad es que nunca ha sido digno de ti.

—No —dijo Vin, sacudiendo la cabeza—. Eso no es todo, Zane. No lo comprendes. Soy yo quien no ha sido nunca digna de él. Elend se merece a alguien mejor. Se merece... alguien que comparta sus ideales. Alguien que piense que hizo bien al entregar su trono. Alguien que vea en eso más honor y menos necedad.

—Sea como sea, no puede comprenderte —dijo Zane, deteniéndose a poca distancia—. No puede comprendernos.

Vin no respondió.

—¿Adónde irías, Vin? —preguntó Zane—. Si no estuvieras atada a este lugar, atada a él. Si fueras libre y pudieras hacer lo que quisieras, ¿adónde irías?

Los martilleos se hicieron más fuertes. Ella miró a OreSeur, que estaba sentado en silencio junto a la pared, casi a oscuras. ¿Por qué se sentía culpable? ¿Qué tenía que demostrarle?

Se volvió hacia Zane.

—Al norte —dijo—. A Terris.

—Podemos ir allí. Donde tú quieras. El lugar me es indiferente, mientras no sea este lugar.

—No puedo abandonarlos.

—¿Aunque haciéndolo prives a Straff de su único nacido de la bruma? —preguntó Zane—. El cambio es bueno. Mi padre sabrá que he desaparecido, pero no se dará cuenta de que tú no estás ya en Luthadel. Tendrá aún más miedo de atacar. Al darte a ti misma libertad, estarás haciendo a tus aliados un precioso regalo.

Zane le agarró la mano, obligándola a mirarlo. Se parecía a Elend..., era como una versión dura de Elend. A Zane lo había roto la vida, igual que a ella, pero ambos habían sabido rehacerse. ¿Eso los había hecho más fuertes o más frágiles?

—Vamos —susurró Zane—. Puedes salvarme, Vin.

La guerra viene a esta ciudad, pensó Vin con un escalofrío. *Si me quedo, tendré que volver a matar.*

Y, lentamente, dejó que la apartara de su mesa y la llevara hacia las brumas y la reconfortante oscuridad. Con la otra mano sacó un frasco de metal para el viaje, y el movimiento hizo que Zane se girara, receloso.

Tiene buenos instintos, pensó Vin. *Instintos como los míos. Instintos que no le permiten confiar, pero lo mantienen con vida.*

Él se relajó al ver lo que ella hacía, y sonrió y se dio la vuelta. Vin lo siguió, pero sintió una súbita punzada de temor. *Ya está*, pensó. *Desde ahora todo cambia. El tiempo de tomar decisiones ha pasado. Y he tomado la decisión equivocada. Elend no hubiese dado ese respingo cuando saqué el frasco.*

Se detuvo. Zane tiró de su muñeca, pero ella no se movió. Él se volvió a mirarla, frunciendo el ceño desde el borde del balcón.

—Lo siento —susurró Vin, soltando su mano—. No puedo ir contigo.

—¿Qué? —preguntó Zane—. ¿Por qué no?

Vin sacudió la cabeza, se dio la vuelta y entró en la habitación.

—¡Dime qué es! —exigió saber Zane, levantando la voz—. ¿Qué tiene él que tanto te atrae? No es un gran líder. No es un guerrero. No es ningún alomántico ni ningún general. ¿Qué es lo que tiene?

La respuesta fue simple y sencilla. *Toma tus decisiones: yo te apoyaré.*

—Él confía en mí —susurró.

—¿Qué? —dijo Zane, incrédulo.

—Cuando ataqué a Cett, los demás opinaron que había actuado de forma irracional... y tenían razón. Pero Elend les dijo que yo tenía buenos motivos para haberlo hecho, aunque no sabía cuáles.

—Así que es un necio.

—Cuando hablamos, más tarde —continuó Vin sin mirar a Zane—, me mostré fría con él. Creo que sabía que estaba intentando decidir si quedarme con él o no. Y... me dijo que se fiaba de mi juicio. Me apoyaría si decidía dejarlo.

—Así que tampoco es capaz de apreciarte.

Vin negó con la cabeza.

—No. Simplemente me ama.

—Yo te amo.

Vin se detuvo a mirarlo. Zane parecía furioso. Incluso desesperado.

—Te creo. Pero no puedo irme contigo.

—Pero ¿por qué?

—Porque eso implicaría dejar a Elend. Aunque no pueda compartir sus ideales, puedo respetarlos. Aunque no me lo merezca, puedo estar cerca de él. Me quedo, Zane.

Zane guardó silencio un momento, la bruma cayendo alrededor de sus hombros.

—He fracasado, entonces.

Vin se apartó de él.

—No. No es que hayas fracasado. No has fracasado simplemente porque yo...

Él la empujó, arrojándola al suelo cubierto de bruma. Vin volvió la cabeza, sorprendida, mientras chocaba con el suelo de madera y se quedaba sin respiración.

Zane se cernió sobre ella, el rostro oscuro.

—Se suponía que tenías que salvarme —siseó.

Vin avivó todos los metales que tenía en una súbita descarga. Devolvió el empujón a Zane y se impulsó contra las bisagras de las puertas. Voló hacia atrás y golpeó con fuerza la puerta. La madera crujió, pero ella estaba demasiado tensa, demasiado aturdida, para sentir nada más que el golpe.

Zane se levantó despacio, alto, sombrío. Vin dio una voltereta atrás y se agazapó. Zane la atacaba. La atacaba en serio.

Pero... él...

—¡OreSeur! —dijo Vin, ignorando las objeciones de su mente y sacando las dagas—. ¡Escapa!

Dada la orden, atacó, tratando de distraer la atención de Zane del perro lobo. El hombre esquivó sus ataques con indiferente elegancia. Vin le lanzó un tajo al cuello. Apenas lo alcanzó, pues Zane echó la cabeza atrás. Atacó el costado, el brazo, el pecho. Todos los golpes fallaron.

Sabía que estaría quemando atium. Lo esperaba. Se detuvo a mirarlo. Él ni siquiera se había molestado en sacar sus armas. Se alzó ante ella, el rostro ensombrecido, la bruma convertida en un creciente lago a sus pies.

—¿Por qué no me escuchaste, Vin? —preguntó—. ¿Por qué me obligaste a seguir siendo la herramienta de Straff? Los dos sabemos adónde iba a llevarnos eso.

Vin lo ignoró. Haciendo rechinar los dientes, se lanzó al ataque. Zane le propinó un revés indiferente, y ella se empujó contra las molduras de la mesa y se lanzó hacia atrás, como impulsada por la fuerza de su golpe. Chocó contra la pared, luego cayó al suelo.

Directamente junto al sobresaltado OreSeur.

No se había abierto el hombro para darle el atium. ¿No había comprendido el mensaje cifrado?

—El atium que te di —susurró—. Lo necesito. Ahora.

OreSeur la miró a los ojos, y ella vio en el fondo de los mismos... vergüenza. OreSeur apartó la mirada y echó a andar con la bruma hasta las rodillas, para reunirse con Zane en el centro de la habitación.

—No... —susurró Vin—. OreSeur...

—Ya no necesitas obedecer sus órdenes, TenSoon —dijo Zane.

OreSeur agachó la cabeza.

—¡El Contrato, OreSeur! —dijo Vin, poniéndose de rodillas—. ¡Tienes que obedecer mis órdenes!

—Mi sirviente, Vin —dijo Zane—. Mi Contrato. Mis órdenes.

Mi sirviente...

Y de repente todo encajó. Ella había sospechado de todo el mundo: de Dockson, de Brisa, incluso de Elend, pero nunca había relacionado al espía con la única persona que tenía sentido que lo fuera. Había habido un kandra en el palacio todo el tiempo. Y estaba a su lado.

—Lo siento, ama —susurró OreSeur.

—¿Desde cuándo? —preguntó Vin, inclinando la cabeza.

—Desde que le diste a mi predecesor, el verdadero OreSeur, el cuerpo del perro —respondió el kandra—. Lo maté ese día y ocupé su lugar, para llevar el cuerpo de un perro. Nunca lo viste convertido en perro lobo.

¿Qué forma más sencilla podía haber de enmascarar la transformación?, pensó Vin.

—Pero los huesos que descubrimos en el palacio... Estabas conmigo en la muralla cuando aparecieron. No...

Había aceptado su palabra en cuanto a lo recientes que eran aquellos huesos; había aceptado su palabra respecto a cuándo habían sido producidos. Había supuesto todo el tiempo que el cambio se había producido ese día, cuando estaba con Elend en la muralla... pero lo había hecho principalmente por lo que había dicho OreSeur.

¡Idiota!, pensó. OreSeur (o TenSoon, como lo había llamado Zane) la había hecho sospechar de todo el mundo menos de sí mismo. ¿Qué le ocurría? Normalmente era buena descubriendo a los traidores y advirtiendo vacilaciones. ¿Cómo había pasado por alto a su propio kandra?

Zane dio un paso adelante. Vin esperó, de rodillas. *Débil*, se dijo. *Tienes que parecer débil. Haz que te deje en paz. Intenta...*

—Aplacarme no servirá de nada —dijo Zane tranquilamente, agarrándola por la camisa y alzándola para después volverla a soltar. La bruma se extendió bajo ella, formando una vaharada cuando chocó contra el suelo. Vin sofocó un grito de dolor.

Tengo que estar callada. Si vienen los guardias, los matará. Si viene Elend...

Tenía que permanecer callada, aunque Zane le diera patadas en el costado herido. Gimió, con los ojos llenos de lágrimas.

—Podrías haberme salvado —dijo Zane, mirándola—. Estaba dispuesto a irme contigo. Ahora, ¿qué me queda? Nada más que las órdenes de Straff.

Recalcó esa frase con una patada.

No reacciones, se dijo Vin a través del dolor. *Te dejará en paz tarde o temprano...*

Pero habían pasado años desde la última vez que se había dejado avasallar. Sus días de agachar la cabeza ante Camon y Reen eran casi sombras difusas, olvidadas ante la luz ofrecida por Elend y Kelsier. Cuando Zane volvió a darle una patada, Vin gimió de furia.

Él echó la pierna atrás apuntando a su cara, y Vin se movió. Cuando el pie inició el recorrido, se lanzó hacia atrás, empujando la aldaba de la ventana para atravesar las brumas. Avivó peltre y aterrizó de pie, levantando bruma del suelo, que ahora le llegaba por encima de las rodillas.

Miró a Zane, quien la observó con expresión sombría. Vin se lanzó hacia delante, pero Zane se movió más rápido (se movió antes), interponiéndose entre ella y el balcón. No es que llegar hasta allí le hubiera servido de nada: con atium, él podía perseguirla fácilmente.

Fue como cuando la había atacado con atium, solo que peor. Aquella vez ella podía creer, aunque fuera mínimamente, que solo estaban entrenando. No eran enemigos, aunque tampoco fueran amigos. Vin no creía realmente que quisiera matarla.

Esta vez no se hacía ilusiones. Los ojos de Zane eran sombríos, su expresión impertérrita igual que la noche, hacía unos cuantos días, que habían matado a los hombres de Cett.

Vin iba a morir.

No había sentido tanto miedo desde hacía mucho tiempo. Pero ahora lo vio, lo sintió, lo olió en sí misma mientras retrocedía. Sintió lo que era enfrentarse a un nacido de la bruma, cómo tenía que haber sido para aquellos soldados a los que había matado. No se podía luchar. No había ninguna posibilidad.

No, se dijo, sujetándose el costado. *Elend no retrocedió ante Straff. No es un alomántico, pero se metió en el corazón del campamento koloss. Puedo enfrentarme a esto.*

Con un grito, Vin se abalanzó hacia TenSoon. El perro retrocedió sorprendido, pero no tendría que haberse molestado. Zane apareció otra vez. Le dio un codazo a Vin y luego blandió su daga y le hizo un corte en la mejilla mientras ella caía. El corte fue preciso. Perfecto. A juego con la herida de la otra mejilla, la recibida durante su primera pelea con una nacida de la bruma, Shan Elariel, poco más de un año antes.

Vin apretó los dientes, quemando hierro en su caída. Tiró de una bolsa que había sobre la mesa, agarrando las monedas con la mano. Golpeó el suelo de costado, con la otra mano en el suelo, y volvió a ponerse en pie. Dejó caer una lluvia de monedas de su mano y luego la alzó ante Zane.

La sangre le goteaba de la barbilla. Lanzó las monedas. Zane se dispuso a empujarlas.

Vin sonrió y quemó duraluminio mientras empujaba. Las monedas se proyectaron hacia delante y la estela de su paso dividió las brumas del suelo, revelando la madera de debajo.

La habitación se estremeció.

Y, en un parpadeo, Vin se encontró golpeando la pared. Jadeó sorprendida, sin aliento, con los ojos nublados. Alzó la cabeza, desorientada, extrañada de hallarse de nuevo en el suelo.

—Duraluminio —dijo Zane, todavía de pie con una mano abierta—. TenSoon me habló al respecto. Dedujimos que debías tener un nuevo metal por la forma en que puedes sentirme cuando tengo encendido mi cobre. A partir de ahí, un poco de investigación y encontró esa nota de tu metalúrgico, con las instrucciones para fabricar duraluminio.

La mente sorprendida de Vin se esforzó por relacionar las ideas. Zane tenía duraluminio. Había empleado el metal y había empujado una de las monedas que ella le había arrojado. Debía de haberse empujado él mismo hacia delante también, para no caer de espaldas cuando su peso chocara con el suyo.

Y el empujón de la propia Vin, ampliado por el duraluminio, la había hecho chocar contra la pared. Zane avanzó. Ella alzó la cabeza, deslumbrada, y luego se arrastró a cuatro patas reptando sobre las brumas. Las tenía a la altura de la cara, y el frío y silencioso caos le cosquilleó en las fosas.

Atium. Necesitaba atium. Pero la perla estaba en el hombro de TenSoon; no podía sacarla. El motivo de que él lo llevara era que la carne lo protegía de los alománticos. Como los clavos que perforaban el cuerpo de un inquisidor; igual que su propio pendiente.

Pero ella lo había hecho una vez. En su combate contra el lord Legislador. No había sido su propio poder, ni siquiera el duraluminio, lo que le había permitido vencerlo. Había sido otra cosa. Las brumas.

Había recurrido a ellas, y ellas habían alimentado su alomancia.

Algo la golpeó en la espalda, empujándola de rodillas. Se dio la vuelta mientras lanzaba una patada alta, pero no llegó a alcanzar con el pie la cara de Zane por unos escasos centímetros ayudados por el atium. Zane apartó su pie de un manotazo, y luego la cogió por los hombros y la aplastó contra el suelo.

Las brumas se revolvían a su alrededor mientras Zane se cernía sobre ella. A través del terror, Vin recurrió a las brumas, como había hecho un año antes, suplicando su ayuda.

Y no sucedió nada.

Por favor...

Zane volvió a golpearla. Las brumas siguieron ignorando sus súplicas.

Se retorció, tirando del marco de la ventana para equilibrarse, y empujó a Zane a un lado. Los dos rodaron, y Vin quedó encima.

De repente, los dos saltaron del suelo, dispersando las brumas y volando hacia el techo, impelidos hacia arriba porque Zane empujaba las monedas del suelo. Chocaron contra el techo, el cuerpo de Zane contra el suyo, clavándola a las tablas de madera. Volvió a quedar encima... o, más bien, quedó debajo, pero ese era ahora el punto de apoyo.

Vin jadeó. Él era tan fuerte... Más fuerte que ella. Sus dedos se le clavaban en la carne de los brazos a pesar del peltre, y el costado le dolía por las heridas anteriores. No estaba en condiciones de luchar..., no contra otro nacido de la bruma.

Sobre todo, si tenía atium.

Zane continuó empujándola contra el techo. El pelo de Vin le cayó encima, y las brumas se revolvieron en el suelo, como un remolino que se alzara lentamente.

Zane dejó de empujar y cayeron. Sin embargo, él seguía dominando. La hizo girar, colocándola debajo, mientras volvían a entrar en las brumas. Golpearon el suelo, y el impacto hizo que Vin volviera a perder el aliento. Zane se alzó sobre ella y le habló entre dientes.

—Tantos esfuerzos malgastados —susurró—. Ocultar alománticos entre los sicarios de Cett para que sospecharas que él te atacaba en la Asamblea. Obligarte a luchar delante de Elend para que se sintiera intimidado. Forzarte a explorar tus poderes y matar para que te dieras cuenta de lo poderosa que eres. ¡Todo en vano! —Se inclinó—. Se. Suponía. Que. Tenías. ¡Que salvarme! —dijo, con la cara a escasos centímetros de la suya, respirando entrecortadamente. Le inmovilizó un brazo con una rodilla, y luego, en un arrebato surrealista, la besó.

Al mismo tiempo, le clavó la daga al lado de un pecho. Vin trató de gritar, pero la boca de él se lo impedía mientras la daga le cortaba la carne.

—¡Cuidado, amo! —gritó de pronto OreSeur, TenSoon—. ¡Sabe mucho de los kandra!

Zane alzó la cabeza, la mano inmóvil. La voz, el dolor, devolvieron la lucidez a Vin. Avivó estaño, usando el dolor para despertarse y despejar su mente.

—¿Qué? —preguntó Zane, mirando al kandra.

—Lo sabe, amo —dijo TenSoon—. Sabe nuestro secreto. El motivo por el que servíamos al lord Legislador. El motivo por el que cumplimos el Contrato. Sabe por qué tememos tanto a los alománticos.

—Cállate —ordenó Zane—. Y no hables más.

TenSoon guardó silencio.

Nuestro secreto... pensó Vin, mirando al perro lobo, sintiendo la ansiedad en su expresión canina. *Está tratando de decirme algo. Está tratando de ayudarme.*

Secreto. El secreto de los kandra. La última vez que había intentado aplacarlo había aullado de dolor. Sin embargo, ahora vio consentimiento en su expresión. Fue suficiente.

Golpeó a TenSoon con su poder aplacador. Él gritó, aullando, pero ella empujó con más fuerza. No sucedió nada. Apretando los dientes, quemó duraluminio.

Algo se rompió. Vin estuvo en dos sitios a la vez. Con TenSoon de pie junto a la pared, y sin dejar de sentir su propio cuerpo aprisionado por Zane. TenSoon era suyo, total y absolutamente. De algún modo, sin saber cómo, le ordenó que avanzara, controlando su cuerpo.

El enorme cuerpo del perro lobo chocó contra Zane, quitándoselo de encima. La daga cayó al suelo, y ella logró ponerse de rodillas y se llevó las manos al pecho, sintiendo allí la cálida sangre. Zane rodó, desconcertado, pero se puso en pie y descargó una patada a TenSoon.

Se le rompieron algunos huesos. El perro lobo resbaló por el suelo, directo hacia Vin. Recogió la daga mientras rodaba para levantarse y se la clavó en el hombro a TenSoon. Cortó y palpó con los dedos entre músculos y tendones. Sacó las manos ensangrentadas con una perla de atium. La tragó sin pensarlo y se volvió hacia Zane.

—Veamos cómo lo haces ahora —susurró, quemando atium. Docenas de sombras de atium brotaron de Zane, mostrándole las posibles acciones que él podía tomar, todas ellas ambiguas. Ella mostraría a sus ojos la misma ambigua confusión. Estaban igualados.

Zane se volvió, mirándola a los ojos, y sus sombras de atium desaparecieron.

¡Imposible!, pensó ella. TenSoon gemía a sus pies mientras ella advertía que su reserva de atium había desaparecido. Consumida. Pero la perla era tan grande...

—¿Crees que iba a darte el arma que necesitabas para combatirme? —preguntó Zane tranquilamente—. ¿Crees que de verdad iba a darte mi atium?

—Pero...

—Un trozo de plomo —dijo Zane, dando un paso adelante—. Recubierto de una fina capa de atium. Oh, Vin. Tienes que cuidar más en quién confías.

Vin se tambaleó, retrocediendo, sintiendo que su confianza se marchitaba. *¡Hazle hablar!*, pensó. *Intenta agotar su atium.*

—Mi hermano dijo que no debía confiar en nadie... —murmuró—. Decía que cualquiera podría traicionarme.

—Era un hombre sabio —dijo Zane tranquilamente, cubierto por las brumas hasta la altura del pecho.

—Era un necio paranoico —dijo Vin—. Me mantuvo con vida, pero me destruyó.

—Entonces te hizo un favor.

Vin miró la forma sangrante y derrotada de TenSoon. Sufría: ella lo veía en sus ojos. A lo lejos oyó... sonido de golpes. Encendió de nuevo su bronce. Alzó lentamente la cabeza. Zane avanzaba hacia ella. Confiado.

—Has estado jugando conmigo —dijo—. Sembraste cizaña entre Elend y yo. Me hiciste creer que me temía, me hiciste creer que me estaba utilizando.

—Lo estaba haciendo.

—Sí —dijo Vin—. Pero no importa..., no era del modo que tú hiciste que pareciera. Elend me usa. Kelsier me usaba. Nos usamos unos a otros, por amor, por apoyo, por confianza.

—La confianza te matará.

—Entonces es mejor morir.

—Confié en ti —dijo él, deteniéndose ante ella—. Y tú me traicionaste.

—No —dijo Vin, alzando su daga—. Voy a salvarte. Tal como quieres.

Se lanzó hacia delante y golpeó, pero su esperanza de que él hubiera agotado el atium era vana. La evitó indiferente; dejó que la daga se acercara, pero nunca corrió realmente peligro.

Vin giró para atacar, pero la hoja cortó el aire resbalando sobre las brumas que se alzaban.

Zane se movió adelantándose al siguiente ataque, esquivando incluso antes de que ella supiera lo que iba a hacer. La daga apuñaló el lugar donde él había estado de pie.

Es demasiado rápido, pensó Vin. El costado le ardía, la mente le martilleaba. O era el Pozo de la Ascensión lo que sonaba...

Zane se detuvo delante de ella.

No puedo alcanzarlo, pensó Vin, llena de frustración. *¡No cuando sabe dónde voy a golpear antes que yo misma!*

Vin se detuvo.

Antes que yo...

Zane se situó en un lugar cerca del centro de la habitación, y entonces lanzó de una patada la daga al aire y la atrapó. Se volvió hacia ella, el arma de su mano dejando atrás un rastro de bruma, mandíbula firme, ojos oscuros.

Sabe dónde voy a golpear antes que yo.

Vin alzó la daga. La sangre le manaba de la cara y el costado, los redobles resonaban ensordecedores en su cabeza. La bruma le llegaba casi a la barbilla.

Puso la mente en blanco. No planeó un ataque. No reaccionó a Zane cuando él echó a correr hacia ella con la daga alzada. Aflojó los músculos y cerró los ojos, escuchando sus pasos. Sintió la bruma alzarse a su alrededor, agitada por la llegada de Zane.

Abrió los ojos. Él tenía alzada la daga, que relució al descender. Vin se preparó para atacar, pero no pensó en el proceso: se limitó a dejar que su cuerpo reaccionara.

Y observó a Zane con mucha, mucha atención.

Él se movió ligerísimamente a la izquierda, elevando la mano abierta como para agarrar algo.

¡Ahí!, pensó Vin, volviéndose de inmediato la derecha, desviando su ataque instintivo de su trayectoria natural. Torció el brazo, y la daga, a mitad del golpe. Estaba a punto de atacar por la izquierda, como el atium de Zane había anticipado.

Pero, al reaccionar, Zane le había mostrado lo que iba a hacer. Le permitió ver su futuro. Y, si podía verlo, podía cambiarlo.

Se encontraron. El arma de Zane la alcanzó en el hombro. Pero el cuchillo de Vin lo hirió en el cuello. Su mano izquierda se cerró en el aire, agarrando una sombra que debería haberle dicho dónde estaría el brazo de ella.

Zane trató de gemir, pero el cuchillo le había perforado la laringe. El aire borboteó con la sangre en torno a la hoja, y él retrocedió, con ojos de espanto. La miró, y luego se desplomó en la bruma, hasta que su cuerpo chocó contra el suelo de madera.

Zane la buscó a través de las brumas. *Me estoy muriendo*, pensó. La sombra de atium de Vin se había dividido en el último momento. Dos sombras, dos posibilidades. Él había atacado la sombra equivocada. Vin lo había engañado, derrotándolo de algún modo. Y se estaba muriendo.

Por fin.

—¿Sabes por qué creí que ibas a salvarme? —trató de susurrarle, aunque sabía que sus labios no eran capaces de formar bien las palabras—. La voz. Fuiste la primera persona a la que no me dijo que matara. La única persona.

—Pues claro que no te dije que la mataras —dijo Dios.

Zane notó que se le escapaba la vida.

—¿Sabes lo que resulta verdaderamente gracioso, Zane? —preguntó Dios—. ¿Lo más divertido de todo esto? No estás loco.

»No lo has estado nunca.

Vin observó en silencio cómo Zane se ahogaba con la sangre que brotaba de sus labios. No bajó la guardia: un cuchillo en la garganta habría sido suficiente para matar incluso a un nacido de la bruma, pero a veces el peltre permitía hacer cosas asombrosas.

Zane murió. Ella le comprobó el pulso y luego sacó la daga. Después permaneció allí un momento sintiéndose... aturdida, mental y físicamente. Se llevó una mano al hombro herido y al hacerlo se rozó el pecho. Estaba sangrando demasiado y su mente volvía a nublarse.

Lo he matado.

Avivó peltre, obligándose a moverse. Se acercó a TenSoon y se arrodilló a su lado.

—Ama. Lo siento...

—Lo sé —dijo ella, mirando la terrible herida que había causado. Las patas del perro ya no se movían y tenía el cuerpo torcido en una postura antinatural—. ¿Cómo puedo ayudarte?

—¿Ayudarme? —dijo TenSoon—. ¡Ama, casi he conseguido que te mataran!

—Lo sé —repitió ella—. ¿Cómo puedo aliviarte el dolor? ¿Necesitas otro cuerpo?

TenSoon guardó silencio un instante.

—Sí.

—Toma el de Zane —dijo Vin—. Por el momento, al menos.

—¿Está muerto? —preguntó TenSoon, sorprendido.

No puede verlo, advirtió ella. *Tiene el cuello roto.*

—Sí —susurró.

—¿Cómo, ama? ¿Se quedó sin atium?

—No.

—Entonces, ¿cómo?

—El atium tiene una pega. Te permite ver el futuro.

—Eso... no me parece una pega, ama.

Vin suspiró, tambaleándose levemente. *¡Concéntrate!*, pensó.

—Cuando ves unos instantes el futuro, puedes cambiar lo que sucederá en ese futuro. Puedes atrapar una flecha que debería haber seguido volando. Puedes esquivar un golpe que debería haberte matado. Y puedes apartarte para bloquear un ataque antes de que se produzca.

TenSoon no dijo nada, claramente confundido.

—Me mostró lo que yo iba a hacer —dijo Vin—. Yo no podía cambiar el futuro, pero Zane sí. Al reaccionar a mi ataque antes incluso de que yo supiera lo que iba a hacer, me mostró sin quererlo el futuro. Reaccioné contra él, y Zane trató de bloquear un golpe que nunca fue. Eso me permitió matarlo.

—Ama... —susurró TenSoon—. Eso es brillante.

—Estoy segura de que no soy la primera a la que se le ha ocurrido —dijo Vin, cansada—. Pero no es el tipo de secreto que se comparte. De todas formas, toma su cuerpo.

—Yo... preferiría no llevar los huesos de esa criatura —dijo TenSoon—. No sabes lo mal que estaba, ama.

Vin asintió, casi sin fuerzas.

—Podría encontrarte otro cuerpo de perro, si quieres.

—Eso no será necesario, ama. Todavía tengo los huesos del otro perro lobo que me diste, y la mayoría está en buen estado. Si sustituyo algunos de ellos con los huesos buenos de este cuerpo, podría formar un esqueleto completo para usarlo.

—Hazlo, entonces. Vamos a tener que planear qué hacer a continuación.

TenSoon guardó silencio un instante. Finalmente, habló.

—Ama, ahora que mi amo ha muerto, mi Contrato ha terminado. Yo... tengo que regresar con mi gente para que me reasignen.

—Ah —dijo Vin, sintiendo un retortijón de tristeza—. Por supuesto.

—No quiero ir. Pero al menos debo informar a los míos. Por favor, perdóname.

—No hay nada que perdonar. Y te agradezco esa pista que me diste al final.

TenSoon no dijo nada. Ella vio el remordimiento en sus ojos. *No tendría que haberme ayudado contra su verdadero amo.*

—Ama, ahora conoces nuestro secreto. Un nacido de la bruma puede controlar con la alomancia el cuerpo de un kandra. No sé qué harás con eso, pero advierte que te he confiado un secreto que mi pueblo ha guardado durante mil años: el modo en que los alománticos podían tomar el control de nuestros cuerpos y esclavizarnos.

—Yo... ni siquiera comprendo lo que sucedió.

—Tal vez sea mejor así —dijo TenSoon—. Por favor, déjame. Tengo los huesos del otro perro en el armario. Cuando regreses, me habré ido.

Vin asintió y se incorporó. Se marchó abriéndose paso a través de las brumas y buscando el pasillo. Sus heridas necesitaban atención.

Sabía que debía acudir a Sazed, pero por alguna razón no logró ir en esa dirección. Caminó más rápido hasta echar a correr por el pasillo.

Todo se desplomaba a su alrededor. No podía manejarlo todo, no podía enderezar las cosas. Pero sabía lo que quería.

Y por eso corrió hacia él.

Es un buen hombre; a pesar de todo, es un buen hombre. Un hombre sacrificado. En realidad, todas sus acciones, todas las muertes, la destrucción y el dolor que ha causado lo han herido profundamente. Todas esas cosas fueron de hecho una especie de sacrificio para él.

48

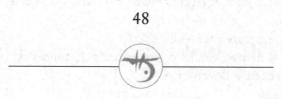

Elend bostezó mientras examinaba la carta que le había escrito a Jastes. Tal vez lograra persuadir a su antiguo amigo para que entrara en razón.

Si no podía..., bueno, sobre la mesa había un duplicado de la moneda de madera que Jastes había estado usando para «pagar» a los koloss. Era una copia perfecta, fabricada por el propio Clubs. Elend estaba seguro de que tenía acceso a más madera que Jastes. Si ayudaba a Penrod a ganar unas cuantas semanas, podrían fabricar suficiente «dinero» para sobornar a los koloss y hacer que se marcharan.

Soltó la pluma y se frotó los ojos. Era tarde. Hora de...

La puerta se abrió de golpe. Elend se dio la vuelta y vio a una azorada Vin correr a sus brazos. Estaba llorando.

Y ensangrentada.

—¡Vin! ¿Qué ha ocurrido!

—Lo he matado —dijo ella, hundiendo la cabeza en su pecho.

—¿A quién?

—A tu hermano. Zane. El nacido de la bruma de Straff. Lo he matado.

—Espera. ¿Qué? ¿Mi hermano?

Vin asintió.

—Lo siento.

—¡Olvida eso, Vin! —dijo Elend, acariciándole la espalda y llevándola a su silla. Tenía un corte en la mejilla y la camisa empapada de sangre—. ¡Lord Legislador! Voy a llamar a Sazed ahora mismo.

—No me dejes —dijo ella, agarrándolo por el brazo.

Elend vaciló. Algo había cambiado. Ella parecía necesitarlo de nuevo.

—Ven conmigo, entonces. Iremos juntos a verlo.

Vin asintió y se puso en pie. Se tambaleó un poco y Elend sintió una punzada de miedo, pero la expresión decidida de sus ojos no era algo que quisiera desafiar. La rodeó con un brazo, dejando que se apoyara en él camino de los aposentos de Sazed. Elend se detuvo a llamar, pero Vin entró sin más en la habitación oscura, se tambaleó y se sentó en el suelo.

—Yo... esperaré aquí —dijo.

Elend se detuvo a su lado, preocupado. Entonces alzó la lámpara y se volvió hacia el dormitorio.

—¡Sazed!

El terrisano apareció un momento después, con aspecto agotado, vestido con su camisón blanco. Reparó en Vin, parpadeó unas cuantas veces y desapareció en sus habitaciones. Regresó un instante más tarde con un brazalete de metal y una bolsa de equipo médico.

—Vaya, lady Vin —dijo Sazed, dejando la bolsa en el suelo—. ¿Qué pensaría maese Kelsier si te viera en este estado? Sigue estropeando ropa así y...

—No es momento para bromas, Sazed —dijo Elend.

—Pido disculpas, majestad —respondió Sazed, apartando con cuidado la tela del hombro de Vin—. Sin embargo, si sigue consciente, entonces no corre serio peligro.

Inspeccionó la herida y sacó vendas limpias de su bolsa.

—¿Ves? —preguntó—. El tajo es profundo, pero el hueso ha desviado la hoja y no ha alcanzado ninguna arteria importante. Sujeta esto aquí. —Cubrió con una venda la herida y Elend puso la mano encima. Vin tenía los ojos cerrados, la espalda apoyada contra la pared, y de su barbilla manaba sangre. Parecía más agotada que dolorida.

Sazed cortó con su cuchillo la camisa de Vin, descubriendo su pecho herido.

Elend vaciló.

—Tal vez debería...

—Quédate —dijo Vin. No era una súplica sino una orden. Alzó la cabeza y abrió los ojos mientras Sazed hacía un leve chasquido de desaprobación ante la herida para luego sacar analgésico, aguja e hilo.

»Elend, tengo que decirte algo.

—Él vaciló.

—Muy bien.

—He comprendido algo sobre Kelsier —dijo ella en voz baja—. Siempre me centro en las cosas equivocadas, cuando se trata de él. Es difícil olvidar las horas que pasó entrenándome para convertirme en alomántica. Sin embargo, no era su habilidad para luchar lo que le hacía grande: no era su dureza ni su brutalidad, ni siquiera su fuerza ni su instinto.

Elend frunció el ceño.

—¿Sabes qué era? —preguntó ella.

Él negó con la cabeza, todavía sujetando el apósito contra su hombro.

—Era su capacidad para confiar. Era la forma en que convertía a las buenas personas en personas aún mejores, la forma en que las inspiraba. Su banda funcionaba porque todos confiaban en él... porque lo respetaban. Y, a su vez, se respetaban entre sí. Hombres como Brisa y Clubs se convirtieron en héroes porque Kelsier tuvo fe en ellos. —Lo miró, parpadeando cansada—. Y tú eres bastante mejor en eso que Kelsier, Elend. Él tuvo que esforzarse para conseguirlo. Tú lo haces instintivamente, tratas incluso a comadrejas como Philen como si fueran hombres buenos y honrados. No es ingenuidad, como algunos creen. Es lo que tenía Kelsier, solo que más. Podría haber aprendido de ti.

—Me das demasiada importancia.

Ella negó con la cabeza. Entonces se volvió hacia Sazed.

—¿Sazed? —preguntó.

—¿Sí, niña?

—¿Conoces alguna ceremonia matrimonial?

Elend estuvo a punto de soltar la venda de la sorpresa.

—Conozco varias —dijo Sazed, sin dejar de curarle la herida—. Unas doscientas, en realidad.

—¿Cuál es la más corta?

Sazed cosió un punto.

—El pueblo de Larsta solo requería una promesa de amor ante el sacerdote local. La sencillez era un principio de su fe, una reacción, tal vez, a las tradiciones de la tierra de donde habían sido desterrados, famosa por su complejo sistema de reglas burocráticas. Es una buena religión, centrada en la belleza simple de la naturaleza.

Vin miró a Elend. Tenía la cara ensangrentada, el cabello revuelto.

—Bueno, verás —dijo él—, Vin, ¿no crees que esto debería esperar hasta que, ya sabes...?

—¿Elend? —lo interrumpió ella—. Te quiero.

Él se quedó de piedra.

—¿Me quieres? —preguntó ella.

Esto es una locura.

—Sí —respondió él en voz baja.

Vin se volvió hacia Sazed, que seguía trabajando.

—¿Bien?

Sazed alzó la cabeza, los dedos manchados de sangre.

—Es un momento bastante extraño para un acontecimiento así, creo.

Elend asintió, mostrando su acuerdo.

—Es solo un poco de sangre —dijo Vin, cansada—. Ahora que me he sentado, me encuentro bien.

—Sí, pero pareces algo tensa, lady Vin. Esta no es una decisión que haya que tomar a la ligera, bajo la influencia de emociones fuertes.

Vin sonrió.

—¿La decisión de casarse no debería tomarse en respuesta a una emoción fuerte?

Sazed parecía confundido.

—No me refería exactamente a eso. Es que no estoy seguro de que estés completamente en plena posesión de tus facultades, lady Vin.

Vin negó con la cabeza.

—Estoy más en posesión de mis facultades de lo que he estado en meses. Es hora de dejar de vacilar, Sazed, es hora de dejar de preocuparme, de aceptar mi puesto en este grupo. Sé lo que quiero. Amo a Elend. No sé cuánto tiempo nos queda juntos, pero quiero algo, al menos.

Sazed permaneció en silencio un momento, luego continuó cosiendo.

—¿Y tú, lord Elend? ¿Cuáles son tus pensamientos?

¿Cuáles eran sus pensamientos? Elend recordaba el día anterior, cuando Vin había hablado de marcharse, y el vacío que había sentido. Pensó en lo mucho que dependía de su sabiduría, y de su rudeza, y de su simple (pero no simplista) devoción por él. Sí, la amaba.

El mundo se había convertido en un caos. Él había cometido errores. Sin embargo, a pesar de todo lo que había sucedido, y a pesar de sus frustraciones, seguía sintiendo con fuerza que quería estar con Vin. No era el embobamiento idílico que había sentido un año y medio antes, en las fiestas. Pero parecía más sólido.

—Sí, Sazed —dijo—. Quiero casarme con ella. Lo quiero desde hace tiempo. Yo... no sé qué va a pasarle a esta ciudad, ni a mi reino, pero quiero estar con Vin cuando suceda.

Sazed continuó trabajando.

—Muy bien, pues —dijo por fin—. Si me necesitáis como testigo, ya me tenéis.

Elend se arrodilló, todavía apretando el apósito contra el hombro de Vin, sintiéndose un poco aturdido.

—¿Ya está, entonces?

Sazed asintió.

—Soy tan válido como cualquier testigo que pudieran proporcionar los obligadores. Os lo advierto, el juramento de amor de Larsta es vinculante. En su cultura no conocían ninguna forma de divorcio. ¿Me aceptáis como testigo de este evento?

Vin asintió. Elend hizo lo mismo.

—Entonces estáis casados —dijo Sazed, cortando el hilo y colocando una venda sobre el pecho de Vin—. Sujeta esto un momento, lady Vin, y contén la hemorragia.

—Pensaba que iba a haber una ceremonia o algo —dijo Elend.

—Podría celebrar una, si lo deseas —dijo Sazed—, pero no creo que os haga falta. Os conozco desde hace tiempo, y estoy dispuesto a dar mi bendición a esta unión. Simplemente os aconsejo. Los que se toman a la ligera las promesas que hacen a aquellos que aman son gente que encuentra poca satisfacción duradera en la vida. Esta no es una época sencilla para vivir. Eso no significa que tenga que ser una época difícil para amar, pero sí que habrá tensiones inusitadas en vuestras vidas y vuestra relación.

»No olvidéis el juramento de amor que os habéis hecho esta noche. Os dará mucha fuerza en los días venideros.

Con eso, puso el último punto en la cara de Vin y se dedicó por fin al hombro. La hemorragia casi había cesado y Sazed estudió la herida un momento antes de empezar a trabajar en ella.

Vin miró a Elend, sonriendo, un poco mareada. Él se puso en pie, se acercó al lavabo de la habitación y regresó con un paño húmedo para limpiarle la cara.

—Lo siento —dijo ella en voz baja mientras Sazed se movía y ocupaba el lugar donde Elend había estado arrodillado.

—¿Sentirlo? —dijo Elend—. ¿Por el nacido de la bruma?

Vin negó con la cabeza.

—No. Por haber tardado tanto.

Elend sonrió.

—Merece la pena esperarte. Además, creo que yo también he tenido que aprender unas cuantas cosas.

—¿Como a ser rey, por ejemplo?

—Y cómo dejar de serlo.

—Nunca has dejado de serlo, Elend —negó Vin—. Pueden quitarte la corona, pero no tu honor.

Elend sonrió.

—Gracias. Sin embargo, no sé cuánto bien le he hecho a la ciudad. Al estar aquí, dividí a la gente, y ahora Straff acabará al mando.

—Mataré a Straff si pone un pie en esta ciudad.

Elend apretó los dientes. *Otra vez los mismos problemas.* Solo podían mantener el cuchillo de Vin contra su cuello durante un tiempo determinado. Straff encontraría un modo de zafarse de él, y además estaban Jastes y sus koloss...

—Majestad, tal vez yo pueda proponer una solución —dijo Sazed, sin dejar de trabajar.

Elend miró al terrisano alzando una ceja.

—El Pozo de la Ascensión —dijo Sazed.

Vin abrió inmediatamente los ojos.

—Tindwyl y yo hemos estado investigando al Héroe de las Eras —continuó Sazed—. Estamos convencidos de que Rashek no llegó a hacer nunca lo que se suponía que debía de hacer el Héroe. De hecho, ni siquiera estamos convencidos de que este Alendi de hace mil años fuera el Héroe. Hay demasiadas discrepancias, demasiadas contradicciones. Además, las brumas (la Profundidad) siguen aquí. Y están matando a la gente.

Elend frunció el ceño.

—¿Qué estás diciendo?

Sazed tiró de un punto.

—Todavía hay que hacer algo, majestad. Algo importante. Con una perspectiva restringida podría parecer que los acontecimientos de Luthadel y el Pozo de la Ascensión no tienen relación. Sin embargo, con una perspectiva más amplia, puede que sean cosas relacionadas entre sí.

Elend sonrió.

—Como la cerradura y la llave.

—Sí, majestad. Exactamente.

—Resuena —susurró Vin con los ojos cerrados—. En mi cabeza. Puedo sentirlo.

Sazed vaciló, y luego le vendó el brazo.

—¿Percibes dónde está?

Vin sacudió la cabeza.

—Yo... No parece haber una dirección en los pulsos. Creía que eran lejanos, pero se están haciendo más fuertes.

—Debe de ser el Pozo que se carga otra vez de poder —dijo Sazed—. Es una suerte que yo sepa dónde encontrarlo.

Elend se volvió, y Vin abrió de nuevo los ojos.

—Mi investigación ha revelado su localización, lady Vin. Puedo dibujarte un mapa, con mis mentes de metal.

—¿Dónde está? —susurró Vin.

—Al norte. En las montañas de Terris. En uno de los picos más bajos, conocido como Derytatih. Viajar hasta allí será difícil en esta época del año...

—Puedo hacerlo —dijo Vin con firmeza mientras Sazed le atendía la herida del pecho. Elend volvió a ruborizarse y vaciló mientras se daba la vuelta.

Estoy... casado.

—¿Vas a ir? —preguntó, mirando a Vin—. ¿Ahora?

—Tengo que hacerlo —susurró ella—. Tengo que ir a él, Elend.

—Deberías ir con ella, majestad.

—¿Qué?

Sazed suspiró y alzó la cabeza.

—Tenemos que aceptar los hechos, majestad. Como dijiste antes, Straff tomará pronto esta ciudad. Si estás aquí, te ejecutará. Sin embargo, lady Vin necesitará indudablemente ayuda para asegurar el Pozo.

—Se supone que contiene un gran poder —dijo Elend, frotándose la barbilla—. ¿Crees que podríamos destruir a esos ejércitos?

Vin negó con la cabeza.

—No podríamos utilizarlo —susurró—. El poder es una tentación.

Eso es lo que salió mal la última vez. Rashek tomó el poder en vez de cederlo.

—¿Cederlo? ¿Qué significa eso?

—Dejarlo suelto, majestad —dijo Sazed—. Dejar que derrote a la Profundidad por su cuenta.

—Confianza —susurró Vin—. Todo es cuestión de confianza.

—Sin embargo, creo que liberar ese poder podría hacer grandes cosas por la tierra —dijo Sazed—. Cambiarla y deshacer muchos de los daños que causó el lord Legislador. Sospecho que destruiría a los koloss, ya que estos fueron creados por el mal uso que hizo el lord Legislador del poder.

—Pero Straff dominaría la ciudad —dijo Elend.

—Sí —contestó Sazed—. Pero si te marchas, la transición será pacífica. La Asamblea ha decidido aceptarlo como emperador, y parece que él dejará que Penrod gobierne como rey títere. No habrá derramamiento de sangre y tú podrás organizar la resistencia desde el exterior. Además, ¿quién sabe las consecuencias que tendrá liberar el poder? Lady Vin podría cambiar, como le pasó al lord Legislador. Con la banda escondida dentro de la ciudad, no debería ser difícil burlar a tu padre..., sobre todo cuando se vuelva complaciente, dentro de un año o dos.

Elend apretó los dientes. *Otra revolución.* Sin embargo, lo que decía Sazed tenía sentido.

Durante mucho tiempo nos hemos estado preocupando por lo inmediato. Miró a Vin con un arrebato de calidez y amor. *Tal vez sea hora de que empiece a escuchar las cosas que ella ha estado tratando de decirme.*

—Sazed —dijo Elend. Acababa de ocurrírsele una idea—. ¿Crees que podría convencer al pueblo de Terris para que nos ayude?

—Tal vez, majestad. Mi prohibición de interferir, la que he estado ignorando, se debe a que el Sínodo me encargó una misión diferente, no a que creamos que hay que evitar toda acción. Si pudieras convencer al Sínodo de que el futuro del pueblo de Terris se beneficiará de tener un aliado fuerte en Luthadel, puede que consigas ayuda militar.

Elend asintió, pensativo.

—Recuerda la cerradura y la llave, majestad —dijo Sazed, terminando la cura de la tercera herida de Vin—. En este caso, marcharse parece lo contrario de lo que deberías hacer. Sin embargo, a la larga, verás que es exactamente lo que necesitas.

Vin abrió los ojos y lo miró, sonriente.

—Podemos lograrlo, Elend. Ven conmigo.

Elend vaciló un instante. *La cerradura y la llave...*

—Muy bien —dijo—. Nos marcharemos en cuanto Vin pueda moverse.

—Debería poder cabalgar mañana —dijo Sazed—. Ya sabes lo que el peltre puede hacer con un cuerpo.

Elend asintió.

—Muy bien. Debería haberte escuchado antes, Vin. Además, siempre he querido ver tu tierra, Sazed. Puedes mostrárnosla.

—Me temo que tendré que quedarme aquí —contestó Sazed—. Pronto deberé marcharme al sur para continuar allí mi trabajo. Tindwyl puede acompañaros: tiene información que hay que transmitir a mis hermanos guardadores.

—Tendrá que ser un grupo pequeño —dijo Vin—. Habrá que evitar, o dejar atrás, a los hombres de Straff.

—Solo vosotros tres, creo. O tal vez una persona más para hacer guardia mientras dormís, alguien que sepa cazar y explorar. ¿Lord Lestibournes, tal vez?

—Fantasma sería perfecto —asintió Elend—. ¿Seguro que los demás miembros del grupo estarán a salvo en la ciudad?

—Claro que no —dijo Vin, sonriendo—. Pero son expertos. Se escondieron del lord Legislador, y podrán esconderse de Straff. Sobre todo, si no tienen que preocuparse de mantenerte a salvo.

—Entonces está decidido —dijo Sazed, poniéndose en pie—. Vosotros dos deberíais intentar descansar bien esta noche, a pesar del reciente cambio en vuestra relación. ¿Puedes caminar, lady Vin?

—No hace falta —dijo Elend, agachándose para tomarla en brazos. Ella lo rodeó con los suyos, aunque no con mucha fuerza, y él notó que los ojos volvían a cerrársele.

Sonrió. De pronto el mundo parecía un lugar mucho más sencillo. Dedicaría el tiempo a lo que era realmente importante; luego, cuando Vin y él hubieran conseguido ayuda en el norte, podrían regresar. Ansiaba volver y enfrentarse a sus problemas con renovado vigor.

Agarró a Vin con fuerza, se despidió de Sazed y se dirigió a sus habitaciones. Parecía que al final todo había salido bien.

Sazed se levantó despacio, viéndolos marchar. Se preguntó qué pensarían de él cuando se enteraran de la caída de Luthadel. Al menos se tendrían el uno al otro para apoyarse.

Su bendición nupcial era el último regalo que podía hacerles. Eso, y sus vidas. *¿Cómo me juzgará la historia por mis mentiras?*, se preguntó. *¿Qué pensarán del terrisano que intervino en política, del terrisano que creó un mito para salvar la vida de sus amigos?* Las cosas que había dicho sobre el Pozo eran, naturalmente, falsedades. Si existía tal poder, no tenía ni idea de dónde estaba, ni de qué haría.

Cómo lo juzgara la historia probablemente dependería de lo que Elend y Vin hicieran en la vida. Sazed solo esperaba haber hecho lo adecuado. Al verlos marchar, sabiendo que su juvenil amor se salvaría, no pudo dejar de sonreír por su decisión.

Con un suspiro, se agachó a recoger sus instrumentos médicos y colocarlos en su sitio. Luego empezó a dibujar el mapa que les había prometido a Vin y Elend.

FIN DE LA CUARTA PARTE

QUINTA PARTE

NIEVE Y CENIZA

Está acostumbrado a renunciar a su propia voluntad por el bien mayor, tal como él lo entiende.

49

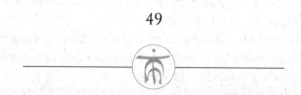

—Eres un necio, Elend Venture —lo acusó Tindwyl con los brazos cruzados, los ojos muy abiertos por el enfado.

Elend ajustó la cincha a su silla de montar. El vestuario que Tindwyl había encargado para él incluía un uniforme de montar negro y plata, que llevaba puesto en aquel momento, además de unos guantes de cuero y una capa oscura para protegerse de la ceniza.

—¿Me estás escuchando? —exigió Tindwyl—. No puedes marcharte. ¡No ahora! ¡No cuando tu pueblo corre peligro!

—Los protegeré de otra manera —dijo él, comprobando las alforjas.

Se hallaban en el atrio para carruajes de la fortaleza, donde tenían lugar las llegadas y las salidas. Vin estaba montada en su propio caballo, envuelta casi por completo en su capa, sujetando con tensión las riendas. Tenía poca experiencia como amazona, pero Elend se había negado a dejarla ir corriendo. Con peltre o sin él, las heridas de su pelea en la Asamblea aún no habían sanado por completo, por no mencionar el daño que había sufrido la noche anterior.

—¿Otra manera? —dijo Tindwyl—. Deberías estar con ellos. ¡Eres su rey!

—No, no lo soy —replicó Elend, volviéndose hacia la terrisana—. Me rechazaron, Tindwyl. Ahora tengo que preocuparme de cosas más importantes a una escala mayor. ¿Querían un rey tradicional? Bueno, ahí tienen a mi padre. Cuando regrese de Terris, tal vez se hayan dado cuenta de lo que han perdido.

Tindwyl negó con la cabeza y avanzó un paso; habló en voz baja:

—¿Terris, Elend? Vas al norte. Por ella. Sabes por qué quiere ir allí, ¿verdad?

Él callaba.

—Ah, así que lo sabes —dijo Tindwyl—. ¿Qué te parece, Elend? No me digas que crees en esas fantasías. Ella piensa que es el Héroe de las Eras. Supone que encontrará algo en las montañas, algún tipo de poder, o alguna revelación, que la transformará en una divinidad.

Elend miró a Vin. Ella miró al suelo con la capucha cubriéndole la cara, a lomos del caballo, en silencio.

—Está tratando de seguir a su maestro, Elend —susurró Tindwyl—. El Superviviente se convirtió en un dios para esta gente, así que cree que tiene que hacer lo mismo.

Elend se volvió hacia Tindwyl.

—Si eso es lo que ella cree, yo la apoyo.

—¿Apoyas su locura?

—No hables de mi esposa de ese modo —dijo Elend, y su tono hizo que Tindwyl diera un respingo. Montó a caballo—. Confío en ella, Tindwyl. Creer forma parte de la confianza.

Tindwyl resopló.

—No puedes creer que es un mesías profetizado, Elend. Te conozco: eres un erudito. Puede que hayas jurado fidelidad a la Iglesia del Superviviente, pero no crees en lo sobrenatural más que yo.

—Creo que Vin es mi esposa —dijo él con firmeza— y que la amo. Todo lo que es importante para ella lo es para mí... y todo lo que ella crea tiene al menos el mismo peso de la verdad para mí. Vamos al norte. Regresaremos cuando hayamos liberado el poder que hay allí.

—Bien. Entonces serás recordado como el cobarde que abandonó a su pueblo.

—¡Déjanos! —ordenó Elend, alzando el dedo y señalando hacia la fortaleza.

Tindwyl se dio media vuelta y se acercó a la puerta. Cuando entraba señaló la mesa de suministros, donde previamente había colocado un paquete del tamaño de un libro envuelto en papel marrón y atado con una cuerda gruesa.

—Sazed te pide que entregues esto al Sínodo de los guardadores. Los encontrarás en la ciudad de Tathingdwen. Disfruta de tu exilio, Elend Venture —dijo, y se marchó.

Elend suspiró. Acercó su caballo al de Vin.

—Gracias —dijo ella en voz baja.

—¿Por qué?

—Por lo que has dicho.

—Lo decía en serio, Vin —respondió Elend, apoyando una mano sobre su hombro.

—Puede que Tindwyl tenga razón, ¿sabes? A pesar de lo que dijo Sazed, yo podría estar loca. ¿Te acuerdas que te conté que había visto un espíritu en las brumas?

Elend asintió lentamente.

—Bien, lo he vuelto a ver —dijo Vin—. Es como un fantasma, formado a partir de las pautas de la bruma. Lo veo constantemente, vigilándome, siguiéndome. Y oigo esos ritmos en mi cabeza..., golpes majestuosos, poderosos, como pulsos alománticos. Pero no necesito bronce para oírlos.

Elend le apretó el hombro.

—Te creo, Vin.

Ella alzó la cabeza, reservada.

—¿De verdad, Elend? ¿De verdad?

—No estoy seguro —admitió él—. Pero lo intento con todas mis fuerzas. Sea como sea, creo que ir al norte es lo adecuado.

Ella asintió lentamente.

—Creo que con eso me basta.

Él sonrió y se volvió hacia la puerta.

—¿Dónde está Fantasma?

Vin se encogió de hombros bajo su capa.

—Supongo que Tindwyl no vendrá con nosotros, entonces.

—Seguramente no —sonrió Elend.

—¿Cómo encontraremos el camino a Terris?

—No será difícil —dijo Elend—. Seguiremos el canal imperial hasta Tathingdwen. —Hizo una pausa, pensando en el mapa que les había proporcionado Sazed. Conducía directamente a las montañas de Terris. Tendrían que conseguir suministros en Tathingdwen, y la capa de nieve sería espesa, pero..., bueno, ese era un problema para otro momento.

Vin sonrió, y Elend se acercó a recoger el paquete que había dejado Tindwyl. Parecía una especie de libro. Un instante después llegó Fantasma. Vestía su uniforme de soldado e iba cargado con unas alforjas. Saludó a Elend, le tendió a Vin una bolsa grande y se acercó a su propio caballo.

Parece nervioso, pensó Elend mientras el muchacho colgaba las alforjas.

—¿Qué hay en la bolsa? —preguntó, volviéndose hacia Vin.

—Polvo de peltre —respondió ella—. Creo que lo vamos a necesitar.

—¿Estamos listos? —preguntó Fantasma, mirándolos.

Elend miró a Vin, quien asintió.

—Supongo que sí...

—Todavía no —dijo una nueva voz—. Yo no estoy lista en absoluto.

Elend se volvió para ver cómo Allrianne llegaba al atrio. Vestía una elegante falda de montar marrón y roja, y llevaba el cabello recogido bajo un pañuelo. *¿De dónde ha sacado eso?*, se preguntó Elend. Dos criados la seguían, cargados de bultos.

Allrianne se detuvo, mordiéndose el labio, pensativa.

—Creo que voy a necesitar un caballo de carga.

—¿Qué estás haciendo? —preguntó Vin.

—Voy con vosotros —respondió Allrianne—. Brisi dice que tengo que salir de la ciudad. Es un hombre muy tonto en ocasiones, pero puede ser muy testarudo. Se pasó toda la conversación aplacándome... ¡como si yo no reconociera su contacto a estas alturas!

Allrianne hizo una seña a uno de los criados, que corrió a traer a un mozo de cuadras.

—Va a ser un viaje duro —dijo Elend—. No creo que puedas mantener el ritmo.

Allrianne puso los ojos en blanco.

—¡Vine a caballo desde el Dominio Occidental! Creo que podré conseguirlo. Además, Vin está herida, así que no iréis tan rápido.

—No te queremos —dijo Vin—. No nos fiamos de ti... y no nos gustas.

Elend cerró los ojos. *Querida, brusca Vin.*

Allrianne soltó una risita mientras el criado regresaba con dos caballos y empezaba a cargar uno.

—Tonta Vin —dijo—. ¿Cómo puedes decir eso después de todo lo que hemos compartido?

—¿Compartido? Allrianne, fuimos de compras juntas una vez.

—Y noté que nos llevábamos muy bien —dijo Allrianne—. ¡Vaya, prácticamente somos hermanas!

Vin dirigió a la muchacha una mirada inexpresiva.

—Sí —dijo Allrianne—, y tú decididamente eres la hermana mayor, la hermana aburrida.

Sonrió dulcemente y montó sin problemas en su silla, demostrando una considerable habilidad como amazona. Un criado acercó el caballo de carga y le ató las riendas a la silla de Allrianne.

—Muy bien, Elend querido —dijo—. Estoy lista. Vamos.

Elend miró a Vin, quien sacudió la cabeza con expresión sombría.

—Podéis dejarme atrás si queréis —dijo Allrianne—, pero os seguiré y me meteré en líos, y entonces tendréis que venir a salvarme. ¡Y no intentéis fingir que no lo haréis!

Elend suspiró.

—Muy bien. Vamos.

Salieron lentamente de la ciudad, Elend y Vin delante, con Fantasma guiando sus caballos de carga y Allrianne cabalgando a su lado. Elend mantuvo la cabeza alta, pero eso solo le permitió ver las caras que asomaban a las ventanas y puertas cuando pasaban. Pronto, una pequeña multitud empezó a seguirlos, y aunque no podía oír lo que susurraban imaginaba lo que decían.

«El rey. El rey nos abandona...»

Sabía que muchos de ellos seguían sin comprender que lord Penrod estuviera en el trono. Elend apartó la mirada de un callejón, donde vio muchos ojos observándolo. Había miedo en aquellos ojos. Esperaba ver acusación, pero en cierto modo su fatalista resignación era aún más descorazonadora. Esperaban que huyera. Esperaban que los abandonara. Era uno de los pocos lo suficientemente rico, y lo suficientemente poderoso, para poder escapar. Pues claro que huía.

Cerró los ojos, tratando de tragarse los remordimientos. Deseó haberse podido marchar de noche por el paso en la muralla que había seguido la familia de Ham. Sin embargo, era importante que Straff viera que Elend y Vin se marchaban, para que comprendiera que podía tomar la ciudad sin atacar.

Volveré, le prometió Elend al pueblo. *Os salvaré. Por ahora, es mejor que me marche.*

Ante ellos aparecieron las enormes Puertas de Estaño. Elend espoleó su caballo y se adelantó a la silenciosa corte de seguidores. Los guardias de las puertas ya tenían sus órdenes. Elend los saludó con la cabeza, refrenando su caballo, y los hombres abrieron las puertas. Vin y los demás se reunieron con él en la salida.

—Dama Heredera —preguntó en voz baja uno de los guardias—. ¿Tú también te marchas?

Vin se volvió a mirarlo.

—Paz —dijo—. No os abandonamos. Vamos a buscar ayuda.

El soldado sonrió.

¿Cómo puede confiar en ella tan fácilmente?, pensó Elend. *¿O es que solo le queda la esperanza?*

Vin obligó a su caballo a darse la vuelta y se encaró a la multitud mientras se bajaba la capucha.

—Regresaremos —prometió. No parecía tan nerviosa como cuando se enfrentaba a la gente que la reverenciaba.

Desde anoche, algo ha cambiado en ella, pensó Elend.

Los soldados saludaron. Elend les devolvió el saludo; luego le hizo un gesto a Vin. Abrió la marcha al galope, hacia la carretera que conducía al norte..., un camino que les permitiría bordear el ala oeste del ejército de Straff.

No habían llegado muy lejos cuando un grupo de jinetes los interceptó. Elend se encogió en su caballo, dirigiendo una mirada a Fantasma y los animales de carga. La que le llamó la atención, sin embargo, fue Allrianne: cabalgaba con sorprendente eficacia, con una expresión decidida en el rostro. No parecía nerviosa en lo más mínimo.

A su lado, Vin se quitó la capucha y sacó un puñado de monedas. Las lanzó al aire, y echaron a volar hacia delante a una velocidad que Elend no había visto imprimir nunca, ni siquiera a otros alománticos. *¡Lord Legislador!*, pensó con sorpresa mientras las monedas zumbaban y desaparecían más rápido de lo que podía seguirlas con la vista.

Los soldados cayeron, y Elend apenas oyó el tintineo del metal contra el metal por encima del sonido del viento y los cascos de los caballos. Cabalgó directamente hacia el centro del caótico grupo de hombres, muchos de los cuales habían sido derribados y estaban moribundos.

Las flechas empezaron a caer, pero Vin las dispersó sin agitar siquiera una mano. Elend advirtió que había abierto la bolsa de peltre y soltaba polvo tras ella, empujando parte del mismo hacia los lados.

Las siguientes flechas no tendrán la punta de metal, pensó Elend, nervioso. Los soldados recomponían la formación, gritando.

—Os alcanzaré —dijo Vin, y saltó del caballo.

—¡Vin! —gritó Elend, haciendo volverse a su montura. Allrianne y Fantasma pasaron de largo, cabalgando a toda velocidad. Vin aterrizó y, sorprendentemente, ni siquiera se detuvo antes de echar a correr. Tragó un frasco de metal y luego miró a los arqueros.

Volaron las flechas. Elend maldijo, pero espoleó su caballo para entrar en acción. Poco podía hacer. Cabalgó encogido, rodeado por una lluvia de flechas. Una le pasó a centímetros de la cabeza y terminó clavándose en el camino.

Y de repente las flechas dejaron de caer. Elend miró hacia atrás con los dientes apretados. Vin tenía delante una nube de polvo. *El polvo de peltre*, pensó Elend. *Se está empujando en él..., empuja los copos por el suelo, levantando polvo y ceniza.*

Una enorme ola de polvo, metal y ceniza chocó contra los arqueros, barriéndolos. Revoloteó en torno a los soldados, que maldijeron y se cubrieron; algunos cayeron al suelo llevándose las manos a la cara.

Vin volvió a montar y se alejó al galope de la agitada masa de partículas impulsadas por el viento. Elend refrenó su montura para que pudiera alcanzarlo. El ejército era un caos tras ellos, con hombres dando órdenes y gente corriendo por todas partes.

—¡Acelera! —dijo Vin mientras se acercaba—. ¡Casi estamos fuera del alcance de sus flechas!

No tardaron en unirse a Allrianne y Fantasma. *No estamos fuera de peligro..., mi padre todavía puede decidir perseguirnos.*

Pero los soldados no podían haber confundido a Vin. Si Elend no se equivocaba, Straff los dejaría escapar. Su principal objetivo era Luthadel. Podía perseguir a Elend más tarde; de momento se contentaría con ver marchar a Vin.

—Muchísimas gracias por ayudarme a escapar —dijo de repente Allrianne, observando al ejército—. Me marcho.

Con eso, se desvió con sus dos caballos hacia las colinas del oeste.

—¿Qué? —preguntó Elend, sorprendido, deteniéndose junto a Fantasma.

—Déjala —dijo Vin—. No tenemos tiempo.

Bueno, eso resuelve un problema, pensó Elend, dirigiendo su caballo hacia el camino del norte. *Adiós, Luthadel. Volveré por ti más adelante.*

—Bueno, eso resuelve un problema —comentó Brisa desde la cima de la muralla mientras contemplaba al grupo de Elend desaparecer tras una colina. Al este, una enorme columna de humo, de origen todavía desconocido, se alzaba en el campamento koloss. Al oeste, el ejército de Straff se agitaba, azuzado por la huida.

Al principio, a Brisa le había preocupado la seguridad de Allrianne, pero luego se dio cuenta de que, incluso con el ejército enemigo a las puertas, no había lugar más seguro para ella que junto a Vin. Mientras Allrianne no se alejara demasiado de los demás, estaría a salvo.

Un grupo silencioso acompañaba a Brisa en la muralla, y por una vez apenas tocó sus emociones. Su solemnidad le parecía apropiada. El joven capitán Demoux se encontraba junto al viejo Clubs, y el pacífico Sazed junto a Ham el guerrero. Juntos contemplaban la semilla de esperanza que habían lanzado a los vientos.

—Esperad —dijo Brisa, frunciendo el ceño—. ¿No se suponía que Tindwyl iba a acompañarlos?

Sazed negó con la cabeza.

—Decidió quedarse.

—¿Y por qué? —preguntó Brisa—. ¿No la oí farfullar algo sobre no entrometerse en las disputas locales?

Sazed volvió a negar.

—No sé, lord Brisa. Es una mujer difícil de comprender.

—Todas lo son —murmuró Clubs.

Sazed sonrió.

—Sea como sea, parece que nuestros amigos han escapado.

—Que el Superviviente los proteja —dijo Demoux en voz baja.

—Así sea —dijo Sazed.

Clubs bufó. Con un brazo apoyado en las almenas, se volvió a mirar a Sazed con gesto torcido.

—No lo animes.

Demoux se puso rojo, luego se dio la vuelta y se marchó.

—¿Qué ha sido eso? —preguntó Brisa, curioso.

—El chico ha estado predicando su fe a mis soldados —respondió Clubs—. Le dije que no quería que esa tontería les nublara la mente.

—No es ninguna tontería, lord Cladent —dijo Sazed—. Es fe.

—¿De verdad crees que Kelsier va a proteger a esa gente?

Sazed vaciló.

—Ellos lo creen, y eso es lo que...

—No —lo cortó Clubs con una mueca—. Eso no es suficiente, terrisano. La gente se engaña a sí misma al creer en el Superviviente.

—Tú creías en él —dijo Sazed. Brisa estuvo tentado de aplacarlo para que la discusión fuera menos tensa, pero Sazed ya parecía completamente calmado—. Le seguiste. Creíste lo suficiente en el Superviviente para derrocar el Imperio Final.

Clubs puso mala cara.

—No me gusta tu ética, terrisano, nunca me ha gustado. Nuestra banda, la banda de Kelsier, luchó por liberar a este pueblo porque era lo adecuado.

—Porque creíais que era lo adecuado.

—¿Y qué crees tú que es lo adecuado, terrisano?

—Eso depende —dijo Sazed—. Hay muchos sistemas diferentes con muchos valores dignos diferentes.

Clubs asintió y luego le dio la espalda, como si la discusión hubiera terminado.

—Espera, Clubs —dijo Ham—. ¿No vas a responder a eso?

—Ha dicho suficiente —respondió Clubs—. Su fe depende de la situación. Para él, incluso el lord Legislador era una deidad porque el pueblo lo adoraba... o estaba obligado a adorarlo. ¿Tengo razón, terrisano?

—En cierto modo, lord Cladent —dijo Sazed—. Aunque el lord Legislador podría haber sido una excepción.

—Pero sigues conservando archivos y recuerdos de las prácticas del Ministerio de Acero, ¿no? —preguntó Ham.

—Sí —admitió Sazed.

—La situación —escupió Clubs—. Al menos ese necio de Demoux tuvo el sentido común de elegir una cosa en la que creer.

—No desprecies la fe de alguien simplemente porque tú no la compartas, lord Cladent —dijo Sazed, sin alterarse.

Clubs volvió a bufar.

—Todo es muy fácil para ti, ¿no? Creer en todo, y no tener que elegir.

—Yo diría que es más difícil creer como yo lo hago pues hay que aprender a incluir y a aceptar.

Clubs hizo un gesto despectivo con la mano y se dispuso a bajar cojeando las escaleras.

—Como prefieras. Tengo que ir a preparar a mis muchachos para morir.

Sazed lo vio marchar, con el ceño fruncido. Brisa lo aplacó a fondo, calmando su malestar.

—No le hagas caso, Saz —dijo Ham—. Todos estamos un poco nerviosos últimamente.

Sazed asintió.

—Aun así, plantea buenos argumentos..., argumentos a los que no había tenido que enfrentarme antes. Hasta este año, mi deber era recopilar, estudiar y recordar. Me sigue resultando muy difícil poner una creencia por detrás de otra, aunque esa creencia se basara en un hombre que sé que era mortal.

Ham se encogió de hombros.

—¿Quién sabe? Tal vez Kel esté por ahí en alguna parte, cuidando de nosotros.

No, pensó Brisa. *Si lo estuviera no habríamos acabado aquí, esperando la muerte, encerrados en la ciudad que tendríamos que haber salvado.*

—De todas maneras —dijo Ham—, sigo queriendo saber de dónde sale ese humo.

Brisa contempló el campamento koloss. La oscura columna estaba demasiado en el centro para proceder de las hogueras que usaban para cocinar.

—¿De las tiendas?

Ham negó con la cabeza.

—Elend dijo que solo había un par de tiendas, muy pocas para tanto humo. Ese fuego lleva ardiendo un buen rato.

Brisa negó con la cabeza. *Supongo que en realidad ya no importa.*

Straff Venture volvió a toser, encogido en su silla. Tenía los brazos sudorosos y las manos le temblaban.

No estaba mejorando.

Al principio había creído que los escalofríos se debían al nerviosismo. Había sido una noche difícil. Había enviado a los asesinos tras Zane, y luego se había librado de morir a manos del loco nacido de la bruma. Sin embargo, durante la noche los temblores de Straff no habían disminuido sino todo lo contrario. No se debían solo al nerviosismo; tenía alguna enfermedad.

—¡Majestad! —llamó una voz desde el exterior.

Straff se incorporó, tratando de parecer lo más digno posible, a pesar de lo cual el mensajero se detuvo a la entrada de la tienda, pues advirtió la piel pálida y los ojos cansados del rey.

—Mi... señor —dijo el mensajero.

—Habla, hombre —lo cortó Straff, tratando de aparentar un aplomo que no sentía—. Acaba de una vez.

—Jinetes, mi señor. ¡Han abandonado la ciudad!

—¿Qué? —Straff apartó la manta y se levantó. Consiguió incorporarse a pesar del mareo—. ¿Por qué no se me ha comunicado?

—Pasaron muy deprisa, mi señor —dijo el mensajero—. Apenas tuvimos tiempo de enviar una partida para interceptarlos.

—Los capturasteis, supongo —dijo Straff, apoyándose en la silla.

—Lo cierto es que han escapado, mi señor —dijo lentamente el mensajero.

—¿Qué? —Straff se dio la vuelta, iracundo. El movimiento fue demasiado para él. Volvió el mareo y la oscuridad le nubló la vista. Se tambaleó, tuvo que sujetarse a la silla y consiguió desplomarse en ella en vez de en el suelo.

—¡Traed al médico! —oyó gritar al mensajero—. ¡El rey está enfermo!

No, pensó Straff, aturdido. *No, esto ha sido demasiado rápido. No puede ser una enfermedad.*

Las últimas palabras de Zane. ¿Cuáles habían sido? «Un hombre no debe matar a su padre.»

Mentiroso.

—Amaranta —croó Straff.

—¿Mi señor? —preguntó una voz. Bien. Había alguien con él.

—Amaranta —repitió—. Tráela.

—¿Tu amante, mi señor?

Straff se obligó a permanecer consciente. Poco a poco, recuperó la capacidad visual y el sentido del equilibrio. Tenía al lado a uno de los guardias de la puerta. ¿Cómo se llamaba? *Grent.*

—Grent —dijo Straff, tratando de imponerse—. Tienes que traerme a Amaranta. ¡Ahora!

El soldado vaciló, luego salió corriendo de la tienda. Straff se concentró en su respiración. Inspiró, espiró. Inspiró, espiró. Zane era una serpiente. Inspiró, espiró. Inspiró, espiró. Zane no había querido usar el cuchillo..., no, eso era de esperar. Inspiró, espiró. Pero ¿cuándo había tomado el veneno? Straff se había sentido enfermo todo el día anterior.

—¿Mi señor?

Amaranta se encontraba en la puerta. Antaño había sido hermosa, antes de que la edad la alcanzara... como les pasaba a todas. Parir destruía a la mujer. Tan suculenta como había sido, con sus pechos suaves y firmes, su piel inmaculada...

Estás divagando, se dijo Straff. *Concéntrate.*

—Necesito... antídoto —logró decir, concentrándose en la Amaranta actual: la mujer que ya se acercaba a los treinta años, aquella vieja todavía útil que lo mantenía vivo a pesar de los venenos de Zane.

—Naturalmente, mi señor —dijo Amaranta, acercándose a su mueble de los venenos para sacar los ingredientes necesarios.

Straff se acomodó, concentrándose en su respiración. Amaranta debía de haber notado su urgencia, pues ni siquiera había tratado de hacer que se acostara con ella. La vio trabajar, sacar su hornillo y sus ingredientes. Tenía que... encontrar... a Zane.

Amaranta no lo estaba haciendo bien.

Straff quemó estaño. El súbito destello de sensibilidad casi lo cegó, incluso en la penumbra de la tienda, y sus dolores y escalofríos se volvieron agudos y agónicos. Pero la mente se le despejó como si de pronto se hubiera bañado en agua helada.

Amaranta no estaba preparando los ingredientes adecuados. Straff no sabía mucho de la fabricación de antídotos. Se había visto obligado a delegar esa función y concentrar sus esfuerzos en aprender a reconocer los detalles de los venenos, sus aromas, sus sabores, sus decoloraciones. Sin embargo, había visto a Amaranta preparar su antídoto en numerosas ocasiones. Y aquella vez lo estaba haciendo de manera distinta.

Se obligó a levantarse de la silla, avivando estaño, aunque eso le arrancaba lágrimas de los ojos.

—¿Qué estás haciendo? —preguntó, acercándose a ella con paso inestable.

Amaranta alzó la cabeza, sorprendida. La culpa que destelló en sus ojos fue suficiente confirmación.

—¡Qué estás haciendo! —gritó Straff. El miedo le dio fuerzas mientras la agarraba por los hombros y la sacudía. Estaba débil, pero seguía siendo mucho más fuerte que ella.

La mujer agachó la cabeza.

—Tu antídoto, mi señor...

—¡Lo estás haciendo mal!

—Me ha parecido que estabas fatigado y que podía añadir algo para ayudarte a permanecer despierto.

Straff vaciló. Lo que decía parecía lógico, aunque le costaba pensar. Entonces, mirando a la mujer, advirtió algo. Su visión amplificada capaz de captar detalles invisibles a simple vista captó un atisbo de carne desnuda bajo su corpiño.

Con la mano rasgó el vestido y dejó la piel al descubierto. El pecho izquierdo de Amaranta (repulsivo para él, pues lo tenía un poco caído) estaba marcado, como por un cuchillo. Ninguna cicatriz era reciente, pero incluso en su estado de salud Straff reconoció el trabajo de Zane.

—¿Eres su amante? —preguntó.

—Es culpa tuya —susurró Amaranta—. Me abandonaste cuando envejecí y te di hijos. Todo el mundo me dijo que lo harías, y a pesar de todo mantuve la esperanza durante mucho tiempo.

Straff notó que se debilitaba. Mareado, apoyó una mano en el mueblecito de madera donde estaban los venenos.

—¿Por qué tuviste que quitarme también a Zane? —dijo ella, las mejillas arrasadas de lágrimas—. ¿Qué hiciste para apartarlo? ¿Para impedir que viniera a mí?

—Dejaste que me envenenara —dijo Straff, cayendo sobre una rodilla.

—Necio —escupió Amaranta—. Él no te envenenó nunca... ni una sola vez. Aunque, a petición mía, te hacía creer que lo había hecho. Y cada vez acudías corriendo a mí. Sospechabas de todo lo que hacía Zane... y, sin embargo, ni una sola vez te paraste a pensar qué había en el «antídoto» que yo te daba.

—Me hacía sentirme mejor —murmuró Straff.

—Eso es lo que pasa cuando eres adicto a una droga, Straff —susurró Amaranta—. Cuando la consigues, te sientes mejor. Cuando no la tienes... mueres.

Straff cerró los ojos.

—Ahora eres mío, Straff —dijo ella—. Puedo hacerte...

Straff gritó, haciendo acopio de las fuerzas que le quedaban y abalanzándose contra la mujer. Ella dejó escapar un chillido de sorpresa cuando él la agarró y la empujó al suelo.

Después ya no dijo nada, porque las manos de Straff se cerraron en torno a su cuello. Se debatió un poco, pero Straff pesaba más que ella. Quería exigirle el antídoto, obligarla a salvarlo, pero no pensaba con claridad. Su visión empezó a nublarse, su mente a oscurecerse.

Cuando recuperó el sentido, Amaranta estaba azul y muerta en el suelo. No estaba seguro de cuánto tiempo llevaba a horcajadas sobre su cadáver. Se apartó del cuerpo y se acercó al mueble abierto. De rodillas, buscó el hornillo, pero sus manos temblorosas lo derribaron, derramaron el líquido caliente sobre el suelo.

Maldiciendo, agarró una jarra de agua fría y empezó a echarle manojos de hierbas. Se apartó de los cajones que contenían los venenos, ciñéndose a los que contenían los antídotos. Sin embargo, había muchas mezclas. Algunas cosas eran venenosas en grandes dosis, pero podían curar en cantidades más pequeñas. La mayoría era adictiva.

No tenía tiempo de preocuparse por eso: notaba la debilidad en sus articulaciones y apenas podía agarrar los puñados de hierbas. Trozos marrones y rojos se le escaparon de los dedos mientras echaba un puñado tras otro en la mezcla.

Una de esas era la hierba a la que se había vuelto adicto. Cualquiera de las otras podía matarlo. Ni siquiera estaba seguro de cuáles eran las probabilidades.

Se bebió el mejunje de todas formas, engulléndolo entre jadeos, y luego se sumió en la inconsciencia.

No me cabe duda de que, si Alendi llega al Pozo de la Ascensión, tomará el poder y entonces, en nombre de un supuesto bien mayor, renunciará a él.

50

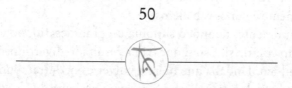

—¿Es esta la gente que buscas, lady Cett?

Allrianne oteó el valle y el ejército, y luego miró al bandido, Hobart. Él sonrió ansiosamente, o más bien lo intentó. Hobart tenía menos dientes que dedos, y de estos le faltaban un par.

Allrianne le sonrió sin desmontar de su caballo. Montaba como una amazona, sujetando levemente las riendas con las manos.

—Sí, creo que sí, maese Hobart.

Hobart miró su banda de ladrones, sonriendo. Allrianne los encendió a todos un poco, recordándoles cuánto querían la recompensa prometida. El ejército de su padre se extendía ante ellos en la distancia. Había deambulado un día entero, viajando hacia el oeste, buscándolo. Pero se había encaminado en la dirección equivocada. De no haberse topado con la pequeña banda de Hobart, se habría visto obligada a dormir al raso.

Y eso habría sido bastante desagradable.

—Vamos, maese Hobart —dijo, haciendo avanzar su caballo—, vayamos a reunirnos con mi padre.

El grupo la siguió alegremente; uno de los hombres guiaba el caballo de carga. Había cierto encanto en la gente sencilla como los hombres de la banda de Hobart. En realidad solo querían tres cosas: dinero, comida y sexo. Y, normalmente, podían servirse de la primera para conseguir las otras dos. Cuando se topó con el grupo, Allrianne bendijo su fortuna, a pesar de que ellos le habían tendido una emboscada en una colina, con la intención de robarle y violarla. Otro encanto de hombres como aquellos era que tenían muy poca experiencia con la alomancia.

Allrianne mantuvo una firme tenaza sobre sus emociones mientras cabalgaban hacia el campamento. No quería que llegaran a ninguna conclusión decepcionante, como «los rescates suelen ser mayores que las recompensas». No podía controlarlos por completo, por supuesto, solo influir en ellos. Sin embargo, era bastante fácil leer lo que se les pasaba por la cabeza a hombres tan elementales. Era divertido lo rápido que una promesa de riqueza podía convertir a unos brutos prácticamente en unos caballeros.

Naturalmente, tampoco suponía un gran desafío, no como había pasado con Brisi. Eso sí que había resultado divertido. Y gratificante también. Dudaba que fuera a volver a encontrar a un hombre tan consciente de sus emociones, y tan consciente de las emociones de los demás, como Brisi. Conseguir que la amara un hombre como él, tan experto en la alomancia, tan convencido de que su edad lo hacía inadecuado para ella... bueno, eso había sido un verdadero logro.

Ah, Brisi, pensó mientras dejaban atrás el bosque y se acercaban al ejército. *¿Comprende alguno de tus amigos lo noble que eres?*

Lo cierto era que no lo trataban muy bien. Naturalmente, era de esperar. Eso era lo que Brisi quería. Es más fácil manipular a la gente que te subestima. Sí, Allrianne comprendía eso bastante bien, pues había pocas cosas que se rechazaran más rápidamente que una muchacha joven y tonta.

—¡Alto! —manifestó un soldado que se acercó cabalgando con una guardia de honor. Tenían las espadas desenvainadas—. ¡Apartaos de ella!

Oh, venga ya, pensó Allrianne, poniendo los ojos en blanco. Encendió al grupo de soldados para amplificar su sensación de calma. No quería ningún accidente.

—Por favor, capitán —dijo mientras Hobart y los de su banda desenvainaban, agrupados a su alrededor, algo inseguros—. Estos hombres me han rescatado de la salvaje maleza y me han traído a salvo a casa, con gran riesgo y coste personal.

Hobart asintió firmemente, un gesto que estropeó un poco cuando se limpió la nariz en la manga. El capitán miró al grupo de bandidos, harapientos y manchados de ceniza, y luego frunció el ceño.

—Encárgate de que estos hombres reciban una buena comida, capitán —dijo ella con magnanimidad, espoleando su caballo—. Y búscales un sitio para que pasen la noche. Hobart, te enviaré tu recompensa en cuanto me reúna con mi padre.

Bandidos y soldados avanzaron tras ella, y Allrianne se aseguró de encender a ambos grupos, aumentando su sensación de confianza. Resultó difícil con los soldados, sobre todo cuando el viento cambió y les llevó el hedor de los bandidos. Con todo, llegaron al campamento sin incidentes.

Los grupos se separaron, Allrianne entregó sus caballos a un sirviente y pidió a un paje que avisara a su padre de su regreso. Se sacudió el vestido de montar y luego recorrió el campamento, sonriendo amablemente y anhelando un baño y las otras comodidades, por llamarlas de alguna manera, que el ejército podía proporcionar. Sin embargo, antes tenía asuntos que atender.

A su padre le gustaba pasar las tardes en el pabellón abierto, y allí estaba sentado en aquel momento, discutiendo con un mensajero. Volvió la cabeza cuando Allrianne entró, sonriendo dulcemente a los lores Galivan y Detor, los generales de su padre.

Cett estaba sentado en una silla alta para ver bien la mesa y sus mapas.

—Bueno, maldición —dijo—. Has vuelto.

Allrianne sonrió, se acercó a la mesa y le echó un vistazo al mapa. Detallaba las líneas de suministros hasta el Dominio Occidental. Lo que vio no era bueno.

—¿Rebeliones en casa, padre?

—Y rufianes atacando mis carros de suministros —dijo Cett—. Ese muchacho Venture los sobornó, estoy seguro.

—Sí que lo ha hecho. Pero eso ahora no tiene importancia. ¿Me has echado de menos? —dijo Allrianne, asegurándose de empujar con fuerza su sentido de la devoción.

Cett bufó, mesándose la barba.

—Chiquilla idiota. Tendría que haberte dejado en casa.

—¿Para que hubiera caído presa de tus enemigos cuando iniciaron la rebelión? —preguntó ella—. Ambos sabemos que lord Yomen iba a actuar en el mismo instante en que retiraras tus ejércitos del dominio.

—¡Y yo tendría que haber dejado que ese maldito obligador se quedara contigo!

Allrianne abrió mucho la boca.

—¡Padre! Yomen me habría hecho prisionera para pedir rescate por mí. Ya sabes cómo me marchito cuando estoy encerrada.

Cett la miró, y luego, aparentemente a su pesar, se echó a reír.

—Le habrías hecho darte comidas exquisitas desde el primer día. Tal vez tendría que haberte dejado atrás. Así, al menos, habría sabido dónde estabas en vez de preocuparme por dónde estarías. No habrás traído a ese idiota de Brisa contigo, ¿verdad?

—¡Padre! Brisi es un buen hombre.

—Los hombres buenos mueren rápido en este mundo, Allrianne —dijo Cett—. Lo sé bien: he matado a un montón de ellos.

—Oh, sí, eres muy sabio. Y adoptar una postura agresiva contra Luthadel ha tenido un resultado enormemente positivo, ¿verdad? ¿Cuándo tuviste que huir con el rabo entre las piernas? Si la querida Vin tuviera tan poca conciencia como tú, estarías muerto.

—Esa «conciencia» no le impidió matar a trescientos de mis hombres.

—Es una joven muy confundida —dijo Allrianne—. Sea como sea, me siento obligada a recordarte que yo tenía razón. Tendrías que haberte aliado con el muchacho Venture en vez de amenazarlo. ¡Eso significa que me debes cinco vestidos nuevos!

Cett se frotó la frente.

—Esto no es un maldito juego, niña.

—La moda, padre, no es ningún juego —dijo Allrianne con firmeza—. No puedo encandilar a las tropas de bandidos para que me traigan de vuelta a casa si parezco una rata callejera, ¿no?

—¿Más bandidos, Allrianne? —preguntó Cett con un suspiro—. ¿Sabes cuánto tardamos en deshacernos del último grupo?

—Hobart es un hombre maravilloso —dijo Allrianne, irritada—. Por no mencionar que tiene buenos contactos en la comunidad local de ladrones. Dale un poco de oro y unas cuantas prostitutas, y puede que le convenzas para que te ayude con todos esos malnacidos que están atacando tus líneas de suministros.

Cett echó un vistazo al mapa. Luego se mesó la barba, pensativo.

—Bueno, has vuelto —dijo por fin—. Supongo que tendremos que cuidar de ti. Imagino que querrás que alguien cargue con una litera mientras volvemos a casa...

—Lo cierto es que no vamos a regresar al dominio —dijo Allrianne—. Vamos a volver a Luthadel.

Cett no rechazó de inmediato el comentario; solía darse cuenta de cuándo ella hablaba en serio. Sacudió la cabeza.

—Luthadel no tiene nada para nosotros, Allrianne.

—Tampoco podemos volver al dominio. Nuestros enemigos son demasiado fuertes, y algunos de ellos tienen alománticos. Por eso tuvimos que venir aquí, para empezar. No podemos dejar la zona hasta que tengamos dinero o aliados.

—No hay dinero en Luthadel —dijo Cett—. Creo a Venture cuando dice que el atium no está allí.

—Estoy de acuerdo. Registré bien el palacio y no encontré ni pizca. Eso significa que tenemos que salir de aquí con amigos en vez de con dinero. Volver, esperar a que empiece una batalla y ayudar al bando que parezca que va a ganar. Se sentirán en deuda con nosotros..., puede que incluso decidan dejarnos vivir.

Cett tardó un rato en hablar.

—Eso no va a ayudar a salvar a tu amigo Brisa, Allrianne. Su facción es la más débil, con diferencia... Incluso aliándonos con el muchacho Venture, dudo que pudiéramos derrotar a Straff o a los koloss. No si no podemos acceder a las murallas de la ciudad ni tenemos tiempo de sobra para prepararnos. Si volvemos, será para ayudar a los enemigos de tu Brisa.

Allrianne se encogió de hombros. *No puedes ayudarle si no estás allí, padre*, pensó. *Van a perder de todas formas: si estás en la zona, cabe la posibilidad de que acabes ayudando a Luthadel.*

Una posibilidad muy pequeña, Brisa. Es lo mejor que puedo ofrecerte. Lo siento.

Elend Venture despertó en su tercer día fuera de Luthadel, sorprendido de lo descansado que podía sentirse tras una noche en una tienda en medio de la nada. Naturalmente, en parte podía deberse a la compañía.

Vin yacía acurrucada junto a él en su petate, con la cabeza apoyada sobre su pecho. Él había esperado que tuviera el sueño ligero, dado lo nerviosa que era, pero parecía sentirse cómoda durmiendo con él. Incluso pareció un poco menos ansiosa cuando la rodeó con sus brazos.

La miró amorosamente, admirando la forma de su rostro, los suaves rizos de su pelo negro. El corte en la mejilla era casi invisible ya, y se había quitado los puntos. Quemando lenta y constantemente peltre su cuerpo adquiría fuerzas para recuperarse. Ni siquiera le dolía ya el brazo derecho, a pesar del corte en el hombro, y su debilidad, fruto de la pelea, parecía desaparecida por completo.

Todavía no le había dado muchas explicaciones sobre aquella noche. Había combatido contra Zane (que al parecer era hermanastro de él), y TenSoon el kandra se había marchado. Sin embargo, ninguna de aquellas cosas podía haber causado la desazón que había sentido en ella cuando acudió a verlo a sus habitaciones.

No sabía si alguna vez obtendría las respuestas que quería. No obstante, empezaba a darse cuenta de que podía amarla, aunque no la entendiera del todo. Se inclinó y la besó en la coronilla.

Ella se puso tensa de inmediato, abriendo los ojos. Se incorporó, exponiendo el torso desnudo, y su mirada recorrió la pequeña tienda que compartían, tenuemente iluminada por el amanecer. Finalmente, sacudió la cabeza, mirándolo.

—Ejerces una mala influencia sobre mí.

—¿Ah, sí? —preguntó él, sonriente, apoyado sobre un brazo.

Vin asintió, pasándose una mano por el pelo.

—Estás haciendo que me acostumbre a dormir por la noche. Además, ya no duermo vestida.

—Si lo hicieras, sería un poco incómodo.

—Sí, pero ¿y si nos atacaran durante la noche? Tendría que luchar desnuda.

—No me importaría ver eso.

Ella lo miró con reproche y luego echó mano a una camisa.

—Tú también eres una mala influencia para mí —dijo él, mientras la contemplaba vestirse.

Ella alzó una ceja.

—Haces que me relaje —dijo Elend—. Y que deje de preocuparme. He estado tan liado con los asuntos de la ciudad últimamente que había olvidado lo que es ser un recluso maleducado. Por desgracia, durante nuestro viaje he tenido tiempo para leer no solo uno, sino los tres volúmenes de *El arte de la erudición*, de Troubeld.

Vin bufó, arrodillada, mientras se ajustaba el cinturón. Luego se arrastró hacia él.

—No sé cómo puedes leer mientras cabalgas.

—Oh, es bastante fácil..., si no les tienes miedo a los caballos.

—No les tengo miedo —dijo Vin—. Es que no les gusto. Saben que puedo correr más que ellos y eso les molesta.

—Oh, ¿es eso? —preguntó Elend, sonriendo, acercándola para que se colocara a horcajadas sobre él.

Ella asintió y se inclinó para besarlo. Sin embargo, se levantó un instante después. Apartó su mano cuando él intentó atraerla de nuevo.

—¿Después de todas las molestias que me he tomado para vestirme? Además, tengo hambre.

Elend suspiró y volvió a recostarse mientras ella salía de la tienda a la roja luz de la mañana. Se quedó allí un momento, apreciando en silencio su buena fortuna. Todavía no estaba seguro de cómo había funcionado su relación, ni de por qué le hacía tan feliz, pero estaba más que dispuesto a disfrutar de la experiencia.

Al cabo de un rato, buscó la ropa. Solo había traído un uniforme de los bonitos y el de montar, y no quería llevarlos demasiado a menudo. Ya no tenía criados que le lavaran la ceniza de la ropa; de hecho, a pesar de la doble puerta de lona de la tienda, un poco de ceniza había logrado colarse en el interior durante la noche. Estaban lejos de la ciudad y no había obreros que barrieran la ceniza, que se colaba por todas partes.

Se puso por tanto un atuendo más sencillo: un par de pantalones de montar, no muy diferentes a los que Vin llevaba a menudo, con una camisa gris abotonada y una casaca oscura. Nunca se había visto obligado hasta entonces a recorrer grandes distancias a caballo (prefería los carruajes), pero Vin y él se estaban tomando el viaje con relativa calma. No había ninguna prisa, en realidad. Los exploradores de Straff no los habían seguido mucho trecho, y nada los esperaba en su destino. Tenían tiempo para cabalgar con calma, tomarse descansos e incluso caminar para no acabar doloridos en la silla de montar.

En el exterior, encontró a Vin preparando la hoguera y a Fantasma cuidando de los caballos. El joven había viajado bastante, y sabía cómo atenderlos..., algo que Elend, y eso le avergonzaba, no había aprendido nunca.

Elend se reunió con Vin junto a la hoguera. Permanecieron en silencio unos instantes mientras Vin agitaba las brasas. Parecía pensativa.

—¿Qué te ocurre?

Ella miró hacia el sur.

—Yo... —Sacudió la cabeza—. No es nada. Vamos a necesitar más madera.

Miró hacia un lado, donde se encontraba el hacha, junto a la tienda. El arma voló disparada hacia ella, tirada de la hoja. Vin se apartó y agarró el mango cuando pasaba entre Elend y ella. Luego se acercó a un árbol caído. Le dio dos golpes, lo abrió fácilmente y lo partió en dos.

—Tiene el don de hacer que los demás parezcamos un poco superfluos, ¿verdad? —dijo Fantasma, acercándose a Elend.

—A veces —sonrió Elend.

Fantasma sacudió la cabeza.

—Todo lo que yo oigo o veo, ella lo percibe mejor... y puede luchar con lo que encuentre. Cada vez que regreso a Luthadel, me siento... inútil.

—Pues imagina a una persona corriente. Tú al menos eres alomántico.

—Tal vez —dijo Fantasma, mientras Vin seguía cortando leña—. Pero la gente te respeta, El. A mí me ignora.

—Yo no te ignoro, Fantasma.

—¿No? —preguntó el joven—. ¿Cuándo fue la última vez que hice algo importante para la banda?

—Hace tres días —respondió Elend—. Cuando accediste a venir con nosotros. No estás aquí solo para cuidar de los caballos, Fantasma: estás aquí por tus habilidades como explorador y ojo de estaño. ¿Sigues creyendo que nos siguen?

Fantasma se encogió de hombros.

—No estoy seguro. Creo que los exploradores de Straff se han dado la vuelta, pero aún capto atisbos de alguien que nos sigue. Nunca alcanzo a verlos bien.

—Es el espíritu de la bruma —dijo Vin, acercándose y dejando caer un haz de leña junto a la hoguera—. Nos persigue.

Fantasma y Elend compartieron una mirada. Luego Elend asintió, negándose a reaccionar a la incómoda mirada de Fantasma.

—Bueno, mientras se mantenga alejado, no es ningún problema, ¿no?

Vin se encogió de hombros.

—Espero que no. Pero si lo veis, llamadme. Los archivos dicen que puede ser peligroso.

—Muy bien —dijo Elend—. Eso haremos. Ahora, decidamos qué vamos a tomar para desayunar.

Straff despertó. Esa fue su primera sorpresa.

Yacía en la cama, en su tienda. Se sentía como si alguien lo hubiera levantado y lanzado contra la pared unas cuantas veces. Gimió al sentarse. No había magulladuras en su cuerpo, pero le dolía, y la cabeza le daba vueltas. Uno de los médicos del ejército, un joven barbudo de ojos saltones, estaba sentado junto a su cama. El hombre estudió a Straff un instante.

—Deberías estar muerto, mi señor —dijo el joven.

—No lo estoy —respondió Straff, sentándose—. Dame un poco de estaño.

Un soldado se acercó con un frasco de metal. Straff lo apuró e hizo una mueca por lo seca y dolorida que tenía la garganta. Quemó estaño levemente, lo que hizo que le dolieran más las heridas... pero había llegado a depender de la ligera excitación que le proporcionaban sus sentidos ampliados.

—¿Cuánto? —preguntó.

—Casi tres días, mi señor —dijo el médico—. Nosotros... no estábamos seguros de qué habías ingerido, ni por qué. Pensamos en darte algo para hacerte vomitar, pero parecía que habías tomado la dosis a propósito, así que...

—Hicisteis bien —dijo Straff, mirándose la mano. Todavía le temblaba un poco y no podía controlar el temblor—. ¿Quién está al mando del ejército?

—El general Janarle.

Straff asintió.

—¿Por qué no me ha mandado matar?

El médico parpadeó sorprendido y miró a los soldados.

—Mi señor —dijo Grent, el soldado—, ¿quién se atrevería a traicionarte? Quien lo intentara acabaría muerto en su tienda. El general Janarle estaba preocupadísimo por tu seguridad.

Naturalmente, advirtió Straff con sorpresa. *No saben que Zane ya no está. Todos creen que si muero Zane tomará el control, o se vengará de aquellos que considere responsables.* Straff soltó una risotada, sorprendiendo a los soldados que lo miraban. Zane había intentado matarlo, pero le había salvado accidentalmente la vida gracias a su reputación.

Te derroté. Te has ido, y yo estoy vivo. Eso, naturalmente, no significaba que Zane no fuera a regresar... pero, claro, tal vez no lo hiciera. Tal vez, solo tal vez, Straff se hubiera librado de él para siempre.

—La nacida de la bruma de Elend —dijo Straff de repente.

—Los seguimos durante un trecho, mi señor —contestó Grent—. Pero se alejaron demasiado del ejército y lord Janarle ordenó a los exploradores que regresaran. Parece que se dirige a Terris.

—¿Quién más iba con ella?

—Creemos que tu hijo Elend escapó también —dijo el soldado—. Pero puede que fuera un señuelo.

Zane lo logró, pensó Straff, atónito. *Logró deshacerse de ella. A menos que fuera algún tipo de truco. Pero, entonces...*

—¿El ejército koloss? —preguntó Straff.

—Ha habido muchas luchas en sus filas últimamente, señor —informó Grent—. Las bestias parecen más inquietas.

—Ordena a nuestro ejército que levante el campamento —dijo Straff—. Inmediatamente. Nos retiramos al Dominio Septentrional.

—¿Mi señor? —preguntó Grent, sorprendido—. Creo que lord Janarle está planeando un asalto, esperando solo tu orden. La ciudad está débil y su nacida de la bruma se ha marchado.

—Vamos a retirarnos —contestó Straff, sonriendo—. Durante un tiempo, al menos.

Luego veremos si este plan tuyo funciona, Zane.

Sazed estaba sentado en una pequeña habitación de la cocina, con las manos sobre la mesa, un anillo metálico brillante en cada dedo. Eran pequeños, para ser mentes de metal, pero almacenar atributos feruquímicos llevaba tiempo. Hacían falta semanas para llenar aunque fuera un anillo de metal, y apenas tenía días. De hecho, a Sazed le sorprendía que los koloss hubieran esperado tanto.

Tres días. No era mucho tiempo, pero sospechaba que necesitaría toda la ventaja posible en el conflicto que se avecinaba. Hasta el momento había podido almacenar una pequeña cantidad de cada atributo. Suficiente para impulsarse en una emergencia, cuando sus otras mentes de metal se agotaran.

Clubs entró cojeando en la cocina. Sazed lo veía borroso. Incluso con las gafas que llevaba para compensar la visión que estaba almacenando en una mentestaño le costaba trabajo verlo.

—Ya está —dijo Clubs, con voz apagada: otra mente de metal ocupaba el sentido del oído de Sazed—. Se han ido por fin.

Sazed vaciló un momento, tratando de descifrar el comentario. Sus pensamientos se movían como a través de una sopa densa y pegajosa, y tardó un instante en comprender lo que Clubs había dicho. *Se han ido. Las tropas de Straff. Se han retirado.* Tosió suavemente antes de responder.

—¿Llegó a contestar a alguno de los mensajes de lord Penrod?

—No —contestó Clubs—. Pero ejecutó al último mensajero.

Bueno, eso no es buena señal, pensó Sazed lentamente. De todas formas, no había habido muchas buenas señales en los últimos días. La ciudad estaba al borde de la hambruna y la breve tregua del frío se había terminado. Nevaría esa noche, si Sazed no se equivocaba. Eso le hacía sentirse aún más culpable por estar sentado en el rinconcito de la cocina, junto a un cálido fuego, tomando caldo mientras sus mentes de metal sangraban su fuerza, salud, sentidos y poder de pensamiento. Rara vez había intentado llenar tantas a la vez.

—No tienes buen aspecto —comentó Clubs, sentándose.

Sazed parpadeó y reflexionó.

—Mi... menteoro —dijo lentamente— extrae mi salud y la almacena. —Miró el cuenco de caldo—. Debo comer para no quedarme sin fuerzas —dijo, preparándose mentalmente para dar un sorbo.

Era un proceso extraño. Sus pensamientos se movían tan despacio que tardaba un momento en decidir comer. Luego su cuerpo reaccionaba lentamente, y el brazo tardaba unos segundos en moverse. Incluso entonces, los músculos vacilaban, su fuerza extraída y almacenada en su mentepeltre. Finalmente pudo llevarse una cucharada a los labios y dar un silencioso sorbo. No sabía a nada: estaba llenando también la reserva de olfato y, sin él, el sabor perdía mucho.

Probablemente tendría que haberse acostado, pero de haberlo hecho se hubiese quedado dormido casi con toda seguridad. Y, mientras dormía, no podía llenar mentes de metal... o, al menos, solo podía llenar una. Una mentebronce, el metal que almacenaba capacidad para mantenerse en vela, lo obligaría a dormir más a cambio de permitirle pasarse más tiempo sin dormir en otra ocasión.

Sazed suspiró, soltó con cuidado la cuchara y tosió. Había hecho todo lo posible para evitar el conflicto. Su mejor plan había sido enviar una carta a lord Penrod, instándole a informar a Straff Venture de que Vin se había marchado de la ciudad. Tenía la esperanza de que Straff estuviera dispuesto a hacer un trato. Al parecer, esa táctica no había tenido éxito.

Su perdición se acercaba como el inevitable amanecer. Penrod había permitido que tres grupos distintos de ciudadanos, uno de ellos de nobles, trataran de huir de Luthadel. Los soldados de Straff, más atentos desde la huida de Elend, los habían capturado y masacrado a los tres. Penrod incluso había enviado un mensajero a lord Jastes Lekal con la esperanza de llegar a algún trato con el caudillo sureño, pero el mensajero no había vuelto del campamento koloss.

—Bueno, al menos lo hemos retrasado unos cuantos días —dijo Clubs.

Sazed pensó un momento.

—Me temo que simplemente hemos retrasado lo inevitable.

—Pues claro. Pero ha sido un retraso importante. Elend y Vin estarán ya casi a cuatro días de distancia. Si la lucha hubiera empezado demasiado pronto, puedes apostar a que la pequeña señorita nacida de la bruma habría vuelto y se habría hecho matar intentando salvarnos.

—Ah —dijo Sazed lentamente, obligándose a tomar otra cucharada de caldo. La cuchara era un peso muerto en sus dedos entumecidos; su sentido del tacto, naturalmente, había sido trasladado a una mentestaño—. ¿Cómo van las defensas de la ciudad? —preguntó mientras se esforzaba con la cuchara.

—Fatal —contestó Clubs—. Veinte mil soldados pueden parecer muchos... pero intenta repartirlos por una ciudad tan grande.

—Pero los koloss no tienen equipo de asedio —dijo Sazed, concentrado en su cuchara—. Ni arqueros.

—Sí. Pero nosotros tenemos ocho puertas que proteger... y al menos cinco están al alcance de los koloss. Ninguna de esas puertas fue construida para soportar un ataque. Y, tal como estamos, apenas puedo apostar a dos mil guardias en cada puerta, pues no sé cuál atacarán primero los koloss.

—Oh —dijo Sazed en voz baja.

—¿Qué esperabas, terrisano? ¿Buenas noticias? Los koloss son más grandes, más fuertes y están mucho más locos que nosotros. Y tienen ventaja numérica.

Sazed cerró los ojos, con la cuchara temblequeante a medio camino de los labios. De repente sintió una debilidad que no estaba relacionada con sus mentes de metal. *¿Por qué no se fue Tindwyl con ellos? ¿Por qué no escapó?*

Al abrir los ojos, vio a Clubs llamando a una criada para que le trajera algo de comer. La joven regresó con un cuenco de sopa. Clubs lo miró con insatisfacción al principio, pero luego lo alzó con una mano nudosa y empezó a comer. Dirigió una mirada a Sazed.

—¿Esperas una disculpa por mi parte, terrisano? —preguntó entre cucharadas.

Sazed no respondió al instante.

—En absoluto, lord Cladent —dijo por fin.

—Bien. Eres una persona decente. Solo estás confundido.

Sazed sorbió su sopa, sonriendo.

—Es reconfortante oír eso. —Pensó un momento y dijo—: Lord Cladent, tengo una religión para ti.

Clubs frunció el ceño.

—No te rindes, ¿eh?

Sazed bajó la cabeza. Tardó un momento en recordar qué se le había ocurrido hacía un momento.

—Aquello que dijiste una vez, lord Cladent, sobre la ética de la situación, me hizo pensar en una fe conocida como Dadradah. Tenía seguidores de muchos pueblos y países; creían que solo había un Dios, y que solo había una forma de adorarlo.

Clubs bufó.

—En realidad no me interesa ninguna de tus religiones muertas, terrisano. Creo que...

—Eran artistas —dijo Sazed en voz baja.

Clubs vaciló.

—Pensaban que el arte acercaba a Dios. Les interesaban el color y sus tonalidades, y les gustaba escribir poemas para describir los colores que veían en el mundo a su alrededor.

Clubs guardó silencio.

—¿Por qué me hablas de esa religión? —preguntó—. ¿Por qué no has escogido una burda, como yo? ¿O una para adorar la guerra y a los soldados?

—Porque, lord Cladent —dijo Sazed. Parpadeó, recordando con esfuerzo con su mente nublada—, tú no eres así. Eso debes hacer, pero no eres así. Los otros olvidan, creo, que eras ebanista. Un artista. Cuando vivíamos en tu taller, a menudo te veía dando los últimos toques a las piezas que habían tallado tus aprendices. Veía el cuidado que ponías en ello. Ese taller no era una simple fachada para ti. Sé que lo echas de menos.

Clubs no respondió.

—Debes vivir como un soldado —continuó Sazed, sacando algo de su cinturón con mano débil—. Pero puedes seguir soñando como un artista. Toma. Hice esto para ti. Es un símbolo de la fe Dadradah. Para su pueblo, la llamada del arte era aún más elevada que la del sacerdocio.

Colocó sobre la mesa un disco de madera. Luego, con esfuerzo, le sonrió a Clubs. Hacía mucho que no predicaba una fe, y no estaba seguro de qué le había impulsado a ofrecerle esa a Clubs. Tal vez quería demostrarse que las religiones eran valiosas. Tal vez era por tozudez, una reacción contra las cosas que Clubs había dicho. Fuera como fuese, encontró satisfacción en la forma en que Clubs miró el sencillo disco de madera con la imagen tallada de un pincel.

La última vez que prediqué una fe, pensó, *fue en aquella aldea del sur donde me encontró Marsh. ¿Qué habrá sido de él, por cierto? ¿Por qué no regresó a la ciudad?*

—Tu mujer ha estado buscándote —dijo Clubs por fin, alzando la cabeza y dejando el disco sobre la mesa.

—¿Mi mujer? Oh, nosotros no...

Guardó silencio mientras Clubs lo miraba. El hosco general era muy hábil dirigiendo miradas significativas.

—Muy bien —dijo Sazed, suspirando. Se miró los dedos y los diez anillos brillantes que llevaba. Cuatro eran de estaño: vista, oído, olfato y tacto. Continuó llenándolos; no lo entorpecerían mucho. No obstante, liberó su mentepeltre, además de su menteacero y su mentecinc.

Inmediatamente recuperó las fuerzas. Sus músculos dejaron de aflojarse, pasando de abotargados a sanos. El zumbido desapareció de su mente, permitiéndole pensar con claridad, y la torpe lentitud se evaporó. Se puso en pie, fortalecido.

—Es fascinante —murmuró Clubs.

Sazed lo miró.

—He podido ver el cambio —dijo Clubs—. Tu cuerpo se ha fortalecido y has enfocado los ojos. Tus brazos han dejado de temblar. Supongo que no quieres enfrentarte a esa mujer sin estar en plenas facultades, ¿eh? No te lo reprocho.

Clubs rezongó para sí y luego continuó comiendo.

Sazed se despidió de él y salió de la cocina. Notaba las manos y los pies todavía como muñones inútiles. Sin embargo, sentía energía. No había nada como el simple contraste para despertar la veta indomable de un hombre.

Y no había nada que pudiera hacer desaparecer más rápido esa sensación que la perspectiva de reunirse con la mujer que amaba. ¿Por qué se había quedado Tindwyl? Y, si estaba decidida a no volver a Terris, ¿por qué lo evitaba desde hacía varios días? ¿Estaba enfadada con él porque había logrado que Elend se marchara? ¿Estaba decepcionada porque él insistía en quedarse para ayudar?

La encontró en el gran salón de baile de la fortaleza Venture. Se detuvo un instante, impresionado como siempre por la incuestionable majestuosidad de la sala. Liberó su mentestaño un instante, quitándose las gafas para contemplar el asombroso espacio.

Enormes vidrieras rectangulares llegaban hasta el techo en todas las paredes de aquella sala tan inmensa. Sazed se sentía empequeñecido por las enormes columnas que sostenían la estrecha galería que corría bajo las ventanas, a ambos lados de la cámara. Cada piedra de la sala estaba esculpida, cada losa formaba parte de un mosaico, cada fragmento de cristal de colores chispeaba a la luz de la tarde.

Ha pasado tanto tiempo... pensó. La primera vez que había visto aquella cámara escoltaba a Vin a su primer baile. Había sido entonces, mientras se hacía pasar por Valette Renoux, cuando conoció a Elend. Sazed la había reprendido por atraer la atención de un hombre tan poderoso.

Y ahora él mismo había oficiado su matrimonio. Sonrió, volvió a ponerse las gafas y llenó de nuevo su mente de metal de visión. *Que los Dioses Olvidados os cuiden, hijos míos. Sacad partido de nuestro sacrificio, si podéis.*

En el centro de la sala, Tindwyl hablaba con Dockson y un pequeño grupo de funcionarios. Estaban reunidos en torno a una mesa grande y, cuando se acercó, Sazed vio lo que había desplegado sobre ella.

El mapa de Marsh, pensó. Era una representación extensa y detallada de Luthadel, con anotaciones de la actividad ministerial. Sazed tenía una imagen visual del mapa, además de una descripción minuciosa, en una de sus mentecobres, y había enviado una copia al Sínodo.

Tindwyl y los demás habían llenado el mapa de anotaciones propias. Sazed se aproximó lentamente. En cuanto Tindwyl lo vio, le indicó que se acercara.

—Ah, Sazed —dijo Dockson, serio, su voz apagada para los débiles oídos del terrisano—. Bien. Por favor, acércate aquí.

Sazed se adentró en la zona inferior de baile y se reunió con ellos en la mesa.

—¿Disposición de tropas? —preguntó.

—Penrod ha tomado el mando de nuestros ejércitos —explicó Dockson—. Y ha puesto a los nobles al mando de los veinte batallones. No estamos seguros de que nos guste esa situación.

Sazed miró a los hombres reunidos en torno a la mesa. Eran un grupo de escribas que el propio Dockson había formado: todos skaa. *¡Dioses! No estará planeando una rebelión precisamente ahora, ¿verdad?*

—No pongas esa cara de asustado, Sazed —dijo Dockson—. No vamos a hacer nada demasiado drástico. Penrod todavía permite que Clubs organice la defensa de la ciudad, y parece aceptar consejo de sus comandantes militares. Además, ya es demasiado tarde para intentar algo tan ambicioso. —Casi parecía decepcionado—. Sin embargo —continuó—, no me fío de esos comandantes que ha puesto al mando. No saben nada de la guerra... y mucho menos de supervivencia. Se han pasado la vida ordenando bebidas y celebrando fiestas.

¿Por qué los odias tanto?, pensó Sazed. Irónicamente, Dockson era el miembro de la banda que más parecía un noble. Se le veía más natural con un traje que a Brisa, más elocuente que a Clubs o a Fantasma. Solo su insistencia en llevar una media barba muy poco aristocrática le hacía destacar.

—Puede que la nobleza no sepa de guerras, pero tiene experiencia de mando, creo —dijo Sazed.

—Cierto. Pero nosotros también. Por eso quiero a uno de los nuestros cerca de cada puerta, por si las cosas salen mal y alguien realmente competente necesita tomar las riendas.

Dockson señaló una de las puertas indicadas en el mapa: la Puerta de Acero. Tenía una dotación de mil hombres en formación defensiva.

—Este es tu batallón, Sazed. La Puerta de Acero es la más alejada de los koloss, así que es probable que ni siquiera veas la lucha. Sin embargo, cuando comience la batalla, quiero que estés allí con un grupo de mensajeros para llevar informes a la fortaleza Venture si atacan tu puerta. Emplazaremos aquí, en el salón de baile, un puesto de mando: es de fácil acceso con esas puertas tan anchas, y puede soportar un montón de movimiento.

Y era una bofetada no demasiado sutil a la cara de Elend Venture, y a la nobleza en general, usar una cámara tan hermosa como escenario desde donde dirigir una guerra. *No me extraña que me apoyara para enviar lejos a Elend y Vin. Sin ellos, se ha hecho con el control indiscutible de la banda de Kelsier.*

No era mala cosa. A pesar de sus prejuicios, Dockson era un genio organizador y un maestro a la hora de planear rápido.

—Sé que no te gusta luchar, Saz —dijo Dockson, apoyándose en la mesa con ambas manos—. Pero te necesitamos.

—Creo que se está preparando para la batalla, lord Dockson —dijo Tindwyl mirando a Sazed—. Esos anillos de sus dedos son un buen indicativo de sus intenciones.

Sazed la miró desde el otro lado de la mesa.

—¿Y cuál es tu lugar en esto, Tindwyl?

—Lord Dockson vino a pedirme consejo —dijo Tindwyl—. Tiene poca experiencia en la guerra y deseaba saber las cosas que he estudiado sobre los generales del pasado.

—Ah —dijo Sazed. Se volvió hacia Dockson, pensativo. Al cabo de un momento, asintió—. Muy bien. Formaré parte de vuestro proyecto... pero he de advertiros contra la dispersión. Por favor, di a tus hombres que no se salten la cadena de mando a menos que sea absolutamente necesario.

Dockson asintió.

—Ahora, lady Tindwyl —dijo Sazed—, ¿podemos hablar un momento en privado?

Ella asintió, y ambos se excusaron y se dirigieron hacia la galería más cercana. En la penumbra, detrás de una columna, Sazed se volvió hacia Tindwyl. Ella estaba radiante, tranquila, concentrada a pesar de lo apurado de la situación. ¿Cómo lo lograba?

—Estás almacenando gran cantidad de atributos, Sazed —comentó, mirando de nuevo sus dedos—. Y tendrás sin duda otras mentes de metal preparadas de antes.

—Agoté toda mi capacidad para mantenerme en vela y mi velocidad para llegar a Luthadel. Y ahora no tengo guardada salud: la agoté toda para superar una enfermedad cuando estaba enseñando en el sur. No he podido llenar otra reserva, siempre he estado muy ocupado. Tengo gran cantidad de fuerza y peso almacenadas, así como una buena colección de mentestaños. Pero uno nunca está demasiado bien preparado, creo.

—Tal vez —dijo Tindwyl. Miró al grupo de la mesa—. Si los preparativos nos permiten estar ocupados en vez de pensar en lo inevitable, entonces no han sido en balde, creo.

Sazed sintió un escalofrío.

—Tindwyl, ¿por qué te has quedado? Este no es lugar para ti.

—Tampoco para ti.

—Son mis amigos. No los abandonaré.

—Entonces, ¿por qué convenciste a sus líderes para que se marcharan?

—Para que huyeran y sobrevivieran.

—Sobrevivir no es un lujo que suelan permitirse los líderes —dijo Tindwyl—. Cuando aceptan la devoción de los demás, deben aceptar la responsabilidad que eso conlleva. Esta gente morirá... pero no tiene por qué morir sintiéndose traicionada.

—Ellos no...

—Esperan que los salven, Sazed —susurró Tindwyl—. Incluso esos hombres de ahí, incluso Dockson, el más práctico del grupo, piensa que sobrevivirán. ¿Y sabes por qué? Porque, en el fondo, creen que algo los salvará. Algo que los salvó antes, la única pieza del Superviviente que les queda. Ella representa ahora la esperanza. Y tú la enviaste lejos.

—Para vivir, Tindwyl. Habría sido un desperdicio perder aquí a Vin y a Elend.

—La esperanza no se desperdicia nunca —dijo Tindwyl, echando chispas por los ojos—. Creía que precisamente tú lo comprenderías. ¿Crees que fue la testarudez lo que me mantuvo viva todos esos años en manos de los reproductores?

—¿Y es testarudez o esperanza lo que te mantiene aquí en la ciudad?

Ella lo miró.

—Ni una cosa ni la otra.

Sazed la contempló largamente en la ensombrecida alcoba. Los hombres planificaban en el salón de baile y sus voces resonaban. Haces de luz que entraban por las ventanas se reflejaban en los suelos de mármol, tiñendo las paredes. Lenta, torpemente, Sazed rodeó a Tindwyl con sus brazos. Ella suspiró, dejando que la abrazara.

Él liberó sus mentestaños y dejó que sus sentidos regresaran en tropel.

La suavidad de su piel y el calor de su cuerpo lo recorrieron mientras ella se abandonaba más al abrazo, hasta apoyar la cabeza en su pecho. El aroma de su pelo (sin perfume, pero limpio y brillante) le invadió la nariz: era lo primero que Sazed olía en tres días. Con mano torpe, se quitó las gafas para verla con claridad. Cuando volvió a oír plenamente los sonidos escuchó la respiración de Tindwyl.

—¿Sabes por qué te quiero, Sazed? —preguntó ella en voz baja.

—No puedo ni imaginarlo —contestó él sinceramente.

—Porque nunca cedes. Otros hombres son fuertes como ladrillos, firmes, inflexibles, pero si los golpeas lo suficiente, se rompen. Tú... tú eres fuerte como el viento. Siempre ahí, dispuesto a doblarte, pero sin disculparte nunca por las veces que debías ser firme. Creo que ninguno de tus amigos comprende el poder que representabas para ellos.

Representabas, advirtió él. *Ya piensa en todo esto en pasado. Y... parece lógico que lo haga.*

—Temo que lo que sea que poseo no vaya a bastar para salvarlos —susurró Sazed.

—Pero bastó para salvar a tres de ellos —dijo Tindwyl—. Te equivocaste al enviarlos... pero tal vez acertaste también.

Sazed cerró los ojos y la abrazó, maldiciéndola por haberse quedado y amándola por ello al mismo tiempo.

En ese momento, los tambores de alarma de las murallas empezaron a sonar.

Y así, he hecho un movimiento final.

51

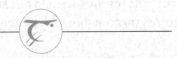

La brumosa luz roja de la mañana era algo que no debería haber existido. La bruma se desvanecía con la luz del día. El calor la evaporaba; incluso en una habitación cerrada se condensaba y desaparecía. No tendría que haber podido soportar la luz del sol naciente.

Y, sin embargo, lo hacía. Cuanto más se alejaban de Luthadel, más tiempo soportaban las brumas de la mañana. El cambio era leve (solo estaban a unos cuantos días a caballo de Luthadel), pero Vin lo notaba. Veía la diferencia. Aquella mañana las brumas eran aún más densas de lo que había previsto: ni siquiera disminuyeron cuando salió el sol. Atenuaban su luz.

Bruma, pensó Vin. *Profundidad.* Cada vez estaba más segura de que tenía razón, aunque no lo supiera con certeza. De todas formas, le parecía que así era por algún motivo. La Profundidad no había sido un monstruo ni un tirano sino una fuerza más natural, y por tanto más aterradora. A una bestia se la podía matar. Las brumas... eran mucho más temibles. La Profundidad no oprimía con sacerdotes, pero usaba el terror supersticioso del pueblo. No mataba con ejércitos, sino con hambre.

¿Cómo se combatía algo más grande que un continente, una cosa que no podía sentir furia, dolor, esperanza ni piedad?

Sin embargo, la tarea de Vin era hacer justamente eso. Estaba sentada en un gran peñasco junto a la hoguera, con las piernas encogidas y las rodillas contra el pecho. Elend todavía dormía; Fantasma había salido a explorar.

Ella ya no se cuestionaba su papel. O estaba loca o era el Héroe de las Eras. Su tarea era derrotar a las brumas. *No obstante...* pensó, el ceño fruncido. *¿No deberían los golpes aumentar de volumen en lugar de disminuir?* Cuanto más viajaban, más débiles le parecían aquellos martilleos. ¿Llegaba demasiado tarde? ¿Estaba sucediendo algo en el Pozo que disminuía su poder? ¿Lo había tomado ya alguien más? *Tenemos que seguir adelante.*

Otra persona en su lugar podría haberse preguntado por qué había sido escogida. Vin había conocido a varios hombres (tanto en la banda de Camon como en el gobierno de Elend) que se quejaban siempre que les encomendaban una misión. «¿Por qué yo?», preguntaban. Los inseguros no creían estar a la altura de la tarea. Los perezosos querían librarse del trabajo.

Vin no consideraba que tuviese mucha seguridad en sí misma, ni tampoco mucha iniciativa. Sin embargo, no veía sentido en preguntar por qué. La vida le había enseñado que a veces las cosas pasaban sin más. A menudo no había ningún motivo para que Reen le pegara. Y de todas formas los motivos eran un pobre consuelo. Los motivos que Kelsier había necesitado para morir estaban claros para ella, pero no por eso lo añoraba menos.

Tenía un trabajo que hacer. El hecho de que no lo comprendiera no le impedía reconocer que tenía que intentarlo. Simplemente, esperaba saber qué hacer cuando llegara el momento. Aunque los golpes eran más débiles, seguían allí. La atraían. Hacia el Pozo de la Ascensión.

También notaba las leves vibraciones del espíritu de la bruma. Nunca desaparecía hasta que las brumas mismas lo hacían. Llevaba allí toda la mañana, tras ella.

—¿Sabes el secreto de todo esto? —preguntó en voz baja, volviéndose hacia el espíritu de las brumas rojizas—. ¿Tienes...?

El pulso alomántico del espíritu de la bruma procedía directamente de la tienda que compartía con Elend.

Vin saltó de la roca, aterrizó en el suelo helado y se precipitó hacia la tienda. Abrió las puertas de lona. Elend dormía dentro, la cabeza apenas visible por fuera de las mantas. La bruma llenaba la pequeña tienda, retorciéndose, girando... Aquello era bastante extraño. La bruma no solía entrar en las tiendas.

Y allí, entre la bruma, estaba el espíritu. Justo encima de Elend.

En realidad, ni siquiera estaba allí. Era solo un contorno en las brumas, una pauta repetida formada por movimientos caóticos. Y, sin embargo, era real. Ella podía percibirlo y podía verlo... ver cómo se volvía y la miraba con ojos invisibles.

Ojos de odio.

Alzó un brazo sin sustancia y Vin vio un destello. Reaccionó de inmediato, sacando una daga, e irrumpió en la tienda y descargó un golpe. Encontró algo tangible en la mano del espíritu. Un sonido metálico resonó en el aire tranquilo, y Vin sintió un potente y aturdidor escalofrío en el brazo. El vello de todo el cuerpo se le erizó.

Y entonces desapareció. Se difuminó como el sonido de su hoja insustancial. Vin parpadeó, y luego se volvió a mirar fuera de la tienda abierta. Las brumas del exterior habían desaparecido: el día había ganado por fin.

No parecía que quedaran muchas victorias.

—¿Vin? —preguntó Elend, bostezando y desperezándose.

Vin calmó su respiración. El espíritu se había ido. La luz del día significaba seguridad, de momento. *Antes, me sentía a salvo en la noche*, pensó. *Kelsier me la dio.*

—¿Qué ocurre? —preguntó Elend. ¿Cómo podía alguien, incluso un noble, ser tan lento en levantarse, ignorar su vulnerabilidad mientras estaba dormido?

Vin envainó la daga. *¿Qué puedo decirle? ¿Cómo puedo protegerlo de algo que apenas puedo ver?* Tenía que pensar.

—No es nada —dijo en voz baja—. Solo yo... otra vez nerviosa.

Elend se dio la vuelta, suspirando feliz.

—¿Fantasma está haciendo su ronda matinal?

—Sí.

—Despiértame cuando regrese.

Vin asintió, pero probablemente él no podía verla. Se arrodilló y lo contempló mientras el sol se alzaba tras ella. Había entregado a Elend... no solo su cuerpo, y no solo su corazón. Había abandonado sus racionalizaciones, sus reservas, todo por él. Ya no podía permitirse pensar que no era digna de él, ya no podía creer que ni siquiera podían estar juntos.

Nunca había confiado tanto en nadie. Ni en Kelsier, ni en Sazed, ni en Reen. Elend lo tenía todo. Ese conocimiento la hacía temblar por dentro. Si lo perdía, se perdería a sí misma.

¡No debo pensar en eso!, se dijo, poniéndose en pie. Salió de la tienda. En la distancia se movieron sombras. Fantasma apareció un momento después.

—Decididamente, hay alguien allí atrás —informó él—. No son espíritus, Vin. Cinco hombres acampados.

Vin frunció el ceño.

—¿Nos siguen?

—Probablemente.

Los exploradores de Straff, pensó ella.

—Dejaremos que Elend decida qué hacer con ellos.

Fantasma se encogió de hombros y se sentó en la roca.

—¿Vas a despertarlo?

Vin se volvió.

—Déjalo dormir un poco más.

Fantasma volvió a encogerse de hombros. Observó cómo ella se acercaba a la hoguera y destapaba la leña que habían cubierto la noche anterior, y luego encendía una hoguera.

—Has cambiado, Vin.

Ella continuó trabajando.

—Todo el mundo cambia —dijo—. Ya no soy una ladrona, y tengo amigos que me apoyan.

—No me refiero a eso. Me refiero a recientemente. Esta última semana. Eres diferente a como eras antes.

—¿Diferente en qué?

—No lo sé. No pareces siempre tan asustada.

Vin meditó al respecto.

—He tomado algunas decisiones. Sobre quién soy, y quién seré. Sobre lo que quiero. —Trabajó en silencio un rato hasta que logró prender una chispa—. Estoy cansada de tonterías —dijo por fin—. Tonterías de los demás y mías. He decidido actuar en vez de darle vueltas a todo. Tal vez sea una forma más inmadura de abordar las cosas. Pero de momento me parece bien.

—No es inmadurez —dijo Fantasma.

Vin sonrió, mirándolo. Con dieciséis años y aún no plenamente desarrollado, Fantasma tenía la misma edad que ella cuando la había reclutado Kelsier. Entornaba los párpados contra la luz, aunque el sol estaba bajo.

—Reduce tu estaño —dijo Vin—. No hace falta tenerlo tan fuerte.

Fantasma se encogió de hombros. Ella notó su incertidumbre. Quería con tantas ganas ser útil... Conocía ese sentimiento.

—¿Y tú, Fantasma? —dijo, volviéndose para recoger las cosas del desayuno. Caldo y copos de avena otra vez—. ¿Cómo te ha ido últimamente?

Él volvió a encogerse de hombros.

Casi había olvidado cómo es intentar mantener una conversación con un adolescente, pensó ella, sonriendo.

—Fantasma... —dijo, paladeando el nombre—. ¿Qué te parece ese apodo, por cierto? Recuerdo cuando todo el mundo te llamaba por tu verdadero nombre.

Lestibournes... Vin había tratado de deletrearlo una vez. Solo acertó cinco letras.

—Kelsier me lo puso —dijo Fantasma, como si eso fuera motivo suficiente para conservarlo. Y tal vez lo era. Vio la expresión en los ojos de Fantasma cuando mencionó a Kelsier. Clubs podía ser su tío, pero era a Kelsier a quien admiraba.

Naturalmente, todos habían admirado a Kelsier.

—Ojalá fuera poderoso, Vin —dijo Fantasma en voz baja sentado sobre una roca con los brazos cruzados sobre las rodillas—. Como tú.

—Tienes tus propias habilidades.

—¿El estaño? —preguntó Fantasma—. Es casi inútil. Si fuera un nacido de la bruma podría hacer grandes cosas. Ser alguien importante.

—Ser importante no es tan maravilloso, Fantasma —dijo Vin, escuchando los golpes en su cabeza—. La mayor parte del tiempo es una molestia.

Fantasma sacudió la cabeza.

—Si yo fuera un nacido de la bruma, podría salvar a la gente..., ayudar a la gente que lo necesitara. Podría impedir que la gente muriera. Pero... solo soy Fantasma. Débil. Un cobarde.

Vin lo miró, frunciendo el ceño, pero él tenía la cabeza gacha y no quiso mirarla a los ojos.

¿Qué es lo que le pasa?, se preguntó.

Sazed usó un poco de fuerza para ayudarse a subir los escalones de tres en tres. Salió a lo alto de la muralla detrás de Tindwyl, y los dos se reunieron con el resto del grupo. Los tambores seguían sonando; cada uno marcaba un ritmo diferente, resonando por toda la ciudad. La mezcla de ritmos retumbaba caóticamente en los edificios y callejones.

El horizonte septentrional parecía desnudo sin el ejército de Straff.

Si ese mismo vacío se hubiera extendido al noreste, donde el campamento koloss parecía un torbellino...

—¿Distingue alguien lo que está pasando? —preguntó Brisa.

Ham negó con la cabeza.

—Está demasiado lejos.

—Uno de mis exploradores es un ojo de estaño —dijo Clubs, que se acercaba cojeando—. Ha dado la alarma. Dice que los koloss estaban luchando.

—Mi buen amigo, ¿no luchan siempre esas horribles criaturas? —dijo Brisa.

—Más que de costumbre —contestó Clubs—. Una pelea masiva.

Sazed sintió un leve atisbo de esperanza.

—¿Están luchando? ¡Tal vez se maten entre sí!

Clubs le dirigió una de aquellas miradas suyas.

—Lee uno de tus libros, terrisano. ¿Qué dicen sobre las emociones koloss?

—Solo tienen dos. Aburrimiento e ira. Pero...

—Así es como empiezan siempre una batalla —dijo Tindwyl en voz baja—. Empiezan a luchar entre sí, encolerizándose más y más, y luego...

Guardó silencio, y Sazed lo vio. La oscura mancha se hizo más ligera. Se dispersaban.

Atacaban la ciudad.

—Maldición —dijo Clubs, y empezó a bajar rápidamente las escaleras—. ¡Mensajeros en marcha! —gritó—. ¡Arqueros a la muralla! ¡Asegurad las rejas del río! ¡Batallones, tomad posiciones! ¡Preparados para combatir! ¿Queréis que esas criaturas entren aquí y atrapen a vuestros hijos?

Estalló el caos. Los hombres empezaron a correr en todas direcciones. Los soldados subían por las escaleras, cortando el paso e impidiendo moverse al grupo.

Está pasando, pensó Sazed, aturdido.

—Cuando las escaleras queden despejadas —dijo Dockson tranquilamente—, quiero que cada uno de vosotros vaya con su batallón. Tindwyl, tú a la Puerta de Estaño, al norte, junto a la fortaleza Venture. Puede que necesite tu consejo, pero, por ahora, quédate con esos muchachos. Te escucharán: respetan a los terrisanos. Brisa, ¿tienes a uno de tus aplacadores en cada batallón de cuatro a doce?

Brisa asintió.

—Pero no son gran cosa...

—¡Conseguid que esos muchachos sigan luchando! ¡No dejéis que nuestros hombres se vengan abajo!

—Mil hombres son demasiados para poder aplacarlos, amigo mío —dijo Brisa.

—Que hagan lo que puedan —dijo Dockson—. Tú y Ham encargaos de la Puerta de Peltre y la Puerta de Cinc: parece que los koloss lo intentarán por ahí primero. Clubs debería traer refuerzos.

Los dos hombres asintieron; entonces Dockson miró a Sazed.

—¿Sabes adónde ir?

—Sí... sí, eso creo —respondió Sazed, agarrado a la muralla. Empezaron a caer copos de ceniza del cielo.

—¡Entonces, adelante! —dijo Dockson mientras un último escuadrón de arqueros se abría paso por las escaleras.

—¡Mi señor Venture!

Straff se volvió. Con algunos estimulantes tenía fuerzas para montar a caballo, aunque no se hubiera atrevido a luchar. Naturalmente, no hubiese luchado de todas formas. No tenía por costumbre hacerlo. Para eso estaban los ejércitos.

Hizo volverse a su montura cuando el mensajero se acercó. El hombre resopló y apoyó las manos en las rodillas cuando se detuvo junto al caballo de Straff, mientras la ceniza revoloteaba en el suelo a sus pies.

—Mi señor —comenzó el hombre—. ¡El ejército koloss ha atacado Luthadel!

Como tú decías, Zane, pensó asombrado Straff.

—¿Los koloss atacan? —preguntó lord Janarle, acercando su caballo. El atractivo lord frunció el ceño y luego miró a Straff—. ¿Esperabas esto, mi señor?

—Por supuesto —respondió Straff, sonriendo.

Janarle parecía impresionado.

—Da la orden, Janarle —dijo Straff—. Quiero que esta columna vuelva a Luthadel.

—¡Podemos estar allí en una hora, mi señor!

—No. Tomémonos nuestro tiempo. No queremos agotar a nuestras tropas, ¿verdad?

Janarle sonrió.

—Por supuesto que no, mi señor.

Las flechas no eran de mucha ayuda contra los koloss.

Sazed, anonadado y demudado, observaba desde su torre de vigía. No estaba oficialmente al mando de los hombres, así que no tenía ninguna orden que dar. Simplemente esperaba con los exploradores y mensajeros, por si era necesario.

Así que tenía tiempo de sobra para ver cómo se desarrollaba el horror. Los koloss no atacaban aún esa sección de la muralla, por fortuna, y sus hombres contemplaban tensos cómo las criaturas se lanzaban hacia las puertas de Estaño y Peltre en la distancia.

Incluso desde lejos (la torre le permitía ver la zona de la ciudad donde se encontraba la Puerta de Estaño), Sazed distinguió a los koloss corriendo en medio de andanadas de flechas. Algunos de los más pequeños caían muertos o heridos, pero la mayoría continuaba a la carga. Los hombres murmuraban en la torre cercana.

No estamos preparados para esto, pensó Sazed. Ni siquiera con meses de planificación y antelación estamos preparados. Esto hemos conseguido por haber estado gobernados por un dios durante mil años. Mil años de paz... paz tiránica, pero paz, al fin y al cabo. No tenemos generales, tenemos hombres que solo saben ordenar que les preparen un baño. No tenemos estrategas sino burócratas. No tenemos guerreros sino niños con palos.

Mientras contemplaba la inminente catástrofe, su mente erudita continuaba siendo analítica. Decantando visión, vio que muchas de las lejanas criaturas (sobre todo las más grandes) llevaban pequeños árboles arrancados de raíz. Estaban preparados, a su modo, para irrumpir en la ciudad. Los árboles no serían tan efectivos como auténticos arietes, pero tampoco las puertas de la ciudad estaban diseñadas para soportar un ariete de verdad.

Estos koloss son más listos de lo que creíamos, pensó. Reconocen el valor abstracto del dinero, aunque no tengan economía. Comprenden que necesitarán herramientas para echar abajo nuestras puertas, aunque no sepan cómo fabricar esas herramientas.

La primera oleada de koloss alcanzó la muralla. Los hombres empezaron a arrojar piedras y otros materiales. En la posición de Sazed había montones similares, uno de ellos justo junto al arco de la puerta donde él se encontraba. Pero las flechas apenas servían de nada, ¿de qué servirían unas cuantas rocas? Los koloss se arremolinaban en la base de la muralla, como el agua de un río embalsado. Sonaron golpes lejanos cuando las criaturas empezaron a atacar las puertas.

—¡Batallón decimosexto! —llamó un mensajero desde abajo, cabalgando hasta la puerta de Sazed—. ¡Lord Culee!

—¡Aquí! —respondió un hombre desde la muralla, junto a la torre de Sazed.

—¡La Puerta de Peltre necesita refuerzos inmediatamente! ¡Lord Penrod te ordena que me sigas con seis compañías!

Lord Culee empezó a dar las órdenes. *Seis compañías...* pensó Sazed. *Seiscientos de nuestros mil.* Recordó las palabras de Clubs: veinte mil hombres podían parecer muchos hasta que uno veía cómo tenía que repartirlos.

Las seis compañías se marcharon, dejando preocupantemente vacío el patio ante la puerta de Sazed. Los cuatrocientos hombres restantes (trescientos en el patio, cien en la muralla) se movían inquietos.

Sazed cerró los ojos y decantó su mentestaño auditiva. Pudo oír... madera chocando contra madera. Gritos. Gritos humanos. Liberó rápidamente la mentestaño, luego decantó de nuevo la visión, se asomó y miró hacia la sección de la muralla donde se estaba librando la batalla. Los koloss devolvían las rocas que les habían lanzado... y eran mucho más precisos que los defensores. Sazed dio un respingo al ver cómo aplastaban la cara de un joven soldado y su cuerpo caía de la muralla por la fuerza del impacto. Sazed liberó su mentestaño, respirando rápidamente.

—¡Manteneos firmes, hombres! —exclamó uno de los soldados de la muralla. Apenas era un muchacho, un noble; no podía tener más de dieciséis años. Naturalmente, muchos de los soldados del ejército tenían esa edad.

—Manteneos firmes... —repitió el joven comandante. La voz le temblaba y se quedó mudo cuando advirtió algo en la lejanía. Sazed se volvió, siguiendo la mirada del hombre.

Los koloss se habían cansado de apiñarse en torno a una única puerta. Empezaban a rodear la ciudad, formando grandes grupos, y vadeando el río Channerel hacia otras puertas.

Puertas como la de Sazed.

Vin aterrizó directamente en el centro del campamento. Arrojó a la hoguera un puñado de polvo de peltre, y luego empujó, soplando brasas, hollín y humo contra un par de sorprendidos guardias que estaban preparando el desayuno. Con su poder, tiró de las piquetas de las tres pequeñas tiendas.

Las tres se derrumbaron. Una estaba vacía, pero de las otras dos surgieron gritos. Bajo la lona vio figuras confusas que se debatían: una dentro de la tienda más grande, dos dentro de la más pequeña.

Los guardias retrocedieron, alzando los brazos para protegerse los ojos del hollín y las chispas y echando mano a las espadas. Vin alzó un puño hacia ellos y, cuando parpadeaban despejando para aclararse la vista, dejó caer al suelo una moneda.

Los guardias se quedaron quietos y apartaron la mano de la espada. Vin miró las tiendas. La persona al mando debía de estar en la más grande... y era con quien tenía que tratar. Probablemente uno de los capitanes de Straff, aunque los guardias no llevaban el escudo Venture. Tal vez...

Jastes Lekal sacó la cabeza de la tienda, maldiciendo mientras lograba librarse de la lona. Había cambiado mucho en el año transcurrido desde la última vez que Vin lo viera. Aunque ya entonces había atisbos de aquello en lo que iba a convertirse. Su figura esbelta se había convertido en delgadez extrema y la promesa de su calvicie se había cumplido. Sin embargo, ¿cómo se había vuelto su rostro tan macilento..., tan viejo? Tenía la edad de Elend.

—Jastes —dijo Elend, abandonando su escondite en el bosque. Salió al claro, con Fantasma—. ¿Qué haces aquí?

Jastes consiguió incorporarse mientras sus otros dos soldados pugnaban por salir de la tienda. Los saludó.

—El —dijo—. Yo... no sabía adónde ir. Mis exploradores dijeron que escapabas y me pareció una buena idea. Dondequiera que vayas, quiero ir contigo. Podemos escondernos, tal vez. Podemos...

—¡Jastes! —exclamó Elend, avanzando hasta situarse junto a Vin—. ¿Dónde están tus koloss? ¿Los has obligado a marcharse?

—Lo intenté —respondió Jastes, agachando la cabeza—. No quisieron..., no cuando vieron Luthadel. Y entonces...

—¿Qué?

—Hubo un incendio. En nuestros... carros de suministros.

Vin frunció el ceño.

—¿Los carros de suministros? ¿Los carros donde llevabais las monedas de madera?

—Sí.

—¡Lord Legislador, hombre! —exclamó Elend, dando un paso adelante—. ¿Y los dejas allí, sin liderazgo, a las puertas de nuestra casa?

—¡Me habrían matado, El! Estaban empezando a luchar continuamente, exigiendo más monedas, exigiendo que atacáramos la ciudad. ¡Si me hubiera quedado me habrían matado! Son bestias..., bestias que solo a duras penas tienen apariencia humana.

—Y tú te marchaste —dijo Elend—. Abandonaste Luthadel a merced de los koloss.

—Tú la has abandonado también —respondió Jastes. Echó a andar hacia delante, con las manos alzadas en gesto suplicante mientras se acercaba a Elend—. Mira, El. Sé que estaba equivocado. Creí que podía controlarlos. ¡No pretendía que sucediera esto!

Elend guardó silencio, y Vin notó cómo se le endurecía la mirada. No peligrosamente dura como la de Kelsier, de una dureza más... regia. Daba la sensación de que era más de lo que quería ser. Se irguió y miró al hombre que le suplicaba.

—Alzaste un ejército de monstruos violentos y lo dirigiste en un ataque tirano, Jastes —dijo Elend—. Provocaste la masacre de aldeanos inocentes. Luego abandonaste ese ejército sin liderazgo ni control ante la ciudad más poblada de todo el Imperio Final.

—Perdóname.

Elend miró al hombre a los ojos.

—Yo te perdono —dijo en voz baja. Entonces, con un fluido movimiento, desenvainó la espada y cercenó la cabeza de Jastes—. Pero mi reino no puede hacerlo.

Vin se quedó mirando anonadada cómo el cadáver caía al suelo. Los soldados de Jastes soltaron un grito y desenvainaron sus espadas. Elend se volvió, solemne, y alzó la punta de su espada ensangrentada.

—¿Creéis que esta ejecución ha sido un error?

Los guardias vacilaron.

—No, mi señor —dijo por fin uno de ellos, agachando la cabeza.

Elend se arrodilló y limpió la espada en la capa de Jastes.

—Considerando lo que ha hecho, ha tenido una muerte mejor de la que merecía. —Elend volvió a envainar su espada—. Pero era mi amigo. Enterradlo. Cuando acabéis, podéis viajar conmigo a Terris o podéis regresar a vuestros hogares. Elegid lo que queráis.

Dicho esto, regresó al bosque.

Vin no dijo nada y observó a los guardias, que, solemnemente, se dispusieron a recoger el cadáver. Le hizo una seña a Fantasma y se marchó al bosque detrás de Elend. No tuvo que ir muy lejos. Lo encontró sentado en una roca, mirando el suelo. Había empezado a caer ceniza, pero la mayoría de los copos reposaban en las copas de los árboles, cubriendo sus hojas como de musgo negro.

—¿Elend?

Él contempló el bosque.

—No estoy seguro de por qué lo he hecho, Vin —dijo en voz baja—. ¿Por qué he tenido que ser yo quien impusiera justicia? Ni siquiera soy rey. Y, sin embargo, había que hacerlo. Así me ha parecido. Así me parece todavía.

Ella le puso una mano en el hombro.

—Es el primer hombre que mato —dijo Elend—. Él y yo teníamos tantos sueños... Íbamos a crear una alianza entre las dos casas imperiales más poderosas, uniendo Luthadel como nunca. No iba a ser un tratado por avaricia, sino una auténtica alianza política para ayudar a convertir la ciudad en un lugar mejor. —La miró—. Creo que ahora comprendo, Vin, cómo es para ti. En cierto modo, ambos somos cuchillos..., ambos somos herramientas. No para el otro, sino para este reino. Este pueblo.

Ella lo abrazó, atrayendo su cabeza hacia su pecho.

—Lo siento —susurró.

—Había que hacerlo —dijo él—. Lo más triste es que tenía razón. Yo también los he abandonado. Debería quitarme la vida con esta espada.

—Te marchaste por un buen motivo, Elend —dijo Vin—. Te marchaste para proteger Luthadel, para que Straff no atacara.

—¿Y si los koloss atacan antes de que pueda hacerlo Straff?

—Tal vez no lo hagan —contestó Vin—. No tienen un líder..., tal vez ataquen el ejército de Straff.

—No —dijo la voz de Fantasma. Vin se volvió y vio que se acercaba, con los párpados entornados por la luz.

Ese muchacho quema demasiado estaño, pensó.

—¿Qué quieres decir? —preguntó Elend, volviéndose.

Fantasma bajó la cabeza.

—No atacarán al ejército de Straff, El. Ya no estará allí.

—¿Qué? —preguntó Vin.

—Yo... —Fantasma apartó la mirada, la vergüenza dibujada en el rostro.

Soy un cobarde. Ella recordó sus palabras anteriores.

—Lo sabías —dijo—. ¡Sabías que los koloss iban a atacar!

Fantasma asintió.

—Eso es ridículo —dijo Elend—. No podías saber que Jastes iba a seguirnos.

—No lo sabía —respondió Fantasma. Un puñado de ceniza cayó de un árbol a su espalda, se disolvió con el viento y se esparció en un centenar de copos por el suelo—. Pero mi tío dedujo que Straff retiraría su ejército y dejaría que los koloss atacaran la ciudad. Por eso Sazed decidió enviarnos lejos.

Vin sintió un súbito escalofrío.

He descubierto el emplazamiento del Pozo de la Ascensión, había dicho Sazed. *Al norte. En las montañas de Terris...*

—¿Clubs te dijo eso? —preguntaba Elend.

Fantasma asintió.

—¿Y no me lo dijiste? —Elend se levantó.

Oh, no...

Fantasma negó con la cabeza.

—¡Habrías querido regresar! ¡Yo no quería morir, El! Lo siento. Soy un cobarde. —Se encogió y retrocedió, sin dejar de mirar la espada de Elend.

Elend se detuvo, como si se hubiera dado cuenta de que avanzaba hacia el muchacho.

—No voy a hacerte daño, Fantasma —dijo—. Solo estoy avergonzado de ti.

Fantasma bajó la cabeza y luego se desplomó en el suelo, sentándose con la espalda apoyada en un álamo.

Los golpes se hacen más suaves...

—Elend —susurró Vin.

Él se volvió.

—Sazed mintió. El Pozo no está al norte.

—¿Qué?

—Está en Luthadel.

—Vin, eso es ridículo. Lo hubiésemos encontrado.

—No —dijo ella firmemente, poniéndose en pie y mirando hacia el sur. Concentrándose, percibía los martilleos, inundándola. Tirando de ella.

Al sur.

—El Pozo no puede estar al sur —dijo Elend—. Todas las leyendas lo sitúan al norte, en las montañas de Terris.

Vin sacudió la cabeza, confusa.

—Está allí —dijo—. Lo sé. No sé cómo, pero está allí.

Elend la miró; luego asintió, confiando en sus instintos.

Oh, Sazed, pensó Vin. *Probablemente tenías buenas intenciones, pero tal vez nos hayas condenado a todos.* Si la ciudad caía ante los koloss...

—¿A qué velocidad podemos regresar? —preguntó Elend.

—Eso depende.

—¿Regresar? —preguntó Fantasma, alzando la cabeza—. El, todos están muertos. Me pidieron que te dijera la verdad cuando llegáramos a Tathingdwen, para que no os matarais escalando inútilmente las montañas en invierno. Pero, cuando Clubs habló conmigo, fue también para despedirse. Lo leí en sus ojos. Sabía que nunca volvería a verme.

Vin vio un momento de incertidumbre en los ojos de Elend. Un destello de dolor, de terror. Ella conocía esas emociones, porque la golpearon al mismo tiempo.

Sazed, Brisa, Ham...

Elend la agarró del brazo.

—Tienes que ir, Vin. Puede que haya supervivientes... refugiados. Necesitarán tu ayuda.

Ella asintió. La firmeza de su mano, la determinación de su voz, le daban fuerzas.

—Fantasma y yo te seguiremos. Tardaremos un par de días cabalgando. Pero un alomántico con peltre puede recorrer más rápido que ningún caballo distancias largas.

—No quiero dejarte —susurró ella.

—Lo sé.

Seguía siendo difícil. ¿Cómo podía ella echar a correr y dejarlo, cuando acababa de recuperarlo? Sin embargo, percibía el Pozo de la Ascensión aún más urgentemente desde que estaba segura de su paradero. Y si algunos de sus amigos sobrevivían al ataque...

Vin apretó los dientes, y luego abrió su bolsa y sacó lo que le quedaba de polvo de peltre. Lo bebió con un trago de agua de la cantimplora. Le arañó la garganta. *No es mucho*, pensó. *No me permitirá recurrir al peltre durante mucho tiempo.*

—Todos están muertos... —murmuró de nuevo Fantasma.

Vin se volvió. Los pulsos tamborilearon, exigentes. Desde el sur. *Ya voy.*

—Elend, por favor, haz una cosa por mí. No duermas durante la noche, cuando hayan salido las brumas. Viaja de noche, si puedes, y no bajes la guardia. Ten cuidado con el espíritu de la bruma... Creo que quiere hacerte daño.

Él frunció el ceño, pero asintió.

Vin avivó peltre y echó a correr hacia el camino.

Mis súplicas, mis enseñanzas, mis objeciones, ni siquiera mis traiciones surtieron efecto. Alendi tiene ahora otros consejeros que le dicen lo que quiere oír.

52

Brisa hacía cuanto podía para fingir que no se encontraba en medio de una guerra. No lo conseguía.

Montado a caballo, estaba en el borde del patio de la Puerta de Cinc. Los soldados se mantenían en formación ante las puertas, ruidosos y sudorosos, esperando sin dejar de mirar a sus compañeros de la muralla.

Las puertas resonaban. Brisa dio un respingo, pero continuó aplacando.

—Sed fuertes —susurró—. El miedo, la incertidumbre... no existen. La muerte puede atravesar esas puertas, pero podéis combatirla. Podéis ganar. Sed fuertes.

El latón ardía como una hoguera en su estómago. Hacía un buen rato que había agotado el contenido de sus frascos, y había tenido que acabar tomando puñados de polvo de latón y tragos de agua, que no le faltaban gracias a los mensajeros montados de Dockson.

¿Cuánto puede durar esto?, pensó, secándose la frente, sin dejar de aplacar. La alomancia era, por fortuna, poco exigente con el cuerpo: el poder alomántico procedía del interior de los metales mismos, no de quien los quemaba. Sin embargo, aplacar era mucho más complejo que otras habilidades alománticas y exigía una atención constante.

—Miedo, terror, ansiedad... —susurró—. El deseo de correr o rendirse. Lo retiro de vosotros...

No era necesario hablar, naturalmente, pero siempre había sido así: le ayudaba a mantenerse concentrado.

Pasados unos minutos consultó el reloj, volvió grupas y trotó hasta el otro lado del patio. Las puertas continuaron resonando y Brisa volvió a secarse la frente. Advirtió, con insatisfacción, que su pañuelo estaba demasiado empapado ya para servir de nada. Además, empezaba a nevar. La humedad haría que la ceniza se le pegara a la ropa y el traje se le estropearía completamente.

Es tu sangre la que estropeará este traje, Brisa, se dijo. *El momento de las tonterías ya ha pasado. Esto es serio. Demasiado serio. ¿Cómo has acabado en esta situación?*

Redobló sus esfuerzos, aplacando a un nuevo grupo de soldados. Brisa sabía que era uno de los alománticos más poderosos del Imperio Final, en lo relativo a la alomancia emocional. Podía aplacar a cientos de hombres a la vez, suponiendo que estuvieran lo bastante cerca entre sí, y suponiendo que se concentrara en emociones sencillas. Ni siquiera Kelsier había conseguido manejar tales cifras.

Sin embargo, todo un ejército de soldados estaba por encima incluso de sus capacidades y tenía que actuar sobre ellos por secciones. Cuando empezó a trabajar en el nuevo grupo, vio que los que había dejado empezaban a agitarse, cediendo a la ansiedad.

Cuando esas puertas revienten, estos hombres van a echar a correr.

Las puertas resonaron. Los hombres de las murallas lanzaban piedras, disparaban flechas, luchaban con una frenética falta de disciplina. De vez en cuando un oficial se abría paso entre ellos, gritando órdenes, tratando de coordinar sus esfuerzos, pero Brisa estaba demasiado lejos para entender lo que decían. Solo veía el caos de hombres moviéndose, gritando y disparando.

Y, naturalmente, veía el contraataque. Algunas de las rocas que volaban desde abajo chocaban contra las almenas. Brisa trató de no pensar en lo que había al otro lado de la muralla, en los miles de bestiales koloss enfurecidos. De vez en cuando un soldado caía. La sangre manaba al patio desde varios puntos de los baluartes.

—Miedo, ansiedad, terror... —susurró Brisa.

Allrianne había escapado. Vin, Elend y Fantasma estaban a salvo. Tenía que continuar concentrándose en esos éxitos. *Gracias, Sazed, por convencernos de que se marcharan,* pensó.

Sonaron cascos tras él. Brisa continuó aplacando, pero se volvió para ver cómo se acercaba Clubs a caballo. El general montaba erguido, mirando a los soldados con un ojo abierto, el otro perpetuamente cerrado.

—Lo están haciendo bien —dijo.

—Mi querido amigo, están aterrorizados. Incluso los que tengo aplacados miran esas puertas como si fueran una especie de terrible vacío dispuesto a tragárselos.

Clubs miró a Brisa.

—Estamos poéticos hoy, ¿no?

—La muerte inminente tiene ese efecto sobre mí —dijo Brisa mientras las puertas se estremecían—. Sea como sea, dudo que lo estén haciendo «bien».

Clubs rezongó.

—Los hombres siempre se ponen nerviosos antes de un combate. Pero son buenos chicos. Aguantarán.

Las puertas se estremecieron y temblaron, y empezaron a astillarse por los bordes.

Esas bisagras están cediendo, pensó Brisa.

—¿No podrías aplacar a esos koloss? —preguntó Clubs—. Hacerlos menos feroces.

Brisa negó con la cabeza.

—Intentar aplacar a esas bestias es inútil. Lo he probado.

Volvieron a guardar silencio, escuchando el retumbar de las puertas. Al cabo de un rato, Brisa miró a Clubs, que continuaba a lomos de su caballo, imperturbable.

—Has combatido antes —dijo Brisa—. ¿Cuántas veces?

—De manera intermitente durante casi veinte años, cuando era más joven. Sofocando rebeliones en los dominios lejanos, luchando contra los nómadas de las tierras yermas. El lord Legislador era muy bueno aplastando esos conflictos.

—¿Y... cómo te iba? ¿Solías vencer?

—Siempre.

Brisa sonrió levemente.

—Por supuesto, éramos nosotros los que teníamos a los koloss de nuestra parte —dijo Clubs, mirando a Brisa—. Son difíciles de matar, esas bestias.

Magnífico, pensó Brisa.

Vin corría.

Solo había hecho un «arrastre de peltre» en una ocasión, con Kelsier, hacía más de un año. Cuando se quemaba peltre a ritmo constante, se podía correr a una velocidad increíble, como el corredor en el esfuerzo de aceleración final, sin cansarse jamás.

El proceso afectaba al cuerpo. El peltre la mantenía en marcha, pero también embotaba su fatiga natural. Ambas cosas hacían que la mente se le nublara y se sumiera en un estado parecido al trance. Su mente quería descansar, pero su cuerpo seguía corriendo, y corriendo, y corriendo por la orilla del canal hacia el sur. Hacia Luthadel.

En esa ocasión, Vin estaba preparada para los efectos de arrastrar peltre y los controló mucho mejor. Combatió el trance manteniendo su mente concentrada en el objetivo y no en los movimientos repetitivos de su cuerpo. Sin embargo, esa concentración la hizo tener pensamientos inquietantes.

¿Por qué estoy haciendo esto?, se preguntó. *¿Por qué me esfuerzo tanto? Fantasma lo ha dicho: Luthadel tiene que haber caído ya. No hay ninguna necesidad de correr tanto.*

Y, sin embargo, corría.

Vio en su mente imágenes de muerte. Ham, Brisa, Dockson, Clubs y el querido, querido Sazed. Los primeros amigos de verdad que había conocido jamás. Amaba a Elend y bendecía a los demás por haberlo apartado del peligro. Sin embargo, estaba furiosa por eso mismo. Esa furia la guiaba.

Me dejaron abandonarlos. ¡Me obligaron a abandonarlos!

Kelsier se había pasado meses enseñándole a confiar. Sus últimas palabras dirigidas a ella en vida habían sido acusadoras, palabras de las que ella no había podido escapar. «Todavía tienes mucho que aprender de la amistad, Vin.»

Él había decidido arriesgar su vida para rescatar a Fantasma y OreSeur, luchando contra un inquisidor de Acero al que acabó matando. Lo había hecho a pesar de las protestas de Vin de que el riesgo era absurdo.

Ella estaba equivocada.

¡Cómo se atreven!, pensó, sintiendo las lágrimas en las mejillas mientras corría por el sendero junto al canal. El peltre le proporcionaba un equilibrio inhumano y la velocidad (que podría haber sido peligrosa para cualquiera) para ella era natural. No resbalaba ni tropezaba, aunque cualquiera hubiese considerado su ritmo temerario.

Los árboles pasaban zumbando. Vin saltaba charcos y hoyos del terreno. Corría como solo se había atrevido a hacerlo una vez, y se esforzaba aún más que aquel día. Entonces había corrido simplemente por seguir el ritmo de Kelsier. Ahora lo hacía por aquellos a quienes amaba.

¡Cómo se atreven!, pensó de nuevo. *¡Cómo se atreven a no darme la misma oportunidad que tuvo Kelsier! ¡Cómo se atreven a rechazar mi protección, mi ayuda! Cómo se atreven a morir...*

El peltre se le estaba agotando y solo llevaba corriendo unas horas. Cierto, probablemente había cubierto un día entero de caminata en ese tiempo. Sin embargo, sabía que no sería suficiente. Ya estaban muertos. Iba a llegar demasiado tarde, igual que cuando había corrido de aquella forma años antes. Demasiado tarde para salvar a su ejército. Demasiado tarde para salvar a sus amigos.

Vin continuó corriendo. Y continuó llorando.

—¿Cómo hemos llegado a esto, Clubs? —preguntó en voz baja Brisa, todavía a caballo en el patio, rodeado de una sucia mezcla de nieve y ceniza. Los suaves copos blancos y negros parecían negar los gritos de los hombres, la puerta que se quebraba y las rocas que caían.

Clubs lo miró, frunciendo el ceño. Brisa contempló la ceniza y la nieve. Blanca y negra. Perezosas.

—No somos hombres de principios —comentó Brisa—. Somos ladrones. Cínicos. Tú, un hombre cansado de obedecer los caprichos del lord Legislador, y decidido a tomar la iniciativa por una vez. Yo, un hombre de moral dudosa a quien le encanta jugar con los demás, hacer de sus emociones mi juego. ¿Cómo hemos acabado aquí, a la cabeza de un ejército, luchando por la causa de un idealista? Hombres como nosotros no deberían ser líderes.

Clubs observó a los soldados del patio.

—Supongo que somos idiotas —dijo por fin.

Brisa vaciló, y luego advirtió el brillo en los ojos de Clubs: esa chispa de humor, la chispa que era difícil de reconocer a menos que uno lo conociera muy bien. Esa chispa no mentía, demostraba que Clubs era un hombre de penetrante inteligencia.

Brisa sonrió.

—Supongo que así es. Como decíamos antes, es culpa de Kelsier. Nos convirtió en idiotas capaces de ponerse al frente de un ejército condenado.

—Menudo hijo de puta —dijo Clubs.

—En efecto —convino Brisa.

La ceniza y la nieve continuaron cayendo. Los hombres gritaron alarmados.

Y las puertas se abrieron de golpe.

—¡Han derribado la puerta de Cinc, maese terrisano! —dijo el mensajero de Dockson, jadeando, inclinándose ante Sazed. Ambos se encontraban tras el parapeto de la muralla, escuchando a los koloss golpear su propia puerta. La que había caído tenía que ser la que se hallaba en la zona más oriental de Luthadel.

—La Puerta de Cinc es la mejor defendida —dijo Sazed tranquilamente—. Creo que podrán aguantar.

El mensajero asintió. La ceniza revoloteó por encima del parapeto, acumulándose en las grietas y huecos de la piedra, los copos negros adulterados por el ocasional trocito de nieve blanca como el hueso.

—¿Hay algo que desees que le transmita a lord Dockson? —preguntó el mensajero.

Sazed contempló las defensas de su muralla. Había bajado de la torre de vigilancia para unirse a las filas de hombres. Los soldados se habían quedado sin piedras, aunque los arqueros seguían disparando. Se asomó y vio los cadáveres de koloss acumulados. También vio la puerta astillada. *Es sorprendente que puedan seguir iracundos tanto tiempo*, pensó, agachándose de nuevo. Las criaturas continuaban aullando y gritando como perros salvajes.

Se sentó en la piedra húmeda, tiritando por el viento helado, con los dedos de los pies cada vez más entumecidos. Decantó su mentelatón, extrayendo el calor que había acumulado en ella, y su cuerpo se inundó de pronto de una agradable sensación de calidez.

—Dile a lord Dockson que temo por las defensas de esta puerta —dijo Sazed—. Los mejores hombres han sido enviados a las puertas orientales, y tengo poca confianza en nuestro líder. Si lord Dockson pudiera enviar a alguien para que se ponga al mando, sería lo mejor, creo.

El mensajero vaciló.

—¿Qué? —preguntó Sazed.

—¿No te envió a ti para eso, maese terrisano?

Sazed frunció el ceño.

—Por favor, dile que tengo aún menos confianza en mis propias habilidades de liderazgo... o de combate, que en las de nuestro comandante.

El mensajero asintió y bajó corriendo los escalones hacia su caballo. Sazed dio un respingo cuando una roca golpeó la muralla justo encima de donde se encontraba. Las lascas volaron sobre la almena, dispersándose por el baluarte. *Por los Dioses Olvidados...*, pensó, retorciéndose las manos, *¿qué estoy haciendo aquí?*

Advirtió movimiento en la muralla, y al volverse vio al joven capitán Bedes que se le acercaba, cuidando de mantener la cabeza gacha. Alto y de pelo hirsuto que le caía en torno a los ojos, era flaco incluso con la armadura. Los salones de baile parecían más apropiados para aquel joven que dirigir soldados en la batalla.

—¿Qué ha dicho el mensajero? —preguntó nervioso.

—La Puerta de Cinc ha caído, mi señor —respondió Sazed.

El joven capitán palideció.

—¿Qué... qué debemos hacer?

—¿Por qué me lo preguntas, mi señor? Tú estás al mando.

—Por favor —dijo el hombre, agarrando a Sazed por el brazo—. Yo no...

—Mi señor —respondió Sazed con severidad, controlando su propio nerviosismo—. Tú eres noble, ¿no es así?

—Sí...

—Entonces estás acostumbrado a dar órdenes. Dalas ahora.

—¿Qué órdenes?

—No importa. Que los hombres vean que estás al mando.

El joven vaciló, luego dejó escapar un grito y se agachó cuando una roca alcanzó en el hombro a uno de los arqueros cercanos y lo arrastró al patio. Los hombres de abajo se apartaron del cadáver, y Sazed advirtió algo extraño. Un grupo de personas se había congregado al fondo del patio. Civiles... skaa con la ropa cenicienta.

—¿Qué están haciendo aquí? —preguntó—. ¡Deberían estar ocultos, no esperando aquí para tentar a los koloss cuando las criaturas se abran paso!

—¿Cuando se abran paso? —preguntó el capitán Bedes.

Sazed ignoró al hombre. Podía ocuparse de los civiles. Estaba acostumbrado a estar al mando de los criados.

—Iré a hablar con ellos.

—Sí... —dijo Bedes—. Parece buena idea.

Sazed bajó las escaleras, que estaban resbaladizas y húmedas por la nieve caída, y se acercó al grupo. Era mucho más numeroso de lo que había supuesto: se extendía hasta la calle del fondo. Un centenar de personas permanecían apiñadas mirando las puertas, bajo la nieve, soportando el frío, y Sazed se sintió un poco culpable por el calor que le proporcionaba su mentelatón.

Varios skaa inclinaron la cabeza cuando Sazed se acercó.

—¿Por qué estáis aquí? —preguntó él—. Por favor, debéis buscar refugio. Si vuestros hogares están cerca del patio, id a ocultaros en el centro de la ciudad. Es probable que los koloss empiecen a saquear en cuanto acaben con el ejército, así que el extrarradio de la ciudad es la zona más peligrosa.

Ninguno se movió.

—¡Por favor! Tenéis que iros. ¡Si os quedáis, moriréis!

—No estamos aquí para morir, Sagrado Primer Testigo —dijo un anciano situado en primera fila—. Estamos aquí para ver caer a los koloss.

—¿Caer?

—La Dama Heredera nos protegerá —dijo otra mujer.

—¡La Dama Heredera se ha marchado de la ciudad! —dijo Sazed.

—Entonces te veremos a ti, Sagrado Primer Testigo —respondió el hombre, apoyando una mano en el hombro de un muchacho.

—¿Sagrado Primer Testigo? ¿Por qué me llamas de esa forma?

—Eres quien trajo la noticia de la muerte del lord Legislador. Le diste a la Dama Heredera la lanza que usó para matar a nuestro señor. Fuiste testigo de sus actos.

Sazed sacudió la cabeza.

—Puede que eso sea cierto, pero no soy digno de adoración. No soy un hombre santo, solo soy un...

—Un testigo —dijo el anciano—. Si la Heredera va a unirse a esta batalla, aparecerá cerca de ti.

—Yo... lo siento... —dijo Sazed, ruborizándose. *Hice que se marchara. Envié a vuestro dios a lugar seguro.*

La gente lo miraba con ojos reverentes. Era un error: no debían adorarlo. Él no era más que un observador.

Pero no lo era. Se había convertido en parte de todo aquello. Era tal como Tindwyl le había advertido indirectamente. Había participado en los acontecimientos y se había convertido él mismo en objeto de adoración.

—No deberíais mirarme así —dijo.

—La Dama Heredera dice lo mismo —contestó el anciano, sonriendo; su aliento se condensó en el aire frío.

—Eso es diferente. Ella es...

Sazed se interrumpió y se dio la vuelta al escuchar gritos tras él. Los arqueros de la muralla daban la alarma, y el joven capitán Bedes corría hacia ellos. *¿Qué es...?*

Una bestial criatura azul se encaramó de pronto a la muralla, con la piel agrietada de la que goteaba sangre escarlata. Empujó a un lado a un sorprendido arquero y luego agarró al capitán Bedes por el cuello y lo lanzó hacia atrás. El muchacho desapareció y cayó entre los koloss de abajo. Sazed oyó los gritos incluso desde la distancia. Un segundo koloss subió a la muralla, y luego un tercero. Los arqueros retrocedieron asustados, soltando sus armas, algunos empujando a otros de las almenas en su precipitación.

Los koloss están saltando, advirtió Sazed. *Abajo deben de haberse amontonado suficientes cadáveres. Y, sin embargo, para saltar tan alto...*

Más y más criaturas se encaramaban a la muralla. Eran los monstruos más grandes, los de más de tres metros, lo que les permitía apartar más fácilmente a los arqueros. Los hombres cayeron al patio, y los golpes en la puerta se duplicaron.

—¡Marchaos! —dijo Sazed, señalando a la gente que tenía detrás. Algunos retrocedieron. Muchos permanecieron donde estaban.

Sazed se volvió desesperado hacia las puertas. Las estructuras de madera empezaban a agrietarse y volaban astillas en el aire cargado de nieve y ceniza. Los soldados retrocedieron, asustados. Finalmente, con un chasquido, la barra se rompió y la puerta derecha se abrió de golpe. Una masa aullante y ensangrentada de koloss empezó a desplegarse por las piedras húmedas.

Los soldados soltaron las armas y echaron a correr. Algunos se quedaron petrificados de terror. Sazed se quedó atrás, entre los soldados horrorizados y la masa de skaa.

No soy un guerrero, pensó. Le temblaban las manos mientras miraba a los monstruos. Ya le había resultado bastante difícil mantener la calma en su campamento. Al verlos gritar, enarbolando las enormes espadas, con la piel agrietada y ensangrentada, cayendo sobre los soldados humanos, Sazed sintió que su valor empezaba a flaquear.

Pero si yo no hago algo, no lo hará nadie.

Decantó peltre.

Sus músculos crecieron. Bebió profundamente de su mentepeltre mientras echaba a correr, tomando más fuerza que nunca. Se había pasado años almacenándola, sin apenas usarla, y recurrió a esa reserva.

Su cuerpo cambió, sus débiles brazos de estudioso se convirtieron en miembros enormes y abultados. Su pecho se ensanchó mucho y sus músculos se llenaron de poder. Los días que había pasado siendo frágil y débil se concentraron en este momento. Se abrió paso entre las filas de soldados, quitándose la túnica, que le apretaba cada vez más, hasta quedar solo con un taparrabos.

El jefe koloss se volvió y se encontró ante una criatura casi de su tamaño. A pesar de su furia, a pesar de su inhumanidad, la bestia se quedó quieta mientras la sorpresa asomaba en sus ojillos rojos.

Sazed golpeó al monstruo. No había practicado para la guerra, y no sabía casi nada de combatir. Sin embargo, en ese momento, su falta de habilidad no importó. El rostro de la criatura se plegó en torno a su puño y su cráneo crujió.

Sazed se volvió a mirar a los sorprendidos soldados. *¡Di algo valiente!*, pensó.

—¡Luchad! —gritó, sorprendido por la súbita gravedad y la potencia de su voz.

Y, sorprendentemente, los hombres obedecieron.

Vin cayó de rodillas, agotada, en el camino embarrado y cubierto de ceniza. Sus dedos y rodillas golpearon la fría tierra, pero no le importó. Simplemente permaneció arrodillada, jadeando. No podía seguir corriendo. El peltre se le había agotado. Los pulmones le ardían y le dolían las piernas. Tosía. Quiso echarse y encogerse.

No es más que el sobreesfuerzo del peltre, pensó, aturdida. Había forzado su cuerpo, pero no había tenido que pagarlo hasta entonces.

Tosió un poco más, gimiendo, y luego se metió una mano mojada en el bolsillo y sacó sus dos últimos frasquitos. Contenían una mezcla de los ocho metales básicos, además de duraluminio. El peltre le permitiría continuar un poquito más...

Pero no lo suficiente. Aún estaba a horas de distancia de Luthadel. Incluso con peltre, no llegaría hasta mucho después del ocaso. Suspiró, guardando los frascos, y se obligó a ponerse en pie.

¿Qué haré si llego?, pensó Vin. *¿Por qué me esfuerzo tanto? ¿Tan ansiosa estoy por volver a luchar? ¿Por matar?*

Sabía que no llegaría a tiempo para la batalla. De hecho, los koloss probablemente habrían atacado hacía días. De todas formas, eso la preocupaba. Seguían asaltándola espantosas imágenes de su ataque a la fortaleza de Cett. De las cosas que había hecho. De la muerte que había causado.

Y, sin embargo, en aquel momento sentía algo diferente. Había aceptado su papel de cuchillo. Pero ¿qué era un cuchillo sino una herramienta? Podía ser usado para el bien o para el mal; podía matar o podía proteger.

Ese planteamiento era absurdo, considerando lo débil que se sentía. Le costó trabajo impedir que las piernas le temblaran mientras avivaba estaño y se despejaba. Se hallaba en el camino imperial, una carretera empapada y llena de baches que parecía extenderse eternamente bajo la nieve. Corría directamente junto al canal imperial, que era un corte serpentino en la tierra, ancho pero vacío.

Antes, con Elend, ese camino le había parecido luminoso y nuevo. Ahora se le antojaba oscuro y deprimente. El Pozo resonaba, sus pulsos se hacían más poderosos con cada paso que daba de regreso a Luthadel. Sin embargo, no volvía lo bastante rápido. No para impedir que los koloss tomaran la ciudad.

No para sus amigos.

Lo siento... pensó. Los dientes le castañeteaban mientras se arrebujaba en su capa, porque el peltre ya no la protegía del frío. *Lamento mucho haberos fallado.*

Vio una columna de humo en la distancia. Miró al este, luego al oeste, pero no detectó gran cosa. El llano paisaje estaba cubierto de nieve cenicienta.

Una aldea, pensó, todavía aturdida. Una de las muchas de la zona. Luthadel era con diferencia la población más numerosa del pequeño dominio, pero había otras. Elend no había podido librarlas a todas por completo del bandidaje, pero les había ido mejor que a otras ciudades de otras zonas del Imperio Final.

Vin avanzó a trompicones hacia la aldea pisando negros charcos de barro. Tras unos quince minutos de caminata, se desvió del camino principal por una trocha que llevaba hasta la aldea. Era pequeña incluso para ser skaa. Apenas unas cuantas chozas y un par de estructuras más bonitas.

No es una plantación, pensó. *Esto fue en tiempos una aldea de paso, un lugar para que los nobles pasaran la noche.* La pequeña mansión, que antes habría sido de un noble menor, estaba a oscuras. En dos de las chozas skaa, sin embargo, la luz asomaba por las rendijas. El mal tiempo debía de haber convencido a la gente para volver temprano del trabajo.

Vin se estremeció y se acercó a uno de los edificios. Sus oídos ampliados por el estaño captaron sonidos de charla en el interior. Se detuvo a escuchar. Unos niños reían y los hombres hablaban con placer. Olió lo que debía de ser el primer plato de la cena... una simple sopa de verduras.

Skaa... riendo, pensó. Una choza como esta antes habría sido un lugar de miedo y pesar durante los días del lord Legislador. Los skaa felices eran considerados skaa que no trabajaban lo suficiente. *Hemos conseguido algo. Todo esto ha servido para algo.*

Pero ¿merecía la pena la muerte de sus amigos? ¿La caída de Luthadel? Sin la protección de Elend, incluso esa pequeña aldea sería pronto tomada por un tirano u otro.

Se regocijó con las risas. Kelsier no se había rendido. Se había enfrentado al propio lord Legislador, y sus últimas palabras habían sido de desafío. Incluso aunque sus planes hubieran parecido desesperados y su cadáver yaciera en la calle, había vencido en secreto.

Me niego a rendirme, pensó Vin, irguiéndose. *Me niego a aceptar su muerte hasta que abrace sus cadáveres.*

Alzó una mano y llamó a la puerta. Inmediatamente los sonidos del interior cesaron. Vin apagó su estaño cuando la puerta se abrió. Los skaa, sobre todo los skaa de campo, eran tímidos. Probablemente tuviera que...

—¡Oh, pobrecilla! —exclamó la mujer, abriendo de par en par la puerta—. Ven a guarecerte de esa nieve. ¿Qué estás haciendo ahí a la intemperie?

Vin vaciló. La mujer vestía de manera sencilla, pero su ropa era adecuada para combatir el frío del invierno. La hoguera del centro de la habitación daba un calor agradable, y había más aldeanos sentados a su alrededor.

—¿Niña? —preguntó la mujer. Tras ella, un hombre barbudo y fornido se levantó para colocarle una mano en el hombro y estudiar a Vin.

—Peltre —dijo Vin en voz baja—. Necesito peltre.

La pareja se miró, frunciendo el ceño. Probablemente pensaban que estaba loca. Después de todo, ¿qué aspecto debía de tener, con la ropa mojada y llena de ceniza? Vestía ropa sencilla de montar: pantalones y una capa corriente.

—¿Por qué no pasas, hija? —sugirió el hombre—. Come algo. Luego podemos hablar de dónde vienes. ¿Dónde están tus padres?

¡Lord Legislador!, pensó Vin, molesta. *¿Tan joven parezco?*

Aplacó a la pareja, suprimiendo su preocupación y su recelo. Luego avivó su disposición a ayudarla. No era tan buena como Brisa, pero tampoco carecía de práctica. La pareja se relajó de inmediato.

—No tengo mucho tiempo —dijo—. Necesito peltre.

—El señor tenía una buena cubertería en su casa —dijo el hombre lentamente—. Pero la cambiamos casi toda por ropa y aperos de labranza. Creo que quedan un par de copas. Maese Cled, nuestro jefe, las tiene en la otra choza...

—Eso podría valer —dijo Vin. *Aunque el metal probablemente no estará mezclado al porcentaje alomántico preciso.* Con suerte, solo tendría un pequeño exceso de estaño o plomo, lo que haría el peltre menos efectivo.

La pareja frunció el ceño y se volvió a mirar a los otros ocupantes de la choza.

Vin sintió que la desesperación volvía a adueñarse de ella. ¿En qué estaba pensando? Aunque la aleación de peltre fuera la adecuada, necesitaría tiempo para cortarlo y producir lo suficiente para usarlo corriendo. El peltre ardía relativamente rápido. Necesitaría mucho. Prepararlo llevaría casi el mismo tiempo que ir caminando hasta Luthadel.

Se volvió y miró al sur, al cielo oscuro y nevado. Incluso con peltre tardaría horas en llegar corriendo. Lo que realmente necesitaba era un camino de clavos..., un sendero marcado por clavos en el suelo contra los que los alománticos podían impulsarse al aire una y otra vez. Había viajado una vez por un camino así, de Luthadel a Fellise: un viaje en carruaje de una hora en menos de diez minutos.

Pero no había caminos de clavos siguiendo el canal desde esa aldea hasta Luthadel. Eran demasiado difíciles de trazar, su utilidad, demasiado restringida para molestarse en tenderlos para recorrer largas distancias.

Vin se volvió y la pareja de skaa dio un respingo. Tal vez habían visto las dagas que llevaba al cinto o tal vez fuera por la expresión de sus ojos, pero ya no parecían tan amistosos.

—¿Eso es un establo? —preguntó Vin, indicando con la cabeza uno de los edificios a oscuras.

—Sí —respondió el hombre, vacilante—. Pero no tenemos caballos. Solo un par de cabras y vacas. Seguro que no quieres...

—Herraduras —dijo Vin.

El hombre frunció el ceño.

—Necesito herraduras. Un montón.

—Sígueme —dijo el hombre, respondiendo a su aplacamiento. Ella lo siguió a la fría tarde. Los demás los acompañaron, y Vin advirtió que un par de hombres llevaban porra. Tal vez no era solo la protección de Elend lo que había permitido a esa gente vivir sin ser molestada.

El hombretón descargó su peso contra la puerta del establo, empujándola hacia un lado. Señaló un barril que había dentro.

—Se estaban oxidando de todas formas.

Vin se acercó al barril y sacó una herradura, probando su peso. Luego la lanzó ante sí y la empujó con una sólida llamarada de acero. Salió despedida por los aires hasta que cayó en un charco a unos metros de distancia.

Perfecto, pensó.

Los skaa la estaban mirando. Vin buscó en el bolsillo y sacó uno de los frascos de metal, apuró su contenido y restauró su peltre. No le quedaba mucho si pretendía arrastrar peltre, pero tenía bastante acero y hierro. Ambos ardían despacio. Podría empujar y tirar de los metales durante horas todavía.

—Preparad vuestra aldea —dijo, quemando peltre, y luego tomó diez herraduras—. Luthadel está siendo asediada... Puede que haya caído ya. Si os enteráis de que así ha sido, os sugiero que os trasladéis a Terris con los vuestros. Seguid el canal imperial directamente hasta el norte.

—¿Quién eres? —preguntó el hombre.

—Nadie importante.

Él vaciló.

—Eres «ella», ¿verdad?

Vin no tuvo que preguntar a qué se refería. Simplemente dejó caer una herradura al suelo.

—Sí —dijo en voz baja, y empujó la herradura.

Inmediatamente, dio un brinco. Mientras caía, soltó otra herradura. Esperó hasta estar cerca del suelo para empujarse contra esta: necesitaba avanzar, no ir hacia arriba.

Había hecho aquello antes. Se parecía bastante a usar monedas para saltar. El truco estaba en seguir avanzando. Mientras empujaba la segunda herradura, impulsándose de nuevo al aire nevado, tiró de la primera, que quedaba atrás.

La herradura no estaba unida a nada, así que voló hacia ella salvando la distancia mientras Vin lanzaba al suelo una tercera herradura. Soltó la primera, y su impulso la llevó por el aire por encima de su cabeza. Cayó al suelo cuando ella se empujaba contra la tercera herradura y tiraba de la segunda, que ahora había quedado muy atrás.

Esto va a ser difícil, pensó concentrada mientras pasaba por encima de la primera herradura y se empujaba contra ella. Sin embargo, no calculó bien el ángulo y cayó demasiado lejos. La herradura salió disparada tras ella y no le dio suficiente impulso vertical para mantenerse en el aire. Golpeó con fuerza el suelo, pero inmediatamente tiró de la herradura hacia sí y lo intentó de nuevo.

Los primeros intentos fueron torpes. El mayor problema era encontrar el ángulo. Tenía que golpear la herradura de forma adecuada, dándole suficiente fuerza hacia abajo para mantenerla en el suelo, pero el suficiente impulso hacia delante para seguir avanzando en la dirección adecuada. Tuvo que aterrizar frecuentemente durante la primera media hora, para retroceder y recoger las herraduras. Sin embargo, no tenía tiempo para hacer muchos experimentos, y estaba decidida a hacerlo.

Al cabo de un rato tenía tres herraduras funcionando bastante bien: le ayudaba que el suelo estuviera húmedo y que su peso hundiera las herraduras en el barro, lo que le daba más agarre para avanzar. Pronto pudo añadir una cuarta herradura. Cuanto más frecuentemente empujaba y más herraduras tenía para impulsarse, más rápido iba.

Una hora después de salir de la aldea, añadió una quinta herradura. El resultado fue un continuo fluir de oscilantes fragmentos metálicos. Vin tiraba, luego empujaba, después tiraba, luego empujaba, moviéndose con continuo tesón, lanzándose por los aires.

El suelo corría bajo ella y las herraduras volaban por el aire sobre su cabeza. El viento se convirtió en un rugido mientras se empujaba más y más rápido, hacia el sur. Era un borrón de metal y movimiento... como lo había sido Kelsier, casi al final, cuando mató al inquisidor.

Excepto que su metal no pretendía matar, sino salvar. *Puede que no llegue a tiempo*, pensó mientras el aire silbaba a su alrededor. *Pero no voy a rendirme a mitad de camino.*

Tengo un joven sobrino llamado Rashek. Odia a todo Khlennium con la pasión de la envidiosa juventud. Odia a Alendi aún más profundamente, a pesar de que no se conocen, porque Rashek se siente traicionado debido a que uno de nuestros opresores ha sido elegido Héroe de las Eras.

53

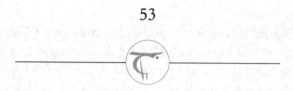

Straff empezaba a sentirse bien mientras su ejército remontaba la última colina que asomaba a Luthadel. Había probado discretamente unas cuantas drogas de su armario, y estaba bastante seguro de saber cuál le había administrado Amaranta. Fraín negro. Una droga repulsiva. Tendría que dejar de tomarla poco a poco... pero de momento unas cuantas hojas que había tragado le hacían sentirse más fuerte y más despejado que nunca. De hecho, se sentía maravillosamente.

Estaba convencido de que no podía decirse lo mismo de la gente de Luthadel. Los koloss rodeaban la muralla, todavía golpeando varias puertas al norte y al este. Del interior de la ciudad brotaba humo.

—Nuestros exploradores dicen que las criaturas han derribado cuatro puertas de la ciudad, mi señor —dijo lord Janarle—. Primero irrumpieron por la puerta oriental, y allí se toparon con una dura resistencia. La puerta noreste cayó a continuación, y luego la noroeste, pero las tropas de ambas aguantan también. La brecha principal se ha abierto en la norte. Los koloss al parecer campan libres en esa zona, quemando y saqueando.

Straff asintió. *La puerta norte*, pensó. *La más cercana a la fortaleza Venture.*

—¿Atacamos, mi señor? —preguntó Janarle.

—¿Cuánto hace que cayó la puerta norte?

—Tal vez una hora, mi señor.

Straff sacudió la cabeza, feliz.

—Entonces, esperemos. Las criaturas se han esforzado mucho

por entrar en la ciudad. Al menos deberíamos dejar que se diviertan un poco antes de masacrarlas.

—¿Estás seguro, mi señor?

Straff sonrió.

—Cuando dentro de unas horas hayan saciado su sed de sangre, estarán cansados de tanta lucha y se calmarán. Ese será el mejor momento para atacar. Estarán dispersos por toda la ciudad, debilitados por la resistencia. De ese modo, podremos con ellos fácilmente.

Sazed agarró a su oponente por la garganta y empujó hacia atrás el rostro rugiente y distorsionado. La piel de la bestia koloss estaba tan tensa que se había abierto por el centro de la cara, revelando músculos ensangrentados sobre los dientes, alrededor de los agujeros de la nariz. Respiraba con ronca rabia, escupiendo gotitas de saliva y sangre sobre Sazed en cada exhalación.

¡Fuerza!, pensó Sazed, decantando su mentepeltre para conseguir más poder. Su cuerpo se volvió tan enorme que temió que su propia piel fuera a desgarrarse. Por fortuna sus mentes de metal habían sido fabricadas para ceder, los brazaletes y anillos estaban abiertos. Con todo, su masa era impresionante. Probablemente no habría sido capaz de andar ni maniobrar con semejante tamaño... pero no importaba, porque el koloss ya lo había derribado al suelo. Todo lo que necesitaba era un poco de fuerza añadida en la mano. La criatura le arañó un brazo con una mano y tanteó con la otra, agarrando su espada...

Los dedos de Sazed aplastaron por fin el grueso cuello de la bestia. La criatura trató de rugir, pero no emitió ningún sonido y se agitó frustrada. Sazed luchó por levantarse y luego lanzó a la criatura contra sus compañeros. Con tanta fuerza sobrenatural, incluso un cuerpo de más de tres metros parecía ligero. Chocó contra un montón de koloss que atacaban, derribándolos.

Sazed esperó, jadeando. *Estoy agotando mi fuerza demasiado rápido*, pensó, liberando su mentepeltre, y su cuerpo se desinfló como un odre de vino. No podía continuar decantando demasiado sus reservas. Ya había agotado la mitad de sus fuerzas..., fuerzas que había tardado décadas en acumular. Aún no había utilizado sus anillos, pero solo tenía atributos para unos pocos minutos en cada uno. Solo los usaría en caso de emergencia.

Y a eso me enfrento ahora mismo, pensó con temor. Todavía conservaban la plaza de la Puerta de Acero. Aunque los koloss habían franqueado la puerta, solo unos pocos podían cruzarla a la vez... y solo los más enormes parecían capaces de saltar la muralla.

Sin embargo, el pequeño grupo de soldados de Sazed se hallaba en una situación apurada. Había cuerpos tendidos por todo el patio. Los fieles skaa del fondo habían empezado a arrastrar a los heridos a lugar seguro. Sazed oyó sus gemidos.

Los cadáveres de los koloss cubrían también la plaza y, a pesar de la carnicería, Sazed no pudo dejar de sentir orgullo por cuánto les estaba costando a las criaturas abrirse paso por aquella puerta. Luthadel no iba a caer fácilmente. En absoluto.

Los koloss parecían contenidos por el momento, y aunque en el patio continuaba habiendo algunas refriegas, un nuevo grupo de monstruos se estaba congregando ante la puerta.

Ante la puerta, pensó Sazed, mirándola. Las criaturas se habían preocupado de abrir solo una de las enormes puertas, la de la derecha. Había cadáveres en la plaza, docenas, tal vez centenares, pero los koloss habían despejado buena parte del camino para entrar en el patio.

Tal vez...

No tuvo tiempo para pensar. Echó a correr, decantando de nuevo su mentepeltre, dándose la fuerza de cinco hombres. Recogió del suelo el cadáver de un koloss pequeño y lo lanzó por la puerta. Las criaturas de fuera rugieron, dispersándose. Seguía habiendo cientos esperando una oportunidad para entrar, pero tropezaron con los muertos en su prisa por apartarse de su proyectil.

Sazed resbaló con la sangre mientras agarraba un segundo cadáver y lo lanzaba.

—¡A mí!—gritó, esperando que quedaran hombres que pudieran oírlo y que pudieran responder.

Los koloss advirtieron demasiado tarde lo que estaba haciendo. Apartó otro cadáver, se abalanzó contra la puerta abierta y decantó su mentchierro, extrayendo el peso acumulado. Inmediatamente se volvió mucho más pesado, y con todo su peso chocó contra la puerta, que empezó a moverse.

Los koloss corrieron hacia la puerta desde el otro lado. Sazed la empujó, apartando cadáveres, obligando la enorme hoja a cerrarse. Decantó más su mentehierro, apurando su preciosa reserva a un ritmo alarmante. Se volvió tan pesado que notó que su propio peso lo aplastaba contra el suelo, y solo su fuerza aumentada consiguió mantenerlo en pie. Los frustrados koloss golpearon la puerta, pero él aguantó. Los contuvo, con las manos y el pecho apretados contra la áspera madera, los dedos de los pies engarfiados en el irregular empedrado. Gracias a su mentelatón ni siquiera notaba el frío, aunque la nieve, la ceniza y la sangre se mezclaban a sus pies.

Los hombres gritaban. Algunos morían. Otros lanzaron su propio peso contra la puerta, y Sazed se permitió mirar atrás. El resto de los soldados establecieron un perímetro dentro de la ciudad, protegiendo la puerta de los koloss. Los hombres luchaban con valentía, con la espalda contra la puerta, pero solo el poder de Sazed impedía que esta se abriera.

Y, sin embargo, luchaban. Sazed lanzó un grito de desafío. Los pies le resbalaban, pero aguantaba la puerta mientras los soldados mataban a los koloss que quedaban en el patio. Entonces, un grupo de ellos llegó corriendo desde un lado con un gran tablón de madera. Sazed no sabía de dónde lo habían sacado, ni le importaba, mientras lo colocaran en lugar de la barra que cerraba la puerta.

Su peso se agotó, vacía su mentehierro. *Tendría que haber almacenado más, a lo largo de los años*, pensó con un suspiro de agotamiento, desplomándose ante la puerta cerrada. Le había parecido mucha cantidad hasta que se había visto obligado a usarla con demasiada frecuencia, para mantener a raya a koloss o similares.

No solía almacenar peso más que para hacerme más liviano. Me parecía la forma más útil de usar hierro.

Liberó peltre, y sintió que su cuerpo se desinflaba. Por fortuna, hincharlo de aquella forma no le dejaba la piel descolgada. Regresó a su aspecto habitual con una terrible sensación de cansancio y una leve incomodidad. Los koloss continuaban golpeando la puerta. Sazed abrió los ojos, cansado, tendido en la nieve y la ceniza, prácticamente desnudo. Sus soldados lo rodeaban solemnemente.

Qué pocos, pensó. Apenas quedaban cincuenta de los cuatrocientos iniciales. La plaza estaba roja, como pintada, de brillante sangre koloss mezclada con la más oscura sangre humana. Corpachones azules yacían amontonados o solitarios, entre pedazos retorcidos y arrancados que eran todo lo que quedaba de los cuerpos humanos después de ser golpeados por las brutales espadas de los koloss.

Los golpes continuaron, como tambores sordos, al otro lado de la puerta. Fueron aumentando hasta alcanzar un ritmo frenético, y la puerta se estremeció a medida que los koloss se iban llenando de frustración. Probablemente podían oler la sangre, sentir la carne que había estado a punto de ser suya.

—Ese tablón no durará mucho —dijo uno de los soldados en voz baja mientras un copo de ceniza flotaba delante de su cara—. Y las bisagras están cediendo. Van a entrar otra vez.

Sazed se puso en pie lentamente.

—Y nosotros volveremos a luchar.

—¡Mi señor! —dijo una voz. Sazed se volvió para ver a uno de los mensajeros de Dockson llegar a caballo sorteando los montones de cadáveres—. Lord Dockson dice que... —Se calló al advertir por primera vez que la puerta de Sazed estaba cerrada—. ¿Cómo...?

—Entrega tu mensaje, joven —dijo Sazed, cansado.

—Lord Dockson dice que no recibiréis refuerzos —informó el hombre, frenando su caballo—. La Puerta de Estaño ha caído y...

—¿La Puerta de Estaño? —inquirió Sazed. *¡Tindwyl!*—. ¿Cuándo?

—Hace más de una hora, mi señor.

¿Una hora?, pensó, incrédulo. *¿Cuánto tiempo llevamos luchando?*

—¡Tenéis que aguantar aquí, mi señor! —dijo el joven, dándose la vuelta y regresando al galope por donde había venido.

Sazed se volvió hacia el este. *Tindwyl...*

Los golpes en su puerta se hicieron más fuertes, y el tablón empezó a astillarse. Los hombres corrieron a buscar cualquier otra cosa para bloquear la puerta, pero Sazed comprendió que las piezas que sostenían la tabla estaban empezando a romperse. Cuando lo hicieran, no habría forma de volver a cerrar la puerta.

Sazed cerró los ojos y, notando el peso de su fatiga, recurrió a su mentepeltre. Casi estaba vacía. Cuando se agotara, solo tendría la pequeña cantidad de fuerza de uno de sus anillos.

Sin embargo, ¿qué otra cosa podía hacer?

Oyó que la tabla se quebraba y los gritos de los hombres.

—¡Atrás! —gritó Clubs—. ¡A la ciudad!

Los restos de su ejército se disolvieron, apartándose de la Puerta de Cinc. Brisa vio horrorizado que más y más koloss se dispersaban por la plaza, alcanzando a los hombres que estaban demasiado débiles o demasiado heridos para retirarse. Las criaturas avanzaban como una gran ola azul, una ola con espadas de acero y ojos rojos.

En el cielo, el sol, solo débilmente visible tras las nubes de tormenta, era una cicatriz sangrante que se arrastraba hacia el horizonte.

—Brisa —exclamó Clubs, tirando de él—. Ha llegado la hora de marcharnos.

Sus caballos habían huido hacía rato. Brisa siguió tambaleante al general, tratando de no escuchar los rugidos a su espalda.

—¡Replegaos a las posiciones defensivas! —ordenó Clubs a aquellos hombres que podían oírlo—. ¡Primer pelotón, atrincheraos dentro de la fortaleza Lekal! ¡Lord Hammond debería estar allí ya, preparando las defensas! ¡Segundo pelotón, conmigo a la fortaleza Hasting!

Brisa continuó, con la mente tan entumecida como los pies. No había servido de nada en la batalla. Había intentado disipar el miedo de los hombres, pero sus esfuerzos le habían parecido tan inútiles como... alzar un pedazo de papel al sol para hacer sombra.

Clubs levantó una mano, y el pelotón de doscientos hombres se detuvo. Brisa miró alrededor. La calle, cubierta de ceniza y nieve, estaba silenciosa. Todo parecía... en calma. El cielo estaba oscuro, los rasgos de la ciudad suavizados por la manta de nieve moteada de negro. Resultaba extraño haber huido de la horrible escena escarlata y azul para encontrar la ciudad como dormida.

—¡Maldición! —exclamó Clubs, apartando a Brisa de en medio cuando un grupo aullante de koloss salió de una calle lateral. Los soldados ocuparon sus posiciones, pero otro grupo de koloss, las criaturas que acababan de irrumpir por la puerta, aparecieron tras ellos.

Brisa tropezó y cayó en la nieve. *Ese otro grupo... ¡viene del norte! ¿Las criaturas se han infiltrado en la ciudad desde tan lejos ya?*

—¡Clubs! Tenemos...

Brisa se volvió justo a tiempo para ver la enorme espada de un koloss cercenar el brazo alzado de Clubs y luego continuar hasta herir al general en las costillas. Clubs gimió y cayó mientras su brazo y su espada volaban por los aires. Se tambaleó, apoyado en su pierna mala, y el koloss descargó su espada con las dos manos.

La nieve sucia por fin adquirió algún color. Una mancha roja.

Brisa se quedó mirando, anonadado, los pedazos del cadáver de su amigo. Luego el koloss se volvió hacia él, rugiendo.

La inminencia más que probable de su propia muerte lo hizo estremecer como ni siquiera la fría nieve lo estremecía. Brisa retrocedió, resbalando en la nieve, y por instinto trató de aplacar a la criatura. Naturalmente, no sucedió nada. Trató de incorporarse, y el koloss, junto con varios más, empezó a acercársele. Sin embargo, en ese momento otro pelotón de soldados que huía de la puerta apareció por una calle lateral, distrayendo a los koloss.

Brisa hizo lo único que parecía natural. Se arrastró hasta un edificio y se escondió dentro.

—Todo es culpa de Kelsier —murmuró Dockson, haciendo otra anotación en su mapa. Según los mensajeros, Ham había llegado a la fortaleza Lekal. No duraría mucho.

El gran salón Venture era un frenesí de movimiento y caos, de aterrados escribas corriendo de un lado para otro, comprendiendo por fin que a los koloss les daba igual que un hombre fuese skaa, erudito, noble o mercader. A las criaturas, simplemente, les gustaba matar.

—Tendría que haberlo previsto —continuó Dockson—. Nos metió en este lío y dio por supuesto que encontraríamos un modo de arreglarlo. Bueno, no puedo ocultar una ciudad de sus enemigos..., no como ocultaba una banda. ¡Que fuéramos excelentes ladrones no implicaba que fuéramos a ser buenos dirigiendo un reino!

Nadie le escuchaba. Todos sus mensajeros habían huido y sus guardias luchaban en las puertas de la fortaleza. Cada fortaleza tenía sus propias defensas, pero Clubs había decidido con acierto usarlas de refugio solo como segunda opción. No estaban hechas para repeler un ataque a gran escala y se encontraban a demasiada distancia entre sí. Retirarse a ellas tan solo dividía y aislaba considerablemente al ejército humano.

—Nuestro verdadero problema es la continuidad —dijo Dockson, haciendo una última anotación en la Puerta de Estaño, explicando lo que había sucedido allí. Examinó el mapa. Nunca había esperado que la puerta de Sazed fuera la última en caer.

»La continuidad. Creíamos que podíamos hacerlo mejor que los nobles, pero cuando tuvimos el poder volvimos a ponerlos a ellos al mando. Si hubiéramos matado a todos los nobles, tal vez hubiésemos podido empezar de cero. Naturalmente, eso habría significado invadir las otras dominaciones..., lo cual habría implicado a su vez enviar a Vin a encargarse de los nobles más importantes y problemáticos. Habría habido una masacre nunca vista en el Imperio Final. Y, si hubiéramos hecho eso...

Guardó silencio cuando una de las enormes y majestuosas vidrieras se hizo añicos. Las demás empezaron a explotar también, rotas por las rocas que lanzaban desde fuera. Unos cuantos koloss grandes saltaron por los agujeros y aterrizaron en el suelo de mármol cubierto de cristales. Incluso rotas, las vidrieras eran preciosas; los afilados bordes de cristal chispeaban a la luz de la tarde. Dockson vio por una de ellas que la tormenta amainaba, dando paso a la luz del sol.

—Si hubiéramos hecho eso —dijo en voz baja—, no habríamos sido mejores que las bestias.

Los escribas gritaron, tratando de huir cuando los koloss iniciaron la matanza. Dockson se quedó quieto, oyendo los gruñidos y la respiración entrecortada de los koloss que se acercaban por los pasillos que tenía detrás. Levantó la espada de su mesa mientras los hombres empezaban a morir.

Cerró los ojos. *¿Sabes, Kel?*, pensó. *Casi había empezado a pensar que tenían razón, que estabas cuidando de nosotros. Que eras una especie de dios.*

Abrió los ojos y se dio la vuelta, desenvainando la espada. Entonces se detuvo a contemplar la enorme bestia que se acercaba. *¡Qué grande es!*

Dockson apretó los dientes, maldijo una última vez a Kelsier, y luego cargó, blandiendo la espada.

La criatura detuvo el arma con una mano indiferente, ignorando el corte que le causaba. Luego descargó un mandoble, y se hizo la oscuridad.

—Mi señor —dijo Janarle—. La ciudad ha caído. Mira, se puede ver cómo arde. Los koloss han entrado por cuatro puertas y campan a sus anchas por las calles. No se detienen a saquear: solo matan. Masacran. No quedan muchos soldados que se les opongan.

Straff contempló en silencio cómo ardía Luthadel. Le parecía... un símbolo. Un símbolo de justicia. Había huido de aquella ciudad una vez, dejándosela a la escoria skaa, y cuando había vuelto para exigir que se la devolvieran, se habían resistido.

Se habían mostrado desafiantes. Se lo tenían merecido.

—Mi señor, el ejército koloss está ya bastante debilitado. Es difícil contar su número, pero los cadáveres que dejan atrás indican que al menos un tercio de sus fuerzas han caído. ¡Podemos derrotarlos!

—No —dijo Straff, sacudiendo la cabeza—. Todavía no.

—¿Mi señor? —preguntó Janarle.

—Que los koloss se queden con la maldita ciudad —dijo Straff en voz baja—. Que la arrasen y la quemen hasta los cimientos. El fuego no puede hacer daño a nuestro atium... De hecho, probablemente facilitará su localización.

—Yo... —Janarle parecía sorprendido. No puso objeciones, pero su mirada era de rebeldía.

Tendré que encargarme de él más tarde, pensó Straff. *Se levantará contra mí si descubre que Zane se ha marchado.*

Eso no importaba en aquel momento. La ciudad lo había rechazado y, por tanto, sucumbiría. Construiría una mejor en su lugar.

Una ciudad dedicada a Straff, no al lord Legislador.

—¡Padre! —exclamó Allrianne impaciente.

Cett negó con la cabeza. Ambos, montados a caballo, estaban en una colina, al oeste de Luthadel. Veía el ejército de Straff congregado al norte, observando, como él observaba, los estertores de una ciudad condenada.

—¡Tenemos que ayudar! —insistió Allrianne.

—No —respondió Cett en voz baja, librándose de los efectos del poder encendedor de su hija sobre sus emociones. Se había acostumbrado a sus manipulaciones hacía tiempo—. Nuestra ayuda no serviría de nada ya.

—¡Tenemos que hacer algo! —dijo Allrianne, tirándole del brazo.

—No —respondió Cett con más fuerza.

—¡Pero has vuelto! ¿Para qué hemos vuelto si no era para ayudar?

—Ayudaremos. Ayudaremos a Straff a tomar la ciudad cuando lo desee, y luego nos someteremos a él con la esperanza de que no nos mate.

Allrianne palideció.

—¿Es eso? —siseó—. ¿Por eso regresamos? ¿Para dar nuestro reino a ese monstruo?

—¿Qué otra cosa esperabas? Me conoces, Allrianne. Sabes que esta es la decisión que tengo que tomar.

—Creía que te conocía —repuso ella—. Creía que en el fondo eras un buen hombre.

Cett negó con la cabeza.

—Todos los hombres buenos están muertos, Allrianne. Han muerto en esa ciudad.

Sazed siguió luchando. No era un guerrero, no tenía el instinto aguzado ni formación. Calculaba que tendría que haber muerto hacía horas. Y, sin embargo, de algún modo, conseguía permanecer vivo.

Tal vez era porque los koloss tampoco luchaban con habilidad. Eran burdos como sus enormes espadas parecidas a porras, y simplemente se lanzaban contra sus oponentes sin seguir ninguna estrategia.

Eso debería haber bastado. Sin embargo, Sazed aguantaba... y donde él aguantaba, sus pocos hombres aguantaban con él. Los koloss tenían la ira a su favor, pero los hombres de Sazed veían a los débiles y los ancianos detrás, esperando al borde de la plaza. Los soldados sabían por qué luchaban. Ese recordatorio era suficiente para que continuaran combatiendo, incluso cuando empezaban a estar rodeados y los koloss se abrían paso hacia las inmediaciones de la plaza.

Sazed sabía a esas alturas que no iba a llegar ninguna ayuda. Había esperado, tal vez, a que Straff decidiera tomar la ciudad, como había sugerido Clubs. Pero ya era demasiado tarde para eso; la noche se acercaba, el sol se hundía poco a poco tras el horizonte.

Ha llegado el final, pensó Sazed mientras el hombre que tenía al lado caía. Resbaló sobre la sangre, y el movimiento le salvó cuando el koloss descargó un golpe por encima de su cabeza.

Tal vez Tindwyl hubiese encontrado un modo de ponerse a salvo. Con suerte, Elend entregaría los documentos que habían estudiado juntos. Eran importantes, aunque no sabía por qué.

Sazed atacó, empuñando la espada que le había arrebatado a un koloss. Amplió sus músculos en un estallido final mientras se volvía, dándoles fuerza justo cuando la espada encontraba carne koloss.

Golpeó. La resistencia, el húmedo sonido del impacto, la reverberación por todo su brazo..., esas cosas ya le resultaban familiares. La brillante sangre koloss lo manchó, y otro de los monstruos cayó.

Y la fuerza de Sazed desapareció.

Vacío de peltre, la espada koloss le pesaba en la mano. Trató de blandirla contra el siguiente monstruo, pero el arma resbaló de sus dedos débiles, abotargados y cansados.

Aquel koloss era grande. Con más de tres metros y medio de estatura, era el monstruo más grande de todos los que había visto. Sazed trató de apartarse, pero tropezó con el cadáver de un soldado recién abatido. Mientras caía, sus hombres finalmente se rindieron y la última docena se dispersó. Habían aguantado bien. Demasiado bien. Tal vez si los hubiera dejado retirarse...

No, pensó, mirando la muerte cara a cara. *He obrado bien, creo. Mejor de lo que lo hubiese hecho cualquier otro erudito.*

Se acordó de sus anillos. Tal vez obtuviera de ellos una pequeña ventaja, tal vez pudiera correr. Huir. Sin embargo, le faltaba la motivación para hacerlo. ¿Para qué resistir? ¿Por qué lo había hecho? Sabía que estaban condenados.

Te equivocas conmigo, Tindwyl. A veces me rindo. Rendí esta ciudad hace mucho tiempo.

El koloss se inclinó sobre Sazed, que aún yacía tendido en el charco de sangre, y levantó la espada. Por encima del hombro de la criatura, Sazed vio el sol rojo flotando sobre la muralla. Se concentró en eso, en vez de en la espada que caía. Podía ver rayos de luz, como... esquirlas de cristal en el cielo.

La luz del sol pareció chispear, tintinear, venir en su busca. Como si el propio astro le diera la bienvenida. Extendiéndose para aceptar su espíritu.

Y así, muero...

Una tintineante gota de luz chispeó en el rayo de sol y alcanzó al koloss directamente en la nuca. La criatura gruñó, envarándose, y dejó caer la espada. Se desplomó de lado y Sazed se quedó tendido en el suelo un momento, estupefacto. Entonces miró la muralla.

Una silueta pequeña se recortaba contra el sol. Negra contra la luz roja, con una capa que flotaba suavemente a su espalda. Sazed parpadeó. La chispa de luz tintineante que había visto... era una moneda. El koloss que tenía delante estaba muerto.

Vin había regresado.

Saltó como solo un alomántico podía hacerlo, trazando un arco elegante sobre la plaza. Aterrizó directamente en medio de los koloss y giró. Las monedas empezaron a salir disparadas como insectos furiosos, abriéndose paso en la carne azul. Las criaturas no caían tan fácilmente como hubiesen hecho los humanos, pero el ataque llamó su atención: se apartaron de los soldados que huían y de los ciudadanos indefensos.

Los skaa reunidos al fondo de la plaza empezaron a cantar. Era un sonido extraño en plena batalla. Sazed se sentó, ignorando sus dolores y su cansancio mientras Vin brincaba. La puerta de la ciudad de repente cedió y sus bisagras se torcieron. Los koloss la habían golpeado ya con tanta fuerza que...

El enorme portal de madera salió despedido de la pared, tirado por Vin.

Cuánto poder, pensó Sazed, asombrado. *Debe de estar tirando de algo que tiene detrás... pero eso significaría que la pobre Vin está en equilibrio entre dos pesos tan grandes como esa puerta.*

Y, sin embargo, lo hizo, alzando la puerta con facilidad, atrayéndola hacia sí. La enorme hoja cayó sobre las filas koloss, dispersando los cuerpos. Vin giró con destreza en el aire, tirando de sí misma hacia un lado, haciendo oscilar la puerta hacia el otro como si estuviera atada a ella por una cadena.

Los koloss volaban por los aires, esparciéndose como lascas por el impacto de la enorme arma; los huesos crujían. De un solo golpe, Vin despejó todo el patio.

La puerta cayó. Vin aterrizó entre un grupo de cuerpos aplastados y, de una patada, hizo llegar a sus manos el bastón de un soldado. Los koloss que quedaban ante la puerta se detuvieron un instante antes de cargar. Vin atacó rápidamente, pero con precisión. Los cráneos se rompían, los koloss caían muertos en el fango mientras trataban de abrirse paso hacia ella. Vin giró, derribó a unos cuantos y ensució de fango rojo ceniciento a los que llegaban corriendo detrás.

Yo... tengo que hacer algo, pensó Sazed, sacudiéndose el pasmo. Seguía desnudo, inmune al frío gracias a su mentelatón, que estaba ya casi vacía. Vin continuaba luchando, derribando koloss sin descanso. *Ni siquiera su fuerza durará para siempre. No puede salvar la ciudad.*

Sazed se obligó a ponerse en pie y luego se dirigió hacia el fondo de la plaza. Agarró al anciano que encabezaba el grupo de skaa, interrumpiendo su cántico.

—Tenías razón —dijo Sazed—. Ella ha regresado.

—Sí, Sagrado Primer Testigo.

—Ganaremos un poco de tiempo, creo. Los koloss han entrado en la ciudad. Tenemos que reunir a la gente que podamos y escapar.

Durante un momento Sazed pensó que iba a negarse, a decir que Vin los protegería, que derrotaría al ejército entero. Entonces, afortunadamente, asintió.

—Iremos a la puerta norte —dijo Sazed—. Por ahí han entrado los koloss en la ciudad, así que es probable que hayan dejado atrás esa zona.

Espero, pensó, y salió corriendo a advertir a los demás. Las posiciones allí defensivas de emergencia eran las fortalezas de la alta nobleza. Tal vez encontrarían supervivientes.

Así que resulta que soy un cobarde, pensó Brisa.

No era una revelación sorprendente. Siempre había dicho que era importante que un hombre se comprendiera a sí mismo, y él siempre había sido consciente de su egoísmo. Así que no le sorprendió demasiado encontrarse acurrucado contra los ladrillos de una vieja casa skaa, haciendo oídos sordos a los gritos del exterior.

¿Dónde estaba el hombre orgulloso, el cuidadoso diplomático, el aplacador de traje impecable? Se había ido dejando atrás aquella masa temblorosa e inútil. Trató varias veces de quemar latón para aplacar a los hombres que luchaban fuera. Sin embargo, no conseguía hacer una cosa tan sencilla como esa. Ni siquiera podía moverse.

A menos que temblar fuera un movimiento.

Fascinante, pensó Brisa, como si se mirara desde fuera y viese a la penosa criatura ataviada con un traje desgarrado y ensangrentado. *Así que esto es lo que me ocurre cuando la tensión me supera. Es irónico, en cierto modo. Me he pasado toda la vida controlando las emociones de los demás. Ahora tengo tanto miedo que ni siquiera puedo moverme.*

La lucha continuaba fuera desde hacía muchísimo tiempo. ¿No tendrían que haber estado muertos aquellos soldados?

—¿Brisa?

No pudo moverse para ver quién era. *Parece Ham. Qué curioso. Debería estar muerto también.*

—¡Por el lord Legislador! —dijo Ham, apareciendo ante Brisa. Llevaba un cabestrillo ensangrentado. Se acercó a toda prisa a su lado—. Brisa, ¿puedes oírme?

—Lo vimos esconderse aquí dentro, mi señor —dijo otra voz. ¿Un soldado?—. Se refugió de la pelea. Pero lo notábamos aplacándonos. Nos mantuvo luchando incluso cuando deberíamos habernos rendido. Después de que lord Cladent muriera...

Soy un cobarde.

Apareció otra silueta. Sazed, con aspecto preocupado.

—Brisa —dijo Ham, arrodillándose—. Mi fortaleza ha caído y la puerta de Sazed ha sido derribada. No sabemos nada de Dockson desde hace más de una hora, y hemos encontrado el cadáver de Clubs. Por favor. Los koloss están destruyendo la ciudad. Necesitamos saber qué hacer.

Bueno, a mí no me lo preguntes, dijo Brisa... o trató de decirlo. Le pareció que su voz sonaba como un murmullo.

—No puedo llevarte en brazos, Brisa —dijo Ham—. Tengo el brazo casi inútil.

«Bueno, no importa —quiso murmurar Brisa—. Verás, mi querido amigo, creo que ya no soy de mucha utilidad. Deberíais continuar. No pasa nada si me dejáis aquí.»

Ham miró a Sazed, frustrado.

—Deprisa, lord Hammond —dijo Sazed—. Podemos hacer que los soldados carguen con los heridos. Nos abriremos paso hasta la fortaleza Hasting. Tal vez podamos encontrar refugio allí. O... tal vez los koloss estén lo suficientemente distraídos para dejarnos salir de la ciudad.

«¿Distraídos? —habría murmurado Brisa—. Distraídos matando a otra gente, querrás decir. Bueno, es reconfortante saber que todos somos unos cobardes. En fin, si pudiera quedarme aquí tumbado un poco más, podría quedarme dormido... y olvidar todo esto.»

Alendi necesitará guías para cruzar las montañas de Terris. He en-
cargado a Rashek que se asegure de que él y sus amigos de confianza
son los guías elegidos.

54

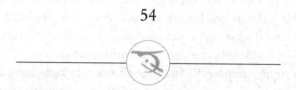

El bastón de Vin se rompió cuando lo descargó contra la cara de
un koloss.

Otra vez no, pensó llena de frustración, se giró y clavó el pedazo
roto en el pecho de otra criatura. Se volvió y se enfrentó cara a cara
con uno de los grandes, que medía al menos metro y medio más que
ella.

El koloss la atacó con su espada. Vin brincó y la hoja chocó estre-
pitosamente contra el empedrado roto. Vin saltó, sin necesidad de que
ninguna moneda la catapultara, hasta la altura de los ojos de la horrible criatura.

Siempre parecían sorprendidos. Incluso después de verla luchar
contra docenas de compañeros, parecían extrañados de que esquivara
sus golpes. Por lo visto, para ellos tamaño equivalía a poder; un koloss
más grande siempre derrotaba a un koloss más pequeño. Un humano
de metro y medio no podía ser ningún problema para un monstruo
tan grande.

Vin avivó peltre mientras daba un puñetazo en la cabeza a la bestia. El cráneo crujió bajo sus nudillos y la criatura cayó de espaldas
mientras ella volvía al suelo. Sin embargo, como siempre, otro koloss
ocupó su lugar.

Vin se estaba cansando. No, ya había empezado a luchar cansada.
Había estado arrastrando peltre, y luego había empujado y tirado de
las herraduras en remolino para cruzar todo el dominio. Estaba agotada. Solo el peltre de su último frasco la mantenía en pie.

*¡Tendría que haberle pedido a Sazed una de sus mentepeltres va-
cías!*, pensó. Los metales feruquímicos y alománticos eran iguales. Po-

dría haber quemado el metal... aunque probablemente un aro o un brazalete hubiesen sido demasiado grandes para tragarlos.

Se apartó para esquivar el ataque de otro koloss. Las monedas no detenían a esos seres y todos pesaban demasiado para que los apartara de un empujón sin tener anclaje. Además, sus reservas de hierro y acero eran extremadamente bajas.

Mató a un koloss tras otro, ganando tiempo para que Sazed y los suyos consiguieran una buena ventaja. Algo era diferente esta vez, distinto a cuando había matado en el palacio de Cett. Se sentía bien y no era solo porque estuviera matando monstruos.

Era porque comprendía su propósito. Y estaba de acuerdo con él. Podía luchar, podía matar, si era para defender a aquellos que no podían defenderse. Kelsier era capaz de matar por venganza o por ira, pero eso no era suficiente para ella.

Y no permitiría que volviera a serlo.

La determinación impulsaba sus ataques contra los koloss. Usó una espada robada para cercenar las piernas de uno, y luego lanzó su arma contra otro, empujándola para atravesarle el pecho. Tiró de la espada de un soldado caído, hasta que la tuvo en la mano. Se echó hacia atrás, pero casi tropezó al pisar otro cadáver.

Qué cansada estoy, pensó.

Había docenas, tal vez incluso centenares de cadáveres en el patio. De hecho, se estaban amontonando delante de ella. Escaló el montón mientras las criaturas volvían a rodearla. Se arrastraban sobre los cadáveres de sus hermanos caídos, la ira brillando en sus ojos inyectados en sangre. Los soldados humanos se hubieran rendido, buscando contrincantes más fáciles. Los koloss, sin embargo, parecían multiplicarse mientras los combatía: los demás oían los sonidos de la lucha y se unían a la refriega.

El peltre la ayudó cuando de un golpe le cortó el brazo a un koloss y la pierna a otro antes de alcanzar la cabeza de un tercero. Esquivaba y se agachaba, brincaba, permanecía fuera de su alcance, matando a tantos como podía.

Pero por firme que fuera su determinación, tanto como su reciente decisión de defender, sabía que no podía continuar combatiendo, no de esa forma. Era solo una persona. No podía salvar Luthadel ella sola.

—¡Lord Penrod! —gritó Sazed ante las puertas de la fortaleza Hasting—. Tienes que escucharme.

No hubo respuesta. Los soldados de la muralla guardaron silencio, aunque Sazed notó su incomodidad. No les gustaba ignorarlo. En la distancia la batalla seguía en pleno apogeo. Los koloss gritaban en la noche. Pronto seguirían a Sazed y la creciente banda de miles de hombres de Ham, que esperaban en silencio a las puertas de la fortaleza Hasting.

Un mortecino mensajero se acercó a Sazed. Era el mismo que Dockson había estado enviando a la Puerta de Acero. Había perdido su caballo en alguna parte y acompañaba a un grupo de refugiados en la Plaza del Superviviente.

—Lord terrisano... —dijo el mensajero en voz baja—. Yo... acabo de volver del puesto de mando. La fortaleza Venture ha caído...

—¿Lord Dockson?

El hombre negó con la cabeza.

—Encontramos a unos cuantos escribas heridos, ocultos fuera de la fortaleza. Lo vieron morir. Los koloss siguen en el edificio, rompiendo ventanas y saqueando...

Sazed se volvió a contemplar la ciudad. Tanto humo oscurecía el cielo que parecía que las brumas se hubieran levantado ya. El terrisano había empezado a llenar su mentestaño de olfato para evitar el hedor.

La batalla por la ciudad podía haber terminado, pero ahora comenzaría la verdadera tragedia. Los koloss habían dejado de matar soldados y masacrarían al pueblo. Había cientos de miles, y Sazed sabía que las criaturas aumentarían alegremente la devastación. No saquearían. No cuando hubiera todavía gente que matar.

Sonaron más gritos en la noche. Habían perdido. Habían fracasado. Y la ciudad caería verdaderamente.

Las brumas no pueden tardar, pensó, tratando de no perder por completo la esperanza. *Tal vez eso nos proporcione cierta cobertura.*

No lograba sacarse de la cabeza a Clubs, muerto en la nieve, con el disco de madera que Sazed le había dado ese mismo día al cuello a modo de colgante.

No le había protegido.

Sazed se volvió hacia la fortaleza Hasting.

—Lord Penrod —dijo en voz alta—. Vamos a intentar escapar de la ciudad. Agradecería tus tropas y tu liderazgo. Si os quedáis aquí, los koloss atacarán y os matarán.

Silencio.

Sazed se volvió y suspiró mientras Ham, todavía con el brazo en cabestrillo, se unía a él.

—Tenemos que irnos, Saz —dijo Ham en voz baja.

—Eres atrevido, terrisano.

Sazed se volvió. Ferson Penrod se había asomado a la muralla. Todavía tenía un aspecto inmaculado con su traje de noble. Incluso llevaba un sombrero para protegerse de la nieve y la ceniza. Sazed se miró a sí mismo. Seguía vestido solo con su taparrabos. No había tenido tiempo de preocuparse por la ropa, más cuando su mentelatón le evitaba el frío.

—Nunca he visto pelear a un terrisano —dijo Penrod.

—No es algo común, mi señor —respondió Sazed.

Penrod alzó la cabeza y contempló la ciudad.

—Va a caer, terrisano.

—Por eso debemos irnos, mi señor.

Penrod negó con la cabeza. Todavía llevaba la fina corona de Elend.

—Esta es mi ciudad, terrisano. No la abandonaré.

—Un noble gesto, mi señor —dijo Sazed—. Pero estos que me acompañan son tu pueblo. ¿Los abandonarás en su huida hacia el norte?

Penrod vaciló. Luego volvió a negar con la cabeza.

—No habrá ninguna huida hacia el norte, terrisano. La fortaleza Hasting es una de las estructuras más altas de la ciudad. Desde aquí podemos ver lo que están haciendo los koloss. No os dejarán escapar.

—Puede que se dediquen al pillaje —dijo Sazed—. Tal vez podamos dejarlos atrás y escapar.

—No —dijo Penrod, y su voz resonó fantasmagórica en las calles nevadas—. Mi ojo de estaño dice que las criaturas han atacado ya a la gente a la que mandaste escapar por la puerta norte. Ahora los koloss vienen hacia aquí. Vienen por nosotros.

Empezaron a resonar gritos en las calles lejanas y fueron aproximándose. Sazed supo que las palabras de Penrod eran ciertas.

—¡Abre las puertas, Penrod! —gritó—. ¡Deja entrar a los refugiados!

Salva sus vidas durante unos patéticos instantes más.

—No hay sitio —respondió Penrod—. Y no queda tiempo. Estamos condenados.

—¡Tienes que dejarnos entrar! —gritó Sazed.

—Es extraño —dijo Penrod, con voz cada vez más débil—. Al quitarle el trono al muchacho Venture le salvé la vida... y acabé con la mía. No he podido salvar la ciudad, terrisano. Mi único consuelo es que dudo de que Elend hubiese podido hacerlo tampoco.

Se dio media vuelta para marcharse y desapareció tras la muralla.

—¡Penrod! —gritó Sazed.

No volvió a aparecer. El sol se ponía, las brumas se levantaban y los koloss se acercaban.

Vin abatió a otro koloss y saltó hacia atrás, empujándose contra una espada caída. Se mantuvo apartada de la manada, respirando entrecortadamente, sangrando por un par de cortes menores. El brazo empezaba a adormecérsele: una de las criaturas se lo había golpeado. Podía matar, mejor que nadie que conociera. Sin embargo, no podía hacerlo eternamente.

Aterrizó en un tejado, luego se tambaleó y cayó de rodillas sobre un montón de nieve. Los koloss gritaban y aullaban tras ella, y supo que la perseguirían como perros de presa. Había matado a cientos, pero ¿qué eran unos cientos en comparación con un ejército de más de veinte mil?

¿Qué esperabas?, pensó. *¿Por qué seguir luchando cuando sabías que Sazed había escapado? ¿Creías que los ibas a detener a todos? ¿Pretendías matar a todo el ejército de koloss?*

En una ocasión había impedido que Kelsier aniquilara a un ejército entero. Era un gran hombre, pero no dejaba de ser una sola persona. No podría haberlo hecho... como no podía hacerlo ella.

Tengo que encontrar el Pozo, se dijo con decisión, quemando bronce mientras los golpeteos, que había estado ignorando durante la batalla, se volvían cada vez más fuertes en sus oídos.

Y, sin embargo, seguía con el mismo problema que antes. Ahora sabía que el Pozo estaba en la ciudad, podía sentir los martilleos a su alrededor. Pero eran tan potentes, tan omnipresentes, que no distinguía su procedencia.

Además, ¿qué prueba tenía de que encontrar el Pozo iba a ayudarla? Si Sazed había mentido sobre su emplazamiento (incluso había llegado a dibujar un mapa falso), entonces, ¿sobre qué más había mentido? El poder podía detener las brumas, pero ¿de qué podía servirle a una Luthadel en llamas y moribunda?

Permaneció arrodillada, llena de frustración, golpeando el tejado con los puños. Había demostrado ser demasiado débil. ¿De qué había servido que regresara, de qué servía que estuviera decidida a proteger si no podía hacer nada para ayudar?

Permaneció allí unos instantes, jadeando. Por fin se puso en pie con esfuerzo y saltó, lanzando una moneda. Sus metales casi se habían agotado. Apenas tenía suficiente para unos cuantos saltos más. Acabó cerca de Kredik Shaw, la Colina de las Mil Torres. Vio una de las torres del palacio que se alzaban sobre la ciudad oscura.

Estaba ardiendo.

Kredik Shaw permanecía en silencio, aislada, sin que los saqueadores la hubieran tocado. Sin embargo, a su alrededor Vin veía luz en la oscuridad. Las brumas brillaban con un resplandor espectral.

Es como... como aquel día de hace dos años, pensó. *La noche de la rebelión skaa.* Excepto que, aquel día, la luz procedía de las antorchas de los rebeldes que marchaban contra el palacio. Esa noche, una revolución distinta estaba teniendo lugar. Podía oírla. Se obligó a avivar su estaño, aguzando el oído. Oyó los gritos. La muerte. Los koloss no habían terminado la matanza destruyendo al ejército. Ni de lejos.

Solo habían empezado.

Los koloss los están matando a todos, pensó, temblando, mientras los incendios ardían frente a sus ojos. *El pueblo de Elend, el que dejó atrás por mi culpa, está muriendo. Yo soy su cuchillo. El cuchillo del pueblo. Kelsier me lo encomendó. Debería poder hacer algo...*

Se dejó resbalar hasta el borde de un tejado inclinado, cayó hacia el suelo y aterrizó en el patio del palacio. Las brumas se congregaron a su alrededor. El aire era denso. Y no solo por la nieve y la ceniza: oía alientos de muerte en sus corrientes, gritos en sus susurros.

Se quedó sin peltre.

Se desplomó. La oleada de cansancio fue tan fuerte que todo lo demás carecía de importancia. De repente supo que no debería haber confiado tanto en el peltre. No debería haberse esforzado tanto. Aunque pareciera la única solución.

Notó que empezaba a sumirse en la inconsciencia.

Pero había gente gritando. Podía oírla..., la había oído antes. La ciudad de Elend..., el pueblo de Elend... muriendo. Sus amigos estaban allí, en alguna parte. Amigos cuya protección Kelsier le había confiado.

Apretó los dientes, apartando el agotamiento un instante más, y pugnó por incorporarse. Escrutó las brumas, volviéndose hacia los sonidos fantasmales de la gente aterrorizada. Empezó a correr hacia ellos.

No podía saltar: se había quedado sin acero. Ni siquiera podía correr muy rápido; pero a medida que forzaba su cuerpo a moverse, este respondía mejor. Se sacudió el aturdimiento que le había provocado recurrir tanto tiempo al peltre.

Salió de un callejón, resbalando en la nieve, y se encontró con varias personas que huían a la carrera de un grupo de asalto koloss. Lo formaban seis bestias, pequeñas pero peligrosas. Mientras Vin miraba, una de las bestias abatió a un anciano, casi partiéndolo en dos. Otro agarró a una pequeña y la estampó contra la pared de un edificio.

Vin se abalanzó hacia delante, dejando a los skaa que huían, y sacó sus dagas. Todavía estaba agotada, pero la adrenalina la ayudó un poco. Tenía que seguir moviéndose. Seguir moviéndose. Detenerse era morir.

Varias de las bestias se volvieron hacia ella, ansiosas por luchar. Una intentó atacarla, y Vin se dejó resbalar en el barro, acercándose, antes de hacerle un corte profundo en la pantorrilla. El koloss aulló de dolor cuando su cuchillo se hundió en la piel fofa. Vin consiguió arrancarlo cuando una segunda criatura atacaba.

¡Me siento tan lenta!, se desesperó, poniéndose en pie a duras penas antes de esquivar el golpe de la criatura. La espada del koloss la roció de agua helada. Vin saltó hacia delante, hundiendo una daga en el ojo de la criatura.

Súbitamente agradecida por todas las veces que Ham la había hecho practicar sin alomancia, se apoyó en un edificio para darse impulso. Impulsándose hacia delante, dio un empujón con el hombro al koloss tuerto, que gritaba y daba manotazos a la daga, y lo lanzó contra sus compañeros. El koloss que tenía a la niña pequeña se volvió, sorprendido, cuando Vin le clavó su otra daga en la espalda. No cayó, pero soltó a la pequeña.

¡Lord Legislador, estas criaturas son duras!, pensó. Su capa ondeó cuando tomó a la niña en brazos y echó a correr. *Sobre todo cuando tú no lo eres. Necesito más metales.*

La niña que Vin tenía en brazos chilló cuando sonó el aullido de un koloss, y Vin se dio media vuelta, avivando estaño para no caer inconsciente por la fatiga. Sin embargo, las criaturas no la estaban siguiendo: discutían por una prenda de ropa que llevaba el hombre muerto. El aullido volvió a sonar, y esta vez Vin advirtió que procedía de otra parte.

La gente empezó a gritar de nuevo. Vin alzó la cabeza y se encontró con que aquellos a quienes acababa de ayudar se acercaban a un grupo aún más grande de koloss.

—¡No! —Vin alzó una mano. Pero mientras ella peleaba se habían alejado demasiado. Ni siquiera hubiese podido verlos de no ser por el estaño. Solo pudo ser testigo de cómo las criaturas se abalanzaban sobre el grupito con sus gruesas espadas.

»¡No! —volvió a gritar Vin, y las muertes la sobresaltaron, la aturdieron, un recordatorio de todas las muertes que había sido incapaz de impedir.

»¡No! ¡No! ¡No!

Sin peltre. Sin acero. Sin hierro. No tenía nada.

O... tenía una cosa. Sin pararse a pensar en qué la impulsaba a hacerlo, lanzó una andanada aplacadora, amplificada por el duraluminio, contra las bestias.

Fue como si su mente chocara con una barrera. Y, entonces, esa barrera se quebró. Vin se detuvo, sorprendida, todavía con la niña en brazos, mientras los koloss detenían, petrificados, su espantosa masacre.

¿Qué he hecho?, se preguntó Vin repasando su mente embotada, tratando de entender por qué había reaccionado como lo había hecho. ¿Por pura frustración?

No. Sabía que el lord Legislador había creado a los inquisidores con una debilidad: quitándoles un determinado clavo de la espalda, se morían. También había creado a los kandra con una debilidad. Los koloss tenían que tener una debilidad también.

TenSoon dijo que los koloss eran... sus primos, pensó.

Se irguió, y la oscura calle de pronto quedó en silencio a excepción de los gemidos de los skaa. Los koloss esperaban y ella pudo sentirse en sus mentes. Como si fueran una extensión de su propio cuerpo, lo mismo que había sentido cuando tomó el control del cuerpo de TenSoon.

Primos, en efecto. El lord Legislador había creado a los koloss con una debilidad: la misma debilidad de los kandra. Se había reservado un modo de mantenerlos a raya.

Y de repente comprendió cómo los había controlado durante todos aquellos largos años.

Sazed se encontraba al frente de su gran grupo de refugiados, rodeado de nieve y ceniza indistinguibles en la brumosa oscuridad. Ham estaba sentado a su lado, con aspecto mareado. Había perdido demasiada sangre; un hombre sin peltre hubiese muerto ya. Alguien le había dado a Sazed una capa, pero la había usado para envolver con ella al comatoso Brisa. Aunque apenas decantaba su mentelatón para obtener calor, Sazed no sentía frío.

Tal vez estaba demasiado aturdido para que le importara.

Alzó las manos ante sí, cerró los puños y los diez anillos brillaron a la luz de la única linterna del grupo. Los koloss se acercaban por los oscuros callejones, sus siluetas oscuras apiñadas en la noche.

Los soldados de Sazed retrocedieron. Les quedaban pocas esperanzas. Solo Sazed, un erudito delgado y calvo, casi desnudo, plantaba cara en medio de la silenciosa nieve. Él, que predicaba las religiones de los caídos. Él, que al final había renunciado a la esperanza. Él, que debería haber tenido más fe que nadie.

Diez anillos. Unos pocos minutos de poder. Unos pocos minutos de vida.

Estuvo esperando mientras los koloss se congregaban. Las bestias estaban extrañamente silenciosas. Detuvieron su avance. Permanecieron inmóviles, una línea de oscuras siluetas amontonadas en la noche.

¿Por qué no atacan?, pensó Sazed, frustrado.

Un niño lloró. Entonces los koloss empezaron a moverse de nuevo. Sazed se envaró, pero las criaturas no avanzaron. Se disgregaron, y una figura silenciosa se abrió paso entre ellas.

—¿Lady Vin? —preguntó Sazed. No había tenido aún oportunidad de hablar con ella desde que lo había salvado en la puerta. Parecía exhausta.

—Sazed —dijo ella, cansada—. Me mentiste sobre el Pozo de la Ascensión.

—Sí, lady Vin.

—Eso no es importante ahora. ¿Qué haces desnudo delante de las murallas de la fortaleza?

—Yo... —Sazed miró a los koloss—. Lady Vin, yo...

—¡Penrod! —gritó Vin de repente—. ¿Estás ahí arriba?

El rey se asomó. Parecía tan confuso como Sazed.

—Abre las puertas —gritó Vin.

—¿Estás loca?

—No estoy segura —respondió Vin. Se dio media vuelta, y un grupo de koloss avanzó, en silencio, como siguiendo una orden. El más grande tomó a Vin en brazos, alzándola hasta que casi estuvo a la altura de la muralla. Varios guardias retrocedieron.

»Estoy cansada, Penrod —dijo Vin. Sazed tuvo que decantar su mentestaño auditiva para escuchar sus palabras.

—Todos estamos cansados, niña —respondió Penrod.

—Yo estoy particularmente cansada. Cansada de juegos. Cansada de que muera gente por las discusiones entre sus líderes. Estoy cansada de que se aprovechen de las buenas personas.

Penrod asintió en silencio.

—Quiero que reagrupes a los soldados que te queden —dijo Vin, volviéndose para contemplar la ciudad—. ¿Cuántos tienes aquí?

—Unos doscientos.

Vin asintió.

—La ciudad no está perdida: los koloss han luchado contra los soldados, pero no han tenido mucho tiempo para volverse contra la población todavía. Quiero que envíes a tus soldados a encontrar a todos los grupos de koloss que estén saqueando o matando. Proteged a la gente, pero no ataquéis a los koloss si podéis evitarlo. Enviad un mensajero de mi parte.

Recordando la testarudez de Penrod, Sazed supuso que el hombre pondría objeciones. No lo hizo. Se limitó a asentir.

—¿Qué haremos entonces? —preguntó Penrod.

—Yo me encargaré de los koloss —dijo Vin—. Iremos a reclamar la fortaleza Venture primero... Voy a necesitar más metales, y allí hay acumulados de sobra. Cuando la ciudad quede asegurada, quiero que tú y tus soldados apaguéis esos incendios. No debería ser demasiado difícil: no quedan muchos edificios que puedan arder.

—Muy bien —dijo Penrod, volviéndose para dar sus órdenes.

Sazed vio en silencio cómo el enorme koloss bajaba a Vin al suelo. Se quedó quieto, como si fuera un monstruo hecho de piedra y no una criatura que respiraba, sangraba y vivía.

—Sazed —dijo Vin en voz baja. Él notó la fatiga en su voz.

—Lady Vin —respondió. A su lado, Ham finalmente salió de su estupor y alzó la cabeza, sorprendido de ver a Vin y a los koloss.

Vin continuó mirando a Sazed, estudiándolo. A este le resultó difícil sostenerle la mirada. Pero ella tenía razón. Podrían hablar de su traición más tarde. Había otras tareas más importantes.

—Soy consciente de que probablemente tienes trabajo para mí —dijo Sazed, rompiendo el silencio—. Pero ¿puedo excusarme? Hay... una tarea que deseo realizar.

—Por supuesto, Sazed —dijo Vin—. Pero primero, dime, ¿sabes si los demás han sobrevivido?

—Clubs y Dockson han muerto, mi señora. No he visto sus cadáveres, pero los informes son de fuentes de fiar. Puedes ver que lord Hammond está aquí, con nosotros, aunque ha sufrido una herida grave.

—¿Brisa? —preguntó ella.

Sazed indicó con la cabeza al bulto que yacía acurrucado junto a la pared.

—Vive, afortunadamente. Su mente, sin embargo, parece estar reaccionando mal a los horrores que ha visto. Podría ser simplemente una especie de conmoción. O... podría ser algo más duradero.

Vin asintió y se volvió hacia Ham.

—Ham. Necesito peltre.

Él asintió, aturdido, y sacó un frasquito con su mano útil. Se lo lanzó. Vin lo apuró y de inmediato su fatiga pareció disminuir. Se enderezó y sus ojos cobraron vida.

Eso no puede ser sano, pensó Sazed con preocupación. *¿Cuánto ha estado quemando?*

Con paso más enérgico, Vin se volvió hacia los koloss.

—¿Lady Vin? —la llamó Sazed, haciendo que se girara hacia él—. Todavía hay un ejército ahí fuera.

—Oh, lo sé —respondió Vin, recogiendo una de las grandes espadas de los koloss. Era unos centímetros más alta que ella.

—Soy bien consciente de las intenciones de Straff —dijo, cargándose la espada al hombro. Luego se volvió hacia la nieve y la bruma, y se encaminó hacia la fortaleza Venture, seguida por su extraña guardia de monstruos.

Sazed tardó buena parte de la noche en cumplir la tarea que se había impuesto a sí mismo. Buscó cadáver tras cadáver en la noche helada, muchos de ellos cubiertos de escarcha. La nieve había dejado de caer y se había levantado viento, endureciendo el fango y convirtiéndolo en resbaladizo hielo. Tuvo que quebrar algunos cadáveres para darles la vuelta y ver sus rostros.

Sin el calor de su mentelatón no hubiera podido cumplir su horripilante labor. Incluso con él tuvo que buscarse ropa cálida: una sencilla túnica marrón y un par de botas. Continuó trabajando toda la noche, mientras el viento levantaba a su alrededor copos de nieve y hielo. Empezó en la puerta, naturalmente. Ahí estaban la mayoría de los cadáveres. No obstante, tuvo que pasar luego a las calles y los callejones.

Encontró el cadáver cerca del alba.

La ciudad había dejado de arder. La única luz que Sazed tenía era la de su linterna, pero fue suficiente para revelar el trozo de tela aleteando en un banco de nieve. Al principio, pensó que era otra venda ensangrentada que no había conseguido su propósito. Luego vio un destello de amarillo y naranja y se acercó (ya no tenía fuerzas para correr) y rebuscó en la nieve.

El cuerpo de Tindwyl crujió levemente cuando le dio la vuelta. La sangre del costado estaba congelada, naturalmente, y tenía los ojos abiertos. A juzgar por la dirección de su huida, había estado dirigiendo a sus soldados a la fortaleza Venture.

Oh, Tindwyl, pensó, acariciándole el rostro. Todavía estaba suave, pero horriblemente frío. Después de años de sufrir los abusos de los criadores, después de sobrevivir a tanto había encontrado aquello. La muerte en una ciudad a la que no pertenecía, con un hombre (no, un medio hombre) que no se la merecía.

Liberó su mentelatón y dejó que el frío de la noche lo barriera. No quería sentir calor en este momento. Su linterna aleteó insegura, iluminando la calle, cubriendo de sombras el cadáver helado. Allí, en aquel callejón congelado de Luthadel, contemplando el cadáver de la mujer que amaba, Sazed advirtió algo.

No sabía qué hacer.

Trató de pensar en algo adecuado que decir, algo adecuado que pensar, pero de repente todo su conocimiento religioso le pareció hueco. ¿Qué sentido tenía darle un entierro? ¿Qué valor había en pronunciar las oraciones de un dios muerto hacía mucho tiempo? ¿De qué servía él? La religión de Dadradah no había protegido a Clubs; el Superviviente no había acudido al rescate de los miles de soldados que habían muerto. ¿Cuál era el sentido?

Nada de lo que Sazed sabía le proporcionaba consuelo. Aceptaba las religiones que conocía, creía en su valor, pero eso no le daba lo que necesitaba. No le aseguraban que el espíritu de Tindwyl siguiera viviendo. En cambio, le planteaba preguntas. Si tanta gente creía en tantas cosas distintas, ¿cómo podía ninguna de ellas ser cierta?

Los skaa consideraban a Sazed sagrado, pero en ese momento advirtió que era el más profano de los hombres. Era una criatura que conocía trescientas religiones, pero no tenía fe en ninguna de ellas.

Así, cuando sus lágrimas cayeron y casi empezaron a congelarle el rostro, le ofrecieron tan poco consuelo como sus religiones. Gimió, inclinándose sobre el cadáver congelado.

Y pensó: *Mi vida ha sido un engaño.*

Rashek debe intentar guiar a Alendi en la dirección equivocada, para desanimarlo o, de lo contrario, hacerlo fallar en su búsqueda. Alendi no sabe que ha sido engañado, que todos hemos sido engañados, y ahora no quiere escucharme.

55

Straff despertó con el frío de la mañana e inmediatamente echó mano a una hoja de fraín negro. Empezaba a ver los beneficios de su adicción. Lo despertaba rápida y fácilmente, haciendo que su cuerpo se sintiera cálido a pesar de lo intempestivo de la hora. En vez de costarle una hora prepararse, como en otros tiempos, estaba listo en cuestión de minutos, vestido y dispuesto a afrontar el día.

Y un día glorioso iba a ser.

Janarle se reunió con él ante su tienda y los dos recorrieron el agitado campamento. Las botas de Straff crujían sobre la nieve y el hielo mientras se acercaba a su caballo.

—Los incendios se han extinguido, mi señor —explicó Janarle—. Probablemente debido a la nieve. Los koloss habrán terminado su saqueo y se habrán resguardado del frío. Nuestros exploradores temen acercarse demasiado, pero dicen que la ciudad parece un cementerio. Silenciosa y desierta, a excepción de los cadáveres.

—A lo mejor se han matado entre sí —dijo Straff alegremente, montando a caballo, el aliento condensándose en el frío aire de la mañana. A su alrededor, su ejército estaba en formación. Cincuenta mil soldados ansiosos ante la perspectiva de tomar la ciudad. No solo habría saqueo por delante, sino que mudarse a Luthadel significaría un techo y paredes para todos ellos.

—A lo mejor —respondió Janarle, montando.

Eso sí que sería conveniente, pensó Straff con una sonrisa. *Todos mis enemigos muertos, la ciudad y sus riquezas mías, y ningún skaa por el que preocuparse.*

—¡Mi señor! —exclamó alguien.

Straff alzó la cabeza. El terreno que se extendía entre su campamento y la ciudad era gris y blanco, el color de la nieve manchada de ceniza. Y reunidos en su extremo más alejado estaban los koloss.

—Parece que están vivos a pesar de todo, mi señor —dijo Janarle.

—En efecto —respondió Straff, frunciendo el ceño. Todavía quedaban un montón de criaturas. Salían por la puerta norte, sin atacar de momento, reuniéndose en un gran cuerpo.

—Los exploradores dicen que hay menos que antes —dijo Janarle tras una pausa—. Quizá dos tercios del número original, quizá un poco menos. Pero siguen siendo koloss...

—Pero están abandonando sus fortificaciones. —Straff sonrió. El fraín negro calentaba su sangre como si estuviera quemando metales—. Y vienen hacia nosotros. Que ataquen. Esto debería terminar muy rápido.

—Sí, mi señor —contestó Janarle, un poco menos seguro. Frunció entonces el ceño y señaló hacia la parte sur de la ciudad—. ¿Mi... señor?

—¿Qué pasa ahora?

—Soldados, mi señor. Humanos. Parece que son varios miles.

Straff frunció el ceño.

—¡Todos deberían estar muertos!

Los koloss atacaron. El caballo de Straff corcoveó cuando los monstruos azules cruzaron a la carrera el campo gris y las tropas humanas se organizaban detrás.

—¡Arqueros! —gritó Janarle—. ¡Preparad la primera descarga!

Tal vez no debería estar en primera línea, pensó Straff de repente. Volvió grupas, y entonces advirtió algo. Una flecha salió disparada de pronto de entre las filas de koloss al ataque.

Pero los koloss no usaban arcos. Además, los monstruos estaban todavía muy lejos y aquel objeto era demasiado grande para ser una flecha, en cualquier caso. ¿Una roca, tal vez? Parecía más grande que...

Empezó a descender hacia el ejército de Straff. Absorto en el extraño objeto, Straff contempló el cielo. A medida que caía, fue viéndolo más claro. No era una flecha, ni una roca.

Era una persona... una persona con una aleteante capa de bruma.

—¡No! —gritó Straff. ¡Se suponía que se había marchado!

Vin chilló desde el cielo en su salto de acero potenciado con duraluminio, la inmensa espada koloss ligera en sus manos. Golpeó a Straff directamente en la cabeza y luego continuó hacia abajo, hasta hundirse en el suelo levantando nieve y tierra helada con la potencia de su impacto.

El caballo cayó partido en dos a lo ancho. Lo que quedaba del antiguo rey se desplomó con el cadáver del equino. Vin miró los restos, sonrió torvamente y se despidió de Straff.

Elend, después de todo, le había advertido lo que le sucedería si atacaba la ciudad.

Los generales y ayudantes de Straff se quedaron sin habla a su alrededor. Tras ella, el ejército koloss avanzaba, y la confusión en las filas de Straff hacía que las andanadas de los arqueros fueran irregulares y menos efectivas.

Vin asió con fuerza espada y se empujó hacia delante con acero aumentado por el duraluminio. Los jinetes cayeron, las herraduras de las bestias resbalaron y los soldados fueron apartados en un círculo de varias docenas de metros. Los hombres gritaban.

Bebió otro frasco, restaurando acero y peltre. Entonces saltó, incitando a los generales y otros oficiales al ataque. Mientras avanzaba, sus tropas de koloss alcanzaron las primeras filas del ejército de Straff, y comenzó la auténtica carnicería.

—¿Qué están haciendo? —preguntó Cett, arrebujándose en su capa mientras lo colocaban y ataban a la silla.

—Parece que atacan —dijo Bahmen, uno de sus ayudantes—. ¡Mira! ¡Luchan con los koloss!

Cett frunció el ceño, abrochándose la capa.

—¿Un tratado?

—¿Con los koloss? —preguntó Bahmen.

Cett se encogió de hombros.

—¿Quién va a ganar?

—Es imposible decirlo, mi señor. Los koloss son...

—¿Qué es eso? —preguntó imperiosa Allrianne, remontando a caballo la nevada cuesta en compañía de un par de avergonzados guardias. Cett, naturalmente, les había ordenado que la retuvieran en el campamento... pero también esperaba, claro, que ella superara ese contratiempo.

Al menos puedo contar con que se haya retrasado acicalándose por la mañana, pensó divertido. Ella llevaba uno de sus vestidos impolutos, el pelo bien peinado. En un edificio ardiendo, Allrianne se hubiese detenido a comprobar su maquillaje antes de escapar.

—Parece que ha empezado la batalla —dijo Cett, indicando la lucha.

—¿Fuera de la ciudad? —preguntó Allrianne, acercándose a él. Entonces sonrió—. ¡Están atacando la posición de Straff!

—Sí —dijo Cett—. Y eso deja la ciudad...

—¡Tenemos que ayudarlos, padre!

Cett puso los ojos en blanco.

—Sabes que no vamos a hacer nada de eso. Esperaremos a ver quién gana. Si están lo bastante débiles, cosa que espero, los atacaremos. No he traído a todos mis hombres, pero tal vez...

Guardó silencio al advertir la mirada de Allrianne. Abrió la boca para hablar, pero antes de que pudiera hacerlo, ella espoleó su caballo.

Los guardias maldijeron y trataron, demasiado tarde, de agarrar sus riendas. Cett permaneció quieto, desconcertado. Aquello era una locura, incluso para ella. No se atrevería...

Allrianne galopó colina abajo hacia la batalla. Entonces se detuvo, como Cett esperaba. Se volvió a mirarlo.

—¡Si quieres protegerme, padre, será mejor que ataques!

Se dio media vuelta sin más y empezó a galopar de nuevo. Su caballo levantaba la nieve del suelo.

Cett no se movió.

—Mi señor —dijo Bahmen—. Esas fuerzas parecen casi igualadas. Cincuenta mil hombres contra unos doce mil koloss y unos cinco mil hombres. Si añadimos nuestra fuerza a cualquiera de los dos bandos...

¡Maldita muchacha estúpida!, pensó Cett, viendo alejarse a Allrianne.

—¿Mi señor? —preguntó Bahmen.

¿Por qué vine a Luthadel, para empezar? ¿Porque de verdad pensaba que podía tomar la ciudad? ¿Sin alománticos, con una revuelta en mi propia tierra? ¿O fue porque estaba buscando algo? Una confirmación de las historias. Un poder como el que vi aquella noche cuando la Heredera estuvo a punto de matarme.

¿Cómo han conseguido exactamente que los koloss luchen con ellos?

—¡Agrupa a nuestras fuerzas! —ordenó Cett—. Vamos a marchar a la defensa de Luthadel. ¡Y que alguien envíe jinetes tras esa loca hija mía!

Sazed cabalgaba en silencio. Su caballo avanzaba despacio sobre la nieve. Ante él la batalla se recrudecía, pero se hallaba lo suficientemente alejado para estar fuera de peligro. Había dejado la ciudad atrás, donde las mujeres y los ancianos supervivientes observaban desde las murallas. Vin los había salvado de los koloss. El verdadero milagro sería que pudiera salvarlos de los otros dos ejércitos.

Sazed no se unió a la lucha. Sus mentes de metal estaban casi vacías y su cuerpo casi tan cansado como su mente. Simplemente detuvo el caballo, que resoplaba en el frío, mientras contemplaba la llanura nevada.

No sabía cómo enfrentarse a la muerte de Tindwyl. Se sentía... vacío. Deseaba poder dejar de sentir. Deseaba volver atrás y defender la puerta de ella en vez de la suya propia. ¿Por qué no había ido a buscarla cuando se enteró de su caída? Ella todavía estaba viva entonces. Podría haberla protegido...

¿Por qué seguía preocupándose? ¿Por qué molestarse?

Pero los que tenían fe no se equivocaban, pensó. *Vin volvió para defender la ciudad. Yo perdí la esperanza, pero ellos no lo hicieron nunca.*

Espoleó de nuevo su caballo. Los sonidos de la batalla se oían a lo lejos. Trató de concentrarse en cualquier cosa que no fuera Tindwyl, pero no podía quitarse de la cabeza las cosas que había estudiado con ella. Los datos e historias se volvieron más preciosos, pues eran un vínculo con Tindwyl. Un vínculo doloroso, pero no podía soportar descartarlo.

El Héroe de las Eras no estaba destinado a ser simplemente un guerrero, pensó, todavía cabalgando lentamente hacia el campo de batalla. *Era una persona que unía a las demás, que las acercó. Un líder.*

Sabía que Vin pensaba que era el Héroe. Pero Tindwyl tenía razón: era demasiada coincidencia. Y él ni siquiera estaba seguro de qué creía. Si es que todavía creía en algo.

El Héroe de las Eras surgió del pueblo de Terris, pensó, viendo atacar a los koloss. *No pertenecía a la realeza, pero acabó perteneciendo a ella.*

Sazed detuvo su caballo en el centro del campo despejado y desierto. Las flechas sobresalían de la nieve a su alrededor, y el terreno estaba cubierto de huellas. En la distancia, oyó un tambor. Se volvió y vio un ejército de hombres que marchaba sobre una colina, al oeste. Llevaban el estandarte de Cett.

Capitaneaba las fuerzas del mundo. Los reyes cabalgaban en su ayuda.

Las fuerzas de Cett se unieron a la batalla contra Straff. Hubo un choque de metal contra metal y cuerpos gimiendo mientras un nuevo frente era atacado. Sazed permaneció inmóvil entre la ciudad y los ejércitos. Las fuerzas de Vin seguían estando en desventaja, pero Sazed observó que el ejército de Straff empezaba a retroceder. Se dividió en grupos, cuyos miembros lucharon sin dirección. Sus movimientos indicaban el terror que sentían.

Está matando a sus generales, pensó Sazed.

Cett era un hombre astuto. Cabalgaba a la batalla, pero permaneció en la retaguardia: sus enfermedades lo obligaban a estar atado a la silla y le costaba combatir. A pesar de todo, sumándose a la lucha se aseguraba de que Vin no volviera a sus koloss contra él.

Pues Sazed no tenía ninguna duda de quién vencería en ese conflicto. De hecho, antes de una hora, los hombres de Straff empezaron a rendirse en grandes grupos. Los sonidos de la batalla se apagaron, y Sazed hizo avanzar a su caballo.

Sagrado Primer Testigo, pensó. *No me lo creo. Pero, sea como sea, debo estar allí para lo que pase a continuación.*

Los koloss dejaron de luchar y permanecieron inmóviles y silenciosos. Se separaron para dejar paso a Sazed. Al cabo de un rato, vio a Vin de pie, ensangrentada, con la enorme espada koloss sobre un hombro. Unos koloss trajeron a un hombre, un noble elegante con un peto plateado. Lo dejaron caer al suelo, delante de Vin.

Penrod se acercó por detrás con una guardia de honor capitaneada por un koloss. Nadie habló. Los koloss, poco después, volvieron a abrir paso a alguien, y esta vez un receloso Cett avanzó a caballo, rodeado por un gran grupo de soldados dirigido por un koloss.

Cett miró a Vin, luego se rascó la barbilla.

—No ha sido una gran batalla —dijo.

—Los soldados de Straff tenían miedo —respondió Vin—. Tienen frío y no sienten ningún deseo de luchar contra los koloss.

—¿Y sus mandos? —preguntó Cett.

—Los maté. Excepto a este. ¿Tu nombre?

—Lord Janarle —dijo el hombre de Straff. Tenía una pierna rota y los koloss lo sujetaban por cada brazo.

—Straff está muerto —dijo Vin—. Tú controlas este ejército ahora.

El noble inclinó la cabeza.

—No, yo no. Lo controlas tú.

Vin asintió.

—Ponte de rodillas —dijo.

Los koloss lo dejaron caer. Janarle gruñó de dolor, pero inclinó la cabeza.

—Te entrego mi ejército bajo juramento —susurró.

—No —dijo Vin bruscamente—. A mí no: al legítimo heredero de la Casa Venture. Él es ahora tu señor.

Janarle asintió lentamente.

—Muy bien. Como desees. Juro lealtad al hijo de Straff, Elend Venture.

Los distintos grupos esperaron en medio del frío. Sazed se volvió cuando Vin lo hizo, mirando a Penrod. Señaló al suelo. Penrod desmontó en silencio y se arrodilló.

—Yo también juro —dijo—. Ofrezco mi lealtad a Elend Venture.

Vin se volvió hacia lord Cett.

—¿Esperas esto de mí? —dijo el hombre de la barba, divertido.

—Sí —respondió Vin en voz baja.

—¿Y si me niego?

—Entonces te mataré —dijo Vin tranquilamente—. Trajiste ejércitos para atacar mi ciudad. Amenazaste a mi pueblo. No mataré a tus soldados, ni les haré pagar por lo que hiciste, pero a ti te mataré, Cett.

Silencio. Sazed se volvió a contemplar las filas de inmóviles koloss, de pie en la nieve ensangrentada.

—Eso es una amenaza, ¿sabes? —dijo Cett—. Tu Elend nunca permitiría una cosa así.

—Él no está aquí.

—¿Y qué crees que diría? Me diría que no ceda a una exigencia así... El honorable Elend Venture nunca cedería porque alguien estuviera amenazando su vida.

—Tú no eres la clase de hombre que es Elend —dijo Vin—. Y lo sabes.

Cett vaciló antes de sonreír.

—No. No lo soy. —Se volvió hacia sus ayudantes—. Ayudadme a desmontar.

Vin contempló en silencio cómo los guardias desataban las piernas de Cett y luego lo bajaban al suelo nevado. Se inclinó.

—Muy bien, pues. Juro lealtad a Elend Venture. Es bienvenido a mi reino... suponiendo que pueda recuperarlo de ese maldito obligador que ahora lo controla.

Vin asintió y se volvió hacia Sazed.

—Necesito tu ayuda, Sazed.

—Lo que tú ordenes, señora.

—Por favor, no me llames así.

—Como desees.

—Eres el único en quien confío, Sazed —dijo Vin, ignorando a los tres hombres que tenía arrodillados delante—. Con Ham herido y Brisa...

—Haré lo que esté en mi mano —respondió Sazed, inclinando la cabeza—. ¿Qué quieres que haga?

—Asegura Luthadel —dijo Vin—. Que la gente quede a cubierto, y manda traer suministros de los almacenes de Straff y las fábricas de conservas de Cett. Sitúa los ejércitos para que no se maten entre sí y luego envía un pelotón a traer a Elend. Viene de camino por la carretera del canal.

Sazed asintió, y Vin se volvió hacia los tres reyes arrodillados.

—Sazed es mi segundo. Lo obedeceréis como me obedeceréis a mí u obedeceréis a Elend.

Cada uno de ellos asintió.

—Pero ¿dónde estarás tú? —preguntó Penrod, alzando la cabeza.

Vin suspiró y de pronto pareció enormemente débil.

—Durmiendo —dijo, y dejó caer la espada. Entonces se empujó contra ella y salió disparada de espaldas al cielo, hacia Luthadel.

Él dejó ruinas a su paso, pero fue olvidado, pensó Sazed, volviéndose para verla volar. *Él creó reinos, y luego los destruyó mientras creaba el mundo de nuevo. Nos equivocamos con su género.*

FIN DE LA QUINTA PARTE

SEXTA PARTE

PALABRAS EN ACERO

*Si Rashek no consigue desviar a Alendi, he instruido al muchacho
para que mate a mi antiguo amigo.*

56

¿Cómo puede Vin soportar esto?, se preguntó Elend. Apenas podía
ver a seis metros en la bruma. Los árboles parecían fantasmas a su alrededor y sus ramas se curvaban sobre el camino. La bruma casi parecía
viva: se movía, se arremolinaba y revoloteaba con el frío aire nocturno.
Parecía agarrar su aliento, como si absorbiera una parte de sí mismo.

Elend tembló y siguió caminando. La nieve se había fundido a
trozos en los últimos días y quedaban montones blancos en las zonas
sombreadas. El camino del canal, afortunadamente, estaba despejado
casi por completo.

Caminaba con un hatillo al hombro, llevando solo lo necesario.
A sugerencia de Fantasma, habían cambiado sus caballos en una aldea
varios días antes. Habían agotado a los animales y Fantasma calculaba
que tratar de alimentarlos y mantenerlos con vida durante el último
tramo del viaje a Luthadel no merecería la pena.

Además, lo que fuera a suceder en la ciudad probablemente ya
había tenido lugar. Así que Elend caminaba, solo, en la oscuridad.
A pesar de lo fantasmagórico que era todo, mantuvo su palabra y viajó únicamente de noche. No solo era voluntad de Vin: también Fantasma decía que la noche era más segura. Pocos viajeros se enfrentaban a las brumas. Por tanto, la mayoría de los bandidos no se atrevían
a recorrer los caminos de noche.

Fantasma iba delante. Sus agudos sentidos le permitían detectar el
peligro antes de que Elend se topara con él. *¿Cómo funciona, por cierto?*, se preguntó Elend mientras caminaba. *Se supone que el estaño te
permite ver mejor. Pero ¿qué importa hasta dónde puedas ver si las brumas lo ocultan todo?*

Los escritores sostenían que la alomancia permitía a una persona penetrar de algún modo en las brumas. Elend siempre se había preguntado cómo sería. Naturalmente, también se había preguntado cómo sería sentir la fuerza del peltre o luchar con atium. Los alománticos eran poco corrientes, incluso en las Grandes Casas. Sin embargo, por la manera en que Straff lo había tratado siempre, Elend se había sentido culpable de no ser uno de ellos.

Pero acabé siendo rey, incluso sin alomancia, pensó, sonriendo para sí. Había perdido el trono, cierto. Pero, aunque ellos podían quitarle la corona, no podían hacer lo mismo con sus logros. Había demostrado que una Asamblea podía funcionar. Había protegido a los skaa, les había dado derechos y un gusto por la libertad que no olvidarían nunca. Había hecho más de lo que nadie esperaba de él.

Algo se agitó en las brumas.

Elend se detuvo, oteando la oscuridad. *Parecen hojas*, pensó, nervioso. *¿Algo que se mueve en ellas? ¿O... el viento las agita?*

Decidió en ese momento que no había nada más inquietante que estar contemplando en la brumosa oscuridad las siluetas siempre cambiantes. Prefería enfrentarse al ejército de koloss que estar allí solo, de noche, en un bosque desconocido.

—Elend —susurró alguien.

Elend se volvió sobre sus talones. Se llevó una mano al pecho cuando vio acercarse a Fantasma. Pensó en reprender al muchacho por aproximarse de esa forma, pero..., bueno, en realidad no había otra forma de hacerlo en medio de las brumas.

—¿Has visto algo? —preguntó Fantasma en voz baja.

Elend negó con la cabeza.

—Pero me parece haber oído algo.

Fantasma asintió y luego se perdió de nuevo en las brumas. Elend no supo si continuar o esperarlo. No tuvo que debatir mucho rato. Fantasma regresó al cabo de un instante.

—No hay nada de lo que preocuparse —dijo—. Es un espectro de la bruma.

—¿Qué?

—Un espectro de la bruma —dijo Fantasma—. Ya sabes. Esas cosas grandes y retorcidas relacionadas con los kandra. ¡No me digas que no has oído hablar de ellos!

—Sí que he oído —respondió Elend, escrutando nervioso la oscuridad—. Pero nunca había pensado verme en las brumas con uno.

Fantasma se encogió de hombros.

—Probablemente sigue nuestro rastro, esperando que dejemos basura que pueda comerse. Suelen ser inofensivos.

—¿Suelen?

—Probablemente sabes más sobre ellos que yo. Mira, no he venido a hablar de bichos carroñeros. Hay luz ahí delante.

—¿Una aldea? —preguntó Elend, tratando de recordar el camino que habían seguido antes.

Fantasma negó con la cabeza.

—Parecen hogueras.

—¿Un ejército?

—Tal vez. Estoy pensando que deberías esperar un poco. Podría ser embarazoso si te toparas con un puesto de guardia.

—De acuerdo.

Fantasma asintió y se perdió en las brumas.

Y Elend volvió a quedarse solo en la oscuridad. Tiritó, se arrebujó en su capa y miró las brumas en la dirección donde había oído al espectro. Sí, había leído cosas sobre ellos. Sabía que supuestamente eran inofensivos. Pero la idea de que hubiera algo reptando ahí fuera, con el esqueleto compuesto de huesos diversos, vigilándolo...

No pienses en eso, se dijo Elend.

Centró su atención en las brumas. Vin tenía razón en una cosa, al menos. Cada vez duraban más tras el amanecer. Algunas mañanas no se disipaban hasta una hora después de la salida del sol. Elend imaginaba el desastre que asolaría la tierra si las brumas persistían todo el día. Las cosechas se perderían, los animales morirían de hambre y la civilización se desplomaría.

Pensar en la Profundidad y las brumas como una misma entidad tenía cierto sentido. ¿Cómo era posible que un solo monstruo —tal y como afirmaban los obligadores y aceptaba la mayoría de los eruditos—, por peligroso que fuese, amenazara a toda una tierra? Pero las brumas podían matar plantas a gran escala. ¿Serían capaces también de matar a personas, como había sugerido Sazed?

Las vio agitarse a su alrededor, juguetonas, engañosas. Sí, podía llegar a percibirlas como la Profundidad. Su reputación de ser más aterradoras que un monstruo, más peligrosas que un ejército, estaba bien merecida. De hecho, observándolas como hacía, alcanzaba a visualizarlas intentando jugar con su mente. Por ejemplo, el banco de bruma que tenía justo enfrente parecía dibujar formas. Elend sonrió mientras su mente iba identificando imágenes en las brumas. Una parecía casi una persona, allí de pie delante de él.

La persona dio un paso al frente.

Elend se sobresaltó, dio un pequeño paso hacia atrás y pisó la nieve congelada. *No seas tonto*, se dijo. *La mente te está jugando malas pasadas. No hay nada...*

La silueta brumosa dio otro paso. Era confusa, casi informe, y, sin embargo, parecía real. Movimientos aleatorios en la bruma formaban su cara, su cuerpo, sus piernas.

—¡Por el lord Legislador! —gritó Elend, dando un salto atrás. La cosa continuó mirándolo.

Me estoy volviendo loco, pensó. Las manos le temblaban. La silueta de bruma se detuvo a unos pocos palmos de él, y entonces alzó la mano derecha y señaló.

Al norte. Lejos de Luthadel.

Elend frunció el ceño y miró hacia donde señalaba la figura. No había nada más que brumas vacías. Se volvió hacia ella, pero permanecía quieta, con el brazo levantado.

Vin me habló de esta cosa, recordó, controlando su miedo. *Trató de advertirme. ¡Y yo creía que se lo estaba inventando!* Tenía razón... igual que tenía razón al decir que las brumas permanecían más tiempo durante el día, y en cuanto a la posibilidad de que fueran la Profundidad. Elend estaba empezando a preguntarse cuál de los dos era el erudito.

La figura de bruma continuó señalando.

—¿Qué? —preguntó Elend, y su propia voz sonó fantasmal en el aire silencioso.

La figura dio un paso adelante, el brazo todavía levantado. Elend echó inútilmente mano a la espada, pero no retrocedió.

—¡Dime qué deseas de mí!

La criatura volvió a señalar. Elend ladeó la cabeza. Desde luego, no parecía amenazadora. De hecho, notaba una antinatural sensación de paz surgir de ella.

¿Alomancia?, pensó. *¡Está tirando de mis emociones!*

—¿Elend? —La voz de Fantasma sonó entre las brumas.

La figura se disolvió de repente, fundiéndose en la bruma. Fantasma se acercó, el rostro oscuro y ensombrecido por la noche.

—¿Elend? ¿Qué estabas diciendo?

Elend apartó la mano de la espada y se enderezó. Miró las brumas, todavía no demasiado convencido de no estar viendo cosas.

—Nada —respondió.

Fantasma se volvió a mirar el lugar por donde había venido.

—Tendrías que venir a ver esto.

—¿El ejército? —preguntó Elend, frunciendo el ceño.

Fantasma negó con la cabeza.

—No. Los refugiados.

—Los guardadores están muertos, mi señor —dijo el anciano, sentado frente a Elend. No tenía tienda, solo una manta tendida sobre varios palos—. O están muertos o han sido capturados.

Otro hombre le trajo a Elend una taza de té caliente, con servilismo. Ambos llevaban ropa de mayordomo y, aunque sus ojos indicaban agotamiento, sus túnicas y sus manos estaban limpias.

Viejas costumbres, pensó Elend, asintiendo agradecido mientras daba un sorbo. *Los pueblos de Terris pueden haberse declarado independientes, pero mil años de servidumbre no se olvidan tan fácilmente.*

El campamento era extraño. Fantasma decía haber contado casi un millar de personas en él, un número de pesadilla para cuidarlas, alimentarlas y organizarlas en el frío invierno. Muchos eran ancianos, y los hombres eran casi todos mayordomos: eunucos criados para el servicio doméstico, sin ninguna experiencia como cazadores.

—Cuéntame qué ha pasado —pidió Elend.

El anciano mayordomo asintió, tembloroso. No parecía particularmente frágil (de hecho, tenía el mismo aire de controlada dignidad que solían tener la mayoría de los mayordomos), pero su cuerpo se sacudía con un lento temblor crónico.

—El Sínodo salió de la clandestinidad, mi señor, cuando cayó el imperio. —Aceptó una taza de té. Elend advirtió que solo estaba medio llena; una precaución afortunada, ya que con los temblores el anciano mayordomo casi derramó su contenido—. Sus miembros se convirtieron en nuestros gobernantes. Tal vez no fue sabio dejar la clandestinidad tan pronto.

—He conocido a guardadores, amigo —dijo Elend amablemente—. Me resulta difícil creer que puedan haber sido derrotados con facilidad. ¿Quién lo ha hecho?

—Los inquisidores de Acero, mi señor.

Elend se estremeció. *Así que es ahí donde han estado.*

—Había docenas, mi señor —continuó el anciano—. Atacaron Tathingdwen con un ejército de brutos koloss. Pero eso no fue más que una maniobra de distracción, creo. Su verdadero objetivo eran el Sínodo y los guardadores mismos. Mientras nuestro ejército luchaba contra las bestias, los inquisidores atacaron a los guardadores.

Lord Legislador... pensó Elend, con un nudo en el estómago. *¿Qué hacemos ahora con el libro que Sazed nos dijo que entregáramos al Sínodo? ¿Se lo damos a estos hombres o lo conservamos?*

—Se llevaron los cadáveres consigo, mi señor. Terris está en ruinas, y por eso nos dirigimos al sur. ¿Dices que conoces al rey Venture?

—Yo... lo conozco —dijo Elend—. Gobernaba Luthadel, mi ciudad.

—¿Crees que nos aceptará? —preguntó el anciano—. Ya apenas nos quedan esperanzas. Tathingdwen era la capital de Terris, pero no era muy grande. Somos pocos, hoy en día... El lord Legislador se encargó de eso.

—Yo... no sé si Luthadel puede ayudaros, amigo.

—Podemos servir bien —prometió el anciano—. Fuimos demasiado orgullosos al declararnos libres, creo. Pugnábamos por sobrevivir incluso antes de que los inquisidores atacaran. Tal vez nos hicieron un favor al expulsarnos.

Elend negó con la cabeza.

—Los koloss atacaron Luthadel hace poco más de una semana —dijo en voz baja—. Yo mismo soy un refugiado, maese mayordomo. Por lo que sé, la ciudad ha caído.

El anciano guardó silencio.

—Ah, comprendo —dijo por fin.

—Lo siento. Regresaba para ver qué ha sucedido. Dime... Recorrí este camino no hace mucho. ¿Cómo es que no os encontré cuando me dirigía al norte?

—No vinimos por la ruta del canal, mi señor —explicó el anciano—. Vinimos a campo través, para avituallarnos en Suringshath. Entonces... ¿no sabes nada más de Luthadel? Allí vivía una destacada miembro del Sínodo. Esperábamos que pudiera ofrecernos consejo.

—¿Lady Tindwyl? —preguntó Elend.

El anciano alzó la cabeza.

—Sí. ¿La conoces?

—Era ayudante en la corte del rey —dijo Elend.

—Podría considerarse que la guardadora Tindwyl es ahora nuestro líder —dijo el anciano—. No estamos seguros de cuántos guardadores ambulantes hay, pero ella es la única integrante conocida del Sínodo que estaba fuera de la ciudad cuando fuimos atacados.

—Seguía en Luthadel cuando me marché.

—Entonces puede que todavía esté viva. Podemos abrigar esperanzas, creo. Te doy las gracias por tu información, viajero. Por favor, siéntete cómodo en nuestro campamento.

Elend asintió y se puso en pie. Fantasma se encontraba cerca, junto a un par de árboles, en medio de la bruma. Elend se reunió con él.

La gente mantenía grandes hogueras encendidas de noche, como para desafiar a las brumas. La luz conseguía dispersar un poco su poder... pero también parecía acentuarlas creando sombras tridimensionales que engañaban al ojo. Fantasma estaba apoyado contra un tronco retorcido, contemplando cosas que Elend no podía ver. Sin embargo, oía lo que Fantasma debía de estar escuchando: niños que lloraban, mujeres que tosían, ganado que se agitaba.

—No tiene buen aspecto, ¿no? —dijo Elend en voz baja.

Fantasma meneó la cabeza.

—Ojalá apagaran esas hogueras —murmuró—. La luz me lastima los ojos.

—No son tan brillantes.

Fantasma se encogió de hombros.

—Solo es un desperdicio de madera.

—Deja que disfruten de un poco de comodidad, por ahora. Tendrán poca en las semanas próximas.

Elend contempló el paso de un pelotón de «soldados» de Terris, un grupo de hombres que a todas luces habían sido mayordomos. Su postura era excelente y caminaban con elegancia, pero Elend dudaba que supieran usar un arma que no fuera un cuchillo de cocina.

No, no hay ningún ejército en Terris para ayudar a mi pueblo.

—Enviaste a Vin de vuelta para reunir a nuestros aliados —dijo Fantasma en voz baja—. Para que vinieran a reunirse con nosotros y quizá para buscar refugio en Terris.

—Lo sé.

—No podremos reunirnos en Terris. No estando los inquisidores allí.

—Lo sé —repitió Elend.

Fantasma guardó silencio un momento.

—El mundo entero se está haciendo pedazos, El —dijo finalmente—. Terris, Luthadel...

—Luthadel no ha sido destruida —respondió Elend, mirando bruscamente a Fantasma.

—Los koloss...

—Vin habrá encontrado un modo de detenerlos. Por lo que sabemos, ya habrá encontrado el poder del Pozo de la Ascensión. Tenemos que continuar nuestro camino. Podremos reconstruir lo que se haya perdido, y lo haremos. Luego nos encargaremos de ayudar a Terris.

Fantasma vaciló, luego asintió y sonrió. A Elend le sorprendió ver cómo sus palabras de confianza parecían aliviar las preocupaciones del muchacho. Fantasma miraba la taza de té aún humeante de Elend, y este se la entregó murmurando que no le gustaba el té de raíz corazón. Fantasma bebió feliz.

Elend, sin embargo, estaba más preocupado de lo que quería admitir. *La Profundidad que regresa, fantasmas en la bruma y los inquisidores apoderándose del dominio de Terris. ¿Qué más se me habrá pasado por alto?*

Es una esperanza remota. Alendi ha sobrevivido a asesinos, guerras y catástrofes. Y, sin embargo, espero que en las montañas heladas de Terris pueda finalmente ser detenido. Espero un milagro.

57

—Mirad, todos sabemos lo que hay que hacer —dijo Cett, dando un golpe sobre la mesa—. Tenemos aquí a nuestros ejércitos, preparados y dispuestos para la lucha. ¡Ahora, vamos a recuperar mi maldito país!

—La emperatriz no nos ha ordenado nada de eso —dijo Janarle entre sorbos de té, completamente inmune a la falta de decoro de Cett—. Personalmente, creo que deberíamos esperar, al menos hasta que el emperador regrese.

Penrod, el mayor de los tres hombres presentes en la sala, tuvo el tacto suficiente para parecer comprensivo.

—Entiendo que te preocupe tu pueblo, lord Cett. Pero aún no hemos tenido ni una semana para reconstruir Luthadel. Es demasiado pronto para preocuparnos por expandir nuestra influencia. No podemos autorizar esos preparativos.

—Oh, venga ya, Penrod —replicó Cett—. No estás al mando.

Los tres hombres se volvieron hacia Sazed. El terrisano, sentado a la cabecera de la mesa de la sala de reuniones de la fortaleza Venture, se sintió incómodo. Ayudantes y auxiliares, incluidos algunos de los burócratas de Dockson, esperaban en la sala vacía, pero solo los tres gobernantes, reyes sometidos al dominio imperial de Elend, estaban sentados con Sazed a la mesa.

—Creo que no deberíamos apresurarnos, lord Cett —dijo Sazed.

—No es apresuramiento —contestó Cett, golpeando de nuevo la mesa—. ¡Solo quiero enviar exploradores y espías para tener la información necesaria cuando invadamos!

—Si es que invadimos —dijo Janarle—. Si el emperador decide

recuperar Ciudad Fadrex, no será hasta el verano, como muy pronto. Tenemos preocupaciones mucho más acuciantes. Mis ejércitos han estado demasiado tiempo alejados del Dominio Septentrional. Un principio político básico es que hay que estabilizar lo que se tiene antes de ambicionar nuevos territorios.

—¡Bah! —dijo Cett, agitando una mano indiferente.

—Puedes enviar tus exploradores, lord Cett —dijo Sazed—. Pero solo en busca de información. Que no se enzarcen en ninguna refriega ni ningún saqueo, por tentadora que sea la oportunidad.

Cett sacudió la barbuda cabeza.

—Por eso nunca me dediqué a los jueguecitos políticos con el resto del Imperio Final. ¡Las cosas no se hacen nunca porque todo el mundo está demasiado ocupado urdiendo planes!

—Hay mucho que decir a favor de la sutileza, lord Cett —dijo Penrod—. Teniendo paciencia siempre se consigue la mejor recompensa.

—¿La mejor recompensa? —preguntó Cett—. ¿Qué ganó el Dominio Central con esperar? ¡Vosotros esperasteis hasta el momento en que cayó vuestra ciudad! Si no hubierais sido los que tenían a la mejor nacida de la bruma...

—¿La mejor nacida de la bruma, mi señor? —preguntó Sazed tranquilamente—. ¿No la viste tomar el mando de los koloss? ¿No la viste saltar por el cielo como una flecha? Lady Vin no es simplemente «la mejor nacida de la bruma».

El grupo guardó silencio. *Tengo que mantenerlos concentrados en ella*, pensó Sazed. *Sin el liderazgo de Vin, sin la amenaza de su poder, esta coalición se disolvería en un santiamén.*

Se sentía incompetente. No lograba que los hombres se ciñeran al tema y no podía hacer gran cosa por ayudarlos con sus diversos problemas. Solo podía recordarles el poder de Vin.

El problema era que realmente no quería hacerlo. Estaba muy incómodo consigo mismo y experimentaba sentimientos impropios de él. Despreocupación. Apatía. ¿Qué importaba nada de lo que dijeran aquellos hombres? ¿Qué importaba nada, ahora que Tindwyl estaba muerta?

Apretó los dientes, tratando de no distraerse.

—Muy bien —dijo Cett, agitando una mano—. Enviaré a los exploradores. ¿Han llegado ya esos alimentos de Urteau, Janarle?

El joven noble se sintió incómodo.

—Tenemos... problemas con eso, mi señor. Parece que hay un elemento disconforme agitando la ciudad.

—¡No me extraña que quieras enviar las tropas de regreso al Dominio Septentrional! —lo acusó Cett—. ¡Planeas recuperar tu reino y dejar que el mío se pudra!

—Urteau está mucho más cerca que tu capital, Cett —dijo Janarle, volviendo a su té—. Tiene sentido que me establezca allí antes de que centremos nuestra atención en el oeste.

—Dejaremos que la emperatriz tome esa decisión —dijo Penrod. Le gustaba hacer de mediador... Así parecía que estaba por encima de los problemas. En esencia, tomaba el control al interponerse entre los otros dos.

No es muy distinto a lo que Elend intentó hacer con nuestros ejércitos, pensó Sazed. El muchacho tenía más sentido de la estrategia política de lo que Tindwyl había querido reconocer.

No debo pensar en ella, se dijo, cerrando los ojos. Sin embargo, era difícil no hacerlo. Todo lo que Sazed hacía, todo cuanto pensaba parecía equivocado porque ella había muerto. Las luces eran menos brillantes. Le costaba motivarse. Tenía dificultades incluso para prestar atención a los reyes, y aún más para dirigirlos.

Era una locura, lo sabía. ¿Cuánto tiempo hacía que Tindwyl había vuelto a su vida? Solo unos meses.

Sin duda el amor de Tindwyl por él, pese a su falta de hombría, pese a su heterodoxia entre los guardadores, había sido un milagro. Pero ¿a quién debía agradecer esa bendición y a quién maldecir por arrebatarle a Tindwyl? Conocía centenares de dioses. Los odiaría a todos, si creyera que iba a servir de algo.

Por su propia cordura se obligó a prestar atención de nuevo a los reyes.

—Escuchad —estaba diciendo Penrod, inclinado hacia delante con los brazos sobre la mesa—. Creo que estamos enfocando este asunto de la manera equivocada, caballeros. No deberíamos discutir, sino estar contentos. Nos hallamos en una posición única. En el tiempo transcurrido desde la caída del imperio de lord Legislador, docenas, quizá centenares de hombres han tratado de establecerse como reyes de diversas maneras. Lo único que tienen en común, sin embargo, es la inestabilidad.

»Bueno, parece que se nos va a obligar a trabajar juntos. Empiezo a ver las ventajas. Juraré lealtad a la pareja Venture..., incluso aceptaré la excéntrica visión de gobierno de Elend Venture si eso implica seguir en el poder dentro de diez años.

Cett se rascó la barba un momento y luego asintió.

—Es un buen planteamiento, Penrod. Quizá el primero bueno que oigo salir de tu boca.

—Pero no podemos seguir asumiendo que sabemos lo que vamos a hacer —intervino Janarle—. Necesitamos dirección. Sobrevivir a los próximos diez años, sospecho, va a depender enormemente de que yo no acabe apuñalado por esa nacida de la bruma.

—En efecto —dijo Penrod, asintiendo brevemente—. Maese terrisano, ¿cuándo podemos esperar que la emperatriz vuelva a tomar el mando?

Una vez más, los tres pares de ojos se volvieron hacia Sazed.

En realidad me trae sin cuidado, pensó Sazed, e inmediatamente se sintió culpable. Vin era su amiga. Le importaba. Incluso si le costaba que le importara cualquier cosa. Bajó la cabeza, avergonzado.

—Lady Vin sufre las consecuencias de haber recurrido en demasía al peltre —dijo—. Se ha esforzado mucho este último año y, como colofón, vino corriendo hasta Luthadel. Necesita descanso. Creo que deberíamos dejarla tranquila un poco más.

Los demás asintieron y continuaron con su debate. La mente de Sazed se centró de nuevo en Vin. Había malinterpretado su malestar, y empezaba a preocuparse. Recurrir de aquella manera al peltre agotaba el cuerpo, y Sazed sospechaba que ella se había obligado a permanecer despierta quemando metal durante meses seguidos.

Cuando un guardador acumulaba vigilia, pasaba un tiempo durmiendo como si estuviera en coma. Sazed solo podía confiar en que los efectos de aquel terrible arrastre de peltre fuesen los mismos, pues Vin no había despertado ni una sola vez desde que regresara una semana antes.

¿Cuándo iba a despertar? Su ejército koloss esperaba a las puertas de la ciudad, en apariencia controlado aunque ella siguiera inconsciente. Pero ¿por cuánto tiempo? Arrastrar peltre podía matar, si la persona se había forzado demasiado.

¿Qué le sucedería a la ciudad si ella no despertaba nunca?

Cae mucha ceniza últimamente, pensó Elend mientras Fantasma y él salían de los árboles y contemplaban la llanura de Luthadel.

—Mira —señaló Fantasma en voz baja—. Las puertas de la ciudad están rotas.

Elend frunció el ceño.

—Pero los koloss están acampados fuera.

Y el campamento de Straff también se encontraba allí, justo donde estaba antes.

—Cuadrillas de trabajo —dijo Fantasma, haciendo visera con la mano para proteger sus hipersensibles ojos alománticos de la luz del sol—. Parece que están enterrando cadáveres.

La expresión de preocupación de Elend aumentó. *Vin. ¿Qué le ha pasado? ¿Se encuentra bien?*

Siguiendo las indicaciones de los terrisanos, Fantasma y él habían viajado a campo través, asegurándose así de no ser descubiertos por patrullas de la ciudad. Aquel día, contra su costumbre, habían viajado en parte de día para llegar a Luthadel antes del anochecer. Las brumas se levantarían pronto y Elend estaba fatigado por el madrugón y de caminar tanto.

Más que eso, estaba cansado de no saber qué había sucedido en Luthadel.

—¿Puedes ver de quién es la bandera que ondea sobre las puertas? —preguntó.

Fantasma hizo una pausa, al parecer mientras iba avivando sus metales.

—Tuya —dijo por fin, sorprendido.

Elend sonrió. *Bueno, o han conseguido salvar la ciudad o es una trampa muy rebuscada para capturarme.*

—Vamos —dijo, señalando una fila de refugiados que regresaban a la ciudad, probablemente aquellos que habían huido antes y volvían en busca de comida una vez pasado el peligro—. Nos mezclaremos con ellos para entrar.

Sazed suspiró en silencio y cerró la puerta de su habitación. Los reyes habían puesto fin a la reunión del día. Lo cierto era que, considerando que todos se habían enfrentado entre sí unas pocas semanas antes, empezaban a llevarse bastante bien.

Sazed sabía que no era responsable de su reciente amabilidad. Tenía otras preocupaciones.

He visto morir a muchos, pensó, mientras entraba en la habitación. *Kelsier. Jadendwyl. Crenda. Gente a la que respetaba. Nunca me pregunté qué pasaba con su espíritu.*

Dejó la vela sobre la mesa y la frágil llama iluminó unas cuantas páginas sueltas, un montón de extraños clavos de metal extraídos de los cuerpos de los koloss y un manuscrito. Sazed se sentó a la mesa y sus dedos acariciaron las páginas, recordando los días pasados con Tindwyl, estudiando.

Tal vez por eso Vin me puso al mando. Sabía que necesitaría algo que apartara mi mente de Tindwyl.

Y, sin embargo, cada vez quería menos apartar su mente de ella. ¿Qué era más fuerte, el dolor del recuerdo o el dolor del olvido? Él era guardador, el trabajo de su vida era recordar. Olvidar, incluso en nombre de la paz personal, no era algo que le atrajera.

Hojeó el manuscrito, sonriendo amorosamente en la cámara oscura. Había enviado al norte, con Elend y Vin, una versión corregida y revisada. Aquel era el original. El manuscrito garabateado frenética, casi desesperadamente, por dos eminentes eruditos asustados.

Mientras acariciaba la página, la oscilante luz de la vela reveló la bella y firme letra de Tindwyl. Se fundía con los párrafos escritos con la caligrafía más contenida del propio Sazed. En ocasiones, en una página se alternaban sus letras una docena de veces.

No se dio cuenta de que estaba llorando hasta que parpadeó y una lágrima cayó en la página. Bajó la cabeza, aturdido porque la gota emborronó la tinta.

—¿Y ahora qué, Tindwyl? —susurró—. ¿Por qué hicimos esto? Tú nunca creíste en el Héroe de las Eras y yo nunca creí en nada, parece. ¿Qué sentido ha tenido todo esto?

Secó la lágrima con la manga, preservando la página lo mejor que pudo. A pesar de su cansancio, empezó a leer, seleccionando un párrafo al azar. Leyó para recordar. Para pensar en los días en que no le preocupaba por qué estudiaban. Simplemente había disfrutado haciendo lo que más le gustaba, con la persona que más amaba.

Recopilamos todo lo que pudimos encontrar sobre el Héroe de las

Eras y la Profundidad, pensó, leyendo. *Pero gran parte parece contradictorio.*

Se dedicó a una sección concreta que habían incluido a insistencia de Tindwyl. Contenía las contradicciones más evidentes, en palabras de Tindwyl. Las repasó, reflexionando sobre ellas por primera vez. Así era Tindwyl la erudita: una escéptica cautelosa. Acarició los párrafos, leyendo su letra.

El Héroe de las Eras será alto de estatura, decía uno. *Un hombre al que los demás no podrán ignorar.*

El poder no puede ser tomado, decía otro. *De esto estamos seguros. Debe ser contenido, pero no usado. Debe ser liberado.* A Tindwyl eso le parecía una tontería, ya que en otras partes decía que el Héroe usaba el poder para derrotar a la Profundidad.

Todos los hombres son egoístas, decía otro. *El Héroe es un hombre que puede ver las necesidades de todos más allá de sus propios deseos.*

«Si todos los hombres eran egoístas —había preguntado Tindwyl—, entonces ¿cómo podía no serlo el Héroe como se decía en otros párrafos? Y, además, ¿cómo podía esperarse que un hombre humilde conquistara el mundo?»

Sazed sacudió la cabeza, sonriendo. En ocasiones sus objeciones tenían mucha lógica... pero otras veces ella solo quería dar otra opinión, no importaba lo descabellada que fuera. Pasó de nuevo los dedos por la página, pero se detuvo en el primer párrafo.

Alto de estatura, pensó. Eso no podía referirse a Vin. El comentario no procedía del calco, sino de otro libro. Tindwyl lo había incluido porque el calco, la fuente más digna de crédito, decía que sería bajo. Sazed hojeó el libro hasta encontrar el párrafo con la transcripción completa del testimonio de la placa de Kwaan.

La altura de Alendi me sorprendió la primera vez que lo vi. Se trataba de un hombre que superaba a todos los demás, de un hombre que (a pesar de su juventud y su ropa humilde) imponía respeto.

Sazed frunció el ceño. Él había alegado que no había ninguna contradicción, pues un párrafo podía referirse tanto al aspecto como al carácter del Héroe, y no solo a su altura. Ahora, sin embargo, Sazed vaciló, pues entendía las objeciones de Tindwyl por primera vez.

Había un lugar para mí en la tradición de la Anticipación: me consideré el Sagrado Primer Testigo, el profeta que habría de descubrir, según lo predicho, al Héroe de las Eras. Renunciar entonces a Alendi habría sido renunciar a mi nueva posición, a ser aceptado por los demás.

La expresión de preocupación de Sazed aumentó. Siguió el párrafo con un dedo. Fuera oscurecía, y unos cuantos jirones de bruma se enroscaban alrededor de los postigos, arrastrándose hacia el interior de la habitación antes de desvanecerse.

Sagrado Primer Testigo. ¿Cómo se me ha pasado por alto? Así me llamaron en las puertas. No lo reconocí.

—Sazed.

Dio un respingo y estuvo a punto de dejar caer el libro al suelo cuando se dio la vuelta. Vin se hallaba detrás de él, una sombra oscura en la habitación tenuemente iluminada.

—¡Lady Vin! ¡Estás despierta!

—No tendrías que haberme dejado dormir tanto —dijo ella.

—Intentamos despertarte. Estabas en coma.

Ella vaciló.

—Tal vez fuera para bien, lady Vin. La lucha ha terminado, y te has esforzado demasiado en estos últimos meses. Es bueno que descanses, ahora que todo ha acabado.

Ella dio un paso adelante, negando con la cabeza, y Sazed vio que se la veía demacrada en su camisa y sus pantalones de siempre, a pesar de los días de descanso.

—No, Sazed. Esto no ha acabado. Ni de lejos.

—¿Qué quieres decir? —preguntó Sazed, preocupado.

—Sigo oyéndolo en mi cabeza —respondió Vin, llevándose una mano a la frente—. Está aquí. En la ciudad.

—¿El Pozo de la Ascensión? Pero, lady Vin, te mentí al respecto. Sinceramente, y te pido disculpas, no sé si existe siquiera una cosa así.

—¿Crees que soy el Héroe de las Eras?

Sazed desvió la mirada.

—Hace unos días, ante la ciudad, estaba seguro. Pero... últimamente... ya no sé qué creer. Las profecías e historias son un revoltijo de contradicciones.

—Esto no tiene nada que ver con las profecías —dijo Vin, acercándose a la mesa y mirando el libro—. Tiene que ver con lo que hay que hacer. Puedo sentirlo... atrayéndome.

Miró la ventana cerrada, con las brumas enroscadas en los bordes.

Se acercó y abrió los postigos, dejando entrar el frío aire invernal. Vin se enderezó, cerró los ojos y dejó que las brumas la cubrieran.

—Recurrí a su poder una vez, Sazed —dijo—. ¿Lo sabes? ¿Te lo dije? Cuando luché contra el lord Legislador. Extraje poder de las brumas. Así fue como lo derroté.

Sazed se estremeció, pero no de frío, sino por el tono de su voz y el de sus palabras.

—Lady Vin... —dijo, pero no estaba seguro de cómo continuar. ¿Recurrir a las brumas? ¿Qué quería decir?

—El Pozo está aquí —repitió ella, asomándose a la ventana, mientras la bruma se desparramaba por la habitación.

—No puede ser, lady Vin. Todos los informes coinciden. El Pozo de la Ascensión se hallaba en las montañas de Terris.

Vin negó con la cabeza.

—Él cambió el mundo, Sazed.

—¿Qué?

—El lord Legislador —susurró ella—. Creó los Montes de Ceniza. Los archivos dicen que creó los enormes desiertos que rodean el imperio, que rompió la tierra para conservarla. ¿Por qué debemos suponer que las cosas son como eran cuando él llegó por primera vez al Pozo? Creó montañas. ¿Por qué no pudo allanarlas?

Sazed sintió un escalofrío.

—Es lo que yo haría —dijo Vin—. Si supiera que el poder iba a regresar, si quisiera conservarlo. Escondería el Pozo. Dejaría que la leyenda hablara de montañas al norte. Luego, construiría mi ciudad alrededor del Pozo para poder vigilarlo. —Se volvió a mirarlo—. Está aquí. El poder espera.

Sazed abrió la boca para poner reparos, pero no fue capaz de decir nada. No tenía ninguna fe. ¿Quién era él para discutir esas cosas? Mientras vacilaba, oyó voces abajo, en el exterior.

¿*Voces?*, pensó. *¿De noche? ¿En las brumas?* Curioso, se esforzó por oír lo que decían, pero estaban demasiado lejos. Rebuscó en la bolsa que había junto a su mesa. La mayoría de sus mentes de metal estaban vacías: solo llevaba las mentecobres con sus depósitos de antiguo conocimiento. Dentro del saco, encontró una bolsita. Contenía los diez anillos que había preparado para el asedio, pero no había llegado a usar. La abrió, sacó uno y se guardó la bolsa en el cinturón.

Con ese anillo, una mentelatón, podía decantar audición. Las palabras de abajo le llegaron con claridad.

—¡El rey! ¡El rey ha regresado!

Vin saltó por la ventana.

—Yo tampoco comprendo cómo lo hace, El —dijo Ham mientras caminaba, todavía con el brazo en cabestrillo.

Elend paseaba por las calles de la ciudad, seguido por la gente que hacía comentarios entusiasmada. La multitud se crecía a medida que la gente se iba enterando del regreso de Elend.

Fantasma miraba a la gente con resquemor, pero parecía disfrutar de su atención.

—Estuve fuera de juego durante la última parte de la batalla —estaba diciendo Ham—. Solo el peltre me mantuvo con vida. Los koloss masacraron a mi equipo, destrozaron las murallas de la fortaleza que defendía. Escapé y encontré a Sazed, pero para entonces mi mente empezaba a empantanarse. Recuerdo haber caído inconsciente ante la fortaleza Hasting. Cuando desperté, Vin ya había recuperado la ciudad. Yo...

Se detuvieron. Vin estaba plantada en la calle, ante ellos. Silenciosa, oscura. En medio de las brumas, casi parecía el espíritu que Elend había visto antes.

—¿Vin?

—Elend —dijo ella, corriendo a sus brazos, y el aire de misterio desapareció. Temblaba cuando se abrazó a él—. Lo siento. Creo que he hecho algo mal.

—¿Sí? ¿Qué?

—Te he convertido en emperador.

Elend sonrió.

—Me he dado cuenta, y acepto.

—¿Después de todo lo que hiciste para asegurarte de que el pueblo tuviera una oportunidad?

Elend sacudió la cabeza.

—Estoy empezando a pensar que mis opiniones eran simplistas. Honradas, pero... incompletas. Ya nos encargaremos de esto. Ahora tan solo me alegro de encontrar mi ciudad en pie.

Vin sonrió. Parecía cansada.

—¿Vin? —preguntó él—. ¿Sigues recurriendo al peltre?

—No. Es otra cosa. —Miró a un lado, pensativa, como si estuviera decidiendo algo—. Ven —dijo.

Sazed estaba asomado a la ventana, con una segunda mentestaño amplificando su visión. En efecto, abajo estaba Elend. Sonrió, aliviando un peso de su alma. Se dio media vuelta dispuesto a ir a reunirse con el rey.

Y entonces vio algo revoloteando en el suelo. Un trozo de papel. Se arrodilló para recogerlo y reconoció su propia letra. Tenía los bordes irregulares por haber sido arrancados. Frunció el ceño, se acercó a su mesa, abrió el libro por la página con la narración de Kwaan. Faltaba un trozo. El mismo trozo que antes, el mismo que habían arrancado cuando estaba con Tindwyl. Casi había olvidado el extraño suceso de las páginas con la misma frase arrancada.

Había reescrito esa página a partir de su mente de metal, después de encontrar las páginas rasgadas. Habían vuelto a arrancar lo mismo, la última frase. Solo para asegurarse, la acercó al libro. Encajaba perfectamente. *Alendi no debe alcanzar el Pozo de la Ascensión. No debe hacerse con el poder*, decía. Eran las palabras exactas que Sazed tenía en su memoria, las palabras exactas del calco.

¿Por qué le preocupaba a Kwaan eso?, pensó, sentándose. Según él, conocía a Alendi mejor que a nadie. De hecho, lo llama honorable en varias ocasiones.

¿Por qué le preocupaba tanto a Kwaan que Alendi tomara el poder para sí?

Vin caminaba entre las brumas. Elend, Ham y Fantasma la seguían, después de que, a una orden de Elend, la multitud se hubiera dispersado por las calles de la ciudad, aunque todavía quedaban algunos soldados para protegerlo.

Vin continuó avanzando, sintiendo los pulsos, los golpes, el poder que estremecía su alma. ¿Por qué no podían sentirlo los demás?

—¿Vin? —preguntó Elend—. ¿Adónde vamos?

—A Kredik Shaw —respondió ella en voz baja.

—Pero... ¿por qué?

Ella sacudió la cabeza. Ahora sabía la verdad. El Pozo estaba en la ciudad. Por el modo en que aumentaban los pulsos, se hubiese dicho que su procedencia sería más difícil de determinar. Pero no era así. Ahora que los golpes eran fuertes, le resultaba más fácil.

Elend miró a los demás y vio lo preocupados que estaban. Ante ellos, Kredik Shaw se alzaba en la noche. Sus torres, como clavos enormes, sobresalían del terreno siguiendo un trazado irregular, levantándose acusadoras hacia las estrellas del cielo.

—Vin —dijo Elend—. Las brumas actúan... extrañamente.

—Lo sé. Me están guiando.

—No, más bien parece que se estén apartando de ti.

Vin sacudió la cabeza. Eso le parecía bien. ¿Cómo podía explicarlo? Juntos entraron en los restos del palacio del lord Legislador.

El Pozo ha estado aquí todo el tiempo, pensó Vin, divertida. Podía sentir los pulsos vibrando por todo el edificio. ¿Por qué no lo había notado antes?

Los pulsos eran demasiado débiles, comprendió. *El Pozo no estaba en pleno apogeo todavía. Ahora ya lo está. Y la llamaba.*

Siguió el mismo camino que antes. El camino que había seguido con Kelsier cuando habían irrumpido en Kredik Shaw una aciaga noche que casi le costó la vida. El camino que había seguido luego ella sola la noche que había ido a matar al lord Legislador. Los estrechos corredores de piedra desembocaban en la sala en forma de cuenco invertido. La linterna de Elend hizo brillar los murales y el fino artesonado, en su mayoría negros y grises. La cripta de piedra se encontraba en el centro de la sala, abandonada, cerrada.

—Creo que por fin vamos a encontrar tu atium, Elend —dijo Vin, sonriendo.

—¿Qué? —La voz de Elend resonó en la cámara—. Vin, ya hemos buscado aquí. Lo hemos intentado todo.

—No lo suficiente, al parecer —dijo Vin, mirando el pequeño edificio dentro del edificio, pero sin avanzar hacia él.

Ahí es donde yo lo pondría, pensó. *Es lo lógico. El lord Legislador habría querido tener el Pozo cerca para, cuando el poder regresara, hacerse con él.*

Pero yo lo maté antes de que eso pudiera suceder.

Los sonidos reverberaban desde abajo. Habían levantado trozos del suelo, pero se habían detenido al alcanzar roca viva. Tenía que haber un camino de bajada. Vin se acercó y estudió el edificio dentro del edificio, pero no encontró nada. Se dio media vuelta, dejando atrás a sus confusos amigos, frustrada.

Entonces trató de quemar metales. Como siempre, las líneas azules se dispararon a su alrededor, apuntando a fuentes de metal. Elend llevaba varias, igual que Fantasma, aunque Ham estaba limpio. Algunos adornos de mampostería tenían dentro piezas de metal, y las líneas las señalaban.

Todo era como cabía esperar. No había nada...

Vin frunció el ceño y se hizo a un lado. Uno de los adornos tenía una línea particularmente gruesa, demasiado gruesa, de hecho. Frunció el ceño, inspeccionándola, y vio que igual que las demás, iba desde su pecho directamente hasta la pared de piedra. Pero esa parecía apuntar más allá de la pared.

¿Hacia dónde?

Tiró de ella. No pasó nada. Tiró con más fuerza, gruñendo mientras era atraída hacia la pared. Soltó la línea y miró alrededor. Había incisiones en el suelo. Profundas. Curiosa, se ancló tirando de estas, y luego tiró de nuevo de la pared. Le pareció que algo cedía.

Quemó duraluminio y tiró con todas sus fuerzas. La explosión de poder casi la hizo pedazos, pero su anclaje aguantó y el peltre impulsado por el duraluminio la mantuvo con vida. Una sección de la pared se deslizó, la piedra rozando contra la piedra en la silenciosa sala. Vin jadeó y se soltó cuando sus metales se agotaron.

—¡Lord Legislador! —dijo Fantasma. Ham fue más rápido; se movió con la velocidad del peltre y se asomó a la abertura. Elend se quedó junto a Vin, agarrándola por el brazo cuando estaba a punto de caer.

—Estoy bien —dijo Vin, bebiendo un frasquito para restaurar sus metales. El poder del Pozo resonaba a su alrededor. Casi parecía que la sala temblaba.

—Hay escaleras aquí dentro —dijo Ham, asomando la cabeza.

Vin se preparó y le asintió a Elend, y los dos siguieron a Ham y Fantasma al otro lado de la falsa sección de la pared.

El relato de Kwaan decía:

El espacio es limitado. Los otros forjamundos debieron considerarse humillados cuando acudieron a mí, admitiendo que estaban equivocados sobre Alendi. Incluso entonces, empezaba a dudar de mi declaración original.

Pero me sentí lleno de orgullo.

En el fondo, puede que mi orgullo nos haya condenado a todos. Mis hermanos nunca me habían prestado mucha atención: opinaban que mi trabajo y mis intereses no eran los adecuados para un forjamundos. No entendían de qué modo mi trabajo, el estudio de la naturaleza en vez del de la religión, beneficiaba al pueblo de las catorce tierras.

Al ser yo quien encontró a Alendi, me convertí en una persona importante. Sobre todo entre los forjamundos. Había un sitio para mí en la tradición de la Anticipación: me consideré el Sagrado Primer Testigo, el profeta que según lo predicho descubriría al Héroe de las Eras. Renunciar a Alendi entonces habría sido renunciar a mi nueva posición, a ser aceptado por los demás.

Y por eso no lo hice.

Pero lo hago ahora. Que se sepa que yo, Kwaan, forjamundos de Terris, soy un fraude. Alendi no fue nunca el Héroe de las Eras. En el mejor de los casos, he exagerado sus virtudes, creando un héroe donde no había ninguno. En el peor, me temo que he corrompido todo aquello en lo que creemos.

Sazed continuó leyendo el libro, sentado a la mesa.

Aquí falta algo, pensó. Retrocedió unas cuantas líneas y releyó la expresión «Sagrado Primer Testigo». ¿Por qué esa frase seguía molestándolo?

Se arrellanó en el asiento, suspirando. Aunque las profecías hablaran del futuro, no había detalles por los que guiarse. Tindwyl tenía razón en eso. El estudio que él mismo había hecho demostraba que eran crípticas y poco dignas de confianza.

Entonces, ¿cuál era el problema?

Es que no tiene sentido.

Pero, claro, la religión a veces no puede entenderse en un sentido literal. ¿Cuál era el motivo? ¿Eran sus propios prejuicios? ¿Su creciente resentimiento hacia las enseñanzas que había memorizado y enseñado, pero que lo habían traicionado al final?

Todo se reducía al trozo de papel que tenía en la mesa. El pedazo roto. *Alendi no debe alcanzar el Pozo de la Ascensión...*

Había alguien junto a la mesa.

Sazed gimió, retrocedió, estuvo a punto de tropezar con la silla. No era una persona. Era una sombra formada al parecer por jirones de bruma. Aunque muy débiles, seguían entrando por la ventana que Vin había dejado abierta y formaban la silueta de una persona. Volvió la cabeza hacia la mesa, hacia el libro. O... tal vez hacia el papel.

Sazed quiso echar a correr, huir presa del pánico, pero su mente de estudioso encontró algo para combatir su terror. *Alendi*, pensó. *Aquel que todos pensaban que era el Héroe de las Eras. Dijo haber visto un ser hecho de bruma que le seguía.*

Vin dijo haberlo visto también.

—¿Qué... quieres? —preguntó, tratando de conservar la calma.

El espíritu no se movió.

¿Podría realmente ser... ella?, se preguntó, desconcertado. Muchas religiones sostenían que los muertos continuaban caminando por el mundo, más allá de la capacidad de percepción de los mortales. Pero aquel ser era demasiado bajo para ser Tindwyl. Sazed estaba convencido de que la hubiese reconocido, incluso con aquel aspecto amorfo.

Intentó comprender dónde estaba mirando. Con una mano vacilante, recogió el papel.

El espíritu levantó un brazo y señaló hacia el centro de la ciudad. Sazed frunció el ceño.

—No comprendo —dijo.

El espíritu señaló con más insistencia.

—Escribe por mí lo que quieres que haga.

El espíritu se limitó a señalar.

Sazed permaneció quieto un buen rato a la luz de su única vela, luego miró el libro abierto. El viento agitó sus páginas mostrando su letra, luego la de Tindwyl, después la suya de nuevo.

Alendi no debe alcanzar el Pozo de la Ascensión, pues no se le debe permitir hacerse con el poder para sí mismo.

Tal vez... tal vez Kwaan sabía algo que nadie más sabía. ¿Podía corromper el poder incluso a las mejores personas? ¿Podía ser por eso por lo que se había vuelto contra Alendi, para tratar de detenerlo?

El espíritu volvió a señalar.

Si el espíritu arrancó esa frase, tal vez estaba intentando decirme algo. Pero... Vin no tomaría el poder para sí. No destruiría, como hizo el lord Legislador, ¿verdad?

¿Y si no tenía más remedio?

Fuera, alguien gritó. El alarido fue de puro terror y no tardó en repetirse. Una espantosa cacofonía en la noche oscura.

No había tiempo para pensar. Sazed tomó la vela, derramando cera sobre la mesa con las prisas, y salió de la habitación.

Los serpenteantes escalones de piedra continuaban. Vin los bajó, acompañada por Elend, mientras el golpeteo resonaba con fuerza en sus oídos. Al pie, la escalera desembocaba en...

Una enorme cámara. Elend alzó la linterna y contemplaron una gran caverna de piedra. Fantasma ya había bajado la mitad de la escalera. Ham lo siguió.

—Lord Legislador... —susurró Elend, de pie junto a Vin—. ¡Jamás habríamos encontrado esto sin haber demolido el edificio entero!

—Probablemente esa era la idea —respondió Vin—. Kredik Shaw no es simplemente un palacio, sino un tapón. Construido para ocultar algo. Esto. Arriba, esas paredes acanaladas ocultan las rendijas de la puerta, y el metal que hay en ellas oculta el mecanismo de abertura a ojos alománticos. Si no me hubieran dado un soplo...

—¿Un soplo? —preguntó Elend, volviéndose hacia ella.

Vin sacudió la cabeza y señaló los escalones. Los dos empezaron a bajar. Entonces oyeron la voz de Fantasma.

—¡Hay comida ahí abajo! —gritó—. ¡Latas y más latas!

En efecto, encontraron filas y filas de estantes en la caverna, con alimentos meticulosamente envasados como en previsión de algo importante. Vin y Elend desembocaron en la caverna cuando Ham perseguía a Fantasma, llamándolo para que no fuera tan rápido. Elend hizo amago de seguirlos, pero Vin lo agarró por el brazo. Estaba quemando hierro.

—Hay una fuerte fuente de metal por ahí —dijo, ansiosa.

Elend asintió con la cabeza. Recorrieron la caverna, dejando atrás un estante tras otro. *El lord Legislador preparó esto*, pensó ella. *Pero ¿con qué fin?*

No le importaba en ese momento. En realidad, tampoco le interesaba el atium, pero la ansiedad de Elend por encontrarlo era demasiado grande para ignorarla. Llegaron al fondo de la caverna, donde encontraron la fuente de la línea de metal.

Una gran placa colgaba de la pared, como la que Sazed había dicho que había hallado en el convento de Seran. Elend se sintió claramente decepcionado cuando la vieron. Vin, sin embargo, dio un paso adelante, examinándola con ojos amplificados por el estaño.

—¿Un mapa? —preguntó Elend—. Eso es el Imperio Final.

En efecto, había un mapa del imperio grabado en el metal. Luthadel estaba en el centro. Un pequeño círculo marcaba otra ciudad cercana.

—¿Por qué constará la posición de Statlin? —preguntó Elend, con el ceño fruncido.

Vin sacudió la cabeza.

—No hemos venido por eso —dijo—. Allí.

Un túnel se alejaba de la caverna principal.

—Vamos.

Sazed corrió por las calles sin estar siquiera seguro de lo que hacía. Siguió al espíritu de bruma, que era difícil de localizar en la noche, pues su vela se había apagado hacía rato.

La gente gritaba. Sus chillidos de pánico le daban escalofríos y ansiaba ir a ver cuál era el problema. Sin embargo, el espíritu de la bruma era exigente; se detenía a llamar su atención si lo perdía. Podía estar simplemente conduciéndolo a la muerte. Y, sin embargo..., confiaba inexplicablemente en él.

¿Alomancia?, pensó. *¿Tira de mis emociones?*

Antes de que pudiera pensarlo mejor, tropezó con el primer cadáver. Era un skaa vestido con ropa sencilla y la piel manchada de ceniza. Su rostro estaba deformado en una mueca de dolor, y la ceniza del suelo, manchada por sus estertores.

Sazed jadeó deteniéndose. Se arrodilló a estudiar el cuerpo a la tenue luz de una ventana abierta. Aquel hombre no había muerto plácidamente.

Es... es como las muertes que estudié, pensó. *Hace meses, en la aldea del sur. Aquel hombre me dijo que las brumas habían matado a su amigo. Le hicieron caer al suelo y revolverse.*

El espíritu apareció delante de Sazed, insistente en su postura. Sazed alzó la cabeza, frunciendo el ceño.

—¿Has hecho tú esto? —susurró.

La criatura negó violentamente con la cabeza, señalando. Kredik Shaw estaba allí delante. Vin y Elend se habían ido en aquella dirección.

Vin decía creer que el Pozo seguía en la ciudad, pensó Sazed. *La Profundidad ha caído sobre nosotros, como sus tentáculos llevan ya un tiempo haciendo en los confines del imperio. Matando. Está ocurriendo algo que escapa a nuestra comprensión.*

Todavía no podía creer que el hecho de que Vin fuera al Pozo pudiera ser peligroso. Ella había leído y conocía la historia de Rashek. No se haría con el poder. Sazed confiaba en ello. Pero no estaba completamente seguro. De hecho, ya no estaba seguro de lo que debían hacer con el Pozo.

Tengo que llegar hasta ella. Detenerla, hablarle, prepararla. No podemos precipitarnos en una cosa así. Si, en efecto, iban a tomar el poder del Pozo, tenían que pensarlo primero y decidir el mejor curso de acción.

El espíritu de la bruma continuó señalando. Sazed se levantó y echó a correr, ignorando el horror de los gritos nocturnos. Llegó a las puertas del enorme palacio, con sus torres y agujas, y se precipitó al interior.

El espíritu se quedó atrás, en las brumas que lo habían engendrado. Sazed encendió de nuevo su vela con un pedernal, y esperó. El espíritu no avanzó. Sin dejar de experimentar aquella urgencia, Sazed lo dejó atrás y continuó internándose en el antiguo hogar del lord Legislador. Las paredes de piedra eran frías y oscuras, y su vela una débil lucecita.

El Pozo no puede estar aquí, pensó. *Se supone que está en las montañas.*

Sin embargo, muchas cosas de aquella época eran vagas. Estaba empezando a dudar que hubiera comprendido jamás las cosas que había estudiado.

Avivó el paso, protegiendo la vela con la mano, sabiendo adónde tenía que ir. Había visitado el edificio dentro del edificio, el palacio donde el lord Legislador solía pasar el tiempo. Sazed había estudiado el palacio después de la caída del imperio, tomando nota y catalogando. Llegó a la sala exterior, y casi la había cruzado cuando advirtió la abertura desconocida en la pared.

Había una silueta en la puerta, con la cabeza gacha. La luz de la vela de Sazed se reflejó en las paredes de mármol pulido, en los murales repujados de plata y en los clavos de los ojos del hombre.

—¿Marsh? —preguntó Sazed, alarmado—. ¿Dónde has estado?

—¿Qué haces, Sazed? —susurró Marsh.

—Voy a ver a Vin —dijo él, confundido—. Ha encontrado el Pozo, Marsh. Tenemos que impedirle que haga nada hasta que estemos seguros de las consecuencias.

Marsh permaneció en silencio un instante.

—No tendrías que haber venido, terrisano —dijo por fin, con la cabeza todavía gacha.

—¿Marsh? ¿Qué está pasando?

Sazed dio un paso al frente, impaciente.

—Ojalá lo supiera. Ojalá... ojalá comprendiera.

—¿Comprender qué? —preguntó Sazed, y su voz resonó en la sala abovedada.

Marsh guardó silencio. Por fin alzó la cabeza y enfocó sus clavos ciegos en Sazed.

—Ojalá comprendiera por qué tengo que matarte —dijo, y alzó una mano.

Un empujón alomántico chocó con los brazaletes de metal de Sazed, lanzándolo hacia atrás y estampándolo contra la dura pared de piedra.

—Lo siento —susurró Marsh.

58

—¡Lord Legislador! —susurró Elend, deteniéndose en la entrada de la segunda caverna.

Vin se reunió con él. Habían recorrido un buen trecho del pasadizo, dejando atrás la caverna de almacenamiento para recorrer un túnel de piedra natural. Terminaba en una segunda caverna ligeramente más pequeña, llena de humo denso y oscuro. No manaba de la caverna, como debería haber hecho, sino que giraba y se remansaba sobre sí mismo.

Vin avanzó un paso. El humo no la ahogó, como esperaba. Había algo extrañamente atractivo en él.

—Vamos —dijo, internándose en la caverna—. Veo luz ahí delante.

Elend se reunió con ella, nervioso.

Tump. Tump. Tump.

Sazed chocó contra la pared. No era alomántico: no tenía peltre que reforzara su cuerpo. Cuando se desplomó al suelo, sintió un brusco dolor en el costado y supo que se había roto una costilla. O algo peor.

Marsh avanzó, débilmente iluminado por la vela de Sazed, que ardía temblorosa donde había caído.

—¿Por qué has venido? —susurró Marsh mientras Sazed pugnaba por ponerse de rodillas—. Todo iba tan bien...

Lo observó con ojos de hierro mientras Sazed retrocedía. Entonces Marsh volvió a empujarlo de lado.

Sazed resbaló por el hermoso suelo blanco hasta chocar con otra pared. El brazo crujió, quebrándose, y se le nublaron los ojos.

A través del dolor, vio que Marsh se agachaba y recogía algo. Una bolsita. Había caído del cinturón de Sazed. Estaba llena de trozos de metal; Marsh pensaba obviamente que era un monedero.

—Lo siento —repitió Marsh, y entonces alzó una mano y empujó la bolsa hacia Sazed.

La bolsa cruzó la sala y lo golpeó. Se rompió y los trozos de metal que contenía se clavaron en la carne de Sazed. No tuvo que mirarse para saber que estaba malherido. Curiosamente, ya no sentía dolor, pero notaba la sangre caliente en su estómago y sus piernas.

Yo... lo siento también, pensó Sazed mientras la sala se oscurecía y él caía de rodillas. *He fracasado... aunque no sé en qué. Ni siquiera puedo responder a la pregunta de Marsh. No sé por qué he venido aquí.*

Se sintió morir. Era una extraña experiencia. Su mente estaba resignada, aunque confusa, aunque frustrada, aunque poco a poco... teniendo... problemas...

Eso no eran monedas, pareció susurrar una voz.

El pensamiento sacudió su mente moribunda.

La bolsa que te ha lanzado Marsh. No era de monedas. Eran anillos, Sazed. Ocho anillos. Cogiste dos... visión y audición. Dejaste los otros donde estaban.

En la bolsa, guardada dentro de tu cinturón.

Sazed se desplomó, sintiendo la muerte cernirse sobre él como una sombra fría. Y, sin embargo, el pensamiento tenía visos de verdad. Diez anillos clavados en su carne. Tocándolo. Peso. Velocidad. Visión. Audición. Tacto. Olor. Fuerza. Rapidez mental. Capacidad de mantenerse en vela.

Y salud.

Decantó oro. No tenía que llevar puesta la mente de metal para usarla: solo tenía que tocarla. El pecho dejó de arderle y su visión volvió a enfocarse. El brazo se le enderezó, los huesos volvieron a unirse cuando recurrió a varios días de salud en un breve estallido de poder. Jadeó, recuperándose de su práctica muerte, y la menteoro le aportó una prístina claridad de pensamiento.

La carne sanó alrededor del metal. Sazed se levantó, tiró de la bolsa vacía que se le había quedado pegada a la piel, dejando los anillos en el interior de su cuerpo. Y la dejó caer al suelo. La herida sanó, agotando el poder de la menteoro. Marsh se detuvo en la puerta y se volvió sorprendido. A Sazed el brazo todavía le latía, probablemente fracturado, y tenía las costillas magulladas. Con aquel estallido de salud no podía hacer más.

Pero estaba vivo.

—Nos has traicionado, Marsh —dijo—. No sabía que esos clavos le roban el alma a un hombre, además de los ojos.

—No puedes luchar contra mí —respondió Marsh tranquilamente. Su voz resonaba en la oscura sala—. No eres un guerrero.

Sazed sonrió, sintiendo que las pequeñas mentes de metal en su interior le daban poder.

—Creo que tú tampoco.

Estoy implicado en algo que me supera, pensó Elend mientras atravesaban la extraña caverna llena de humo. El suelo era irregular y estaba sucio, y su linterna no servía de nada, como si el humo negro absorbiera la luz.

Vin caminaba confiada. No, con determinación. Había una diferencia. Hubiera lo que hubiese al fondo de esa caverna, obviamente quería descubrirlo.

¿Y... qué será? ¿El Pozo de la Ascensión?

El Pozo era algo que pertenecía a la mitología, algo de lo que hablaban los obligadores cuando predicaban sobre el lord Legislador. Y, sin embargo..., él había seguido a Vin al norte, esperando encontrarlo, ¿no? ¿Por qué vacilar ahora?

Tal vez porque finalmente empezaba a aceptar lo que estaba sucediendo. Y eso le preocupaba. No porque temiera por su vida, sino porque de pronto no comprendía el mundo. Podía comprender los ejércitos, aunque no supiera cómo derrotarlos. Pero ¿algo como el Pozo? ¿Una cosa de dioses, más allá de la lógica de los estudiosos y los filósofos?

Eso era aterrador.

Finalmente llegaron al otro lado de la caverna, donde había una última cámara, mucho más pequeña que las otras dos. Cuando entraron en ella, Elend advirtió inmediatamente algo: esa habitación estaba hecha por la mano del hombre. O al menos tuvo esa impresión. Las estalactitas formaban columnas en el bajo techo y estaban repartidas de manera demasiado regular para ser naturales. Sin embargo, al mismo tiempo parecían haberse formado de manera natural, sin signo alguno de haber sido esculpidas.

El aire parecía más cálido allí dentro... y, por fortuna, habían dejado atrás el humo. Del otro lado de la cámara surgía una luz tenue, aunque Elend no pudo distinguir la fuente. No parecía una antorcha. Tenía un color distinto y resplandecía en vez de titilar.

Vin lo rodeó con un brazo, contemplando el fondo de la cámara, y de pronto pareció temerosa.

—¿De dónde procede esa luz? —preguntó Elend, frunciendo el ceño.

—De un estanque —respondió ella en voz baja, sus ojos más agudos que los suyos—. Un estanque blanco, brillante.

Elend frunció el ceño. Pero ninguno de los dos se movió. Vin parecía dudosa.

—¿Qué ocurre? —preguntó él.

Ella se apretó contra él.

—Esto es el Pozo de la Ascensión. Puedo sentirlo dentro de mi cabeza. Latiendo.

Elend forzó una sonrisa, experimentando una sensación irreal de desplazamiento.

—Para eso hemos venido, entonces.

—¿Y si no sé qué hacer? —preguntó Vin con un hilo de voz—. ¿Y si tomo el poder, pero no sé cómo usarlo? ¿Y si... me vuelvo igual que el lord Legislador?

Elend la miró, abrazada a él, y su temor disminuyó un poco. La amaba. La situación a la que se enfrentaban no encajaba fácilmente en su mundo racional. Pero Vin nunca había necesitado la lógica, en realidad. Y él tampoco la necesitaba, si confiaba en ella.

Le sujetó la cara entre las manos y la hizo volverse a mirarlo.

—Tienes unos ojos preciosos.

Ella frunció el ceño.

—¿Qué...?

—Y parte de su belleza procede de tu sinceridad —continuó él—. No te volverás igual que el lord Legislador, Vin. Sabrás qué hacer con ese poder. Confío en ti.

Ella sonrió, acompañando un gesto dubitativo, y luego asintió. Sin embargo, no avanzó hacia la caverna. Señaló algo por encima del hombro de Elend.

—¿Qué es eso?

Elend se volvió y notó que había un saliente en la pared del fondo.

Sobresalía directamente de la roca, justo al lado del portal por donde habían entrado. Vin se acercó, y Elend la siguió, advirtiendo los fragmentos que había esparcidos alrededor.

—Parece cerámica rota —dijo Elend. Había varios trozos, y otros más diseminados por el suelo.

Vin recogió un pedazo, pero no había nada distintivo en él. Miró a Elend, que rebuscaba entre los trozos de cerámica.

—Mira esto —dijo, alzando una pieza que no estaba rota como las demás. Era un plato de barro cocido con una perla de metal en el centro.

—¿Atium?

—No tiene el mismo color —dijo él, frunciendo el ceño.

—¿Qué es, entonces?

—Tal vez encontremos las respuestas allí —dijo Elend, volviéndose y mirando las filas de columnas y la fuente de luz.

Vin asintió, y ambos avanzaron.

Marsh trató inmediatamente de empujar a Sazed usando sus brazaletes de metal. Sin embargo, Sazed estaba preparado y decantó la mentehierro de su anillo, extrayendo el peso que había almacenado en su interior. Su cuerpo se hizo más denso, y notó que el peso lo anclaba: sentía los puños como bolas de hierro en los extremos de unos brazos de plomo.

Marsh salió despedido, impulsado violentamente hacia atrás por su propio empujón. Chocó contra la pared del fondo, y un grito de sorpresa escapó de sus labios. Resonó en la pequeña sala abovedada.

Las sombras bailaron en la habitación a medida que la vela se fue haciendo más débil. Sazed decantó visión para aguzar la vista y liberó hierro mientras se abalanzaba contra el aturdido inquisidor. Marsh se recuperó rápidamente. Recurrió a su poder, tirando de una lámpara apagada que había en la pared. La lámpara voló por los aires hacia él.

Sazed decantó cinc. Se sentía algo parecido a un extraño híbrido de alomántico y feruquimista, con las fuentes de metal en su interior. El oro lo había sanado por dentro, pero los anillos todavía estaban clavados en su carne. Eso era lo que había hecho el lord Legislador, mantener sus mentes de metal en el interior, perforando su carne para que fueran más difíciles de robar.

Eso siempre le había parecido a Sazed algo morboso. Ahora, veía lo útil que podía ser. Sus pensamientos se aceleraron y vio rápidamente la trayectoria de la lámpara. Marsh podría usarla como arma en su contra.

Sazed recurrió a su menteacero para decantar velocidad física. Cruzó la sala como una exhalación y el aire le silbó en los oídos al cruzar la puerta abierta. Agarró la lámpara en el aire, decantó un torrente de hierro para multiplicar muchas veces su peso y luego peltre para dotarse de una fuerza enorme.

Marsh no tuvo tiempo de reaccionar. Tiraba de una lámpara que Sazed sujetaba en una mano inhumanamente fuerte, inhumanamente pesada. Una vez más, Marsh recibió el tirón de su propia alomancia y cruzó volando la sala, directamente hacia Sazed, que se volvió, golpeándole la cara con la lámpara. El metal se dobló en su mano y la fuerza empujó a Marsh de espaldas. El inquisidor golpeó la pared de mármol y un chorro de sangre nubló el aire. Mientras Marsh se desplomaba en el suelo, Sazed vio que había hundido uno de los clavos en su cara, aplastando el hueso orbital.

Sazed devolvió su peso a la normalidad y saltó hacia delante, blandiendo de nuevo su improvisada arma. Marsh, sin embargo, levantó un brazo y empujó. Sazed resbaló unos pasos antes de poder decantar de nuevo la mentehierro y aumentar así su peso.

Marsh gimió, porque su empujón lo estampó nuevamente contra la pared. También, sin embargo, mantuvo a Sazed a raya. El terrisano se esforzó por avanzar, pero la presión del empujón de Marsh, sumada al peso tremendo de su cuerpo, le impedía andar. Los dos pugnaron durante un momento, empujándose en la penumbra. Los grabados de la habitación chispearon, los silenciosos murales los contemplaron al lado de la puerta abierta que conducía al Pozo.

—¿Por qué, Marsh? —susurró Sazed.

—No lo sé —respondió Marsh, con un gruñido.

Con un destello de poder, Sazed liberó su mentehierro y decantó acero, aumentando de nuevo su velocidad. Soltó la lámpara, se desvió a un lado y se movió más rápidamente de lo que Marsh podía seguir. La lámpara, impelida hacia atrás, cayó al suelo cuando Marsh dejó de empujar y saltó hacia delante, intentando no quedar de nuevo atrapado contra la pared.

Pero Sazed fue más rápido. Giró, alzando una mano para intentar sacar el clavo hundido entre los omóplatos de Marsh y que bajaba por su espalda. Sacar ese clavo mataría al inquisidor: era la debilidad que el lord Legislador había introducido en ellos.

Sazed rodeó a Marsh para atacar por detrás. El clavo del ojo derecho de Marsh le sobresalía varios centímetros de la nuca y goteaba sangre.

La menteacero de Sazed se agotó.

Los anillos no habían sido diseñados para durar mucho, y sus dos estallidos extremos habían agotado la menteacero en cuestión de segundos. Frenó con un terrible bandazo, pero tenía el brazo todavía en alto y aún poseía la fuerza de diez hombres. Vio el bulto del clavo en la espalda, bajo la túnica de Marsh. Si podía...

Marsh se volvió sobre sus talones y con destreza apartó la mano de Sazed. Le descargó un codazo en el estómago y le abofeteó la cara de un revés.

Sazed cayó de espaldas y su mentepeltre se agotó, por lo que su fuerza desapareció también. Golpeó el duro suelo de acero con un gruñido de dolor, y rodó.

Marsh se levantó en la habitación oscura. La vela tembló.

—Te equivocabas, Sazed —puntualizó Marsh—. Yo no era un guerrero, aunque eso ha cambiado. Tú te has pasado los dos últimos años enseñando, pero yo los he pasado matando. Matando a mucha gente...

Marsh avanzó un paso, y Sazed tosió, tratando de mover su magullado cuerpo. Le preocupaba haberse vuelto a romper el brazo. Decantó de nuevo cinc, acelerando sus pensamientos, pero eso no ayudó a su cuerpo a moverse. Solo vio, más plenamente consciente de su situación e incapaz de hacer nada para impedirlo, cómo Marsh recogía la lámpara del suelo.

La vela se apagó.

Sin embargo, Sazed seguía viendo la cara de Marsh. De la cuenca aplastada le manaba sangre, lo que hacía que su expresión fuera aún más difícil de leer. El inquisidor parecía... apenado mientras alzaba la lámpara con una mano como una garra con intención de hundirla en el rostro del terrisano.

Espera, pensó Sazed. *¿De dónde viene esa luz?*

Un bastón de duelo chocó contra la nuca de Marsh, rompiéndose en mil pedazos.

Vin y Elend se acercaron al estanque. Elend se arrodilló en silencio junto a ella, pero Vin permaneció en pie, contemplando las aguas brillantes, que se hallaban en una pequeña depresión en la roca y parecían densas, como de metal. Un blanco plateado, metal líquido brillante. El Pozo medía solo unos palmos de diámetro, pero su poder resonaba en la mente de Vin.

De hecho, estaba tan embelesada por la belleza del estanque que no notó la presencia del espíritu de la bruma hasta que la mano de Elend le apretó el hombro. Alzó la cabeza y vio al espíritu ante ellos. Tenía la cabeza inclinada, pero cuando ella se volvió, su forma de sombra se irguió.

Vin nunca había visto a la criatura fuera de la bruma. Aún no estaba completamente... entera. De su cuerpo fluía bruma que caía y creaba su amorfa figura. Una pauta persistente.

Vin siseó y desenvainó una daga.

—¡Espera! —dijo Elend.

Ella frunció el ceño y lo miró con mala cara.

—Creo que no es peligroso, Vin —dijo él, apartándose de ella y acercándose al espíritu.

—¡Elend, no! —le pidió Vin. Él se zafó amablemente.

—Me visitó cuando te fuiste, Vin —explicó Elend—. No me hizo daño. Tan solo... parecía querer decirme algo. —Sonrió, todavía ataviado con su capa y su ropa de viaje, y se acercó despacio al espíritu de la bruma—. ¿Qué es lo que quieres?

El espíritu permaneció inmóvil un momento y luego alzó el brazo. Algo destelló reflejando la luz del estanque.

—¡No! —gritó Vin dando un salto hacia delante al tiempo que el espíritu descargaba una cuchillada en el estómago de Elend, que gimió de dolor y retrocedió dando tumbos.

»¡Elend! —Vin corrió a su lado mientras él resbalaba y caía al suelo. El espíritu retrocedió. Manaba sangre de algún lugar de su cuerpo engañosamente incorpóreo. Sangre de Elend, que yacía en el suelo, aturdido, con los ojos muy abiertos. Vin avivó peltre y le abrió la casaca para dejar al descubierto la herida. El espíritu había cortado profundamente y le había abierto el estómago.

»No... no... no... —dijo Vin, anonadada, con las manos empapadas de sangre.

La herida era muy grave. Mortal.

Ham dejó caer el bastón roto de su brazo ileso. El fornido violento parecía increíblemente satisfecho consigo mismo mientras pasaba por encima del cuerpo de Marsh y le tendía su mano sana a Sazed.

—No esperaba encontrarte aquí, Saz.

Aturdido, el terrisano aceptó la mano y se puso en pie. Pasó por encima del cuerpo de Marsh, aunque sabía que un simple bastonazo en la cabeza no podía matar a la criatura. Sin embargo, estaba demasiado aturdido para que le importara. Recogió la vela, la encendió con la linterna de Ham y se dirigió hacia las escaleras, obligándose a continuar.

Tenía que seguir adelante. Tenía que llegar junto a Vin.

Vin acunó a Elend en sus brazos, formando con su capa un apresurado vendaje, terriblemente inadecuado, alrededor de su torso.

—Te quiero —susurró, sintiendo las lágrimas calientes en las mejillas heladas—. Elend, te quiero. Te quiero...

El amor no sería suficiente. Él temblaba, mirando hacia arriba, apenas capaz de enfocar. Jadeó, y la sangre borboteó en su saliva.

Vin se volvió, advirtiendo aturdida dónde estaba arrodillada. El estanque brillaba a su lado, a pocos centímetros del lugar donde había caído Elend. Parte de su sangre había caído al agua, aunque no se mezclaba con el metal líquido.

Puedo salvarlo, comprendió. *El poder de la creación está a unos centímetros de mis dedos.* Aquel era el lugar donde Rashek había ascendido a la divinidad. El Pozo de la Ascensión.

Miró a Elend, sus ojos moribundos. Él trató de concentrarse en ella, pero le costaba controlar sus músculos. Parecía que... estaba intentando sonreír.

Vin enrolló su chaqueta y se la puso bajo la cabeza. Luego se acercó al estanque. Podía oírlo latir. Como si... la llamara. Como si la llamara para que se reuniera con él.

Se metió en el estanque. Opuso resistencia, pero su pie fue hundiéndose lentamente. Avanzó hacia el centro de la charca y esperó a seguir hundiéndose. En pocos segundos el estanque le llegaba al pecho y el brillante líquido la rodeaba.

Tomó aire y luego echó atrás la cabeza, mirando hacia arriba mientras el estanque la absorbía, cubriendo su rostro.

Sazed bajó a trompicones la escalera, sujetando la vela con dedos temblorosos. Ham lo llamaba. Dejó atrás a un confundido Fantasma en el rellano e ignoró las preguntas del muchacho.

Sin embargo, cuando se abría paso hacia la caverna, se detuvo de pronto. Un pequeño temblor sacudió la roca.

De algún modo, supo que llegaba demasiado tarde.

El poder la asaltó repentinamente.

Sintió el líquido presionando a su alrededor, filtrándose en su cuerpo, reptando, abriéndose paso por los poros de su piel. Abrió la boca para gritar, y también le entró por ella, ahogándola, asfixiándola.

Con un súbito estallido, el lóbulo de la oreja izquierda empezó a dolerle. Gritó, se quitó el pendiente y dejó que se hundiera en las profundidades. Se quitó el cinturón y dejó que se hundiera también con sus frascos alománticos, desprendiéndose de los únicos metales que llevaba encima.

Entonces empezó a arder. Reconoció la sensación: era exactamente igual que la impresión que producía quemar metales en el estómago, excepto que procedía de su cuerpo entero. Su piel se avivó, sus músculos estallaron en llamas y sus mismos huesos parecieron arder. Jadeó y advirtió que el metal había desaparecido de su garganta.

Brillaba. Sintió el poder dentro, como si intentara que estallara para volver a salir. Era como la fuerza que obtenía quemando peltre, pero sorprendentemente más potente. Era una fuerza increíble. Hubiese estado fuera del alcance de su comprensión, pero expandía su mente, obligándola a crecer y comprender lo que ahora poseía.

Podía rehacer el mundo. Podía contener las brumas. Podía alimentar a millones con un gesto de su mano, castigar al malvado, proteger al débil. Se asombraba de sí misma. La caverna parecía transparente a su alrededor, y vio el mundo entero desplegarse, una magnífica esfera donde la vida solo podía existir en una pequeña zona, en los polos. Podía arreglarlo. Podía mejorar las cosas. Podía...

Podía salvar a Elend.

Bajó la mirada y lo vio agonizando. Comprendió de inmediato lo que le pasaba. Podía sanar su piel herida y sus órganos cortados.

No debes hacerlo, niña.

Vin alzó la cabeza, sorprendida.

Sabes lo que debes hacer, le susurró la Voz. Parecía vieja. Amable.

—¡Tengo que salvarlo! —gritó.

Sabes lo que debes hacer.

Y lo supo. Lo vio suceder: vio, como en una visión, a Rashek cuando se había apoderado del poder. Vio los desastres que había causado.

Era todo o nada... Como la alomancia, en cierto modo. Si tomaba el poder, tendría que quemarlo en unos instantes. Rehacer las cosas tal como quisiera, pero durante un breve instante.

O... podía entregarlo.

Debo derrotar a la Profundidad, dijo la Voz.

También vio eso. Fuera del palacio, en la ciudad, por todo el territorio. Gente en las brumas, temblando, cayendo. Muchos permanecían a cubierto, por fortuna. Las tradiciones skaa seguían arraigadas en ellos.

Sin embargo, algunos estaban fuera. Aquellos que confiaban en las palabras de Kelsier y creían que las brumas no podían hacerles daño. Pero ahora las brumas podían. Habían cambiado y traían la muerte.

Esto era la Profundidad. Brumas que mataban. Brumas que estaban cubriendo lentamente toda la tierra. Las muertes eran esporádicas; Vin vio caer a muchos, pero vio a otros enfermar simplemente, y a otros que caminaban entre las brumas como si nada.

Empeorará, dijo la Voz suavemente. *Matará y destruirá. Y, si intentas detenerlo, destruirás el mundo, como hizo Rashek antes que tú.*

—Elend... —susurró ella. Se volvió hacia él, que continuaba sangrando en el suelo.

En ese momento, recordó algo. Algo que había dicho Sazed. *Debes amarlo lo suficiente para confiar en sus deseos,* le había dicho. *No será amor a menos que aprendas a respetar... no lo que tú consideras mejor, sino lo que él quiera.*

Vio llorar a Elend. La vio mirarla, y supo lo que quería. Quería que su pueblo viviera. Quería que el mundo conociera la paz y que los skaa fueran libres.

Quería que la Profundidad fuera derrotada. La seguridad de su pueblo significaba para él más que su propia vida. Mucho más.

Sabrás qué hacer, le había dicho él hacía un momento. *Confío en ti...*

Vin cerró los ojos y las lágrimas le resbalaron por las mejillas. Por lo visto, los dioses podían llorar.

—Te quiero —susurró.

Dejó que el poder la abandonara. Tuvo la capacidad de convertirse en una deidad en sus manos, pero lo dejó ir hacia el vacío que esperaba. Renunció a Elend.

Porque sabía que eso era lo que él quería.

La caverna inmediatamente empezó a temblar. Vin gritó cuando el ardiente poder fue arrancado de su interior, absorbido ansiosamente por el vacío. Gritó, perdiendo su brillo, y cayó al estanque, ahora vacío, chocando con la cabeza contra las rocas.

La caverna continuó temblando, polvo y lascas caían del techo. Y, entonces, en un momento de cegadora claridad, Vin oyó una frase resonar claramente en su cabeza.

¡Soy LIBRE!

... pues no debe permitirse que libere lo que allí está prisionero.

59

Vin yacía en el suelo, llorando en silencio.

La caverna estaba tranquila, pasada la tempestad. La criatura se había ido y los golpes habían enmudecido por fin en su cabeza. Sollozó, abrazada a Elend, mientras él agonizaba. Había gritado pidiendo ayuda, llamando a Ham y Fantasma, pero no había recibido ninguna respuesta. Estaban demasiado lejos.

Sentía frío. Vacío. Después de contener tanto poder, y de haber experimentado cómo se lo arrancaban, sentía que no era nada. Y, cuando Elend muriera, nada sería.

¿Qué sentido tendría?, pensó. *La vida no tiene sentido. He traicionado a Elend. He traicionado al mundo.*

No estaba segura de lo que había sucedido, pero de algún modo había cometido un error terrible, espantoso. Lo peor de todo era que había intentado con todas sus fuerzas hacer lo adecuado, aunque le doliera.

Algo se alzó sobre ella. Miró al espíritu de la bruma, pero en realidad no podía sentir ni siquiera ira. En aquel momento le costaba sentir nada.

El espíritu alzó un brazo, señalando.

—Se acabó —susurró ella.

El espíritu señaló con más insistencia.

—No llegaré a ellos a tiempo —dijo—. Además, he visto la gravedad de la herida. Lo vi con el poder. No hay nada que puedan hacer, ni siquiera Sazed. Así que puedes estar contento. Tienes lo que querías...

Se calló. ¿Por qué el espíritu había apuñalado a Elend?

Para obligarme a curarlo, pensó. *Para impedirme... liberar el poder.*

Parpadeó. El espíritu agitó el brazo.

Lentamente, aturdida, se puso en pie. Como en un trance, vio al espíritu flotar unos cuantos pasos y señalar algo en el suelo. La caverna estaba oscura desde que el estanque se había vaciado, iluminada solo por la linterna de Elend. Tuvo que avivar estaño para ver qué señalaba el espíritu.

Un trozo de cerámica. El disco que Elend había sacado del estante del fondo, el que sostenía en la mano y se había roto cuando él se había desplomado.

El espíritu de la bruma lo señaló, impaciente. Vin se acercó y se agachó, tanteando hasta que sus dedos hallaron la pequeña pepita de metal que el disco tenía en el centro.

—¿Qué es? —susurró.

El espíritu se dio la vuelta y flotó hasta Elend. Vin se acercó en silencio.

Elend seguía vivo. Parecía más débil y temblaba menos. Curiosamente, a medida que se acercaba la muerte, parecía más centrado. La miró mientras ella se arrodillaba, y Vin vio que movía los labios.

—Vin... —susurró.

Ella se arrodilló a su lado, miró la perla de metal y luego al espíritu, que permanecía inmóvil. Hizo rodar la perla entre sus dedos y se dispuso a tragársela.

El espíritu se movió frenético, agitando las manos. Vin se detuvo, y el espíritu señaló a Elend.

¿Qué?, pensó ella. Sin embargo, no era capaz de razonar. Le acercó la pepita a Elend.

—Elend —susurró inclinándose sobre él—. Tienes que tragar esto.

No estaba segura de que la hubiera entendido, aunque pareció asentir. Le metió el trocito de metal en la boca. Los labios de Elend se movieron, pero se atragantó.

Tengo que darle algo de beber, pensó. Lo único que tenía era uno de sus frasquitos de metales. Buscó en el pozo vacío y recuperó el pendiente y el cinturón. Sacó una de las diminutas redomas y le vertió el contenido en la boca.

Elend continuó tosiendo débilmente, pero el líquido hizo bien su trabajo y le ayudó a tragar la perla de metal. Vin se arrodilló, sintiéndose indefensa, en deprimente contraste con lo que había sido tan solo unos momentos antes. Elend cerró los ojos.

Entonces, extrañamente, el color pareció regresar a sus mejillas.

Vin, confusa, lo miró. La expresión de su rostro, la forma en que yacía tendido, el color de su piel...

Quemó bronce y, con sorpresa, sintió pulsos procedentes de Elend.

Él estaba quemando peltre.

Epílogo

Dos semanas más tarde, una figura solitaria llegó al convento de Seran.

Sazed había salido en silencio de Luthadel, atormentado por sus pensamientos y por la pérdida de Tindwyl. Había dejado una nota. No podía quedarse en la ciudad. No en ese momento.

Las brumas seguían matando. Atacaban al azar a gente que salía por la noche, sin seguir ninguna pauta discernible. Muchos no morían, solo enfermaban. A otros las brumas los asesinaban. Sazed no sabía cómo interpretar las muertes. Ni siquiera estaba seguro de que le importara. Vin hablaba de algo terrible que había liberado en el Pozo de la Ascensión. Esperaba que Sazed quisiera estudiar y dejar constancia de la experiencia.

Él, en cambio, se había marchado.

Se abrió paso por las majestuosas salas forradas de acero. Casi esperaba enfrentarse con algún inquisidor. Tal vez Marsh tratara de matarlo de nuevo. Cuando Ham y él habían regresado de la caverna de almacenamiento, bajo Luthadel, Marsh había vuelto de desaparecer. Su trabajo, al parecer, estaba hecho. Había retrasado a Sazed lo suficiente para impedirle detener a Vin.

Sazed bajó los escalones, atravesó la cámara de torturas y, finalmente, llegó a la pequeña habitación de piedra que había visitado en su primer viaje al convento, tantas semanas antes. Dejó caer al suelo su mochila, la abrió con dedos cansados y contempló la gran placa de acero.

Las palabras finales de Kwaan lo miraron. Sazed se arrodilló y sacó de la mochila una carpeta cuidadosamente atada. Soltó la cinta y sacó el calco original, hecho en esa misma sala meses antes. Reconoció sus huellas en el papel, y que los trazos de tiza eran propios. Reconoció los borrones que había hecho.

Con nerviosismo creciente, alzó el calco y lo superpuso a la placa de acero de la pared.

No casaban.

Sazed dio un paso atrás, sin saber qué pensar ahora que sus recelos se habían visto confirmados. El calco le resbaló de los dedos y sus ojos encontraron la última frase de la placa. La última frase, la que el espíritu de la bruma había eliminado una y otra vez. La original de la placa no era la que Sazed había escrito y estudiado.

«Alendi no debe alcanzar el Pozo de la Ascensión —rezaban las antiguas palabras de Kwaan—, pues no debe permitirse que libere lo que allí está prisionero.»

Sazed se sentó en silencio. *Todo era mentira*, pensó, anonadado. *La religión del pueblo de Terris..., lo que los guardadores pasaron milenios buscando, tratando de comprender, era una mentira. Las supuestas profecías, el Héroe de las Eras... era una invención. Un truco.*

¿Qué mejor forma podría haber de que una criatura semejante obtuviera la libertad? Los hombres morían en nombre de las profecías. Querían creer, tener esperanza. Si alguien, si algo podía dominar esa energía, tergiversarla, qué cosas tan sorprendentes lograría...

Sazed alzó la mirada, leyó las palabras de la pared, leyó la parte final una vez más. Contenía párrafos que no coincidían con su calco.

O, más bien, su calco había sido cambiado de algún modo. Cambiado para que reflejara lo que la cosa había querido que Sazed leyera. *Escribo estas palabras en acero pues todo lo que no esté grabado en metal es indigno de confianza*, eran las primeras palabras de Kwaan.

Sazed sacudió la cabeza. Tendrían que haber prestado atención a esa frase. Todo lo que había estudiado después había sido, al parecer, una mentira. Miró la placa, escrutando su contenido, hasta el final.

Y así, llego a la esencia de mi argumento. Pido disculpas. Incluso grabando mis palabras en acero, aquí sentado y arañando en esta cueva helada, tiendo a divagar.

Este es el problema. Aunque al principio creí en Alendi, más tarde recelé. Parecía que encajaba con los signos, cierto. Pero, bueno, ¿cómo puedo explicarlo? ¿Podía ser que encajara demasiado bien?

Sé lo que argumentaréis. Estamos hablando de la Anticipación, de cosas predichas, de promesas hechas por nuestros grandes profetas de antaño. Naturalmente, el Héroe de las Eras encajará en las profecías. Encajará a la perfección. Esa es la idea.

Y, sin embargo..., algo en todo esto resultaba muy conveniente. Parecía como si hubiéramos construido un héroe a la medida de nuestras profecías en vez de permitir que surgiera uno de manera natural. Esta era mi inquietud, lo que debería haberme hecho vacilar cuando mis hermanos finalmente acudieron a mí, dispuestos a creer por fin.

Después de eso, empecé a ver otros problemas. Algunos de vosotros tal vez conozcáis mi fabulosa memoria. Es cierto: no necesito la mente de metal de un feruquimista para memorizar una hoja de texto en un instante. Y os digo, me llamáis loco, pero las palabras de las profecías están cambiando.

Las alteraciones son leves. Astutas, incluso. Una palabra aquí, un ligero toque allá. Pero las palabras de las páginas son distintas a las palabras de mi memoria. Los otros forjamundos me desprecian, pues tienen sus mentes de metal para demostrarles que los libros y las profecías no han cambiado.

Esta es pues la importante declaración que debo hacer. Hay algo, alguna fuerza, que quiere que creamos que el Héroe de las Eras ha llegado y que debe viajar al Pozo de la Ascensión. Algo está haciendo cambiar las profecías para que coincidan más perfectamente con Alendi.

Y sea cual sea este poder, puede cambiar las palabras de la mente de metal de un feruquimista.

Los otros me llaman loco. Como he dicho, puede que sea cierto. Pero ¿no debe incluso un loco confiar en su propia mente, su propia experiencia, en vez de en la de los demás? Sé lo que he memorizado. Sé lo que ahora repiten los otros forjamundos. Las dos cosas no son lo mismo.

Percibo la astucia de estos cambios, es una manipulación sutil y brillante. He pasado los dos últimos años en el exilio, tratando de descifrar lo que pueden significar las alteraciones. He llegado a una única conclusión. Algo ha tomado el control de nuestra religión, algo vil, algo que no es de fiar. Engaña y ensombrece. Usa a Alendi para destruir, conduciéndolo por un camino de muerte y pesar. Lo atrae hacia el Pozo de la Ascensión, donde se ha congregado el poder milenario. Deduzco que ha enviado a la Profundidad como método para que la humanidad se desespere todavía más, para empujarnos a hacer su voluntad.

Las profecías han cambiado. Ahora dicen que Alendi debe renunciar al poder cuando lo tome. Eso no es lo que antes implicaban los textos: eran más vagos. Y, sin embargo, la nueva versión parece convertirlo en un imperativo moral. El texto plantea ahora que habrá una consecuencia terrible si el Héroe de las Eras se hace con el poder.

Alendi cree lo que dicen. Es un buen hombre; a pesar de todo, es un buen hombre. Un hombre sacrificado. En realidad, todas sus acciones, todas las muertes, la destrucción y el dolor que ha causado lo han herido profundamente. Todas esas cosas fueron de hecho una especie de sacrificio para él. Está acostumbrado a renunciar a su propia voluntad por el bien común, tal como él lo entiende.

No me cabe duda de que, si Alendi llega al Pozo de la Ascensión, tomará el poder y entonces, en nombre de un supuesto bien mayor, renunciará a él. Lo dará a esta misma fuerza que ha cambiado los textos. Lo dará a esta fuerza de destrucción que lo ha llevado a la guerra, que lo ha tentado para que mate, que lo ha llevado arteramente al norte.

Esta cosa quiere el poder que contiene el Pozo y ha violado los más sagrados principios de nuestra religión para conseguirlo.

Y así, he hecho un último movimiento. Mis súplicas, mis enseñanzas, mis objeciones, ni siquiera mis traiciones han servido de nada. Alendi tiene ahora otros consejeros que le dicen lo que quiere oír.

Tengo un joven sobrino llamado Rashek. Odia a todo Khlennium con la pasión de la envidiosa juventud. Odia a Alendi aún más profundamente, a pesar de que no se conocen, porque Rashek se siente traicionado debido a que uno de nuestros opresores ha sido elegido Héroe de las Eras.

Alendi necesitará guías para cruzar las montañas de Terris. He encargado a Rashek que se asegure de que él y sus amigos de confianza son los guías elegidos. Rashek debe intentar guiar a Alendi en la dirección equivocada, para desanimarlo o, de lo contrario, hacerlo fallar en su búsqueda. Alendi no sabe que ha sido engañado, que todos hemos sido engañados, y ahora no quiere escucharme.

Si Rashek no consigue desviar a Alendi, he instruido al muchacho para que mate a mi antiguo amigo. Es una esperanza remota. Alendi ha sobrevivido a asesinos, guerras y catástrofes. Y, sin embargo, espero que en las montañas heladas de Terris pueda finalmente ser detenido. Espero un milagro.

Alendi no debe alcanzar el Pozo de la Ascensión, pues no se le puede permitir liberar lo que está prisionero allí.

Sazed retrocedió. Era el golpe final, el último hachazo a lo que quedaba de su fe.

Supo en ese momento que nunca volvería a creer.

Vin encontró a Elend en la muralla, contemplando la ciudad de Luthadel. Vestía un uniforme blanco, uno de los que Tindwyl le había mandado hacer. Parecía... más duro que unas semanas antes.

—Estás despierto —dijo, poniéndose a su lado.

Elend asintió. No la miró, sino que continuó contemplando la ciudad, rebosante de gente. Había pasado algún tiempo delirando en cama, a pesar del poder curador de su recién hallada alomancia. Incluso con peltre, los médicos no estaban seguros de que fuera a sobrevivir.

Lo había hecho. Y, como un auténtico alomántico, estaba en pie y trabajando el primer día que recuperaba la lucidez.

—¿Qué ocurrió? —preguntó.

Ella sacudió la cabeza y se apoyó en las piedras del parapeto. Seguía oyendo aquella voz terrible y vibrante. *Soy libre...*

—Soy alomántico —dijo Elend.

Ella asintió.

—Un nacido de la bruma, al parecer —continuó él.

—Creo... que ahora sabemos de dónde procedían —dijo Vin— los primeros alománticos.

—¿Qué pasó con el poder? Ham no me dio una respuesta directa, y todo lo que saben los demás son rumores.

—Liberé algo —susurró ella—. Algo que no debería haber sido liberado; algo que me condujo al Pozo. Nunca tendría que haber ido a buscarlo, Elend.

Elend guardó silencio, todavía contemplando la ciudad.

Ella se dio la vuelta y enterró la cabeza en su pecho.

—Era terrible —dijo—. Pude sentirlo. Y lo liberé.

Elend la rodeó con sus brazos.

—Lo hiciste lo mejor que pudiste, Vin —dijo—. De hecho, hiciste lo adecuado. ¿Cómo podías saber que todo lo que te han enseñado, que todo para lo que has sido entrenada y preparada estaba equivocado?

Vin sacudió la cabeza.

—Soy peor que el lord Legislador. Al final, tal vez se dio cuenta de que lo habían engañado y supo que tenía que tomar el poder en vez de liberarlo.

—Si hubiera sido un buen hombre —respondió Elend—, no habría hecho las cosas que le hizo a esta tierra.

—Puede que yo lo haya hecho aún peor —admitió Vin—. Esa cosa que liberé... Las brumas matan a la gente y salen de día... Elend, ¿qué vamos a hacer?

Él la miró un momento y luego se volvió hacia la ciudad y su pueblo.

—Vamos a hacer lo que Kelsier nos enseñó, Vin. Vamos a sobrevivir.

FIN DEL LIBRO SEGUNDO

ARS ARCANUM

TABLA DE METALES ALOMÁNTICOS

METAL	PODER ALOMÁNTICO	PODER FERUQUÍMICO
☾ *Hierro*	Tira de metales cercanos	Acumula fuerza física
☽ *Acero*	Empuja metales cercanos	Acumula velocidad
☿ **Estaño**	Amplía los sentidos	Acumula sentidos
☿ **Peltre**	Amplía las habilidades físicas	Acumula fuerza física
☿ *Latón*	Aplaca emociones	Aplacador
☿ *Cinc*	Enciende emociones	Encendedor
☿ **Cobre**	Oculta pulsos alománticos	Acumula recuerdos
☿ **Bronce**	Descubre la alomancia	Acumula capacidad para mantenerse en vela
☿ *Atium*	Ver el futuro de los demás	Acumula edad
☿ *Malatium*	Ver el pasado de los demás	Desconocido
☿ **Oro**	Ver el pasado propio	Acumula salud
☾ Desconocido	¿Ver el futuro propio?	Desconocido

Los metales externos aparecen en cursiva. Los metales internos, en negrita.

ÍNDICE ALFABÉTICO ALOMÁNTICO

ACERO (METAL DE EMPUJE FÍSICO EXTERNO): La persona que quema acero puede ver líneas azules transparentes que apuntan a fuentes cercanas de metal. El tamaño y el brillo de la línea dependen del tamaño y la proximidad de la fuente de metal. Se ven todo tipo de metales, no solo las fuentes de acero. El alomántico puede entonces empujar mentalmente a lo largo de esas líneas para apartar de sí esa fuente de metal. A un brumoso capaz de quemar acero se le llama lanzamonedas.

AHUMADOR (ALOMANCIA): Brumoso que puede quemar cobre.

ALUMINIO: Metal que Vin se vio obligada a quemar en el palacio del lord Legislador. Antiguamente conocido solo por los inquisidores de Acero. Cuando se quema vacía de poder las reservas de metal de otro alomántico. Su aleación, si la tiene, es desconocida.

APLACADOR: Brumoso que puede quemar cinc.

ATIUM (METAL DE TIRÓN TEMPORAL EXTERNO): Un extraño metal antiguamente producido en los Pozos de Hathsin. Se encontraba dentro de pequeñas geodas que se formaban en bolsillos cristalinos de cavernas subterráneas. Una persona que quema atium puede ver unos instantes hacia el futuro, que aparece representado como sombras que se proyectan adelantadas a personas y objetos.

ATRAEDOR: Brumoso que puede quemar hierro.

BRAZO DE PELTRE: Brumosos que puede quemar peltre.

BRONCE (METAL DE EMPUJE MENTAL INTERNO): La persona que quema bronce siente si las personas cercanas utilizan la alomancia.

Los alománticos que queman metales cerca desprenden «pulsos alománticos», algo parecido a tamborileos, audibles solo por una persona que quema bronce. Un brumoso que quema bronce es conocido como buscador.

BUSCADOR: Brumoso que puede quemar bronce.

CINC (METAL DE TIRÓN MENTAL EXTERNO): La persona que quema cinc es capaz de encender las emociones de otra persona, inflamándolas y haciendo que algunas en concreto sean más intensas. No puede leer las mentes ni las emociones. Un brumoso que quema cinc es conocido como encendedor.

COBRE (METAL DE TIRÓN MENTAL INTERNO): La persona que quema cobre desprende una nube invisible que protege a todo el que esté dentro del alcance de los sentidos de un buscador. Mientras está en el interior de una de esas «nubes de cobre», un alomántico puede quemar cualquier metal que quiera sin temor a que nadie sienta sus pulsos alománticos quemando bronce. Como efecto secundario, la persona que quema cobre es inmune a cualquier forma de alomancia emocional (aplacar o encender). Un brumoso que quema cobre es conocido como ahumador.

ENCENDEDOR: Brumoso que puede quemar cinc.

ESTAÑO (METAL DE TIRÓN FÍSICO INTERNO): La persona que quema estaño amplía sus sentidos. Puede ver más lejos y oler mejor, y su sentido del tacto se vuelve más fino. Esto le permite penetrar las brumas y ver mucho más lejos en la noche de lo que le permitirían sus sentidos sin amplificar. Un brumoso que puede quemar estaño es conocido como ojo de estaño.

HIERRO (METAL DE TIRÓN FÍSICO EXTERNO): La persona que quema hierro ve líneas azules translúcidas que apuntan a fuentes cercanas de metal. El tamaño y el brillo de la línea dependen del tamaño y la proximidad de la fuente de metal. Se ven todo tipo de metales, no solo las fuentes de hierro. El alomántico puede entonces tirar mentalmente a lo largo de esas líneas para atraer hacia sí esa fuente de metal. A un brumoso capaz de quemar hierro se le llama atraedor.

LANZAMONEDAS: Brumoso que puede quemar acero.

LATÓN (METAL DE EMPUJE MENTAL EXTERNO): La persona que quema latón puede aplacar las emociones de otras personas, refrenándolas y haciendo que algunas en concreto sean menos intensas. Un alomántico cuidadoso puede aplacar todas las emociones menos una, logrando esencialmente que la otra persona sienta exactamente lo que él desea. Sin embargo, el latón no permite que el alomántico lea la mente. Un brumoso que quema latón es conocido como aplacador.

MALATIUM (METAL DE EMPUJE TEMPORAL EXTERNO): Metal descubierto por Kelsier al que suelen llamar el Undécimo Metal. Nadie sabe dónde lo encontró ni por qué creyó que podría matar al lord Legislador. Sin embargo, el malatium terminó guiando a Vin hasta la pista que necesitaba para derrotar al emperador. Una persona que quema malatium puede ver una versión del pasado de otras personas, o quizá una versión alternativa de esas personas si sus pasados hubieran transcurrido de un modo distinto.

NACIDO DE LA BRUMA: Alomántico que puede quemar todos los metales alománticos.

OJO DE ESTAÑO: Brumoso que puede quemar estaño.

ORO (METAL DE TIRÓN TEMPORAL INTERNO): Una persona que quema oro puede ver una versión de su propio pasado, o quizá una versión alternativa de sí misma si su pasado hubiera transcurrido de un modo distinto.

PELTRE (METAL DE EMPUJE FÍSICO INTERNO): La persona que quema peltre aumenta los atributos físicos de su cuerpo. Se vuelve más fuerte, más resistente y más diestro. El peltre también incrementa el sentido del equilibrio del cuerpo y la capacidad para recuperarse de las heridas. Los brumosos que pueden quemar peltre son conocidos como brazos de peltre o violentos.

VIOLENTO: Brumoso que puede quemar peltre.

Índice

OTROS TÍTULOS
DE LA COLECCIÓN

El imperio final
(Nacidos de la Bruma I)

El imperio final inicia la saga Nacidos de la Bruma (Mistborn), obra imprescindible del Cosmere, el universo destinado a dar forma a la serie más extensa y fascinante jamás escrita en el ámbito de la fantasía épica.

Durante mil años han caído las cenizas y nada florece. Durante mil años los skaa han sido esclavizados y viven sumidos en un miedo inevitable. Durante mil años el lord Legislador reina con un poder absoluto gracias al terror, a sus poderes y a su inmortalidad. Le ayudan «obligadores» e «inquisidores», junto a la poderosa magia de la alomancia. Pero los nobles a menudo han tenido trato sexual con jóvenes skaa y, aunque la ley lo prohíbe, algunos de sus bastardos han sobrevivido y heredado los poderes alománticos: son los «nacidos de la bruma».

Ahora, Kelsier, el «superviviente», el único que ha logrado huir de los Pozos de Hathsin, ha encontrado a Vin, una pobre chica skaa con mucha suerte... Tal vez los dos, unidos a la rebelión que los skaa intentan desde hace mil años, logren cambiar el mundo y la atroz dominación del lord Legislador.

El héroe de las eras
(Nacidos de la Bruma III)

El héroe de las eras es el tercer volumen de la saga Nacidos de la Bruma (Mistborn). Una obra iniciada con *El imperio final* y parte imprescindible del Cosmere, el universo destinado a dar forma a la serie más extensa y fascinante jamás escrita en el ámbito de la fantasía épica.

Durante mil años los skaa han sido esclavizados y viven sumidos en el miedo al lord Legislador, que ha reinado con un poder absoluto gracias al terror y a la poderosa magia de la alomancia.

Kelsier, el «superviviente», el único que ha logrado huir de los Pozos de Hathsin, ha encontrado a Vin, una pobre chica skaa con mucha suerte. Los dos se unen a la rebelión que los skaa intentan desde hace un milenio y vencen al lord Legislador. Pero acabar con el lord Legislador es la parte sencilla. El verdadero desafío consistirá en sobrevivir a las consecuencias de su caída.

En *El héros de las eras* se comprende el porqué de la niebla y las cenizas, las tenebrosas acciones del lord Lgislador y la naturaleza del Pozo de la Ascensión.

Vin y el Rey Elend buscan en los últimos escondites de recursos del lord Legislador y descubren el peligro que acecha a la humanidad. ¿Conseguirán detenerlo a tiempo?

Aleación de ley
(Nacidos de la Bruma IV)

Han pasado trescientos años desde los acontecimientos narrados en la primera trilogía de la saga, y Scadrial se encuentra ahora cerca de la modernidad: ferrocarriles, canales, iluminación eléctrica y los primeros rascacielos invaden el planeta. Aunque la ciencia y la tecnología están alcanzando nuevos retos, la antigua magia de la alomancia continúa desempeñando un papel fundamental.

En una zona conocida como los Áridos, existen herramientas cruciales para aquellos hombres y mujeres que intentan establecer el orden y la justicia. Uno de estos hombres es lord Waxillium Ladrian, experto en metales y en el uso de la alomancia y la feruquimia.

Después de vivir veinte años en los Áridos, Wax se ha visto obligado, por una tragedia familiar, a volver a la metrópolis de Elendel. Sin embargo, y a su pesar, deberá guardar las armas y asumir las obligaciones que exige el hecho de estar rodeado de la clase noble. O al menos eso cree, ya que aún no sabe que las mansiones y las elegantes calles arboladas de la ciudad pueden ser incluso más peligrosas que las llanuras de los Áridos. Un skyline metálico de bruma, de ceniza y vapor conquista el cielo amenazando a todos aquellos que viven y luchan debajo de él.

Sombras de identidad
(Nacidos de la Bruma V)

La sociedad de Nacidos de la Bruma ha evolucionado en una fusión de magia y tecnología en la que la economía se expande, la democracia se enfrenta a la corrupción y la religión se convierte en una potencia cultural cada vez más influyente, con cuatro fes distintas enfrentadas por la captación de conversos.

Esta sociedad tan animada y optimista, aunque todavía tambaleante, se enfrenta ahora a su primera amenaza de terrorismo, crímenes cuyo objetivo es fomentar el descontento de la clase trabajadora y avivar las llamas de los conflictos religiosos.

Wax y Wayne, con la asistencia de la adorable y brillante Marasi, deberán dar al traste con la conspiración antes de que las revueltas civiles frenen por completo el progreso de Scadrial.

Brazales de duelo
(Nacidos de la Bruma VI)

La cuenca de Elendel es un polvorín. El descontento de los trabajadores se suma a las diferencias irreconciliables entre la capital y las demás ciudades de la cuenca; Elendel asegura gobernarlas mientras sus habitantes denuncian la opresión a la que se sienten sometidos. De pronto, llega a oídos de Waxillium Ladrian que un académico kandra podría haber localizado los legendarios Brazales de Duelo, un arma capaz de sembrar la destrucción y dar al traste con el actual equilibrio de poder imperante en la cuenca.

Pero perseguir mitos no se cuenta entre las atribuciones de un representante de la ley como él, acuciado por problemas más inmediatos. Pero ¿qué puede hacer cuando sospecha que ha sido engañado por el mismísimo Dios? La revelación resultante sacudirá los cimientos de todo cuanto creías saber sobre el mundo de Nacidos de la Bruma.

EL IMPERIO FINAL

DOMINIO DE TERRIS

DOMINIO LEJANO

DOMINIO OCCIDENTAL

DOMINIO SEPTENTRIONAL

DOMINIO CRECIENTE

DOMINIO CENTRAL

DOMINIO MERIDIONAL

DOMINIO ORIENTAL

ISLAS MERIDIONALES

DOMINIO REMOTO

16. LAGO TYRIAN
17. LAGO LUTHADEL
18. EL LAGO NEGRO
19. RÍO SERAN

20. SERAN DEL NORTE
21. SERAN DEL SUR
22. RÍO CHANNEREL

1. LUTHADEL

2. POZOS DE HATHSIN

3. URTEAU   4. CIUDAD FADREX

5. TREMREDARE   6. TATHINGDWEN

7. CONVENTO DE SERAN

8. MONTE DERYTATITH. SITUACIÓN HISTÓRICA
DEL POZO DE LA ASCENSIÓN

LOS MONTES DE CENIZA: 9. TYRIAN
10. ZERINAH 11. FALEAST 12. DORIEL
13. MORAG 14. KALLING 15. TORINOST

2006